陈思和 王德威 主编

文学

2015 春夏卷

上海文艺出版社
Shanghai Literature & Art Publishing House

目录

声音·新媒体时代的文学形态
走向云批评：新媒体中的文学批评　文/严　锋　　…3
从网络文学到新媒体文学：以"一个"和"果仁小说"为例　文/霍　艳　…16
新媒体时代：生活充满偏见，和对的人在一起　文/项　静　…25
微信时代文学与传播的新状态：论微信与文学　文/张永禄　…33

心路
你做了什么　文/臧　杰　　…43
——一份城市公共文化空间里的私人记录

评论
【历史创伤与文学再现】　主持/陈绫琪　　…65
云南一九六八：文学和电影中的知青梦　　…66
　文/白睿文（Michael Berry）　译/孔令谦　校/白睿文
记忆停顿　文/柏右铭（Yomi Braester）　译/王卓异　…98
遭遇历史幽灵：第"1.5代"的文革"后记忆"　文/陈绫琪　译/康凌　…113
寻根与先锋小说中的反抗与命定论　　…131
　文/桑禀华（Sabina Knight）　译/黄雨晗　胡　楠

谈艺录
《奥赛罗》：邪恶人性是杀死忠贞爱情、美好生命的元凶　文/傅光明　…159

I

著述

【诗的仪式】 主持/杨宏芹 …235

"通过你、为你、在你的影响中" …240
——斯特凡·格奥尔格的诗的圣餐
  文/W·布劳恩加特(Wolfgang Braungart) 译/杨宏芹

牧歌组诗:格奥尔格塑造的诗人先知 文/杨宏芹 …265

牧歌组诗十四首 文/斯特凡·格奥尔格 译/杨宏芹 …313

书评

没有大师的圈子:斯特凡·格奥尔格的身后岁月 文/杨宏芹 …325

序跋

文学、文学研究与文学教育:《哈佛英文系的学者们·序》 …339
  文/W·杰克逊·贝特(W. Jackson Bate) 译/段怀清

本卷作者、译者简介 …350

声音

· 新媒体时代的文学形态 ·

走向云批评：
新媒体中的文学批评

从网络文学到新媒体文学：
以"一个"和"果仁小说"为例

新媒体时代：
生活充满偏见，和对的人在一起

微信时代文学与传播的新状态：
论微信与文学

走向云批评：新媒体中的文学批评*

■ 文/严　锋

　　跨入二十一世纪，相比于中国经济的增长给世界带来的震惊，人们对中国文学的变化要平静得多。就连中国人自己，也很少有兴奋的时刻，除了莫言得诺贝尔文学奖和《三体》热这样的跨界事件。其实中国文学领域有着不亚于经济领域规模的风暴，只是这些风暴与人们熟悉的文学革命和复兴有着完全不同的性质，倒反而与经济领域的变革有着某种近似的同构：它们都是一种总量的剧增，但是在产业优化方面却都问题多多，备受质疑。事实上，中国文学最新的转型与经济的变革之间有着前所未有的密切关系，它们都受到了市场的强力驱动，同时又在这种过程中形成了各种利益共同体。相比较经济而言，文学的市场化，以及由此产生的"量化"更容易受到指责。用传统的眼光，人们很容易哀叹精神的疲弱、文学的式微甚至"死亡"，却忽略了在新的经济与文化机制下文学的新的生长点。

　　使事情更加复杂化的，是媒体与技术因素的引入。经济文化的变革恰逢媒体的转型，两者之间呈现出意味深长的互动。其中最引人注目的当然就是所谓新媒体的涌现。计算机、网络、电子书写与阅读、数字化社交……这些新技术给人带来的远远不仅仅是工具化的便利，更深刻地改变着人的心理状态、生存方式、想象空间和审美趣味，塑造着全新的数字化人性。要考察中国翻天覆地的发展，文学从传统媒体向新媒体的转移是一个非常有代表性的样本。这里有庞大的用户，汹涌的生命，表达的渴望，喧哗与骚动，想象与操控，自由与商业，草根与市场，

---

* 本文受到教育部哲学社会科学研究重大项目委托项目资助（项目批准号：10JZDW006）。

主流与边缘，鱼龙混杂，泥沙俱下，玉石俱存。推动中国发展的根本性的动力，也就是推动中国网络文化生长的力量。

这些新的文学现象，给文学理论与批评带来了新的视野和推力。一方面，传统的批评主体利用新媒体进行批评空间的转换，试验新的话语方式，以求达到传播的最大化。另一方面，新的批评主体不断涌现，并呈现出空前多样化的分众现象。更令人瞩目的是，创作与批评之间的关系发生了巨大的变化。它们都从传统的单一主体，演变为多重主体，创作者与批评者之间的身份快速转换，即时互动，彼此的界限也日益模糊。这是前所未有的泛批评化的格局。在新媒体中，有新的文学现象，也有传统的文学问题的延伸、强化、削弱、变形、回归，给我们提供了审视传统文学理论与批评的全新视角。

"化大众"与"大众化"

在"文革"后重建文学批评的过程中，专业化、职业化与学院化曾经占据着主流的地位。从二十世纪七十年代末到九十年代初，作家与大学、研究所里的学者教师是风起云涌的各种文学思潮和文学运动的主力。例如新时期对西方现代派文学的介绍始于1978年，开风气者是"文革"前就长期搞外国文学的一批中老年研究人员，其中最著名的有卞之琳、袁可嘉、柳鸣九、陈焜、朱虹等。在最初的一段时间里，不管是渴望创新的作家、文学青年，还是各式各样的虎视眈眈者，由于语言障碍和资料奇缺，只能从外国文学工作者撰写的介绍文章中了解西方现代派。这些开拓者的理解与阐述自然也就构成了整个文学界对西方现代派进行接受的起点，他们本身则充当了某种意义上的唯一的"释经者"。在那时，文学研究者和批评家在文学界乃至整个社会都担当起非同寻常的社会角色，成为拥有主导性话语权的群体，把文学的社会功能发挥到淋漓尽致。

这种批评的专业化进程与新时期启蒙话语的播撒是同步的。1980年7月26日，《人民日报》发表题为《文艺为人民服务，为社会主义服务》的社论，标志着"文艺为人民服务，为社会主义服务"的提法取代了"文艺为政治服务的"、"文艺为工农兵服务的"口号，文学批评也逐渐从"从属论"、"工具论"的理论模式中解脱出来。伴随着文学中"人"的觉醒的，是文学批评主体意识的觉醒。刘再复是这种批评观在1980年代的典型代表，他认为，"批评主体已意识到批评既是对对象的评价，也是对自我作为人的尊严和价值的肯定。批评主体应属于自己，而不属于他人，自然也不属于'圣贤'。批评家应为自身立言，自己作为自己言论的主人，自己对自己的言论负责，他们有自己独立的心灵和独立的精神，有对文学的独特的见解。"① 这种主体性的批评话语，呼唤的是自主、独立、专业的批评姿态，但是它从一开始就陷入一种困境：一方面，它是日渐分散的、非中心的、多元的文化形势的产物，另一方面，它又力图以另一种封闭性对文学进行引导。批评家吴亮在当时就看到了这一点，他指出："由于批评日益成为少数人的专职，并服务于少数人，加上分工的细密和各自范围内的熟练操作，每个批评者都被安置在固定的审美观点和思想框架中，这就势必显得非常有限。批评本来是促成作品和读者一致的，可是批评的独立发展却使两者离异了。换句话说，批评只要走向专门化，拥有的读者肯定会减缩。对沸沸扬扬的文坛争论，局外人几乎无法插嘴，于是就有人抱怨批评变得偏狭。我以为，这种抱怨是有一定道理的，不过它毕竟忽略了批评的多种功能和用途。"②

进入九十年代，社会文化日趋分化，那种重大而统一的时代主题更难以统括整个民族的精神走向，价值取向越来越多元化而又共生共存。陈思和教授把这样的状态称作"无名"。③ 文化工作和文学创作都反映了时代的一部分主题，却不能达到一种共名状态。"无名"不是没有主题，而是有多种主题并存。从批评的角度来说，则是批评主体的转移与多元批评主体的涌现。

在伴随着媒体变迁进行的批评主体位置的转移中，知识分子与大众的关系发生了新一轮的转换。对现代知识分子来说，个人与自我危机作为工业文明高度发展的产物，与"大众"的兴起是分不开的，正如尤金·卢恩所指出的那样，"现代艺术中的'个性的危机'反映了知识分子和艺术家面临'大众'时代和前所未有的机械技术力量的到来而发生的恐惧。"④ 阿多诺、马尔库塞等西方马克思主义者叙述论证了技术社会中的大众传播模式（电视、电影、广告、摄影、通俗文学）是如何配合现代工业文明，维护资本主义的统治，成为钳制个性、毁灭"自我"、制造"单面人"的工具。在他们那里，对"自我"的追寻必然意味着对"大众"、"集体"的怀疑与否定。

就中国知识分子而言，虽然他们与西方同行身处不同的历史发展阶段，技术化的工业社会远未到来，然而对"大众化"的酸甜苦辣却记忆犹新。极左路线对

---

① 刘再复：《论八十年代文学批评的文体革命》，《文学评论》1989年第1期。
② 於可训，吴亮：《自主意识·主体精神——关于文学批评的通信》，《中国作家》1986年第2期。
③ 陈思和：《共名和无名：百年中国文学发展管窥》，《上海文学》1996年10期。
④ 尤金·卢恩：《马克思主义与现代主义》，加州大学出版社，1982年，第39页。

知识分子施行的"再教育",就是以广大劳动人民的名义来进行的。人民大众经过虚化,变成了一个策略性的名词、一个无所不在的政治性的口号。在"大众"中,知识分子丧失了自己的特征、人格与使命,本来自期为"化大众"的阶层,却被"大众化"。因此,"文革"之后,知识分子一开始努力争取的,就是重新颠倒自己的身份地位,从"大众化"的状态再度成为"化大众"的力量,回归自己从"五四"以来不断被颠覆的使命。

但是这个"化大众"的使命在大众传媒时代又遭遇了新的危机。进入1990年代以后,传播媒体的迅速发展,使得刚刚在艰难建构中的批评主体性在媒体中再度分化转移。作家和批评家们不断调整自己的位置与姿态,寻找新的发声方式与渠道。从报纸副刊、电台访谈、电视专题,一直到最新的网络空间。媒体的转型给批评家提供了更广阔的空间和自由,也设置了新的限制和束缚。这要求文学批评通俗易懂,有趣生动,吸引眼球,同时也要批评更具有时尚性和话题性,充分发挥传播的功效。在这过程中,记者和编辑跃然登场,冲上前台,成为文学批评的重要群体,极大地改变了批评的传统生态。一个显著的后果是访谈体成为评论的快捷形式,营销成为批评的重要目的,并随之出现媒体批评的通俗化、娱乐化、快餐化和泛化的倾向。

批评家们既不愿意放弃传统的位置和使命意识,又要占领新的空间,抓住更多的受众,因此他们也努力在"化大众"与"大众化"之间寻找某种新的平衡。李敬泽曾经谈论过自己在公共媒体上开设专栏的体会:"在大众媒体上写一个版谈文学,面对的是各种各样不同的读者,知识背景差异很大,在那上面,你也没法儿做一个学院派,这个专栏写了两年半,编辑马莉苦口婆心地教导我要让读者知道你说什么,对我而言,这是一个珍贵的经历,实际上是寻求一个文学的专业立场与公众经验的结合点。"[1]

这不是一件容易的事情。美国传媒批评家罗伯特-刘易斯·谢延指出:"当媒体发展到一定的数量和规模的时候,它们就相互变成了敌人,也变成了自己的敌人。为了让自己的声音从更多的声音中脱颖而出,每个人都努力把自己变成了超越极限的噪音。"[2] 这在相当程度上也描绘了进入大众传媒时代的中国文学批评生态。媒体的本质是传播,传播的本质是信息的最大化。在传统封闭的小众媒体的时代,由于政治或技术的垄断,信息源和信息渠道都相对单一,传播者可以较为

---

[1] 侯虹斌、李敬泽:《忠实于趣味和信念》,《南方都市报》2005年4月9日。
[2] 罗伯特-刘易斯·谢延:《抓住人群:电视引论》,星期六评论出版社,1973年,第56页。

轻易地让自己的声音凸显，达到有效的传播目的。在众声喧哗的大众传媒时代，传播的重点开始从内容向形式转移。

在这样的媒体环境下，八十年代弘扬的文学与批评的主体性遭遇了新的危机，也走向了新的形态。这也是一个很有意义的技术与文化思潮交汇互动的案例。主体性的批评话语，指向是精英主义的立场，启蒙主义的姿态。这也能很好地解释，为什么那是一个"理论"竞发的年代。尽管生吞活剥，快速横移，仓促拿来，但走马灯式的理论热潮背后是建构专业和岗位的努力，这种努力在九十年代得到进一步的呼吁和发展，出现了所谓"杂志退隐，学院崛起"[①]的趋势，但也延续了八十年代的喧哗与骚动。如果我们更仔细地考察这其中的脉络，可以看出批评的"化大众"与"大众化"矛盾在"文革"后相当清晰的阶段性走向。这也是一个大众化冲动的压抑与被释放的过程，而每一个阶段的压抑与释放，都与该阶段的媒体性有着密切的关联。对此张旭东认为："八十年代文化热或西学热所带有的强烈的审美冲动和哲学色彩无法掩盖这样一个事实：'文革'后中国思想生活追求的是一种世俗化、非政治化、反理想主义、反英雄主义的现代性文化。这种世俗化过程及其文化形态在如今的'小康社会'或'社会主义市场经济'中获得了更贴切的表现。但在历史展开之前，其抽象性和朦胧性却找到其美学的、本体论的形式。在这个意义上，八十年代变成了九十年代的感伤主义序幕，正如'文化热'暴露出一个反乌托邦时代本身的乌托邦冲动，标志着一个世俗化过程的神学阶段。"[②]

张旭东在此所揭示的"理论"与世俗化的张力，由于媒体的兴起和扩张而得到了进一步的发展，情况变得非常复杂。八十年代的文学与批评渴望独立与超越，但这一姿态在实际过程中却具有抽象与世俗这两个截然不同的走向，前者以理论热情与先锋姿态为代表，后者从寻根逐渐融入市井。文学批评从超越政治起步，力求超越文本和自我，在这过程中遭遇市场的兴起，既借力于市场，又陷入市场，被其裹挟而行。文学批评的媒体化受市场的供求、竞争、利益的影响，强化了大众化通俗化的意识，也进一步强化了新时期文学中的虚无主义与相对主义，弱化了其精英姿态。另一方面，市场让文学重新面对个体，面对读者，解构宏大叙事，促成作家与批评家关系的转变，这也是八十年代文学主题的一种新的变奏与展开。

---

① 南帆：《深刻的转向》，《当代作家评论》2008年第1期。
② 张旭东：《重返80年代》，《读书》1998年第2期。

新的民间

媒体技术的发展，使人们超越了奉艺术作品为神圣而对之崇拜的阶段，也为民间声音的表达提供了前所未有的管道。在媒体走向市场的过程中，其民间性得到进一步的释放。陈思和教授在上世纪九十年代提出的"民间"的概念，包含了多层面的复杂意义，除了民间文化的多种形态外，也指知识分子的民间岗位，在政治权力以外，建构起自成一体的知识价值体系。在新媒体时代，陈思和教授描述的民间状态既得到了丰富的验证，也得到了全新的发展。一方面，知识分子积极地在新媒体中寻找承载和传播自身理想的新形式。另一方面，原有意义上民间知识价值主体空前活跃，与知识界的关系也有极大的变化，两者之间的关系既紧张又密切，并呈现出不断融合的趋势。

这种矛盾从一些传统作家对网络文学的评价中也可以折射出来。例如余华，一方面他认为网络文学并不成熟，可恰恰是因为这些并不成熟的文学作品在网上轰轰烈烈，却使他更加认识到网络的意义和价值，"因为人们在网上阅读这些作品时，文学自身的价值已经被网络互动的价值所取代，网络打破了传统出版那种固定和封闭的模式，或者说取消了作者和读者之间的界线，网络开放的姿态使所有的人都成为了参与者，人人都是作家，或者说人人都将作者和读者集于一身，我相信这就是网上文学的意义，它提供了无限的空间和无限的自由，它应有尽有，而且它永远只是提供，源源不断地提供，它不会剥夺什么，如果它一定要剥夺的话，我想它可能会剥夺人们旁观者的身份。"[1] 对网络文学的这样一种意义，余华既感到兴奋，又感到不安和恐惧，这种双重心理可以被看作是传统作家在新式媒体负载的文学面前感觉到沉重压力的表现。余华是最早开设博客与微博的作家之一，他的《兄弟》在出版前就在其博客贴出部分章节，并吸引了大量点评和讨论，余华自己也加入其中，与网民进行讨论。

王朔的态度和余华有一些相似之处，他一方面对网络文学进行戏谑和嘲弄，另一方面却坦言自己在网络文学的冲击波面前感受到很大的压力。王朔谈到自己被邀请参加"网络原创文学奖"的颁奖活动，当时台上泾渭分明，一边是"传统作家"，一边是"网络作家"，老的老，小的小，"连穿的衣服都不一样"。对此他感受到一种强大的心理冲击和恐惧："过去我们的作家是一代取代一代，江山代

---

[1] 余华：《网络和文学》，《作家》2000年5月。

有才人出,起码到我这一代,走的路是同一条路,只是各自走法不同,姿态不同,还是有章可循的,还是没脱了一小撮经过特殊训练,反复挑选过的人被特别授权发言。这之后一切将变,再也不会有人有权利挑选别人了,不管他叫编辑叫评论家还是叫出版商。我们面对的不是更年轻的作家,而是全体有书写能力的人民。什么叫人民战争的汪洋大海?这就是了。再过一些年,再也没有人因为会写字而被人格外另眼相看就可以混碗饭吃,因为这已经成了生理现象,就像大家都会说话一样。想当大师的人,苦了。"[①]在说完这番话之后的新世纪中,王朔基本上处于半退隐的状态,但他的名字却在网络中长盛不衰。各种以他名义开设的博客、微博此起彼伏。更有各种草根写手伪造模仿他的文字,与他作品中的警句混合在一起,不断流传。

在传统作家中,陈村对网络文学持最积极肯定的态度。他发表了一系列的文章和言论,对网络文学进行大力的鼓吹和支持,认为它"前途无量"。陈村把网络文学称之为"文学的卡拉OK",但他并不认为这是一种贬义的说法,因为在将来无论多么伟大的歌手都要从卡拉OK式的演唱开始他的演唱生涯。[②]陈村自己担任"榕树下"的艺术总监和"看陈村看"的频道主持人,成为"榕树下"的一块金字招牌。2007年,网上书城"99读书人"邀请陈村开设"小众菜园",吸引了一批著名的作家、艺术家和批评家。"小众菜园"采用实名和邀请加入的封闭式管理,这种看似逆历史潮流而动的方式凸显其"小众"的精英特色,却也使这个小小的论坛板块声名显赫,历久不衰。小众菜园既发表"菜农"的作品,也对文坛的流行话题进行集中的评论,非注册会员可以自由浏览。这很像传统文学期刊与文学活动的组合。菜农们定期聚会餐饮,其过程以图文方式呈现,融创作、生活、社交于一体。文人雅集、文学社团、同人刊物这些从古代到近代的传统形态,在网络中以新的方式复活,这令人对网络传播开放与封闭的关系有新的思考。

网络文学从诞生的那天起,就体现出强烈的民间性。网络文学在很大程度上是一种自娱的写作,很少有人使用自己的真名,绝大多数人都用自己的网名,具有一种匿名写作的性质。网络文学简单直白,口语性强,在创作的过程中,往往能够得到读者的即时反馈,因此往往具有某种集体创作的特点。在网络中流行许多短语体的写作,它们五花八门,无所不包:童年回忆、身边琐事、笑话逸闻、校园趣事、民间歌谣,信手拈来,突发奇想,往往能爆发灵感的火花。这些最短

---

① 王朔:《这之后一切将改变》,《三联生活周刊》,2000年2月30日。
② 陈村:《网络两则》,《作家》2000年5月。

只有一句话的写作当然很难用传统的文学体裁来归纳它，作者也大多无名，但却很可以视其为网络文学民间化的代表。在网络时代，伟大的文学经典几乎是不可想象的，大量存在的都是搞笑的短章，随心所欲的文字。但是，与其说这是文学的消亡和危机，还不如说是给文学提供了新的可能性和生长点。与其说这是"非文学化"的写作，还不如说是一种"泛文学化"的倾向。文学与非文学的界限在不断被打破。这当然也是我们时代的特征。我们面对着一个越界的世纪，旧的文学教条、框架、程式被破坏掉，人们又回到了快乐的胡涂乱抹的童年，一切都很幼稚，但是充满了自由的潜力。

在主流文学和商业化写作一统天下的情况下，网络文学是否会使我们重新回到个人随心歌唱的年代？文学来自于民间，最终受制于政治和意识形态，它会重新回归民间吗？网络文学的兴起是否象征着一个新的全民写作的时代的来临？网络文学在诞生之初确实具有某种反商业和非政治的意义。但是，网络"民间"，已经不再是过去自然生长的纯朴乡野。网络本身就是商业和高科技的产儿。另一方面，网络文学的走红在很大程度上是媒体和出版部门宣传炒作的结果。也许可以这样说，网络文学是一种新的"民间文学"，却也是都市化、科技化和媒体化了的民间文学。随着文学网站的发展，用户的增加，各种资本力量很快就蜂拥而至。

2004年陈天桥领导的盛大网络收购"起点中文网"，成为中国网络文学商业化的重大标志。盛大通过强大的资本运作，使起点迅速成为原创网络文学领先品牌，极大地改变了中国网络文学的生态。极具中国特色的起点模式，打造的是空前规模的文学帝国。光是盛大文学旗下一个以女性言情类作品为主的"晋江文学城"，就日均点击量达到1亿人次，拥有注册用户700万，注册作者50万，签约作者12000人，其中出版著作的达到3000人。并以每天近1万新用户注册、每天750部新作品诞生，每天2本新书被成功代理出版的速度飞速增长着。① 这是一些令人晕眩的数字，也是无论在中国文学或整个世界文学史上前所未有的现象。伴随着巨大点击量的，是惊人的商业利益。2014年网络作家排行榜，收入最高的唐家三少的年收入达到5000万元。起点模式的基本架构，是读者以代币的形式，对作品进行投票、推荐、打赏。作者与网站签约，收入最高可达五五分成。这种近似电商网购的直销形式，绕过了传统图书销售漫长的利益链，即写即得，多写多得，物质的利益与作品评价都能得到即时的反馈，让作者获得持续不断的成就感，形成了极大的创作推力。

---

① http://www.jjwxc.net/aboutus/。

耐人寻味的是，新技术带来的新的创作和阅读模式，又是某种意义上对传统的回归。起点小说几乎是百分之一百的章回小说体，吸引读者的最大技巧就是"挖坑"。作者好像又变回了传统的说书人的角色。他们在虚拟的书场里，直接面对变得无比庞大的听众，用一次次戛然而止的"扣子/挖坑"吊足胃口，把他们留住。而读者则用"月票"、"红票"、"黑票"等形式当场"打赏"，对各个章节进行评点，并且可以通过支付代币进行"催更"（催促作者尽快更新）。对印刷术和现代出版工业的超越，带来的是作者与读者关系的再一次改变。

读者的再解放

当文学在声光像等多种媒体承载的艺术的挤压和进逼下节节败退，危机四伏的时候，网络好像又给文学带来了新的春天。人们惊喜地发现，在一个图像和声音的时代，文字又回来了。可这是一种新的文字，一种"越界"的文字。在这种文字中，文学与非文学的界限在不断被打破，文字和非文字之间的界限在不断被打破。这当然也是我们时代的特征。我们面对着一个越界的世纪，人们都不安其位，都渴望突破到另外一个领域中去，全球化就是人类越界行为的一个终极象征。有了互联网，人类越界的心理欲望空前膨胀，网络文学就是这种心理的表征，它的体裁和形式也变得前所未有地动荡不定。

从更大的文学史背景上看，文学其实一直在朝着越界的方向发展。但传统的文学作为印刷技术的产品，无疑是被设定了各种难以逾越的界限。传统的文学作品一旦制作完成，其物理形态便固定了下来，这是一个一次性的创造过程，而读者的阅读过程也不得不呈现出线性的特征。尽管如此，在文学发展的过程中，读者一直是最具推动性的因素，他们总是在不断试图超越这种被动接受的状态。到了现代，文学面向读者的运作过程变得越来越明显，文学批评中也出现了读者反映批评、接受美学、阐释学等等理论，文学的重心开始从作者向读者转移。现代文学批评日益关注读者在审美接受过程中的能动创造作用，使得读者角色实现了文学发展史上一次划时代的转折。

到了网络时代，修辞意义上的"读者转移"获得了实体性的意义，尽管这种"实体性"是虚拟空间展开。在传统知识体制中被压抑的读者主体性喷薄而出。各大门户网站上如新浪、搜狐、网易、腾讯、人民网、凤凰网等都有读书频道，每个频道都设置有书评专区以供网友发表和传播文学评论。此外还有很多的文学论坛，其中最有名的如天涯社区"舞文弄墨"和"闲闲书话"，培育了众多网络写手，制造了一个个文学事件。同时，文学创作与批评也存在于浩如烟海的博客与微博中。一个个原本是籍籍无名的读者们登堂入室，摇身一变为作者与评论家。他们在网上社区、博客、社交网中指点江山，激扬文字，肆意挥洒文学的激情。新媒体中的大众批评，鲜明地显示出塑造文学公共空间的效用，使得公众具有了参与文学创作、生产与消费的自由权，同时多元力量加入文学批评，使得文学批评具备多样化和平等对话交流的特征。

网络与传统媒体最大的不同点在于平等和互动性。读者越来越活跃，不再是被动的接受者，而是能与作者进行交流，甚至能够参与到写作的过程中去，自己变成作者。作者和读者之间的界限在不断被打破。《成都，今夜请将我遗忘》的成功模式就是一个非常有意义的案例，作者慕容雪村采用了在文学社区连载贴文的方式。与起点等商业网站的模式一样，这接近于传统的报刊连载小说，以及传统的说书。但是《成都》不仅仅是在吊读者的胃口了，它直接把读者的胃口不断地融化到"下一章"中。作者谈到过自己的创作方式：刚开始动手写的时候，没有具体的想法，一边写，一边看网友的反应，但并不是直接套用网友的意见，而是朝向他们思路相反的方向发展。这种作者与读者之间欲拒还迎，是两者之间双向互动的一种更为精妙的形态，正好泄露了网络中的作者和读者共生合谋的关系。在某种意义上，《成都，今夜请将我遗忘》可以称之为广义的合作小说，或集体性的写作，它的成功，可以说标志着网络写手们对交互性的理解和运用进入了一个崭新的阶段。

在建构读者的主体性方面，豆瓣网是一个非常突出的案例。豆瓣是一个以书评、影评、乐评为主题的网络社区，经过多年的发展，涌现出一大批高质量的图书、电影与音乐评论，吸引了众多的追随者。在豆瓣的运营模式中，读者的自组织是最富活力的传播模式。读者可以自建小组，自设议题，自组同城活动。如同维基百科一样，豆瓣上的一切内容都是用户自己生产的，体现出鲜明的 Web2.0 特征。与起点文学网等运营模式不同，豆瓣极力淡化其商业色彩，这里没有积分、打赏、月票这些报酬。豆瓣从一开始就精确定位于重视文化层次和自我形象塑造的青年群体，推动豆瓣不断壮大的，恰恰是其非商业化的文艺气息和精神追求。在豆瓣，所有的热门榜单、作品排序都不是由网站的运营者设计，而是通过用户的标签、评论，以及对评论的评论，经由机器的算法生成。这是一个非中心化的文化空间，但并非混乱无序的无政府之地。在读者生成的评价体系中，可以清晰地看到各种文化偏好与流行趋势。在村上春树、王小波、张爱玲这样的热门标签之外，同样存在着极为丰富的冷门作家和非主流作品。任何口味古怪的读者，都可以轻而易举地搜索到自己偏爱的目标，并找到在现实生活中可能永远也无法遇见的同好。

豆瓣向我们展示了青年群体潜藏的巨大文化动力。到2012年，豆瓣的注册用户已经达到5617万。[①] 这个网络文化群体贡献了总量超越文学史总和的评论文字。即以刘慈欣的科幻小说《三体》而言，目前用户总体评分8.8分，共有77879人评价，短评21801条，书评852篇，读书笔记750篇。更多的读者又会把这些评论标注为"有用"或"无用"，并进一步进行讨论，其中名为"奥德赛的暗流"的网友写的书评《信卢瑟，永世不得超生》得到888条回应。相比之下，笔者作为书评贴在那里的《三体3》序言，仅有5条评论，显示出豆瓣用户并不以专业人士的意见为准绳。在豆瓣的书评与影评中，当然充斥着各种印象式的点评、情感的宣泄和不加节制的吐槽。但是在这些海量的评论之上，确实有无数闪耀着真情实感与真知灼见的精品。同时这些精品并不会被轻易埋没，而是通过其他读者的点评被顶到首页，并从中诞生了许多被豆瓣用户追捧的豆瓣批评家。与传统的学院派批评家不同，这些网络批评家没有经过职业训练，也不遵循专业规范，更不以发表论文和职称升等为追求目标。推动他们进行评论的最大动力，就是兴趣与爱好。因此他们可以不计时间、不算成本地对他们热爱的作品反复阅读，对每一个细节仔细推敲，热烈讨论，穷尽一切可能。在此，新媒体带来的是以超大规模"读者性"呈现的"新批评"文本细读的回归。

这种文本细读热情，放在学院体制的量化背景下，其意义就格外明显。在网络文学不断商业化的趋势下，也让人看到网络文化超越功利的力量。在一个更大的文学史框架中，我们更可以借此思考"业余"的意义。1921年4月，戏剧家陈大悲在北京的晨报上连载《爱美的戏剧》，提倡与职业化商业化演出相对立的爱美剧。"爱美的"一词，来自英文Amateur，其原初意义正是"业余"。陈平原教授指出，"爱美的"与传统中国的博雅传统不无相通之处，"比如喜欢艺术但不想拿它混饭吃。有文化，有境界，有灵气，即便技巧上不够娴熟，也可取——起码避免了专业院校学生容易养成的匠气。"[②] 陈平原更举成仿吾与鲁迅围绕"有闲"的争论，追踪中国现代文学史上"趣味"的多艰命运。在《完成我们的文学革命》中，成仿吾指责鲁迅的作品是一种"以趣味为中心的文艺"，追求的是"以趣味为中心的生活基调"，"它所暗示着的是一种在小天地中自己骗自己的自足"。我们

---

① 《豆瓣用户分析》：http://www.douban.com/group/topic/27105085/。
② 陈平原：《有闲、趣味以及"爱美的"》，《名人传记》（上半月），2009年12月。

可以看到，成仿吾给鲁迅贴的这些标签，几乎与豆瓣用户对应得丝丝入扣，而超越职业的博雅，也与豆瓣用户的"小资"、"文艺"气质大有相通之处。"自足"、"小天地"这些在革命的洪流中难以容身的超然的"资产阶级"趣味，在今天不但又卷土重来，而且在学院与商业的双重体制化的背景下再度彰显出非主流的积极意义，而新媒体不但为这种文化追求的复活提供了无比广阔的空间与前所未有的技术手段，更把它打造成吸引青年群体的时尚生活方式。

结语

从单独和个体的角度来看，网络批评是无名的、草根的、业余的、平面化的、零星的、碎片化的、印象化的、感性的。它具有民间的鲜活与原创，也深具民间各种藏污纳垢的特质。当网络把各个阶层、各个角落、各个亚文化的人群召唤出来，把他们吸引到一个个的虚拟广场上，再对他们最隐秘的各种欲望进行精确的定制式的刺激的时候，前所未有的文化狂欢派对就开始了。在这过程中，大众文化民主的自组织机制，与媒体建构的商业市场指引发生了巧妙的融合，从中爆发出不可思议的力量，也向我们展示了中国文化在未来意义重大的走向。

在电脑网络技术发展的过程中，"云"越来越成为一个核心词汇。狭义的云计算指的是通过网络，将计算任务分布在大量计算机构成的资源池上，使各种应用系统能够根据需要获取计算力、存储空间和信息服务。在这里我要把"云"看作是网络的一个基本形态，它聚散离合，弥漫升腾，转换变形，无所不在。网络把众多个体汇拢凝聚，对资源进行优化重组，让信息可以共享流通。在这里，个体与群体、边缘与中心、实体与虚拟之间，既相互连接，又不断变换位置，呈现出全新的关系。

早在上世纪四十年代，法国古生物学家和地质学家、北京猿人的发现者之一德日进就认为：随着科技的发展，人类个体意识相互融合，形成类似大脑结构的超级智慧体。[①] 德日进的思想后来被众多未来学家和科幻作家吸收，成为他们构想未来的基本图景。在今天，这个既令人向往又让人担心的超级大脑结构在互联网中第一次让人看到了隐约的雏形。在天涯的集体写作、豆瓣的集体批评、起点的媒体运作中，我们也充分感受了这个云状的超个体思维的巨大容量和惊人威力。网络以分布式计算的方式，把个体连接起来，使他们获得庞大的资源，把他们的

---

① 德日进：《德日进集》，上海远东出版社，2004年，第203页。

声音放大，让个体获得前所未有的自信，也让人与人的关系空前虚拟化。在这样一个云遮雾绕、众生喧哗的批评空间中，重新探索个体的边界、自由的限度、作品的形态、批评的位置，将成为文学批评的全新任务。

从网络文学到新媒体文学：
以"一个"和"果仁小说"为例

■ 文/霍 艳

曼纽尔·卡斯特说："不管我们度量时间的方式如何，这的确是一个变动的时刻。在二十世纪后四分之一期间，一场以信息为中心的技术革命，改变了我们思考、生产、消费、贸易、管理、沟通、生活、死亡、战争以及做爱的方式。"[①] 互联网便是这一以信息为中心的技术革命的核心。而自上世纪九十年代起，互联网的迅速普及，也改变了中国人的生活方式。落实到文学上，互联网也悄然改变了中国文学的生产方式，一批网络作品诞生，作家的身份被"非职业化"，一批"写手"站起来了。

十几年前，年轻作者不直接拥有发表的机会。此时，传统文学期刊并不倾向对青年作者敞开大门，儿童文学杂志也已不能满足他们对于情感的抒发。网络文化的普及则恰好给他们提供了一个新的平台。在网络时代，互联网几乎给予了每个人平等的展示创作才能的机会，很多年轻作家都是先拥有网络创作经验，并积累了最初的读者。

2000年2月，南人等创办了"诗江湖"网站，其对新一代诗歌写作产生巨大影响，同年春树发表《80后诗人联合起来》的宣言帖，引起较大反响，登上了《南方周末》的"板砖排行榜"。根据赵卫峰《偏见：中国80后诗歌进行时（或

---

① 〔美〕曼纽尔·卡斯特著，夏铸九、黄慧琦等译：《千年终结》，北京：社会科学文献出版社，2003年，第1页。

十年脉象》》^①的梳理：2001年开始，新一代诗人开始自己创办阵地，如"春树下"（春树）、"野草"（玉生）、"门中文论坛"（熊焱、田荞）、"弧线"（刘脏）、"秦"（土豆、木桦、鬼鬼、小宽等）、"小乳房"（巫女琴丝）、"原诗歌"、"80后放肆地"、"零空间"等。他们在网络上引发的反响逐渐受到了传统诗歌期刊的关注，辽宁《诗潮》开设"80后诗歌大展"栏目，《星星》、《诗刊》、《诗选刊》、《诗林》、《诗歌月刊》等刊物先后频登新生代诗作。2002年，《星星》诗歌网建立，成为第一个具有官方意味的新一代诗歌论坛。

"榕树下"由美籍华人朱威廉在1997年创办，是国内最早、最具品牌的文学网站，也是二十世纪末网络文学的发祥地之一，郭敬明、颜歌都是从那里走出来，安妮宝贝、宁财神、李寻欢、慕容雪村等网络作家均在此走向大众。榕树下最初遵循稿件机制，网友自由投稿，编辑筛选发表，不少传统媒体也在上面挑选稿件发表。2003年起引入文学社团机制，把编辑权交给了热爱写作的优秀作者。郭敬明从2000年起以"第四维"的网名在榕树下发表作品，由于他创作精力旺盛，几天就能发表新的作品，再加上对文字感觉独特，基本每篇作品都能得到编辑推荐，拥有上万的点击率。他依靠音乐评论《六个梦》被推荐到首页，以第一名的点击率进入每周精选，从上万篇文章里脱颖而出，积累了最初的忠实读者，同时也结交了一批在文学上志同道合的朋友。他们在文章下面回复，在网络社区上交流对文学的看法，使得榕树下已不仅仅是一个发表平台，更是一个交流平台，他们以不同板块或者社团的形式，将文学趣味相投的人聚集在一起。

还有另一批年轻作家，如张悦然、苏德、周嘉宁、小饭等。他们混迹在一些文艺气息浓郁的网站，如晶体论坛、暗地病孩子和黑锅论坛。这些论坛是以文艺作品的题材分类：小说、诗歌、散文、电影、音乐、绘画等。他们从一开始就担当斑竹的职位，负责发帖、删帖、加精华、引导讨论，为了使得讨论更深入，他们努力提高自身的文艺修养，也在线下组织聚会。很多志同道合的文学写作者因为这些论坛聚合在一起，按周嘉宁在小说中的说法，论坛"通过隐秘的渠道在青年中流传，几乎成为一个时代的暗号"。^②

2000年，博客进入中国。博客是blog的音译，正式名称为网络日志，是以网络作为载体，简易迅速便捷地发布自己的心得，及时有效轻松地与他人进行交流，

---

① 赵卫峰：《偏见：中国80后诗歌进行时（或十年脉象）》，http://www.vsread.com/bbs/topic-56-442822.html。

② 周嘉宁：《密林中》，《收获》2014年秋冬长篇专号。

再集丰富多彩的个性化展示于一体的综合性平台。博客一般是按照年份和日期以倒序排列，它不同于"网络日记"的是，不强调私密性，而是将私人性与公众性结合在了一起，绝不仅仅是纯粹个人思想的表达和日常琐事的记录，它所提供的内容可以用来进行交流和为他人提供帮助，是可以包容整个互联网的，具有极高的共享精神和价值。①

最初，博客只是年轻人的一个私人空间，用来代替论坛，自在抒发心情、记录生活，渐渐有人观看，形成了互动，也积累了一批忠实的读者。他们不光喜欢在博客上贴文字，还配以图片，以图文搭配的效果呈现心情。他们对博客的模板、排版仔细研究，将博客变成了自己制作的一本"杂志"，从内容到设计均亲自参与，他们享受到了亲自掌握媒体平台的便捷，也使得后来一些年轻作家转而主编杂志。

韩寒从2005年下半年起在新浪开设博客，迄今点击量已经突破6亿次。韩寒出道以来以杂文著称，文笔老练，文风辛辣，幽默、讽刺地评论某一社会现象。但开设新浪博客初期，韩寒是以评点文化人物引得关注，从2008年起，韩寒开始涉足社会时事，话题既有通过人物透视现象的，也有直斥地域发展的，还有直面国家政策的等。

阅读韩寒的博客，已成为广大网民的一次敞开的精神体验，他们在第一时间"抢沙发，搬板凳"，还没阅读内容就一片叫好。面对公共话题，他们在留言里广泛参与意见，表达着对韩寒"说真话"的赞许。当韩寒遭遇了删帖、杂志停刊的委屈后，他们比当事人还要愤怒。韩寒的博客已经影响到了受众的情绪，当他攻击白烨以及其背后所代表的传统文坛时，韩寒的粉丝纷纷跑到白烨博客上进行谩骂，把自己摆到了"臣属"的地位，他们的身先士卒只是捍卫韩寒"说真话"的权利，韩寒也因此成为了年轻一代意见表达的一个出口，甚至有人曾说："如果不是韩寒开始讨论民主自由话题，中国都没法讨论这些话题。"②

不难看出，网络平台给予年轻人的不仅仅是一个作品发表的平台，更是一个交流的平台。这个交流，可以分为横向交流和纵向交流。

横向是指，以网络为媒介，志同道合的年轻写作者凑在一起，共同讨论文学，夜X回忆说："那时博客还是新兴事物，更莫提Facebook，要找个机会和朋友

---

① 博客，百度百科，http://baike.baidu.com/subview/1509/4904688.htm。
② 麦田：《公民韩寒是"人造"的》，http://book.163.com/12/0115/19/7NR6E93C00923IP6_2.html。

交流，论坛是最自然的选择。从在西祠社区借个场地，到自己上传论坛程序，黑锅基本每天都有看头。我相信有不少小说的首发地都是黑锅，理由是这里能直接听到朋友们的反馈，其中有些意见属于最好能在出版之前听到的，另一些意见则在出版之后绝不会听到。而除了直接的赞扬和批评之外，作品也是一种常见的反馈，甚至回礼——年轻人总有回避不了的竞争意识，虽然没有针对个人的较劲，但能天天看到他人的进步，自己总不好意思掉队。"[1] 他提到的黑锅论坛，不仅是发表的阵地，还是得到其他写作者反馈的区域，大家更用写出新的好的作品来相互激励、竞争。一篇文章的评审权，最初是掌握在版主手里，但随着发表出来，评判权则掌握在网友手里，大家众说纷纭，对文章直接发表意见，相互交流。这些交流平台，甚至成为支撑一些青年写作者的精神家园，身在异乡求学的张悦然多次回忆大家一起混迹论坛的日子，而这也是促使她创办《鲤》杂志的缘由。

纵向是指，网络平台帮助年轻作家积累了最初的读者群。过去作家与读者之间的交流是通过信件完成，但文学的黄金时代过去以后，这个渠道就被读者见面会所取代，失去了其即时性、畅通性。是网络媒介重又打开了写作者和读者之间的通道，无论是博客还是论坛，读者都享有即时表达自己意见的权利，真正做到了信息传播的双向互动。

互联网的兴起一方面为写作者提供了比以往纸质媒体更为简易的发表渠道，也因为网络的民主功能而让趣味相投者更容易聚集在一起，形成文学上的固定群体。而网络阅读的便利性，也让横向和纵向的交流变得更容易，作者收到的反馈也更及时。这些便利让互联网成为很多年轻写作者文学的发轫地，也让他们累积了最初的读者，并在以后的发展中演变为铁杆粉丝。但与此同时，网络的民主和即时性，也让交流在更广泛的意义上是自上而下——也即自作者而下及于读者的，传统媒体那种由作者——编辑——读者造成的循环系统失去了一个环节，在写作方式更为自由的同时，也造成了写作方式的放纵：用夸张的笔触写作大胆的题材，然后起一个吸引眼球的题目。而在互联网基础上形成的粉丝群体，更是变成了一股奇怪的力量。他们不但维护着偶像的地位，更为严重的是，他们的期待和要求以及这期待和要求背后的利益，会改变偶像的写作的走向，写作不再是一种走向灵魂深处的探险，而是变成了对粉丝的迎合——这个现象，也从某种意义上削弱了写作的探索性。网络文学，实质是旧式章回小说的变形，篇幅长、情节复杂、枝节丛生。无论是从阅读习惯还是从写作习惯，它都没有明显创新，甚至

---

[1] 夜X：《2002年2月22日》，刊于《鲤·最好的时光》，南京：江苏文艺出版社，2009年版。

因为不知节制的叙述与离奇的情节,导致了从章回小说倒退到凌乱的叙事。这类小说用离奇万变的故事牵引着人,使人沉溺其中。

另一方面,年轻作者通过参加作文大赛或者在网络发表,获得了图书出版的机会,由于领军人物的畅销,以及文学市场的火爆,出版商对年轻作者采取追逐的姿态,约稿、签约、出版、举办签售活动。年轻作者还没来得及长大就被推向市场。2001 年开始出版作品的周嘉宁就认为,他们这一批人被过早地出道了,很多不成熟的东西在不该拿出来的时候,被拿出来了。要不是很多媒体的炒作和无良书商的介入,之前很多书都是不应该被出版的。①

十几年后,周嘉宁以一副反省的姿态面对当时的出版状况,她也放慢了出版速度,但同时会把自己的单篇作品放在豆瓣阅读、KINDLE 等新兴媒体平台上,进行付费阅读的尝试。我们还刚刚习惯把网络文学称为"新媒体文学",但现在,网络文学几乎是已陈刍狗,更新的"新媒体"出现了。移动互联网这个更新的载体的出现,带来了文学写作的新契机。在这个更新的载体上出现的文学作品,我们不妨篡夺网络文学曾经的称谓,将其称为"新媒体文学"。它可分为出版机构、书店、个人的公共账号,文学精选类公共账号和内容文学 APP,电子阅读器 APP,文学精选类 APP,语音文学 APP 等。

更新一代写作者在发表平台上的选择更加多元,这是由他们的受众群所决定的。过去他们的受众群以学生为主,学生被要求严格控制上网时间,但课外书却成为素质教育的一部分进行推广,于是纸质出版物成为他们接触文学的主要渠道。如今智能手机、平板电脑的普及,阅读时间被打成碎片,已经工作的读者需要更便捷的阅读方式,新媒体阅读逐渐成为主流。

"ONE·一个"创刊于 2012 年,由作家韩寒主编,上线不到 24 小时就成为苹果免费 APP 排行榜的冠军。迄今为止装机量已经超过了 2600 万,活跃用户 200 余万,每篇文章都能保持近百万的点击率和上万的点赞数。这是一个异常庞大的数据,要知道最好的文学选刊类杂志销量不过三十来万。ONE 以约稿为主,由编辑把稿件推荐给庞大的读者群。而选刊类杂志遵照从当月发表的所有小说里,精选出来,再推荐给读者的双选机制。这中间涉及一个问题,选稿的标准在哪里?如何保障这个标准的实现?选刊类杂志的标准是经过几十年以来的总结实践,有着背后的文学史标准作为支撑。而新媒体文学在运作伊始,脑子里可能是有一个标准的,但由于要应对每天内容的更新,这个标准会慢慢变得模糊,一些标准线

---

① 张玥:《告别青春文学:"80 后作家群像"》,《外滩画报》,2013 年 5 月 29 日。

以下的作品也不免会受到推荐。新媒体文学人为地加快了作品的传播速度,却省略了读者反馈、评论等步骤,取舍只凭借编辑的个人趣味。这个趣味有两种趋向,一种是曲高和寡,最后吸引到的只是一个小圈子的人。另一种是迎合大众,少数会变成名利的加速器。警惕这个情况的发生,要求编辑个人眼界的扩展或提升。

《ONE》走大众阅读路线,主打"文艺"而非"文学",文艺是一个宽泛的概念,但在《ONE》这里,被置换为一种生活态度。这就不难理解为何韩寒不主打文学,过"文学生活"的八十年代早就活在我们的记忆中,而"文艺生活"却成为主流。衣服上印着文艺图案,看一场团购来的文艺电影,用网络电台听小清新的文艺情歌,连拍一张照片,仰望天空的角度都可以是"文艺范儿"。作为一种生活方式,文艺无处不在。相较而言,坚持走文学路线的"果仁小说"[①],就显得难能可贵,它每周推送两次,每次一篇短篇小说,不限制国别,题材,作者,作为一个原创平台,它强调首发性,以千字500的稿费吸引最一流的小说家,对于翻译小说,同样寄予译者高报酬。它是希望通过一个良好的收益模式,重塑小说家的尊严,推出更好的作品。这个初衷值得尊重,但它面临的问题却是盈利模式的单一。文学期刊尽管只有几家盈利,但大部分可以依赖政府的补贴,而果仁小说只能不停地寻找投资方,以维持它高额的稿费支出,相对应它的付费订阅量微乎其微,不管编辑如何把一月8元,一年93元的形象地与一杯咖啡对比,但用户就是喜欢喝一杯24元的文艺咖啡而非看8篇小说。

《ONE》则很好地解决了这个问题,它的文字内容是免费的,而它的文艺生活,是要收费的。文艺生活里你需要接受适量的广告,你需要购买T恤和杯子来装点自己的生活,需要参加一些读书沙龙和读者见面会,来证明自己真的够文艺。这些配套服务,《ONE》都替你想到了。如果你不愿花钱,那你对于"文艺"的贡献在于传播。你通过把文字内容分享在社交平台上,通过按赞表达对文章的态度,这些文艺生活方式的辐射背后,是《ONE》这个文艺品牌得到了推广,品牌价值的提升,则会带来源源不断地广告收益。迄今,《ONE》已经投放了NIKE、雅诗兰黛、迪奥、康师傅、九阳豆浆机、中国好歌曲等商业广告,这些广告的特点是,他们与年轻人的生活密切相关。当人们已经厌烦了电视广告的狂轰滥炸和网络广告的夸大其词以后,如何精准投放在对应人群,是商家所要考虑的重点,《ONE》所聚集的是一个强大的未来中产阶级消费人群,他们生来就伴随广告,对广告并

---

① 果仁小说是微信微博上,国内最有声色的短篇小说阅读平台,国内第一个专注于刊发原创短篇小说的收费阅读APP,刊发了大量的原创短篇小说,分享了国内外的经典短篇小说。

不反感，甚至有时还会主动观看广告，寻找适合自己的产品。而商家正是看中了他们的消费能力，精准投放，并且这个投放不是生硬的，而是夹在翻页面，这就减少了读者的抵触心理。并且广告页面是经过精心设计的，都拍出了艺术海报的感觉，因为这批读者更注重产品的视觉呈现形式。

所以商家会投放给《ONE》，是因为《ONE》基于移动终端的阅读形式，首先就提高了一个门槛，那就是有智能手机、平板电脑的消费人群。这已经在普通使用电脑人群的基础上拔高了一个层次，尽管《ONE》也有网页版，但是点击量远少于移动终端。并且《ONE》的主要读者，对于还在从事网络阅读，甚至纸质媒体阅读的人，是自动保持距离的，把他们看作是无法与科技发展频率保持一致的out人群。而果仁小说却一直在人群定位上模糊不清，"爱好小说"的人群越来越变得面目不清，小说这门传统的文学记忆，在中国的确拥有广大的受众群，但这些人甘心做一个out的人，甘心通过传统阅读的方式欣赏作品，甚至还会去孔夫子网站专门淘书，他与新媒体阅读人群的重合并不大到可以支撑起一个电子杂志的运转。并且这些在文学品味上出众，在精神上却近于洁癖，一旦看见商业广告的出现，就会下意识地反感。

从内容层面来讲，《ONE》却存在着一些问题。韩寒在《ONE》发刊词写道："身边的碎片越来越多，新闻越来越杂，话题越来越爆，什么又都是来的快去的快，多睡几个小时就感觉和世界脱节了，关机一天就以为被人类抛弃了……于是就有了你所看见的《一个》。每天都只有一张照片，一篇文字，一个问题和他的答案。但也只是一枚碎片。"聪明的韩寒明白，我们对于碎片的依恋和无能为力，是一种不想被时代抛弃，却对时代变化无从掌握的矛盾心理，碎片是时间刻在我们身上的一道道记忆。但碎片也有高下之分，钻石，水晶，玻璃，各不相同。《ONE》提供的碎片并非各个出色。它固定的板块是：一幅画、一句话，一篇文章，一个问题，一个东西。其中较为出众的有"一幅画"和"一个东西"，它鼓励原创，禁止剽窃和复制，对插图也支付较高的稿酬。插图富有个性，符合年轻人的审美观念，绘制者也因为广泛的传播，而积累了受众。"一个东西"则由编辑搜罗各地的新奇物件，多是可以为生活增添情趣的装饰品，配以购买链接，将好奇心直接转换为购买欲。最受欢迎的应该是"一句话"，由编辑照抄自一本书或者一部电影。这符合了一代人格言体创作的风潮，经常从一个大的面向切入，如：人间、人生、岁月、时光，然后代入"我"的细腻感受。这种格言体多是短句，并且对仗，有一种语言的节奏感，易于记录和传播。格言的本质是对世界的洞见，如今被变形为"我"的生存法则。只是复述常识，不过是一种文字游戏。《ONE》

选取的格言其实传递了一种刻意营造出来的文艺气息，如2014年12月4日，选取的是李海鹏的一句："你知道，一个人配不上你的世界的最简单标志就是一些配不上你的人总想跟你共饮一杯啤酒。"还有："生活总是让我们遍体鳞伤，但到后来，那些受伤的地方一定会变成我们最强壮的地方。"这两条都充满了文艺心灵鸡汤的味道，不光具有广泛的传播性，而且"你"、"我们"这些代入词汇，会让读者感同身受。这源于网络签名档的诞生，更远则可追溯到那些贴在小学墙上的名人名言。我们活在这些格言里，好像懂得了很多道理，但是在现实生活里，这些道理并没有发挥作用，反过来又寻找新的格言自我安慰。"一篇文章"应该算作《ONE》的主打栏目，但文章质量参差不齐，只是一个简单的、有一点情趣的生活片段，大多以"我"的视角切入，回忆或是经历，语言缺乏锤炼，追求突然到达的高潮点，缺乏铺垫。这也可能是因为字数和读者耐心的要求，必须迅速抵达主题，在高潮点给人撞击，但久而久之，对于文字锤炼和文学技巧的钻研，则被作者放弃。"一个问题"涉及生活的方方面面，但也只停留于此，他对于一代人的思想层面缺乏启迪，或许我们不应该要求太高，但总归觉得只谈论"遇见不良少女怎么办"，"怎么看待朋友圈发吃的的人"，"追女生的注意事项"这些话题，更像是登徒子或饕餮客的起居注。

而果仁小说打出口号"这就是小说"具化为三条标准：1. 故事性 2. 文学性 3. 可读性。三者之间不是此消彼长的关系，而必须和谐统一。这就将晦涩难读的作品拒之门外，没有人愿意花时间跟精力去看一篇"不知所云"的东西，他们需要快速地获取一个好看的故事，给千篇一律的生活增添点情趣。并且，这个故事的讲述方式要有技巧，层层推进，这就要求写作者技艺的娴熟。另一方面，果仁小说取消了写作的门槛，并非只有专业作家可以发表，各行各业的人都能投稿，每篇小说的预览，都标记着作者的身份：青年作家、在校生、报社记者、公司职员、酒店服务员、药厂检验员。而这也是吸引作者的一种手段，号召更多潜在写作者的关注，还将传统杂志冗长的发表周期缩短为一周，从而改变了刊发周期远低于创作周期的弊端。这是一种新媒体在文学层面可能富有革命性意义的尝试，但是如何能吸引更广大的阅读数，和传统文学期刊相互打通，是新媒体文学从业者所要面临的问题，否则依然沦为小圈子的自娱自乐。

果仁小说的局限也在于此，它貌似包容，实则聚集的人群趣味相对狭窄。主编阿丁是一名近两年受到关注的小说家，他也和果仁作者一样不断强调着自己曾经的身份"麻醉医生"、"体育记者"。他对于身份的强调其实是一种对传统文坛的反叛，他并非通过文学期刊、文学评论、文学奖项三位一体的方式登场，而是因为喜爱小说，自发甚至带有冒险精神的转行专职写作，这就标志文学在他这里从精英又回到了大众。但他的文学趣味并不大众，他在微信公号里发布过一份阿丁书单，里面的书目有：胡安·鲁尔福、布鲁诺·舒尔茨、海明威、福克纳、奥康纳、卡佛、波拉尼奥等。通过这份书单加之他自己写作的风格——持续探索人性黑洞和挖掘自我救赎的可能性，可以看出，他持有一种二十世纪现代主义的文学观，他强调："阅读不仅仅是阅读，而是与阅读同步的思考，锻炼大脑的消化能力。"他把这种理念加入果仁小说的编辑理念中，所选取的文章都是简洁、冷峻、富有意味的小说。这自然而然会将读者限定在一个狭窄的圈子里，使得果仁小说无法发展壮大，同时他的选稿标准也屏蔽掉了一些现实主义题材的小说，而这些作品在中国更有根基。

人们仿佛乐于宣扬"已死"的概念，例如"文学已死"、"期刊已死"。在缺乏文学生活的今天，我们乐于做一个看客，而对自己知识的贫瘠不自知、不惶恐。新媒体文学的出现并不代表它们要和旧媒体进行一场决斗，一切持有着决斗思维的人必将两败俱伤。新旧两种载体的竞争，不应是互相消灭，而是共同参与文学样式和传统的变革，维持文学进步的张力。

这世界本不该有纯文学的概念，"纯"是一个无法界定的范畴，有的只该是"文学"。真正有野心的文学从业者，并不是要战胜陈腐的旧文学，而是要将自己的作品放在历史长河里对照，那时发表平台的优势荡然无存，它接受的不仅是当下读者的确认，更是未来读者的检验。在这个新媒体文学的推送时代，或者不管是任何什么时代，对一个有追求的写作者来说，她/他需要的品质，仍然是跟古老的写作技艺相同——诚恳地写出自己的卓越。

新媒体时代：生活充满偏见，和对的人在一起

■ 文/项　静

一

最早开始对新媒体文学有所关注，是源于与一个微博公号"right"（现已被销号）的相遇，后来在微信改名为"记载文本"，是全国最大文艺自媒体组织"文艺连萌"[①]的成员之一。"right"公号每天发布一篇原创的拥有数字版权的非虚构作品，发表的作品偏好"故事性"，它们宣告于众的是这样的主张——"希望以个体命运在大历史背景下的生活状态与态度为切入点，利用非虚构、特写、传记、速写、调查等方式，来还原当下社会的生态。他希望的方式是柔软的，轻逸的，优美而不失力量的去观察与反映生活。他不喜欢暴力，对极端也不感兴趣"。在当代文学期刊界或者出版界，关于什么是好的文学这个基本的问题，其实更多的是依靠个人的判断和沉默不语的共识，已经很少有这种汇聚一体的表达。亮出自己的宣言这个行为本身即是挑战与区分，它用非常文学化的语言表述自己的叙事半径，"不会第一时间直接进入一个事件或者热点的真相核心，如果别的新闻媒体

---

① "文艺连萌"的口号是覆盖千万文艺生活实践者，这也是所有自媒体特别具有竞争性的一种表现，这个自媒体组织拥有庞大的成员组织如"世相"、"读首诗再睡觉"、"花边阅读"、"机器诗人"等，以及庞大的手机端下载量，已经基本成为众多文艺生活实践者的家园。

热衷于侵入一个具象报道热点对象本身,那我们可能一直想到的是,追逐它投射在大地的影子……它是对移动互联时代信息碎片化,以及时效性冲击下的一次反思以及决定好后的彻底背离"。

我们常常对新生事物寄托无妄的理想和渴望,对那些能够刹住习惯性运转的事物谓之以新时代,而新媒体时代这个称呼,因为我们尚且置身其中,磨谷的碾盘还在重复转圈的过程中,必然是一个模糊而宽泛的概念。而背后的潜台词则是,每一个时代都有它吁求、期待的与它合拍而共鸣的文学形式,就像我们以后续描述的方式从历史上习得的诗词之于唐宋,曲之于元朝。而诗词曲在它们自己的时代从来就不仅仅是审美的、文艺的,它们是互致问候,牵肠挂肚,试探问路,应酬答谢,甚至还可能是咒骂发泄,当把诗词从这些人情世故的牵连中抽取出来,典之以文学的最高荣誉时,文学形式的生活意味已经在被遮蔽和消磨。如果真有一个新媒体时代,由于还在延伸和生产之中,我们才能发现那些缘由生活而产生的尚未精致化的带着生气的文学形式。

"right"的非虚构故事就像我们置身的社会生活一样不修边幅,五花八门,最常见的是"文革"故事,还有各种在传统文学故事出现但并没有如此逼真的社会情态,比如气功、斗狗、被警察抓、看手相、抑郁症、无人区生活、县城的摇滚青年,编辑部的故事等等,有着"我"的亲身经历和忧伤青春故事的底子,但还没有被抒情现实主义所吸纳,粗糙、凌乱、未经仔细打磨,带着一种类似乡野被主流所关注时的那种殷切和急迫,好多文章都有充斥着强烈的倾诉欲望,而不是对自己生活的认真审视。殷罗毕的《那些年,想抓住子弹的气功少年》是一篇较为成熟的作品,记录了曾经在中国人生活中烜赫一时的气功现象,在一个少年的心中留下的印记。在描述这个印记的过程中,一个与当代文学中的"上海"形象对话的地域形象和地方志呈现出来,这是这篇非虚构文章的超越之处——"那时候,我家还住在郊区,三林镇,属于现今早已从所有人记忆中淹没的一个地方——上海县。隔壁的杨思乡则属于另一个也不复存在的地方——川沙县。如今,杨思、三林全部归了三林街道。这两个县也统统归并到了一个全新的地名里——浦东新区。在这里念叨这些不复存在的地名,因为在我的记忆中,练拳、练功、练气功都是与这些地名和年代连在一起的。当这些地名消失,上海县、川沙县都成为了浦东新区之后,似乎练气功的那些人也都消失不见了。这是在2000年左右的事情。似乎那些农民的楼房被拆迁之后,也就没有客堂那样空大的场地,自然也就没人练拳或者练气功了"。最打动人的一篇是魏新《那些唱摇滚的曹县青年人》,这篇作品的推荐语里说:"刚刚结束的五一音乐节季,爆出诸多狗血新闻，在消费主义的时代里，这大抵已是摇滚常态。但来自山东某县城的魏新，却展开了一幅城市青年所陌生的摇滚图景：乡镇青年用大嗓门吼着过时的Beyond、崔健、唐朝，音乐之外的生活里则是江湖、梦想、成长烦恼、生存问题、爱与性……这种时而黑色幽默，时而荒诞的生活，又何止是乡镇摇滚青年们逃不出的困境"。县城与摇滚这个非常错落的搭配，让这部作品充满荒诞落寞和哀伤的可视感，一方面作者抒发着时下青年作家们陈词滥调式的感情"为什么我每次回到故乡，都感到它一点一点在苍老"，另一方面他又执著于对此地摇滚青年人生的关注，他们和大城市、乡村、家庭、周围的同龄人、流行音乐、观众都有着值得细致描摹的关系和故事，这一切让这个人群的弹跳具有弹性和广度，魏新使用的方式也是对比式的，有一个潜在的对话目标引出这一群落的人生故事，"有人给中国的摇滚人分代，我想，县城的玩摇滚的人，是不是也能分代？如果说给县城玩摇滚的人分代的话，这个红发小伙要排到第几代呢？前面那些代，他们去了哪里？如今在做些什么？"

"right"的非虚构故事比许多小说有"看头"，因为它们很少陷入常见的套路，但与成熟的"非虚构"这种文学形式还有诸多差异。卡波特在《冷血》的记者招待会中，称自己发明了一种新的文学样式："非虚构小说"（nonfiction novel），他强调《冷血》不是"纯粹的新闻写作"，而是"一种严肃的新艺术形式"。这是"非虚构"在美国流行的开始，其后，诺曼·梅勒，汤姆·沃尔夫，《村声》杂志都开始了各自的非虚构尝试，最终形成了一场被称为"新新闻主义"的文学运动，其后，非虚构被定格为文学的一个新类别，而美国新闻的样式也被彻底改变。非虚构写作近年来涌现了一批有影响的作品，如梁鸿的"梁庄系列作品"、阿来的《瞻对》、李娟的《我的阿勒泰》、薛舒的《远去的人》等等，他们都是在实践一种不同于日渐疲惫和程式化小说写作的严肃的新艺术形式。与出版界"非虚构"文学的声名鹊起不一样，新媒体上非虚构是一种类似于个人志的文体，介于虚构与非虚构之间，带着个人体温，又能在大概念与小自我之间穿插躲闪，并且迅速集结起以共同人群为基础的共鸣感。这种文体是自媒体时代诞生的，篇幅、写作方式都考虑到读者的阅读感受和习惯，从文体上看是一种区别于小说、诗歌、散文、新闻报道等传统权威文体的、既新且旧的文体，更接近广义上的"文章"。

在这种非虚构个人志式的写作中，"真实"依然是一个不能回避的问题，纳博科夫对这个问题的见解在我们这个"信息"为王的时代或可援用，在他那里真实既不是真正的艺术的主体，也不是它的客体，艺术创造它自己的真实，他说："真实是一种非常主观的东西。我只能将它定义为：信息的一种逐步累积和特殊化。

举个例子，如一枝百合，或任何其他自然物体，一枝百合在博物学家那儿要比在普通人那儿真实。而对一个植物学家来说，它更真实得多。要是这位植物学家是个百合花专家，那这种真实更胜一等。这样，你离真实就越来越近，但你不可能完全达到真实，因为真实是不同阶段、认识水平和'底层'的无限延续，因为不断深入、永无止境。你可能对某件事情知道得越来越多，但你难以对这件事情无所不知。这是没有希望的。所以，我们的生活多少被幽灵般的客体所包围。"新媒体的重要之意即是所有人对所有人的传播，已经突破了传统文学的互动性差的藩篱，并且打开了传统文学和真实的定义，虚构、非虚构、写作在这个意义上已经失去了一部分原有的意义，正是在这个向度上，不断深入、永无止境成为一种写作的品味和取向。

文学在任何时代都是一种意识形态装置，日积月累获得习焉不察的普遍性，并且规约着我们对文学和作家的想象。新媒体时代的文学，因为其工具性的命名所暗示的广阔性，必然是复杂难明的状态，但有一个倾向是确定的，文学从理念高蹈之地向朴素平实和细分的转向。当我们指摘一个时代文学的时候，最流行的方式就是批评它脱离时代的疾苦，或者没有对历史承担的勇气和没有对时代发言的欲望，以及对信仰、真理的探索，民族、家国的意识欠缺等等。现在的文学已经不复1980年代充满理想主义和参与意识，也不再是万众仰慕的事业，作家也不可能承担社会灵魂的工程师的重任，对公众发言并获得积极的响应。它的边缘化已是不争的事实，但由此也获得了一种更接近自己朴素本质的机遇，卸掉了过多的重负。这样说并不是要放弃文学的传承，当然要保持对那种天才文学的向往和尊重，对苦难的理解，对社会的关怀，对自我的反思，但这些文学的高贵品质永远不可能在口号的阶段开花结果，它们必定要落实在想象的空间、故事的讲述、细节的记录、叙事的语调中，并且需要朴素而不是喧闹浮躁的文学土壤。

同时，新媒体文学对地理空间的影响也逐渐显现出来。韩寒曾经讥笑郭敬明的小说是写给城乡结合部的青少年看的，这个说法是符合中国城乡二元结构的国情的。大都市以其现代的形象一直在引领和塑造卫星城市、小城镇和乡村的发展方向，它们以文化和资本的力量创造着生活方式、审美趣味、艺术形象，吸引并能辐射到其他区域去。由此也衍生了都市写作群的一种写作方式和写作内容，对都市生活和细节的某种分享式写作，对异域风光、旅行生活的记录，并且呈现出一种变相的巴尔扎克式写作。网络红人几乎都有一本旅行的书，或者用文学术语说是行走的记录，它们不同于旅行手册，而是在尽力营造和传达一种生活方式。

当然在更大的范围内说，这也可能是消费主义的一种规训，不仅要规划你的消费，而且要占据你的业余空间和时间，但他们使用的是没有侵略性的，带着自己体温的方式，并且在传达一种有限的对日常生活压力和制式化生活的抵抗，可能正是这种混杂的情感契中当代中国青年的内心需要。另一方面是微博、微信的出现又在消弭这种城乡二元结构以及背后的经济文化鸿沟，我们有可能重新发现另一个世界和另外的生活——返璞归真、回归自然，比如豆瓣空间上对乡村、小城镇、古典空间的重新发现和文学叙述，这又会形成另一种向度的引领和回归，从文学上营造共鸣，情感共同体，意义共同体，价值共同体，以及一种知识的共同体。

二

李敬泽在《格格不入，或短篇小说》一文中，对当代短篇小说的危机有过系统的描述，它们在当代中国处境尴尬，无法像长篇一样因为模仿我们涣散感官所能触及的生活，成为单面生活的表征和安慰，以书写的方式确认和肯定这种生活，继而成为人们的心头所爱。又无法像段子、故事和小小说，回到了文学的另一个源头：流言蜚语、闲谈，归依于这个时代的生活世界。短篇小说在这个时代的可能性存在于一种更根本的意识：它的确与我们的生活格格不入，它是喧闹中一个意外的沉默，因此它们的落寞和不合时宜就成了心照不宣的事实。

但新媒体的发力点好多都是落脚在"短"上，传播最多的文类是评论、散文、短篇小说、诗歌，首先是因为它们的短而从传播意义上获得优势的，尤其是微信，首先考虑的是受众的生理上的阅读需要。"果仁"小说主编阿丁在微博上有一个小调查：1.你想在手机上或ipad上读到多长篇幅的小说？（字数）2.花多少钱读一篇原创小说你认为合适？ 3.你喜欢读什么类型的小说？匿名的读者对这三个问题的回答并没有很大的代表性，他们的回答有的甚至已经远离问题，但从提问者的角度看，这是寻觅和探索某种共同的规约，或者替内在的判断寻求印证，"出于从移动终端作为阅读工具的普世性和大趋势考虑，敝店仅有一种商品出售，即短篇小说。它是最适合碎片化阅读的文体，比如上班途中在公交地铁上就可以读完一个短篇，中长篇耗时费眼，本店暂不经营。如今人类拥有太多的碎片时间，但碎片时间并不等同于垃圾时间。假如被它的主人利用好了，无异于黄金时间。好的短篇小说恰恰具有这一力量。这种短促而精准的文体，最适合作为变废为宝的工具，果仁的使命之一，就是协助热爱阅读的人，把垃圾时间转化为金色质地"。① 另外一个短篇小说公号"小的说",也是一个致力于推广和发掘原创的平台,它的口号是"拥抱移动互联网,扛起华语短篇小说复兴的大旗;让写短篇的作者,不但有前途,而且有钱途;让读短篇的读者,不但能读到别人,而且能读到自己"。② "小的说"对小说的要求是——题材不限,故事性,趣味性,文学性优先。创办者万小刀还给出了一个他本人喜欢的国内小说的参考书目:余华《十八岁出门远行》、苏童《白雪猪头》、安妮宝贝《八月未央》、朱文《我爱美元》、薛忆沩《出租车司机》、李傻傻《一个拍巴掌的男孩》、小饭《为什么没人跟我讨论天气》、韩寒《一起沉默》、蒋峰《我打电话的地方》、路内《十七岁的轻骑兵》、葛亮作品集《七声》等,对篇幅的要求非常明确,万字以内的华语短篇小说。"小的说"还有一套培养作家的计划,给在平台上发表原创小说的作家出书,举办面向更年轻写作群体的小说大赛,这背后都有一种挑战主流文学体制的欲望。"小的说"给出参考书目的行为本身其实是在传达暂时难以明确表述的文学趣味,"果仁小说"在这个方面走得更远,主编阿丁对这项事业有了一个更清晰的规划:"向热爱阅读的用户推介不同于所谓主流文学的优秀小说;致力于成为被传统文学期刊选稿标准拒之门外的写作者之发表平台;把用户的碎片时间变废为宝,以阅读抵抗虚无;让文学更有尊严;无害的阅读使用户离自由更近,而非更远"。无论是区别于"主流文学"的姿态、对抗虚无的旨归,还是对作家尊严的考虑,都具备了一个成熟的共同体设计的框架。很难说,新媒体对"短篇小说"的热衷与推崇会迅速改变短篇小说的处境,但"短"篇小说或者短篇故事具备"所有人向所有人传播"时代的一切便利,新媒体的加持应该会加速这个文类内部的自我更新和丰富。

没有哪个时代的青年像今天这样与网络新媒体的关系如此亲密共处,并且几乎没有可以后退的路,就像如今没有办法再复原毛笔、繁体字的日常使用一样。尽管新旧媒体对文学的影响一直是争端焦点所在,但毋庸置疑的是,每一个人都在时代中,不会因为暂时的回避和个人态度而改变大势,在这个意义上,没有人自外于新媒体时代。以 1980 年代出生的人为例,网络世界对他们来说,从来就不是一种简单的传播工具和平台,而是塑造并组成他们生命、生活的一部分,他们的青春与成长跟中国网络社会的发展几乎是同步的,而写作的成熟期又与自媒体时代的到来契合。可以说网络既是生命空间,也是群体精神的栖息地,还是进

---

① 阿丁:《有关果仁 APP》,http://blog.sina.com.cn/s/blog_61dfa4850101onp8.html。
② 引自《小的说》APP 首页。

行文学创作和阅读的"共同体"。以"豆瓣读书"为例，尽管受众群十分广泛，但青年还是占据了大部分空间，自2004年出现以后，迅速成为青年读书、交流、写作的一个重要平台，它以小组、发言、收藏等功能，成为写作、读书、思考的一个重要集散地，到2005年增加"和你口味最像的人"，还在部分书的介绍页里开通了"豆瓣成员认为类似的书"等功能，成为文学青年寻找族类认同的重要途径。青年在自己的文化空间产生自己的文学想象、理念和认同就有了各种铺垫和支撑，而在新媒体时代究竟会产生什么样的文学是我们需要去进一步观察和探究的话题。

博客、微博、微信等新媒体的便捷的交流阅读模式，使作家个人的传播能力得到强化和扩张，在此过程中，既有天下大同的感觉，也会逐渐形成不同的阅读群体和文学风格，无论作家有没有意识到，都会在无形中强化作家的读者意识和自我暗示，并且走在一条不断规约的路上。新媒介除了日常生活的互动性，也在继续深入个人生活空间的阅读、思考和写作，"生活充满偏见，和对的人在一起"，"对的人"可能是对读者的族群认同最简单直接的概括。与传统媒体的论战、网络大战不同，新媒体时代的文学写作，很少涉及尖锐的议题和观点，或者是在论战的历史中淘洗出来的一份平静，和"对的人"共享某种精神，分享某种情感，至于和"对的人"在一起之后，再要做什么，随着各种作家作品的出现会给出更多提示，比如豆瓣上邓安庆的散文、小说，沈书枝的古典知识化的散文，我们可以看到一种古典意蕴的复苏，以及一种自我知识和世界的重新梳理，这是豆瓣这种媒体打开的文学世界，微信公号"上海那摩温"，致力于一种人文志的写法，重建上海的记忆和知识，他们叙述语调上的诚恳，不虚浮，抱诚守真的一面让文学的世界更扎实。

在我们这个时代需要警惕的是，巨大的信息含量、广播式的推介方式，毫无疑问也会带来一种阅读的虚假繁荣，说句拂逆时代的话，有效的阅读也许在根本上并无改观，尤其是对已经形成自己文学视野的几代人来说，不同文学观念的族群因为接触到其他的文学讯息而改旗易帜的几率并不会很大，而更可能是在信息海洋中重新找到有利自己的例证，巩固自己的文学理念。但无疑分散了焦点和对立，于是在分享的意义上，所有人都是有效的，分享喜怒哀乐，分享我们的生活经验，分享我的世界，在日益壁垒森严、互相隔膜的现代社会中，告诉你陌生人是如何生活的，无论是从文学上还是心灵慰藉的意义上，都成为一种需求，我想这也是为什么最近几年非虚构文学声名鹊起的一个重要原因。所有人都分享艰难的时代，共享一个未来前景的可能越来越小，那么和"对的人"在一起，就成为最小公倍数式的文学理念，至于这个观念是不是懦弱者的精神鸦片，还有的是时间让我们边走边看，就像雷蒙·威廉斯在《漫长的革命》中所说的："我觉得我们就像是在经历一次漫长的革命，关于这场革命，我们最好的描述也只是局部性的解释。"①

---

① 雷蒙·威廉斯:《漫长的革命》，倪伟译，上海人民出版社，2013年。

微信时代文学与传播的新状态：论微信与文学

■ 文/张永禄

毋庸置疑，今天我们已进入微信[①]时代，我们中的大部分人已深嵌其内。这里有两组数据表明微信正成为一种生活方式（和微博、微影视一起简称"微生活"）。一是据《微信发展史及趋势》[②]提到的，仅仅3年时间，微信用户达到6.6亿（其中国内5亿，国外1.6亿）。在目前的8.17亿上网用户中，移动网民规模达6.52亿，同时移动端用户上网时长超过pc端用户的29%。二是今年春晚播出期间，腾讯公司携手央视开展的微信抢红包活动，互动总量达到110亿次，峰值为每分钟8.1亿次（也就是说，近乎一夜之间猛增微信用户1.5亿——作者注），很多人忙于用手机抢各种名目的红包，顾不上看春晚节目，[③]加上阿里巴巴的支付宝、百度等各大企业的红包派发互动以及亲戚朋友间的微信红包活动，"抢红包"成为今年春节的全民狂欢。一旦微信成为大众的生活方式，自然和文学脱不了干

---

① 微信（wechat）是腾讯公司于2011年1月推出的一个为移动智能终端提供即时资讯、社交、通讯、音乐、电商、理财、游戏、娱乐、生活等服务功能的超级APP和平台。在国外与之相对应的是facebook，旗下WhatsApp是近来非常火爆的即时通讯工具，月活跃用户（Monthly Active User, MAU）超过4亿5千万。最近每日新增用户接近100万，日活跃用户超过70%，每天WhatsApp发出和接收430亿条信息，上传6亿张照片，2亿条语音，1亿条视频信息。

② http://wenku.baidu.com/link?url=_br61RJv86p86qg7CrNDGv-0ENhkpwFdpJLWShH9W8qZDU7lMdEOwHBTi1LgxmwXkD6KCBxnATFf58lrV00fqDEpaWNbHujSJN7rIPizfCm。

③ 人民网：《央视春晚发红包全国人民抢 微信"摇一摇"110亿次》，http://media.people.com.cn/n/2015/0220/c40606-26584450.html。

系。事实上，微信在一天天壮大，微博却在一天天萎缩，微博文学成为明日黄花，微信和文学的关系越来越密切。

要讨论微信和文学的关系，就需要把它们放在新世纪文学产业化语境中考察。新世纪以来的十多年，文学的网络化、市场化、类型化已经由趋势变成事实，这正极大地改变文学的格局，不仅仅是创作队伍组成与结构，也包括文学观念，还有文学的生产、传播与阅读等机制。尽管目前文坛很多学者对这种新状态持保留甚至抵制态度，但这种情形在很大程度上类似"五四"新文学对传统文学的冲击一般，是社会变迁和历史发展的必然。不过，它是以技术和资本为代表的声势浩大的策动，它不是打着启蒙的旗号，而是吹着娱乐至上的集结号。在这个千年未有之大变的文学格局中，文学的传播与阅读方式的革命是最为显在的表征——以手机为移动端的阅读（包括QQ阅读、微信阅读）时代到来。随着网络技术的飞跃和文学产业化水准提升，市场化机制的成熟，特别是以微信为代表的微生活时代的到来，使得文学在网络上、市场化和类型化事实的基础上出现进一步强化，有了新的征兆或状态。具体说来，有如下四种代表性趋向值得关注：

一、创作从类型化进一步发展到"私人定制"

随着社会生活的丰富化，读者的分层化，审美需求的多样化，小说①的创作类型化是必然趋势。这个趋势在网络文学中表现最为明显，只要看一看各大文学网站的五花八门的分类就知道。类型化时代的创作和阅读都是分类的，这是阅读定制的前提，也是雏形。到了微信时代，一方面由于社会多元化催生了消费者对自身需求的重视，促进个体消费时代的到来，拥有定制产品和定制服务曾经是社会地位和身份的象征，而在消费社会，定制已成为平民化的生活方式；其次，微信传播提供了技术和服务功能上的可能。有人指出，在语言表达和信息传播方面，微信传播比微博传播更具有优势。② 这基于如下两点理由：一、微信的粉丝质量更高，目标受众更具有针对性，在保证阅读个性的同时又能保护阅读的隐私。因为微信上信息的流动仅限于确认的好友之间，信息的指向性明显，用户一般不会对内容反感，接受度较高。不被确认为好友的用户，不能看到他人的评论和留言，这就使信息的隐私性得到保护。二、微信上的双向互动性模式，有助于读者和创

---

① 鉴于小说已成为目前文学生活中的特大文体，本文只讨论小说，特此说明。
② 匡文波：《微信PK微博：谁更"凶猛"》，《人民论坛》，2013年第22期。

作建立平等关系。由于用户之间互相加为好友才能对话，排除了"不相关"粉丝和"杂音"的干扰，构成平等关系。除此之外，用户将现实生活中的好友关系复制到微信平台上来。因此，微信用户发送的信息、图片、视频，往往能收到及时的反馈，形成良好的互动关系。双向平等互动性的网络关系，保证了微信用户发出的信息具有较高的接受度。语音通信功能的使用，使传播双方更方便、更直接、更生动的了解彼此感受。如此一来，微信传播机制促进了个性化阅读，进一步刺激和要求创作的个性化定位，或者说是类型作者们的进一步分化，比如那些个性特别的写手们或者大V，专门写旅行的，写励志的，写育儿的，或者写修炼的，写耽美的，乃至写悬疑或恐怖的等等，一般会有自己的特定粉丝，在和粉丝的互动中，可以根据粉丝的个性化需求进一步定制性创作，满足粉丝的阅读心理和需求。技术上，以 zaker 为代表的软件，就是直接为个性定制阅读而设计的。在大数据的帮助下，门户网站一般都是让读者选定自己的阅读兴趣和范围，推送给读者，在读者和作者之间建立起看似松散实则密切的联系。当微信阅读到了一定程度，就变成了生活需求，和游戏、通讯、购物、社交等微信平台提供的其他功能捆绑在一起，成为生活的不可缺少的部分。这种生活化的阅读行为和需求自然而然催生读与写的"私人定制"。由于微信时代实现了写手和读者的直接对接，根据既定圈子读者的胃口和兴趣需要的"私人定制"创作出现，读者和创作者在微信圈内实现了预订与出售的"精准送达"。虽然目前大部分处于宣传阶段，基本免费，一旦用户稳定，收费服务就指日可待，当然，那些人气本来很足的大V级写手，可以跳过这个阶段，直接收费服务，比如南派三叔。

二、阅读与传播进一步发展到"淘宝购物模式"

过去作家们创作获得报酬的方式比较传统，主要靠稿费和版税；网络作家们把自己交给文学网站，靠读者阅读付费，和网站收益分成；或者把版权卖给影视和游戏公司，让他们改变成电影、电视或者游戏等文学衍生品。应该说，虽然不乏部分作家得到优厚的报酬，但是就整体利益分成比上看，作家们的获得是非常少的，类似雇佣工给地主或资本家打工的工资一般。韩寒和郭敬明这两年的触电，亲自做编剧和导演，和投资方合作，把自己的剧本改编成粉丝电影，获得巨大的商业利润，实现了从写手到老板的大转变。郭敬明的电影《小时代》系列票房超过13亿，韩寒导演的电影《后会无期》票房冲6亿元。这种亿元级次的财富创造，早已不是当初他们靠版税获得百万收入可同日而语的了。

如果说韩寒和郭敬明属极端个案，那么随着微信时代的到来，网络作家独立自主经营自己的作品时代业已到来。由于微信阅读在时空上的便捷性优于电脑阅读，加上微信账号、会员制、支付宝、财付通等商业运作模式在文学上的使用和推广，写手们将慢慢脱离盛大等传统网络文学产业链模式，在微信上安家，脱离网络文学网站，自立门户，开始个体化经营，做起产销一体化的"文学小买卖"，开创了类似淘宝购物消费的个体性自媒体运营模式。比如南派三叔等建立了自己的工作微信账号，办理会员卡就可以阅读他的短篇小说、小说连载和漫画等，还可以参与到会员讨论区中，发帖、评论和会员讨论，以及得到南派三叔等的点评，和南派三叔互动。得益于科技创新和营销模式的成熟和普遍推广，以"内容为王"的写手们不失时机做起"文学生意"，自己做自己文字的老板，有效实现了从雇佣者到雇主的转变，使得个人作品的商业收益尽可能最大化。可以想见，作家兼老板一体化身份会在微信时代的文学产业链中越来越时髦，越来越多的年轻写手不仅仅是内容的生产者，也是公司项目开发者和策划人等，基本按照文化市场的方式运作自己的作品，走粉丝产品定制路线，开发出除小说之外的更为赚钱的文化衍生品。

那些暂时不能成为老板的文学写手们可进入现代企业，成为产业链上游的内容生产者和策划人。当越来越多的文化企业认识到"内容为王"的商业法则，盛大集团作为一家网络游戏公司向网络文学企业转型的成功启迪了游戏公司、影视创作室和一些文化创意公司。他们不再向盛大等原创网络文学公司购买文学作品的版权，从事二度内容开发，而是直接招收有潜质的作家、写手等，甚至就是白金级别的网络作家，请他们为自己的公司直接生产内容，成为公司的一名员工，或者成为公司的一个部门，和其他部分一起研发产品。不同的是他们提供的是订制性"内容"，直接成为现代企业生产链条中的环节或部分。这样一来，企业的综合性加强，自主性也提升，生产的效率也大大提高，不再过于依赖从别的公司购买内容。这方面比较典型的是游戏公司和影视工作室了。一些有写作潜质的写手或者大V们，不再是宅在家里码字，在现代企业里有了工作岗位，开始上班。可以想见的是不久的将来，很多文化企业，甚至一般公司会在企划部、推广部等部门设置文学岗位，乃至会在组织构架里专门设置文学部这样的部门。游戏公司和影视公司已经走在前面了，比如游族网络这样一家新的上市公司就成立了影视部，招募了文学写手把效益好的网游和手机游戏开发成电影电视等衍生品。随着越来越多的导演、制片人、编剧、明星等成立自己的独立工作室，对文学写手的需求量急剧增加。在文学产业化浪潮中，文学内容的生产者或策划者可以被纳入到岗位或流程中来，让文学告别无用，成为"有用"和"实用"，切实实现了文学的生产力。

三、传统文学刊物刮起"微风"，争取新媒体读者

2014年，传统文学期刊不约而同做一件事，就是给自己的刊物注册公众微信号，进驻微信平台，向微信世界发出了寻找读者、结交知音的呼唤。

传统纸面期刊的读者年纪普遍较大，年轻的读者则很少，面临读者断层的危机。如何吸引新的读者，是摆在传统文学期刊面前的大问题。互联网的崛起，人们的阅读方式和习惯发生了革命性的变化，大部分年轻人习惯从互联网、移动媒体上阅读，获取信息。腾讯公司的调查表明，微信的读者年龄基本是25—45岁。向微信进军，主动走进微信大众，以符合新媒体阅读的形式和内容吸引这些新的阅读群体，进而关注并订阅纸面文学期刊，是大多数文学期刊早晚要走的路子。

这方面，《小说月刊》作为第一个吃螃蟹的文学期刊做了初步探索。《小说月报》2013年5月开通公众微信号。该杂志根据微信的特点，设计出一套内容发布方案。每期新刊物面世前，将每篇新作的精彩片段与创作谈、评论等编辑为一个小专题，配以精致的图片，逐日发布给订阅者；同时开设"小说新声"、"周末分享"、"微言小说"、"小说家言"等不同栏目，将《小说月报》纸面刊物所无法呈现的作家创作感言、读者阅读心得、文坛潮流脉动等信息每日发布给用户。《小说月报》每日发布一则信息。应该说，微信版本的文学期刊，受到传媒自身特点的限制，在内容和形式上与纸面的期刊有很大不同，其篇幅的精短性，内容的灵活性，发布的动态性，形态的图文并茂有较大的优势，但是内容的深广度则不如纸面期刊。让人感觉到，文学期刊的微信版本是信息性大于文学性，或者说，它是期刊的广告版，是传播的软文。其醉翁之意不在微信，而在作为母本的纸面。这也是可以理解的，否则的话，不如直接办手机版、微信版的文学期刊了。《小说月报》微信平台的负责人徐晨亮就明确了其目的："我们一般会从推介的小说中摘录出三四千字精彩片段，附以创作谈、评论等背景信息，一起推送给读者，让他们快速了解小说的题材、风格，同时挑动起他们的阅读欲望，吸引他们购买实体刊物。"[①]

由于经典文学期刊目前基本思路尚是把微信作为平台，意在把新媒体读者引

[①]《文学期刊进驻微信平台引起关注》，《人民日报》(海外版)，2014年1月21日。

导到传统经典期刊上去，对于微信本身的特点比如社交平台的互动性、平等性关注不够，对新媒体阅读和写作本身重视不够。这种以纸面阅读为源，微信阅读为流的体用之思和改良做派可以理解，但不能从根本上解决纯文学的读者断层问题。新媒体阅读浪潮和经典文学、纯文学写作的矛盾依旧是一个沉重而艰难的理论与实践课题。

四、写作的泛文学化趋势明显

一时代有一时代之文学，微信时代的文学该是什么样态？我们曾经乐观地以为微博文学前程远大，随着微博的急遽萎缩，这种观念不再有市场，很多人也主张网络文学会成为文学的主流，现在连其理论鼓吹者邵燕君也有了新的忧虑："从媒介的意义上来说，网络文学已经有点像以前的纸质文学，被边缘了。"[1] 相比之下，微生活时代文学的生产、传播与写作机制再次发生了很大变化，我们尚不能武断提出微信文学这样的套用性概念，事实上也没有必要。但是，可以肯定的是，文学在前所未有的泛文学化。

这里的泛文学化，是相对于经典的文学而言的，说白了就是文学的生活化，或者说文学作为一门专业的艺术特征在消解，融化在生活中了。具体表现有二：一是文学的文体意识进一步淡化，虚构和非虚构的界限模糊，文学与新闻的差别减小（很多大众关心的热点新闻事件，成为创作的灵感来源，乃至故事原型），文学和图画融合，和游戏混搭，原创减弱，模仿写作盛行，情景化、表演性风格明显。这不是说，以前没有这种趋势，而是说微信时代，这种趋势来势凶猛，我们每天都身处其中，不仅仅可以感受，还可以创造。每个人既是泛文学的欣赏者，也是表演者，还是创作者，我们的身份在多元化，也在混同化，全面创作已不是神话。

二是文学的生活化和工业化应用。文学写作开始融合到不仅仅是文化产业的各种产业链中，融合到企业的具体行为中去，和很多实体性行业结合，比如和广告融合，和设计融合，和形形色色的商业促销行为融合等等。一旦这个融合开展起来，文学的应用性就得到了明显彰显，文学性要求比较高的文字编辑工作或文案越来越成为很多单位的工作岗位，最近一个新的动向是部分大公司开始招募作家、写手做企业策划或微信服务平台管理等工作。这样一来，传统的文学教育理

---

[1] 张中江：《邵燕君：如今网络文学有点边缘化了》，《南方都市报》，2015年02月05日。

论要发生巨大变革,它直接的后果就是创意写作将成为文学系的主导。关于这一点,我们只要好好回顾战后美国创意写作学科发展的历史就不难得知。①

对于微信时代文学传播新状态的平面描述不能成为本文的根本目的,更为重要的目的是要引导我们的反思。首要反思的是今天的文学究竟是渠道为王还是内容为王?新世纪十多年来,网络技术的每一次革新都会带来文学的一些变化,比如从电脑写作,到网上文学,再到博客文学和微博文学,进而到微信传播与写作。每次变化都会引来众声喧哗,喧哗之后冷静观察,除了传播方式变化之外,似乎文学并没有发生根本性的变异,普通大众对文学性的基本共识还在。微信作为大众社交平台,是文学的渠道,腾讯要在微信上发展文学业务,还是要和提供文学内容的文学网站合作(收购或者创办文学网站),要依靠写手们生产的内容为其支撑门面,内容的重要性不言而喻。文学传播形式的革命如果不能促成文学内容的革命,还能称之为文学革命吗?同时,微信技术除了对文学艺术传播方式有巨大影响外,对它们还能产生什么决定性影响?历史经验告诉我们,一个时代最伟大的艺术,一定是和该时代最先进的技术紧紧结合在一起的艺术,代表了时代的最高水准。比如十九世纪的印刷术促进了小说(特别是长篇小说)的繁荣,取代了诗歌和戏剧成为文坛霸主,而二十世纪声光电的出现,让电影、电视成为主导型艺术,极大冲击了小说的地位。那么,二十一世纪的微信时代,将会带来什么样的文学艺术革命呢?一种更为综合或者立体的文学艺术形式有无可能?如果有,离我们还有多远?另外,新媒体时代的读者在不断分层和细化,阅读方式和习惯的革命,是不是也会革了传统的、经典文学的命呢?或者说,随着经典文学读者的离去,新媒体读者对纸面文学的抛弃,经典文学、传统文学会不会变成非物质文化遗产呢?这也许是杞人忧天,或耸人听闻。但新老读者的融合、经典文学和网络文学的融合却是亟待解决的重要的实践性课题。

---

① 具体可参考马克·麦克格尔:《创意写作的兴起:战后美国文学的"系统时代"》,葛红兵等译,广西师范大学出版社,2012年。

心路

你做了什么
——一份城市公共文化空间里的私人记录

你做了什么
——一份城市公共文化空间里的私人记录

文/臧 杰

报纸养成公共情怀

"你做了什么",其实是我在主持一份都市报的文体采编时向报纸同人提出的一个问题。这张叫《青岛早报》的报纸,是青岛的主流都市报之一。

青岛是在德国殖民背景下开埠的现代城市,自1898年《胶澳租借条约》算起,也就百余年的历史。传统文化资源的匮乏使这座城市先天积累不足,在历史演进中,也不免有几声"文化沙漠"的喟叹。像这样的词,文化记者最敏感。巧妇难为无米之炊,大家以此为挡箭牌,也习惯了把眼光投掷到埠外,甚至更愿意编辑外地的文化娱乐新闻。

梳理本土有限的资源,发掘与呈现本土文化讯息,则是那段时间最着急的事。于是,就生出了这样一份诘问。

我们最初做的有规模的工作是"人文青岛"系列连载,每次连载都至少100期,从《青岛老房子揭秘》《青岛老街道》《青岛老掌故》《青岛大院故事》《青岛老村庄》,到《青岛老照片》《青岛近代名人逸事》《青岛过客》等等,前前后后做了四年多,有效梳理了青岛的人文历史和民间叙事,渐渐成为本土叙事的景观。其间也还做过类似"青岛制造"文化大专题,2003年9月2日,创设了周一至周五的"人文青岛"专版。

为这块专版写过这样几句发刊词："人文青岛"就是想在丰富地域文化的基础上，去捕捉创设与缔造的过程，去见证这个百年城市的栖息者与文化之间相互影响、相互改变的姿态与状况。我觉得，这既是我们作为人的一个梦想，也是我们作为报人，报纸作为媒体的一种理想和责任。为报人，报纸作为媒体的一种理想和责任。

"人文青岛"专版持续做了半年，记者、编辑的压力都蛮大，到我转身去分管发行工作就渐次结束了。但与报纸版面互动的网络论坛却没有停，那也正是 BBS 盛行的时期，一个门户网站的阅读，主要来自于网络社区。2004 年 1 月 28 日，我把关乎杨志军十年青岛写作历程评述的一篇文章《一个青岛作家的困境》，贴在青岛新闻网"人文青岛"论坛上，没想到，迅速掀起了一场广泛深入的讨论。2004 年 10 月 8 日，又和同事们一起把杨志军请到青岛新闻网做网谈，杨志军以凌厉、深沉的思考和连珠妙语赢得热烈的回响。次日印行的《青岛早报》以《青岛文化有八大不足》为题作为头版头条刊出，对现实的刺痛与反思可以想见。

2005 年 9 月，杨志军的《藏獒》出版，人民文学出版社以 10 万册起印，一纸风行。继而我在人文青岛论坛，发起了第二轮讨论——《杨志军、〈藏獒〉及知识分子的公共性》。主题由作家的个体生存，迁延到知识分子的公共关怀上，希望有更多的本土知识分子，能够破除职业和言论的框框，在公共问题上发声立言，有所担当。

两场讨论论坛的跟帖文字后来统计有二十万字之多，加上杨志军的网谈，就生成了一本叫《藏獒：在都市中嚎叫》的书。书稿成形不久即被湖南出版集团旗下的"兄弟文化"看中，2006 年 4 月，并以湖南文艺出版社的名义印行，它或称得上是中国第一个 BBS 文本——作者完全是一帮网友，文本在互动中形成，没有预谋，在"意外"中达到统一。

这本书，也让我感受到了空间的力量，尽管这空间是虚拟的，但它可以八面来风，交集互动，与发布式、单向度的媒体述说截然不同。

2006 年 4 月 22 日，在青岛新华书店举行的"嚎叫沙龙"，右起分别是尤凤伟、周实、杨志军、周海波。

因为这本书的机缘，我们青岛日报社与"兄弟文化"建立了项目合作关系。我扔掉了得来不易的"总编辑助理"职位，放下报纸转身学做出版，于是也就有了良友书坊。

"良友"来自对传统的想象

良友书坊，一听就是图书工作室性质。实际上，专职员工只有我一名，资金也仅仅20万元。原本想借助和"兄弟文化"的合作打开局面，无奈赶上《伶人往事》的封存事件，"兄弟文化"的主要合作方——湖南文艺出版社因此收紧出版。没有书号，当然就意味着裹足不前。

是所谓出师不利。后来，经"兄弟文化"总编辑周实先生介绍，在文汇出版社推出了杂志书《良友》。

当初选择叫"良友"，出发点正是"与其自己创一个品牌，不如找一份传统依偎着"。那时，老刊新作的先行者《万象》已经做了七年。于是，我就掰着指头历数民国杂志，很容易就锁定了上海良友图书印刷公司，原因是老"良友"既办过大名鼎鼎的《良友》画报，又出版过赵家璧先生主持的《新文学大系》和"良友文库"等系列图书。一手"杂志"，一手书，符合我们传媒业出身投身出版的基调。而从杂志书向图书过渡，则是我们确定的发展策略。我的一个比喻是"杂志书"可以蓄水养鱼，单行本就是资源转化。

没有"水池子"的二线城市，哪里有那么些优质的"鱼"作者？逐步扩大作者源，是唯一的出路。我们就依着"良友"，揣着假想的理想上路。恰在此时，"兄弟文化"正在酝酿"良友木刻连环图画"的重新出版，这本书，无疑是不期而至的"开路先锋"。

当然这份"依偎"也不可以想当然，在一边做书的同时，我就琢磨着为上海"良友"的发展史写一本说明书。那段时间，学界关于《良友》画报的研究刚刚起步，资料也比较困乏，但还是在2009年出版了《天下良友——一本画报里的人生传奇》。

良友书坊最初涉及的杂志书有三种，一种是《良友》，它的主旨是"书写个人史"，龙应台2014年12月在接受《南都周刊》访问时有过这样一份表达：每位国民个人史背后，才是最真诚的国家史。

这句话很符合我们的逻辑，因为自2007年1月起，《良友》就开始践行这样一条道路，自第5期，封底更是直接亮出了"书写个人史"的方向。

同时做的还有以"扫描名流世界"为主旨的《闲话》。"闲话"也"出身名门"，

良友文丛与闲话文丛

它曾是《现代评论》上的一个栏目，1925年4月18日由张奚若先主笔写起，后因陈西滢唱独角戏而声名大噪；而在同年7月，伍联德在上海鸿庆坊创办了良友印刷所。这使得《良友》与《闲话》在历史上的酝酿时间大致相当。更重要的是，《闲话》还贴着自由主义知识分子的标签。而我们要做的《闲话》，说到家就是知识分子研究。它的内容按人物分类，分为"文人、学者、科学家、艺人、殖民者"五类题材。

《良友》《闲话》和后来的意在发掘"民间影像"的《咔嚓》，统合起来或就像是撂掉了时事新闻的《良友》画报。不同的是，它跨越时空"移居"青岛，化一为三，变成了三种杂志书。

《良友》《闲话》最初的出版，就面临了对"以书代刊"的控制，《良友》出了两本后，险些停顿，《闲话》放了一年后才得以面世，这都是最初毫无意料的。最先夭折的是《咔嚓》，原因不是政策，而是市场和渠道。

而跌跌撞撞的《良友》2010年也因为兼职主编的去职，出版了11辑后就渐次进入间歇停顿期。2012年，我担纲编辑出版了第12辑，第13、14辑的恢复出版工作到2014年才开始着手。

我坚持认为，"书写个人史"是有意义的工作，但它的问题恰恰在于文本过于悲苦。通常，人生铭刻至深的事，都不是幸福的日子，而是辛酸和艰难的岁月。这也使得整本书这样的故事读下来，会沉郁得令人窒息。而在图书市场的销售印证中，一般给人幸福感和温暖、让人看到繁华的书多是畅销书，这也是《良友》在"根儿"上最大的问题。

自创办起，由我主持编辑的《闲话》，其出版辑数还算更多一点儿，断断续续出了24种。2015年，精选本《闲话集刊》将以十本一批次的方式重新刊行，这应该是这套丛书迟来的好消息；在《闲话》基础上派生出的《闲话》文库，履行了我们最初"蓄水养鱼"的思想，也出版了九种新书。而与《闲话》系列相伴的还有《大家文库》，即将完成第13至16种的出版，收录的"大家"分别是杨宪益、流沙河、钟叔河、黄裳、台静农、吴祖光、王元化、聂绀弩、绿原、冯亦代、范用、倪贻德、苏雪林、赵清阁、杨苡、文洁若。

2008年1月9日，在中国现代文学馆举办《闲话》座谈会。

尽管现在小精装的样式已经遍及书业，但这套《大家文库》在2009年开创性地使用布面小精装，还算是一枝独秀。这样的装帧，使流沙河先生在题赠给友人龚明德的扉页上写下过这样一句话："这是我所出过的书中最漂亮的一本"。而94岁的杨宪益先生也是在临终前的病榻上拿到了样书，他也非常满意，将书分送给护理人员和来探望的友人。

这些书，对一个正规的出版社而言，根本不值一提；但相对于其他出版策划机构，相对于一直匮乏人文出版品牌的青岛，它又有些分明的意义，为青岛本土的人文出版赢得了几分姿色和美誉。

因为投资少，良友书坊一直没有真正"跑"起来。在2011年之前，除了我之外使用的都是兼职工作人员。同事们来自青岛日报社不同的编辑部，都带着文化情结，真是以同人的方式来参与工作。

而这也使得良友书坊能够以极低的管理成本，维系了自身运转。即使这样，到了2009年以后，还是陷入了资金瓶颈。那时，我尽管无奈，但也还算心安。以只能够做四

大家文库

本书的投入起步，上腾下挪运转了三年，在业内也是一份不易的苦撑。在今天看，也正是因为资金少格外小心翼翼而得以苟活，其间，丧失过完全可以高调营利的可能，也避开了因为快速投入而快速衰竭的危机。

依我的估算，2010年10月就是工作室的"资金大限"。这份推断在年初的小会上宣布后，兼职主编也没再到工作室里来，这件事令我很是伤心。后来的事实也说明，我的估算真是如此。在2009至2010这两年间，我把大量时间也用在了个人的研究与写作上，《民国影坛的激进阵营——电通影片公司明星群像》和《民国美术先锋——决澜社艺术家群像》都是这个阶段写成的。

2011年到来后，我也只能放手一搏，改以设计业务"供养"工作室。为此，将两个年轻的设计师招来做专职工作。

没想到这一年很顺利。年中，意外有了"青岛文学馆"的合作。一所老酒店的大堂吧想做点文化事儿。我就亮出了做"青岛文学馆"的主意，很快就达成了

关于1930年代的三册小书

寄存于酒店大堂的青岛文学馆

意向。几乎不用成本就快速启动起来，虽然我们并不负责实体运营，但活动和陈列也着实锻炼了我们。这间小馆一时无两地散发出了公共文化空间的光亮，尽管"火焰"微薄，但也能够照亮一些文学执迷者的心。

公共空间扎根本土

做实体空间的想法，其实一直都很强烈——哪个做书的人不想开间书店？早在2009年，我们曾经有过一次机遇，但很快就飞走了。所以说，以青岛文学馆的样式做实体空间，既是书店梦的延续，也是回耕本土的一份选择，这是策略上的变化。

尽管此前良友书坊只是小工作室，但出版业本身要辐射全国，要求取得品牌影响，只能拓宽视野，因此，在创设最初，我们本土关注并不深入。暗暗关注的是《万象》、《读库》和《温故》的走势。陆灏为《万象》打的海派根基，《读库》张立宪借"饭否"延展的京范儿平台，以及《温故》的《老照片》"底色"，都看得很清。

我们没有高平台，又缺乏造势资本和稿酬回报，只能低调跟跑。客观条件的局限，可以说清晰到令人害羞的地步，比如说我们《良友》后来的印数只是《读库》的零头；《闲话》的稿酬标准不及《温故》的一半。但多年下来，我们还大致拥有与二者相当的作者队伍，显然，这出自作者的友谊和信任。

回耕本土，也是明确该怎么行进之后的选择。

在此之前，虽然本土关注不充分，但《良友》和《闲话》也自始至终都在为青岛作者寻找表达机会。《闲话》做到第18期，甚至出了一期"青岛专号"。虽然影响不多大，但使得本土研究者添了几分抚手相望、惺惺相惜之情，也让部分外地学者"发现"了"青岛力量"。

"青岛文学馆"同时也成为了良友书坊默写本土文化责任的先声。通过系列"青岛文学文献回顾展"，被主流价值体系所罔视的一些文学现象和文学守望者开始走到前台，展览所呈现的老照片、著述、手稿、书信、报道资料和人事交往资料，生动再现了

青岛文学文献展的展柜

青岛文学演进过程中的风物与细节，一些从前不受重视的文学文献，诸如多种油印的民间诗歌刊物、工会组织办的文学期刊，也因此而"出土"，被郑重其事地当作展品。

在价值选择上，与意识形态紧密互动的写作并非我们的着力点，对英雄范式和时代高歌，我们相反会看它的另一面。而民间涌动的"1980年代的文艺思潮"、

青岛文学文献展海报

对儿童文学渊流的检视、对 1976 年前后文艺解冻状况的探究，以及对 1956 至 1964 年青岛话剧发展的呈现等等，成为青岛文学馆的研究点和展示点。

一些渐被忘却的文学老人，通过展览也再一次被请出来，像青岛文学老编辑刘禹轩、童谣诗人刘饶民、话剧《红岩》编剧黄中敬及其一家三代、话剧《敢想敢做的人》编剧王命夫等等，他们的文学工作与艺术成绩，在展览中被重新擦亮。

青岛文学馆在试运营两年多的时间里，做了二十多场展览与沙龙活动，也使得诸多关注和从事文学写作的人有了文献意识，明白了作家和文学家也可以做展览，展览该如何做。

青岛文学馆的另一项重要工作，就是作家口述历史的整理，这其实也算得上是一份抢救工作。青岛文学发展进程中的诸多人和事，正在随着老人的相继离世变得模糊不清。因为留存的作品文本数量又十分有限，青岛的文学发展史也正在变得越来越抽象。从口述史的角度，对此做一番抢救，势在必行。

为了将一些文学活动和人事交往记录下来，我们就通过采访的方式，接近老作家和老编辑，以这样的方式，为他们采集口述。此类工作先后做了十几场，其中有八篇口述资料整理出来后在《青岛文学》以头题刊出，这也在青岛文学圈形成了比较大的影响。而它的阶段性成果——"青岛作家口述系列"还于 2013 年获得了第七届刘勰文艺评论奖。

更有意思的是，青岛文学馆的这些活动还得到了部分时尚杂志的青睐，2012 年《新浪潮》杂志曾以 17 个页码的篇幅刊载《话剧人家》的展览报道，此后更以一百多个页码，摘录转载了部分青岛作家的口述，使其有了更广泛的传播。

继而，2012 年 10 月，《青岛文学》也在封二位置，以专页形式介绍了青岛文学馆。

不得不说的是，在这个过程中，有部分口述是难以发表的，比如青岛第一届文代会召集人林明的口述，此文涉及了他此后 7 年的牢狱之灾；《青岛文

2013 年 7 月 5 日，青岛话剧团老舞美沈凡先生在文献中看到自己的作品，开怀大笑。

你做了什么　51

采访在"一打三反"中被迫害的雕塑艺术家徐立忠

艺》首任编辑孟力的口述，他在"肃反"时期即被打倒，而后沦为右派，举家遭强制"疏散"，一度无家可归搭简易棚住在文联的院子里……

对这些人物的口述采集，更加深了我们追逐历史真相的愿望。

作为本土文学的关注者，必须承认的是，青岛毕竟是个一线作家不多的二线城市，盲目"大写"文学事业，未必不是一个"示弱"的结果。而通常意义的文学史勾勒，类似于"成功学"写作，时代背景下的作品高度、思想内蕴以及作家创作经历，构成了文学史的主体。但其往往容易忽略的文学作为志业、种种未及"成功"的追求。而这些追求，恰恰也是地域文学史的最真实的一面。

青岛文学馆就要捧起这些真实。即使我们整理的一份"失败"的文学史，但通过失败原因的还原，也会找到其内在的肌理，也为未来青岛文学的发展提供助力。

此外，因为意识形态整肃的缘故，像青岛这样有深入殖民经历的城市，"德殖"和两次"日殖"时期的文学状况，都已晦暗不清，1945至1949年间的国民政府时期的文学状况也在此类。相形之下，只有1930年代早期以国立青岛大学和山东大学为中心的教授作家群体的写作，因为教授作家们的声名而被正视。这也使得，通过更多的实际文献的收集与发现来呈献文学史，显得非常必要，而这些都是我们在做的工作。

目前，青岛文学馆正在和资深文学编辑赵夫青合作《青岛作家档案》的编辑，已经积累261位青岛作家的自述材料，即将编辑成书。

做最好的创意空间

青岛文学馆尽管没有介入实际运营，但也为良友书坊实体空间的运营积累了经验。

而 2011 年更大的幸运还在于良友书坊获得了青岛市文化产业基金的扶持。由此，我们马上租下了建于 1901 年胶澳邮局的旧址，开办了实体创意空间。

良友书坊实体空间一开门就以做青岛文化地标和国内最好的创意空间为目标。原因是这些年看过很多店，大致知道该做什么样的店；更重要的是，良友书坊的文化资源已经有了较充分的积累，这些积累足以做一间与众不同的店。

从报纸时期的网络虚拟空间，到书坊以杂志书为样式、一直延续着的纸上公共空间，再到实体空间，这样一份迁延，也显现了我们对公共空间的不断追逐。

建立实体空间就要跟国内最好的文化空间"对话"，这和做杂志书时的想法如出一辙。我甚至想，与《读库》和《温故》相比，我们终于走出了不同的一步。

但及至这一步，我们的对话"对象"也有了相应变化，变成了北京的单向街、南京的先锋书店和广州的方所，这些都是怀揣文艺旨趣的青年人，踏上行旅的必到之地，要让他们来青岛就找良友书坊，这是我们明确的目标。相较于这些城市，青岛尽管二线，但也算是知名的旅游城市了，这必然会使更多的人知道和了解良友书坊。

良友书坊外景

富于海派文化气息的良友书坊内景

这一点，借助微博和微信以及网络平台，我们很快就做到了，"百度"的结果成了很清楚的印证。

为全面显现自己的特色，良友书坊把书吧区和艺术区做了分割，为了充分尊重艺术，书吧区即使排起长队，也不会在艺术区安插座位。不长的艺术区展线，举办了两个系列的展览，一是"良友"系列，主要针对青岛艺术史作梳理；二是"新青年"系列，当然是为了推动年轻人的创作；我们同时还在探求自己的特色线路，以便引入更多的外来经验。

这两个系列的展览一如青岛文学馆的展览样式，也都分外强调艺术文献展示，这个部分可以让出场艺术家充分回顾整理自己的艺术历程，以辨识来路。而整理和展示文献，也都是我们做文字和出版工作所擅长的。

算起来，良友书坊对艺术领域的介入始于2009年，是年栗宪庭作为第五届宋庄艺术节的召集人发起"群落！群落"的联展，青岛艺术群落受邀参展，四十多名青岛籍艺术家参与其中。为此，良友书坊与青岛策展人李明全面梳理了1980年代青岛艺术群落的状况，印行了有三十余万字的《青岛艺术群落文献》，为整理青岛当代艺术史打下了基础。

是年冬，又作为策展机构在青岛国棉一厂细纱车间的废墟上组织了同样有40名青年艺术家参加的大联展——"解决·'70后'艺术派对"。这次展览在较全面

2014年1月18日，林少华在良友书坊讲村上春树和莫言。

地呈现青年艺术家创作状况的同时，又借机整理了老牌纺织大厂——国棉一厂的工厂艺术文献，算是工厂艺术史的样本；2011年，又为对青岛雕塑发展有深远影响的"四方雕塑小组"组织了一本大文献集。这些工作无疑为青岛本土艺术的研究工作积累了可能。

2014年12月27日，参观者在翻阅良友系列展册。

你做了什么　　55

为区隔"经营性"空间良友书坊跟"学术性"之间的关系，保持学术的完整独立、不受经营的影响和驱使，2010年，我特意打出了"青岛当代艺术文献中心"的旗号。关于它的工作方向，则有过这样的描述：青岛当代艺术文献中心主要从事青岛当代艺术史的发掘与整理、艺术展览策划、艺术文献出版，以及艺术研究和学术

2013年5月19日，良友书坊的类型影像收藏展。

2014年4月13日，《淡彩》展开幕，参观者在文献展柜前。

交流活动组织等,将致力于区域性当代艺术文献资源和历史进程的系统化、社会化。

人马还是那一班,但经营是经营,学术是学术,我们分得很清。不因为经营什么,就对它有溢美之词和过度鼓吹,这是我们严格秉持的原则。

"良友"系列艺术文献展同样做了许多发掘性工作,比如在水彩画家郭士奇先生百年诞辰前夕,为他做了个展,作为日据时期报纸艺术副刊的编辑,郭士奇曾向徐悲鸿、丰子恺讨来过作品集序言,却在生前从未做过个展;给青岛最后一位"右派美术家"沈凡先生也做了人生的第一场个展,2014年3月做的展览,先生2015年元旦就去世了;给84岁的老摄影家张秉山先生做的"文革"摄影展,如此直面历史真相的题材,一经展出,自然引发了广泛关注。

青岛当代艺术文献中心同时也承担和青岛文学馆一样的工作,学术研究和口述采集也在同步进行,"青岛水墨百年"、"油彩青岛"等学术成果均已广泛流布;而口述历史的采集工作同样紧迫,比如老群众艺术工作者张镇照先生的口述采访,2014年1月份做完,是年10月,先生仙逝。

而良友书坊所涉及文创产品、服装和定制花店等多元经营,也是为研究工作提供后援支持而展开的。为了解决多线并置的局面,书坊招录了两名硕士研究生,从事编务和研究工作。

2015年,良友书坊步入了快速发展期。以传统文化现代化为主旨的新店开进

2014年3月23日,老右派沈凡《马兰花》展,这张合影的七名老人中,四名曾是右派。

了青岛的高级百货店——海信广场，和 GUCCI、ARMANI、PRADA 等国际商业品牌并置于一个大空间中彰显文化的"奢侈性"，是我们的动机。相比于中心店的海派与殖民风格，新店以新中式的方式构划了空间，其图书陈列、文创产品均以传统文化为特色。在我看，一手呈现新文化运动以来的现代化，一手从传统文化身上找寻现代化的可能，才会构成文化探求的完整。

而对于创意空间来说，保持不同空间的文化独立，才承受得起"创意"空间的这份名誉。

目前，在高级百货店中开设创意文化空间，国内也只有方所一家，这都为良友书坊成为国内最好的创意空间提供了注脚。

2015年，青岛文学馆也取得了"大众日报社青岛记者站"旧址的使用权，这座三层小楼的装修改造将与海信广场店的营构同步进行，虽然馆体面积只有四百多平方米，但可能也算是国内首家城市文学馆。

经由九年的努力，通过多元空间来营构与丰富城市文化的内涵，无疑是对"你做了什么"的一个回答。

眼见这些空间的建设多少有了眉目，报社中也有创业意图的年轻同人问我心得，我说的是：从出版出发干至今天，已经离题千里了。能够做成的这点事儿，纯属侥幸。一个"演员"最好的途径是去寻找现成的舞台和资本，不要以为自己

2014年10月17日，正值良友书坊举办"文革"主题摄影展，《诗探索》林莽、蓝野、刘年一行来参观。

年轻就改做泥瓦匠，费力去修建一个"舞台"，既可能荒疏了技艺，最后也可能落得无戏可唱。

穿插岗位间的"在场"写作

关乎我个人的写作，都是在工作中间穿插进行的。用从"文青"到"文青"来作比喻，恐怕再也恰当不过。前一个"文青"是文学青年，后一个"文青"是文艺青年。

我的文学青年时代，自1989年之后开始。第一篇长文叫《围观》，模仿鲁迅先生的《示众》，第二篇是叫《孤独者》的小说，也有七八千字，模仿的还是鲁迅。及至到山东师范大学中文系读书，自然发起了"高烧"，操办文学社、做文学讲座好不热闹。大二时完成了最重要的小说《空白记忆》，近三万字，采用意识流的写法，印在了中文系自办油印的《南北朝》上，曾骑着自行车跑十几公里路到南院宿舍送给系里的各位教授，请他们批评指正，一些老师看得极不爽，此间就有搞鲁迅研究的系主任。后来《南北朝》也就夭折了。

1994年开始涉足文学评论，完全是觉得生活清澈透明，小说写来写去没多少意思，想象中的乡土文学连自己都认为不靠谱。一爱上评论，就难以罢手。上现当代文学课常有过激表现，像宋遂良教授的课，我时常登讲台滔滔不绝，弄得同学们觉得文学就在我脚下了。临毕业在《作家报》上评论过《丰乳肥臀》，在《青年思想家》上比较过祈克果与朋霍费尔。算是略有心得。此后，就迈进了青岛日报社。

报社和文学事业是两码事，但我还紧抱着文学梦，买书依然是结构主义、解构主义、有神论存在主义那一套。为了写一点有灵性的字，差不多花了两年多的时间写随感以寻找感性，忘掉"学院派"的生硬。

1998年开始能够发表点文化随笔了。关注的写作有两维，一维是心仪的"边缘"大师，像卡尔维诺、本雅明、苏珊·桑塔格等，这些人的阅读在此后的五六年间到处流传；另一维是"70后"写作。前者于2000年结集为《大师的背影》，是本生吞活剥的阅读笔记；后者曾一度与卫慧、周洁茹等作者有过过从，那时候她们还未完全蹿红，卫慧甚至邀约我给她的第一本小说集《蝴蝶的尖叫》写序言，真是很冲动。

关注"70后"的写作，无非想知道自己的同龄人在想什么、写什么、做什么，他们走多远了？写文化随笔和评论都基本属于自娱自乐，偏居青岛，我一直没有找到"江湖"。看到同龄人谢有顺迅速在南方崛起，很有些失望。一度灰心弄起了影评，写起了小说。2003年出版的随笔集《艺术功课》，如同乱七八糟的思绪落了一地。

你做了什么　　59

2002年在报纸兼任文化娱乐部主任，逐渐有了"在场"的思索。做新闻的，要在现场；做一个城市的知识分子，要有在场意识。

　　于此前后的零散写作，被我称为"野散文"与"野新闻"。在《芙蓉》发的"青岛地下音乐节手记"、《收获》刊出的与电影"教母"焦雄屏对话，在豆瓣遭热顶的"贾樟柯青岛电影周手记"，以及我的"新闻代表作"——一次用三个版刊出的《哀歌九章：南下悼巴金》都与"文艺"有关，也都带有新闻性。青岛文学馆公共空间建立后，介入性更加增强了，2012年《时代文学》中的《2010青岛文学妄言》，通过年度写作点评勾勒青岛文学写作的整体状况，存几分创新；2013年，就青岛文联实施签约作家制度提出不同看法，认为"文学工作"不要随便约束文学创作；就山东青年文学群体翻越莫言、张炜两座"大山"提出看法；2014年，就张炜、尤凤伟的"争端"发表对山东文学生态的看法；在《文学报》发表长篇文章批评获得第六届鲁迅文学奖报告文学奖的青岛作品——《中国民办教育调查》，是件跟利益媾和的"行活"。

　　这些"在场"发言，都是敏感话题，都有"刺激"言论，于相对持平的山东文学场域而言，很像水面上掷石头。"风波"未必有多大，但大家都看得到。

　　于我而言，秉持独立的文学价值标准是从事评论的本分，评论不能被"文学工作"指导下的和谐稳定"宥限"，这很重要。如果面对地域文学的乱相和异相，评论者没有正常发声，那就是失语。尽管我知道，作为省作协委员、青岛文联委

2013年4月14日，街头反对乙烯项目。

员，这些言论极不符合"规矩"，但显然，我不会因为有惯常的"规矩"，而毁坏自己心目中对文学神圣性的规矩。

相较于文学在场，我其实更在意在城市公共事件中的"在场"，2013年曾以行为艺术的方式出场反对千万吨乙烯项目落户青岛，倡议严控污染、反对城市的石化基地化；在黄岛大爆炸后，撰写《黄岛的暗渠》《黄岛的棋局》揭示内在因果链，提倡反思。这些行为，也曾使我一度在体制内的生存面临困境，但还是坚持了发声。

2013年4月14日，做行为艺术《在小青岛塑化十分钟》。

与零散的写作不同，我的文化研究工作，没以本土作关注点。原因是，我也希望自己的写作与研究能够拥有更高级的"对话"能力。这和做出版的旨归异曲同工，和行业内最重要的学者对话，就是我的企图。

在写作上获得些许回应，从《天下良友——一本画报里的人生传奇》开始。这本书，我的本意只是为想当然的"传承"找个理由，最初把它看作是半本说明书，意在探究呈现《良友》画报和良友图书印刷公司在民国时代的过往风华。没想到，小册子得到了学界和近现代期刊研究者的好评。这也使我感到，做文学评论没有找到江湖的失落，恍然间有了一点颤动。

从《良友》画报的研究中，我受益甚多，尤其是图像经验。它催促了《民国影坛的激进阵营——电通影片公司明星群像》和《民国美术先锋——决澜社艺术家群像》的写作。相比于专业研究者，我的文艺趣味比较驳杂，专业度一定不够，但打通的能力还勉强可观。我采取的是知识分子研究和文化研究相结合的方式，人物列传的形式、文化组织史式的框架，以此又完成了两份个案写作。同构出了一个涉及出版、电影、美术领域的小框架，被我妄称为"重返1930年代"三部曲。

你做了什么　61

2014年9月22日，在杭州中国美术学院出席倪贻德研讨会。

它们共同的写作策略即是通过历史重述显现自己对出版史、电影史和美术史的一些修正，同时也在为这些领域打捞亡佚者，以点亮失落的人生路途和尊重。

对这三本书的写作，我个人的要求只有两个字——"有用"，寄希望尽可能为后来的研究者提供不同的视角和研究线索。

《民国影坛的激进阵营——电通影片公司明星群像》和《民国美术先锋——决澜社艺术家群像》在2011年春天同期面世，学界专业人士的认可也接踵而至，《民国美术先锋》拿到了中国文联文艺评论奖，让不在学院系统的我深感意外。

通过这三本小书，让我明白了当年尝试文学评论没有"找到江湖"的原因——没有办法跟最重要的作家对话、跟最重要的杂志对话、跟最重要的学术方向和学术圈子对话。

而文化研究式写作的行进，也使我从文献入手发掘文献、辨识和解析文献的工作方法得以明晰。它不仅决定了我的写作，而且也成了做展览的工作方法。当这些文献被拿出来作对照、以认知当下时，即成了我所说的"开历史的倒车，压现实的马路"。

写作的方式和工作的方式合而为一，确是种幸运。但搭建平台、演练"戏码"、个体写作的并行，也使我面对了精力的宥限。

"逐二兔，不得一兔"，是先圣之训。也懂得这番意思的我，有时候站在"丛林"里，不知所至。

评论

· 历史创伤与文学再现 ·

云南一九六八：
文学和电影中的知青梦

记忆停顿

遭遇历史幽灵：
第"1.5代"的文革"后记忆"

寻根与先锋小说中的反抗与命定论

【历史创伤与文学再现】

主持 / 陈绫琪

  这里收集的四篇论文所共同关注的是当代中国历史创伤问题以及现当代中国作家如何从个人的角度反思并透过文学来再现其内心所感。这里的四篇论文均来自美国研究中国现代文学之学者，作者与论文所代表的是北美中生代学者对"毛时期"研究的走向以及所关注的话题。因为所处的政治、文化、社会、学术环境的不同，这四位学者的考虑视角以及方法学也多少有其特殊之处。希望借着这个专辑，能为中国读者带来新的启发，从而对过去的国家历史与今日仍存在的个人记忆有更进一步的认知。法国哲学家德赛都（Michel de Certeau）在《书写历史》（The Writing of History）中对"历史"的诠释有这么一段话："拥有历史是一种特权。我们需要不断地记住这一点，我们自己才不致被后人遗忘。"[1] 这一段简单的话有效地点出了历史与记忆的关系，而实践这个关系的便在于书写：选择哪些记忆被保存，哪些被遗忘。书写历史因之成了我们建构自我存在的方法，本身也就成为我们拥有的是一种存在的特权。

  简单介绍本辑的四位学 / 作者：白睿文（Michael Berry），任教于加州大学圣塔芭芭拉分校（University of California, Santa Barbara）；柏右铭（Yomi Braester），任教于西雅图华盛顿大学（University of Washington, Seattle）；陈绫琪（Lingchei Letty Chen），任教于圣路易斯华盛顿大学（Washington University in St. Louis）；桑禀华（Sabina Knight），任教于史密斯学院（Smith College）。

---

[1] 米歇尔·德赛都（Michel de Certeau）:《书写历史》（The Writing of History）。New York: Columbia University Press, 1988, 第4页。

云南一九六八：文学和电影中的知青梦*

■文 / 白睿文（Michael Berry）
译 / 孔令谦
校 / 白睿文

> 后来我才知道，生活就是个缓慢受锤的过程，人一天天老下去，奢望也一天天消失，最后变得像挨了锤的牛一样。可是我过二十一岁生日时没有预见到这一点。我觉得自己会永远生猛下去，什么也锤不了我。

——王小波（2005：6）

---

* 本文选自英文专著《痛史：现代华语文学与电影的历史创伤》（*A History of Pain: Trauma in Modern Chinese Literature and Film*）的第四章《云南一九六八》。《痛史》以文学作品和电影文本的分析来探索中国二十世纪的几个主要历史灾难，如南京大屠杀（1937）、台湾的二二八（1947）等历史事件。在本文中，笔者将注意力转移到"文革"（1966—1976），一场长达十年的政治运动，在现代中国历史上标记了精心设计新形式的奥威尔式（Orwellian）暴力。从伤痕文学到寻根文学，从先锋文学到知青文学，"文革"一直是许多当代中国作家创作灵感的主要来源。涵盖这时期众多的文学作品将远超过笔者的研究范围。本篇研究着重于探讨1968年的云南，并调查"知青"被送到农村的现象。有数位作家和导演，在十几岁时被送到云南，如世界著名的第五代导演陈凯歌；作家、画家兼编剧阿城；《血色黄昏》作者、畅销作家老鬼（亦即马波）等。本文最后以一系列从1990年到2000年的连续剧作为结束，剧情内容延伸到下放云南的经验，从云南到上海最后远至北美，然而过去的鬼魅和暴力的遗绪让剧中的角色在数十年后像幽灵般地返回故土。——作者注

"知青"运动的背景

"文革"经验中最为决定性的经历之一便是身体的位移。大规模的人口活动在暴行中不可忽视,也在相关的政策中显得举足轻重。对不知凡几的年轻人来说,1966年8月开始的"大串联"给予他们对祖国地理前所未有的认知和了解,他们开始能够想象国家的物理边界、城市和乡村之间的区隔以及革命的地理维度。即使在战争、饥荒以及灾祸之时,中国也鲜有如同1966年这样规模的人口流动。全中国破天荒地因为青少年人口不约而同访问红色圣地、中国革命的摇篮而显示出新的能动性,从革命根据地延安到毛泽东故乡韶山。当然这革命朝圣之旅的最终目标仍然是北京,在那里毛泽东接见了比肩继踵参与"大串联"的青年人。然而1966年的大串联却成为之后更为巨大人口集散的前章。仅两年以后,1968年,这由省会向首都进发的人口活动便翻转了过来,生活在城市的年轻人开始上山下乡,而这一政策也最终导致了不计其数的悲剧。这一次的活动并不再是自愿自发的,而目的地也不再光辉灿烂,年轻人们踏上了离家的单程列车,不少直至十多年后依然不能回归故里。

本文不能够抽丝剥茧地讨论所有为"文革"所启发、纪念"文革"抑或是描述这动荡十年之间暴行的文学作品。[①] 因而笔者想要专注于描述知识青年在1960年代末期在云南的经历的作品。兴许这一文类最特别的地方便是对在"文革"第二阶段知识青年被迫位移的关注。知青(知识青年的缩写)指的是一批生长于城市、至少有中学文凭的年轻人。他们被下放到郊区、山区接受贫下中农的再教育。这些年轻的中学生、高中生们许多曾经当过红卫兵,而现在却来到了中国最为偏远、最为贫困的地区,其中包括西藏、新疆和内蒙古。"知青文学"是当代中国最丰富

---

① 关于"文革"文学更为详尽的研究包括许子东《为了忘却的集体回忆:解读50篇文革小说》和杨岚(Lan Yang)的《文革中的中国小说》(*Chinese Fiction of the Cultural Revolution*)。在知青文学这个流派上,最为有力的中文研究作品系杨健的《中国知青文学史》。曹左雅(Zuoya Cao),作为一名前知青,创作了作为详尽的英语研究《离开熔炉:关于知青的文学作品》(*Out of the Crucible: Literary Works about the Rusticated Youth*),其中包括了超过五十个文学作品的解读和分析,并且归纳成九大类。梁丽芳(Laifong Leung)也出版了一本知青作家的长篇访谈录,《初升的太阳——与中国"迷失的一代"作家对话录》(*Morning Sun: Interviews with Chinese Writers of the Lost Generation*)和其中文版《从红卫兵到作家:觉醒一代的声音》。

多彩的文类之一，像评论家杨健曾指出："在新时期文学的发展过程中，随着'改革开放'的发展，二十世纪八十年代各种文学潮流先后涌起，知青文学横跨了'伤痕文学'、'改革文学'和'寻根文学'、'朦胧诗潮'、'新写实主义'等文学发展阶段，伴随着不同文学潮流登场，知青文学逐渐建立起相对独立的语言体系。"①

本文分析表现1968年"文革"如火如荼之时去云南上山下乡知青经历的文学和影视作品。知青被下放到乡村的政策在中华人民共和国其实有一段历史，从1955年一直到1981年，这类政策屡见不鲜。尽管这里要讨论作品中有一些事实上发生在1968年之后，这一年却因为第一次见证了大规模知青上山下乡而格外引人注目。尤其因为毛泽东1968年12月21日的讲话确立这样所谓再教育的必要性之后，上山下乡成为政府硬性规定的政策。云南远离北京、上海和其他主要城市中风头正劲的政治漩涡，却锻造了一整代青年男女，其中不乏在1980年代活跃的一些主要作家和影人的青春时光。云南是一个举足轻重的地标。

云南位处山区、遍布亚热带的丛林，是中国一个特殊的地区，也是二十多个少数民族，包括彝族、傣族、哈尼族和景颇族人的家乡。有着崎岖的地势、众多的非汉族人口，云南东北望四川、贵州和广西，而西南衔接着越南、老挝和缅甸。这样特殊的地理位置使得云南自古以来就被认为是偏远之地。云南因为地处中国边境，加之它与东南亚的密切联系，不少人类学家和语言学家都认为云南事实上在身份上隶属于"东南亚"。②然而云南的边缘化更被中国政治统治所加强。古往今来，这块土地就一直被认为是在统治之外的"蛮荒之地"，不计其数的士人、学者都曾被流放至此，并且在他们留下的诗歌散文中抒发了他们的幻灭和悲伤。③

云南在1968年再一次成为了流放之地，这一次它那神秘的山峦、成林的橡胶树和异域的少数民族却被掩饰为"教育"的工具。这如梦似幻的地方突然成为了毛的红色中国用以教育的场所。对许多城市里的年轻人来说，他们的教育是政府强制的，但是对有些人来说，他们是自愿前来的。为了解释知青们为何要跋山涉

---

① 杨健：《中国知青文学史》，北京：中国工人出版社，2002年，第319—320页。
② 这里指的是2003年亚洲研究学会（Association of Asian Studies）的专门讨论组，"云南作为东南亚"（Yunnan as Southeast Asia），当中H. Parker James和Bin Yang（美国东北大学）和Laichen Sun（国立新加坡大学）及David Bello（南康州立大学）。他们讨论了云南和东南亚在贸易、语言和民族方面的联系。
③ 云南也经常被作为许多神话传说、鬼故事的背景。与云南有关的传统故事的例子可见米乐山（Lucien Miller）的《云之南：云南传说》（South of the Clouds: Tales from Yunnan. Seattle:University of Washington Press, 1994.）。

水离开相对舒适的城市生活而前去云南西部闭塞的山间,这里我特意引用了李镇江的例子。在上山下乡中,李镇江也是一小部分因为他们的无私举动和道德规范而受到关注的知青中的一员。他在1967年的"大串联"中从北京前去云南。被自己在云南的经历所启发,他回到北京开始了一场招募其他年轻人和他一起回到那环境严苛却充满异域风情的西双版纳。在1967年11月27日,李和其他五十五位刚从中学毕业的学生一起向周恩来总理提交了一份名为《首都红卫兵赴云南边疆农垦战士》的报告。

> 我们是来自北京中学的红卫兵。我们决心遵照毛主席的教导,走与工农群众相结合的道路,坚决到云南边疆参加三大革命运动。
> 革命的道路已经选定,我们就坚决走到底。我们在去年年底和今年10月份两次赴云南边疆进行调查,联系。
> 思想并且和工农兵步调一致。我们决定去云南参加三项伟大的革命运动。我们经过几个月的实际调查和亲身体验,深切地了解到云南边疆非常有开发前途,尤其是四大工业原料之一橡胶生产更需要用毛泽东思想武装起来的人去开发。我们向毛主席,向党,向人民,向革命前辈立下誓言:为加强国防,保卫祖国,打败美帝主义,为了给中国和全世界人民争气,我们志愿到云南边疆做一名普通的农垦战士,为祖国的橡胶事业贡献自己的毕生精力。
> 我们现在已经在组织上,思想上,以及各方面做好充分准备,只等中央首长一声令下,我们就奔赴战场!请中央首长下命令吧!我们再次坚决请首长下令!!
> 此致
> 革命红卫兵的敬礼!
>
> 首都红卫兵赴云南边疆农垦战士[①]

尽管从今天的视角看,这封信似乎显得浮夸,甚至有些超现实,它却准确反映了许多知青在六十年代末期急于踏上改变他们人生路途的路径时满怀的热情、激动和乐观主义。这封信的重要性不仅在于它表现了这些红卫兵、知青的心理,更在于它真实记载了历史上最大规模人口涌向云南的开端。李镇江和他的同志们在1968年2月8日被送去了云南,关于他们旅途的论文、诗歌和文章(也包括上述

---

① 刘小萌等:《中国知青事典》,成都:四川人民出版社,1995年,第774页。

的信函）在中国主要城市的各大报纸杂志上层出不穷。刘晓萌写道："在李镇江等五十五人到达云南边疆不久，便有大约10万名城市知识青年浩浩荡荡，加入新组建的云南生产建设兵团，他们分别来自北京、上海、昆明、成都、重庆等大中城市，云南的农垦史从此掀开新篇章，他们梦想写就开发云南历史中的新一篇章。"①

李镇江的故事也许标志了"文革"初期那看似光辉的知青前去云南的开端，而此后知青到达云南的故事却又是后话了。关于成千的知青在云南需要面对的诸如强奸、营养不良、疾病，甚至死亡的故事从未像是李镇江寄给周恩来的信件那样被媒体润色宣传。事实上，许多在那片橡胶林当中发生的恐怖故事被掩藏了十多年。在云南等待知青们的并非是革命梦想，而是一种新的集体流放。

对那一代的许多人，比如在《血与铁》中记录自己的亲身经验的老鬼来说，云南几乎代表了对身体的教育。在严酷的自然环境和法西斯般的军队文化之中，因为集体主义和"劳动农场"的加强，对老鬼（或是他在小说中的替身林胡）而言，唯一剩下的动力便是对中国战争革命英雄的偶像崇拜和对于通过劳动强健自己体魄的愿望。与身体的改造互相呼应的便是对周遭环境的改造（多数时候甚至是对环境的亵渎），当知青们开展改造丛林和山区的大工程之时，他们放火焚烧了丛林（以开发所谓的耕地）、大规模种植橡胶树。橡胶产业是1955年以来政府为了建设云南采取的主要措施，当时四千余人被转移到云南并且分配去了九个军事化的农场之中。这样的生产模式在"文革"当中更是上升到了白热化的阶段。知青们被分成四个师、二十三个团、一百十六个营以及一千〇三十八个连。② 这一切的结果却和原本崇高的生产目标相去甚远，并且对环境以及知青的身体都造成了巨大的损害。西双版纳那野生动物栖息地的保留地被破坏，而因为植被和树木被烧毁，大规模的山体滑坡使得土壤大量流失。根据批评家孟繁华所写："八十年代以来，云南知青当年种植的橡胶树，已有90%，甚至100%地死亡了，它无情地诠释了那场荒唐的空想运动。"③ 对其他青年人来说，云南成为提供另一种不同的身体教育的场所，那由少受约束的少数民族激起的性觉醒在张暖忻的《青春祭》中得以体现，王小波的《黄金时代》更是表现出了一场嘉年华式的荒诞。在许多这里讨论的作品中，云南似乎成为历史和精神裂痕的同义词，在很多层面上说，云南映衬了这些知青来自的城市和他们被困的乡间之间不可磨灭的分裂。

---

① 刘小萌等：《中国知青事典》，第774页。
② 关于云南知青劳动组分配的信息可见刘晓萌等《中国知青事典》，第359页。
③ 转引自杨健：《中国知青文学史》，第435页。

这些文本的多样性以及它们所采取的不同描述暴行的策略是本研究的中心。"文革",尤其是知青上山下乡启发了无数关于创伤和疼痛的回忆,当中也结合了强烈的怀旧和激情。从 1990 年开始,不少知青作家和影人便开始利用自己的经历,紧抓伤痕文学那催泪的证言,将它们转化为另一种新的情绪化的怀旧。这一切在知青主题的餐厅,和其他上山下乡的青年重聚以及重访回忆之地的旅程得到了体现。这对创伤和怀旧的合并使得知青的经验格外特殊和复杂,然而这样对那个年代的怀旧表演又何尝不是一种创造性的后创伤叙事的方式呢?本文将表现云南,在 1968 年,如何成为了建构和解构知青在"文革"当中恐惧经验的出发点,探索其他将经验重新配置的手段方法。

王小波与文化大革命中的《黄金时代》

云南已经成为"文革"文学当中最重要的舞台之一。不少当代作家,其中不乏在那里经过人生重要阶段的作家,包括张曼菱、邓贤、阿城和戴思杰。张曼菱是第一批书写云南的作家;邓贤是畅销书《中国知青梦》的作者;阿城是一位才华横溢的作家、艺术家和编剧,并以他的三部曲"三王"享誉;戴思杰(Sijie Dai)是国际畅销小说《巴尔扎克和小裁缝》(*Balzac and the Little Chinese Seamstress*)的作者。甚至在八十年代晚期九十年代前期"痞子文学"代表作家王朔也曾经在"文革"期间在云南待过一段时间。另外还有诸如竹林这样从未去过云南,却执意将自己对"文革"的探索投射在这"彩云之南"的土地之上,这"文革"中知青文学中最重要的场所之上的作家。[1] 整个八十、九十年代,这些作家,其中包括老鬼和黄尧,集体创造了一副丰富的想象画卷。然而在这文学传统中最为令人惊异、最具有颠覆性,也是最充满性力量的作品一定是王小波的作品。

王小波(1952—1997)是中国九十年代中后期最重要的作家之一,他在四十五岁时英年早逝后,更是成为了一个文化现象。王有丰富多样的背景,他在云南和山东作为知青和劳动者度过了相当长一段时间。他 1982 年在人民大学取得贸易经济学位之后便开始在仪器厂工作。两年后成为了母校的一名教师,继而被

---

[1] 其中金瑞(Richard King)教授在《译丛》(*Renditions*)杂志当中提出的一个例子就是竹林的长篇小说《呜咽的澜沧江》,参见 King 的《过去又回来:中国城市的知青一代》(*King, Richard, guest ed. Renditions Special Issue:" There and Back Again: The Chinese 'Urban Youth' Generation."* Hong Kong: Chinese University of Hong Kong, 1998.P.37)。

送往美国，在匹兹堡大学的东亚系取得了文科硕士学位。1988年回到中国，王在社会学系和会计系担任教职，直到1992年他成为一名自由作家为止。

王小波享有不少先驱的地位。他是第一位在台湾接连两次赢得具有很大威信的文学奖——联合文学奖项的大陆作家。他（和他的社会学家夫人，李银河一起）编写了对于中国同性恋现象的第一部严肃研究，名为《他们的世界》。他也是第一个在国际影展取得最佳剧本奖项的中国作家，他参与的电影，由张元导演的《东宫西宫》被认为是中国第一部同志电影。王的不少作品在他因为心脏病逝世后初见天日。他成为了一名畅销作家，也是一名争议很大的文化人物，他启发了不少纪念性质的作品的书写，包括《浪漫骑士：记忆王小波》和《不再沉默》。

王也是才华横溢的散文家，他具有敏感、尖锐而富有觉察力的作品集，比如《我的精神家园》和《沉默的大多数》为他赢得了不少读者。然而他却因为长篇小说而驰名，尤其是三部曲《黄金时代》、《白银时代》和《青铜时代》。王的小说充满黑色幽默、荒谬性的修辞，并且无论他所写的故事背景是唐朝、"文革"还是在充满科幻色彩的未来，他持续关注着知识分子的境遇。

《黄金时代》中存在主义的荒谬有效地解构了"文革"中的传统叙事结构。小说似乎讲述了一个几乎显得过于简单的故事。主人公王二是一个来自北京的知青，他与来自上海、在"文革"中一样被下放到云南的医生陈清扬有过几次幽会。被当地领导控诉他们二人有一段非法的性关系以后，王二和陈清扬决定既然他们已经被这些莫须有的控诉所抹黑，索性一不做二不休犯下这些罪行。因此他们开始继续他们所谓的"伟大友谊"，开展了一轮性爱、自我批评和示众的循环。这段故事的另一部分发生在1990年，记载了这对恋人二十年后在北京的重逢。随着故事推进，视角在1960年和1990年的转换变得更为频繁。这不仅显示出了这两个时代之间的历史断层，也表现出北京和云南这两个地理位置之间悬殊的差距，这也是文中另一个重要的主题。

《黄金时代》的核心便是王和陈背井离乡离开中国最大城市——上海和北京的经历。他们被送去了山峦密布的云南。城市和乡村之间的距离在许多段落中得到了反复的体现："那时节有一个北京知青慰问团要来调查知青在下面的情况，尤其是有无被捆打逼婚等情况……"。王小波展现出了对许多人来说那关于暴力和创伤经历的不可避免与荒谬与性爱的狂欢之间的胶着——这也是王二个人的"黄金时代"。被迫离开了毛泽东所创造出来的共产主义乌托邦，他陷入了云南贫瘠山脉中的另一个由孤独铸成的乌托邦。云南与其说是代表了对资产阶级思想和坏元素的清洗，倒不如说是代表了一场性解放：王二二十一岁后几天，他便在跟陈清扬的性爱中丧失了贞洁。不过早在此事之前,王便已经表现出了他对性爱,尤其是生殖器的病态迷恋。

故事的字里行间都充斥着对于性爱和性器官的描述和影射。露骨的性影射(这也许是为何这本书在中国大陆的出版被推延的理由)使得《黄金时代》成为了贾平凹1993年小说《废都》之后中国大陆最为大胆表现性爱的作品。王的性幻想却似乎总是建立在主人公那在故事中无处不在、起到不正当作用的阴茎之上。接下来的四个段落只是冰山一角:

>后来她哈哈大笑了一阵说,她简直见不得我身上那个东西。那东西傻头傻脑,恬不知耻,见了它,她就不禁怒从心起。
>
>我们俩吵架时,仍然是不着一丝。我的小和尚依然直挺挺,在月光下披了一身塑料,倒是闪闪发光。我听了这话不高兴。她也发现了。于是她用和解的口气说:不管怎么说,这东西丑得要命,你承不承认?
>
>这东西好像个发怒的眼镜蛇一样立在那里,是不大好看。
>
>还有我的小和尚直挺挺,这件事也不是我想出来的。
>
>阳具就如剥了皮的兔子,红通通亮晶晶足有一尺长,直立在那里,登时惊慌失措,叫了起来。
>
>后来我把小和尚拔出来,把精液射到地里。她在一边看着,面带惊恐之状。我告诉她:这样地会更肥。[①]

在故事当中,王屡次长篇大论夸张描写和赞美他笔下角色那生殖化的部分。有时,比如在王二和那两个景颇男孩的互动中,对生殖化的崇拜甚至渗透了他们的语言:

>……我喝问一声:
>"鸡巴,鱼呢?"
>那个年纪大点说:"都怪鸡巴勒农!他老坐在坝上,把坝坐鸡巴倒了!"

[①] 王小波:《黄金时代》,西安:陕西师范大学出版社,2005年,第11,16,17,39页。

>勒农直着嗓子吼:"王二!坝打得不鸡巴劳?"①

在这一段话中,"鸡巴"被提及了不下五次。文中那频繁出现的代表性器官的词汇也体现了语言本身的颠覆性。在"文革"时期,语言本身便被毛主席舆论和其他政治言论彻底独裁。如同研究知青运动先驱的历史学家刘晓萌察觉到的那样,"'文化大革命'中提倡清教徒式的禁欲主义,'色''性'成为言谈话语中的大忌。那是人人高唱语录歌,研读红宝书,每日在毛主席像前毕恭毕敬'早请示,晚汇报',时时'狠斗私字一闪念'的时代。"但是毛泽东思想的政治话语却在王二和两个少数民族的男孩的改编下成为了更为自由(更为有力)的关于性的语言,并投射在了汉族对当地少数民族的性幻想之中。

生殖崇拜的表现在《黄金时代》中也以比喻的形式屡次出现,其中最引人注目的就是对于手枪的幻想,在下面的一段话中展露无遗,在这里王二正在思忖是否要购入一支猎枪:

>她总要等有了好心情才肯性交,不是只要性交就有好心情。当然这样做了以后,她也不无内疚之心。所以她给我二百块钱。我想既然她有二百块钱花不掉,我就替她花。所以我拿了那些钱到井坎镇上,买了一条双筒猎枪。②

这段话当中的手枪被直接比喻作性器官,因为陈不愿意与他交合。这二百元买来的双管手枪继而成为了几乎像是王二自己的性器官那么重要的存在。他甚至在回到北京以后因为失去手枪而痛心疾首。但是在这些语言学的变换和婚姻的投射之外,究竟是什么支持着王二对性器的痴迷呢?更重要的是,这样的痴迷究竟在试图告诉我们"文革"中怎样的暴力呢?

对于性器官的重视贯穿在《黄金时代》之中,并且几乎是对于被阉割恐惧的缓解机制。这样的恐惧建构在弗洛伊德式的心理分析理论之上,可以通过文中的比喻和心理象征主义来厘清,然而这在文中开头已经说得非常明白:

>每次阉牛我都在场。对于一般的公牛,只用刀割去即可。但是对于格外生性者,就须采取锤骗术,也就是割开阴囊,掏出睾丸,一木槌砸个稀烂。

---

① 王小波:《黄金时代》,西安:陕西师范大学出版社,2005年,第6页。
② 同上,第22页。

从此后受术者只知道吃草干活，别的什么都不知道，连杀都不用捆。掌锤的队长毫不怀疑这种手术施之于人类也能得到同等的效力，每回他都对我们呐喊：你们这些生牛蛋子，就欠砸上一槌才能老实！按他的逻辑，我身上这个通红通红，直不楞登，长约一尺的东西就是罪恶的化身。①

在这段描述之后，王甚至更深入地探讨了他和公牛之间的相似之处："很久以后我才知道人生其实是被捶打的过程。人们每天都在变老，他们的欲望逐日消失，最终就像被锤击过的公牛一样。"通过这个和其他例子，作者不仅表现出来萦绕王二心头对于阉割的恐惧，更暗示了"文革"像是阉割剥夺公牛的生殖能力一样，剥夺了许多人最基本的人性。这些反复的对性器官的想象、符号甚至话语都可以认为是对抗这种阉割情结矫枉过正的手段。

王小波叙述中这性器崇拜的一面不由令人联想到德里达对于"性器中心"（以性器为中心的）和对"理性中心"（以语言或真理为中心的）两者的结合"Phallogocentric"（性器理性中心）。这一概念表现了对于生殖器和语言的执念，可以说是一种围绕性以及社会力量和影响的双重痴迷。这一术语唯有在所有的元素都在场的时候才会出现。在《黄金时代》中，王小波也展现了对语言、逻辑和真理相等的痴迷。性器理性中心这一概念于是完美描述了王二/王小波对语言和身体、真理和性、政治和生殖的双重痴迷。

王小波在《黄金时代》中对逻辑和语言的概念化和使用相当独特、有创意，和他对性的想象一样使人惊异。在作品中，有一种持续重复的荒谬主义的逻辑、黑色幽默和一种对隐藏在"到底发生了什么"之后对历史真相通过推理、调查和语言解构等方式那讽刺般的寻找。在许多段落当中，王都会首先展示出一个逻辑谜语，接着给出一个系统化的分析，最后提供一个解决方案——或者表现出解决方法的可能性。当王二第一次被控诉跟陈清扬有不正当男女关系的时候，他如此分析道：

> 我说，要证明我们无辜，只有证明以下两点：
> 1. 陈清扬得是处女。
> 2. 我是天阉之人，没有性交能力。
> 这两点都难以证明，所以我们不能证明自己无辜。我倒倾向证明自己不

---

① 王小波：《黄金时代》，西安：陕西师范大学出版社，2005年，第5页。

无辜。①

在接下来的段落中，性器理性中心的概念得到进一步的发展，作者继续将性/性器的层面和语言/真理的层面互相迭加。在不正当关系被发现以后，这对恋人被逮捕并且被迫写下交代书。这一段中，王小波描述了在荒谬的交代过程中王二竭尽全力提供细节这一事件：

> 最后我们被关了起来，写了很长时间的交代材料。起初我是这么写的：我和陈清扬有不正当的关系。这就是全部。上面说，这样写太简单。叫我重写。后来我写，我和陈清扬有不正当关系，我干了她很多回，她也乐意让我干。上面说，这样写缺少细节。后来又加上了这样的细节：我们俩第四十次非法性交。地点是我在山上偷盖的草房，那天不是阴历十五就是阴历十六，反正月亮很亮。陈清扬坐在竹床上，月光从门里照进来，照在她身上。我站在地上，她用腿圈着我的腰。我们还聊了几句，我说她的乳房不但圆，而且长得很端正，脐窝不但圆，而且很浅，这些都很好。她说是吗，我自己不知道。后来月光移走了，我点了一根烟，抽到一半她拿走了，接着吸了几口。她还捏过我的鼻子，因为本地有一种说法，说童男的鼻子很硬，而纵欲过度行将死去的人鼻子很软，这些时候她懒懒地躺在床上，倚着竹板墙。其他的时间她像澳大利亚考拉熊一样抱住我，往我脸上吹热气。最后月亮从门对面的窗子里照进来，这时我和她分开。但是我写这些材料，不是给军代表看。他那时早就不是军代表了，而且已经复员回家去，不管他是不是代表，反正犯了我们这种错误，总是要写交代材料。②

在这个人们被迫写交代书并且承受可怕的惩罚的时代里，王小波构造了将写检讨转化为作者性欲和灵感解放的方式，并且为不断获得更多细节的读者提供了窥阴式的经历和乐趣。当检查书成为了文学娱乐，之后的批斗会也不意外地染上了表演色彩，这与一般极端暴力有所不同。这一对情人被捆绑起来并遭受愤怒（或饥渴）的观众羞辱，而这样的经历却使得陈清扬更为兴奋，而成为了一种施虐受虐狂一般的性爱前戏。

---

① 王小波：《黄金时代》，西安：陕西师范大学出版社，2005年，第4页。
② 同上，第21页。

王小波的故事颠覆了一切关于"文革"的主要原则和实践。从上山下乡接受再教育到书写政治自我检讨和参与批斗大会，所有的一切都被重新想象并且在肉体的乌托邦中得到重构。"文革"成为了性教育、情色自述、施虐受虐狂（性）以及无所不在的性器官痴迷的坐标。王将每日的生活颠覆过来，他将这种性器理性中心的想象和巴赫金（Bakhtin）关于狂欢化的论述——"这是一个没有边界的、充满对抗官方和严肃中世纪基督教和封建文化的幽默形式和表现"——结合一体，使得政府文化和意识形态互相平行却又截然不同。王小波那狂欢式、充满性过剩和荒诞的宇宙在很多层次对应并且映衬着"文革"时代那超现实的中国。

在这场狂欢化的对历史的再想象中，性被政治化，"文化革命"被转化为"性欲革命"。然而我们不应当简单地断言《黄金时代》仅颠覆了"文革"中的暴力，并用性取代了暴力。在小说的黑色幽默和淫荡情欲的背后潜藏着一个反乌托邦的梦魇。从角色的角度看来，对肉体的关注似乎可以成为对每一天其他各种暴力躲避的一种方法。从批评的角度看，性几乎成为了暴力的寓言。正如阉割情节潜伏于王二那对生殖器的痴迷之中一样，更强大的魔物躲藏在王小波的《黄金时代》之后。尽管王小波将本书视为一部具有自传性质的小说，故事当中现实和虚幻的种种分割却不可忽视。也许其中最显著的例子便是在故事高潮时，王写道："陈清扬告诉我这件事以后，火车就开走了。以后我再也没见过她。"[①] 但是事实上交错的叙述告诉我们他们两个在1990年重逢了。作者用这样的方式让平行叙事显得不可靠起来，突出了文字和故事之中不可解释的荒谬境况。对叙述者表现出的"文革"也变得难以置信起来。

事实上，尽管王二的存在哲理似乎是他通过性剥削以及性描写对阉割情结的抵制方式，他却已经被"文革"的政治霸权剥夺了他政治和意识形态上的权利。所剩的似乎只是一场虚妄的幻想。结果呈现在读者面前的便是这性器理性中心般荒谬的狂欢以及一场虽被颠覆却如影随形的政治暴力——即使王小波已经将"文革"整体解构，其阴影却让人无所遁形。三十年后，在伤痕、反思和寻根都消逝以后，还剩下这对"再教育知识青年"的荒谬性和无益性那扭曲、怪诞的嘲讽。性和讥诮粉饰了毛"持续革命"的项目。而在这一项目之后，一整代的知识青年人失去了他们的知识和青春。

[①] 王小波：《黄金时代》，西安：陕西师范大学出版社，2005年，第54页。

文化折射：阿城，从小说到电影

云南在中国的视觉文化庞大的文本中是一个相当重要的定位点，反复被当代中国电视和电影导演发掘和探讨。其中最出色的作品在1987年写就，《青春祭》的原作是知青作家张曼菱，故事被第四代导演、北京电影学院1962年的毕业生张暖忻（1940—1995）改编成了电影。她以诸如在《北京，你早》中大胆的美学视觉和敏感的心理分析为名。《青春祭》讲述了一个来自北京、作为知青而前去遥远的西南，在西双版纳与傣族共处的年轻女孩李纯的变化。当她开始穿着傣族服装、在河水中和当地女人裸泳以及探索她和两个不同男人——一个知青和一个傣族青年——的关系之后，李纯在周遭的自然和她萌发的性意识之中体验了一场身体的觉醒。正如谢伯柯（Jerome Silbergeld）所察觉的，《青春祭》"也许是唯一一部回顾耗费巨大的'文革'，并且指出（无论正确与否）正是因为汉民族自以为是的自傲才会导致这样大规模的毁坏，而我们应该在中国的少数民族平和的生活方式当中吸取真正的教训"。[①] 电影同时也采取了纪录片风格的拍摄方式，并且用当代中国电影中也许最为出色的旁白让观众进入李纯的世界，感受她的觉醒、解放和最终的幻灭。

在二十一世纪初，知青返乡二十多年后，关于"文革"的影像数量持续扩张着，其中最突出的有四部电影。《小裁缝》和《美人草》都讲述了知青陷入三角恋之中的故事，刚好两部影片也由刘烨领衔主演。《小裁缝》（2003）是由旅法的华人导演戴思杰执导，改编自他自己写的畅销小说《巴尔扎克和小裁缝》。电影延续了戴思杰1989年拍摄的探讨"文革"的故事片《牛棚》（Chine, MaDouleur）。《牛棚》讲述了一群上海人被送去郊外劳动改造的悲剧。《小裁缝》追随马剑铃（刘烨饰）和罗明（陈坤饰），两个被送去偏远山区再教育的青年人的足迹。他们追求了一个当地裁缝的孙女并且在内心中营造出了一个充满莫扎特、巴尔扎克的幻想世界用来抵抗周遭严峻的环境。因为原作广受欢迎，电影吸引了一种全明星阵容（除却刘烨，还包括周迅和王宏伟），也斩获了金球奖和戛纳电影奖。《小裁缝》以独特的方式把知青的悲剧传达给了世界。

2004年第五代导演中突出的一员、曾为陈凯歌及田壮壮担任摄影指导的吕乐，

[①] Silbergeld, Jerome. ChinaInto Film: Frames of Reference in Contemporary Chinese Cinema. London: Reaktion Books, 1999. P.81.

自己当了导演，拍摄了《美人草》。这是1998年被禁的《赵先生》之后，吕乐的第二部剧情片。故事发生在1974年云南的一个村庄中，讲述了在大批知青离开云南之前叶星雨（舒淇饰）被困于与两个男人的感情纠葛的故事。电影展现了在知青团体当中小帮派之间暴力的争斗以及因为砍伐焚烧树木而满目疮痍的土地。正如《青春祭》的最后李纯回访了那被蹂躏的傣村一般，《美人草》的尾声，女主人公回到了她"奉献青春"的故土并且重遇了她那逝去的爱。[1] 在《美人草》发行几个月后，由作者转行成为导演的朱文在2004年执导了一部斩获奖项的电影——《云的南方》，电影也讨论了去上山下乡的知青在云南遭遇的各种困顿。

总的来说，这些作品定位了知青在云南的经历并且将之视为"文革"中视觉影像呈现的重要场所。有那么多电影选择将故事投射到未来无疑给我们展示了我们对那个时空的一种想象。在《青春祭》的结尾，李纯回到了西双版纳却发现村庄已经被泥石流所摧毁，而《小裁缝》中小提琴家马从法国归来却发现那座山村在三峡大坝建立的过程中永远沉没于水中。这些年轻人回到故土却发现过去无法追寻，回忆中的土地早已不复存在、一切灰飞烟灭。过去几乎只能在虚构的情节中重新出现，而阿城小说改编成的几部电影显示了对于知青困境的想象几乎是大众对于"文革"回忆不可磨灭的一部分。

《棋王》和"两个中国"的故事

钟阿城出生于1949年，生长在北京并且作为知识青年在山西、内蒙古和云南度过了一段上山下乡的时光。在1979年回到北京之后，阿城加入了星星画会与一群共同企图挑战"文革"后成为主流的社会现实主义艺术的画家一同创作出了具有开拓力的作品。在整个八十年代，阿城也兼任批评家、散文家、编剧和小说家等职业。尽管他并不是个著作等身的作家，他却因为自己那仰赖极简的语言、类似沈从文和汪曾祺那样朴素优雅的文风而发展出了独特有力的写作模式。阿城在昆明和西双版纳度过了一些岁月，诸如在他在"文革"期间写成、九十年代发表的印象派短篇小说集《遍地风流》中，他表达了对云南的认知和感想。

阿城做过一段时间编剧，并且与谢晋、关锦鹏、田壮壮、侯孝贤，甚至胡金铨等导演合作过。因为他与电影产业的长期密切联系，他的作品也被成功移到了

---

[1] 《美人草》改编自石小克的小说《初恋》，原著小说的结尾更为黑暗。恋人并没有能够重聚，叶星雨在她的丈夫罹患癌症去世后死于非典型性肺炎。

大银幕上。他在西方出版的最知名的小说三部曲"三王"启发了三部故事片。本节将讨论阿城的文学世界是如何被放到大银幕上再想象的，从《孩子王》开始，着重讨论严浩和徐克的故事片《棋王》。笔者试图证明1980年代最重要的一部文学作品是如何被转化为图像的，而这一过程正提供知青暴力在大众文化中传播时的视觉证据。

根据阿城小说改编的第一部，也可能是最受到批评家欢迎的电影《孩子王》由陈凯歌导演。当电影发行的时候，另外两部不相关的电影制作《棋王》也正在中国和台湾展开。不像那两部电影所采取的较为商业化的拍摄手法，《孩子王》将陈凯歌在1984年电影《黄土地》当中的先锋派美学延续下去。片中充满了对贫农生活处境那粗暴而现实的描写、大胆的符号学、有力的意象以及对革命历史的重新构建。《孩子王》是一部被惊艳的影像叙事以及自省的哲学观左右的电影。这个简单而又充满力量的故事围绕一位被送去云南上山下乡的知青展开。老杆原本和他的其他知青朋友在农场工作，后来却下放到了距离几座山外的当地的一所小学充当中文老师。不久后，老杆讶异地发现这个地方是如此贫瘠，他的学生们甚至买不起教科书，所以不得不从黑板上摘抄下课文。更让他忧虑的是，他而后发现学生们只是死记硬背，他们虽然抄写、背诵课文，却事实上完全没有理解汉字。老杆最终决定不再使用课本，而是教导学生汉字真正的意义，用他们来激发学生自己的思维。然而在拒绝使用政府统一发放的课本后，他被迫离开教职并被送回到了他原先的工厂之中。如同希腊悲剧那样，这篇小说探索了政府当中深植的霸权统治以及政治暴力，并且探讨了政治教化是如何微妙地传送到中文这个语言之中的。

陈凯歌出生于1952年，来自北京的一个影视世家，正像阿城一样，在少年时，他接受了毛主席召唤起来造反并且最终被下放农村。陈在云南度过了八年时光最终回到北京，被传奇般的北京电影学院1982届录取。陈为一系列电影担任助理导演之后与他的老同学张艺谋、何群在广西电影制片厂合作了《黄土地》。在《孩子王》中，陈凯歌将阿城的小说改成了一场视觉诗学并且将故事推向了新的方向、延续了陈自己的创意和实验，持续了对电影固有的形式并且满足了观众的期望值。

《孩子王》引起了中国和海外华人小区的强烈响应。电影被许多中国电影评论家争相讨论，其中包括张旭东、托尼·雷恩（Tony Rayns）、谢伯柯（Jerome Silbergeld）、周蕾和陈默。这些影评家指出电影中心的修辞几乎带着精神分裂般的断裂，在各个层面鬼魅般笼罩着这部电影，从空间到历史、从心理到文化。在周蕾非常形象的论述中，她指出文学和电影版两者之间的一些显著区别，并进而分析了电影中象征的复制和再产生以及其他各种视觉断裂的形式，比如老杆那在镜子当中破裂的人像。

张旭东将电影分类成一部关于"年轻人在政治风暴和文化荒野中前行"的电影，他指出了现代和过去之间历史的断裂，然后讨论了老杆身份的断裂：

> 老杆作为教师的身份从最初就分裂了，他在屏幕上被深景装造出了两幅"肖像"：老杆在课堂上讲课，被中景框架住；另外则是漫画版写在旁边黑板上"这是老干"的字样，他在上课的时候没有意识到这些字样，也许是因为他的注意力放在坐在他面前的小学生身上。在电影中，传统和常规的教学方法成为了老杆和学生展开的革命性教学方法的对手；传统教学方法被契约所逆转。教师的两面显示出了老杆作为教师的双重知性。①

《孩子王》中的多重断裂成为了知青在"文革"期间受到迫害的有力预示。小说中深层的断裂同样表现出了那个黑暗时代的历史和心理创伤，而陈电影中的符号性展现了《孩子王》中更为深层的文化、历史、地理，甚至是文本性的断裂。

在1984年《棋王》初次发表时掀起了一场文学和文化的激烈辩论。这本书成为了寻根活动的核心，而这场运动在八十年代中后期席卷全中国。主人公王一生是一个知识青年，他对于食物和下棋近乎痴迷。这一点也让这本小说在其他同代书写"文革"的小说中显得鹤立鸡群。阿城并没有流连于道德训话，亦并没有一味谴责历史，而是提供了一个普通的个人在这场政治风暴当中企图保存自己的尊严、价值观和人性的故事。同时，阿城对语言的把握、运用以及发掘中国文化中精髓——比如道家思想、儒家仪礼以及传统象棋的方法让人耳目一新。如果说《孩子王》师法希腊悲剧，《棋王》的结构则受到中国传统武侠小说的强烈影响，其中不乏这个文体当中的各种特性，包括隐藏的主人公、根据自己仰赖的道义行事；一个鱼龙混杂的江湖以及最后那场发生在主人公和反派之间的侠义对决，和一位隐士一般的智者。阿城建立了一个新的文化英雄的原型，用这个人物抗争"文革"期间政治上的荒谬——这和其他将主人公视为受害者的文学作品截然不同。

小说在中国大陆和香港、台湾以及海外成为了畅销作品。评论家乐钢（Gang

---

① Zhang, Xudong. *Chinese Modernism in the Era of Reforms: Cultural Fever, Avant-Garde Fiction and the New Chinese Cinema.* Durham: Duke University Press, 1997.P287—288.

Yue)提及了小说在华语地区受到的关注以及其跨国际的出版和凝聚的人气，[①]然而作品在被挪上大银幕以后更加构成了一种跨中国文化的混杂性。仅仅在几年之后，两部由这本小说改编的电影相继问世。在西安电影制片厂的监督下，滕文骥（1944 年生），一位北京电影学院 1968 年毕业、并且导演了二十余部电影的导演，与知名作家张辛欣合作改编了《棋王》的剧本。阿城之前曾经与滕合作过，并且为滕担任其 1985 年电影《大明星》和 1987 年《让世界充满爱》的编剧。滕 1988 年的改编剧本邀请谢园扮演王一生，电影非常忠于原作。为了让影片达到故事片的长度，滕加入了一些额外的镜头，但是他却保持了原作的对话并且竭尽全力重塑了场景，表现了中国在 1960 年代的情况。

相反，《棋王》的第二个版本却和原作大相径庭，采取了许多戏剧化的改变。1988 年，陈凯歌的《孩子王》在国际电影节放映后，滕文骥中国大陆版本的《棋王》正在西双版纳紧锣密鼓地拍摄。而其另一个版本正在海峡对面的台湾拍摄。这个版本有两位导演。由传奇版的香港新浪潮电影先驱徐克（1950 年生）和在中国大陆拍摄了不少电影，包括《似水流年》和《没有太阳的日子》的香港导演严浩（1952 年生）合作拍摄。严浩参与导演了这部电影并且参与了电影剧本的编写（与梁家辉一起）并且和阿城本人一起出演了这部电影（这似乎是幕后"作者"应该有的角色）。徐克和严浩之间工作的分配最终导致了个人分歧，严浩回忆道：

> 我付出很多时间、精力和能力想要将两本书合为一个剧本，在这个过程中，制片人徐克却突然紧张起来……那时候我觉得他并不是非常有条理而电影不再由我管理，所以电影中只有我登场的那几幕是我拍摄的。其他部分都是徐克拍的。反正，这一切都过去了。[②]

由于两个导演之间创意的分歧，拍摄和后制过程一拖再拖，而电影直到杀青之后三年的 1992 年才得以上映。最后，徐克掌管了大权并且完成了影片最后的编辑。比起在拍摄想法上的分歧，更令人惊异的却是电影本身结构上的分歧。《棋王》不仅由两位导演共同掌舵，故事本身也是由两本小说合二为一而来的。电影只是部分架构于阿城的"文革"故事，而另一半却来自台湾籍美国作家张系国（1944

---

① Gang Yue, *The Mouth That Begs: Hunger, Cannibalism, and the Politics of Eating in Modern China* (Post-Contenporary Interventions), Duke University Press（July2，1999），P. 201—202。
② Wood, Miles: *Cine East: Hong Kong Cinema Through the looking Glass*. 1998, P. 514。

年生）所创作的同名短篇小说。张系国是计算机教授，在台湾以"科幻小说之父"而闻名。他的故事设定于当代台北，并且围绕着一位能够预见未来的十一岁象棋奇才而展开。这部1978年的小说展现了快捷的商业社会，与阿城小说中那1960年的中国大相径庭。

在《棋王》中，严浩和徐克却用新颖的方式将这两个截然不同的文学世界建立起来，用影像链接了"文革"时代的中国以及1980年代的台湾。这种电影上的"重聚"从电影开篇的一系列镜头就能清楚呈现：开篇采用了"文革"时代风格的纪录片画面，配以当代台湾流行摇滚乐歌手罗大佑所创作演唱的"爱人同志"。歌词将典型的流行歌和内地采用的政治术语结合在一起，暗示了这些画面，并且创造出了一种讽刺诗般的效果：

> 每一次闭上眼睛就想到了你
> 你像一句美丽的口号挥不去
> 在这批判斗争的世界里
> 每个人都要学习保护自己
> 让我相信你的忠贞
> 爱人同志

在罗的歌词中，当个人的情感欲望被意识形态所扼杀，个人主义的摇滚乐满载着共产主义的关键词，政治和个人不断对撞。在故事的主题出现以后，观众逐渐被传送去了一个政治化的"文革"的世界，传送到了北京的长安街以及繁华的当代台北。

这一转折体现了空间和历史上的平行转变，镜头同时表现了电影故事发生的场所，那两个迥然不同世界。画面上，"红色中国"被毛泽东的仪仗队所代表，而紧接着又被毛的劲敌蒋介石纪念堂所代表的"自由中国"取代。接下来的几个镜头中，当代台湾繁华的经济景象从纪念堂所代表的政治中心飞升出来，并且压制了含有政治意味的潜台词。当代台湾的关键象征不再是由共产主义主导，资本主义篡取了这一切。

这充满技巧的开场展示了六十年代中国大陆和当代台湾之间的天壤之别，并且暗示了这两个社会所使用的偶像、标语和社交行为其实有些鬼魅的不谋而合。从政治集会到商业和购物的喧闹，从毛的画像到超级模特，从"打败资本主义思想"的标语到鼓动人们消费的广告牌，这些衔接的画面为这两个不同的时空勾画出了一副意识形态的、历史的社会断层感。然而电影人却将这两个看似无法调和的时空结合在了一起。

徐和严灵巧的电影开场同样介绍了一种将1960年中国的政治文化等同于1980年资本主义文化的大胆社会批评。当电影继续发展下去时，我们看到从某个层面来说，台北那高速旋转的商业世界其实并不比政治狂热的"文革"时期的中国好上多少。尤其当王圣方（台湾部分电影中的象棋奇才）被引荐时，这点显得格外明显。尽管他被称为"棋王"，他却被反复当作一个棋子使用：他预测股票的信息受剥削、被迫上电视以改善收视率、他主持脱口秀的事业一片惨淡，最终他被绑架并且在企图救一个小女孩时被杀害。

台北的部分显示出了对资本主义社会的批评，但是这部分的批评跟阿城书写中国内地"文革"的故事想必并不见得毫无关系。"《棋王》的主题在文化取代了意识形态后得到了升华"[①]，毫不夸张地说，故事本身也展现出了文化和意识形态之间的对换。然而，尽管原著小说中最重要的特征之一就是对于受害和政治谴责的解构，电影却将这些元素重新置入了文本之中。

在原著故事中，王一生迟到了好几天没能按时参加象棋比赛，于是错过了第一轮的比赛。为了让他能够进入决赛，另一个绰号叫脚卵的知青用一套明朝遗留下来的棋贿赂了当地官员。对于失去家传宝物的悲哀在阿城的笔下显得有些隐晦，成为在政治漩涡当中不足道的小牺牲。在电影中，情节却显得更为戏剧化也更为暴力。王一生并非是在不知情的情况下不小心错过了第一轮比赛，他在电影中因为使用大字报的一角当厕纸而被捕（这段故事本来在阿城小说中其他的地方提及）。脚卵（由台湾电影和戏剧老戏骨金世杰扮演）去找当地干部希望能够释放王，他并没有主动交出那一套棋，反是官员问他要的。这一改写在徐克和严浩版本的电影中屡见不鲜，为电影加上了一层暴力的感觉，并且最后被那些荒谬的逮捕行动和明显的腐败所加强。在脚卵已经牺牲了祖传宝物后，王得以释放，他却拒绝参赛，这也引起了阿城的愤怒（阿城由导演严浩扮演），他出手打了自己的朋友。

在电影中，关于那个垫带毛主席思想的狂热的讽刺被演员的表演稍微掩饰。这样的表演方法似乎是希望让"文革"的历史遗产显得非法化，这样的方法在中国内地被广泛使用。而使得"文革"中信仰毛主席思想的大众显得非法化却是一

[①] Gang Yue, *The Mouth That Begs: Hunger, Cannibalism, and the Politics of Eating in Modern China* (*Post–Contemporary Interventions*), Duke University Press Books（Juky 2，1999），P. 209。

个更为细微的主张。另外,《棋王》利用了一系列符号意象强调了那个时代的暴力镇压。毫无疑问,那个时代中宗教也是众矢之的,然而在阿城的小说中并没有显而易见的宗教元素,但是在电影《棋王》中脚卵的那一个十字架却得到了不少特写,经常用来暗指对有组织的宗教的镇压。

电影有一幕是,一个红卫兵看到脚卵在绝望中捏紧了手中的十字架,但是却没有意识到这是一个宗教行为,他反而攻击了那些知青喜好下棋的习惯,称他们为封建资产阶级的情绪。这一幕不仅让观众看见了对于宗教那显而易见的威胁并且也让他们体察到邪恶的红卫兵形象(在影片中被其他角色暗自嘲笑,并且进一步加强了对毛主席思想的讽刺之情),也温和批评了象棋——这些元素在原作小说中都没有提及。意识形态上的象征主义也出现在影片高潮王一生的棋局中,在比赛中他同时和九个对手对垒。在王和最后一个对手比赛走最后几步棋的时候,窗户突然打开了,明亮的阳光洒在了黑暗的房间中。在这顿悟的一刻,王一生取得了胜利。然而,当窗户打开时,一个象征性的画面显示出了在窗外的墙上画着的毛泽东的头像。与阿城小说中不同的是,棋王的胜利和生存的意志在这里跟毛的失利和颠覆息息相关。

在《棋王》中,阿城将中国文化遗产视为"文革"暴力中的避难所,这成为对抗把"文革"视为牺牲主义的八十年代文化气氛的方式。但是在徐克和严浩的电影当中,"文革"的暴力被重新加入其中,原作中阿城企图将中国过去的文化作为从"文革"中解脱出来的方法,而电影叙事却将焦点转向了一个同样劣迹斑斑的资本主义的未来,在这个未来当中,艺术家一样无处立足。

在某个层次上,这两个棋王之间的差别体现了阿城原作故事当中已经暗示出的分歧,正如王瑾教授(Jing Wang)所指出的(之前在《孩子王》的讨论中也提及过):

> 那些指责阿城过于美化"道"的人没有意识到这个故事中心本身具有的强烈的苦难,棋王与其对手有种假英雄主义的对决,不是在"棋道"那虚构的制定中,反而在棋王王一生内心呈现的符号般的生死决斗中。这就是说一场用他对于棋艺真知的疯狂追求对峙他的本我的斗争。王一生的实体不过是一个无力转化社会现实的世俗存在,他超越的主体性,却在精神的领域当中追求无边际的自由。这一场对决颠覆了简单的棋艺当中的中国特性。我关注戏剧以及这场他的两个自我之间的争斗,这一切在故事结尾几乎耗尽了王一生(他陷入了昏迷),展现出了一种现代美学。更重要的是,这场对峙表现了

新旧政权的对决，这一幕在现代性当中屡见不鲜。①

在《棋王》中，"戏剧和创伤"不仅作用在王一生的两个自我之间，并且也在两个棋王，两个历史环境和两个地理位置及两个故事中展开。

除却相同的标题，另一个串联两个故事的叙事线索就是程凌这个人物，他是一个在香港从事市场营销的男子，他来到台北在一个台湾电视节目《神童世界》当中发现了王圣方。这个十一岁的男孩引起了他对二十年前的回忆，当他从香港前往中国内地拜访他的表哥脚卵时的故事。在那段旅行当中（尽管这在历史中几乎不可能发生），他遇见了另一个"棋王"，王一生。由香港动作片影人岑建勋扮演，程串联了中国和台湾这两个地标，加强了冷战时期香港的作用。程凌的位置也反映了徐克和严浩这两位香港导演企图将台湾和内地的两个故事在影片当中重聚的立场。②

在《棋王》的结尾，也是电影中最为感人的一个瞬间，王一生突然浑身穿着"文革"的全套制服出现在了当代台北的街头。能够回忆过去的"棋痴"终于遇见了能够预见未来的"神童"王圣方。他们两个人一起向着远方走去。在没有任何地理限制和时空观念的黑色背景中渐行渐远、逐渐消失。这个结尾似乎是一个超脱过去暴力和现在剥削的政治寓言，并且展示出了一个更为乐观的未来，两位棋王，或者说，两片土地最终重聚。③然而，我们不该忘记只有通过死亡和王一生那魂兮归来般的鬼魅出现，他才能跟王圣方相聚。只有通过开向"不可想象"的中国，通过香港，前往台湾，"文革"的创伤才能够得到昭雪。

连续剧中的回归：回到上海，走向海外

1979年，"文革"开始的十三年后，毛泽东要求城市青年"上山下乡"的号召发布十多年后，还有许多的知青仍然没有能够回到家乡。在七十年代末期，每年大概有二十万人被流放。直到大批知青因为不满开始游行并且示威，政府才同意

---

① Jing Wang: *High Culture Fever*. University of California Press，1996. P.185。
② 内地、台湾和香港象征性的团圆也在电影的片尾字幕当中体现，导演是徐克和严浩（香港）、作者是阿城（内地），执行制片人是侯孝贤（台湾），音乐为罗大佑（台湾），演员是梁家辉和岑建勋（香港）。电影分别在台湾和香港拍摄完成。
③ 在《棋王》结束时，王一生似乎完全没有变老，反而还穿着军装似乎暗示着他在棋赛之后死于云南，这在小说中没有提及。

陆续将这些人送回家乡。在大规模的抗议中，他们写下了要求回家的血书。这些故事也被不少纪实文学记载了下来，比如邓贤的畅销报告小说《中国知青梦》，和郭小东被改为电视剧的长篇小说《中国知青部落》。[①] 邓贤的作品为知青大批离开云南这一历史事件提供了详尽的背景，这一运动的起因是一位女知青和她尚在襁褓的婴儿在一次失败了的接生中双双死去，接着大规模地方性的示威爆发了。郭小东也用同一个事件作为写作起点，他掺入了一些虚构的个人故事。郭那令人惊异的叙事结构将在云南上山下乡的知青在"文革"期间的生活与他们在十年后回到城市之后的生活并置。这些作品，还有一些其他关于中国其他地区知青遣返的故事，比如梁晓声的畅销小说《今夜有暴风雪》等，显示了知青想要逃离这些充满苦痛地方和他们的过去的强烈欲望。[②]

回忆往往难以摆脱。这些青年人忍受的恐惧包括对先前受到教育的全盘否认、与家人的被迫分别、繁重的劳动、营养不良，并且很多时候，各种身体或者性的虐待。这些恐惧成为了无法抹去的回忆，不断如鬼魅般萦绕在他们心头。这些魍魉不仅无法被扼杀，反而还不断重生，引起新一轮的暴力重复。

在创伤研究中，暴力的重复成为对不少幸存者来说不可忽视的一个症结。正如卡西·卡如斯（Cathy Caruth）所觉察的：

> 在创伤中存活下来未必是一种摆脱暴力事件的幸运路径，比起说这条路径经常被暴力的回忆扰乱，倒不如说对暴力重复固有的必须性最终或将会导致毁灭。比如弗洛伊德提供的重复强迫性的例子，在例子中病人不断重复着其痛苦的经历，一个女性反复提及自己嫁给亡夫的故事，在塔索（Tasso）诗歌当中坦克雷德（Tancred）的士兵再次伤害了他的爱人——这一切都似乎展现出当人目睹了死亡的可能性却束手无策的时候，不断重复那毁灭性事件的必要性。确实，这些例子指出了个人生活的例据，受到创伤个人的历史正是

---

① 这八集电视剧《中国知青部落》由袁军导演，原著作者郭小冬担任了企划人。电视在1998年上山下乡十三周年之时问世，当时非常受欢迎。
② 更多关于知青离开云南的内容可见《中国知青梦》（邓贤：《中国知青梦》，北京：人民文学出版社，1993年）、《中国知青部落》（袁军导演，《中国知青部落》，1998年）、《今夜有暴风雪》（梁晓声）和曹左雅的《离开熔炉：关于知青的文学作品》（*Out of the Crucible: Literary Works about the Rusticated Youth*, P.185—194）。

对毁灭性事件毫不犹疑的反复重复。①

暴行与暴力并不是在受辱的时刻就完成的，事实上很多时候在离开原始创伤的时空，暴力那精神和经历性的重复反而会造成更大的伤害。以下这节分析一部介绍去云南上山下乡的知青在多年后在上海和"海外"仍然无法摆脱梦魇的地标性作品中的暴力重复，尤其是当知青终于回到都市，有些甚至前往海外之后。许多包含这种重复暴力的作品都通过重访物理伤害和暴行发生的原点来表现，比如黄尧那令人不安的后现代小说《无序》。然而在某些作品当中，创伤造成的鬼魅却如影随形地追逐着那些远离他们的人。这样对暴力的重复尤其在几部关注知青回归后心理状况的电视剧中特别引人注目，这样的暴力重复与身体所遭受的暴力有所不同。它不仅仅发生在暴行发生的原点，而是不断延伸，从云南到上海、从上海到北美。《孽债》改编自叶辛写于1993年的小说。这部电视剧见证了穿越时间、空间和历史的伤痕对受害者持续的侵扰。知青离开云南时候那些伤痕和梦魇不仅难以愈合、难以驱散，反而在十多年后被重新撕裂、唤醒，制造出了迟到的悲剧以及预想的创伤。

两面航程：《孽债》

在1979年，中央政府终于同意让所有未婚的知青回到他们户籍所在的地点并且重新取得居住证。对许多知青来说，这样的情况却因为他们在乡村结婚所生下的孩子而变得复杂起来。如果选择回家，则代表他们必须抛弃自己的孩子。邓贤的畅销小说《中国知青梦》当中的一幅小插画表现了七十年代末期已婚知青所面临的困境，究竟是应该留在他们已经生活了十年的云南？还是回到他们的家乡去？邓贤回忆起某个李小姐的故事，她收留了一对知青在离开云南回城之前遗弃的一个婴孩，反而引发了一阵弃婴狂潮的现象：

> 心地善良的小李姑娘挺身而出，主动承担了充当临时母亲的义务。她用自己的工资买来奶瓶和牛奶，并在车站的集体宿舍里晾开了花花绿绿的尿布。第二天弃婴的事情就传遍了全车站，人们川流不息地赶来慰问，并盛赞小李

---

① Caruth, Cathy. *Unclaimed Experience: Trauma, Narrative, and History.* Baltimore: Johns Hopkins University Press, 1996. P.62—63.

姑娘的高尚情操和美德。

孰料就在第二天，在候车室里和露天广场上，竟然同时拾到三个弃婴，其中有一个还发着高烧奄奄一息。

根据不完全统计，1979年知青大返城期间，仅昆明市便收容弃婴近百名，最多一天收容十一名。

这一数字还不包括昆明市以内各车站码头及公共场所收容的弃婴人数。①

几乎像是对鲁迅那著名的空想主义的愿望"救救孩子"的一个讽刺式的回应一般，在中国迈入改革开放的新时代时，不计其数的知青却为了拯救自己抛弃了他们的孩子。那么邓贤描述的这些云南的弃婴后来怎么样了呢？抛弃孩子又给这些前知青带来了什么样的影响？在1993年的《孽债》中，叶辛试图回答这些问题，并且在这样的过程中进一步讲述了知青的悲剧，这些悲剧在二十年后依然无法挥散。

叶辛出生于1949年，在1969年被送去贵州周围的农村上山下乡。他在那里度过了十多年。作为一个上海人，叶开始书写八十年代初期知青经历的长篇小说，并且在1982年发表了回忆青年时光的长篇小说《蹉跎岁月》。然而，当十年后，他完成《孽债》之时，他对知青经历和其长期影响的理解已经发生了剧变。正如批评家杨建所写的："《蹉跎岁月》与《孽债》有极大的差别，前者是浪漫主义，后者是世俗化的；十年过去了，很难再从《孽债》中看到作者以往的理想情怀。"②在两部作品之间相隔的十年之间，叶辛开始探索了那些被知青抛弃的孩子们的命运。在1985年的小说《在醒来的土地上》，主人公郑璇，一位女知青必须在她那农民丈夫（和他们的孩子）以及与她真心相爱的男知青之间做出选择。在1988年的《爱的变奏》中，知青矫楠抛弃了情人和孩子返回了上海。在短篇小说《拜访》中，为人父母的知青们被迫处理他们行动留下的后果。1992年的《孽债》终于让叶跨越了这些前知青的经历以及他们的过去投射出来的暴力阴影在他们的孩子身上留下的后果。

《孽债》扣动了全中国读者的心弦，成为了九十年代最为畅销的小说之一，也是知青小说当中最为重要的一部。像是被改编为获奖电视剧的《蹉跎岁月》一样，《孽债》也被改编为电视剧。1993年，叶为二十集电视连续剧写了剧本，电视由

---

① 邓贤：《中国知青梦》，北京：人民文学出版社，1993年，第335、336页。
② 杨健：《中国知青文学史》，第432页。

黄蜀芹导演（她也是《人鬼情》以及大受欢迎的电视剧《围城》的导演）。当电视剧在1995年1月9日放映时，打破了收视的纪录，吸引了接近百分之四十三的电视观众。这部电视剧也掀起了阅读原著小说的又一波风潮，小说在1995年几次再版并且打破了多项书籍销售纪录。

《孽债》情节发生于九十年代初，故事追踪了五个来自乡村的青少年前往上海的故事。尽管他们的征程和二十多年前那场席卷中国的人口迁移似乎毫无关系，却直接对照了1968年知青上山下乡的运动。沈美霞、卢晓峰、安永辉、盛天华和梁思凡都是被他们的知青父母在十多年前遗弃的孩子，他们现在离开了云南想要和他们素未谋面的亲生父母建立联系。对这些前知青来说，这些被忘却的孩子无疑成为了一批不速之客，新的悲剧正在酝酿而生。

故事开始于杂志编辑沈若尘突然收到另一位决定留在云南的知青好友谢家雨的信。信中说道沈的前妻韦秋月患脑瘤去世，他的十四岁的女儿沈美霞突然成了孤儿，她打算前往上海找他。家雨的信预示了即将到来的狂风骤雨，而他信中轻快的语气却显示出了家雨现在祥和的生活：

  我仍在州外贸，看来一辈子把根扎在西双版纳了。无意中应了人们常说的一句俏皮话："献了青春献终身，献了终身献儿孙。"情况不能同你老兄相比，但日子却也过得逍遥自在。①

当沈若尘和其他奋力回到上海的知青必须面对他们行为的后果时，家雨似乎已经接受了自己的命运，而得到了稳定平和的生活。这可以看做是叶辛对于命运的一个批注，也可以理解为对于过去农村那个乌托邦理想主义的渴望。

当沈美霞和其他四个青少年来到上海的时候，他们必须越过的第一个障碍就是在钢筋水泥的森林、摩天楼形成的迷宫当中找到他们的父母。他们的路径并不是被严酷的丛林和野蛮的政治阻挡，而是被一些后社会主义中国的新问题所阻碍。正如卢晓峰的祖父所观察的那样："这批小家伙到上海来，要是找到自己亲爹妈倒蛮好。不过他们好比朝自己家的窗里，扔进一颗炸弹。乱子就要闹大了！"（《孽债》第一集）因为她的到来可能会危及她父亲的第二段婚姻，美霞不得不承受她那在独生子女政策下被宠坏了的同父异母弟弟恶意的挑衅和妒忌。其他孩子都是知青和当地农民所生的，而永辉却是两个知青的孩子，他们抛弃了他回到上海。

---

① 叶辛：《叶辛文集》（十册），南京：江苏文艺出版社，1996年，第5页。

当他在十五年后来到城市里,他却要面临已经分居并且有了自己新的生活的父母的双重拒绝,被迫卷入他们那些腐败、性和金钱的交易之中。卢晓峰发现他那久违的父亲因为一件不是自己犯下的罪行而含冤锒铛入狱。盛天华的母亲开始拒绝见他,最后迫于他不断的哀求和寻找才勉强收留了他。但是不久后天华却被都市中的性、暴力、金钱和毒品构成的腐败蛛网所淹没。虽然梁思凡的处境似乎比其他几个孩子要好得多,他被亲生父亲收留下来,最后他却要为这场重聚付出最昂贵的代价。正如他的父亲告诫他在大城市里面骑车很危险所预示的那样,他被一辆摩托车撞倒而成了一个迟到的牺牲者。①

再一次,城乡之间的区别造成了这些悲剧。云南和上海这两个不同的地标成为灾祸的起源。正如云南是知青们的梦魇一样,上海成为了他们孩子的牺牲之地。在小说和电视剧中,经常穿插着现代上海和"文革"时期云南的画面,将这两个地标通过叙事结构接合在了一起。叶辛在他小说的后记当中探索了这两地的区别:

> 吸引我的不只是这个故事,而是这个故事提供的地域:西双版纳。哦,这是一块多么美妙无比的土地!那里的风情习俗和上海相比,简直判若两个世界。上海是海洋性气候,西双版纳是旱湿两季的山地气候;上海众多的人口和拥挤的住房是世界上出了名的,而西双版纳的家家户户都有一幢宽敞的庭院围抱的干栏式竹楼;上海有那么多的高楼和狭窄的弄堂,而西双版纳满目看到的是青的山、绿的水;上海号称东方的大都市,而西双版纳系沙漠带上的绿洲,是一块没有冬天的乐土,既被称为"山国"里的平原,又被形容为孔雀之乡、大象之国,它有那么多的神秘莫测的自然保护区和独特珍贵的热带雨林;上海开埠一百五十年的历史,孕育了海纳百川的上海人,而西双版纳由偏远蛮荒、瘴疠之区演变为世界闻名的旅游胜地的百年史,更富传奇色彩;上海人被人议论成精明而不高明、聪明而不豁达,而西双版纳的傣族兄弟姐妹,谦和、热情、纤柔、美丽,无论是在电影里和生活中,他们的形象都给人遐思无尽……对比太强烈了,反差太大了。②

---

① 在小说中,梁思凡因为受伤而去世,但是在电视剧中他只能永远地坐上轮椅,他的亲生父亲和他的妻子不得不承担起照顾他的责任,让思凡成了五个孩子中唯一留在上海的人。
② 叶辛:《叶辛文集》(十册),南京:江苏文艺出版社,1996年,第458—459页。

十年前，中国共产党发布了"知识青年到农村去"的号召，希望能够打破阶级差别，建造一个社会主义的乌托邦。而将知青"上山下乡"却又是希望这些城市的青年们可以被乡村"包围"。正像叶辛形容的那样，云南和上海、乡村和城市之间差别巨大，它们之间有无法逾越的鸿沟。对这些前知青来说，西双版纳却是令他们噩梦连连的地方，直到他们遗弃的孩子来到上海包围了这城市。而这样的旅途，同样成为了他们那被流放农村梦魇迟来的报复。

《孽债》当中的故事不仅代表了过去那迟来的后果并且也是对过去的一种重复。故事中的父母必须承担自己过去行为那压抑已久的后果，而与此同时却不知不觉地开启了他们孩子身上新的一连串的悲剧。这群孩子十四岁到十六岁，正是当年他们父母上山下乡前往云南的年纪。知青前去乡村的时候，满怀着理想主义、希望和革命热情，然而得到的结果却是苦难和暴力，十几年都不能回家。二十年后，他们的孩子也从西双版纳来到城市之中，他们那么乐观、渴望和他们的父母团聚。这样的团聚却没有激起任何情感，这些孩子们只能面对失望和不计其数的挑战。正如他们的父母那样，他们最终在心碎、幻灭、遭受悲剧后回到家中。

当黄金时段播放的肥皂剧化为后创伤叙事：阅读《午夜阳光》

《孽债》追寻了五个孩子和他们的父母从云南到上海再回到云南的灾难之旅，《午夜阳光》则将曾经前往云南上山下乡知青的生活延续到了更远处，从上海这个大都市到加拿大温哥华。片中不少人物在那里工作、学习、生活。在黄蜀芹那振聋发聩的电视剧上映十多年后，张晓光导演的第三部作品《午夜阳光》问世了（前两部分别是《一米阳光》和《守候阳光》）。这部2005年的电视连续剧的舞台主要是上海，讲述了一段缠绵悱恻的爱情故事。故事中的两个相爱的年轻人因为他们各自家庭的秘密而止步不前、对他们的感情产生了怀疑。

故事展开在九十年代初，夏清优（罗珊珊饰）是一个高中生，在她的父亲不幸遭遇车祸以后，她前往上海寄住在她的"叔叔"夏英泰（王诗槐饰）家。尽管夏英泰号称是清优的叔叔，事实上他们之间的关系却更为复杂。她的到来给夏家带来了一波骚乱：她的婶婶抱怨连天；她的堂妹夏珊珊（柯蓝饰）对她十分嫉妒，她的堂哥夏继栋（郭晓冬饰）对她产生了暗恋的情愫。但是清优芳心所许的对象却是她的同学于佑和（钟汉良饰），正如电视剧标题《午夜阳光》所象征的那样，他们在理想主义的许诺和浪漫的故事当中开始了一段童话般的爱情。当他们的恋爱关系被人发现以后却被迫终止了，于的母亲让儿子退学并且移民去了加拿大，她在"文革"后曾经去那里学习过。

故事在十年后的上海重新展开。夏清优现在是一名空中小姐,她的堂哥夏继栋成为了一名医生,而夏珊珊则在一家跨国企业当中担任行政工作,她年轻而严格的加拿大上司正是于佑和。一系列的重聚、罗曼史和单相思在过去那脆弱秘密的基础上发展开来。清优必须与她的堂妹以及于佑和的加拿大未婚妻竞争,来夺回初恋男友的心,她还得拒绝另一个从加拿大回来的男人和她自己堂哥夏继栋的追求。夏继栋终于决定不再压抑自己对她的感情。随着一连串叙事的转折和夏清优跟于佑和之间如同过山车般上下颠簸的感情和不下十几次的分分合合,《午夜阳光》将张晓光式的催泪家庭情景剧推向了新的极致。这部电视剧似乎追随了一个典型的青春偶像剧的模式,这一模式在 2001 年的《流星花园》之后形成了一种风潮。这个流派一般让年轻貌美的男女演员领衔主演,表现出他们之间那故作多情的相爱和失恋以吸引东亚和海外华人地区的青少年观众。这些观众似乎能比较容易接受这些年轻主人公那理想化的爱情,而对他们来说这部电视剧的"文革"背景不过是为了故事情节需要而已。而这个故事背景在这二十一集连续剧当中的十四集中若隐若现,无疑对年长的观众来说更为明显:中年的家庭主妇也是这类电视剧的主要观众。

张晓光的剧本无疑借鉴了琼瑶的小说、电影和长篇电视剧。从那忧愁的爱情故事到角色之间潜在的近亲乱伦(往往被所谓家族秘密粉饰),到那逃避主义的精英家族再到那个几乎让一整个家庭濒临崩溃的秘密,这一切都是琼瑶模式的故事所严格遵循的定式。正如 Miriam Lang 所写的:"琼瑶 1960 年代写的小说几乎都基于内战和国民党撤退到台湾的背景,文字当中常常饱含家族破碎、紧张的气氛和孤独感……琼瑶的写作可以说是有病态,也许这是因为她的许多作品核心的爱情关系往往都是有些争议的(师生之间、院长和舍监、叔嫂之间)。"[①] 琼瑶作品当中的另一个特征就是父母所隐藏的家族秘密总是会威胁到他们儿女的生活。在《午夜阳光》中,这些秘密和三十多年前在云南发生的一切息息相关。

随着情节发展,于佑和与他加拿大的未婚妻分手,希望他能与初恋女友夏清优再续前缘。当他的母亲,于美清(赵静饰)发现自己的儿子居然跟十年前她竭力想要回避、不惜远走他乡的女孩在一起的时候,她立即提出反对。开始,她只是提出了一些对于他们结合的陈腐反对意见,最后,在一段煽动的独白中,她才

---

① Lang, Miriam."Taiwaness romance:San Mao and Qiong Yao."In the *Columbia companion to modern East Asian literature*.P.516—517。

说出了真相：

> 我原来以为带你出国，就能和过去的我一刀两断。没想到最终还是要面对。三十几年前，我高中毕业，正好遇到上山下乡，我们插队落户到了云南。原以为会在那里度过一辈子，就抱着扎根边疆的心态，在那里生活工作，安家落户。许多知青在那里结了婚生了孩子。我当时因为你外婆家庭出身是知识分子，又有海外关系，所以是最需要改造，最被人瞧不起。所以我每次分得活都比别人重，比别人累。我每天起得比别人早，睡得比别人晚，吃得比别人差。我实在是熬不住了。我想，我想我跳河死了算了。没想到，没想到还是被人给救了。（《午夜阳光》第十四集）

而这个来救她的人正是夏英泰，于美清和他在云南有了一段秘密的恋爱。他们的关系在夏英泰回上海的时候结束了，他抛下了于，而于后来和夏的哥哥结婚了。随着故事发展，夏家和于家的千丝万缕的关系显得更为复杂了。于美清说出夏英泰为了回上海，抛弃了正怀着夏英泰孩子的她，而那孩子正是于佑和。之后于美清有了第二个孩子，正是夏清优，她为了和儿子回上海而抛弃了这个孩子。这样的真相开始击垮了夏清优和于佑和，他们突然发现他们之间的感情居然是同母异父兄妹之间的乱伦。但这样的说法最后也被一封信驳斥了。信当中写到真正的夏清优在襁褓中夭折了，而现在的夏清优只是她父亲在那时候收养的一个女孩，这样于美清就不会知道这件事了。于佑和夏清优事实上并没有血缘关系。这对恋人终于可以在一起了……只是他们必须陷在更大的挑战之中，于罹患了一种罕见的癌症。

正如许多青春偶像剧一样，故事情节可谓扑朔迷离。我引证这部电视剧的目的是为了说明事实上这二十一集连续剧中这些年轻人和他们的父母所受到的一切苦恼和折磨都是因为"文革"时期在云南发生的一切。那个年代严苛的环境迫使夏英泰和于美清做出了一系列困难的抉择，而这些抉择的后果则反弹到了他们的子女身上。迫切想回上海的夏英泰抛弃了自己怀孕了的情人，接着同样的欲望使得于美清抛弃了自己的丈夫（夏英泰的哥哥）和她的女儿（不久后就死去了，被后来领养的夏清优所取代）。尽管热带雨林和云南的橡胶农庄没有在《午夜阳光》的屏幕上出现，这一切却依然对理解角色悲哀的命运起到作用。无论在上海还是温哥华，云南的阴影永不消散。在这部电视剧看似肤浅而造作的叙事之下却隐藏着想要表达后创伤的努力，最终这一切呼之欲出。

在这逃避主义的肥皂剧的背后却是潜藏着的历史创伤，这样的模式也和琼瑶的作品不谋而合。琼瑶小说世界里面的伤害无疑是1949年历史分裂造成的一系列朋友之间、家庭和情人之间被迫的分散。对1938年出生的琼瑶来说，决定了他们一代人的创伤就是中国内战（1945—1949），这场战争最后导致的暴力分裂让家人反目成仇，让中国人与中国人针锋相对，让爱人生离死别。在琼瑶的故事当中，家人和情人被迫分开，一些留在了大陆，另一些则移民到台湾、香港和海外。他们数十年后的重聚常常引来悲剧的结果。琼瑶经常被人批评她的作品格调低俗、耸人听闻而且太过于戏剧化，那个年代的作家/导演中却没有哪个像她一样在大众文化中深刻探讨了1949年国家的分裂。在这失去的爱情背后更大的心碎事实上来自于失去的祖国，祖国那政治、经济和文化的分裂。

尽管《午夜阳光》像琼瑶的作品一样难逃窠臼，这部电视剧却也揭示了爱情故事背后隐藏着的历史创伤。在琼瑶七十年代创作和发行的作品当中，大分裂的主题似乎显而易见。在一代人以后，新的历史创伤再一次以同样的反弹力再度降临。对中国的大多数人来说，云南和1968到1978年是造成他们生活剧变的原因。在《午夜阳光》中，"文革"的云南不仅造成了历史的危机，同样也制造了身份的危机。被自己的父亲一手带大，夏清优必须痛苦地接受自己是被收养的这个现实。她的恋人，于佑和则必须认识到他的亲生父亲居然是夏英泰。夏继栋意外得到了一个同父异母的兄弟，并且意识到长久以来他对自己堂妹感情的压抑毫无意义，她原来就是被收养的。

当尘埃落定，每个人都似乎接受了他们的新家庭、新身份和生活，这一对薄命的情人，夏清优和于佑和终于站在了温哥华教堂的祭坛上念下婚誓。一个圆满的结局似乎不可避免，然而当于佑和突然倒在地上，输给了癌症并且将电视剧推向悲剧的高潮时，我们意识到不是所有的创伤都有解决的方法。

在《午夜阳光》和《孽债》当中这一系列的身份危机都于九十年代和新世纪初在都市丛林般的上海展开，这个时空远离知青当年所在的云南，然而在这个新的地标，创伤那有力的呈现依然如影随形，一同而来的还有后创伤失忆症。对阿城和王小波这样的知青小说和影人来说，他们上山下乡的经历象征了城市和乡村、自我和他者、现实和幻想、梦想和梦魇之间巨大的撕裂。对于那段回忆的压制和选择性失忆、在那里所受到的折磨以及那些在那里出生的孩子们为新一代人的噩梦提供了更多材料。

云南知青的悲剧故事同样也为许多其他电视作品提供了背景，比如表现知青大批离开云南的七十年代末期和他们之后在城市生活的《中国知青部落》。2002年郭大群导演了一部十九集电视剧《致命的承诺》，当中也有将云南的创伤投射到未来的情节。林放和陆静是两个来自上海的知青，他们为了躲避一波暴力从云南逃亡到了缅甸，接着被夹在了中缅之间玉石交易的黑暗世界之中。跨越二十年，《致命的承诺》表达了一种对知青和他们的孩子来说上山下乡带来的残忍的后创伤伤害。正如《午夜阳光》中那样，剧中知青的孩子们也因为他们父母的秘密被卷入乱伦的爱情中。当两位知青的儿子在车祸中被撞瘫痪后，被送去了一个新的地标接受治疗和最后的救赎——美国。从云南到缅甸、缅甸到上海、从上海到美国，知青和他们子女纠缠的征途诉说了过去暴力那国际化的一面。

另一部讨论知青在云南遭受苦难以及迟来的后果的电视剧就是沈涛导演的二十六集电视剧《偷渡》。[①] 由1993年导演了《北京人在纽约》的电视团队担纲，团队包括了编剧曹桂林、主演王姬。《偷渡》讲述了一位前知青韩欣欣的故事，当男友在云南去世以后，她移民去了美国并且和一个美籍华人成了婚。当她的丈夫被旧金山华人黑社会谋害以后，为了给自己的丈夫报仇，韩踏入了不法世界。化名林姐参与了三义帮，韩不断努力后终于成为了社团的领导，运作着一个巨大的跨国人口交易活动。对韩来说，中国和美国、她的过去和现在、她的纯洁和她的堕落都不可避免地跟云南有关。她精神分裂式地放弃了她过去的身份并且成为了林姐。在电视剧的结尾，韩被中国和美国政府通缉，她回到了西双版纳举枪自杀。但是这真的是对她现在法律制裁的逃避吗？抑或是对她后创伤噩梦的最终回归？

在这些电视剧中，暴力的重负往往是后创伤文化回忆当中最为引人注目和最为令人不安的一面。在《孽债》中，前知青们的旅途被他们遗忘的子女在十多年后的旅途所代替，引发了新一轮悲剧。相同的骚动在《午夜阳光》体现在被压抑的回忆、感情和过往之中，知青的子女被抛入了一张充满乱伦和憎恨的罗网。尽管情节的细节可能显得过于戏剧化，片中的主旨却依然显示出一种迟来的悲剧和暴力，呈现出一种跨国际的期待。在《午夜阳光》中，于美清从上海逃去了温哥华，也许是为了拯救她的儿子。也许是命运，又或者是卡如斯所谓的对重复毁灭那"固有的必要性"。正如拉卡普拉（LaCapra）观察的：

> 实践和重复是相关的，即使是强迫性的重复——重复的趋势往往是强迫性。这在经历过创伤的人身上尤为明显。他们往往喜欢重温过往，被那些

---

① 《偷渡》曾经取名为《危险旅程》发行过。

过往的鬼魅影响，似乎他们还活在过去，和那些创伤毫无距离一样。①

在《偷渡》中，这种无意识的重复毁灭性过往让韩欣欣逃亡美国。在逃离云南的丛林之后，她必须在旧金山那钢筋水泥的丛林中求生。第二次的创伤和第一次的历史创伤截然不同，显示出了过去那些无法言说的秘密留下的复杂的后创伤后果。

在"文革"当中被用以形容知青下放的词汇是"插队"，这个词在八十年代被改编成了"洋插队"，作为形容出国留学或者工作的用语，这两者往往被联系在一起。从云南回到上海，从上海前往海外，后创伤的噩梦一再重演，在缅甸、旧金山、温哥华和其他地方，人们似乎无所遁形。同样的跨国际的架构也可以在许多其他描写知青的电影和文学作品当中出现，比如戴思杰的《巴尔扎克和小裁缝》当中的马在多年以后，成为了法国的小提琴家，他回顾了自己在云南的生活。确实，许多作家和影人都探讨了这个问题——包括王小波、阿城、老鬼、曹桂林和戴思杰，他们或者是移民海外或者在八十、九十年代在海外度过了一段时光。而正当这知青的创伤取得这样国际化的逃避之时，这一切也表明了他们对过往和对国家的逃避。像是这些电视剧展现的那样，有时候逃避不过是另一种创伤的重复而已。

---

① LaCapra, Dominick. *Writing History, Writing Trauma. Baltimore,* John Hopkins University Press, 2001.P. 142—143.

记忆停顿

文 / 柏右铭（Yomi Braester）
译 / 王卓异

从毛式历史到痞子历史

二十世纪九十年代的市场经济中，见证的危机似乎有所缓和。在后社会主义时期，写实回忆录，王朔的谐谑小说以及琼瑶的浪漫故事瓜分了人们的书架。对于很多经历过"文革"的人来说，文学和电影的商品化象征着公共舆论的堕落，因为年轻一代已经不愿意担负起自"五四"以来主导知识分子话语的"责任感"了。电影《阳光灿烂的日子》（1995）就是一个鲜明的例子。以"文革"为背景，电影描述了一个男孩子长大成人过程中的甜酸苦辣。由于回避表现"文革"的苦难，一些人指责这部影片在不加选择地怀旧。"伤痕文学"的老作家冯骥才最近感叹道："（姜文）表现的那个'文革'，我没有什么共鸣，我觉得非常遗憾。我觉得中国到现在没有一部真正表现'文革'的电影。"[①] 这部根据王朔（1958年生人）中篇小说《动物凶猛》改编，由姜文（1963年生人）执导的影片，标志着其创作者与"五四"理想之间的代沟。名噪一时的作家王朔曾直批"五四"传统的核心人

---

① Braester, Yomi, and Enhua Zhang. "The Future of China's Memories: An Interview with Feng Jicai." Journal of Modern Literature in Chinese 5, no. 2 (Jan. 2002).

物鲁迅，认为他"光靠一堆杂文几个短篇是立不住的"。① 王朔和他同代人的大不敬态度，尤其是他们通过小说、摇滚乐、表演艺术和其他媒介对毛式修辞的戏拟，带来了辛辣又不乏诙谐的社会评论。

在本文中，我将重点放在《阳光灿烂的日子》上。我认为它的价值恰恰在于避免了靠怀旧的符咒和创痛的设定，从而让回忆可以成为一种神话创作的形式。姜文在多处引用更早的中国电影，让虚构的电影弥补失败的记忆。尽管表面上看《阳光灿烂的日子》对官方的历史见证没有兴趣，它其实提供了一个共和国电影的简史，并显示了电影重新结构过去的能力。

在《阳光灿烂的日子》中，叙事者的开场白就宣告了他的记忆的不可靠性："北京变得这么快，二十年的工夫它已经成为了一座现代化的城市，我几乎从中找不到任何记忆里的东西。事实上这种变化已经破坏了我的记忆，使我分不清幻觉和真实"。② 从一开始，影片就模糊了历史和虚构之间的界限。尽管叙事者是在讲述他的"文革"经历，《阳光灿烂的日子》却并没有触及这段时期里重大的政治社会动荡，也完全无视官方历史，而是将记忆与幻想交织在了一起。通过这种个人独白的形式，《阳光灿烂的日子》直指"文革"留给当代中国的印记并提出了尖锐的问题：为这段时期的集体记忆所遗漏，却不断出现在个人回忆中的是什么？是不是可以再造关于过去的真实图景？是不是应该允许虚构来弥补记忆的缺陷？二十世纪末中国的文化产物与更早的文本与图像遗留下来的影像之间，应该是怎样一种纠葛？

姜文的态度在他这一代人中是相当有代表性的。"文革"的时候这一代人年纪还太小，没有机会加入。他对集体记忆的探究来自于在后毛时代的中国长大成人的一代人的视角。姜文自己的演员和导演生涯就体现了这种代际间的转变。1980年他考电影学院的时候，选择表演的小品是《烈火中永生》（1965）的一段，结果并不成功。③ 1984年从中央戏剧学院毕业以后，姜文很快在谢晋的《芙蓉镇》和张艺谋的《红高粱》这两部有突破性的电影中担任男主角，十分引人注目。如

---

① 王朔《我看鲁迅》，收入陈漱渝编，《谁挑战鲁迅——新时期关于鲁迅的论争》，成都：四川文艺出版社，2002年，第435—443页。

② 王朔原著文字的重点有所不同："这个城市一切都是在迅速变化着——房屋、街道以及人们的穿着和话题，时至今日，它已完全改观，成为一个崭新、按我们标准挺时髦的城市。没有遗迹，一切都被剥夺得干干净净。"（《动物凶猛》，收入姜文等编《诞生》，北京：华艺出版社，1997年，第430页。）

③ 李尔葳：《汉子姜文》，沈阳：春风文艺出版社，1998年，第11页。

同莫言的同名原著一样，《红高粱》揭开了很多像《烈火中永生》那样的电影所宣扬的毛式英雄神话。姜文选择《动物凶猛》(1992)作为剧本的灵感来源，使得《阳光灿烂的日子》更进一步地远离了先前的英雄样板。《动物凶猛》是典型的王朔式的对玩世不恭的年轻人的嬉皮写照。他的这种文学风格当时被贬为"痞子文学"。① 《阳光灿烂的日子》中对重大历史时刻的调侃就是一种电影版的王朔文字。

尽管现在回头看，《阳光灿烂的日子》是九十年代中国艺术作品的典型代表，它刚刚出现时却让观众颇为震惊。姜文的这部导演处女作在国内外迅速获得成功。一些著名批评家称其为《红高粱》之后中国电影最重要的作品。② 这不仅仅是因为两部影片都使用了创新的电影语言，更重要的是《阳光灿烂的日子》和《红高粱》都改变了讲述中国重大历史时刻的方式。张艺谋以其作品对抗了抗日战争的传统英雄主义叙事，③ 姜文则是用一个怀旧的男人的眼睛回顾"文革"，在他的回忆中"文革"是刺激的街头斗殴和萌动的性意识。同样值得注意的是《阳光灿烂的日子》中有对《红高粱》影像的暗指，④ 而姜文的第二部电影《鬼子来了》(1999)则又是一部抗日战争题材的争议影片，姜文在片中扮演反英雄的男主角。

尽管看上去对"文革"造成的苦难无动于衷，《阳光灿烂的日子》包含对经典

---

① 白杰明指出"痞子文学"一词源于前北京电影制片厂厂长宋崇（Barmé, Geremie R. *In the Red: On Contemporary Chinese Culture.* New York: Columbia University Press, 1999, P.73）。他还认为这一词有暗指毛泽东"痞子运动"一词的意味（Barmé, Geremie R., *Shades of Mao: The Posthumous Cult of the Great Leader.* Armonk, N.Y.: M. E. Sharpe, 1996, P.168）。
② 这部影片1994年9月于威尼斯电影节首映，并获得最佳男主角奖。接下来影片在中国公映，宣传火爆（王朔《阳光灿烂的日子追忆》，第129页）。影片原本是大陆与香港合资的作品，但是在摄制后期遇到了财政问题。最后关头，欧洲电影制片人施以援手，尤其是沃尔克·施隆多夫（Volker Schlondorff）帮助他们获得了巴贝尔斯贝格（Babelsberg）电影制片厂器材的使用权（姜文，《阳光中的记忆》，见姜文等著《诞生》，北京：华艺出版社，1997年，第51页）。关于这部电影在中国电影史中的重要性，见批评家倪震的评论，载李尔葳，《汉子姜文》，沈阳：春风文艺出版社，1998年，第133页。姜文与王朔的文章载于姜文编者的摄制组随感文集中。
③ 见 Braester, Yomi. "Mo Yan and Red Sorghum." In *The Columbia Companion to Modern East Asian Literature, ed.* Joshua Mostow. New York: Columbia University Press。
④ 在《阳光灿烂的日子》后来的一幕中，少年马小军在蓝光笼罩下的大雨中号啕大哭。这幅影像呼应了《红高粱》的结尾一幕，在弥漫的红色中，一个孩子以相似的姿态哭他的妈妈。

革命修辞的有力批判。①《阳光灿烂的日子》现成地回收利用了"文革"时期的语汇、歌曲、姿态和图像。一度造成历史悲剧的"毛语"这样重装再现，就成了一幕滑稽剧，具备了批判的锋芒。《阳光灿烂的日子》对正统历史观最尖刻的批驳，恰恰发生在它抗拒诱惑不为"十年浩劫"的暴戾作见证的时刻。与季羡林和张贤亮等人的"文革"叙事不同，姜文的电影从一开始就拒绝承认历史和记忆之间的联系。

《阳光灿烂的日子》在某种意义上终结了"五四"以来以宏大叙事为结构阐明历史的企划。作家从鲁迅到张贤亮，电影人从马徐维邦到杨延晋都曾试图让虚构的故事少承担些客观见证的职责。姜文不但继续了这一工作，而且更质疑了人们区别真实与虚构的能力，从而进一步挑战了见证的地位。我曾讨论过的一些更早的文本与电影基本上是迎合了读者把文字和影像当成真实记录的信念——起码是一种违背"现实主义"意愿的真实——《阳光灿烂的日子》却认定观众和叙事者一样对重新追回真实的过去无动于衷。当见证破产的时候，姜文影片的叙事者会毫无歉意地在摄影机前拾起证据散落的碎片，然后若无其事地继续昂首前进。

冻结的记忆

《阳光灿烂的日子》的故事发生在二十世纪七十年代的北京，主人公是15岁正值青春期中的马小军。马小军的年龄在这里很重要，毛泽东从1966年5月开始组织红卫兵，号召中国的青年投身"文化大革命"。后来由于红卫兵运动迅速超出了毛泽东的控制，发展到互相之间乃至与军队间的武斗，于1967年夏被解散。尽管如此，高中生和大学生的经验依然是"文化大革命"的一个核心部分。几百万年轻人被送到乡村，有的是去劳改，有的是"向贫下中农学习"。那些年纪太小的则被留在城里放任自流——他们当中很多人的父母是下放离家的共产党干部，另外还有骄傲于自己的社会地位的军队干部的孩子。这些半成年未成年的孩子们拉帮结伙，打架斗殴，抽烟偷盗，抵抗一切权威，甚至毛泽东的权威。② 马小军（夏雨饰），一个高级军官的儿子，正是在"文革"的边缘过着这样一种放浪

---

① Barmé, Geremie R., *Shades of Mao: The Posthumous Cult of the Great Leader.* Armonk, N.Y.: M. E. Sharpe, 1996, P.33.

② 关于少年团伙的报告，见 Thurston, Anne F. *Enemies of the People.* New York: Knopf, 1987, P.130; Chang, Jung. *Wild Swans: Three Daughters of China.* London: Flamingo, 1993, P.490—495。

不羁的生活。他和他的朋友们很少看到自己的父母，他们的学校的课程完全"革命化"，学的是造酒一类的东西。至少是从表面上看，他们的青春期是在"阳光灿烂的日子"中度过的。

不过正像开场白警示的那样，那些"阳光灿烂的日子"既植根于现实，同时又是叙事者想象的碎片。其实没有什么事情是和叙事者的想象相一致的，他也无法分辨想象和真实的区别，现在在记忆中留下的投影使他无法看清过去。在影片最惊人的莫斯科餐厅（"老莫"）的一幕，这一点表现得尤为清晰。马小军在这一幕中坐在米兰（宁静饰）的旁边，刘忆苦（耿乐饰）的对面——米兰是马小军认识并介绍给一帮哥们儿的朋友，刘忆苦是这一帮哥们儿的头，米兰的男朋友。马小军和刘忆苦生日正好在同一天，正在一起庆祝。由于受不了刘忆苦和米兰之间的亲密，马小军把怒气发泄到米兰身上，接着又挑起了和刘忆苦之间的一场斗殴。他敲碎了一个酒瓶子，连续刺向刘忆苦。

直到这里，影片进行到100分钟左右的时候，故事一直是以一种直截了当的方式讲述的，电影镜头也支持着一种现实感。观众们可能已经忘记了叙事者在开场白中提到的对记忆的保留态度。但接下来现实主义在一瞬间突然崩溃。马小军的击刺动作重复的次数太多，以至于整个场景看上去不再真实。刘忆苦不断地被刺中，却没有一点痛苦的表情，只是颇为讶异地东张西望，好像他并不属于这一幕一样。声音此时也被消掉，刘忆苦变得像一个被剪贴到场景中的形象，他仿佛存在于马小军触不到的那一层。

接下来画面完全定格，成人后的马小军作为叙事者以画外音的形式出场："哈哈……千万别相信这个。我从来就没有这样勇敢过，这样壮烈过。我不断发誓要老老实实讲故事，可是说真话的愿望有多么强烈，受到的各种干扰就有多么大。我悲哀地发现，根本就无法还原真实。"记忆在这里陷入了停顿。对把握过去的无能为力，或者说将过去重建为现实的不可能性，使得叙事在瞬间停滞；这里我们可以联想到余华《往事与刑罚》中"陌生人"努力要达到的那种永恒的经验。《阳光灿烂的日子》的叙事者想要讲述事情的本来面目，忠实地传达历史，最终却不得不匆忙放弃。过去已经破碎，变成了一幅静止的图景。在这幅图景中现实无从得见，有的只是影像中绚烂的海市蜃楼。

电影剪辑为击刺的动作营造了陌生化乃至虚假化的效果。定格之后，整段画面慢镜头倒转放映，直到覆酒回瓶。马小军徒劳地击刺毫发无伤的刘忆苦的动作又重现了25遍。观众一开始的惊愕迅速变成了怀疑。在倒转的慢镜头中，无精打采的击刺变得不再暴力，倒更像是舞蹈。

对暴力的突然回避说明叙事者对于处理过去的痛苦心存犹疑。正像我分析马徐维邦的《夜半歌声》和样板戏《红灯记》时已经提及的，中国革命修辞惯于用身体伤害引出现实感。暴力标记了历史制造的创痛，投身暴力也就是创造历史。在餐厅这一幕，身体伤害却并未成真。通过影像设备对整段画面的倒转，这一事件的虚拟性更加突出。少年马小军似乎是被成年马小军阻止在了那里，后者作为有自觉意识的叙事者无法把故事交给暴力现实。定格画面把人们的注意力引向表面，引向表现的媒体而不是被表现的人和被回忆的事件。当第一人称叙事的伪装被揭穿以后，叙事者的声音立即重新出现，但此时它听起来已经充满怀疑和反讽。

后崇高状态

值得注意的是，恰恰是在叙事者将要参与到一场暴力斗殴的时候，他找回过去的努力宣告失败。当放弃自己的叙事的时候，他的解释是自己从来没有"壮烈"到能挑起一场和刘忆苦的斗殴的程度。用"壮烈"来形容这样一场小规模斗殴，并不仅仅是反讽而已。在经典革命修辞的语境中理解，它表现出了一种对"文革"爱恨交织的情绪。在"文革"中，"壮烈"被用来指称政治和美学的理想，在样板戏中这种理想得到了尤其充分的表现。

"壮烈"经常被用作衡量"文革"作品中的人物的主要标准。《红灯记》中的主角李玉和，作为不屈不挠地与日寇斗争的地下党员的典型，就是最"壮烈"的人物之一。《红灯记》体现了毛泽东对革命文艺"可以而且应该比普通的实际生活更高，更强烈，更有集中性，更典型，更理想"的要求，[1] 李玉和的形象也符合江青要让英雄形象更崇高的指示。[2] 当《阳光灿烂的日子》的叙事者说自己"从来就没有这样勇敢过，这样壮烈过"的时候，他正是在承认自己无法效仿样板戏的榜样——或者样板戏无法成为一个可以效仿的榜样。不管是哪一种情况，叙事都会定格在马小军试图向革命榜样看齐的时候。

马小军这一代中国青年渴望成为英雄，渴望将自己表现为无畏的战士，于是叙事者对于自己不"勇敢"不"壮烈"的无能为力就尤其显得尖锐辛辣。马小军常常在镜前表演更英雄的自我。有一幕是他模仿《英雄儿女》（1964）中的王成，

---

[1] 《毛泽东著作选读》，北京：人民出版社，1986年，第538页。

[2] 引自 Yang, Lan. *Chinese Fiction of the Cultural Revolution.* Hong Kong: Hong Kong University Press, 1998, P.29。

拿着一个想象的电台高喊："向我开炮！"姜文关于他自己少年时代的见证同样提及了众多深入人心的英雄形象。在评论红卫兵对崇高修辞的回应的时候，王斑认为"文革"的年轻一代在毛泽东和国家的身上既看到了崇敬的对象，又建立了他们自己的身份认同。毛泽东和国家"因其崇高性质，而被看做红卫兵的放大的自我"。[1] 马小军与姜文、王朔有明显的相似之处。小军的家庭与姜文一样来自唐山市，小说作者王朔与电影导演姜文和虚构的马小军年龄相同，而且和他一样成长在北京独特的军队大院的环境里。[2] 姜文这样描述他的少年时代："我不知道我是否马克思主义者，但斗争或者说竞争对我有刺激，有吸引力……我们那时候就相信《国际歌》里所唱的：从来就没有救世主，也不靠神仙皇帝。而且我崇尚英雄主义和浪漫主义。"[3]

尽管叙事者像姜文自己那样在回顾中把"文革"看成自己的光辉岁月，他回顾的视角却来自后毛泽东时代的中国，此时此地革命话语已经失去了往日权威。叙事的中断并不只是由于马小军无法以英雄的标准生活，而且因为记忆的主体置身九十年代中期发言，已经不能再认同于"文革"的话语和理想。于是，一面是叙事者以毛式英雄主义尝试解释其行为，一面是现实主义叙事的中断，两者被巧妙地结合在了一起。

撤回记忆

在"老莫"这一幕的倒转之后，马小军的故事被带到了另一个方向。叙事者承认了他记忆的失败和对纪录现实的无能为力，故事的线索由此发生了改变。在画面定格的时候，叙事者继续开始陈述：

> 记忆总是被我的情感改头换面，并随之捉弄我，背叛我，把我搞得头脑混乱，真伪难辨。我现在怀疑和米兰第一次相识就是伪造的。其实我根本就没在马路上遇见过她……我和米兰根本就不熟，我和米兰从来就没熟过……

---

[1] Wang, Ban. *The Sublime Figure of History: Aesthetics and Politics in Twentieth-Century China.* Stanford: Stanford University Press, 1997.

[2] 正是因为这种共鸣，姜文一夜读完了王朔的小说，第二天一早就打电话把王朔叫醒，兴奋地说他要拍这个故事。（李尔葳：《汉子姜文》，沈阳：春风文艺出版社，1998年，第67页）。

[3] 李尔葳：《汉子姜文》，沈阳：春风文艺出版社，1998年，第78—79页。

我简直不敢再往下想。我以真诚的愿望开始讲述的故事，经过巨大坚忍不拔的努力却变成了谎言。难道就此放弃么？不，绝不能！你忍心让我这样做么？我现在非常理解，那些坚持谎言的人的处境。要作个诚实的人，简直不可能。

记忆的作用不是重获过去的事件，而是涓乱它们，让故事的讲述者必须把握住的过去销声匿迹。叙事者想找到一个客观的历史，他却不得不屈从于虚构才能找回过去。结果是叙事一旦开始即被篡改，以至于当影片重新开始另一串情节的时候，观众们必须像所有小说读者那样搁置起他们的怀疑。

"老莫"一幕为本章开头提到的问题提供了线索。"文革"被玷污的记忆带来了什么样的历史？那幅定格画面，那个历史和虚构被融合、混淆、消散，然后又在想象中被重新创设的记忆解决的瞬间带给了我们什么？我将在下文说明，这样一段冻结、倒转时间并重新开始情节的画面象征了这部影片对毛式历史的抗拒。

对经典革命修辞和其他一些错位的"毛语"的戏拟绕开了整个官方历史，从而暗中对抗了官方对历史的建构。姜文的电影与在这一点上与其他记述"文革"的电影形成了鲜明的对照，多数"文革"题材电影把重点放在红卫兵的暴行与下乡青年的痛苦经历上，这些叙述提供了重要的记录，其用意也在于阻止类似的灾难再度发生。[①]但是这样的历史记述也暗含着带来反面效果的危险。诚如陈小眉所言，在英语世界出版的幸存者记录迎合了美国的民族主义，并被集中归入了"批判中国的回忆录"一类。[②]在中国，将个人经验纳入社会集体剧变中讲述最终也可能会继续毛式话语，将个人纳入国家之下，而这正是一开始这些影片要批判的修辞。换句话说，这些"文革"的第一手历史记录可以归结于我所称作的历史见证的矫情，而且是当代最明显的类型。

《阳光灿烂的日子》克制住了这种矫情，描述了一个笼罩在如梦光环下的成长故事。政治事件一直处在情节的边缘，好像并没有触及那些处在青春期中的主人公（王朔小说中提及的毛泽东接见红卫兵等事件没有出现在改编后的电影中）。这些未成年的主人公度过"文革"的方式与任何一个在其他时间地点的同龄人没

[①] 例见季羡林《牛棚杂记》，北京：中共中央党校出版社，1998年，第6页。
[②] Xiaomei Chen, "Growing Up with Posters in the Maoist Era." In *Picturing Power in the People's Republic of China, ed.* Harriet Evans and Stephanie Donald, Lanham, Md.: Rowman& Littlefield, 1999，P.103.

记忆停顿　105

有什么不同——游手好闲，自慰，①斗殴。导演姜文表面上这样解释电影题目："一个人在十七八岁时的时光是最美好的。犹如阳光灿烂的日子，总有一种温暖和激情。"②不过他并不只是简单绕开了"文革"的暴行而已。通过以马小军的初恋来描绘这段时期，这部电影避开了昆德拉所称的"奥威尔化"的生活，③也就是从政治压迫的单色镜里看"文革"。从这个意义上讲，姜文的剧本忠实于王朔备受争议贬损的"痞子文学"原著，不但没有写"严肃"文学中的英雄人物，反而突出了流氓、痞子和顽主。④姜文自己就曾经在《本命年》（1988年，导演谢飞）和《有话好好说》（1994年，导演张艺谋）里扮演过北京流氓的形象。通过呈现简单的日常事件，《阳光灿烂的日子》还原了老于江湖的痞子的经验，从而抵制了宏大叙事的历史。如果说王朔的写作是"痞子文学"，姜文对马小军和他那一代的描述也许可以被称为"痞子历史"。

这部影片由于将一个很多人被关进牛棚，下放农村，毒打致死的年代称作"阳光灿烂的日子"，遭到了批评家们的一再指摘。北京电影学院教授黄式宪写道："七十年代初那个夏天，对于千千万万的中国人来说，是生命中最黑暗的岁月，但对这群纯真少年来说，则是一派阳光灿烂的节日"。⑤在黄式宪看来，"文革"给年轻人带来了英雄主义的冲动和脱离学校以及其他机构控制的自由感，并由此诱惑二十年之后的叙事者在想象中只看到"文革"的光明面。台湾电影评论家焦雄屏称电影情节为"青春的乌托邦"。⑥白杰明（Geremie Barmé）则敏锐地发现了在最近东欧的"集权怀旧"和他称之为的中国"'文革'怀旧"和九十年代的"'文革'时尚复兴"间存在类同关系，他将《阳光灿烂的日子》也放在了这一类同关系

---

① 审查电影的人删掉了手淫的一幕。（姜文：《阳光中的记忆》，见姜文等著《诞生》，北京：华艺出版社，第71页。）
② 李尔葳：《汉子姜文》，沈阳：春风文艺出版社，1998年，第75页。
③ 昆德拉将"奥威尔化"定义为"把（一个人的生活记忆）简化到单一的政治方面……成为一个浑无个性的政治恐惧体"。（Kundera, Milan. *Testaments Betrayed*. Trans. Linda Asher. New York: Harper Collins Publishers, 1995，P.225—226.）
④ 在《动物凶猛》中，叙事者承认他曾经向往成为"顽主"，但没有成功。（王朔：《动物凶猛》，收入姜文等编《诞生》，第460页。）
⑤ 李尔葳：《汉子姜文》，沈阳：春风文艺出版社，1998年，第139页；又见导演古榕的类似回应（同上，135页）及陈晓明的观点（Chen Xiaoming. "The Mysterious Other: Postpolitics in Chinese Film." *Boundary* 2, 24, no. 3，P.235）。
⑥ 李尔葳：《汉子姜文》，沈阳：春风文艺出版社，1998年，第147页。

的背景中。①

不过，与白杰明不同，我并不认为这部影片的情节表达了"真实和必需的怀旧"或者重新确认了一种"纯真失落的感觉"。② 姜文的电影遵循王朔的小说建立起来的结构，呈现了一种复杂样态的记忆——由于人们无法准确地回忆起过去，怀旧也随之变了味道。这里有必要将《阳光灿烂的日子》与另一部王朔编剧的电影《青春无悔》（1992）作一个比较。《青春无悔》以北京的拆迁建设工程象征了当代中国被破坏的记忆。到二十世纪八十年代末，这座城市已经变成一个空间记忆在迅速丧失的空间，这恰恰是毛泽东时代集体记忆被置换的贴切隐喻。《阳光灿烂的日子》的结尾点出了类似意义上的忘却：成人马小军（由姜文自己扮演）变成了一个雅皮，乘着豪华轿车经过今日北京的立交桥。他看到原来街坊的傻子，徒劳地想继续和过去一样跟他对样板戏的台词。傻子不但没有认出怀旧的马小军，还回了他一句脏话。③ 相对于现在对过去的不敬，王朔和姜文呈现了一个同样满不在乎的痞子版本的历史。记忆在这里停顿，写历史的人变成了"顽主"，脚踩事实和虚构两只船并周旋其间。

毛泽东历史的图像学

《阳光灿烂的日子》提供的历史记录既不符合经典的革命修辞，也与官方的历史纪年不合，影片由此质疑了集体记忆。然而，以政治异议质疑官方威权却并不是这里的关键。姜文呈现的是事件的另一种秩序，这种秩序重新定义了曾经支持毛泽东权威的语言和历史的框架。

影片常常以官方许可的修辞与"文革"被忽视的一面相对照，有一幕街头斗殴就是例证。一长段镜头表现马小军和他的团伙骑车去报复另外一个团伙。攻击

---

① Barmé, Geremie R., *Shades of Mao: The Posthumous Cult of the Great Leader.* Armonk, N.Y.: M. E. Sharpe, 1996, P. 176; Barmé, Geremie R. *In the Red: On Contemporary Chinese Culture.* New York: Columbia University Press, 1999, P.137.

② Barmé, Geremie R., *Shades of Mao: The Posthumous Cult of the Great Leader.* Armonk, N.Y.: M. E. Sharpe, 1996, P. 224; Barmé, Geremie R. *In the Red: On Contemporary Chinese Culture.* New York: Columbia University Press, 1999, P.324. 白杰明注意到中国共产党的理论家不接受王朔对党的语汇的另类运用。（Barmé, *In the Red,* P.306）

③ 原来的最后一幕较长，但是姜文从整部电影通盘考虑，将它剪掉了很多。（整部电影共耗费了约 250,000 英尺胶片。）（姜文：《阳光中的记忆》，见姜文等著《诞生》，北京：华艺出版社，第 30 页。）

一方的马小军连续用砖头猛砸对方一个男孩的脑袋，直到他瘫倒在血泊之中。后来马小军的一个同伙却承认，他其实记不清那个人是不是该打。别有意味的是，为这种毫无意义的暴力伴奏的电影配乐是《国际歌》。这是在官方场合（也是在电影的情境中每天广播结束的时候）演奏的象征意识形态正义的音乐。我已经提到，姜文将这首歌与英雄主义联系在了一起；实际上，《国际歌》长久以来一直是代表革命牺牲精神的电影修辞。丁玲在《某夜》（1932）中曾描写过革命者唱着《国际歌》被行刑队屠杀的场面，① 也许这启发了《青春之歌》（1959）和《烈火中永生》（姜文考电影学院做小品时选的片子）等影片用这首共产主义赞歌为刑场上的烈士伴奏。在音乐片《长征组歌》和《东方红》（1965），以及样板戏《红灯记》和《红色娘子军》中，英雄人物都有踩着《国际歌》步点的舞台动作。反观马小军把那个男孩打得半死，和毛式作品中描绘的刑场上的英烈则相去甚远。与一般认为遵循了《国际歌》，形象地体现了其歌词精神的《红灯记》相反，② 《阳光灿烂的日子》中的《国际歌》听上去是如此的刺耳和不协调，以至于激怒了电影审查机构，被要求放低音量。③

　　斗殴一幕将姜文的电影与其他不那么有批评性的怀旧作品区别了开来，例如样板戏在八十年代末的重新流行就没有多少对毛式美学的批判。④ 《阳光灿烂的日子》却颇为不敬地挪用了那个时代强烈意识形态化的偶像符码，其中包括马小军和他的朋友们一再戏拟的苏联电影。正像街头斗殴开了《国际歌》的玩笑一样，马小军的白日梦戏拟了《英雄儿女》，莫·罗姆导演的《列宁在1918》（1939）中的卫队长之死一经他的表演，也全无原有的英雄气概。在这部苏联电影中，克里

---

① 丁玲：《某夜》，见《丁玲短篇小说选集》，北京：人民文学出版社，1955 年，第 318 页。感谢 Pieter Keulemans（古柏）提供这一材料。
② 彤云：《全世界无产者联合起来——赞革命样板戏〈红灯记〉中李玉和一家的深厚阶级情谊》。重印于《惊天动地的伟大革命壮举——赞革命样板戏》，香港三联书店，1970 年，第 97—105 页。
③ 姜文：《阳光中的记忆》，见姜文等著《诞生》，北京：华艺出版社，第 71 页。
④ 早在 1987 年，《红灯记》的第五幕就在北京人民剧院重新登上舞台。（见戴锦华，《隐形书写》，南京：江苏人民出版社，1999 年，第 3 页）；关于最近的样板戏演出，参见 Melvin, Sheila, and JingdongCai. "Nostalgia for the Fruits of Chaos in Chinese Model Operas." New York Times. Oct. 29, 2000; Liu Kang, "Popular Culture and the Culture of the Masses in Contemporary China." *Boundary* 2, 24, no. 3（Fall 1997）, P.114; Xiaomei Chen, *Acting the Right Part: Political Theater and Popular Drama in Contemporary China.* Honolulu: University of Hawaii Press, 2002, P.74。

姆林宫卫队长冒着生命危险从二楼跳下以阻止一个反革命阴谋。当马小军和他的朋友重演这一幕特技的时候，他们冒险跳下则只是为了在米兰面前逞英雄。正像批评家戴锦华指出的，这些影像的典故能够使用，靠的是观众对"社会主义阵营"电影的熟知。① 姜文利用看过很多遍这部苏联译制片的观众的集体记忆，将一次勇敢的脱逃重新演绎成了没头没脑的胡闹。

《阳光灿烂的日子》加入的是一个重新阅读马克思主义符号的反文化，同在这一反文化当中的还有崔健的"红色摇滚"，后者甚至引入了对革命歌曲的讽刺。这部影片没有非黑即白地简化"文革"，而是参与了白杰明所说的以"灰色化'文革'"为目的的社会批评。②《阳光灿烂的日子》的灵感来自于王朔透过寓言的抵抗，它呈现了另类于毛式影像符码的图像，从而化解了经典革命历史。

这种对经典革命修辞的对抗在影片的开场白中就已经初露锋芒。叙事者在承认他无法分辨幻觉和真实之后，继续说道：

> 我的故事总是发生在夏天，炎热的气候使人们裸露得更多，也更难以掩饰心中的欲望。那时候好像永远是夏天，太阳总是有空出来伴随着我，阳光充足，太亮，使得眼前一阵阵发黑……

前文已经提到，导演遵循这一描述，将青春期的成长等同于"阳光灿烂的日子"，从而拒绝将个人经验纳入到"文革"苦难的国家叙事中去。然而将这一时期描绘成充满永恒的阳光，很难不让人想起对"红太阳"（革命领袖）的个人崇拜。"文革"时期的非正式国歌《东方红》的歌词是："东方红，太阳升，中国出了个毛泽东"，《阳光灿烂的日子》开头的歌中也唱道："革命风雷激荡，战士胸有朝阳。毛主席啊毛主席……您的伟大思想像雨露阳光，哺育我们成长。"③ 这些颂歌当时人人稔熟于胸，开口能唱。片名和开场白重新设定了对毛泽东个人崇拜的本能感情的语境，并将严酷的光芒重新解释成记忆的烧灼。而且，联想到红卫兵有时会迫使在押的"反革命分子"几个小时地直视太阳，并由此造成对受害者视力的永久损伤，使他们不断看到清晰的糊状物和黑点，并回想起受过的折磨，将"文革"

---

① 戴锦华：《隐形书写》，南京：江苏人民出版社，1999年，第237页。
② Barmé, Geremie R. *In the Red: On Contemporary Chinese Culture.* New York: Columbia University Press, 1999, P.99—101.
③ 又见 Barmé, *Shades of Mao: The Posthumous Cult of the Great Leader.* Armonk, N.Y.: M. E. Sharpe, 1996, P.192—194 翻译的歌词。

描绘成一段光辉灿烂的时期就变得相当反讽。①革命领袖的"阳光"确实是太亮了，这篇开场白已经预示了后面记忆的崩溃。

打开历史的万能钥匙

《阳光灿烂的日子》中的"痞子历史"不无戏谑地不断使用"文革"时期的典故，它们既是怀旧，又是严厉的批评，从而阻挠了任何对"文革"作最终判断的企图。这种对单向度阐释的抵制本身即与经典革命修辞相抵触。革命样板戏所支持的美学将所有阐释权威都交给了少数政治理论家，并强调只有他们的符码系统才有正当性。与之相反，《阳光灿烂的日子》从多个角度入手来解读历史。这样看来，马小军常常用万能钥匙撬开别人房门的情节设置就不是偶然的。王朔的小说强调了这一点："从这一活动中我获得了有力的证据，足以推翻一条近似真理的民谚：一把钥匙开一把锁。实际上，有些钥匙可以开不少的锁，如果加上耐心和灵巧甚至可以开无穷的锁——比如'万能钥匙'。"②

"文革"期间，红卫兵常常无视隐私，随意侵入别人的房间，马小军的习惯是当时的典型。然而有一点重要的不同在于，马小军是偷偷摸摸地做这些事情的。他的形象不大像是毛泽东的"红小兵"，倒像是王家卫的《重庆森林》(1993)里的阿菲那样的小玩闹。他并没有公开彻底地占用别人的空间，而是用另一把钥匙搅乱了别人的空间。在他的叙事置换了毛式隐喻的同时，他的万能钥匙在电影中替换了社会范式和解释结构。和集权主义国家一样，马小军征用了人们的私有空间，但是正像上面的段落强调的那样，能开所有门的钥匙也是推翻"真理"的钥匙，是再漂亮的修辞也无法抵挡的钥匙。

万能钥匙为马小军开启了通向另外一个幻想世界的大门，吊诡的是，这个世界才是真正属于他的。不过这把钥匙让他面对了更多无法解开的谜，有了更多在悬置在幻觉与真实之间的记忆，特别是其中最鲜明的一处记忆中又包含了另一张图像。马小军撬开一处房门（这次他撬开的是一把"跃进"锁），发现里面有一张年轻姑娘穿红色泳装的照片。当他第一次看到米兰的时候，他马上认出她就是照

---

① 季羡林:《牛棚杂记》，北京：中共中央党校出版社，1998年，第163页。姜文电影的英语标题失去了这种复杂的意味；刘康认为这是为了取悦西方观众（Liu Kang, "Popular Culture and the Culture of the Masses in Contemporary China." *Boundary 2*, 24, no. 3〔Fall 1997〕, P.114.）。

② 王朔:《动物凶猛》，收入姜文等编《诞生》，第434页。

片上的姑娘。然而当米兰请他到自己房间作客的时候,他看到的却只是一张类似但不同的照片,摄影的地点相同,但米兰穿的是白衬衫,照片也是黑白的。马小军问她,她却说自己从来没有穿泳装的照片。① 记忆互相取消到如此地步,以至于观众在后来看到米兰穿起的泳装正是这一身红色的。而且,在被马小军匆匆否认掉的"老莫"一幕中,米兰还送给了小军一条红色泳裤。当镜头定格以后,叙事者自己也奇怪:"天哪!米兰是照片上的那个女孩吗?……我和米兰从来就没熟过。"善变的记忆向种种不同的解释敞开,马小军在邻近影片尾声的地方只能独自看着米兰脚踝上的钥匙,徒劳地想收回对叙事的控制。

比起老莫的定格,马小军对泳装照的反复无常的记忆更能凸显记忆的崩溃,以及叙事者怎样用虚构补偿记忆的缺陷。在王朔的小说里,叙事者这样描述他看到照片以后的感受:"在想象中我仍情不自禁地把那张标准尺寸的彩色照片放大到大幅广告画的程度……那个黄昏,我已然丧失了对外部世界的正常反应,视野有多大,她的形象便有多大;想象力有多丰富,她的神情就有多少种暗示。"② 这幅巨像在马小军的想象中隐现的同时,他实际见到的米兰却不如他第一次看到她时感觉到的那样庞然:"这个活生生的,或者不妨说是热腾腾的艳丽形象便彻底笼罩了我,犹如阳光使万物呈现色彩。"③

这种以子虚乌有或者不完全的证据为基础重建的记忆和更早的文本形成了呼应,包括鲁迅的《〈呐喊〉自序》直到张贤亮的《绿化树》。不过《阳光灿烂的日子》中围绕照片展开的这几幕更表现了经典革命修辞怎样重塑经验和重新编码记忆。鬼迷心窍的马小军将米兰变成了感官版本的毛泽东——当时众人敬爱的对象。和毛泽东一样,她犹如阳光,与红色相关,比普通人伟大。王朔的叙事者至少可以坦白地承认他的想象是受毛泽东的个人崇拜制约的。他说这张照片给了他深刻的印象,因为"除了伟大领袖毛主席和他最亲密的战友们,那是我有生以来第一次见到的具有逼真效果的彩色照片"。④ 即便是在后社会主义时期的中国,记忆也已经被涂上了一层红色,夹杂着毛式符码的剩余的图像。

《阳光灿烂的日子》的影片本身提供了重新处理过去的一种方式,当下的洞察

---

① 照片的一幕实际上预示了"老莫"的一幕,此时马小军眼中米兰的形象已经重叠到了另一个女孩身上。在这一幕中,马小军是在望远镜的另一端撞见米兰的照片的,这集中体现了影像对记忆的倒置和否认。
② 王朔:《动物凶猛》,收入姜文等编《诞生》,北京:华艺出版社,第 437 页。
③ 同上,第 455 页。
④ 同上,第 437 页。

记忆停顿　　111

重新激活了停顿的记忆，将它转化成了运动的影像。从王朔对影片的评论看，影片前期的研究工作对于这位作者恰恰有这样的影响："我印象中那时候我们都很漂亮、纯洁、健康。……看了照片才发现印象错误，那时我们都不漂亮，又黑又瘦，眼神暗淡、偏执，如果算不上愚昧的话。我以为我们纯洁，其实何曾纯洁？所以找不着印象中的我们。"①

如果王朔和姜文怀旧，那是因为他们没有办法把集体记忆从过去的图像的符咒中解放出来，又清楚自己妥协折中的立场——他们没有办法在"毛语"和毛式历史之外创造话语。

影片的最后一幕发生在二十世纪九十年代的北京，马小军和他的朋友们坐在一辆高级轿车里面。这一幕是黑白的，暗示现在也只是一个消逝的记忆，它好像一张老照片那样单调无力。实际上，因着幻想的装饰，更鲜艳更真实的反而是过去。成年马小军和姜文以及那整整一代人一样，无法重新肯定集体记忆。好像中国经济的其他部分，他们的记忆也被私有化了。"痞子的历史"公然放弃了对记忆的依赖，自由地重新创造过去。《阳光灿烂的日子》将所有经验重新定义为被无意识地填入记忆中的虚构，一个偏颇的见证动摇不定的记忆的产物。这记忆在短时间的停顿和凝滞之后，又会被迅速卷入一串新的事件和一波新的图像中去。

---

① 王朔：《阳光灿烂的日子追忆》，收入姜文等编《诞生》，北京：华艺出版社，第127页。

遭遇历史幽灵：第"1.5代"的文革"后记忆"

■ 文/陈绫琪

译/康　凌

研究任何一个暴力充斥的历史时期，除了对当时政权结构，引发暴力事件原由，以及主要操弄者的解析之外，仍有许多更细致的因素需要我们仔细挖掘与分析。特别是当事件涉及大量死亡人数时，可以想象的，参与暴行者必然也不在少数。这些暴行参与者，或称之为迫害者，必然在事件范畴里占据不同的位置，有的处在风暴的中心，有的处在离中心不同距离以外，更有不少是站在极度边缘，各自扮演他/她们迫害者的角色与功能。但无论这些迫害者当年是处在暴力事件的哪个位置，他/她们最终都免不了道德的责任，脱不开良心的谴责，更避不掉历史对他/她们的评断。这些迫害者并不是带着神秘面纱的一群特殊分子，而是生活在我们周遭的一般人。有趣的是，他/她们的暴力迫害行为却给他/她们染上一层特殊的色彩，让我们对其感觉难以捉摸。既是难以捉摸，我们对这些迫害者的罪责追究就变得更加不可能，更遑论在事件过后的许多年以后，历史已然写成，记忆已然褪色。但我仍然愿意借着这篇文章，试图了解何为迫害者以及与之相关的几个议题。

一、作为迫害者的普通人

在考察受害者及其受害状况时，我们必须要同时也考虑迫害者及迫害的问题。关于"反右运动"、"大跃进饥荒"与"文革"这些事件是如何发生的，有一系列基本议题必须先提出来：比如，谁是迫害者？他们是在精神与心智上不稳定的人吗？抑或是发疯的普通人？是什么让人们去逾越道德与伦理的界限，去打破禁忌，对同胞犯下罪行？时间的距离是如何影响迫害者自身、受害者和旁观者们对迫害的认知的？我们对试图理解几十年以前的迫害者的最终目的究竟是为了复仇与获取正义，或是进行忏悔与宽恕？最后，当作家试图再现对遭受迫害与施加暴力的行为者时，有哪些伦理意涵需要被考虑？尤其是当我们考虑到文艺再现很可能将极端的暴力化为流俗，削弱罪责的意识，并将暴行贬为琐碎。①

在开始回答这些问题时，我们需要将"迫害者"既作为一个历史人物类型，又作为一个文学表现的范例来加以思考。作为前者，迫害者指的是处于具有历史特殊性与复杂性的暴力事件情境中的那些个体／人。由此，情境的因素需要纳入考虑。此外，正如津巴多（Philip G. Zimbardo）在其著名的1971年斯坦福监狱实验之后所写的《路西法效应：好人是如何变成恶魔的》（伦敦，2007年）一书中所主张的，"行为语境"是另一个需要研究的因素。在讨论津巴多的试验时，约翰逊（Olaf Jansen）指出，"意识形态、特殊的价值与权力"能够为个体／人创造出他／她们的"行为语境"，"它的奖惩与规范功能"能够为参与者提供一种意义感与群体身份。然而，约翰逊对津巴多的结论并不满意，他问道："问题是，最终是什么使得人们扣动了扳机，或是殴打无助的囚犯？"（Jensen and Szejnmann, 7）②

在很多方面，《作为大规模屠杀者的普通人：比较视野下的迫害者》一书都对约翰逊的问题给出了回答。此著作中的研究在分析大规模暴力的运作时，并未将重点放在国家组织上，而是仔细考察了行动中的个体迫害者。因此将焦点转向

---

① 麦考斯林（Erin McGlothlin）写过一篇文章，讨论大屠杀研究者中的一种焦虑感，如阿多诺和拉卡普拉（Dominick LaCapra）等人会为关于大屠杀受害者及其痛苦的文学再现而感到焦虑。这种美学再现创造出了拉卡普拉所说的"替代性受害感"，读者将会在阅读过程中获得他们自己的"升华愉悦"（p. 211）。麦考斯林问道，同样的伦理考虑，可以被施于对迫害者及其罪行的描述上吗？当大屠杀学者经年地关注受害者的痛苦时，麦考斯林要求对受害状况的另一方面——迫害——给予同样的关注。见 Erin McGlothlin, "Theorizing the Perpetrator in Bernhard Schlink's *The Reader* and Martin Amis's *Time's Arrow*," collected in *After Representation? The Holocaust, Literature, and Culture,* eds. by R. Clifton Spargo and Robert M. Ehrenreich（New Brunswich & London: Rutgers University Press, 2010）, pp. 210—230.

② "Introductory Thoughts and Overview," in *Ordinary People as Mass Murders: Perpetrators in Comparative Perspectives,* ed. by Olaf Jensen and Claus-Christian W. Szejnmann（New York: Palgrave Macmillan, 2008）, pp. 1—21.

个体,导致了一种范式转换:我们不再将罪责归咎于一小撮国家政治或军事的领袖,而是归咎于自愿参与其中的普通人或是科层化杀戮系统的忠实成员们。史泽曼(Claus-Christian W. Szejnmann)对大屠杀迫害者研究的历史梳理,尤其有助于我们在研究当代中国问题时,凸现出一些关键的论题。① 自1990年代以降,在理解犹太种族灭绝中的人类因素的作用方面,出现了突破性的进展。譬如说,布朗宁(Christopher Browning)指出,迫害者常常是自愿行动的,他们顺从于一种集体身份:他们具有职业意识,被灌入了极权主义的国家意识形态(Jensen and Szejnmann, 37)。库恩(Thomas Kühne)指出,在为迫害者提供道德结构和规训原则时,"同志"的概念极为重要(Jensen and Szejnmann, 41)。麦奎因(Michael Macqueen)和迪恩(Martin Dean)各自的研究达致了同一个结论:"杀戮的可怕的亲密性"——许多迫害者事实上认识受害者,或是与受害者具有某些形式的个人关系。由此,迫害的驱动力事实上是职业晋升的机会,它们被自愿的,由职业人士转变而来的迫害者所篡取(Jensen and Szejnmann, 43)。沃勒(James Waller)进行了一项精深的研究,结合了个人的性格、境遇和社会环境等诸多因素。他总结道,一个道德逐渐解体的过程允许迫害者"将自己区隔于受害者,由此得以犯下极其严重的恶行。这一'暴虐文化'鼓励那些对受害者施以暴力的个体/人,其动因在于职业的社会化、群体约束的因素,以及岗位个人间的融合。"(Jensen and Szejnmann, 43)

在各种学术研究中辨明上述因素,对我们理解个人层面与集体层面上,罪责与忏悔之间的动态机制,是非常重要的。我们总是听到迫害者们在多年之后将他们的犯罪行为归咎于国家机器或是同行压力对他们的强迫,因此,他们对迫害不具有个人责任。但学者们已经发现,事实上,首先,行动的个体/人在面对国家或群体要求时,事实上是有选择的;其次,存在有一个逐渐促使他们去行使暴力与杀戮的过程;最终,一种"暴虐文化"被用来为他们的迫害行为辩护。在普通人参与的大规模杀害或种族灭绝中,我们总是能找到这三种成分。

苏阳出版于2011年的关于"文革"迫害者的著作证实了上边总结的研究。基于访谈和档案材料,苏阳在《"文革"中乡村中国的集体杀戮》一书中总结道,在广东和广西,"文革"中那些组织、支持(或者用苏阳的话说,"许可")、执行集体杀戮的人们是积极的参与者,他们"主动引入或志愿接受了集体杀戮。迫害者

---

① "Perpetrators of the Holocaust: a Historiography," *Ordinary People as Mass Murders: Perpetrators in Comparative Perspectives,* pp. 25—54.

并非听命行动，他们是**主动**的；集体杀戮不是被执行的，它们是被**制造**的。"（125页，着重号为原有）①在苏阳看来，"文革"迫害者是理性的思考者与行动者，隶属于国家或是地方的民兵组织。他们随意地阐释中央的指令，由此鼓励了杀戮；他们组织起了地方社群的成员和民兵去辨认、抓捕受害者来处刑。在这一集体屠杀中，我们总是可以发现亲密的元素：迫害者是认识他们的受害者的——这些受害者是其邻居、亲戚、朋友、同行、或熟人。迫害者激烈而无情的行为，总是为他们的职业发展带来好处（Su, 130—134）。

"文革"的"暴力文化"源于中国自1949年前以来的阶级斗争意识形态（Su, 152—153），并为国家统治者所维持，他们造就了一种"伪战时状态"，允许了对包括妇女和儿童在内的手无寸铁的平民的杀害（Su, 21）。另一个重要因素也帮助造就了暴力文化：司法体系和领导系统被政治运动与政策——如"反右运动"、"大跃进饥荒"和"文革"所取代，尤其在"文革"中，"群众组织与中央和地方政府平起平坐，它们被重新组织，并成为运动的机器。"（Su, 157）除了官方领导之外，很清楚，所有施行暴力中的迫害者都首先是普通人：他们是基层（区、县、乡、村）领导和党的干部、红卫兵、（非红卫兵的）高中生（九年级及以上）、大学生、年轻男女、同事、同学、亲戚、家人、邻居、熟人和陌生人——简单地说，即有责任能力的成年人。②辨认施行暴力中的迫害者的困难之处也正在于此：毛时代几乎所有成年人口都卷入了不同层面的迫害。如果说，除了其他的困难因素之外，在现实中寻出、检举迫害者是一件过于庞大的任务，那么，作为第一步，我们或许可以先在文学中窥测迫害者是如何被想象与再现的。

二、作为研究主题的"迫害者"

为了更好地理解中国文学对迫害者的描述，我们有必要回到大屠杀研究，去看看这一世界性因素是如何被处理的。大屠杀研究的主题一般被分为三个范畴：

---

① *Collective Killings in Rural China during the Cultural Revolution* (New York: Cambridge University Press, 2011).
② 我这里所用的"有责任能力的"一词的意思，指的是苏莱曼（Susan Robin Suleiman）所说的"在回应灾难时，必须为他们自身以及他们的家庭作出选择（并执行这些选择）。（Suleiman 283）"她同时描述了三组儿童与青少年，他们尚未完全形成为他们的选择与行动负责的自主性与能力：婴儿至三岁；四岁至十岁；十一岁至十四岁。（Suleimanm "The 1.5 Generation," 283）

迫害者、受害者、旁观者。这一分类由希尔伯格（Raul Hilberg）提出，他同时指出，这一区分来源于这三种人在1939年至1945年间是被隔离的（21）。在二战之后三十年间的西德，希特勒及其党卫军被指认为迫害者，但其他各个层面的参与者，如集中营的守卫、士兵、文职官员和辅助人员都不算在内。直至1980年代，对迫害的定义才超越了希特勒与纳粹党（Hilberg，32—34）。然而，处理迫害者的罪行是一个棘手的任务，尤其当整个德国人口都被卷入了迫害之中时（Kalaidjian，54）。

在"文革"中暴力的持续时间最长，区分其中的受害者、迫害者和旁观者也最复杂。正如前文所说，"文革"中的迫害者远不止于"无产阶级司令部"、"林彪四人帮"集团、红卫兵和官员。普通公民同样参与了迫害。迄今为止的"文革"研究关注的是高层统治者间的内部政治斗争、红卫兵的激进主义和宗派主义、年轻一代的新的身份认同的塑造、中心城市的混乱与暴动，以及受害者的见证与回忆。在这个列表中缺失的，是对迫害者的研究，而这正是苏阳的研究为"文革"研究所作出的贡献。苏阳仔细地为广东和广西的一系列集体杀戮作了编年，并着重关注了不同范畴的行动者（他将其分为许可者、组织者和执行者），他们全都直接或间接地涉入了这些迫害。许可者是上层的领导者，他们具有停止杀戮的权力，但往往却没有这么做（131）。组织者和执行者都以集体行动的方式常规地、公开地施行严厉的刑罚，并以此作为他们确保并提升事业的手段。这些迫害者是地方干部和民兵，后者常常包括了社群内的所有可能成员。但是，苏阳指出，这些人是可以选择不参与杀戮的；他们的首要参与动机是其职业考虑（131—132）。

这里有一个关键因素值得作进一步的学术考察：发生在中国无数的村镇广场、集市、街道、胡同的迫害中，人们是具有选择能力的，是可以按照自身意志行动的。这类考察必将为我们对"文革"这一史无前例的"群众运动"的理解增添新的洞见。但有一个非常重要的因素需要记住，那就是，尽管许多普通中国公民在某个时刻成为了迫害者，他们中的大多数在其他时候也还是受害者。由此，直面罪行取决于个人的自觉意识，在国家意志和政府参与缺位时尤其如此。在中国的例子中，对受害状况的追究补偿必须同时连带着对迫害的承认。

如我之前提到的，在中国的例子中，迫害与受害常常可以在同一个人身上找到。与之相对，在犹太人的例子中，迫害与受害的区别并不那么复杂，尽管也并不简单。即便如此，这些范畴的确立依旧经历了一个很长的过程。犹太人并不是一开始就被认定为希特勒和纳粹党的受害者的。欧洲与苏联的犹太人在二战中是和其他受害群体一起被杀害的。我们一开始之所以看不见犹太幸存者，是由于他们的自我审查，其理由包括幸存者的罪责、羞耻，和对创伤的不理解。1940年代后期出现了一些零散的作品，但那时人们还没有迅速承认、接受犹太人的受害状况。《安妮日记》的出版就是个很好的例子。在西德，此书的真实性遭到了质疑，安妮的父亲弗兰克（Otto Frank）不得不出来捍卫安妮的原创性，一直到他1979年去世——尽管在1961年他已经赢得了指控此书伪造的官司。① 但是至今依旧有不少人不承认大屠杀的存在。受害者和幸存者的记录是非常脆弱的，时间的流逝，认同政治，与民族主义政治都很容易对其造成伤害。同样的，见证也可能是伪造的、夸张的，或出于个人或意识形态的原因而错误地描述关键事实。

大屠杀研究的第三组人，旁观者，类似于苏阳在其"文革"研究中所称的许可者。在犹太人大屠杀的例子中，这组人指的要么是那些没有采取行动，由此促成了犹太人的死亡的人，要么是那些有能力施以援手，却犹豫不决的人，比如梵蒂冈、其他国家的犹太人社群，以及盟国政府（Hilberg 39—40）。对这组人的理解有一个关键要素，那就是他们具有防止杀戮的能力与权力。这一要素立刻将他们与围观者（同样属于旁观者）区分开来。后者是无权力的旁观者，他们的参与多数是出于当局的要求而出现在公开处决的场合中。如何考察这组旁观者在种族灭绝中的角色是一个全球性的道德议题。这一考察的前提建立在这样的假设上：知道对大规模人口的持续屠杀正在进行，却未能介入阻止的人，对这一灾难同样负有责任。但将同一原则应用在中国的"文革"却是有困难的。至少从全球的角度看来，那时期是中国历史上最为闭锁的时期之一；尽管不时有报道与信息流出中国，外部世界对中国的了解依旧是非常有限的，且常常为人所忽略。中国的孤立主义在这个大国的周围造就了一种神秘感。相对来说，与这一对"文革"遗产的拜物教相比，至少缺乏准确的理解所造成伤害要小得多。由此，纠正这一错误概念，提升对暴力的公众意识便成了一种道德律令。

由于受害者、迫害者和旁观者的区分在中国的语境中是模糊而复杂的，我们无法直接将大屠杀研究的路径用于这三类范畴。那么，我们该如何来处理这一问题呢？显然，我们的客观目标是要避免简单地指认谁是受害者，谁是迫害者，或谁是旁观者。我们所需要的，是系统性的方法或方法论，使我们能够对每一个范畴有更深入的理解。这里提出了一些问题：受害与迫害是普适的概念并具有普遍的价值吗？在特定的"文革"时代中，受害和迫害的意义为何？在我们对中国人的集体创伤记忆的考察中，旁观者这一概念，以及与之相关的罪责是否是一个具

---

① http://www.annefrank.org/content.asp?pid=112&lid=2。

有生产性的概念？最后，对这些问题要进行多么深入的探究，才能帮助我们更好地反省历史真相，并使得社会能够诚实地思考，以此最终带来愧悔与宽恕？我们依旧希望，当中国的国家与社会作为一个整体，最终达到了这一程度的诚实与真相之时，指认这三个范畴的问题，以及随之而来的各种问题，都有可能得到解决。

从这三个主题范畴——迫害者、受害者、旁观者——中生产、绁绎出的考察材料可能包括官方的以及各机构的文件、个人记录如信件和日记、战后的见证、回忆，以及口述史（访谈）。当然，材料绝不限于这些。文学、电影、艺术作品同样提供了见证研究的绝佳素材。举例而言，在阐释文学文本时，心理分析与记忆理论是常见的分析工具。创伤研究同样提供了必要的方法论与术语，来理解幸存者的经验，理解那些不可避免地受到创伤影响的儿童幸存者。这些儿童幸存者担负着对过去的后记忆。麦考斯林（Erin McGlothlin）总结了对更年轻一代的大屠杀记忆的研究，借用他的话说，建立一种"创伤知识的类型学"能够帮助我们填平"知识与失忆无知"之间的沟壑（7）。由此，对建立这一创伤知识的类型学而言，更年轻一代的见证是不可或缺的部分。他们的声音代表着见证的延续。

幸存者和迫害者的后代们从他们的父母那里继承了不同的关于大屠杀历史的记忆。尽管幸存者和迫害者在他们的一生中未必能够完全平复他们的情绪伤痛与罪责，他们的后代却有可能为他们父母的记忆赋予更新更丰富的意义。下面这段丹·巴旺（Dan Bar-On）的话尤其适合于中国的幸存者和迫害者的后代们。他讲的是当一个社会从极权主义政权走向一个更开放、自由的环境时，我们如何在其中讨论事实："他们必须再次学会提出与事实相关的问题……他们还必须承认那些被他们之前的领袖甚或家人有意识地——以及他们的追随者无意识地——压制的事实……人们需要非常有力的、悖论性的方法，来重新将被压制的事实带回合法话语之中。"（4—5）

韩少功、阿城、莫言、残雪、余华、格非、苏童和许多其他被冠以"寻根派"、"先锋派"、或"新写实主义"等不同名称的当代中国作家的文学试验，正是在尝试寻找"有力的、悖论性的方法"，来表达他们青少年或童年时期所亲身经历或是目睹的暴力事件的回忆。他们的（后）记忆写作并非是在"书写"历史真实，而是通过再现与创造"投射"历史真实。赫尔希（Marianne Hirsch）的"后记忆"这一概念，可以帮助我们凸现儿童幸存者的记忆和幸存者的后代的记忆之间的时间与经验距离："我用**后记忆**这一术语来描述幸存者的后代的文化或集体创伤与他们父母的经验之间的关系，对于这些后代而言，父母们的经验只是被他们作为成长过程中的故事与意象而'记住'，但是，这些经验是如此强大、如此深远，乃至独立地建构了记忆。这个后记忆术语意在表达其与幸存者记忆之间的时间差异与质性区别，它具有二手的，或是二代记忆的特质，它以移置为基础，并具有延迟性。"(《投射记忆》，8)[①] 这种记忆形式将记忆本身的不完善性与碎片性推向了前台，并反过来动摇了当权者关于历史真实的断言。更年轻一代的见证文学由此成了一片沃土，以借由比喻性的语言来想象那些不可想象之物，而这恰恰是因为，我们无法再回到创伤事件本身，因之，创伤经验仅仅留下后创伤症状，永远纠缠着幸存者和他们的后代。

第1.5代儿童幸存者的写作暴露出再现创伤经验时的内在危机。它的叙事始终与后记忆中的认识论裂隙相抗拮，同时又试图赋予那不可言说的过去以意义。在大屠杀研究中，第1.5代和第二代的文学"标定出这样一组文本，它们表征着由大屠杀导致的历史断裂，并尝试带来某种重生……（写作）的功能便成为标记这一大屠杀遗产时的剩余物，它在写作过程中留下了自身的痕迹，而非揭示出事件的全貌。"（McGlothlin，17）与此相同，许多当代中国文学作品同样行使着双重功能：它们一方面标示出毛的遗产造成的认识论与本体论裂痕，一方面疗愈着留在中国人的集体心理中的伤痕。

三、捕捉难以描述的迫害者形象

有关"文化大革命"的种种悲惨经历，自伤痕文学始，在文学作品中比比皆是。但是在文学再现中，迫害者的形象却总是显得晦暗模糊，他们的内心世界对读者而言总是比受害者的内心世界更难以捉摸接近。因此，迫害者的视野便形成一个不稳定的空间，收纳关于迫害的回忆、想象与再现。由于事件与事后回忆之间的时间距离，迫害者与迫害成为难以重新捕捉的对象。然而悖论的是，为了再现这些残暴的历史事件，我们却必须依赖由这一时间距离所创造出的回忆。被封锁、被压抑的记忆，因为自觉或不自觉的遗忘，便参与塑造了这一延迟性的文学再现。要真诚地捕捉这种记忆并不容易，主要原因是因为回忆者在其回忆的过程里需要维持批判性的反思与忏悔的意愿。

在《六十年文学话土改》中，学者陈思和指出，在暴力的"土改运动"中出现

[①] 收于 *Acts of Memory,* ed. Mieke Bal, Jonathan Crewe, Leo Spitzer (Hanover: University Press of New England, 1999) ; rpt. in *Ways of Reading: An Anthology for Writers,* ed. David Bartholomae and Anthony Petrosky (New York: Bedford / St. Martin, 2002)。

的迫害主要是通过两类人物而得以再现的：农村的痞子和掌权的干部。他进一步表明，同样的迫害模式在之后的"文革"中也可以找到。事实上，"文革"暴力的原型正源自于"土改运动"（72—73）。① 他同时指出，在文学所再现的痞子形象中，最接近于"土改运动"中的真实的痞子的，是鲁迅笔下的阿Q。

这类阿Q式的赤贫农民是中国漫长历史中，农村地区极其不平等的财富分配与土地兼并下的产物。他们身无长物，一无所有，是真正的无产者。为了生存，他们会抓住任何机会而无视任何道德约束。这些阿Q们聚集在一起，便成为社会中最为凶猛，最具破坏性的恐怖力量。（陈，83—84）陈思和对这类阿Q式迫害者的观察完全符合美国历史学家苏阳在其2011年的专书《"文化大革命"中中国农村的集体屠杀》（*Collective Killings in Rural China during the Cultural Revolution*）② 的研究结果。苏阳发现，"文革"中那些群众性杀戮的实际执行者中，"社会边缘人群的数量高得不成比例。"在三类迫害者（即：指导者、组织者、与执行者）中，这些执行者的行为最为非理性、最为冷血。（苏，130）

陈思和文章中最有趣的论点是，在政府主导的主要政治运动中，暴力行为往往是由无名无姓的普通人，尤其是阿Q式的痞子所执行的。因此，这些残暴的行径并非由政府官员，而是由民众所犯下，同时，也正因为大规模杀戮往往是由非政府人员所执行，因此不会留下正式的法律记录以供后世查考。在没有档案记录的情况下，为了恢复历史真实，我们唯有依靠作家对当时情景的描述与再现。（陈，85—86）

在《当代小说与集体记忆：叙述"文革"》③ 一书中，香港学者许子东将"文革"既作为一个历史事件，又作为由文学文本所再现的一种个人经验。在这项深湛的研究中，许子东从普洛普（Vladimir Propp）那里借来了其经典的结构主义方法论，并透过这一方法建构韦尔奇所谓的"纲领性叙事模板"。④ 以此，许子东考察了1977年以来中国大陆出版的五十部最具代表性的文学作品，试图找出其中

---

① 收入《萍水文字》，上海：上海文艺出版社，2011年。
② Yang Su, *Collective Killings in Rural China during the Cultural Revolution*, New York: Cambridge University Press, 2011.
③ 台北：麦田出版，2000年。
④ James V. Wertsch, *Voices of Collective Remembering*（New York: Cambridge University Press, 2002）。关于这一概念的详细讨论见第60—62页。苏联民俗学家普洛普的研究对韦尔奇和许子东都具有指导意义。

的情节模式、广泛重现的主题、人物类型及其普遍特质。[1] 尽管这一特定的方法并未对其所研究的文本进行"深描",但它却发掘出一系列有趣的"重复性常量"(韦尔奇,60),构成了关于"文革"的集体记忆的某些特性。

就我们目前所讨论的对迫害者的文学再现而言,许子东给出了三项有趣的重复性常量。第一,在寻找其迫害者时,受害者们终将发现,他们没有办法找到有名有姓的敌人,以便将罪责归诸其上。第二,受害者与迫害者往往是同一个人,因此人们常常找不到"敌人",而寻找敌人的欲望也不得不就此放弃。结果是,"宽恕并忘记"成为唯一合理的结局。第三,迫害者常常是无名的大多数(或少数的)旁观者。简单地总结一下这些发现,我们可以说,关于迫害者与迫害的议题常常是无疾而终,这要么是因为人们无法找到/定位/命名迫害者,要么是因为在某种更大的压抑性力量的作用下,迫害者变得难以捉摸、遥不可及。

但这样的结论并不令人满意,更多的问题有待提出:找不到当年的迫害者,是否因为存在着一种失忆的集体意志,或是集体赦免的意愿?究竟失忆(遗忘)和赦免(宽恕)之间有何关联?当多年以后,人们已经能够重构创伤历史经验时,为何还是无法捕捉关于坏人的记忆?难在何处?是什么东西在滞塞着这一记忆?它是一种内在的心理障碍,还是一种外在的社会政治禁律,抑或两者皆有?就暴行本身以及当时的社会整体而言,将迫害者描写成无名的大多数(或少数的)旁观者这种方式,其本身又具有什么意涵?在一篇文章中,美国法国文学及比较文学学者苏珊·苏莱曼(Susan Suleiman)对失忆与赦免进行了如下深入的反思:"遗忘而不失忆,宽恕而不抹除对死者的罪责,这是令曾经历过集体暴力与憎恨的个人与社会不容易达到的境界,所以他/她们会对其感到不适而试图与之斗争。"[2] 在苏莱曼上述反思的核心处是检讨遗忘在什么情境下可以被允许,宽恕在什么情境下可以被产生。在论及"遗忘"时,利科(Paul Ricoeur)给出了如下等式:当遗忘与宽恕被同时考虑,抚缓的记忆——或愉快的遗忘——会产生宽恕。(412)类似"抚缓的"或"愉快的"这类形容词,恰恰可用来捕捉苏莱曼的反思中所暗示的那种想要与宽恕性的遗忘争斗的欲望。因此,当许子东的结构主义分类无法回答我们的问题时,某种"深描"或许可以为它们提供一些答案。

---

[1] 许子东将这五十部作品视为最具代表性的作品的原因包括:获得过国家文学奖项、被收入选本、引起广泛争议、被政府批评、被改编成电影,以及吸引了文学批评家与学者的大量关注。关于他的遴选标准的讨论见第 18—23 页。

[2] *Crises of Memory and the Second World War* (Cambridge, Mass. &London: Harvard University Press, 2006), p. 232.

从许子东的考察中，我们还可以发现另一个有趣的结论。他论证了描述迫害者的不同方式并指出，（后代的）作者的反思视野或是当事人在"文革"中的亲身经历往往会决定他/她对迫害者的身份的选择。在五十部"文革"小说中，许子东指认出四种纲领性叙事模板，它们分别是灾难故事（如古华的《芙蓉镇》）、历史反省（如戴厚英的《人啊，人！》）、乡村经验（如阿城的《三王》），和荒诞现实主义（如残雪的《黄泥街》）。在灾难故事里，迫害者常常干坏事，是很明确的坏人；在历史反省类故事中，迫害者是道德上有问题的普通人，偶尔犯点小错；在以乡村经验为基础的故事里，受害者亦是迫害者、旁观者与背叛（友谊）者的合体；而在荒诞现实主义故事里，迫害者未必是坏人，他们常常是无名的小角色。在最后一类故事中，旁观者往往有意无意地参与迫害，而受害者也经常会在之后变成迫害者中的一员。

在许子东的上述发现之外我想补充的，是这五十位作者之间的代际差异。仔细观察许子东的作者名单，可以发现一个有趣的现象：这些作者中的绝大多数都属于第一代幸存者；在1966年"文革"开始（尽管1965年红卫兵已然开始了暴力清洗）时，仅有四位作者的年龄小于11岁，他们是：余华、王朔、铁凝、莫言。在"文革"最为暴力与血腥的阶段逐渐结束的1968年，除了莫言（12岁）外，其他三位作家都还不到或正值11岁。在这里我刻意突出了年龄的因素，是为了引出苏莱曼关于第1.5代大屠杀儿童幸存者的论述。她指出，绝大多数心理学家与认知心理学者都同意，11岁是前青春期与青春期之间的分界年龄。而14岁这一年龄则大体上可以用来区分有责任承担能力的成年人与无责任承担能力的青少年，后者的年龄"已经足以理解事物但尚不足以承担责任。"（283）[①] 依照这一分类，余华、王朔、铁凝与莫言显然属于第1.5代儿童幸存者。除了这少数几位1.5代作者，另外一批作者也可以归入这一代，因为在1966年至1968年间，他们的年龄大约是12、13岁至14、15岁的样子。这些作者包括了王安忆、韩少功和残雪。名单上剩下的三十九位作者均属第一代幸存者，1966年时他们已经是有承担责任能力的成年人了。

那么，指出对迫害者的再现中存在代际差异这一点对我们的探讨有什么帮助呢？第1.5代幸存者中的著名作家以其先锋性的、荒诞现实主义的写作而为人所知。他们与第一代幸存者之间的差异，源于过去的个人经验对记忆运作的不同影

[①] Suleiman, "The 1.5 Generation: Thinking About Child Survivors and the Holocaust," *American Imago*, vol. 59, no. 3, pp. 277—295, 2002.

响。第一代幸存者对创伤事件保有着大量的成人经验,而第1.5代的创伤经验则成形于童年或青少年时期。这一经验上的差异显然对记忆这一事后建构之物产生了极其根本的影响:这事后建构记忆或是更连贯或是更碎片化,或是更基于事实或是更依赖于想象。在荒诞现实主义作品中的迫害者,比起其他三组作品来要更难以描述的这一个事实绝非巧合。同样并非巧合的是,第1.5代作家们那些碎片化的后记忆,以及支离破碎的历史恐惧的意象,都在荒诞现实主义或创伤现实主义中找到了其表达方式。

四、第1.5代眼中的迫害者:余华

余华的短篇小说《1986》和《往事与刑罚》为第1.5代儿童幸存者对迫害者问题的反思提供了两个精彩的例子。《1986》发表于1987年,讲述了一位历史教师的故事,和成千上万的知识分子一样,他也在"文革"中遭到了迫害。"文革"结束十年后他重新出现,而此时他已经变成了疯子。这位前历史教师对中国古代的刑罚方式熟稔于心,受到痛苦回忆与创伤经验的驱使,他在故乡的街道上开始表演各种自残。两年以后的1989年,余华发表了一篇读来颇似《1986》姐妹篇的短篇小说《往事与刑罚》。故事讲述了一位刑罚专家与一位陌生人之间神秘的互动。这个故事的核心部分,是专家要求陌生人参与完成的一项终极刑罚:迅速地将身体斩成两截,并马上将上半截放在一块透明的玻璃上,这样,受邢者在死前就将清晰地看见以其他方式无法看见的往事。这两个故事所共享的(自我)惩罚与记忆的主题提供了将两者对读的空间,这一阅读方式将使我们进一步理解,在"文革"已经退入历史之后,余华如何想象迫害者,如何反思罪责以及报惩的可能性。

《1986》的叙事充满了解剖学式的描写,详尽地叙说了历史教师如何于"文革"中的某夜被带走,如今成了一个疯子,重新出现在故乡,如何在他的同乡们面前表演各种古代刑罚。他毁伤身体的不同部分——脖子、膝盖、腿、生殖器——灼烧他的手臂、锯开他的皮肤、削刮露出的骨头。这个疯子对这些刑罚的施行往往显得杂乱而可怖。而在另一方面,《往事与刑罚》中的刑罚专家在施行同样的古代刑罚时则力争精确与唯美。如果说《1986》中的惩罚关乎肉身性的残虐,那么《往事与刑罚》则关注的是痛苦的形而上学。有趣的是,伴随着余华从《1986》中身体刑罚的肉身性转向《往事与刑罚》中的形而上学,记忆的概念也于此变得更加抽象、离具体的历史事件更加遥远:在《1986》中,是关于红卫兵带走历史教师的那一夜及其后续事件的清晰记忆,而在《往事与刑罚》中,则变成了五个神秘的日期，它们始终萦绕在那个几乎对历史毫无记忆的陌生人脑中。记忆由清晰走向模糊的演变，阐明了余华将受害者与迫害者并置起来的过程，这两者为其共享的暴力记忆所联结。因此我们看到，受害者与迫害者的关系，从一种两者间存在实际物理距离的对立关系，转向了一种心理上的亲密关系，模糊了受害者与迫害者之间的间隔与对立/峙。

当这位过去的历史教师、现在的疯子残酷地对自己施行着各种自残手段时，他总是面对着一大群旁观者。不可避免地，一旦痛苦加剧，他便开始产生幻觉，而在每一次幻觉里，这个疯子暴力的自残都会扩展到人群中，很快，街道就充满了旁观者身体的残肢碎片与血流。在这里，我们必须停下来发问，毁损为何总是会从自我（疯子）转向他人（旁观者）？在疯子对古代折磨手段的公开重演中，街头的人们充当了什么角色？这里我们必须追溯一下历史教师最终发疯的根源。在他被红卫兵带走之前，他已经目睹了大量街头的暴力与死亡。当他开始在尸体中辨认出他同事的脸时，他的恐惧加剧了。这位历史教师发现，街上的人们似乎对这恐怖的景象无动于衷。随后故事便轮到他接受红卫兵的审讯。他被带到他的办公室里并被迫留下来写自我检查报告。在那里，他目睹了更多同事的死亡——那些同事因为不堪忍受折磨与羞辱而自尽。最后我们看到这位历史教师挤入了一个黑洞并在一条街道上重新出现，在这条街上，一幢楼房正在熊熊燃烧，许多人正从楼房上掉下来。此时，这位历史教师已经疯了。在他失去神智的过程中，总是有人出现在混乱的背景里，他们要么对街上的屠杀麻木不仁，要么便是这一笼罩一切的集体疯狂的一部分。

疯子在《1986》中的刻意自残重现了十几年前"文革"暴力的景象。因此，在余华这第1.5代儿童幸存者，而如今已是成人的想象与回想中，迫害者正是那些无名无姓、面目不详的围观人群。这些人群当年的共同敌意与现在的集体失忆是受害者最大的敌人。这一围观人群的形象无疑使人想起二十世纪之交在鲁迅笔下的类似形象。鲁迅大力批判了中国民众在面对国家的困境与社会的落后时所表现出的无知与麻木。而此处余华小说中的群众形象，则暗指着"文革"中大众所参与的暴力清洗与检举揭发。正是这些无名的迫害者们，借以阶级斗争、意识形态清污之名，盲目地跟从领袖关于无产阶级革命的号召，对成千上万的同胞男女造成了迫害。但是历史事件结束之后的社会集体失忆与官方的演进审查阻止了对迫害者的追查与控诉。因此，迫害者依旧隐匿在无名的人群中。正如历史教师那些痛苦而疯狂的举动所揭示的一样，活下来的幸存者们只有将复仇的欲望加诸自身，他们自我毁伤甚或自我阉割便成了唯一可能的复仇方式。自残与自我阉割的举动是一种表演，是受害者借由这一表演而赋予自身一种虚幻的自主与自决感。

　　历史教师的幻觉景象反映出了这位受害者所身受的罪行与暴力程度之深刻。这位疯狂的历史教师的每一种自残之举，事实上都意指着过去与当下的旁观者们。对真实的讲述或者对真实情感的揭示只能在幻想与疯狂中实现。这一手法类似于哈金在《疯狂》(*The Crazed*) 中所使用的技巧。在《疯狂》里的那位教授只有在妄想状态下才会说出真话。余华这位第 1.5 代幸存者的成员不仅有意探究过去的迫害者，他同时也试图将过去的迫害形式与当下的迫害形式——集体失忆——勾连起来。如果说第一代幸存者的当务之急是讲述历史故事，那么对第 1.5 代而言，他们的首要关注则是当下在历史中扮演了什么样的角色。《1986》中当下的旁观者是过去典型的"文革"批斗会中的控诉者与揭发者的重现，在本质上，这两万群众是同样的一群迫害者，借由幸存下来的受害者的精神摧残与肉体毁伤，这两个不同时代的旁观者被联结到了一起，即便这个联结仅仅存在在这位疯狂历史教师的幻觉中。

　　不难发现，也不难想象的是，《1986》中的历史教师在《往事与刑罚》中成了那位刑罚专家，而无名的人群现在则化身为一个单独的个体：那位无名的陌生人。然而，这种对应关系并不必然意味着刑罚专家将继续扮演受害者的角色，而陌生人将扮演迫害者的角色。主要必须要问的问题是：陌生人与刑罚专家之间是什么关系？换句话说，对于陌生人而言，刑罚专家意味着什么？这个刑罚专家是陌生人此前的受害者在其记忆中的影像吗？还是，他是陌生人的"(罪责)自觉"，是陌生人"原本完整的自我意识"中"被分隔出的残余"呢？（McGlothlin，《迫害者理论》，第 221 页）为何余华在这个故事中继续了刑罚这一主题？而刑罚到底意味着什么？正如我在上文中指出的，在《1986》中，以自残形式出现的刑罚是受害者出于彻底的绝望与无助而导致的错乱的复仇方式。而在《往事与刑罚》这个故事里，刑罚似乎是陌生人用来唤醒自身的失忆，重建自身与其神秘往事之间的关系的方式。刑罚专家的作用在于促进这一计划，但更重要的是，他同时也是陌生人的往事中的一个必须部分。

　　在这里有必要指出的是，在种族灭绝或大规模暴力行为中，迫害者倾向于将他们的受害者非人化或物化。举例而言，在纳粹的宣传中，犹太人被建构为一种低等人类，以此来证明纳粹要求消灭犹太人以维持日耳曼人种族优越性的行为是合理的。我们习惯于将迫害者与受害者视为两个对立的范畴。在幸存下来的受害者对他/她的迫害者的记忆再现中，这一对立关系往往依旧存在，在受害者对其创伤经验的回忆中，迫害者便成了这一永恒的"他者"。然而，正因为记忆运作过程中的这一"自我—他者"的动态机制，使得受害者与迫害者也同时联结为一个共同体，如连体婴儿或一枚硬币的两面无法分开。在记忆中，迫害者与受害者分享着彼此间的一种神秘的亲密性，借由其中一方加诸另一方的身体与精神之上的暴力，将两者紧紧地绑定在一起。

在我看来，上述理论解释了为什么陌生人与专家是彼此的一部分——陌生人试图理解萦绕脑中的四个日期的意义，而刑罚专家则为他提供了清晰地看见往事的方式——而联结这两者的方式则是专家为陌生人所设计的特殊刑罚方法。但是，为什么是刑罚？要回答这个问题，我们必须考察被余华用在小说标题里的"刑罚"这个中文名词。"刑"有"割颈砍头"或"杀"的意思，它也是"罚"——惩戒、处罚，亦指小的过失——的总称。这两个字合在一起，则指以肉体伤害的方式惩戒过失。在韦氏词典中，英语单词"punishment"被定义为"加诸违法者或犯错者身上的惩戒"。根据上述这些定义，刑罚必须包括一项罪名或一项指控，以及照章对受罚者/被指控者施行的暴力。显然，余华认为在某一段特定的历史（如"文革"）期间所犯下的某些违法犯罪行为是需要施以（肉体）惩戒的，亦即说，历史与惩罚之间发生了必要的联系。在《往事与刑罚》中的历史线索与作者意图或许不像在《1986》中的那样直接地指向"文革"，但是考虑到余华在故事中将1950年代晚期至1970年代早期之间的历史记忆与对刑罚的欲望这两者建立了联系，所以指向这些线索与意图始终清晰可辨。借由共同的创伤/被创的记忆，迫害者与受害者彼此间的互动是永远也化解不掉的。

为了理解陌生人与刑罚专家之间的动态关系，我们有必要仔细考察一下那些神秘的日期。它们都代表了一个萦绕着陌生人的重要的事件，（183）[①]同时我们也要仔细考察刑罚专家如何声称能够透过他所设计的终极刑罚让陌生人看清往事。但这里有一个关节——看清往事的时刻必须与死亡的时刻同时到来。尽管陌生人相信是刑罚专家将他与过去分割开来，然而，刑罚专家却坚持道，正是他使陌生人与过去紧密相连——"我就是你的过去"。（180）这似乎看上去自相矛盾，但事实上这只是同一事实的两个面向：迫害者的面向与受害者的面向。

在刑罚专家向陌生人所介绍的所有刑罚方式中，独独遗漏了绞刑。这一遗漏引发了陌生人一种灾难般的情绪，并逐渐让他回忆起了1965年3月5日——叙事中的一个关键日期。在那天，某个与陌生人的往事休戚相关的人自缢身亡。而在故事结尾，刑罚专家正是以绞刑的方式自尽，并留下了一条署名1965年3月

[①] 这里所用的版本引自《河边的错误》，武汉：长江文艺出版社，1996年。

5日的留言。在这里，很清楚的，真正具有决定意义的刑罚方式并非上文提到的腰斩这一延宕死亡的方式，而其实是绞刑。对任何一个受害者，也就是将死于某一刑罚的人而言，迫害者会永远是死亡/过去的一个必然因素，这也正是刑罚专家所说的，他是陌生人过去的一部分。另一方面，对于日后始终背负着罪责意识的迫害者而言，受害者会是一种长期的心理障碍，阻挡着迫害者直接地回忆过去——因为迫害者本能地知道，他的过去与受害者之间存在着隐秘不可切割的联系。有趣的是，这同时也正是陌生人随着叙事的展开而对刑罚专家逐渐发展出来的感情。

《往事与刑罚》的情节由两种动机驱动着：一是陌生人希望与由四个神秘的日期所代表的过去和解的动机；二是刑罚专家希望借由其刑罚手段来重现过去的动机。而将这两个角色联结在一起的过去，在陌生人的回忆中则是带着腐烂气息的，引起窒息的一种感觉的过去，对刑罚专家来说，这一过去的代表则是由一次（典型的"文革"式的）公开批斗，以及当时被迫面对死刑时的折磨所引起的感受的回忆。有意思的是，余华花了很大力气去描述一个人面对死亡时的情感起伏。这一描述在叙事中出现了两次，一次是对刑罚专家回忆被迫害时所做的描述（即便他最终得以平静面对不可避免的到来），另一次是在当下的时间线中，刑罚专家试图自杀，但由于极端的恐惧而终告失败。如果余华意在用刑罚专家来指代被黑暗的往事所占据的陌生人那逐渐复苏的良知，那么刑罚专家在面对受刑至死时所受的情感折磨就必须被视为一个标志，象征着陌生人在多年之后对他的受害者的移情。

正如目前讨论的故事所代表的，在第1.5代对迫害者的想象中，他/她是一个无名的、普通的个体，背负着对往日暴力的记忆，并愿意接受惩罚以求面对历史时能问心无愧。但这终是不可能发生的，所以陌生人的期待也一定会破灭——故事最后证明了刑罚专家最后无法对陌生人施行终极刑罚，将他一截为二，以便使陌生人能够保持足够长时间的清醒，能重新看见那四个神秘的日子。由于陌生人不再可能看见往事，他便只能希望能留住通往他往事的关键——与刑罚专家待在一起。但这一希望再一次破碎，在故事的结尾，他发现刑罚专家自缢身亡了。在余华看来，与诸如"文革"中的大规模杀戮与暴力这样的创伤性历史相和解是复杂而困难的。这当然是对的。因此，陌生人将继续背负着他秘密的迫害者的历史。因为第1.5代儿童幸存者对杀戮并没有直接经验，而只是部分地目睹，所以，他们较少为复仇的欲望所困扰。因此，这一代幸存者在受害者及其迫害者之间所发现的，更有可能不是一种纯粹的对立关系，而是两者之间无法切割的联系。在这一独特的视野下，对创伤往事的记忆再现便呈现出更丰富的层面，对历史暴力也产生了更深入的理解。然而，回到早先关于失忆与赦免的问题——在余华对其记忆中的大规模迫害与压迫的想象与再现中，对于他这一代身处此刻中国的具体社会政治环境中的人而言，失忆与赦免都是不可接受，无法实现的。

五、结论

今天，我们依旧有一大批出自"文革"幸存者们所创作之文学作品来为当时的不幸做见证，尽管文学研究者倾向于不去讨论其作为历史见证方面的意义以及记忆的重要作用。创伤的效应只有在很久以后才能被感受到，正如知名学者玛丽安娜·赫尔希（Marianne Hirsch）所说，"如果创伤的标志之一，是对它只有在事后才能被认知，如果创伤只能通过它的滞后效应而被认识，那么，创伤的跨代传播就不那么令人惊讶了。或许，创伤**只能**在随后几代人中被目睹与解决——他们并未亲身经历创伤，却在事后经由前代人的叙事、行为与症状而感受到了创伤的效应。"（《幸存图像》，第12页）在毛泽东去世三十多年之后，那个时代的遗产以文学与艺术，媒体与旅游业，时尚潮流与"轻度"记忆写作等种种形式显现出来。深埋在这种种途径与形式的表象之下是一个国家民族的集体创伤记忆，等待着我们去发掘。我相信大屠杀研究的方法学可以给予中国学者非常有用的工具来解码、阐释，并拼接出一幅关于动荡的革命历史的完整图画。我们深入考察就会越来越清楚地看到，人类的苦难没有种族或是国别的疆界，人类应对痛苦与罪责之结果的方式，也能得到普遍地理解。还有太多的东西需要彼此学习。通过这样的方式，我们希望能够聆听创痛、滋养心灵，最大限度地减小未来暴力的可能。

我从大屠杀研究处借取理论与方法的建议得到了迈克尔·罗斯伯格（Michael Rothberg）的"多维记忆"理论的支持。他同样指出，世界范围内对大屠杀的追忆，甚或说是对这一"独一无二的事件"的全球意识已经证明，大屠杀不仅"以一种如此凝练与全球化的形式涵括了伴随着集体记忆而来的为认知而进行的斗争"，同时，"大屠杀记忆在全球范围内的出现亦有助于对其他历史的阐述——其中的一部分要早于纳粹的种族灭绝……"[①] 在这里，我的目的正在于以大屠杀记忆为范式，对当代中国文学作品中的见证式回忆进行考古学式的探索。

[①] *Multidirectional Memory: Remembering the Holocaust in the Age of Decolonization* (Stanford: Stanford University Press, 2009), p. 6.

"文革"时代的道德沦落在全球道德尺度上也是相当突出的，然而今天我们依旧未能对此有一个真正客观的看法。这足资证明关于那个时代的历史记忆话语被扭曲到何等程度。本研究的目的正在于将"文革"时代的记忆写作作为一个道德议题，作为全球正义事业的一部分来加以处理。这类作品的每一位作家都应对普遍的人性负有一种内在的伦理责任。由此，对记忆的保留不单单是中国人民的责任，更重要的是，它需要被视为一项全球伦理议题。也正因为如此，为了未来的世代，对于受害与迫害的记忆需要被分享，其意义需要为全世界的人们所了解并以为警惕。

寻根与先锋小说中的反抗与命定论*

■文/桑禀华（Sabina Knight）
译/黄雨晗　胡　楠

"文革"之后初期所涌现的伤痕文学与新现实主义小说唤起了一种审慎的道德意识（agency），从而激发了作品中强烈的道德责任感，但这种人文主义情怀正为后来的寻根小说和先锋小说提供了质疑和反思之处：寻根小说中表现了更多文化决定意识，而先锋小说则充满了实验精神，意图彰显极端的不确定性。寻根小说和先锋小说这两种文学潮流大约出现于同一时期，并在许多作品的风格表现中多有重合。这些小说作品不仅重新发挥了艺术的批判性，还极大扩展了小说的题材以及叙事技巧，并有效反驳了各种权威叙事。[1] 自建国以来，社会主义文学建设一直是在共产党的领导之下完成的，服务于党推进四个现代化进程的宣传，以写

---

* 本文为桑禀华（Sabina Knight）专著《时光的心灵：二十世纪中国小说的道德力量》第七章（哈佛大学出版社，2006年），英文原文参见：*The Heart of Time: Moral Agency in Twentieth-Century Chinese Fiction.*（Cambridge, Mass.: Harvard University Press, 2006）。

[1] 关于1980年代中国小说向现代主义的对立面的回归，包括它对作者权威的问题化状态的主题化，参见唐小兵（Xiaobing Tang），"Residual Modernism: Narratives of the Self in Contemporary Chinese Fiction," *Modern Chinese Literature* 7（1993），9—10；王瑾（Jing Wang），*High Culture Fever: Politics, Aesthetics, and Ideology in Deng's China*（Berkeley: University of California Press, 1994）；以及张旭东（Xudong Zhang），*Chinese Modernism in the Era of Reforms: Cultural Fever, Avant-Garde Fiction, and the New Chinese Cinema*（Durham, N.C., and London: Duke University Press, 1997）。

实主义为主流模式，推崇以理性与集体主义反映变革的意识形态。和在这种体制之下所造就的主流文学相比，中国先锋小说与之形成了鲜明的反差和挑战。这些作品背弃一切主流的现实主义——无论是"五四"批判现实主义、毛泽东时代的社会现实主义还是毛时代之后的新现实主义。先锋小说不信奉任何关于事实记录的宣言，进而质疑那些鼓励纯粹记录的意识形态。具体而言，现代主义的写作技巧以及其关于混乱、暴力与堕落的叙述向主导了整个二十世纪中国公共话语的革命与现代化的理论提出了尖锐的质疑。

这篇文章将阐述先锋小说包括寻根小说中反抗和命定的两面性，着重讨论这些作品中所表现的主体性和对道德经验的反思。[1] 我将先探讨这些作品的主要形式、主题与其所表现的意识形态、它们对进步理论所提出的挑战，以及这些质疑所产生的价值。这些作品善于使用"侧映"(side shadowing)[2] 和其他现代主义写作手法，从而催生一种开放的时间性，那么，它们最终到底是加强还是削弱了道德关怀与道德意识？带着这个问题，本文将把这种批判现代主义与后现代主义作对比，前者带着强烈的伦理道德理想，而后者则坚持反对建立在这种道德理想之上的儒家思想和启蒙元叙事。

为了避免造成读者对于先锋小说是否能有效表现道德困境的疑惑，我将首先讨论先锋小说所具备的潜在道德力量，在本文的后半部分我则会进行详细分析和解读。虽然先锋小说在细读之中常常昭示出一种对于主体性命定论式的否定，我仍相信先锋小说中具有一种新的、令人信服的道德介入。正因如此，在长久极端同一的文化语境中，这些不同的叙事模式才凭借其道德责任意识获得了文学中的一席之地。在新的理解与价值体系形成之前，这些作品通过拒绝和否定毛时代过度样板化、典型化和"高大全"式对生活的描述，探索和显示了否定其本身所具有的力量。

---

[1] 这里我援引李欧梵的观点，将寻根与实验文学视为"同一现象的互补两面"，而将它们看作时间上的接替。学者通常认为，实验小说随寻根文学之后在1987年左右出现。李欧梵（Leo Ou-fan Lee），"Afterword: Reflections on Change and Continuity in Modern Chinese Fiction," in Ellen Widmer and David Der-wei Wang, eds., *From May Fourth to June Fourth: Fiction and Film in Twentieth-Century China*（Cambridge, Mass.: Harvard University Press, 1993），380。

[2] "侧映"的表现手法是通过对照、反照、穿插和配衬等方式表现特定情境之下人物发展的不同可能性，因而将故事从其特定的历史和时间环境中解放出来，从而达到道德层面的反思。参见 Sabina Knight, *The Heart of Time: Moral Agency in Twentieth-Century Chinese Fiction*（Cambridge, Mass.: Harvard UP, 2006），33—44。

一、创造性的反抗

(一) 对于辨明式进步理论的批判

先锋小说在形式上大胆实验的同时也表达了一整代人在一个前所未有充满变化与不安的时代中绝望与无助的心情。从宗璞（1928— ）的《我是谁》（1979）中由人而虫的诡异变形，到残雪（1953— ）式过度逼真的意象从而混淆理性意识，再到格非（1964— ）卡夫卡式的故事叙述难以理解的迫害，这些作品的力量并不在它们的寓意之中，而是在于它们所能引发的困惑。革命者和改革者常常通过理论来帮助认知和解释其境遇，而与此相对，先锋写作往往拒绝理论与阐释的有效性。不同于解释或阐明，这些作品放大了社会的混乱、黑暗以及不确定性。

这些作品对于人的主体性充满怀疑，这正反映了在偏离进步与解放叙述之后所带来的困惑。毫无疑问，许多寻根与先锋作品表明，与高唱进步的赞歌相比，勇敢正视堕落才是更为真实诚恳的写作。似乎只有可怕的行为——诸如极端的暴力、扭曲而疯狂的性爱——才能展现生活毫不虚伪的一面，真切得令人倍感刺痛。丑陋反而令人感觉实在，因为这些作品将一切美与和谐看作虚假的表象，皆为谎言。这些谎言要么来自于(a)认为自然与社会就本质而言平衡有序的儒家或资产阶级思想，要么来自于(b)社会主义和推进现代化进程的视角，从而把人类历史看作一个本质上不断进步的过程。

针对理性和进步的怀疑论在这个特殊的历史时刻能够得到认可并不难以理解。在八十年代的中国，对于以上两种理想主义的怀疑至少有两种方式可以解释：首先，作为信仰毛泽东思想及其最终理想支柱的唯意志论(voluntarism)逐渐消解。"文化大革命"期间对于个体的操纵造成了人们对于理性选择的怀疑。当他们发觉个人经历与所谓的自主选择不过是外部控制的结果，即便是在不同的境遇之下，人们也会意识到诸多自主决断的障碍：从政治管控到不可避免的传统、环境、文化以及历史因素。

再者，在中国社会实施四个现代化的进程中，许多年轻作者对人必胜天和个人掌握命运的看法产生怀疑。作家和批评家李陀将这种不满表述为对于现代化之必然性的质疑："西方式……的'现代化'……是不是一股不可抗拒的潮流？人类是不是有其他选择的可能？"[1] 与现代主义审美和激进勒德主义对欧洲现代化这一历史进程的反应类似，中国知识分子的回应旨在质疑现代性内在的自相矛盾力：它一方面推进独立自主和民主自由，而另一面，在一些人看来随着科学、技术与全球资本主义的发展，独立自主和民主自由等高尚的理想将受到威胁。

厌倦于提倡革命、进步和现代化文本中的宏大宣言，先锋小说宣扬了一种怀疑精神，倡导从信仰中彻底醒悟。尽管人文主义作品在人的认知与掌控问题上有时也面对相似的困境，它们始终坚持理解世界的秩序，试图寻找更多的途径来扩大共识与共存的可能。先锋小说则表明理性本身就是问题的一部分，通过聚焦于意义的断裂之处来质疑理性思考的可行性与可取性。先锋小说往往描述政治与社会结构变动所带来的情感迷惘与失控，这类作品体现出一种对于实证主义以及物质主义文化幻灭和抵抗的世界文学审美。与此同时，先锋小说还表达了源于这样一个世界的失落感：这个世界刚刚熬过了"文化大革命"，其主要参照体系仍与十年浩劫专制下的杜撰息息相关。

值得赞扬的是，这些作品不仅揭示了社会快速改革的代价，还提醒我们无论是多么专制的意识纲领都会引发斗争。革命与现代化的蓝图愈是理想化，与之相对的艺术反抗就愈加虚无和极端。接下来要考虑的问题是，这些先锋小说是否依旧遵循建立在理性、进步和自由基础之上的写作模式？或是它们已经进而采取了后现代主义拒绝进步的元叙事的立场？

与批判进步理论相应，先锋小说采用了至少三种策略来履行其道德责任。其一，这些小说辩驳了乌托邦叙述，后者将个人仅仅看做为达到某种抽象理想的工具。就主题内容和表现技巧而言，先锋小说表达了一种自由的欲望，它打开了这样一个空间，其中个人意义的得失与他们对革命斗争或现代化的贡献**无关**。其二，先锋小说放弃了源于目的论式和线性思维的认知安全感，从而允许关于如何生活的争议存在：怎么算活得好，怎么又算活得不好？其三，先锋小说有力地呈示了生理需求与非理性动机的影响。对于任何一种可行的伦理而言，这些主题都需要被严肃地对待。再者，对于身体、欲望和性的关注强化了这些作品关于理性的批评。许多敏锐的研究者已经指出了肉体意象与感官隐喻在当代中国小说中的重要性，从乐刚对饥饿、饮食和口述的理论分析（包括陆文夫［1928—2005］的《美食家》

---

[1] 李陀:《1985》,《今天》1991 年第 3、4 期, 第 70 页。参见李陀:《对现代性的对抗：中国大陆八十年代文学批评反思》, 出自邵玉铭、张宝琴、痖弦主编,《四十年来中国文学: 1949—1993》, 台北: 联经出版, 1995 年, 第 390 页。

[1983]、阿城［钟阿城，1949—　］的《棋王》[1984]、莫言［管谟业，1956—　］的《酒国》[1992]），到危令敦从张贤亮（1936—2014）、莫言及王安忆的作品中看到的"性的政治"。[①] 我希望在这些学者的洞见之上再补充一点，即将性的激情或是其他肉体欲望的影响置于主观意愿之上往往会产生一种决定论，认为在强烈的身体本能或神秘的性吸引力之下个体意志本身就是非常脆弱的。这种个人主体性的危机在王安忆的中篇小说《锦绣谷之恋》（1987）中显现出来。在小说中，作者描写了女主角在参加一次在庐山度假区举行的会议时为一位男作家所吸引时无法抗拒的感受："这一切都是几十年前就预定好了似的，是与生俱来的，是与这情这景同在的，是宿命，是自然，她反正是逃脱不了的，她便也不打算逃脱了。"[②]

（二）形式上的反抗：主观性与激进怀疑主义

"实验小说"在1970年代末重新出现，并自1980年代中期之后不断涌现。这标志着一种强烈的愿望，希冀与进步政治相应的现实主义传统保持一定的批判性的距离。[③] 它们对现实主义的反抗建立在这样的考虑之上，即当现实主义小说通过简化事件以使之易于理解时，它们便已经背叛了生活。现实主义依托于经验主义的理念，然而一旦带入构建"现实"的概念，其完美设想则不再适用："现实"不过是人们通过叙述构建而成，因而任何人对于"现实"世界理解永远都是带着主观偏见的。因而，现实主义的反对者会指出现实主义叙事并非建立与所谓的真实建立起了联系，而是通过某种抽象的理论来取得意义。

[①] 乐刚（Gang Yue），*The Mouth that Begs: Hunger, Cannibalism, and the Politics of Eating in Modern China*（Durham, N.C.: Duke University Press, 1999），以及危令敦（Ling Tun Ngai），*Politics of Sexuality: The Fiction of Zhang Xianliang, Mo Yan and Wang Anyi*（Ann Arbor: UMI, 1994）。另参见钟雪萍（Xueping Zhong），*Masculinity Besieged? Issues of Modernity and Male Subjectivity in Chinese Literature of the Late Twentieth Century*（Durham, N.C.: Duke University Press, 2000）；以及吕彤邻（Tonglin Lu），*Misogyny, Cultural Nihilism, and Oppositional Politics: Contemporary Chinese Experimental Fiction*（Stanford: Stanford University Press, 1995）。

[②] 王安忆：《锦绣谷之恋》，出自《小城之恋》，柏杨编，台北：林白出版社，1988年，第41页。

[③] 刘绍铭在论述先锋小说中的反传统时写道，"简言之，它代表了一种对于'感时忧国'的中国现代文学传统的完全背离。"刘绍铭（Joseph S. M. Lau），"Chinese Deconstructs: The Emergence of Counter-Traditions in Recent Chinese Writing," *The Stockholm Journal of East Asian Studies* 5（1994）: 25—35。

反现实主义叙事在结构与技巧上进行实验，通过辩驳基于人的认知与掌控能力的革命与现代化理论向理想主义提出挑战，理想主义虽令人兴奋，但并不指向现实。现代主义文学以探索人的内在世界来回应外部世界的不可认知性，将个体心理分析置于社会或阶级关系之上，从而巧妙地回应了主流意识形态中所推崇和表现的社会与集体。中国社会剧烈而迅速的变化造成了人们一定程度的心理变化与创伤，当代文学对于由此引起的个人主义、异化以及广泛存在的焦虑等问题进行的辩论促进了作者们对个体感受与主观经历的关注；因而包括弗朗茨·卡夫卡、威廉·福克纳、弗吉尼亚·伍尔夫、加夫列尔·加西亚·马尔克斯以及米兰·昆德拉等大量西方译作的出现增强了中国作家对于现代主义叙事技巧的兴趣，尤其是意识流 (stream of consciousness) 与魔幻现实主义 (magic realism)。为这个年代"方法论热"和"文化讨论"的大潮所驱动，先锋小说家们转向了这些反现实主义技巧以表达他们深刻的怀疑主义精神。

　　当然，现代主义技巧包括意识流叙事、多点视角、多重叙事者等也影响了一些毛时代之后的人文主义作品。然而，由于多重视角在人文主义作品中并未最终形成不可化解的矛盾冲突，不同的视角仅仅是提供了加强的个人与理性概念，从而能更加深刻和广泛地表现个人与人际责任：正如戴厚英（1938—1996）的《人啊，人！》（1980）和如赵振开（1949— ）的《波动》。《波动》是第一部毛时代之后使用极端支离破碎的叙事方式的小说，在八十年代中期流行一时。[1] 先锋小说比人文主义文学更为激进，不仅对个人与理性的概念本身进行辩驳，还抵制与反对基于集体主义主体性形成的革命和现代化宏大叙事。

　　先锋作品中往往充斥着问题、不确定性和文字游戏。通过突显这些技巧与方法，先锋写作得以进行自我批评。从马原（1953— ）的激进先锋小说如《冈底斯的诱惑》（1985）、《喜马拉雅古歌》（1986）和《游神》（1987），到苏童早期的中篇小说中对"家族史"的回溯，这些自我反思式的瓦解与对抗、自相矛盾的事件记录挑战了叙事与历史的权威性，从而进一步阐发了作品中的不确定性。[2] 通过运用和强调碎片式与混乱叙述的元小说技巧，这些作品得以完全背离与自然主义的现实文学相应的决定论。相反，它们对矛盾与否定的运用达到了一种"侧映"

---

[1]　关于《波动》的发行与流通，参见 Philip Williams, "A New Beginning for the Modernist Chinese Novel: Zhao Zhenkai's Bodong," *Modern Chinese Literature* 5.1（1989）: 76。

[2]　唐小兵认为苏童在写作中运用历史说明了人不可能了解过去，因而挑战了主流的意识形态。参见 Tang Xiaobing, "The Mirror of History and History as Spectacle: Reflections on Hsiao Yeh and Su T'ung," *Modern Chinese Literature* 6（1992）: 210。

的效果，促使人们在阐释时保持谦卑。例如，在《喜马拉雅古歌》的第五章，马原的小说叙事者打断了主人公诺布关于父亲被杀的讲述，指责诺布在说谎，并给出了自己的解释，以一种弗洛伊德式的弦外之音暗示了诺布对于父亲俄狄浦斯式的憎恶。接着在第六章中，主人公一如既往地讲述他的故事，小说本身并不表明哪个版本的叙事更为真实准确。因此，读者不仅无法完全肯定故事的情节与主题，并且对于小说所传达的认知意义和内涵更加感到不解。

（三）为艺术而艺术

在中国语境中，对于"为艺术而艺术"的辩护常常被作为一种反抗改革和现代化的宏大理论的策略。如果作家拒绝让艺术服务于某种乌托邦式的理想，他们可能会以对美学成就或实验性的追寻本身作为艺术的目的。文学附属于政治的历史太过长久，因而先锋小说"为艺术而艺术"的转向或许是从人文现实主义传统所带来的见证与良知的重担下解脱出来的第一步。

有些批评家轻率地赞扬了先锋作家们的反意识形态倾向，并且将对于写作技巧的新关注解读为"政治意识形态的解药"，从而将先锋小说视为一种异见文学。[1]然而这些作品的内涵仍然需仔细审视。现代主义技巧的应用可能意味着作家们意图建立一种自足、自主、脱离于政治之外的逻辑，然而艺术家并不曾脱离与特权与权力的关系，因而这些作品也同样传达着某种意识形态。这些作品的美学成就基于何种价值？愉悦？游戏？我们是否应当同王瑾一样认为，"构造一个没有核心的主体，赋予一种毫无目的的叙事，这种行为本身是非常具有颠覆性的"？[2]

向"为艺术而艺术"的转向也是一代人自我定位的策略。虽然老一辈作家王蒙（1934— ）与宗璞（1928— ）在七十年代晚期创作的现代主义作品应当被视为这一潮流的先驱，但在八十年代初马原的元小说和残雪（1953— ）梦魇般的超现实主义作品往往被引述为先锋小说运动的最初范例。再者，一些生于五十、六十年代的作家如刘索拉（1955— ）、莫言和叶兆言（1957— ），决心创造与他们的作家前

---

[1] 李欧梵（Leo Ou-fan Lee），"The Politics of Technique: Perspectives of Literary Dissidence in Contemporary Chinese Fiction", in Jeffrey Kinkley, ed., *After Mao: Chinese Literature and Society, 1978—1981*（Cambridge, Mass.: Harvard University Press），161。来自中国大陆的批评家陈炳钊褒扬于苏童的作品中反意识形态倾向，参见《向城市文学迈进》，《新报》1993年7月11日，第12号。

[2] 王瑾（Jing Wang），ed. *China's Avant-garde Fiction: An Anthology*, Durham, N.C.: Duke University Press, 1998, 4。

辈完全不同的作品，转向现代主义技巧并作为后来者在此取得一席之地。① 此外，虽然许多元小说清楚地质疑了作者意图与作品之间的关系，对叙事者的突显常常重申了艺术家作为个体的艺术，而非毛时代所提倡的集体式"人民的艺术"。②

这些小说运用了毛时期被禁止的写作技巧，其中的革新也与"新时期"（1979—1989）的政治改革的关系也不言而喻——它们认可并为政治改革提供了新的证据，而邓政权也由此将其与毛的意识形态区分开来。③ 虽然现代主义准则的崩溃可能会质疑邓政权的现代化理论叙述中理性与进步的关键概念，但同时它也表明这一政权或许为一种更为广阔的多元主义提供了可能。借鉴于西方或日本文学的叙事技巧写作也可以被视为邓小平的改革开放政策的体现。虽然对于一些寻根文学作家而言，构建一个新的民族形象与文化自觉意味着拒绝对欧美模式的一味模仿，但其中许多作品仍有着大量借鉴西方现代主义写作技巧的痕迹。

（四）创伤与记忆

在先锋小说中，相较于对进步的批评、形式上的实验主义和将艺术置于政治之上的理念，更为重要的区别是许多作品中颓废的主题。④ 这些作品充斥了疾病、堕落与残虐的意象，常常包括性变态与性虐待的怪诞细节描写，探索了远远超过传统经历之外的行为体验。西方文学中的颓废大多沉溺于享乐主义的愉悦之中，而这些作品则着眼于强加苦痛，譬如莫言在《红高粱家族》（1987）中细致描绘了一名中国屠夫受日本军士所迫，活剥了他的一位乡邻的皮。

这种颓废显示了这些作品对于集体创伤记忆的承担。通过将角色的命运设定于一个不确定的暴力背景——日本侵略、国民党和共产党之间的争斗或更久远的历史动荡之下，这些作者开始自觉或不自觉地释放出"文化大革命"所带来的创伤。譬如，读到苏童《我的帝王生涯》（1992）中，年轻的皇帝命人割掉他的妃子的舌头，

---

① 关于八十年代先锋作家的讨论，见赵毅衡（Y. H. Zhao），"The Rise of Metafiction in China," *Bulletin of the School of Oriental and African Studies* 55.1（1992）: 90—99。
② 张旭东对于第五代导演有相似的评价；见 Xudong Zhang, *Chinese Modernism in the Era of Reforms: Cultural Fever, Avant-Garde Fiction, and the New Chinese Cinema*.（Durham, N.C.: Duke University Press, 1999），344—346。
③ 这一观点贯穿于张旭东 *Chinese Modernism* 全书。
④ 关于将颓废视为一种中国语境下的对于革命文学回应的详细讨论，参见 Deirdre Sabina Knight, "Decadence, Revolution and Self-Determination in Su Tong's Fiction," *Modern Chinese Literature* 10（1998）: 91—111。

好让他不必听到她们哀号时，难道读者不会想起"文化大革命"的批斗中割舌头的酷刑吗？①探究作者的意图或读者的反应当然是件冒失的事，但考虑到在这场可怖的浩劫之后涌现出了大量关于暴力的生动记录，这种推论就不是毫无根据的。

这种释放创伤记忆的需要或许部分解释了为什么颓废的先锋小说会在那个特殊的历史时刻受到重视。现代主义和元小说技巧在八十年代的中国并不新鲜。②它们的重新出现得益于邓时代的局部政治自由化，与此同时也受到了政局的限制。③当然，作者们也意识到那些正统的守卫者从未真正退去，自己需要赌一把，靠实验性的写作绕开对于时下政治的指涉——这种写作代表了一种安全的表达创伤历史记忆实质的方式。通过想象性的改造，这些作品能够提出一种直面暴力的坦率诉求，同时也避免了对当权者的直接批评。事实上，这可能并非偶然：实验小说的浪潮紧随着党1983年秋至1984年春期间的"清除精神污染"运动以及1987年反对资产阶级自由化运动。

在这些残酷与间离的描述背后，犬儒主义与政治不满在1985年之后的小说中颇为常见。它们持不同政见，拒绝相信中国社会的问题能有更好处理。不满足于像许多现实主义作品那样揭露骗局、虚伪与腐败，许多作者以惊人的力度表现那些公然的、病态的罪恶。通过抵制那些维持现状的主题和叙事技巧，这些作品与人文主义的现实主义针锋相对。这些作家会使用陌生化的技巧以穿透人们漠不关心的表象，或者，像王德威所推测的，他们会用一种"对于邪恶的模拟"来揭露这样一个事实：古怪与疯狂已然变为世事常态，借此来唤醒读者。④

当这些作品中的恐惧变得司空见惯时，它们古怪的感官主义便具有一种使人麻木的效果。精湛的高难度动作与对于暴力的花哨描述或许令读者目眩神迷，

---

① 苏童：《我的帝王生涯》，香港：天地图书有限公司，1993年，第19页。
② 关于中华民国时期的现代主义小说，见 Margery Sabin, "Lu Xun: Individual Talent and Revolution," *Raritan* 9.1（Summer 1989），41—67，以及金介甫（Jeffrey Kinkley），*The Odyssey of Shen Congwen*（Stanford, Calif.: Stanford University Press, 1987）。
③ 中共领导人曾以不同的语汇表达他们容忍的程度，从邓小平在1983年10月十二届二中全会上提出的"清除精神污染"，到1985年12月26日至1986年1月5日召开的中国作协第四次全国会议上提出的"创作自由"。
④ 见王德威关于"怪世奇谈"与"新狎邪体小说"的讨论参见《世纪末的中国小说：预言四则》，出自王德威《小说中国》，台北：麦田出版，1993年，第201—225页，以及王德威（David Der-wei Wang），"Chinese Fiction for the Nineties", in David Der-wei Wang and Jeanne Tai, eds., *Running Wild: New Chinese Writers*（New York: Columbia University Press, 1994），238—258。

但故事本身并不能让人记住。余华（1960— ）早期怪诞的作品提供了绝佳的例子，譬如《一九八六年》（1986）以及我将在这篇文章最后讨论的《现实一种》（1987），还有《难逃劫数》（1988）等作品中毫无意义的暴力。在最后一个故事中，一位新娘在新婚之夜把硝酸泼在丈夫脸上，使他毁了容，而他不久后就杀了她。这样的小说或许暗示了某种社会批评，但是它也引发了感官的暴力与其自身之间的争端。本能的驱力压倒了理性的反思，这篇小说的大部分所展现出的永无止境的苍凉世界里没有公正，也没有同情。

正如使用暴力说明其自身无法运用语言来传达思想，这种对暴力的文学表现也正体现了一种道德的失语，这种失语症折磨着这一代人。施加和忍受痛苦或许也能够消除感知的缺席。这种对于感知的渴望被余华《十八岁出门远行》（1986）中年轻的叙事者表述出来。他躺在一辆卡车的驾驶舱里，卡车被一帮暴徒洗劫破坏，"我闻到了一股漏出来的汽油味，那气味像是我身内流出的血液的气味……我感到这汽车虽然遍体鳞伤，可它心窝还是健全的，还是暖和的。我知道自己的心窝也是暖和的。"①

这些作品常常给人一种轻视生命的印象，带着些许幼稚些许愤怒，就像格非《追忆乌攸先生》中叙事者的母亲告诉他的一样，"杀人就像杀鸡"，甚至于他弟弟所说的，"杀人要比杀鸡容易得多"。②读者往往会感到不适，但这种不适可以在恐惧的意识之外追问更多的问题。人应该如何回应这种暴力与虚无主义？这些问题在之后的先锋小说中变得更加迫切，如莫言《酒国》或是苏童在《城北地带》（1995）中对于"文化大革命"的处理。在后面这篇小说中，对连环强奸和谋杀的记录如此冷酷无情，以至于当我们反复读到它们时，对那些被描述出来的兽行已经感到麻木。

人们往往认为先锋小说已经走入了精英主义的死胡同，而这篇文章则通过体味先锋小说的反抗力量补充了文学史上的图景。尽管严肃小说的读者市场在这个"多元"的时代大幅缩减，更为流行、商业化的文学形式获得了越来越多的市场份额，但无论是先锋小说还是更广泛意义上的中国文化史都可能有不同的发展。再者，先锋作家试图将道德主体性及其他议题呈现给广泛的读者群体的尝试绝非失败。他们通过将道德主体的可能性高度问题化，呼吁人们对伦理范畴与概念进行彻底的反思。这部分讨论正是要严肃认真地考量先锋文学的主题与技巧中所具有

---

① 余华：《十八岁出门远行》，台北：远流出版公司，1990年，第28—29页。
② 格非：《追忆乌攸先生》，出自《迷舟》，北京：作家出版社，1989年，第2页。

的变革潜力，展现这场运动对进步世界观、现实主义技巧，以及将文学目的化，否定创伤和非理性动机的挑战与辩驳。

二、决定论的要旨

文化的反叛者对理性与进步根本可能性的挑战到底意味着什么？革命与现代化的话语叙述往往着眼于"这个世界应该怎么样"，而拒绝关注这个世界所应该成为的样子是否表明甘于接受现实的态度呢？

尽管先锋小说带来了不可忽视的文学批评乃至政治上的影响，我们仍应该严肃地思考以下问题：先锋小说究竟是获得了还是丧失了其道德责任和建构分析的能力？此类问题可以分作两方面来考虑：首先，这些作品是否表现了个人或者集体的道德力量，再者，这种道德力量是否具备伦理基础。虽然先锋小说在某种程度上依然承认自主决断的可能，但是许多作品反对人文主义式的道德论断，怀疑道德的正面力量，认为这种道德选择可能为人性的邪恶与自私所用。因此，与现实主义相比，这些作品不仅在叙事形式上另辟蹊径，同时还反映了一种深层次的价值与准则断裂。

先锋写作打破了现实主义写作技巧与方式，大胆反对革命与现代化的宏大叙事；在此形式之下，许多作品也承载着其自身的元叙事，即是一种反对进步甚至根本是虚无主义的对于理想的厌弃。许多作品挑战了对于人类道德力量的信念，展现了多种形式的决定论——道德力量与决定因素之间的关联，这非常重要，我们应当予以留意。与此同时，分析决定论的不同形式有助于研究它们的道德意义。因此，以下讨论将就四种形式来分析反现实主义运动中所呈现出来的对道德力量的否认：（1）植根于文化与传统中的软性决定论；（2）强调自然、遗传与环境作用的硬性决定论；（3）带着末世观的历史决定论；（4）一种极端的不确定性，极大地破坏了道德反思的可能。

（一）文化决定论和寻根小说

先锋小说从根本上动摇理性与进步理念的一种方式是将传统、文化熏陶甚至在一些作品中抽象的"国粹"置于首位。随着1980年代的作家以及其他知识分子开始不断追求不同形式的"文化反思"，特别是在寻根运动兴起之后，文化的力量成了文学作品中重要的主题原则与组织原理。作家们诸如阿城、古华（1942— ）、贾平凹（1953— ）、林斤澜（1923—2009）承担起了"寻根"的使命，一方面希望从中国文化遗产中追寻当代心理发展过程,另一方面也意图维护中国的文化独特性。这种使命回应了关于文化主体性、"文化心理结构"与"文化积淀"等激烈的理论辩论,用哲学家李泽厚(1930—)的话来说,作家们探索中国的文化与美学传统从而将另一种中国现代性的可能根植于此。虽然此前一些作家们的自然写作与理论宣言就已经预示了寻根的浪潮,① 但这一运动直到 1984 年杭州会议激烈的讨论中方才融合成型,并且得到韩少功(1953—)文章《文学的根》(1985)明确的支持。② 也许是响应韩少功关于文学必须从本国土壤中生长出来这一观点,1985 年湖南省作家协会选派了一批年轻作家前往西部寻根。寻根浪潮也传达了针对于"五四"文化"断裂"论的驳斥,③ 反对模仿西方文学以及借用西方理论来重新定位中国文化的论调。

寻根派内部的多样性使得关于这些成员的作品中道德力量和道德责任的讨论更加复杂。宽泛而言,正如林培瑞所指出的,作家采用寻根文学主要出于两种截然不同的目的:第一种是寄希望于利用汉族和少数民族文化来恢复社会主义实验的过激影响;第二种则是希望通过探索文化深层次的根源来揭示中国苦难的缘由。④ 这两种途径都能潜在赋予文学实践以道德力量:理解人的个体与文化历史能够使其更为清楚地认识到历史所具有或正面或负面的持续不断的影响。尽管理论论述通常宣称寻根文学具有赋予人们力量的潜力,但许多寻根文学作品往往表达了人类面对更大的文化、自然与本能的强力时的无力。

从积极的意义上而言,寻根文学反对"五四运动"和毛时代的作品中对中国传统的摒弃,这本身就暗示着一种希望,中国的传统能够作为复兴的源泉。汪曾祺及其导师沈从文(1902—1988)作品中的抒情与对于地方文化的关注正鼓励了对于

---

① 一些文学史家将寻根运动上溯至 1982 年汪曾祺的演讲与李陀 1984 年的评论。参见金介甫(Jeffrey Kinkley), "Shen Congwen's Legacy in Literature of the 1980s," in Ellen Widmer and David Der-wei Wang, eds., *From May Fourth to June Fourth*(Cambridge, Mass.: Harvard University Press), 98。
② "文学有'根','文学之根'应深植于民族传说文化的土壤里,根不深,则叶难茂。"韩少功,《文学的根》,《作家》1985 年第 4 期,第 2 页。
③ "断裂"一词出现于黄子平、陈平原和钱理群《论"二十世纪中国文学"》中,《文学评论》1985 年第 5 期,第 5 页。
④ 林培瑞(Perry Link), *The Use of Literature: Life in the Socialist Chinese Literary System*(Princeton, N.J.: Princeton University Press, 2000), 34。

寻根文学积极理解的这一脉。① 许多广受讨论的寻根小说对于文化与教育的价值表现出极大的信心,从而认为人仍有主观向善的可能。譬如,在阿城《棋王》中,一位老人引用道家的理论来指导主人公下棋,使得后者打败了九名同时与之对弈的棋手,赢得了冠军。与此相似,阿城的《孩子王》(1985)描述了一名知识青年在乡村教孩子阅读和写作的经历。而在《树王》(1985)中,儒家的智慧使村民坚持"天人合一"的信仰,面对森林的破坏,敢于对抗毛时代"人定胜天"的指示。

然而许多寻根小说则充满了对政治的不满和人类堕落的描述,丧失了这种对于文化复兴的希望。这些作品大多由曾经在上山下乡运动中被下放到农村的知青创作,这些小说首要表述的是知青们所感受到的双重疏离感,他们最初在农村的经历以及其后对他们的影响,哪怕是重返城市也难以融入其中。譬如,在张承志(1948—)的《绿夜》(1981)中,主人公在回城八年之后重返蒙古。他回去找他爱过的一个小女孩,却发现她已经变得粗俗不堪,他们之间隔着难以衡量的距离。如果说大草原多姿多彩的、几乎是传奇的召唤展现了主人公强烈的怀旧之情以及对他对过去脆弱的理想的眷念,那么他想逃离城市枯燥生活的渴望则表现了他不愿表露的潜在情感需要。

此外,即便许多寻根作家在他们的理论作品中都颂扬传统文化的价值,他们的大部分小说作品仍主要关注传统文化中的负面因素,尤其是非理性的冲动、"迷信"、神话与暴力。因此,许多寻根小说与先锋写作有类似的情节。正如李欧梵所言,它们"似乎仅仅通向某种原始、非理性而不受人类控制的力量的冲突"。② 其他作品则强调了乡村的贫困状态,以及本能的力量胜于道德律令之后的妥协。譬如,在郑义(1947—)的《远村》(1983)中,贫困使大批女性逃出乡村,留下的人只得接受了一妻多夫的窘境。这部小说以及郑义的另一部小说《老井》(1985)中对于绝望的乡村生存状况的描写更容易激起读者的恐惧而非理想化的感受。③ 因

---

① 关于沈从文的小说与汪曾祺、古华、何立伟及韩少功作品之间的同与异,一个细致的分析参见金介甫(Jeffrey Kinkley),"Shen Congwen's Legacy," 71—106。
② 李欧梵(Leo Ou-fan Lee),"Afterword", 379。
③ 中国第五代电影导演中的许多人将寻根主题及其紧张带入他们的电影中。正如郑义小说中的描写那样,陈凯歌在《黄土地》(1984)和《孩子王》(1987)中对于贫瘠的土地以及物质贫困的展现,震撼了城市观众,更新了人们对国族命运的关注。关于第五代电影的讨论,见张旭东(Xudong Zhang),*Chinese Modernism in the Era of Reforms: Cultural Fever, Avant-Garde Fiction, and the New Chinese Cinema*(Durham, N.C.: Duke University Press, 1999),344—346。

而，寻根小说展现了传统文化特别是中国的"少数民族"与现代化的驱力之间的一种迫不得已的对峙，本土文化的根源为现代化的进程紧紧逼迫，并非一个安全之地。

更显著的是寻根小说透彻地表现了历史决定性的影响，无论是在文化、环境还是政治历史方面，这些作品都倾向于强调命定模式。李杭育（1957—）的《人间一隅》（1983）突出表现了这种固有的绝望所带来的毁灭性影响。故事发生在1934年的同兴市，"同兴"取意于"共同兴盛"，描述了冷酷的市民驱逐城市里难民的过程。连绵不断的降雨带来了螃蟹的泛滥，而难民们正好以这些螃蟹为食。市民以此怪罪于难民，并大力消灭螃蟹直到螃蟹变得极为稀少，价格昂贵，于是难民们再也无法吃上螃蟹了。故事的讲述者论述了其祖先们行为的长期效应：

> 事隔多少年后，如今的青年每听老人们讲起这桩往事，……抱怨的是老辈人造子孙孽，竟糊涂到像今天人人动手除"四害"似的大批消灭螃蟹，以至眼下同兴城里螃蟹卖到三块一斤！害得他们吃不起了。[1]

在这些作品中，寻根强调了一种深层的文化决定论。小说家李锐（1951—）在自己的作品中对这种明显的选择改变表达了担忧，并指出其危险性：这"还是一种文化决定论，一种直线式的因果逻辑，一种非此即彼的方式，一种旧有的哲学把握"。[2] 片面强调文化的决定性可能会使人们忽视文化实践在不同历史时期的演变，郑万隆（1944）的评论有力地回应了对于这种风险的担忧："空间是永恒的，时间——昨天和今天，过去和现在，历史和现实——是并存的。"[3] 此外，虽然作者们的关注往往聚焦于某个地域，他们的作品其实并未局限于描绘某个具体区域的本土文化，而是概括了一种神话式的国族文化，这种文化往往依赖于过于抽象的"中国特质"（Chineseness）概念。[4] 因此，寻根文学在建构一种神话式的中国文化同时，可能会走向一种狭隘的民族主义以及其优越感，它建立在排外的基础上，

---

[1] 李杭育：《人间一隅》，郑树森编《现代中国小说选》，第5卷，台北：洪范，1989年，第2004页。
[2] 潘凯雄：《"自觉"为他带来了什么》，《文学评论》1994年第1期，第118页。
[3] 郑万隆：《现代小说中的历史意识》，《小说潮》1985年第7期，第80页。
[4] 参见 Kam Louie, "The Short Stories of Ah Cheng: Daoism, Confucianism and Life", in *Between Fact and Fiction: Essays on Post-Mao Chinese Literature and Society*（Broadway, NSW, Australia: Wild Peony, 1989），第76—90页，尤其是第86页。

并造成一种悖论，其力图展现的少数民族文化也将被排除在对于中国文化狭隘的理解之外。

（二）自然、遗传与环境的硬性决定论

在寻根与先锋小说中，相较于文化影响，强调自然、遗传与环境的影响力量的硬性决定论更加尖锐地辩驳了人类道德力量的可能。甚至是在寻根运动兴起之前，高产的刘绍棠（1936—1997）就写了一系列小说与故事，将自然的力量置于现代文明和人类意志之上。其中许多作品对大海、群山、沙漠或草原进行了大段的描写，借以映射小说中人物的怀旧之情；他们所怀念的旧世界是一个没有被钢筋混凝土、摩天大楼和政治运动所主导的世界。

这些作品显示出自然包罗万象的力量，顺应自然的发展则能抵达宁静致远的高明境界。因而，许多故事潜在的降低了人类在社会中采取行动或抗争的必要性。例如，在邓刚（1954— ）《迷人的海》（1983）和张炜（1955— ）《一潭清水》（1984）中，对于自然的讨论与探索给故事的人物提供了沟通的可能，但几乎没有为他们留下行动的余地。相似的顺应自然之道的倾向也出现在史铁生（1951—2010）的作品中，譬如《命若琴弦》（1985）对于身体的脆弱、人类命运与重复等主题的哲学思考。史铁生的故事中有两名流浪盲琴师，其中的老者终于弹断了他的第一千根弦。他的老师曾经告诉他，等他弹到这个程度时就能获得医好眼睛处方，然而琴师极度失望地发现这张处方不过是白纸一张。经过一段时间的绝望思索之后，琴师意识到即便是一厢情愿的幻想，心中怀有一个目标仍是必不可少的，于是他将这个处方也传给了自己的学生。

寻根文学的其他作品也着力表现了遗传造成的生理或精神障碍，这一主题也显示出寻根运动的末世色彩。譬如在韩少功的《爸爸爸》（1985）中，患有自闭症的主人公差点儿就被做了人祭，然后奇迹般地从族群的大规模自杀中存活了下来。在这篇小说以及韩少功的超现实主义作品《女女女》（1985）中，寻根小说与先锋作品的重合非常明显。在这些作品中，对于疾病的艺术表现一方面将反常状态呈现为通向无意识的窗口，同时也暗示了身体的疾病感染和文化灾难之间的联系。

有了先锋写作对于遗传决定因素的关注，严肃作家在写作中探讨超越基因决定论的可能也就并不令人感到意外了。例如莫言的小说《白狗秋千架》（1985）就以一个优生学的可能性命题结尾。故事的叙述者，也是其主人公以生出更加优秀的后代作为他是否要和老朋友暖一起生个孩子的考量标准。在整个故事的背景下，这个决定看起来更加令人扼腕：叙事者曾经造成了一次秋千事故，秋千刺穿了暖

的右眼。十年之后，他重访故乡时发现，暖的毁容使她只能嫁给一个暴虐的哑巴，而且和他生了又哑又有智力障碍的三胞胎。虽然暖三次表示这一切不过是命运的安排，主人公仍然为在她身上发生的一切和原本可能发生的事情之间的强烈反差而深感震惊。①

通过在叙事中纳入多重侧映，莫言强调了暖的生活中无法实现的可能性。回忆起暖的美貌与音乐才能时叙事者想道，"如果她不是破了相，没准儿早成了大演员"（53）。他们讨论了在事故之前曾经怀抱的希望，如今却一去不返。暖告诉叙事者她如何差点与一位军官在一起，而另外一次侧映则出现在暖承认自己不曾回复叙事者的信时，暖问他倘若自己提出来，他会不会娶她。"一定会要的，一定会，"主人公回答道。（69）

故事对偶然性的敏锐呈现在它的开放式结局中达到顶峰。在这里，暖恳求叙事者与她做爱，这样她就可能生下一个正常的孩子："我正在期上……我要个会说话的孩子……你答应了就是救了我了，你不答应就是害死了我了。有一千条理由，有一万个借口，你都不要对我说。"（69）鉴于这段引文之后只有一个省略号，而莫言也没有透露叙事者的决定，读者只能猜想主人公将如何做以及自己在同样的情境下会如何选择。虽然故事依托于命运，但在对道德决定的呈现中仍然保有了一定程度的人类影响。

在苏童的第一部长篇小说《米》（1991）中，他将自然的力量与环境决定论联结起来，探讨了强迫症行为的现象。《米》描写了主人公五龙因灾荒逃出他的故乡小村之后被一系列骇人的生理与心理残疾所折磨的故事。在小说的第一段中，五龙来到了一座城市，咀嚼着他最后一把生米。自此之后，米这个主题便开始凸显出本能的自然习性与环境塑造的行为之间的复杂联系。五龙对于米的病态痴迷以及他不正常的消化习惯可能植根于他的农村思想传统中，但是城市的腐败与摧残更加剧了他的病症。②通过描绘五龙对于大米的欲望——从本能的饥饿感恶化为一种近乎施虐的严重恐惧症，这个故事凸显了城市生存的人为性质，而正是这种特征将人与自然隔绝开来。

小说借五龙表现了个人在城市的腐朽力量面前的孤弱无助。初到城市，五龙

---

① 此处以及之后引文和页码来自于莫言的《白狗秋千架》，出自《金发婴儿》，武汉：长江文艺出版社，1993年，第50—69页。
② 一个引用雷蒙德·威廉斯《乡村与城市》来讨论这个文本中的城市-农村变化的研究，见 Robin Visser, "Displacement of the Urban-Ritual Confrontation in Su Tong's Fiction," *Modern Chinese Literature* 9（1995）: 113—138。

面对着在令人眩晕的环境——粪便和腐肉的臭味、香烟广告、治花柳病的私人门诊告示以及街头的一具僵卧的、发出淡蓝色光的尸体,[①]而他最初的经历也预示着其后的疾病与堕落。五龙发现死人之后拔腿就跑,却仅仅落入了流氓阿保和他的帮派手里,从这里开始了他不幸的城市生活。这帮人硬说五龙是个小偷,当他伸手去抓卤猪肉的时候不仅踩住他的手,还强迫他叫他们"爹"之后才让他吃东西。然后他们又擒住五龙,强迫他张开嘴,把五瓶烧酒灌了下去。在这一象征性的强暴之后,这帮流氓把五龙扔在地上,他感到虚弱无比,内心屈辱。在小说接下来的部分中,恶的循环不断自我延续下去,只不过五龙由受虐者变为施暴者,重新上演欺凌场景,和他的同党们一起胁迫其他初来乍到的人。

一方面,五龙对于米的掌控象征了他对自我决定的追求。他所处的世界在反复将其从道德体系中排斥出去,并拒绝给予他任何通过工作或者有意义的人际关系来定义自己的机会。米,作为五龙可以控制的东西为他提供了一种在情感上达到超然的方式,使他能够忍受由迁徙带来的不安:"在异乡异地唯有大米的清香让他感到亲近和温暖"。(21)当他感到无法掌控自己的第一任妻子织云时,他对于大米的痴迷变得更加迫切,也因而决心爱大米胜于女人:"他觉得唯有米是世界上最具催眠作用的东西,它比女人的肉体更加可靠,更加接近真实。"(92—93)于是每每五龙感到无能为力时,譬如织云宣布她怀的可能是另一个男人的孩子,吃生米之于五龙就变成了一种心灵的安慰。

尽管在五龙早期的贫困生活中,吃生米只是一种缓解饥饿的方式,然而一旦他得到了获取大米的途径,他对于米的渴求就变成了一种盲目迷恋。他的痴迷变成了一种恋物主义倾向,刺激他的不仅仅只是性或生理上的感受,还是一种来自把自己的意愿和渴求强加给女人所带来的权威感。最初五龙喜欢把大米撒到妻子身上,但很快他就养成了把大米灌到妻子的阴道中的习惯。当他通过非法的大米交易变得富有起来之后,就频繁嫖妓,把大米塞到每个与之交欢的妓女的阴道中,并且强迫她们生吃大米。五龙不断增长的违抗规范的欲望显示了情欲的力量往往与越界行为联系在一起,然而他对于女性身体的侵犯也证实了一种通过对别人施加暴力来证实自我的冲动。

与此同时,这部小说也讽刺了五龙对于个人自主掌控力的信念,强调社会环境对其所造成的无法抗拒的影响。尽管他用米来避免对于他人的依赖,但对米成瘾的迷恋也并非一种自由的出路。五龙憎恨米店一家人对他生活的控制,然而他

[①] 苏童:《米》,台北:远流出版公司,1991年,第6—8页。

从未质疑自己的强迫症行为。虽然因为喝酒"让男人变得糊涂可欺"（98），他始终滴酒不沾，但他并不能抗拒自己对于米、性虐待与权力自毁式的执迷。五龙因自己的春梦而忐忑不安，愈加明显地显示了他面对自身欲望时的消极性："他不知道长此以往会不会损害他的力气，那是违背他生活宗旨的。"（93）与此相似，五龙虽有信心自己能对私通保持节制，他并不能对周遭的环境完全免疫，这也是为什么性病最终害死了他。

五龙在物质水平与社会地位上的提高最初大幅增强了他掌控自身命运的信心，然而在社会地位上升的同时，小说所书写的结局却极大地否定了他自我决定的可能性。譬如，五龙试图重新塑造自身形象用以炫耀其地位、财富与权力，他将完全健康的牙齿换成了一副金牙。他出于享乐与物质主义的决定让他的身体变得畸形。这一决策之中的虚荣与徒劳在小说的最后他愤怒的儿子柴生把金牙从他的嘴里掏出来的时候完全展现出来。五龙并非没有意识到他的失败。在他的身体一天天恶化的时候，他仍然怀念着自己曾经的样子——敏捷而健壮的四肢，眼睛里充满渴望。即使在他荒淫的性生活引发淋病之后，他也试图用米醋治疗自己，这不仅再次表现了他对于米恒久不变又徒劳无效的信仰，也反映了他对自己在健康和命运的掌控力过高的期待。

通过强调现代城市摧毁个体的无情力量，这部小说表明，五龙的神经质并非个体案例，而是社会绝望心理的广泛现象的一部分。那个被生米胀死的孩子，他的尸体被装在麻袋里运到米店里来，这一事件最为清楚地表明了五龙的痛苦的普遍性。此外，小说将五龙的强迫症置于一个几乎所有角色都深受强迫症困扰的背景之下：冯老板是大烟馆的常客；六爷常常对他的姨太太施虐，这从织云胸脯上紫红色的淤痕可以明显地看出来；织云对于私通的性爱渴求；柴生沉溺于赌博；抱玉对复仇的执迷。在某种意义上，身处一个个人追求毫无意义的世界之中，这些角色的执迷不悟正显示了他们对自主的迫切渴求。正如在描写织云与阿保的情事时，叙事者指出的，越界行为能够提供一种自由的感觉："织云喜欢这种叛逆的方式"。（59）

这些人物在实践他们的极端行为时可能感受到了自由的意志选择并享受着这种幻象，然而这部小说同时也在某种程度上强调了环境因素，环境决定了他们的选择的性质与后果。其中最残酷的例子来自于人物的复仇心理，他们无法超脱仇恨，这又在这部小说中已然非常明显的命定论上增添了一个机械论的层面。小说将邪恶的行为与自然因素——米——联系起来，进一步增加了必然的先兆，就像在那个恐怖的片段中，米生，五龙和绮云最年长的儿子，为了报仇用米活活憋死了他的妹妹，因为她泄露了他把家里的金子拿去换糖的事实。

小说中人物之间的敌对使批评家陈晓明将这部作品与一种宣扬适者生存的社会达尔文主义联系起来。① 这部小说拒绝相信人类进化有任何意义，并且转而将退化奉为人类天性与历史中永恒的真理。这一情景中的道德败坏看起来更加绝对，因为它是不自省的，其中的人物没有任何可取之处，没有广泛的自觉，也没有经历任何道德成长。作恶者并不仅仅是被推向罪恶，他们更是缺少任何道德律令和负罪感。那么，到底要如何理解负罪感在米生或其他作恶者身上的缺失呢？也许他们并没有如此深刻地体会到他们的残酷，因为残酷的概念依托于伦理，而这些人物恰恰并没有伦理可言。这一结果并不让人吃惊，因为小说已经表明了，环境最终塑造了这一切。

（三）历史决定主义和末世感

鉴于中国这些年间的历史动荡，将人视为历史的囚徒的倾向并不难理解，而许多寻根与先锋作品中的历史决定论也应当被置于这一语境之中予以考察。正如以上所讨论的，无论是直接的还是象征意义上的，这些作品都为革命历史所带来的创伤与苦痛作出了诚恳的见证，极具反抗性意义。但与此同时，作品中对于暴力和迫害的集中表述以及其背离理性与自主的叙事方式和技巧往往会带来一种放任的决定论式论调。

这种决定论常常带着强烈的末世感，然而不同的先锋小说通常将世界的末日设置于或具体或模糊的时代背景之下。虽然暴力革命仍常常出现在这些作品之中，但它们旨在表现颓废堕落，拒绝革命者或现代主义者式对于社会变革的希望。缺乏对于世界进步的信念，这些作品往往描绘道德的沦丧以及其逐渐边缘化并脱离社会群体掌控的过程。正如莫言《红高粱》中的叙事者在对比自己与他勇敢的祖父母时所言，"在进步的同时，我真切地感到种的退化。"（2）②

在强调一种单向的变化时，衰落或末世理论与革命理论具有相同的风险。无论我们是相信进步还是退化的力量，对于这种力量的信念都将使人变得盲目，忽视对于个体和集体的道德力量都必不可少的选择问题。对自然世界的强化将更加削弱人类的选择与可能性，驱使之成为自然的宏大图景中的纯粹附属物。依次而

---

① 陈晓明：《最后的仪式："先锋派"的历史及其评估》，《文学评论》1991年第5期，第128—141页。
② 莫言：《红高粱家族》，台北：洪范书店，1988年。

言，在许多寻根和先锋作品中，对于自然世界的细致描写就暗示了一种自然主义，并有可能将人类历史与自然法则的进化错误联系在一起。在《红高粱》中，叙事者在赞美高粱的时候就暗示了一种自然主义观点："它们（高粱）……上知天文下知地理。"（9）

同步描绘许多具有**同样的发生可能的**事件是非常困难的，尤其是当作者将叙事置放在一个历史框架中时，例如描写1949年之前的中国乡村的作品《红高粱》。尽管人物从来没有屈从于命运，这部小说仍然传达了一种强烈的末世感。叙事者谈及了几个历史时刻，包括他的祖父在1926年强暴他的祖母，他的父亲在1957年藏在地板下，1960年的饥荒以及1985年，他叙事的当下。虽然莫言描绘了人们不屈不挠的原始能量与对传统道德的勇敢反抗，但这些人物面对1939年日本入侵村子的残酷暴行时所遭遇的绝望仍然将小说置于一种强烈的历史决定论之中。

莫言试图脱离已有的叙事模式重新叙述中国经验，这点在他的《红高粱》中尤为明显，并颇有野心的运用了场景重叠与蒙太奇等技巧写作。这部小说最初是由五篇独立的中篇小说组成，它的五个章节基本叙述了同一个故事，每个章节都对小说的图景进行补充同时逐渐推动故事的进展。① 如此往复，加之读者所普遍熟悉的日本侵略史以及故事中表现的报仇主题，小说似乎预先杜绝了开放世界的可能。② 与此同时，五篇小说之间的联系与断裂，提供了一种重新思考这部小说的视角，即那些互不相容而又悬而未决的因素将如何重新获得偶然性并挑战决定论。这里的重点并不是将碎片接合在一起或是将它们作为某种后现代主义拼贴来赏鉴，而是思考这些章节间的对话究竟意味着什么。

在话语的层面上，这部小说展示了命运与道德力量之间的对话，这一对话在很大程度上是以性别来划分界限的。男性人物，包括叙事者自己，倾向于接受并且加强宿命论的固有概念，而女性人物则表达出对于个人行为的其他可能性的希望。宿命论的语言在叙事者的祖父第一次触碰祖母的脚时表现得最为明确："爷爷……心里，有一种不寻常的预感，像熊熊燃烧的火焰一样，把他未来的道路照亮了"（56）。叙事者强调了一种线性的概念，它服从于某种偶然性而非个人意志："我想，千里姻缘一线穿，一生的情缘，都是天凑地合，是毫无挑剔的真理。

---

① 第一章《红高粱》，最初作为一篇中篇小说发表于《人民文学》1986年3号，第4—36页。整部小说《红高粱家族》于1987年成书。
② 关于"报"在小说中的意义，见危令敦（Ling Tun Ngai），*Politics of Sexuality*, 182, 253, n. 87："报的概念是双重的。它可以是报仇，也可以是报恩。"

余占鳌就是因为握了一下我奶奶的脚唤醒了他心中伟大的创造新生活的灵感，从此彻底改变了他的一生，也彻底改变了我奶奶的一生"(56)。于莫言的男性人物而言，爱远非为自由的途径或动力，反而强化了小说的决定论。小说的叙事者还讨论了他家三代人中的"爱情的钢铁规律"(369)，在看到祖母死在高粱地中的时候，他的祖父意识到因为与丫头恋儿的私情，"生活对自己的惩罚是多么严酷"(233)。

叙事者和他的祖父着眼于本能与命运，而他的祖母，在她死在高粱地里时则表述了个人决定的可能：

> 天……天赐我情人，天赐我儿子，天赐我财富，天赐我三十年红高粱般充实的生活。天，你既然给了我，就不要再收回，你宽恕了我吧，你放了我吧！天，你认为我有罪吗？你认为我跟你哥麻风病人同枕交颈，生出一窝癞皮烂肉的魔鬼，使这个美丽的世界污秽不堪是对还是错？天，什么叫贞节？什么叫正道？什么是善良？什么是邪恶？你一直没有告诉过我，我只有按着我自己的想法去办……我的身体是我的，我为自己做主……(91)

这的确有些悖谬，莫言的作品在给予道德力量的同时而又拒绝它的可能性。他的作品也许是最令人印象深刻的当代小说，这可能恰恰是因为它们描绘了那些用真正的选择来决定自己人生的人物，从祖父在高粱地里强暴祖母，并且杀死她得了麻风病的丈夫，到丈夫死后自己接管烧酒作坊的祖母。许多批评家强调莫言小说中强大的生命力，或是同时具有解放和摧毁力量的性。[①] 而莫言最有意思的主题则恰恰是恶的责任，它究竟存在于个体之中还是存在于人们无法控制的力量中，比如命运、本能或历史。对于所有的潜在的决定论，他小说的这种复杂的叙事结构至少暗示了一种模糊的自由选择意识，并且引导人们相信，人性并不一定与不可控制的力量联系在一起。

这部小说在结构上的不确定性在张艺谋（1950— ）的电影中被显著削减了。这部电影包括了《红高粱家族》的第一、二篇。张艺谋将这个故事安排为一段线性叙事，这导致了一种更为命定论的效果。更为紧凑的叙事结构的确造就了一个引人入胜的故事，[②] 然而它也暗示了一种对于国家力量与军事意志的颂扬，这和小

[①] 危令敦（Ling Tun Ngai）：*Politics of Sexuality*，第2章，第24页。
[②] 《红高粱》在1988年柏林电影节获得了最佳电影金熊奖。

说福克纳式的描写大相径庭，战争的混乱以及生理欲望的非理性特征均被弱化。[1]小说通过持续而突出地描绘人物细微的感受与其身体经验的具体细节得以表现过去生活中的那些未能满足和实现的可能性，从而回避了小说叙事中必然的末世论调。莫言的目的在于强调来自于过去的巨大能量与未实现的可能性可以有多重阐释，然而孔海力则提出了一种直截了当的政治目的。他认为，莫言的家族编年史绝非表达怀旧之感，而是"暗示了一种对现在的批评，一种对于社会成规甚至从更广泛意义上来讲的中国社会的犬儒态度"。[2]

（四）激进的非决定论

在打破语言和其他社会规则的过程中，更为激进的先锋作品不仅质疑了历史意义，也对人际交流与自我的存在与构建提出怀疑。譬如，在宗璞的小说《我是谁？》中被视作超现实主义的描写其实是一位被迫害的科学家精神崩溃后焦灼的讲叙，在政治斗争中受迫害的创伤记忆使她把"牛鬼"和"蛇神"的罪名当了真："我就是一条毒虫？不！可我究竟是谁呢？"。[3]

再者，尽管在批评家刘再复关于主体性论述的影响之下[4]越来越多的人开始关注这些小说中所表现的主体性，然而事实上这些先锋作品在探寻道德与政治力量时往往回避拔高个人意识。毛时代的作品能造就出典型的决策者，但许多先锋作品则常常刻画那些毫无决定能力的人物。概括而言，小说对于内心独白、主观感受和印象的关注愈真切，其塑造的人物也就愈软弱无能。他们乐于反思世界和自己与之的关系，却往往感到过往经历的伤害太过深重，以至他们无从作为。譬如在王蒙的《杂色》（1981）中，主人公关于他的老马的沉思长久而又充满了深切的同情，这也表现了他迫切试图理解自己被异化的处境，同时通过某种对话来减轻其可怕的孤独感。然而他与人类之间却几乎没有交流，显出了一种令人痛苦的沟通无能。韩少功的寻根小说《归去来》（1985）则描述了一个造访某处山村的人，但他竟不知道自己以前是否来过。村民们热情欢迎他，并把他错认为另一个

---

[1] 关于福克纳对莫言的影响，见 Thomas Inge, "Mo Yan and William Faulkner: Influences and Confluences," *The Faulkner Journal* 6.1 (fall 1990): 15—24。
[2] 孔海力（Kong Haili），"The Spirit of 'Native-Soil' in the Fictional World of Duanmu Hongliang and Mo Yan," *China Information* 11.4 (1997): 58—67。
[3] 宗璞：《我是谁？》，《长春》1979 年第 12 期，第 7 页。
[4] 见刘再复影响深远的文章《文学的主体性》，出自《刘再复集》，哈尔滨：黑龙江教育出版社，1988 年，第 72—125 页。

人，为了一桩他相信自己从没做过的杀人事件而称赞他。而后他放弃了澄清自己身份的努力，开始思考自己到底是不是那个人。这篇关于身份异化与迷失的极端描写以令人费解地方式结束，谴责身份对于人的束缚："我累了，永远也走不出那个巨大的我了，妈妈！"①

通过展示这种激进的自我分离，许多先锋作品反驳了人文主义的唯意志论，表达了一种对于任何有关真理、价值与正确思想的宣言的怀疑。然而，它们呈现出一种自由来自于反对专制主义的过去和其压制性的社会规范，并非参与建构和与他人联系所带来的积极自由。由于先锋作家更多地描写感觉与精神震撼，向读者展现出人物备受折磨的精神世界与深层的黑暗自我，这些作品或许重申了人类的力量，但却无法提供一种具有实际意义的价值体系来鼓励人们实践道德力量。这些小说或许在暗示关于情感的宣示太过孱弱，无法使社会生活变得可以承受。

这种小说大半具有一种噩梦般的特质，似乎是要消除带着同情意味的社会道德力量。在余华《现实一种》(1987)中，小男孩皮皮意外地杀死了他尚在襁褓中的表弟，就此将他的家庭引入了一场互相杀戮的暴行：婴儿的父亲山峰杀了皮皮，然后又被皮皮的父亲，即他的兄弟山岗残害。一个月后警察处决了山岗，山峰的妻子将山岗的尸体捐给了医院。在命运的残酷转折中，就像山岗所可能期望的而为山峰的妻子所憎恶的那样，山岗的睾丸被移植了，这就保证他仍会有后代。

在这样的故事中，我们是否还能辨别出这些人物为自己的行为给出的理由？在很大程度上，他们已经完全摒弃了理性。山峰同意山岗把自己的躯干和腿绑起来，他的思绪正显示了他们的非理性：

> 山峰糊涂了。他觉得儿子的死似乎是属于另一桩事，似乎是与皮皮的死无关。而皮皮，他想起来了，是他一脚踢死的。可他为何要这样做？这又使他一时无法弄清。他不愿再这样想下去，这样想下去只会使他更加头晕目眩。他觉得山岗刚才说过一句什么话，他便问："你刚才说什么？"②

阅读这些文字，我们无法从这些人物身上找到真正的罪恶，看到的只是理性与人类道德力量的彻底缺失。

---

① 韩少功：《归去来》，《上海文学》1985年第6期，第37页。
② 余华：《十八岁出门远行》，台北：远流出版社，1990年，第220页。

三、《十三步》

小说书写中极端的不确定性、非线性时间叙述以及魔幻现实主义都有可能削弱对于道德力量的表现，而莫言的现代主义小说《十三步》（1989）则正大胆利用了这种矛盾。这部小说描绘了当代中国城市中的价值迷失情景。故事从高中物理老师方富贵因过度工作与疲劳而病倒开始，起初他被认定为死亡，之后又复活了；这使那些打算利用他的死制造轰动效应提高教师待遇的人非常不快。之后，"美丽世界"殡仪馆的美容师李玉蝉说服了他，将他整容为她丈夫张赤球的模样，张是方富贵的同事，也是一位物理老师。这样方富贵就可以接替张的工作，而张则能出去挣钱。《十三步》接下来的情节发展则展现了一系列引人入胜的侧映故事。

围绕着小说人物而嵌入的大量故事强化了一种世界"业已完成"的感受，同时又暗示着一个具有多种不同可能性的世界情景。"时间的顺序是为小说家安排的"（76），叙事者写道，而莫言在小说中则随意地将过去、现在和未来混杂在一起。[①] 这种对于线性时间顺序的大胆反抗加之其对于直观感受和随机关联的强化，突显了人类理解的脆弱与有限性——无论是小说中的人物、困在笼中的"叙事者"，或是作为集体的"我们"，这其中显然也包括了读者，而这篇小说的叙事常常会提及读者。冗长而具体的小说插叙进一步强化了时机与偶然性的显著影响，当然，除了小说本身隐含作者的控制力。因而，小说强烈的不确定性几乎没有给予其中的人物多少掌控力，这一点在隐含作者提到方的妻子屠小英时表现得很清楚：他描写了她的无助，从而拒绝故事未完成的叙事："你预感到自己没有力量与这个故事的逻辑抗争，结局早就安排好啦。你的命运控制在笼中人手里。"（203）

在第一、第三甚至于第二人称叙事之间的不断转换也削弱了小说对于自主性的任何主张，并且使其中心定位变得困难起来。"为什么出现在本书中的人物对气味有着特别的感受力，但对语言的逻辑麻木不仁呢？我们把这些麻烦统统推到叙述者那颗被粉笔面儿污染的脑袋上。"（184）小说在括号里提供了部分解释，其中涉及了气味的力量："（气味往往勾起欲望）"。（199）然而后一半关于语言逻辑的问题则只有当叙述故事的声音，包括困在笼中的叙事者，陡然增多时才得以关注。

像《十三步》这样碎片化的作品表明侧映的手法以及其对于多重性的关注并不能保证道德力量的呈现，它反而可能强化冷酷的偶然性甚至重新确认一种之前

[①] 莫言：《十三步》，台北：洪范书店，1990年。

的宿命论观点。一方面，莫言对于不同结局的包容强调了多种可能性的存在，例如，屠小英在小说中就有数种不同的可能结局。其一，市人大选她作为代表来表彰她的模范成绩。其二，厂长发现小英和一个男人在办公室里做爱。其三，警察因为她造假币而逮捕了她。其四，她和市委纪检书记结婚，并且怀了他的孩子。其五，她在一条美丽的河里溺死了自己。其六，小英神经错乱并且蓬头垢面，在市政府和殡仪馆之间来回跑，想找到她的丈夫，直到有人把她送进了市精神病院。其七，小英因抢救公共财产而在火中丧生了。在某些情况下，这些结局可能非常连贯，虽然它们之间的关系并不清晰。除了最后三或四个结局彼此矛盾之外，小英可能会和一个高级官员结婚，然后进入其他三个结局之中的一种。事实上，她在倒数第二个结局中所寻找的"丈夫"也可能是一个官员或者是"已经死掉的"方富贵。

再者，人物在完成自己目标时的彻底失败显示了一个世界变得**更加**确定的过程，因为作者在展示了其他的可能性之后，又令他的叙事者拒绝其故事中人物能对这些可能性的实现造成任何影响：

> 生活的计划常常被突发的事件彻底打乱，这种被突发事件彻底粉碎计划从而导致命运变化、导致历史变化的情况每天每时每刻都在每个人身上、每个家庭里、每个国家里发生着。马克思主义者用偶然性和必然性来解释这种现象；非马克思主义者用命运和上帝的旨意来解释这种现象。（75）

此外，在表现这个混乱的世界中必然性或命运的强力时，小说对于典型性和预言作出了判断："我们怀疑这是叙述者玩弄的圈套。一个吃粉笔的人还值得信任吗？他说：我对你们说：这一切即便不是确实曾经发生过的事情，也是完全可能发生、必定要发生的事情。"（320）[①]

这种对于一种无法感知但确定无疑的必然性的断言使莫言小说中的人物感到绝望。小说中关于克隆的声明也可以读作是一种关于生物科技及其道德与社会后果的警示。至少，它引导读者避开魔幻现实主义的陷阱，鼓励读者认真考虑小说的道德含义。与此同时，这也可能是莫言的叙事者在提醒他的读者们，除非社会保持在它当下的进程上，否则这种令人不快的社会组成则不可避免。也许是因为莫言想要在不依赖命定主义法则或决定论模式的情况下理解人类的存在，所以他

---

① "吃粉笔的人"代指教师。

把小说的结尾弄得支离破碎，以此断绝了任何对于顿悟或形而上学思考的期待。清晰明确的结尾意味着一种单一的、独特的意义或历史目的论，而这正是他的小说想要拒绝的。事实上，在《红高粱》的后记和之后的采访中，莫言曾表示他并不认为这个长篇故事已经完结，其中还包含着许多伏笔作为后续故事的展开的铺垫，期待在将来的续写中完成。①

在寻根和先锋小说中，道德力量至多是被高度问题化了。这些作品揭示了一种系统的选择困境，从而拒绝将小说中的人物看作具有道德力量的个体，能以可理解的伦理方式来采取行动。如果生活无可避免地是一些比个体及其目的、意图和人生计划更大的力量的产物，那么道德力量可能也不过是一种姿态，虚幻而毫无效应。个体也许被呈现为具备选择的能力，然而他们的选择往往是错的，并且徒劳无益，只有在失败中，他们才能成为一个独立的变化的个体。

那么，这些先锋小说所表现虚无主义的逻辑后果到底是什么？如果小说中的人物相信他们除了增加这世界上的暴力之外别无选择，这又究竟意味着什么？当然，这些都并不能证明世界的残忍并非是无药可救，但它确实显示出一个本可与残酷行为相对的价值体系的危机。当这些作品把世界让位于文化、自然、命运或历史的决定力量时，它们不再抱有或激励对人类产生同情心能力的期待。我希望在不断加剧的经济与社会不公面前，这些作品并非预示着日趋严重的社会道德沦丧与麻木，或是为它们铺平道路。

---

① 关于续集的消息各不相同。有些人说，为了使红高粱家族系列达到一百万字，莫言计划再写两部长篇小说和另外一部中篇小说集。见危令敦（Ling Tun Ngai），*Politics of Sexuality*, 174—175, 252, n.81。

谈艺录

《奥赛罗》：
邪恶人性是杀死忠贞爱情、美好生命的元凶

《奥赛罗》：
邪恶人性是杀死忠贞爱情、美好生命的元凶

■文/傅光明

【编者按】此文为傅光明《新译莎士比亚》（注释·导读本）之《奥赛罗》的"导读"。傅氏新译莎翁《罗密欧与朱丽叶》已于2014年4月由台湾商务印书馆出版中英对照本。其他将续译续出。

一、写作时间和剧作版本

写作时间

1604年，在伊丽莎白女王和詹姆斯一世国王执政期间，主管英格兰王室宫廷娱乐，并负责全英戏剧审查的大臣艾德蒙·蒂尔尼爵士（Sir Edmund Tilney, 1536—1610），在其《宫廷娱乐记录簿》（the Accounts of the Master of the Revels）中记载："11月1日万圣节，国王供奉剧团在白厅宴会厅，上演了一部莎士比亚编剧的《威尼斯的摩尔人》。"

这本由彼得·坎宁安（Peter Cunningham）发现的记事簿，1868年被大英博物馆收藏。记事簿曾引起莎士比亚研究专家、爱尔兰学者艾德蒙·马龙（Edmund Malone, 1741—1812）的格外注意，在他所编1790年版《莎士比亚剧作集》和1821年版《莎士比亚戏剧》的集注本中，都提到他获得了"无可争议的证据"，证明《奥赛罗》于1604年首演。尽管有马龙如此有力的证词，但因彼得·坎宁

安一向被认为"是一个非常狡狯的人，惯做伪据以愚人"（梁实秋语），包括理查德·格兰特·怀特（Richard Grant White，1822—1885）在内的十九世纪一些著名莎学家，以及二十世纪著名莎学家塞缪尔·坦南鲍姆（Samuel A. Tannenbaum，1874—1948）等，始终怀疑这部记录簿原稿的真实性。1930年，牛津大学出版社出版了斯坦普（A.E.Stamp，1870—1938）为莎士比亚学会（Shakespeare Association）编印的《宫廷娱乐记事簿辨》（The disputed Revels accounts）一书，认为此簿的真实绝对可信。也不知这样的权威认证，是否能将以往的质疑全部化为乌有。

这条记录便是关于《威尼斯的摩尔人》，即《奥赛罗》一剧写作时间最早的证据。

除此，还有其他几个时间上的线索：

第一，从《奥赛罗》剧中一些段落的描写明显看出，莎士比亚在写作时受到了菲力蒙·霍兰德（Philemon Holland，1552—1637）翻译，1601年出版的古罗马作家、博物学家、哲学家普林尼（Pliny，23—79）的拉丁文皇皇巨著《自然史》（Naturalis Historia）（也有译为《博物志》）英译本《世界史》（The Historie of The World）的影响。这一影响在奥赛罗向苔丝狄蒙娜讲述他"亲历的最可怕的不幸遭遇"，尤其讲到"那些野蛮的互吃同类的食人生番"，讲到"头长在肩膀下面的异形人"【1.3】时，显露无遗。

第二，1603年，詹姆斯一世国王登上王座以后，英国历史学家理查德·诺尔斯（Richard Knolles，1545—1610）出版了《土耳其人通史》（General Historie of the Turkes）一书，并将它献给国王。这是第一部论述奥斯曼土耳其帝国历史、政治的英文著作，书中有些描述历史的细节材料被莎士比亚用在了《奥赛罗》中。

第三，从1603年5月到1604年4月，瘟疫流行，伦敦关闭了所有剧院。

第四，新国王詹姆斯一世对发生在地中海东部的威尼斯—土耳其战争（Venetian-Turkish Wars）饶有兴趣，1571年，当欧洲列强在勒班陀海战（Battle of Lepanto）击败土耳其舰队之后，他曾写过一首题为《勒班陀》的诗，1591年首印，1603年即位后重印。《奥赛罗》的第一幕第三场，第二幕第一场、第二场，都提到了这场海战。莎士比亚这样写，极有可能是为了投合王室的兴趣癖好。

第五，十九世纪英国著名莎学家弗莱（F.G.Fleay，1831—1909）和经济学家、诗人英格拉姆（J.K.Ingram，1823—1907），通过缜密的研究分析，发现《奥赛罗》在韵律和诗句的弱化尾音节的使用上，完全符合这一时期的创作风格。另外，莎学家哈特（A.Hart，1870—1950）通过仔细研读《哈姆雷特》，发现莎士比亚1602

年以后写的戏，诗句中没有再出现《哈姆雷特》剧中那样的重复用韵。这或许不具有特别的说服力，却可聊备一解。再者，由托马斯·戴克尔（Thomas Dekker, 1572—1632）和托马斯·米德尔顿（Thomas Middleton, 1580—1627）两位戏剧家合写，并于1604年4月之后首演的都市喜剧《诚实的妓女》（*Honest Whore*）第一部中，出现了这样一句台词："比一个野蛮的摩尔人更凶残"（"more savage than a barbarous Moor"），这即便不能充分暗示《奥赛罗》的写作时间，却可以证明《奥赛罗》一剧的存在和流行。

第六，在十六世纪和十七世纪早期的英格兰，曾流行一种包含音乐、舞蹈、演唱和表演等形式，并配有精心的舞台设计的宫廷娱乐"假面剧"（Masque）。或许更是出于一种巧合，为1604年冬季庆典的需要，安妮王后（Queen Anne, 1574—1619）要求诗人、戏剧家本·琼森（Ben Jonson, 1572—1637）写一部"假面剧"，并要他为剧中的摩尔人专门设计一种精美的假面具。由此，本·琼森创作出他那部著名的"假面剧"——《黑色的假面剧》（*Masque of Blackness*）。1605年，该剧演出时，安妮王后还曾亲以淡妆假面登台亮相。

综上所述，我们可以得出结论，《奥赛罗》的写作时间一定是在1601年之后，1604年秋季之前，完稿则最有可能是在1603年底到1604年初这段时间。

在莎士比亚去世前的1612—1613年，作为伊丽莎白公主与德国选帝侯普法尔茨伯爵（德语Pfalz，意思是"王权伯爵"）大婚庆典的一部分，《奥赛罗》再次被纳入宫廷演出。先是1610年4月，国王供奉剧团（King's Men's Company）在环球剧场（Globe Theatre）公演，9月，在牛津大学再度上演。关于《奥赛罗》在十七世纪早期的演出记录，还有：1629年9月和1635年5月，黑僧剧院（Blackfriars Theatre）演过两次；1636年12月，在位于泰晤士河北岸，有"英国的凡尔赛宫"之誉的汉普顿宫（Hampton Count），再次上演《奥赛罗》。

顺便一提，上述刚提到的德国选帝侯普法尔茨伯爵，即被后人讥讽为"冬王"（King Winter）的腓特烈五世（Frederick V, 1596—1632）。

剧作版本

从1604年首演到莎士比亚1616年去世的这十二年里，《奥赛罗》多次上演，并大受欢迎，却始终未付梓印行。直到1621年10月6日，伦敦书业公会（Stationers' Register）的登记册上才有了《奥赛罗》的注册记录，并于次年，以四开本形式第一次印行，即第一四开本。此本被莎学界认为是一个好的四开本。

该本在标题页上印着：《威尼斯的摩尔人，奥赛罗的悲剧》，此剧曾由国王供奉剧团于环球和黑僧剧场多次上演，威廉·莎士比亚编剧……由尼古拉斯·奥克斯（Nicholas Okes）为托马斯·沃克利（Thomas Walkley）在伦敦印行、发售。1622年。

1623年，《莎士比亚戏剧集》以第一对开本形式出版，其中的《奥赛罗》，即第一对开本《奥赛罗》，比第一四开本多了150行（另有许多专家认为多出了160行）。

除此，《奥赛罗》这两个最早的文本还有两点明显差异。首先，第一四开本中的舞台提示更为丰富，而且有大量赌咒发誓的词句。其次，受1605年政府颁布禁止在舞台上赌咒发誓以免亵渎神灵的禁令影响，第一对开本将第一四开本中大量的咒语、誓言，要么削减、弱化，要么直接删除。事实上，从第一四开本未受"禁令"影响，保持原稿面貌本身即可看出，它应是按照当时演出提词本的抄本排印，比第一对开本少的那150行，即是对演出本的删节。而第一对开本，则可能是根据为国王供奉剧团誊抄剧本，并享有"莎士比亚最早编者"之誉的拉尔夫·克兰（Ralph Crane）誊写的抄本排印。

还有一点，莎学家们始终存在分歧，即第三幕第三场中奥赛罗关于"黑海"的那段独白和第四幕第三场中苔丝狄蒙娜的"杨柳歌"，是否只有第一对开本出于戏剧化的考量，做了有意的添加，或务实的削减。

1630年，以第一四开本为底本，并参考第一对开本做了修订的第二四开本出版，其修订合理和滑稽不通之处，兼而有之。1655年，又以这第二四开本为蓝本重印的第三四开本出版。因此，若从版本学的角度来看，《奥赛罗》只有最早的第一四开本和第一对开本，最有研究价值。

二、钦奇奥的《一个摩尔上尉》

钦奇奥的《故事百篇》

《奥赛罗》的故事原型直接取自意大利小说家、诗人乔万尼·巴蒂斯塔·吉拉尔迪（Giovanni Battista Giraldi，1504—1573）的"故事"（短篇小说）《一个摩尔上尉》（*Un Capitano Moro*）。巴蒂斯塔·吉拉尔迪更为人所知的名字是吉拉尔迪·钦奇奥（Giraldi Cinthio），他的文学创作直接师承前辈、文艺复兴时期的杰出作家、诗人乔万尼·薄伽丘（Giovanni Boccaccio，1313—1375），他于1565年在威尼斯出版的《故事百篇》（*Gli Hecatommithi*），与薄伽丘那部著名的故事集

《十日谈》(*il Decameron*)风格十分相近。《故事百篇》中讲述第三个十年的第七篇故事，就是《一个摩尔上尉》。

尽管莎士比亚在世时，钦奇奥的《故事百篇》一直没有英译本，但莎士比亚对钦奇奥不会陌生，因为作家、翻译家威廉·佩因特（William Painter, 1540—1594）在《故事百篇》出版后的第二年（1566），就把其中的一些故事写进了自己的《快乐宫》(*Palace of Pleasure*)中。1584年，法国翻译家加布里埃尔·查皮（Gabriel Chappuys, 1546—1613）将《故事百篇》译成法文 *Premier Volume des Cents Excellentes Nouvelles*。

不论莎士比亚读的是钦奇奥写的意大利原文故事，还是查皮所译的法语故事，《奥赛罗》直接改编自《一个摩尔上尉》是确定无疑的。由于《一个摩尔上尉》并没有提供足够的故事背景，《奥赛罗》的戏剧背景很可能源自这样几部著作：理查德·诺尔斯的《土耳其人通史》(1603)；文艺复兴时期意大利外交家、主教加斯帕罗·孔塔里尼（Gasparo Contarini, 1483—1542）著、路易斯·卢克诺爵士（Sir Lewis Lewkenor, 1560—1627）英译的《威尼斯的联邦和政府》(*The Commonwealth and Government of Venice*, 1599)；利奥·阿非利加努斯（Leo Africanus, 1495—1550）著、旅行家约翰·包瑞（John Pory, 1572—1636）英译的《非洲地理史》(*Geographical Historie of Africa*, 1600)。作为文艺复兴时期的旅行家，利奥·阿非利加努斯是一位来自西班牙格拉纳达（Granada）的摩尔人，他的游踪遍及现在的非洲北部。

钦奇奥称，《一个摩尔上尉》改编自1508年发生在威尼斯的一个真实事件。但也许是巧合，钦奇奥的故事与阿拉伯民间故事集《一千零一夜》(*One Thousand and One Night*)中的《三个苹果的故事》(*The Tale of the Three Apples*)类似。

"三个苹果的故事"

我们先简单描述一下《三个苹果的故事》：古阿拉伯国王哈伦（Harun）命宰相加法尔（Ja'far）与其微服出宫，体察民情。他们穿街走巷，遇一老者，靠打渔为生。闻听老人打渔半日，一无所获，家中妻儿又要挨饿，加法尔真诚表示，老人打一网即可得一百金币。来到底格里斯河（Tigris），老人撒网，捞上一个上锁的箱子。回宫开箱一看，里边是一具被肢解的女尸。国王震怒，命加法尔三天之内缉拿凶手，否则将他处死。三天过去，毫无线索，国王判处加法尔绞刑，并传令大臣们到王宫观看。行刑前，先是一位英俊青年来到加法尔跟前，自认凶手；紧接着又从看热闹的人群中冲出一老者，说自己才是真凶。加法尔带着两名认罪者进宫见国王。老人是这位青年人的岳父，被杀的女人是青年人的妻子。

青年向国王讲述了杀妻经过：原来，夫妻恩爱，育有三子，生活幸福美满。月初，妻病重，经治疗和丈夫的照料，病情虽有好转，身体仍十分虚弱。一日，妻说非常想吃一种稀罕的苹果。夫找遍巴格达（Baghdad）全城，空手而归。见妻病情又有恶化，经过打听，夫前往巴士拉（Basra），在哈里发（Caliph）的果园，发现了妻想要的那种苹果，花三枚金币买了三个苹果，踏上归程，来回花了整整两个星期。见到苹果，妻并未显出高兴，只是顺手把苹果放在枕边。妻身体恢复，夫又开始做买卖，中午，忽见一黑奴手里拿着一个苹果。夫问苹果何来，可否带他去买。黑奴笑称，此苹果为情人相送，并说情人生病，好久未见，幸情人丈夫外出做生意，方得以幽会，见其枕边三个苹果，情人说是丈夫特意去巴士拉花三枚金币买来，并送他一个。闻听此言，夫立即跑回家，果见妻枕边只剩两个苹果，厉声问为何，妻冷言答曰不知。夫怒火中烧，用菜刀将妻脖子割断，然后找来斧子，分尸、包捆、装箱，抛进底格里斯河中。

回到家，青年见儿子在哭，问缘由，儿子说，早上拿了母亲一个苹果，与弟弟一起在巷中玩耍，遇一黑奴，问苹果何来，答从母亲枕边所拿，被黑奴一把抢走。儿子苦苦哀求，说苹果是父亲特地从巴士拉给母亲买回。黑奴一脸坏笑，拿着苹果跑了。青年恍然大悟，知错杀了爱妻，号啕痛哭，懊悔不已，便将此事如实告知岳父。

讲完事情经过，青年恳求国王立即执行王法，速将他绞死。国王以为，该拿黑奴抵罪，便又命加法尔务必三天之内捉拿黑奴，否则将再拿加法尔抵罪。这一回，加法尔发誓，不去四处寻找，只在家坐等真主安排。第四天，国王使臣传来圣旨，判处加法尔绞刑。加法尔一一向家人告别，当他最后抱起最疼爱的小女儿时，感到女儿口袋里有一个圆圆的硬东西，一问，知是女儿四天前用两枚金币从自家奴仆的手里换来。加法尔慨叹苍天有眼，马上带人缉拿奴仆。奴仆招认，苹果是他五天前经过一条巷子时从一个孩子手里抢来，到手之后，一起玩耍的两个孩子哭着说，那是母亲的苹果，母亲生病了，想吃苹果，父亲特意跑到巴士拉花三枚金币买回三个苹果，他们从母亲枕边拿了一个出来玩。奴仆把抢来的苹果带回家，小姐见了，要用两枚金币来换。

原来是自家奴仆闯的祸，加法尔赶紧带着奴仆进宫，向国王请罪。见了国王，奴仆又把事情经过详述一遍。没想到整个事情竟然如此稀奇古怪，国王十分惊奇，放声大笑，并命文官将此记录在案，以警后人。加法尔启禀国王，若能赦免家奴，他有更离奇的故事讲给国王听。国王允诺，并说假如故事并不离奇，家奴必要受刑。

显然，《三个苹果的故事》中那位深爱妻子的英俊青年，单从他妒火中烧、轻信谎言、妄作判断、情急忘智，直至杀妻分尸的整个过程来看，与英勇无畏、猜忌成性的奥赛罗，轻信表面忠诚、内心险恶的伊阿古，认定忠贞的苔丝狄蒙娜与卡西奥有奸情，暴怒之下，将爱妻掐死，两者就行为本质而言，毫无二致。然而，没有任何证据显示，无论钦奇奥的《一个摩尔上尉》，还是莎士比亚的《奥赛罗》，借鉴了《三个苹果的故事》。

《一个摩尔上尉》

现在，我们再来详述孕育出《奥赛罗》的唯一原型故事——《一个摩尔上尉》。

莎士比亚《奥赛罗》在钦奇奥《一个摩尔上尉》中的原型人物，只有"苔丝狄蒙娜"（Desdemona）有名字，叫"迪丝狄蒙娜"（Disdemona），拼写上仅一个字母之差。其他人物的对应关系则分别是："摩尔上尉"或"摩尔人"（意大利语 Capitano Moro 或 Moro）之于奥赛罗；"队长"（意大利语 Capo di Squadra）之于卡西奥；"旗官"（意大利语 Alfiero）之于伊阿古；"旗官夫人"之于艾米丽亚；被"队长"误伤的"士兵"之于罗德里格。

摩尔人是一位战功卓著的军人，深得威尼斯政府赏识，迪丝狄蒙娜没有嫌弃他的肤色，为他的高贵品质所折服，爱上了他。家里要逼她嫁给另一个男人，她却执意嫁给了摩尔人。新婚夫妇在威尼斯度过了一段快乐的幸福生活。当摩尔人受命驻防塞浦路斯，迪丝狄蒙娜恳请相随；尽管摩尔人担心航程有危险，还是同意妻子登上了他的指挥船。

在塞浦路斯，像在威尼斯一样，迪丝狄蒙娜的闺蜜好友"旗官夫人"每天都花很多时间跟她在一起。"旗官"虽是一个十足的恶棍，但因他人性中的邪恶藏而不露，不仅摩尔人对他十分信任，所有人都觉得他勇敢、高尚。他对迪丝狄蒙娜垂涎欲滴，却因害怕摩尔人，不敢公开求爱。当他求爱示好得不到丝毫回应，就确信迪丝狄蒙娜爱的是"队长"——摩尔人的知交好友，也是摩尔人家里的常客。他决计报复，要栽赃陷害迪丝狄蒙娜与"队长"通奸。

当"队长"在一次执勤中因误伤一名士兵被摩尔人撤职，"旗官"发现机会来了。迪丝狄蒙娜屡次恳求丈夫让"队长"官复原职，"旗官"趁机向长官进言，说她如此纠缠着为"队长"求情，只因她厌恶了摩尔人的相貌肤色，对"队长"燃起欲火。摩尔人被"旗官"的暗示弄得焦躁不安，他变得狂怒异常，吓得迪丝狄蒙娜再也不敢替"队长"说情。

摩尔人要"旗官"拿出妻子不忠的证据。于是，有一天，当迪丝狄蒙娜来家里造访"旗官夫人"，并跟"旗官"的孩子一起玩耍时，"旗官"从她腰间偷走了一条刺绣手绢，并把手绢扔到"队长"的卧室。这手绢是摩尔人送给迪丝狄蒙娜的结婚礼物。"队长"认出这是迪丝狄蒙娜的手绢，便拿上手绢去摩尔人家送还。但他发现摩尔人在家，不愿引起他的不悦，跑开了。摩尔人确信从他家附近跑开的是"队长"，便命"旗官"务必将"队长"和迪丝狄蒙娜的关系查个水落石出。

"旗官"安排与"队长"谈话，但摩尔人只能看到他们谈，却听不见谈什么。谈话时，"旗官"做出被"队长"所言震惊的样子，之后，他告诉摩尔人，"队长"对与迪丝狄蒙娜的奸情供认不讳，并坦白那手绢是上次床笫之欢后迪丝狄蒙娜送他的。

当摩尔人质问妻子丢失的手绢，迪丝狄蒙娜显得十分惊慌失措，忙乱地四处翻找，摩尔人由此判断，这就是妻子不忠的证据。他的脑子起了杀机，要把妻子和"队长"杀死。迪丝狄蒙娜见丈夫行为异常，便把内心的焦虑吐露给"旗官夫人"。"旗官夫人"对丈夫的计划一清二楚，但因怕他，不敢说出实情。

"队长"家里有位精于刺绣的女人，当她得知这是迪丝狄蒙娜的手绢，便打算在归还之前，按上面的图案仿绣一方新手绢。"旗官"让这个女人坐在窗边仿绣，以便他把摩尔人带来时，让他亲眼见到罪证。应摩尔人的要求，并在拿到一大笔赏钱之后，"旗官"埋伏在路上，打算当"队长"从一个妓女家出来以后，将他杀死。然而，刺杀失手，"旗官"只刺伤了"队长"的大腿。

摩尔人开始想一刀杀了妻子，或将她毒死。但最后，他还是听了"旗官"的计策，为掩人耳目，要对迪丝狄蒙娜采取谋杀。一天夜里，摩尔人和妻子躺在床上，他说听到隔壁屋里有动静，命妻子前去查看。正当妻子起身查看时，被藏在壁橱里的"旗官"用装满沙子的长袜打死。为使谋杀看上去像一场意外，摩尔人和"旗官"把迪丝狄蒙娜的尸体放在床上，砸碎头骨，再把屋顶弄塌。

在迪丝狄蒙娜的葬礼之后不久，失去爱妻的摩尔人心烦意乱，对犯下的罪行懊悔不已，将"旗官"开除军职。"旗官"随即向"队长"告发，说设伏要杀他的就是摩尔人。"队长"遂向政府起诉摩尔人。在严刑拷打之下，摩尔人矢口否认所有的犯罪指控，最后获释，却遭到放逐。一段时间之后，摩尔人在流放中被迪丝狄蒙娜的家族中人谋杀。没过多久，"旗官"因另一起犯罪被捕入狱；获释后，却因监禁期间遭受了酷刑折磨，暴毙惨死。

显而易见，钦奇奥《一个摩尔上尉》的故事是莎士比亚《奥赛罗》戏剧构思的艺术源泉，莎士比亚像钦奇奥一样，将威尼斯作为《奥赛罗》社会、政治、军事等的背景地，将孤岛塞浦路斯作为悲剧发生之地。然而，莎士比亚富有艺术灵性地对钦奇奥故事里的所有细节做了改变，正是这样的改变，使《奥赛罗》荣列莎士比亚的四大悲剧之一。

从钦奇奥的"故事"到《奥赛罗》

下面，我们对这些改变做一番梳理：

第一，《奥赛罗》的戏剧节奏更快，冲突也更为猛烈。第一幕开场，莎士比亚便通过伊阿古和罗德里格的对话，在威尼斯埋下了引爆悲剧冲突的导火索，场景刚一切换到塞浦路斯，它就被迅速点燃、蔓延，直至最后将苔丝狄蒙娜、艾米丽亚和奥赛罗毁灭。换言之，在《奥赛罗》中，悲剧的进行几乎与奥赛罗和苔丝狄蒙娜俩人的新婚及死亡同步，即悲剧随着新婚起始，伴着死亡而终。钦奇奥的故事节奏则较为迟缓，悲剧开始发生时，摩尔人已跟妻子迪丝狄蒙娜在塞浦路斯过了一段平静的新婚生活。

第二，在《奥赛罗》中，伊阿古因奥赛罗提拔卡西奥当了副官，怀恨在心，加之怀疑奥赛罗与他的妻子艾米丽亚有染，意欲复仇，故利用罗德里格对苔丝狄蒙娜痴心妄想的单恋贪欲，在塞浦路斯制造骚乱，使卡西奥被撤职；然后再令奥赛罗相信卡西奥与苔丝狄蒙娜之间必有奸情。在钦奇奥笔下，故事处理比较简单，是"旗官"本人对迪丝狄蒙娜垂涎欲滴，求爱未果，遂向摩尔人挑拨说迪丝狄蒙娜与"队长"通奸。

第三，《奥赛罗》中，莎士比亚让服侍苔丝狄蒙娜的艾米丽亚，对丈夫伊阿古的阴谋一无所知，而当她一旦发现伊阿古利用她偶然拾得的手绢，作为陷害卡西奥和苔丝狄蒙娜通奸的证据，立刻挺身而出，公开揭穿了伊阿古，并宣布与丈夫决裂，反被伊阿古用剑刺伤，不治而亡。在钦奇奥笔下，作为这一悲剧故事唯一幸存下来的讲述者，"旗官夫人"事先便十分清楚"旗官"丈夫的阴谋。然而，她作为迪丝狄蒙娜最好的闺中密友，却始终未吐露真情，秘而不宣。单从这点来看，"旗官夫人"实则成了丈夫阴谋的帮凶，对悲剧的发生难辞其咎。两者相比，艾米丽亚甚至有几分女中豪杰的味道。

第四，莎士比亚在那块奥赛罗送给苔丝狄蒙娜作为定情信物的手绢上做足了文章。在《奥赛罗》中，卡西奥在自己的卧室捡到伊阿古故意丢下的手绢，可他并不知道手绢的主人是谁；他要妓女情人比安卡帮他重新绣一块相同图案的手绢。比安卡怀疑那手绢是别的女人送给卡西奥的情物，拒绝仿绣。钦奇奥的处理也比较简单，首先，那手绢是"旗官"亲自动手，从来家做客的迪丝狄蒙娜的腰间偷得。其次，在卧室拣到手绢的"队长"认识上面的图案，知道那是迪丝狄蒙娜的手绢，因此亲自登门送还，见摩尔人在家，又跑开，反被摩尔人误解。而后，是"旗官"让"队长"家里那位擅长刺绣的女人，坐在窗边仿绣，被摩尔人撞见。

第五，《奥赛罗》中，伊阿古安排的那场最为阴险的、叫奥赛罗亲眼采集证据，却只能远观、无法近听的谈话，是他故意拿比安卡想嫁给卡西奥挑起话题，激起卡西奥浪笑，让奥赛罗误会那是卡西奥在放浪不羁地大谈与苔丝狄蒙娜的床戏。恰在此时，比安卡来还手绢。对奥赛罗来说，人证物证一应俱全。钦奇奥的叙述就简单了，是"旗官"在谈话时故意做出吃惊的夸张动作，事后直接向私下留心观察的摩尔人撒谎，说"队长"亲口承认了奸情，使他震惊不已。

第六，在《奥赛罗》中，莎士比亚对苔丝狄蒙娜之死的描写，笔墨不多，干净利落，让暴怒的奥赛罗将苔丝狄蒙娜掐死在床上。钦奇奥则是让摩尔人与"旗官"合谋，砸死迪丝狄蒙娜之后，又伪造了杀人现场。

第七，《奥赛罗》中的奥赛罗之死，也没有任何枝蔓。当真相大白，对错杀爱妻后悔不已的奥赛罗，不肯接受当局审判，决然地拔剑自刎。钦奇奥故事里摩尔人的结局则复杂许多，当他对杀妻感到后悔，便将"旗官"开除军籍。"旗官"则恶人先告状，跑去向"队长"揭发，一切罪过都是摩尔人所为。"队长"提起诉讼，摩尔人被捕，遭受酷刑，却拒不招供，最后遭放逐，在流放中被迪丝狄蒙娜的族人杀死。

单从以上两点即可看出，钦奇奥笔下的摩尔人不仅不是一个值得迪丝狄蒙娜真心相爱的"品德高尚"之人，甚至可以说，他心底隐藏着并不输于"旗官"的邪恶本性，所以，他才能与"旗官"合谋将妻子残忍杀死，而且，事后拒不认罪。莎士比亚则完全升华了这个人物，他几乎让奥赛罗具有人性中所有的高贵品质，是值得苔丝狄蒙娜付出真爱的贵族，最后，再让他被身上唯一的致命弱点——猜忌——杀死。因此，猜忌才是杀死奥赛罗与苔丝狄蒙娜的忠贞爱情及其美好生命的凶手。当然，让苔丝狄蒙娜这样一个"圣女"所象征的温柔、美丽、忠贞、善良，被邪恶的人性毁灭，也是莎士比亚惯于使用的悲剧手法。

意味深长的是，时至今日，在特定语境之下，"奥赛罗"这三个汉字早已成为"猜忌"或"嫉妒"的代名词。在医学上，也更是早就有了一个专门术语——"奥赛罗综合征"（Othello syndrome），即"病理性嫉妒综合征"，或叫"病理性奸情妄想"、"病理性不贞妄想"、"病理性嫉妒妄想"，无论怎样称呼，其典型症状都是：患者会经常莫名其妙地心感不安，怀疑配偶另有新欢，并强迫性地去搜寻自认可信的证据，甚或采用盘问、跟踪、侦查、拷打等手段，来证明这种怀疑，直至最后发起攻击，杀死配偶。这便是典型的"奥赛罗"了，病症一旦发作，往往持续数年。莎士比亚功莫大焉！当然，如今的"奥赛罗综合征"已非男性专利，女性患者在人数上也蔚为大观。

第八，《奥赛罗》虽没具体写明伊阿古的结局，但剧情已透露，他将面临酷刑的折磨和严厉的审判，悲惨下场可想而知。钦奇奥对"旗官"之死写得很明白，他因其他罪行被捕入狱，遭受酷刑，出狱后因刑伤惨死。

第九，《奥赛罗》中极为重要的一个戏剧背景是，当威尼斯政府接到土耳其要进攻塞浦路斯的紧急军情，授命委派摩尔人奥赛罗将军率战船前往驻防。土耳其人攻打塞浦路斯这一真实的历史事件，发生在1570年，而此时，钦奇奥的《一个摩尔上尉》已经发表。这自然带来迪丝狄蒙娜和苔丝狄蒙娜两位女主角登岛之不同，前者只是随夫前往塞岛"度蜜月"，后者则是新婚燕尔的娇妻毅然随夫出征。由此，在她俩身上所体现出来的那个时代女性的风采神韵，无疑是莎士比亚的苔丝狄蒙娜，比钦奇奥的迪丝狄蒙娜远胜一筹。不过，就这两个无辜女性最后都是被猜忌的丈夫所杀，虽都震撼得令人心碎，但迪丝狄蒙娜的惨死似乎更令人同情到了撕心裂肺的程度。

然而，到了今天，莎士比亚的伟大已很难再让人们在自己的文学记忆里，寻觅到苔丝狄蒙娜的原型迪丝狄蒙娜的身影，正如我们只记住了《奥赛罗》，而根本不会关心它源自一篇叫《一个摩尔上尉》的故事。这既是文学的魅力，也是岁月的无情。

第十，由上，又可见出《奥赛罗》戏剧和《一个摩尔上尉》故事两者间精神思想和艺术价值之迥然不同，前者写人的美丽生命和美好爱情无法逃脱被邪恶人性毁灭的命运，后者只是要提出一种警示，即欧洲女人与肤色不同的异族通婚是危险的。

总之，正因为有了这些改变，比起钦奇奥笔下人物线条简单的"摩尔人"，莎士比亚塑造的摩尔将军奥赛罗，成为了一个在世界文学的人物画廊里不朽的艺术形象：他英勇无畏，经历传奇，战功卓著，品质高贵，敢爱敢恨，却因猜忌成性，轻信小人，酿成惨祸，亲手杀死爱妻后，又自刎身亡。

事实上，若单讲人物，《奥赛罗》中戏份最多，又最出彩的一个，是那阴毒到家的恶棍伊阿古，他比钦奇奥的"旗官"不知要坏多少倍。从某种角度甚至可以说，假如没有这样一个"出色"的恶棍，就不会有这样的《奥赛罗》。《奥赛罗》的悲剧，从头至尾完全是伊阿古一人阴谋运筹、狡诈策划和罪恶实施的。可见，一个十足的恶棍足以将好人的爱情、生命葬送。这正是悲剧《奥赛罗》之悲、之痛、之惨、之绝的焦点。

三、丝丝入扣的《奥赛罗》剧情

第一幕。年轻的罗德里格责怪伊阿古"太不够朋友",花了他许多钱,不仅没帮他把美丽的苔丝狄蒙娜追到手,还明知苔丝狄蒙娜已跟奥赛罗将军私奔,却故意向他隐瞒。伊阿古矢口否认,强调对此事先一无所知,并说他恨死了奥赛罗,因为奥赛罗提拔卡西奥当了副官。他根本看不起卡西奥,在他眼里,卡西奥是一个没有实战经验,只会纸上谈兵的空头理论家。而他虽屡立战功,并请三位元老出面,为他升迁晋职说情,奥赛罗却不为所动,任命他担任掌旗官。他对奥赛罗怀恨在心,但因另有图谋,表面上依然忠心不二。"我跟随他,既不出于感情,也不出于责任,我假装忠于职守,到头来全是为了我的一己私利。"

深更半夜,伊阿古和罗德里格将苔丝狄蒙娜的父亲、威尼斯元老勃拉班修从睡梦中吵醒,告诉他此时此刻,"一头充满性欲的老黑公羊,正骑着您家的小白母羊交配呢。"他的女儿苔丝狄蒙娜"正把她的孝道、美貌、智慧和财产,全部交给一个四处漂泊、居无定所的异乡人。"勃拉班修一听,勃然大怒,立即吩咐派人去把女儿"和那个摩尔人"提来。

伊阿古心里十分清楚,与苔丝狄蒙娜私奔一事,远不能让威尼斯政府将奥赛罗撤职,因为"除了他,再也找不出第二个人,有他那样统帅三军的才能;所以,尽管我恨他恨到自己仿佛饱受了地狱刑罚的折磨,但为了眼前的现实需要,我必须摆出一种姿态,假装爱戴他。"他把罗德里格留下,继续撺掇勃拉班修,自己跑去找奥赛罗报信儿,告诉他大事不妙,"权力比公爵大两倍"、"十分受人尊敬"的勃拉班修,一定会施加影响,逼奥赛罗和苔丝狄蒙娜离婚。奥赛罗坦诚相告,"如果不是我一往情深地爱着温柔的苔丝狄蒙娜,即使把大海里的所有宝藏都馈赠给我,我也不会放弃无拘无束、没有家室拖累的单身汉生活。"

此时,罗德里格带着勃拉班修来到奥赛罗的住处,试图大打出手,伊阿古假意阻拦。勃拉班修痛骂奥赛罗对女儿施了邪术,否则,"像她这样一位如此温柔、漂亮、幸福的姑娘,——竟会不顾人们的蔑视、嘲笑——拒绝了国内所有风流倜傥的富家子弟的求婚,从家里逃出来,投入你这个下流东西黑漆漆的怀抱?"他要逮捕,并向公爵指控奥赛罗。奥赛罗告诉他,公爵正有要事紧急召见,命他前往。

接到土耳其舰队逼近塞浦路斯的报告,元老们齐聚公爵的会议室,商讨军情。一见奥赛罗,公爵立即宣布命令:"英勇无畏的奥赛罗,此刻,我们委派你前去迎战所有基督徒的公敌奥斯曼人。"恰在此时，勃拉班修向公爵指控奥赛罗通过"妖术蛊惑"，诱骗拐跑了女儿。奥赛罗愿将自己和苔丝狄蒙娜的恋爱故事，向公爵和众元老如实相告，并请公爵派人把苔丝狄蒙娜接来作证。

事实上，是勃拉班修经常邀请奥赛罗到家中做客，奥赛罗通过讲述他所遭遇的各种富于传奇色彩的苦难命运、战争经历，赢得了苔丝狄蒙娜的爱情。"她爱我，是因为我经受了种种苦难；而我爱她，是因为她对我的同情。"在得到苔丝狄蒙娜证实与奥赛罗相爱之后，尽管勃拉班修仍执意反对，公爵还是同意他们结为夫妻。奥赛罗被任命为塞浦路斯总督。苔丝狄蒙娜恳请公爵同意她与丈夫一起出征，以此向世人表示，"我爱这摩尔人，情愿与他生死相守。"奥赛罗决定自己先率军前往塞浦路斯，将他认为"诚实可靠、值得信赖"的伊阿古留下，交代他，"务必照顾好我的苔丝狄蒙娜：让你的妻子来陪伴她；待最好的时机，护送她们一起前来。"

伊阿古责怪罗德里格别因得不到苔丝狄蒙娜就投水自杀。他让罗德里格把钱袋装满钱，乔装打扮，随军前往塞浦路斯，并向他断言"苔丝狄蒙娜对那摩尔人的爱不可能长久"，同时承诺，一定会想方设法把苔丝狄蒙娜弄到手，让他"享用"。

伊阿古恨奥赛罗，除了因奥赛罗提拔卡西奥当副官，还因他听到传言说妻子艾米丽亚与奥赛罗通奸。他要利用罗德里格对苔丝狄蒙娜的痴情，向奥赛罗复仇。他的计策是，要"在奥赛罗的耳边捏造谣言，"说卡西奥跟苔丝狄蒙娜打得火热，以激起奥赛罗的猜忌之心。因为"英俊潇洒，风度翩翩"的卡西奥，"天生是那种让女人不忠的情种，极易令人猜忌。""而那个摩尔人，心胸坦荡，性情豪爽，他看一个人貌似忠厚老实，就会真以为那人诚实可靠；他像蠢驴一样很容易让人牵着鼻子任意摆布。"伊阿古要在"天光之下孕育滔天的罪恶。"

第二幕。塞浦路斯前任总督蒙塔诺得报，前来进攻的土耳其舰队在一场可怕的风暴中遭到重创。从威尼斯派出的船队也被风浪冲散，结果是卡西奥的舰船最先靠岸，由伊阿古护送、载着苔丝狄蒙娜和艾米丽亚的舰船随后抵港。伊阿古从卡西奥牵苔丝狄蒙娜的手这一出于礼仪的细微举动，断定"我只要用一张小小的网，就可以捉住卡西奥这只大苍蝇。嗯，对她微笑，微笑；我要让你陷入自己编织的骑士风度的罗网。"

罗德里格认为苔丝狄蒙娜"身上体现着最为圣洁的品性"，一开始并不相信伊阿古所说她与卡西奥有私情的谎言。伊阿古挑拨说，"这就是淫邪的欲念！这种相互亲热一旦开了头儿，用不了多久，两个肉欲的身体就会交融在一起。"他撺掇罗德里格，在当晚全岛庆祝土耳其舰队全军覆没之际，主动去找卡西奥寻衅闹事，并设法激怒他，叫他"干一些引起岛民公愤的事"。他趁机挑起"塞浦路斯人的兵变"，而"要想平息暴乱，唯一的办法就是撤卡西奥的职。"

伊阿古的复仇动机，来自他对奥赛罗与他妻子艾米丽亚有奸情的猜忌，"这个念头像毒药一样噬咬着我的五脏六腑"；他甚至怀疑卡西奥也跟艾米丽亚有染。因此，他要让奥赛罗陷入可怕的猜忌。"除非我跟他以妻还妻，出了这口恶气，否则，没有任何东西能，也没有任何东西会令我心满意足；即便不能如此，我至少也要让那摩尔人由此产生出一种理智所无法治愈的强烈嫉妒。""逼得他发疯。"

塞浦路斯全岛沉浸在庆祝战事结束和奥赛罗将军与苔丝狄蒙娜新婚的快乐之中。为防土耳其军队来袭，奥赛罗命令负责值岗守夜的卡西奥，"严加戒备"、"小心谨慎"，"切勿纵乐过度"。但伊阿古一边说着苔丝狄蒙娜如何风骚、"床技高超"之类富有挑逗性的下流话，一边手不停杯地奉承着劝不胜酒力的卡西奥狂欢纵饮。当蒙塔诺向伊阿古责怪奥赛罗不该任命卡西奥这样"一个贪杯酗酒之人"，担任如此重要的副官职位，并让他如实禀告时，伊阿古却假意说他"十分敬爱卡西奥，会尽量想法把他改掉酗酒的恶习"，而不会去告发。恰在此时，"公务在身"却喝醉了酒的卡西奥，与按伊阿古计策前来闹事的罗德里格大打出手。蒙塔诺上前劝阻，被卡西奥用剑刺伤。"全城都乱起来了"。

奥赛罗被惊醒，追问伊阿古"是谁挑起了这场骚乱？"伊阿古假意遮掩，似乎要替卡西奥"开脱罪责"，说"一定是那个逃跑的家伙让卡西奥受了什么奇耻大辱，才使他忍无可忍。"甚至"高声咒骂"，"刀剑叮当作响"。奥赛罗当即将卡西奥就地免职。

卡西奥不仅丝毫不怪伊阿古据实禀告，反而被他的诚意所感，决定按他的主意，恳求苔丝狄蒙娜去找奥赛罗替他说情，让他官复原职。卡西奥无论如何想不到，伊阿古的阴谋是，先找个理由把奥赛罗骗开，而正当他向苔丝狄蒙娜求情时，再让奥赛罗"突然现身，亲眼目睹这一幕好戏。"

第三幕。卡西奥找到服侍苔丝狄蒙娜的伊阿古的妻子艾米丽亚，请她帮忙安排与苔丝狄蒙娜单独见面。见面时，苔丝狄蒙娜当着艾米丽亚的面，向卡西奥"保证，一定可以官复原职。请相信我，只要我发誓帮朋友的忙，不帮到底，绝不罢休。"苔丝狄蒙娜想再当着卡西奥的面，直接向奥赛罗说情，卡西奥碍于情面，转身离开。奥赛罗正好看见两人分手，问伊阿古刚从妻子身边离开的人是不是卡西奥。伊阿古故意闪烁其词，说如果是卡西奥，绝不会"做贼心虚似的偷偷溜走。"奥赛罗听出伊阿古"话里有话"，而就在此时，苔丝狄蒙娜过来向他施压，逼他答应一定尽快让卡西奥官复原职。

听奥赛罗说卡西奥知道他跟苔丝狄蒙娜相爱的全过程，伊阿古故作吃惊，说卡西奥"是一个诚实的人",却欲言又止。这反而激起奥赛罗的疑心,逼迫伊阿古说出心里话。伊阿古先是表示"不能说",然后突然说,"嫉妒就是一只绿眼睛的妖怪,专门作弄那个心灵备受伤害的牺牲者。""上帝啊,保佑世上所有人的灵魂都不要心生猜忌吧!"

奥赛罗表示不会对苔丝狄蒙娜的忠贞产生怀疑。于是,伊阿古建议奥赛罗要"用眼睛""留心观察"苔丝狄蒙娜和卡西奥在一起时的情形。伊阿古提醒奥赛罗,苔丝狄蒙娜当初嫁给他,是骗了自己的父亲;而婚后,"当她的肉欲一旦满足,只要拿您的脸跟她那些英俊潇洒的威尼斯同胞一比,也许会感到后悔,进而会很自然地重新作出选择。"与此同时,他又强调,卡西奥是他"值得尊敬的朋友",但愿苔丝狄蒙娜"永远贞洁",劝他不要"轻易下一个淫荡的结论。"

这番话让奥赛罗顿生猜忌,心想假如妻子的不贞"是像死亡一样无法逃避的命运",便要将她抛弃。他正痛苦地寻思时,苔丝狄蒙娜来了,匆忙间将手绢掉在地上。俩人离开后,艾米丽亚捡起手绢,发现正是丈夫伊阿古让她想方设法也要偷出来的那块手绢——奥赛罗送给苔丝狄蒙娜的定情信物。她把手绢交给丈夫,却并不知道他要把这块手绢放到卡西奥的房间,去陷害卡西奥和苔丝狄蒙娜。

猜忌心愈来愈重的奥赛罗,要伊阿古"一定要拿出证据来,证明我心爱的人是一个荡妇。"要么让他"眼见为实",要么"必须拿出严丝合缝、滴水不漏的证据。"伊阿古告诉奥赛罗,他曾听见卡西奥的梦话:"亲爱的苔丝狄蒙娜,千万小心,要把我们俩人的爱情藏好!"而且,他亲眼看见卡西奥用苔丝狄蒙娜那块"绣着草莓图案的手绢""擦胡子"。

此时,"复仇"、"流血"的字眼开始盘踞在奥赛罗的脑海,"充满血腥的思想,已迈开暴力的步履。"他命令伊阿古三天之内杀死卡西奥。

奥赛罗故意说自己受了风,着了凉,要借苔丝狄蒙娜的手绢一用,并暗示说:"你要像对待自己宝贵的眼睛一样格外珍视,万一丢失,或送给别人,那面临的将是一场灭顶之灾。"在奥赛罗一遍又一遍反复追问手绢下落的时候,苔丝狄蒙娜却"毫不掩饰"地一再为卡西奥说情。这加深了奥赛罗的猜忌,他大发脾气,把苔丝狄蒙娜"当成发泄愤怒的靶心。"

情人比安卡找到卡西奥,抱怨他冷落了自己。卡西奥把在房间里捡到的、不知谁丢的手绢,交给比安卡;他因喜欢上面的图案,让她照着描下来,再给他做一条同样的手绢。

第四幕。伊阿古挖空心思,故意接二连三提及"手绢",以挑起奥赛罗对苔丝狄蒙娜不贞的龌龊联系。尽管奥赛罗竭力控制自己,表示"如果没有事实根据,天性也不会让我被这精神阴影所笼罩，感情冲动、勃然大怒。仅仅几个字眼并不能令我如此震动。呸！耳鬓厮磨、鼻唇相接——可能吗？"但他还是在惊呼"忏悔！""手绢！""魔鬼！"之后，妒火中烧，癫痫发作，晕厥倒地。

伊阿古见自己第一步阴谋毫不费力就得逞了，兴奋异常。奥赛罗刚一苏醒，他便开始实施第二步阴谋：让奥赛罗躲起来，仔细观察卡西奥"脸上的每一个部位都明显流露出嘲弄、揶揄和讥笑的神情；因为我要叫他重新讲一遍跟尊夫人通奸的细节。"实际上，伊阿古要跟卡西奥谈的是迷恋卡西奥的妓女比安卡。他断定，只要一跟卡西奥谈及比安卡，卡西奥就会"禁不住旁若无人地放声大笑，"而只要他一笑，奥赛罗"那蒙昧无知的猜忌，一定会对可怜的卡西奥的狂笑、表情和轻浮举止，做出完全错误的判断。"

事实果然如此，奥赛罗听不到伊阿古和卡西奥的谈话。当伊阿古故意问卡西奥是否愿娶比安卡为妻，卡西奥浪笑道："娶一个我嫖过的妓女？请你对我的才智多发善心；我还不至于脑残到这步田地。"而在一旁留心观察的奥赛罗，却误以为卡西奥"放声大笑"，是因为他在炫耀跟苔丝狄蒙娜偷情。又恰在此时，比安卡来还手绢。她因怀疑这手绢是哪个女人送给卡西奥的信物，拒绝描绘上面的图案。卡西奥和比安卡离开以后，伊阿古乘势对奥赛罗火上浇油说："看他是多么珍视您那位蠢夫人傻老婆！他竟然把她送的手绢，一转手给了自己的妓女情妇。"奥赛罗发誓要杀死苔丝狄蒙娜。他让伊阿古去弄毒药，他要毒死苔丝狄蒙娜。伊阿古却劝说道："别用毒药，就在床上，那张被她玷污了的床上，勒死她。"同时，伊阿古表示当晚就将卡西奥除掉，并得到奥赛罗的默许。

路德维格奉公爵之命，前来通知奥赛罗回威尼斯复命，塞浦路斯总督之职先由卡西奥代理。苔丝狄蒙娜听了十分高兴，希望这一任命能让丈夫与卡西奥"重归于好"。奥赛罗却变得怒不可遏，还动手打了苔丝狄蒙娜。这让路德维格非常惊讶。

奥赛罗质问艾米丽亚，是否了解苔丝狄蒙娜和卡西奥的不轨行为。艾米丽亚不仅发誓保证苔丝狄蒙娜是贞洁的，还特别强调说："假如有哪个卑鄙小人让猜疑钻进了您的脑子，就让上天用对那条毒蛇的诅咒来报应他！因为她若是一个不忠实、不贞洁、不清纯的女人，天底下也就再没有一个幸福的男人了：连最纯洁的妻子也会被人诽谤成邪恶的荡妇。"但此时的奥赛罗，已根本不相信妻子的贞洁。所以，当苔丝狄蒙娜再次表白自己是他"忠贞、纯洁的妻子"，这贞洁天地可鉴，他甚至失去理性地用许多"粗鄙不堪、难以入耳"的字眼侮辱妻子，痛骂她是娼妓。

苔丝狄蒙娜不知"到底犯下了什么连我自己都毫无所知的罪恶"，她十分伤心，竟向伊阿古要主意。伊阿古轻描淡写地说，将军发脾气并非针对她，而是因国事纠缠所致。艾米丽亚始终为苔丝狄蒙娜打抱不平，断言"一定是哪个十恶不赦的恶棍，卑鄙到家的流氓，无耻下流的小人，把摩尔人给骗了。"

罗德里格向伊阿古抱怨，他把钱都给了伊阿古，珠宝也都经伊阿古之手送给了苔丝狄蒙娜，他却为何始终连苔丝狄蒙娜的"人影也没见"。伊阿古再次向罗德里格承诺，只要他出手相助，杀死卡西奥，第二天晚上就能"尽情享受苔丝狄蒙娜"。

临睡前，苔丝狄蒙娜想起母亲曾有过一个叫芭芭拉的女仆，因被恋人抛弃，"一直到她死，嘴里都在哼唱"一首《杨柳歌》。苔丝狄蒙娜低声哼唱了一遍《杨柳歌》，向艾米丽亚发出疑问："这世上真有背着丈夫干这种丑事的女人吗？"正为苔丝狄蒙娜铺床的艾米丽亚，不仅充满叛逆地回答："妻子的堕落都是她们丈夫的错。"甚至反问："我们就不能像男人们一样，移情别恋，尽享性爱，意志薄弱吗？"

第五幕。在伊阿古的怂恿下，罗德里格行刺卡西奥。结果，卡西奥因贴身穿着"上好的金属软甲"，不仅毫发无损，反而将罗德里格刺伤。借夜色掩护，伊阿古将卡西奥刺伤后逃跑，而没有被卡西奥认出。当奥赛罗听到卡西奥受伤以后发出的惨叫，以为是"诚实、正直、英勇无畏的伊阿古"恪守承诺，替他杀死了情敌卡西奥。伊阿古又返回刺杀现场，怕真相暴露，杀人灭口，将受伤的罗德里格刺死。罗德里格临死前，骂"该下地狱的伊阿古！"是一条"毫无人性的狗！"

奥赛罗走进苔丝狄蒙娜的寝室，凝视着熟睡中的美丽妻子，意欲将她勒死，却不忍下手。他一遍遍地吻她，把她弄醒了。他让她忏悔罪恶，她见他眼珠翻滚，知道他起了杀心，感到一阵惊恐。她自认清白无辜，不知犯了什么罪恶，只是向他无力地表白"罪恶就是我对您的爱！""愿上帝怜悯我。"他质问她是否把手绢给了卡西奥，她发誓从未给过卡西奥任何礼物。当她感到卡西奥遭人陷害，自己也是受此牵连，恳求奥赛罗"遗弃我吧，但不要杀我"，"只给我半个小时"，"让我再做一次祷告"，奥赛罗却不由分说，将她窒息致死。

门外突然传来艾米丽亚的敲门声。艾米丽亚进屋后，向奥赛罗报告卡西奥杀死了罗德里格。此时，苔丝狄蒙娜醒来，连声惊呼"错杀！冤杀""我死得好冤枉"。艾米丽亚跑进寝室，打开床幔，问是谁干的，苔丝狄蒙娜用尽最后一丝力气说，"没有谁；是我自己，永别了。代我向仁慈的夫君致意。啊，永别了！"然后死去。

见苔丝狄蒙娜已死，艾米丽亚大骂奥赛罗"是一个心肠格外凶恶的黑魔！"奥赛罗辩解说，杀死妻子，是因为"她纵欲淫乱，变成了一个娼妓""她对我不忠，放荡如水"。艾米丽亚极力反驳，"你说她放荡如水，你自己暴烈如火。啊，她是多么圣洁而忠贞！"奥赛罗直言相告，关于苔丝狄蒙娜与卡西奥通奸，都是听伊阿古所说。此时，艾米丽亚已感到，一切的罪恶都是自己的丈夫精心谋划。她痛骂奥赛罗是一个"受骗上当的蠢货！""愚蠢之极的笨蛋。"

听到艾米丽亚的喊叫，蒙塔诺、格拉蒂安诺、伊阿古等众人赶来。艾米丽亚当面质问伊阿古，是否向奥赛罗说过苔丝狄蒙娜和卡西奥通奸的谎言。伊阿古并不否认确有其事。当奥赛罗再次提及手绢就是两人奸情的明证，艾米丽亚揭穿了真相，作证说，那手绢是自己偶然捡到，并交给了丈夫。伊阿古高声叫骂艾米丽亚是"恶毒的淫妇"、"贱货"，是"胡说"。奥赛罗如梦方醒，扑向伊阿古，被蒙塔诺夺下剑。伊阿古用剑将艾米丽亚刺伤后逃走。艾米丽亚受了重伤，她向奥赛罗保证，苔丝狄蒙娜"是贞洁的。残忍的摩尔人，她爱你。我说的都是真心话，这一下，灵魂可以上天堂了。"说完，艾米丽亚死了。此时，伊阿古作为囚犯被押解回来。奥赛罗用屋里藏着的另一把西班牙宝剑，将伊阿古刺伤。

路德维格和受伤的卡西奥也来了。路德维格说，从罗德里格身上搜出的信和纸条，可以证实伊阿古是一切罪恶的元凶。奥赛罗问卡西奥如何拿到那块手绢，卡西奥说，除了将手绢丢在他的房间，还包括罗德里格故意向他挑衅，害他丢官，所有这些都是伊阿古的精心设计。路德维格表示，奥赛罗的军权已被剥夺，还要将他监禁，上报罪行，等候宣判。对伊阿古"这个卑鄙小人，我们要变着花样拷打他，把能想到的一切稀奇古怪的酷刑都用到他身上，还要让他在痛苦的折磨之下活得长一点。"

最后，绝望、懊悔至极的奥赛罗，痛感自己"是一个在爱情上既不明智又过于痴情的人；是一个不易心生嫉妒，但一经挑拨，却又立刻会被猜忌煎熬得痛苦不堪的人。"说完用剑自刎。临死前，他对着躺在床上的苔丝狄蒙娜的遗体说："我在杀你之前，曾用一吻与你永诀；现在，也让我这样，在一吻中死去。"奥赛罗边说边倒在苔丝狄蒙娜身上，吻着她死去。

四、猜忌：一把杀死奥赛罗的人性利剑

托尔斯泰眼中的《奥赛罗》

"不论人们怎么说，不论莎剧如何受赞扬，也不论大家如何渲染莎剧的出色，

毋庸置疑的是：莎士比亚不是艺术家，他的戏剧也不是艺术作品。恰如没有节奏感不会有音乐家一样，没有分寸感，也不会有艺术家，从来没有过。"

上面这段话，在莎士比亚戏剧早已被奉为世界文学经典的今天，人们读来一定会觉得惊诧莫名。但这话绝非出自哪个无名之辈，而是俄国文豪列夫·托尔斯泰（Leo Tolstoy, 1828—1910）所说。况且，此言也不是盲目的泛泛之谈。

晚年的托尔斯泰，在1903年到1904年间，写过一篇题为《论莎士比亚及其戏剧》的长文。为写这篇专论，托尔斯泰"尽一切可能，通过俄文本、英文本、德文本"等，对莎士比亚的所有戏剧反复精心研读。他始终觉得，莎士比亚戏剧不仅算不上杰作，而且都很糟糕。他认为："莎士比亚笔下的所有人物，说的不是他自己的语言，而常常是千篇一律的莎士比亚式的、刻意求工、矫揉造作的语言，这些语言，不仅塑造出的剧中人物，任何一个活人，在任何时间和任何地点，都不是用来说话的……假如说莎士比亚的人物嘴里的话也有差别，那也只是莎士比亚分别替自己的人物所说，而非人物自身所说。例如，莎士比亚替国王所说，常常是千篇一律的浮夸、空洞的话。他笔下那些本该描写成富有诗意的女性——朱丽叶、苔丝狄梦娜、考狄利娅、伊摩琴、玛丽娜所说的话，也都是莎士比亚式假意感伤的语言。莎士比亚替他笔下的恶棍——理查、埃德蒙、伊阿古、麦克白之流说的话，几乎毫无差池，他替他们吐露的那些恶毒情感，是那些恶棍自己从来不曾吐露过的。至于那些夹杂着些奇谈怪论的疯人的话，弄人（小丑儿）嘴里那些并不可笑的俏皮话，就更千篇一律了……人们所以确信莎士比亚在塑造人物性格上臻于完美，多半是以李尔、考狄利娅、奥赛罗、苔丝狄梦娜、福斯塔夫和哈姆雷特为依据。然而，正如所有其他人物的性格一样，这些人物的性格也并不属于莎士比亚，因为这些人物都是他从前辈的戏剧、编年史剧和短篇小说中借来的。所有这些性格，不仅没有因他而改善，其中大部分反而被他削弱或糟蹋了。"

对此，恐怕除了把托尔斯泰视为上帝派来人间的莎士比亚的天敌，再没有其他更好的解释。

尽管托尔斯泰非常不喜欢《奥赛罗》，却"因其浮夸的废话堆砌得最少，"勉强认为它"即使未必能算是莎士比亚最好，也能算得上是他最不坏的一部剧作"。即便如此，他把刻薄的笔锋一转，丝毫不留情面地指出，"他（莎士比亚）笔下的奥赛罗、伊阿古、卡西奥和艾米丽亚的性格，远不及意大利短篇小说（即钦奇奥的《一个摩尔上尉》）里么生动、自然。"

前面已经深入地论析过意大利作家钦奇奥的小说《一个摩尔上尉》和莎士比

亚的《奥赛罗》两个文本之间在素材和题材上的对应关系，结论自然是后者远胜前者。

托尔斯泰的结论正好与之相反，他分析说："在剧中，莎士比亚的奥赛罗曾因癫痫发作而晕厥；苔丝狄梦娜被杀死之前，奥赛罗和伊阿古还曾一起跪下发出古怪的誓言。此外，剧中的奥赛罗不是摩尔人，是黑人。这一切都非常浮夸和不自然，破坏了性格的完整性。而这是短篇小说不曾有的，小说里的奥赛罗，他嫉妒的原因也比莎剧中显得更自然。在小说里，当卡西奥（即'队长'）认出了手绢，要去苔丝狄梦娜（即'迪丝狄梦娜'）家送还，但走近后门时，瞧见奥赛罗（即'摩尔人'），连忙跑着躲开了他。奥赛罗瞥见逃跑的卡西奥，确信为疑窦找到了有力证据。尽管这一偶然巧遇最能说明奥赛罗的嫉妒心，莎剧中却没有这一情节。莎剧中奥赛罗的嫉妒，只是基于他盲目轻信伊阿古及其频频得手的诡计和搬弄是非的流言蜚语罢了。奥赛罗在熟睡的苔丝狄梦娜床前独白，说但愿她被杀以后还像活着一样，在她死后依然爱她，而现在要尽情呼吸她身体的芬芳之类的话，完全是不可能的。一个人在准备杀死自己心爱的人时，不会说出这样的废话，尤其不会在杀死她之后，说现在应该天光遮蔽，大地崩裂，而且，要叫魔鬼把他放到硫黄的火焰里炙烤，等等。最后，无论他那在小说里没有的自杀情节如何动人，都彻底破坏了这一性格的鲜明性。倘若他真为悲哀、忏悔所折磨，那他在企图自杀时决不会夸夸其谈地例数自己的战功、珍珠，以及像阿拉伯没药树流淌的树胶一样泪如泉涌，尤其不会谈到一个土耳其人如何辱骂国（威尼斯）人，而他又如何一剑之下'就像这样杀了他。'因而，尽管奥赛罗在伊阿古的调唆怂恿下妒火中烧，及之后与苔丝狄梦娜反目时，他表现出了强烈的情感变化，但他的性格却常因虚伪的热情及其所说与本性并不相符的话，而受到破坏。"

不仅如此，托尔斯泰甚至觉得，"这还是就主要人物奥赛罗而言。即便如此，跟莎士比亚所取材的小说中的人物一比，虽说这个人物被弄巧成拙地改窜，却仍不失其性格。至于其他所有人物，则全被莎士比亚糟蹋透了。"

托尔斯泰毫不留情地指出："莎剧中的伊阿古，是一个彻头彻尾的恶棍、骗子、奸贼，打劫罗德里格的自私自利的家伙，在一切坏透了的诡计中永远得逞的赌棍，因此，这个人物完全不真实。按莎士比亚所言，他作恶的动机，第一，因为奥赛罗没有给他想得到的职位感到屈辱；第二，怀疑奥赛罗跟他的妻子通奸；第三，如他所说，感觉对苔丝狄梦娜有一种奇异的爱情。动机虽多，却都不明确。而小说中的伊阿古（即'旗官'）只有一个动机，简单明了，即对迪丝狄梦娜炽热的爱情。所以，当迪丝狄梦娜宁愿嫁给摩尔人并坚决拒绝他以后，爱情随即转化为对她及摩尔人的痛恨。更为不自然的是，罗德里格完全是个多余的角色，伊阿古欺骗他，掠夺他，向他许愿帮他得到苔丝狄梦娜的爱情，并以此驱使他去完成盼咐他做的一切事情：灌醉卡西奥；揶揄他；接着又杀死他。艾米莉亚说的话，也都是作者蓦然想起塞到她嘴里去的，她简直一点儿也不像个活人。"

这还不算完，在托尔斯泰揉不进沙子的艺术之眼里，"人们之所以把塑造性格的伟大技巧加在莎士比亚头上，是因为他确有特色，尤其当有优秀的演员演出或在肤浅的观看之下，这一特色可被看成是擅长性格塑造。这个特色就是，莎士比亚擅长安排那些能够表现情感活动的场面。"换言之，莎士比亚之所以在塑造人物性格上赢得"伟大技巧"的美名，一要特别感谢舞台上优秀演员的"演出"，二还要尤其感谢平庸观众"肤浅的观看"。

诚然，托尔斯泰不是没有注意到，"莎士比亚的赞美者说，不应忘掉他的写作时代。这是一个风习残酷而粗蛮的时代，是那种雕琢表现的绮丽文体风靡的时代，是生活样式和我们迥然不同的时代。因此，评价莎士比亚，就必须要重视他写作的那个时代。"然而，当托尔斯泰在衡量莎士比亚艺术的天平的另一头放上荷马，便觉得这根本就不算一条理由。因为，"像莎剧一样，荷马作品中也有许多我们格格不入的东西，可这并不妨碍我们推崇荷马作品的优美。"显然，两相比较，托尔斯泰慧眼识荷马，且对其推崇备至；而莎士比亚却不能入其法眼，并极尽贬低之能。他说："那些被我们称之为荷马创作的作品，是一个或许多作者身心体验过的、艺术的、文学的、独出心载的作品。而莎士比亚的戏剧，则是抄袭的、表面的、人为零碎拼凑的、乘兴杜撰出来的文字，与艺术和诗歌毫无共同之处。"

托尔斯泰并非孤掌难鸣，早在他这篇专论两百多年前的 1693 年，莎士比亚死后 25 年出生的托马斯·赖默（Thomas Rymer, 1643—1713），就在其《悲剧短论》(*Short View of Tragedy*) 一书中尖锐批评道："我们见到的是流血与杀人，其描写的格调与伦敦行刑场被处决的人的临终话语和忏悔大同小异。""我们的诗人不顾一切正义与理性，不顾一切法律、人性与天性，以野蛮专横的方式，把落入其手中的人物这样或那样地处决并使之遭受浩劫。苔丝狄梦娜因失落了手绢被掐死。按照法律，奥赛罗应判处车裂分尸，但诗人狡猾地让他割喉自杀，得以逃脱惩罚。卡西奥不知怎么回事，折断了胫骨。伊阿古杀了恩人罗德里格，这的确是富有诗意的感恩。伊阿古尚未被杀死，因为世上根本就不存在像他这样的坏人。""在这出戏里，的确有可以娱乐观众的滑稽、幽默、散乱的喜剧性诙谐、娱乐和哑剧表演，但悲剧部分显然不过是一出流血的闹剧，且还是平淡无味的闹剧。"既如此，赖默算得上托尔斯泰的古代知音了。

难道莎士比亚的戏剧艺术真如文豪托尔斯泰所言，蹩脚到了一无是处？

1959年，在莎士比亚故乡斯特拉福德（Stratford）召开的讨论会上，英国学者、小说家斯图尔特（J.I.M. Stewart, 1906—1994）发表了题为《再谈莎士比亚》（"More Talking of Shakespeare"）的演讲，他在演讲结尾时断言："莎士比亚是彻底健康的，虽其有些剧本会给人留下重重阴影，但其空气是清新的，土壤是肥美的；其富足的景象，像乔叟（Geoffrey Chaucer, 1343—1400）的诗歌一样，显然只有在上帝那里才会有。"

这话足以让莎士比亚的知音神清气爽！

莎士比亚是"精神上的太阳"

比起从艺术、理想、道德、宗教等诸多层面极力贬损莎士比亚的托尔斯泰，德国大诗人海涅（Heinrich Heine, 1797—1856）可是一点都不吝惜溢美之词，他在写于1838年的《莎士比亚的少女和妇人》（"Shakespeare's Girls and Women"）一文中，把莎士比亚誉为"精神上的太阳，这个太阳以最绚丽光彩、以大慈大悲的光辉普照着那片国土。那里的一切都使我们记起莎士比亚，在我们眼里，即使最平凡的事物也因此显得容光焕发。"

德国人对莎士比亚真可谓钟爱有加，哲学家、诗人，同歌德、席勒和第一个将莎士比亚戏剧译成德语的维兰德（Martin Wieland, 1733—1813）一起，并称魏玛古典主义四大奠基人的赫尔德（Johann Gottfried Herder, 1744—1803），在其1771年所写《莎士比亚》一文中如此赞叹："假如有一个人让我在心里浮现出如此庄严的画面：'他高高地坐在一块岩石的顶端！脚下风暴雷雨交加，大海在咆哮，而他的头部却被明朗的天光照耀！'莎士比亚正是这样！——不过，当然还要补充一点：在他那岩石宝座的最下面，一大群人在喃喃细语，他们在解释他、拯救他，判他有罪，替他辩护，崇拜他，污蔑他，翻译他，诽谤他，可他，对他们的话，却连一丁点儿也听不见！"很显然，这话对莎士比亚的后生晚辈——托尔斯泰，丝毫不起作用！

说到《奥赛罗》，赫尔德更是抑制不住内心的激动，他说："《摩尔人奥赛罗的悲剧》是怎样的一个世界啊！又是多么完整的一个整体！是这个高尚的不幸者激情产生、进展、爆发直至悲惨终局的活生生的历史！是多少个零件汇总成这样一个机关呀！伊阿古这个人形魔鬼是怎样看世界，又怎样玩弄了他周围的人们呐！在剧中，卡西奥和罗德里格、奥赛罗和苔丝狄梦娜这些人物，被他那地狱之火的火绒点燃，势必都要站在他的周围，每个人都被他握在手里，他要让这一切都奔向悲惨的结局。假如上帝真有那么一位天使,能把人的各种激情加以衡量,能把各种心灵、性格分类,且加以组合,并给它们提供种种机会,让它们幻想在这种种的机会当中都能按自己的意志行动,而他却通过它们的这种幻觉,像通过命运的锁链似的,把它们全引到他的意图上去——那么,这位天使便是在这里完成了对人的精神的设计、构思、制图和指挥。"

德国作家,也是德国早期浪漫派重要理论家的弗里德里希·施莱格尔(Friedrich von Schlegel, 1767—1845),在《作为北方诗人的莎士比亚》一文中,把莎士比亚誉为"北方的诗人",他指出:"正是这个诗人,他无可比拟地把人的心底隐秘和盘托出,震动了我们的心灵,他那明晰的理智又掌握了全部奇异复杂的人生。"

比维兰德和施莱格尔都更年轻的莎士比亚的晚辈同胞,浪漫主义时期的英国著名散文家、评论家威廉·赫兹里特(William Hazlitt, 1778—1830)在写于1817年的《莎士比亚戏剧人物论》(Characters of Shakespear's Plays)中论及《奥赛罗》时由衷赞叹:"摩尔人奥赛罗、温柔的苔丝狄梦娜、恶棍伊阿古、好脾气的卡西奥、愚蠢透顶的罗德里格,这些各式各样、呼之欲出的人物,像一幅画中身着不同服装的人物一样,形成鲜明的对照。在人们心目中,他们都独具特色,即便当我们不去想他们的行动或情感时,他们也总浮现在脑海。这些人物和形象,是那么的天壤之别,他们之间的距离是无限的……奥赛罗和伊阿古,这两个人物的性格对比是多么鲜明啊!……莎士比亚在两个人物性格最不同的隐微之处下工夫,煞费苦心,用尽巧妙,似乎唯有如此才能成功实现自己的意图。另一方面,他并不想让苔丝狄蒙娜和艾米丽亚形成很强烈的相互对立。表面来看,她们都是生活中的普通人,她俩的不同跟一般妇女在等级和地位上的差别没什么两样。然而,其思想感情上的差别,却明显地表现出来。种种迹象都显示出,她们的头脑跟她们丈夫的肤色之不同一样明显,不会被误认……在《奥赛罗》中……主要兴趣的引起是靠不同情感的替换上升,即从最亲密的爱情和最无限的信任,到猜忌的折磨和疯狂的仇恨这一彻底的、始料未及的转变。奥赛罗的思想一旦被复仇心占据,便一心只想复仇,而且,每拖延一刻,复仇心就变得更加激烈。这位摩尔人天性高贵、轻信、温和、大方;热血也最容易燃烧起来;一旦感觉受了委屈,除非受尽暴怒、绝望的摆布,绝不会出于悔恨或怜悯的考虑善罢甘休。莎士比亚正是在以下这些方面,表现出他那能够左右人心的天才和力量:使奥赛罗的高贵天性通过迅速却是逐渐的过渡,达到如此极端的程度;让感情从最微小的开头,越过一切障碍爬升到巅峰;描绘爱与恨、猜忌与悔恨之间此消彼长的冲突;展示我们天性的力量和弱点；把思想的崇高跟不幸至极的痛苦结合起来；将激活我们躯体的种种冲动跃动起来；最后，再把它们混合成那深沉而持续的高尚的情感浪潮……《奥赛罗》第三幕是他最精彩的表现……从表面上，我们不仅可以察觉奥赛罗头脑中的感情烦乱如何从灵魂最深处涌起，还可以察觉到他由于想象的冲动或伊阿古的暗示而引起的每一点最细微的感情起伏……他在自杀前所说的告别词，也就是他向元老院说明杀妻理由的那段话，跟他第一次向元老院陈述他求婚全部经过的那段谈话相比，一点儿不逊色。只有这样一个结尾，才配得上这样一个开篇。"

这样一个结尾与开篇的绝配，当然源自莎士比亚神奇巧妙的安排和刻意的艺术处理，他分明要由此来表现奥赛罗身上那种特定的敢爱敢死的高贵人性。事实上，在整部剧中，奥赛罗的所有独白，也只是这两段是最发自内心、最自然动情的。但显然两者迥然不同，前者无疑是奥赛罗向元老院发出的与苔丝狄蒙娜彼此相爱的庄重誓言，后者则是他在亲手掐死爱人之后自杀前悔恨交加、痛彻心扉的真诚忏悔。

由此，法国十八世纪文学理论家斯达尔夫人（Madame de Stael, 1766—1817）在发表于1799年的著名论著《论文学与社会建制的关系》（*De la littérature dans ses rapports avec les institutions sociales*，即《论文学》）中，论及莎士比亚的悲剧时说："《奥赛罗》一剧中的爱情描绘，与《罗密欧与朱丽叶》不同。这个作品中的爱情又是多么崇高！多么有力啊！莎士比亚多么善于抓住构成两性之间的联系的勇敢和软弱啊！奥赛罗在威尼斯元老院中抗辩说，为了吸引苔丝狄蒙娜，他所使用过的唯一办法，只不过是向她叙述他曾遭遇过的危险。他所说的这番话在女人看来是多么真实啊！因为她们知道阿谀奉承并不是男人获得女人爱情最有效的办法。男人对其所选中的羞怯的对象所给予的保护，及其那种在弱者的生活中能得到反应的光荣事迹，这本身就是他们不可抗拒的魅力。"

斯达尔夫人对莎士比亚的敬佩之情溢于言表，她赞叹道："从来没有一个民族对一位作家像英国人对莎士比亚那样怀有最深沉的热情。""莎士比亚是第一个把精神痛苦写到极致的作家；在他以后，只有英国、德国的几个作家可以和他媲美；他把痛苦写得那样严酷，如果自然对此不予认领的话，那么这几乎可以说就是莎士比亚的创造了。""他使人感受到正当精力充沛然而却得知自己即将死亡时那种可怕的不寒而栗的感觉。在莎士比亚的悲剧中，不论儿童还是老人，也不论罪恶的家伙还是贤德之人，都有一死，他们把人临死时的种种自然状态都表现了出来。"

"手绢门"：一世英名，毁于一旦

《奥赛罗》显然不是一部通过一个叫奥赛罗的摩尔人的不幸命运，简单揭示种族歧视的浅薄悲剧。不过，假如奥赛罗不是摩尔人，而和卡西奥、伊阿古一样，是一位威尼斯城邦共和国的白人公民，也就不会发生如剧名点明的"威尼斯的摩尔人的悲剧"了。假如真这样，苔丝狄蒙娜根本不用变脸，直接就是又一位《威尼斯商人》中的贵族大小姐波西亚，美丽、富有，求婚者络绎不绝踏破门槛；而任何一个前来向苔丝狄蒙娜示爱求婚的摩尔人，不管他是否叫奥赛罗，也都自然会像那位身着"一身白色素服肤色暗黑的摩尔人"——摩洛哥亲王——一样，成为揶揄、嘲弄的对象。在《威尼斯商人》中，当波西亚听贴身侍女尼莉莎说，来选匣求婚的人中有一个摩尔人，当即表示："要是他具有圣贤的性情，却生就一副魔鬼般的漆黑面孔，我宁愿他听我忏悔并赦免我的罪过，也不愿他娶我为妻。"【1.2】显然，波西亚这一将摩尔人与魔鬼挂钩的表态，代表并体现着当时威尼斯人对摩尔人所持的一种普遍态度。这种态度由来已久，否则，钦奇奥也不会比莎士比亚早那么多年，就通过《一个摩尔上尉》的"故事"提出诫勉的警示：威尼斯女性嫁给异族人是危险的。

尽管奥赛罗可以像钦奇奥笔下他的那个同胞"摩尔上尉"一样，凭借卓越战功晋升将军，却并不意味着他就赢得了威尼斯政府和全体威尼斯人的绝对信任与尊重。非但不如此，至少在上至苔丝狄蒙娜的父亲、威尼斯贵族元老勃拉班修，下到普通军官伊阿古，以及小财主罗德里格这样的威尼斯国内人眼里，奥赛罗那与生俱来的摩尔人黝黑肤色，同样意味着"危险"。

换言之，苔丝狄蒙娜之不同于波西亚，就在于她不仅拒绝了威尼斯"国内"所有"安全"的"富家子弟的求婚"，而独独爱上一个"危险"的摩尔人——奥赛罗！

简单回顾一下历史，在中世纪，西班牙人和葡萄牙人将北非一带的穆斯林贬称为"摩尔人"，后转指生活在撒哈拉沙漠西北部的居民。那里的居民当时主要由柏柏尔人、阿拉伯人和非洲黑人组成，摩尔人是他们杂居、通婚的混血后代。八世纪初，摩尔人征服了西班牙南部，还曾一度在格拉纳达（Granada）建立起摩尔人王国，繁荣达三个世纪之久，直到1492年臣服于新近统一的基督教西班牙王国。

到了莎士比亚笔下的奥赛罗时代，在商业繁盛、法律公正的威尼斯共和国，已有许多摩尔人到访、定居，有的来自北非，比如《威尼斯商人》里追求波西亚的那位摩洛哥亲王，而奥赛罗显然是格拉纳达摩尔人的后裔。不然，他不会那么自信地高调宣称身上"有高贵的皇族血统"，他指的应是自家先祖曾是那遥远王国的皇亲国戚。

但很明显，作为威尼斯原住民的伊阿古、罗德里格并不买这个账。伊阿古挑拨勃拉班修去抓捕奥赛罗时，用了最为恶心人的脏话，他骂奥赛罗是"一头充满性欲的老黑公羊"、"一匹巴巴里黑马"。在他脑子里，奥赛罗就是一个来自北非（巴巴里）的"野蛮人"。英语中的"barbarian"（野蛮人）便是由拉丁语中的"柏柏尔人"（barbari）而来。

在罗德里格眼里，奥赛罗是个"厚嘴唇的家伙"。这就可以释疑了，为什么罗德里格会轻易相信伊阿古对这位将军大人的肆意诋毁，因为他是一个摩尔人。他骨子里就瞧不起摩尔人，伊阿古正是利用他的这一心思，挑起了他能如愿得到摩尔人白人妻子的意淫梦。若非如此，罗德里格不仅那么爱喝伊阿古的迷魂汤，还喝得特别上瘾，就有违常理了。

常把奥赛罗作为贵客延请至家中的勃拉班修，面对这位已将生米煮成熟饭的女婿时，不仅不认亲，反而大发雷霆，痛斥奥赛罗用妖术下迷药诱奸了女儿。他绝对不信那么听话的一个乖女儿，竟会投入这个"让人害怕"的"下流东西黑漆漆的怀抱"。

是啊，年老、貌丑、厚嘴唇、肤色黝黑的奥赛罗，凭什么赢得了青春四溢、如花似玉的苔丝狄蒙娜的爱情呢？罗德里格因奥赛罗是摩尔人，而坚信伊阿古的谎言；苔丝狄蒙娜爱的就是这个摩尔人！她之所以被这个肤色黝黑、长相吓人的摩尔将军吸引，恰恰是因为他有所有白皮肤的人没有的出生入死的冒险传奇经历。或许这时她听到了来自内心的声音——去经历一场爱情的历险。事实上，这对儿皮肤一黑一白，相貌一丑一美的男女，谁也不真正了解对方。奥赛罗爱苔丝狄蒙娜的美丽、纯洁，但从他爱上她的那一瞬间起，他对她是否忠贞，正像他对自己的黑皮肤不那么自信一样，并没有绝对的信心，正是这一点被伊阿古瞄得准确无误。苔丝狄蒙娜爱奥赛罗"力拔山兮"的英勇无畏，而他骨子里与生俱来的极度自卑和强烈猜忌，却从一开始就被爱情誓言彻底屏蔽了。不仅如此，在苔丝狄蒙娜那双美丽迷人的爱情眼睛里，奥赛罗根本就是一位充满了绝对自信和无限胸襟的将军。爱情令人智商归零，心瞎眼盲。

不知爱为何物，也从未尝过爱的滋味的奥赛罗，在爱上苔丝狄蒙娜之前，是一位战功卓著的完美英雄，"对这个广阔的世界几乎一无所知"。确如他所说："严酷的军旅生涯已使我习惯于把战场上粗粝、坚硬的钢铁盔甲，当做是用精挑细选的绒毛铺成的软床，躺在上面，我可以酣然入睡；我承认，艰苦的军旅生活能带给我一种舒心的愉悦。"【1.3】"如果不是我一往情深地爱着温柔的苔丝狄蒙娜，即使把大海里的所有宝藏都馈赠给我，我也不会放弃无拘无束、没有家室拖累的单身汉生活。"【2.1】

奥赛罗是靠给苔丝狄蒙娜讲述"如此怪异、神奇的故事"赢得了她的爱情。他讲了什么呢？讲了"他亲历的最可怕的不幸遭遇，陆地、海上突如其来的惊险变故，城破之际命悬一线的死里逃生，先是被残忍的敌人抓住卖身为奴，然后又赎出自己远走高飞，又由此讲了许多旅途见闻；那些巨大的洞窟，荒凉的沙漠，刺破云端的突兀巉岩、连绵峭壁，也成了我讲述的话题。我还讲到了那些野蛮的互吃同类的食人生番，讲到头长在肩膀下面的异形人。"听完这番陈述，连威尼斯公爵都当即表示："要是我女儿听了这样的故事，也会着迷。"并劝勃拉班修"既然木已成舟，你就成人之美吧。"

毋庸置疑，奥赛罗与苔丝狄蒙娜彼此相爱，只是像奥赛罗在元老院公开宣称的那样："她爱我，是因为我经受了种种苦难；而我爱她，是因为她对我的同情。"【1.3】换言之，他俩的爱情基础一点都不坚实、牢固。奥赛罗爱的仅仅是苔丝狄蒙娜"对我的同情"，因为此前从未有人对他的苦难经历表示过"同情"。他对这样的"同情"充满自信，却对把这"同情"、爱和全部身心都奉献给他的这个女人是否忠贞，不那么自信。或者说，"天性高贵"的他从未想过这个问题。

除了自信，他没想过的问题太多了！

他自以为身上有"皇族血统"，为威尼斯政府立下过"汗马功劳"，"凭我的功劳享受目前这样一份值得骄傲的幸运，也是实至名归。"【1.2】作为一个到威尼斯闯天下的摩尔人，取得如此丰功伟业，他有十足的理由绝对自信！因此，他不仅不会去想，他只是在威尼斯即将面临土耳其人大举进攻的危难关头被委以无人可以替代的重任，甚至还会觉得自己在威尼斯获得的身份认同，超过了许许多多的威尼斯人。事实的确如此，当塞浦路斯战事刚一结束，他便接到威尼斯政府的命令，他的总督之职由卡西奥接替。剧中也没有交代，威尼斯政府是否打算对他另有重用。

他自信卡西奥够朋友、重情义，提拔他当副官名正言顺，才不会去想他是否有能力胜任；他自信代表公正，当得知塞浦路斯的骚乱皆因卡西奥酒后闹事所致，他不徇私情，立即按军纪严处，将卡西奥革职，才不会去想平时不胜酒力的卡西奥为何明知自己有紧急军务在身，却喝得酩酊大醉；他自信表面唯他马首是瞻，对他忠心耿耿的伊阿古是"诚实"、"忠厚"之人，才不会去想伊阿古为何那么热衷跟他说苔丝狄蒙娜可能不贞洁;他自信苔丝狄蒙娜替卡西奥求情让其官复原职,是因为她跟卡西奥有私情,甚至奸情,才不会去想她是完全不存任何私心地在为自己着想;他自信躲在远处亲眼看见卡西奥放浪"大笑",是因卡西奥在谈与苔丝狄蒙娜的床上戏,才不会去想卡西奥是在笑妓女比安卡想嫁他的荒唐;他自信伊阿古所说卡西奥在梦话中透露出与苔丝狄蒙娜的私情千真万确,才不会去想这根本就是天方夜谭;他自信伊阿古所说看到卡西奥在用苔丝狄蒙娜送的那块"绣着草莓图案的手绢""擦胡子"是真实的,才不会去想这手绢是伊阿古求艾米丽亚"偷"来故意丢在卡西奥的房间里;他自信那手绢是自己的"蠢夫人傻老婆"苔丝狄蒙娜亲手给了卡西奥,而卡西奥并不珍惜,"一转手给了自己的妓女情妇",才不会去想卡西奥只是让情人照着这捡来的手绢上的图样重新描绘一块新手绢;他自信这块他作为定情之物送给苔丝狄蒙娜的手绢,就是证明她不贞的真凭实据,于是,他要像处罚卡西奥一样,立即做出公正的裁决,不由分说,不容分辩,得将苔丝狄蒙娜窒息而死,才不会去想妻子受了天大的冤枉。

　　他以为他的这一自信绝对正确,从未出现过偏差,因而,他把一切都交由这样的自信来引导。事实上,他对伊阿古的轻信,正是他这一自信的必然结果。倘若说这样的自信源于他高贵的天性,那这样的高贵又是多么脆弱啊!因此,当他对伊阿古说"我相信苔丝狄蒙娜是贞洁的"【3.3】的时候,内心的底气已明显不足。又因此,当他再次面对伊阿古的挑唆,说出"我相信我妻子的贞洁,但又不完全信;正如我相信你正直,同时也怀疑你一样。"【3.3】这句话时,他的自信已经变得软弱无力了。恰好因此,伊阿古得以那么从容不迫、顺水推舟而又投其所好地把最致命的邪恶毒针,扎进奥赛罗最敏感、最脆弱的神经。"当初有那么多跟她同一地区、同一肤色、门第相当的男人向她求婚,所有这些都合乎常理,她对此却无动于衷——哼!单从这一点就可以嗅闻出一股最具挑逗性的淫荡,一股畸形肮脏的邪恶,一股不近人情的欲念。请原谅,我这番话并非专门针对她。但我不无担心的是,当她的肉欲一旦满足,只要拿您的脸跟她那些英俊潇洒的威尼斯同胞一比,也许会感到后悔,进而会很自然地重新作出选择。"【3.3】

　　伊阿古这一大通发自肺腑的由衷之言,彻底将奥赛罗的绝对自信,推向绝对轻信,并同时将他那由自卑、嫉妒、猜疑等因子混合酿成的猜忌,推向绝对。也就在这一时刻,昔日那个坚韧不拔、正直高尚、胸襟博大、叱咤风云的英雄豪杰,开始堕入因轻信而猜疑、因猜疑而嫉妒、因嫉妒而猜忌、因猜忌而复仇、因复仇而杀妻,直至自我毁灭的深渊。若用今天的评判标准来衡量,奥赛罗是一个绝对自我中心的典型大男子主义者,有严重的人格缺陷。

英国著名诗人、批评家、莎学家塞缪尔·约翰逊（Samuel Johnson, 1709—1784）早在他 1765 年出版的《威廉·莎士比亚的戏剧》（Plays of William Shakespeare）一书中，这样评价《奥赛罗》："此剧之美会给读者留下深刻印象，因而无需借助评论者的阐释。奥赛罗暴烈、直率、高尚，不矫饰，但又轻信，且过度自信。虽情感热烈，义无反顾，却报复心重；伊阿古冷静阴毒、恨而不怨、诡计多端、唯利是图、睚眦必报；苔丝狄梦娜温柔纯朴、自信清白无辜、在婚姻上坚执而不矫饰，对被人猜忌迟迟不觉。我以为，这一切都证明莎士比亚对人性有深刻的洞悉，这是任何一个现代作家所不具备的。伊阿古一步步使奥赛罗信以为真，最后把他煽动得怒不可遏，整个事实都很有艺术性，且显得十分自然。由此，他是一个'不易嫉妒的人'，与其说这是他在说自己，还不如说是别人这样说他的。所以，当他终于发现自己走上绝路时，我们便只能同情他……卡西奥勇敢、仁慈，又诚实，只那么一次没有坚决抵制住用心歹毒的邀饮，而毁了自己。罗德里格虽起了疑心，却依然轻信，并不厌其烦地落入明知是为自己设置的骗局，由于耳根子软，一再受骗。这些骗局生动地描绘了一个意志薄弱的人，是如何因非分之想，被虚情假意的朋友欺骗。艾米丽亚的品德，是我们经常能看到的，尽管言谈举止随随便便，却不缺德少行。虽易犯些小错，对于残暴的罪恶行径，却能很快警觉……各场从头到尾都很热闹，通过令人愉快的换景和剧情的适时推进产生变化。故事结尾虽为人熟知，但让奥赛罗死掉还是必要的。假如开头一场就是塞浦路斯，而且，先前的一些事情只是偶尔相关，那将成就一出最为准确而又审慎规整的好戏。"

上面提到，英国著名散文家、评论家威廉·赫兹里特说，《奥赛罗》的第三幕"是他（奥赛罗）最精彩的表现。"此言不虚，奥赛罗"最精彩"的重头戏全在第三幕，而其中最精彩处，则是伊阿古一手导演的"手绢门"。可以说，《奥赛罗》之所以是一部好看、耐看的悲剧，就在于天才的莎士比亚把奥赛罗的对手伊阿古塑造成了一个天才的坏蛋。伊阿古精心策划的这一"手绢门事件"，使奥赛罗一世英名，毁于一旦。

下面我们来分析。

1887 年，艺术舞台上诞生了一部歌剧《奥赛罗》：享有歌剧大师之誉的意大利作曲家朱塞佩·威尔第（Giuseppe Verdi, 1813—1901）以 73 岁高龄谱曲的四幕歌剧《奥赛罗》在米兰首演，引起轰动，被认为是令人惊叹的天才之作。我们上边刚刚提到塞缪尔·约翰逊曾不无遗憾地表示，"假如开头一场就是塞浦路斯"，那《奥赛罗》就是一部"最准确而又审慎规整的好戏"。不管是否由此得到灵感，歌剧版的《奥赛罗》将原有的第一幕删除,"好戏"直接从塞浦路斯开场。的确,若从"审慎规整"的戏剧结构上看,删除第一幕并无大碍,因为把悲剧引信埋设在威尼斯,只是为了让它到塞浦路斯去点燃、引爆。

那好,我们也直接从塞浦路斯"开场":奥赛罗的船队穿越惊涛骇浪平安抵达塞浦路斯,与先期而至的苔丝狄蒙娜团聚。这一欢聚,是奥赛罗与苔丝狄蒙娜这对爱侣从相爱到结婚唯一的幸福瞬间,难怪奥赛罗如此感慨:"啊,这是我发自肺腑的欢乐!要是在每一次风暴过后都能享有如此的宁静,那就索性让狂风尽情肆虐,直到把死神吹醒!让那苦苦挣扎的战船爬上像奥林匹斯山一样高耸的浪尖,然后再从天而降,俯冲到地狱的深渊!如果我现在死去,这便是我最幸福的时刻;因为她已使我的精神得到绝对的满足,我担心在未来不可知的命运里,再也不会有如此令人欣喜的愉悦。""如此的快乐令我窒息:这真是激动人心的巨大快乐;一次,再来一次。(吻苔丝狄蒙娜。)这便是我们两颗心灵之间最大的争吵!"【2.1】

这也是他俩在剧中唯一一次如此深情的亲吻,四片温润、挚爱、炽热的嘴唇彼此交融,吻出"两颗心灵之间最大的争吵"。这是多么美妙的浪漫之爱啊!

然而,莎士比亚十分吝啬地让这"美妙的浪漫"一闪即逝。他要写的是悲剧,悲剧就是要无情地将所有"美妙的浪漫"击得粉碎!因而,他俩的下一次接吻,已不再是"两颗心灵"彼此交融的"争吵",而变成奥赛罗要代表"正义"杀死苔丝狄蒙娜之前单向的、生硬的、冷酷的生命诀别仪式,变成一个邪恶附体的灵魂向另一个忠贞圣洁的灵魂的残忍复仇!

面对在床上熟睡的美丽的苔丝狄蒙娜,杀意已决、仇恨夹杂着爱欲的奥赛罗说:"当我摘下这朵玫瑰,便不能再赋予它生命的活力,它势必枯萎凋零:趁它还长在枝头,我还可以嗅闻到它的芳香。(吻她。)啊,这甜蜜的呼吸,几乎打动正义女神,将她的利剑折断!再吻一下,再吻一下。(吻她。)假如你死后还是这样,我就杀死你,再与死后的你相爱。再吻一次,这是最后一吻。(吻她。)如此的甜蜜,恰是从未有过的如此惨绝。我必须哭泣,流下的却是无情的眼泪;这是神圣的悲伤,因为是上天要摧毁他所爱的人。"【5.2】

这一次接一次不停地吻,丝毫不意味着奥赛罗对妻子还残存不舍的爱意,而只代表他沉浸在自我设定的一种被逼无奈、痛下杀手的"神圣的悲伤"之中,因为他要杀死的是不贞洁的妻子,他是在"替天行道"、"大义灭亲"!

莎士比亚的艺术手法实在高妙,他通过苔丝狄蒙娜只是在无知觉的熟睡中被动接受亲吻,来象征奥赛罗对她所做出的裁决是单向的、无效的,也是非正义的。

当奥赛罗再一次亲吻苔丝狄蒙娜时,他已拔剑割喉,完成了对自己的"正义"

裁决，在奄奄一息中亲吻横尸在床的妻子美丽、高贵的遗体："我在杀你之前，曾用一吻与你永诀；现在，也让我这样，（倒在苔丝狄蒙娜身上；吻她。）在一吻中死去。（死。）"【5.2】这样的吻中死别，仿佛《罗密欧与朱丽叶》一剧中罗密欧与朱丽叶"墓穴情死"那一幕的情景再现——让死亡之吻成为彼此的爱情永恒之吻！奥赛罗恨自己冤杀了"忠贞清白"的爱妻，他真的爱她。可以说，奥赛罗在"一吻中死去"的这一刻，他"高贵"的天性才又恢复了本来面目。

让我们回到"手绢门"。

这是一块怎样的手绢，又何以不同寻常呢？如艾米丽亚所说："能捡到这块手绢真是喜出望外，这可是摩尔人第一次送给她的定情之物；（捡起手绢。）我那捉摸不透的丈夫不知求了我多少次，让我把它偷来；但这是她的心爱之物——因为他让她发誓要永久珍藏——所以不仅手绢一刻也不离身，她还经常把它拿出来，吻着它，跟它说悄悄话。我要做一块图案跟它一模一样的手绢，送给伊阿古：天知道他到底要拿它去干什么，反正我不知道。"【3.3】

苔丝狄蒙娜以为奥赛罗头疼，拿出这块手绢是要给他缠绑头部的；奥赛罗的头疼是因为起了猜忌，他要的是妻子的"清白忠贞"，不是手绢。一递一推间，手绢掉在了地上，被艾米丽亚偶然捡到，交给伊阿古。

除了伊阿古，没人知道这手绢将会派何用场。这一点很好理解，但疑问在于，当这手绢变成伊阿古手里的致命毒药，而又在其毒性完全发作之后，即将被这手绢致死的两位当事人——奥赛罗、苔丝狄蒙娜——却对这正是从他俩手里掉的那块手绢，浑然不知。除了可将此解释为是莎士比亚匠心独运的艺术构思，另一个可能的理由或许是：人一旦陷入昏聩，便会丧失正常的理性。这正是"鸡蛋"的"裂缝"！

伊阿古"到底要拿它去干什么"呢？"天知道"得很明确："我要把这手绢丢在卡西奥的房间里，让他得到它；一件鸡毛蒜皮轻如空气的小事，到了猜忌者的眼里，也会变得像《圣经》里的那些证据一样确凿、有力；这可能就是它的用途。我给摩尔人灌输的毒药已使他发生改变：危险的想法本身就是人们天性里的毒药，一开始并不觉得它讨厌，但它一旦在血液里发作，就会像硫黄矿一样燃烧起来。"【3.3】

没错，在它"燃烧起来"之前，伊阿古已在奥赛罗的猜忌之心上，堆满了柴，浇足了油："我的将军，您要当心嫉妒啊！嫉妒就是一只绿眼睛的妖怪，专门作弄那个心灵备受伤害的牺牲者。一个丈夫，若是知道被不忠的老婆戴了绿帽子，至少还能从这一事实得到一点安慰，即以后不用再爱她或继续做她情夫的朋友；可是，哎呀！如果换成另一个丈夫，他一面痴心怜爱，一面满腹猜疑；满腹猜疑，却还要全身心地痴心怜爱,那对他来说每一分钟都是地狱般的煎熬!"【3.3】此时,对伊阿古来说,万事俱备,只欠手绢。

奥赛罗则在"绿眼睛的妖怪"作祟之下,徒劳地试图把猜忌之火熄灭,他宽慰自己:"如果听到有人说我妻子长得漂亮,好美食,爱交际,能言善辩,歌、舞、表演样样精通,对这些只会给女人锦上添花的美德,我才不会嫉妒;当然,我既不会因为自身的弱点而对她有丝毫担心,也不会对她的忠贞产生怀疑;因为她是用自己的眼睛选择了我。"然而,猜忌之火一经点燃,就会越烧越旺,他义正词严地告诉伊阿古:"若非亲眼相见,我绝不妄加猜忌;一旦生疑,就去证实;倘若证明确有此事,那么,我就立即将爱情和猜忌一起毁灭!""我总得拿到一些证据吧……我一定要把真相弄清楚!"他甚至骂伊阿古:"混蛋,你一定要拿出证据来,证明我心爱的人是一个荡妇。(揪住他。)我要亲眼见到证据,否则,我以人类永恒的灵魂起誓,当我被激起的怒火喷射到你身上,定叫你后悔不如当初投胎做一条狗!"【3.3】奥赛罗的猜忌正按照伊阿古的设计,向疯狂转化。

事实上,在伊阿古成竹在胸地去导演"手绢门",恭候奥赛罗"入瓮"的时候,神勇的奥赛罗已然倒下:"啊!可从此,永别了,平和宁静的思绪;永别了,心满意足的幸福;永别了,头插羽毛的威武大军和那些激励雄心壮志的战争!啊,永别了!永别了,嘶鸣的骏马,尖锐的号角,鼓舞士气的战鼓,激发豪情的横笛,威严壮丽的旗帜,以及一切光荣战争中体现军魂的辉煌、庄严和庆典!还有,啊,杀人的大炮,从你那肆虐的炮管里,发出天神周甫(朱庇特)般惊天动地的雷鸣,永别了!奥赛罗的军旅生涯就此断送!"

一想到苔丝狄蒙娜进了卡西奥的一枕春梦,他满脑子想的是复仇!"残忍的复仇,从幽冥的地狱里升起来吧!爱情啊,把你的王冠和铭刻爱情的心灵宝座交给暴虐的憎恨吧!胸膛啊,鼓起来吧,因为里面充满了毒蛇的舌头!"一想卡西奥用那块手绢"擦胡子",他满脑子想的是:"流血,流血,流血!""我这充满血腥的思想,已迈开暴力的步履,绝不回头,也绝不再儿女情长,直到一种广阔而深厚的复仇将他们吞没。"他一面严厉警告苔丝狄蒙娜:"要是我不爱你,就抓我的灵魂下地狱!而当我不再爱你,那一天世界便将重新陷入黑暗的深渊。"他一面已授命伊阿古,限他"三天之内"杀死卡西奥,他自己则要亲手让苔丝狄蒙娜"这美丽的魔鬼迅速毙命"。【3.3】继而向苔丝狄蒙娜发出危险的信号,那是一块被埃及女巫施了灵异符咒的手绢,"要像对待自己宝贵的眼睛一样格外珍视,万一丢失,或送给别人,那面临的将是一场灭顶之灾。"【3.4】

到他连声不住地狂喊"手绢",直至晕厥倒地,他的理性神经已完全崩溃。此时，他脑子里想的只剩下复仇的杀戮："绞死她！我只是在说，她是一个什么样的女人。针线如此精巧！歌喉如此曼妙！啊，她能用歌声驯服一头野熊！智慧和想象力又是如此超凡、卓越！出身名门，既高贵，有教养，又十分温顺。"【4.1】显然，苔丝狄蒙娜身上所具有的一切超卓不凡的智慧才能、贤良品德、高贵教养，此时一股脑全变成了她罪恶的源头；她的纯真、善良、美好，在他脑子里也都一瞬间转化为虚假、邪恶、丑陋。此时，他脑子里想的是，要把她身上的真、善、美，全都拿来变成刻骨的深仇大恨。他不仅不会去想，自己正在变为魔鬼，相反，他认定自己俨然一面"正义"的照妖镜，他是在向一个外形美丽的魔鬼复仇。

猜忌这把人性之剑是多么可怕啊！

伊阿古非常清楚，当奥赛罗的猜忌之火一旦变成升腾的复仇烈焰，只要不失时机，再轻轻扇那么一小下风，那烈焰就会将生命吞噬。他貌似淡然，实则刻意、歹毒地说："每天夜里都有成千上万的男人睡在不完全属于自己的床上，而他们却敢发誓那床归他们独享；您的情形还不算坏。啊，在一张温暖舒适的床上吻着一个淫妇，却还以为她贞洁，那才是地狱般的恶毒，是魔鬼的最大嘲弄。"【4.1】

奥赛罗变成了魔鬼！妻子的美，以及他由这美生发出来的爱，也自然变成了魔鬼的地狱。他再不能容忍不贞的妻子活在世上，"让她今晚就腐烂、消亡、下地狱。"【4.1】再不能容忍空气中残留不贞的妻子的芳香，"啊，你这颗害人的毒草，如此的娇艳动人，如此的馥郁芬芳，看一眼你的芳容，闻一下你的香气，感官都会为之苦痛，但愿你从未在这个世上落生！"【4.2】

魔鬼醒来吧！真相大白的那一刻，奥赛罗惊醒了，警醒了！可他已沦为一个罪犯，等待他的将是真正意义上的公正审判、正义裁决。他不要去遭受辱没名誉的公审，那一点儿也不高贵，他可以做自己的上帝，以自刎来体现自我裁决的正义。

他向被自己冤杀的爱妻告别："不幸的女人啊！脸色像你的内衣一样苍白！当最后审判日我们再次相见，你这脸色便足以把我的灵魂从天国扔出去，叫魔鬼抓走。我的女孩，冰冷，冰冷！冷若寒霜，一如你的忠贞。啊，诅咒，诅咒该死的下地狱的奴才！魔鬼呀，用鞭子把我抽走，我不配再一睹这天使般的姿容！让呼啸的狂风将我卷起！让硫黄的火焰把我炙烤！让我在火流的漩涡里浸滚、泡透！"

他向威尼斯城邦共和国告白："我是一个在爱情上既不明智又过于痴情的人；是一个不易心生嫉妒，但一经挑拨，却又立刻会被猜忌煎熬得痛苦不堪的人；是一个酷似卑劣的犹太人的人，会把一颗价值超过整个部落的珍珠随手抛弃；是一个悲痛万分两眼也不会流出感伤泪水的人，现在却像那可做药用的阿拉伯没药树

流淌的树胶一样泪如泉涌。"【5.2】

奥赛罗就这样死了!

俄国评论家别林斯基(V.G.Belinsky, 1811—1848)在写于 1841 年的《戏剧诗》中说过这样一段话:"哪怕奥赛罗晚一分钟掐死苔丝狄梦娜,或者敲门的艾米丽亚快点儿推门进来,一切都真相大白,苔丝狄梦娜就会得救,可是,悲剧也会随之完蛋。苔丝狄梦娜的死是由奥赛罗的猜忌所致,而非出乎意料的事,因而,诗人有权利放弃一切可以拯救苔丝狄梦娜的最自然的偶然事件……奥赛罗的猜忌,自有其内在的因果关系及其必然性,而这种必然性就包含在他暴烈的性情、教养和他的整个生活环境中,所以,就猜忌而言,他既有罪,又无罪。这就是为什么,这个伟大的天性,这个强有力的性格,在我们心中引起的并不是对他的厌恶、憎恨,而是热爱、惊异和怜悯。当人世生活的和谐,被他的罪行的不和谐所破坏,他又心甘情愿地以死亡把这种和谐恢复,用死亡抵偿自己沉重的罪行。于是,我们怀着和解的感情,怀着对生活不可捉摸的隐秘的深切沉思,将这部悲剧合上,两个在灵柩里破镜重圆的幽灵,手挽手从我们迷醉的目光下闪过。"

对于奥赛罗,我们还剩下最后一个疑问,《圣经》中有"七美德":贤明、刚毅、节制、正义、信心、慈爱、希望;也有"七宗罪":绝望、嫉妒、不忠、不义、暴怒、反复、愚蠢,莎士比亚会是有意将奥赛罗作为集此十四种"德"于一身的象征来塑造的吗?假如可以想,苔丝狄蒙娜便是那"七美德"的完美化身,伊阿古则是那"七宗罪"的邪恶代表。

不管怎样,到这个时候,我们似乎可以把"高贵"一词还给奥赛罗了。然而,现实生活中的我们,再也经受不起这样的"高贵"!除此之外,当我们面对伊阿古式人形恶魔的时候,能否不让自己变成魔鬼?

奥赛罗对苔丝狄蒙娜的爱"高贵"吗?

长期以来,关于奥赛罗对苔丝狄蒙娜的爱是否算得上高贵,始终存有争议,力挺者有之,反对者亦有之,时代不同,评价自然也不尽相同。以下摘录一些名家名篇中的评论,将有助于提升和增进我们的认知与理解。

1904 年,英国著名莎学家、牛津大学教授 A·C·布拉得雷(A.C. Bradley, 1851—1935)在其名著《莎士比亚悲剧》(*Shakespearean Tragedy*)一书的第一讲《莎士比亚悲剧的实质》中说:"奥赛罗有着十分完整的天性,只要他信任,那信任便是绝对的。对他来说,几乎不存在犹豫不决。他极度自信,事情一经决定,便立即付诸行动。如果被激怒了,就会像曾几何时在阿勒坡,闪电一样,一刀结果对手。他要是爱,那爱对他来说,就必须是天堂;要么在里面活,要么就死在里面。要是他被嫉妒的激情缠住了,那激情就要变成无法遏制的洪流。他会急着要求立刻证明有罪,或立刻去掉心里的疙瘩。如果他确信无疑,他就会以法官的权威和一个极度痛苦之人的敏捷来行动。而一旦醒悟过来,对自己也毫不原谅……这种性格十分高贵,因此,奥赛罗的感情和行动便不可避免地来自这种性格,以及压迫它的种种力量。他的痛苦是那样令人心酸,因而,我觉得他在大多数读者心目中所激起的情感,是一种爱与怜悯的混合物……奥赛罗被一个无中生有的捏造百般煎熬,本想执行庄严的正义,结果却屠杀了纯洁,扼杀了爱情。"

在布拉德雷看来,奥赛罗的悲剧属于天性完整的高贵之人禁不住猜忌的煎熬所犯下的错。如果说他对苔丝狄蒙娜的爱情是"高贵"的,也是他患上"奥赛罗综合征"之前稍纵即逝的瞬间高贵。用今天的话说,他是一个只适合与他心仪或所爱的女人谈爱情的男人,却丝毫没有与女人分享爱情的能力。

英国著名浪漫派莎学家柯勒律治(Samuel T. Coleridge, 1772—1834)在其于1818年所做的关于莎士比亚的系列演讲中,讲到《奥赛罗》,他这样评价:"奥赛罗杀死苔丝狄蒙娜,并非因为嫉妒,而是出于伊阿古那几乎超出人力的奸计把一种坚信强加在了他的身上,无论是谁,只要像奥赛罗那样对伊阿古的真诚深信不疑,就势必抱有这样的坚信……除了苔丝狄蒙娜,奥赛罗没有生命。是那种以为她——他的天使——已从天生纯洁的天堂中堕落的信念,在他心里引起战争。她和他真是一对儿,像他一样,由于绝不生疑及其圣爱的完美无缺,她在我们眼里几乎是被祝圣了的。当大幕落下,试问谁才是最值得我们惋惜的呢?"

这段话的言外之意是,在对待爱情的坚贞和忠诚上,无疑是出身贵族之家的苔丝狄蒙娜更为高贵。如此"圣洁而忠贞"的高贵生命,最终成为自己最爱的丈夫与恶魔伊阿古"合谋"杀死的牺牲品,自然最值得惋惜!

英国著名莎学家威尔逊·奈特(G.Wilson.Knight, 1897—1985)在其1930年出版的名著《烈火的车轮:莎士比亚悲剧诠释》(*Wheel of Fire, Interpretation of Shakespearian Tragedy*)中,论及"象征性的典型"时指出:"诗人在奥赛罗身上,将与爱对立的嫉恨人世和欺诈背叛的毁灭性力量,戏剧性地表现出来,而人是渴求爱的,并渴望在爱的实现中建立自己的幸福。单就奥赛罗表现了一个普遍真理这点来看,最终一定要把它视为在暗示我们:忠诚之爱无力经受人世的无常。假如把三个主要人物提升到一个超然意义的高度,我们就能看出,奥赛罗是崇高的人类的象征,苔丝狄梦娜是可与但丁的比亚特丽斯(Beatrice,《神曲》中引导但丁升入天堂的完美女性)相媲美的神明,伊阿古则有些像梅菲斯特(Mephisto,歌德

《浮士德》中的恶魔形象)。"(顺便一提，奈特的"烈火的车轮"这一书名，源自《李尔王》中刚从疯狂里恢复神智的李尔王，对女儿考狄利娅说的一句话："你是一个有福的灵魂，而我却被绑在一个烈火的车轮上。"中世纪时传说被绑缚在"烈火的车轮"上，是下地狱之人将遭受的刑罚。)

面对无常的人世，忠诚之爱如此脆弱，不堪一击。因此，作为悲剧的《奥赛罗》至今仍令人无限叹惋、欷歔。显然，即便奥赛罗能算作是人类中的"崇高"分子，他也无力承受、无福消受像神明一样的苔丝狄蒙娜的爱。《神曲》中的比阿特丽斯引导但丁升入天堂，《奥赛罗》里奥赛罗却要把苔丝狄蒙娜打入地狱。

这也暴露出奥赛罗所具有的人性中的致命弱点，对此，英国现代著名诗人、批评家T·S·艾略特（T.S.Eliot, 1888—1965）在发表于1927年的《莎士比亚与塞内加的斯多葛哲学》（"Shakespeare and the Stoicism of Seneca"）一文中说："我始终觉得，除了奥赛罗最后所说的那一番伟大的话之外，还从未读过比它更可怕地暴露人的弱点——普遍的人的弱点——的作品。我不知是否曾有人持这样的观点，它不仅显得主观，而且极为古怪。在表达一个高尚但有过失之人失败的伟大时，人们通常会按其表面价值来论断……在我看来，奥赛罗之所以说这番话，是给自己打气。他竭力逃避现实，已不再考虑苔丝狄梦娜，想的只是自己。谦恭是所有美德中最难以做到的，没有什么会比自义的欲望更难放弃了。奥赛罗采用审美，而非道义的姿态，成功地把自己变成一个令人感动的悲剧人物，并在其环境的映衬下加以夸张。他骗了观众，但他首先骗的是自己。我不信还能有哪一个作家能比莎士比亚更清晰地揭示这种'包法利主义'——偏要把一种事物看成另一种事物的人类的意愿。"

在艾略特眼里，奥赛罗成了一个要用自杀前的豪言壮语来维护自身"高尚"的自私鬼，而这样的自私恰恰是"普遍的人的弱点"。即便考虑到《圣经》中的"救赎"意味，奥赛罗此举也无异于是在为自己的罪行辩解、开脱，以期用"高尚"的名义得到"救赎"。他先骗了自己，又骗了苔丝狄蒙娜，最后被伊阿古所骗。这分明不是高贵，是愚蠢！其实，由此来看，苔丝狄蒙娜的悲剧命运，也是从她一开始欺骗父亲逃家成婚就酿成了的。婚后，在莫名其妙丢了那块要命的手绢之后，面对猜忌丈夫的逼问，又骗说没丢，从而使自己陷入绝境。临死前，还对艾米丽亚编织谎言，说是自己杀了自己。宿命地说，她是因骗父亲、骗丈夫、骗自己，丢失了性命。这倒是莎士比亚驾轻就熟的，"欺骗"本来就是他在戏剧中惯用的一个母题。

美国著名诗人、批评家W·H·奥登（W.H.Auden, 1907—1973）1962年出

版了《染工的手》(*The Dyer's Hand*)，他在书中以诗人的敏锐触角，十分犀利、透彻地指出："尽管奥赛罗表示猜忌的意象是性意象，可除此他还能有什么别的意象吗？婚姻对他来说，性方面的重要性远不如其象征性，即象征他作为一个人被人爱，以及像兄弟那样被威尼斯社会所接纳。他心里有这样一种东西在作祟，因其太阴暗而没有表现出来，那就是始终压在心底的担忧，即他觉得自己被看重只因为他对这个城邦社会有用，但就其职业来说，他可能是被作为一个黑皮肤的野蛮人来对待的……如伊阿古所告知的，奥赛罗一直显示出来的那样过于轻信和好脾气的性格，实际上是一种藏头露尾的征兆。他不得不过于轻信，为的是以此抵消压在心底的猜疑。奥赛罗无论是在此剧开头时的幸福里，还是在后来的巨大绝望中，他都使人更多地想到雅典的泰蒙，而不是雷奥提斯……由于奥赛罗的确看重苔丝狄梦娜的所爱，是那个真正的他，因此，伊阿古只需造成他怀疑她实际并非如此，便可使他将始终压在心底的担忧和愤怒爆发出来。于是，她干没干那事儿，就无所谓了。"

奥登的深邃之言明确告诉我们，奥赛罗的爱不仅算不上高贵，甚至只是一种极端自恋。也许为奥赛罗开脱罪责的唯一理由，只能来自《圣经》，《新约·以弗所书》5·28载："丈夫应该爱自己的妻子，好像爱自己的身体一样；爱妻子就是爱自己。"奥赛罗的确是这样，他"爱妻子"越深，"爱自己"越烈；他既不能允许"自己的身体"有任何瑕疵，也绝不允许妻子有丝毫不贞。

英国诗人、批评家约翰·霍洛威（John Holloway, 1920—1999）的名著《黑夜的故事》(*The Story of the Night*) 出版于 1961 年，他对"奥赛罗"如是说："一个主人公所说的最后的台词，根本不是个人沉思的话语，而是一种程式化的类型。它是剧中人有特权加以评论的时刻：要么总结他本人的一生及其有何意味，要么总结他的死因。这种程式在伊丽莎白时代的戏剧里很普遍……这也是奥赛罗的程式。他的话应以非人格化和与程式相符地送达观众的耳鼓，这些话权威而又准确地述说着剧中到底发生了什么……奥赛罗最后那段台词所提，似乎并不关乎往事。'除了把这些都写上，还要再加一句：有一次在阿勒颇，一个戴着头巾、心怀恶意的土耳其人，殴打一个威尼斯人，并对我国肆意诽谤，我一把掐住那受过割礼的狗的咽喉，就像这样杀了他。'【5.2】这段话到底什么意思？与往事又并非不无关联。它不只是奥赛罗再现，并自我陶醉于往事的最辉煌的一刻，或其他任何一刻。事实上，奥赛罗是要由刚说的两句话引出这件事：他说他'是一个酷似卑劣的犹太人的人，会把一颗价值超过整个部落的珍珠随手抛弃。'【5.2】他明白，他的生活一直都不像一个威尼斯人，而像个野蛮人，正是这一想法使他回忆起往事。由于这一往事具有强烈的讽刺力,便对他最后的行为做出了定评,同时也对理解这件事起了决定性作用。他已经明白,威尼斯的主要敌人土耳其人,和摩尔人是一样的人。'那受过割礼的狗'正是他本人。因为在苔丝狄梦娜这位威尼斯元老女儿的这件事上,奥赛罗的所作所为,实际就是'殴打一个威尼斯人,并对我国肆意诽谤。'往事讽刺性地重新现于脑海……诚然,奥赛罗此时回忆往事还有一种意义:他当时报复的仅仅是社会中一个小小的敌人,这一点清楚地表明,他此时此刻是在对一位伟大的人干着同样的事。他对苔丝狄梦娜所实施的公正,其实是虚假的。这是不公正的。至此,这一悲剧格局终于完成。"

也就是说,在《奥赛罗》的大幕落下之前,奥赛罗终于意识到,他同当年自己亲手杀死的那个"肆意诽谤"威尼斯共和国的"受过割礼的狗",是一样的人;摩尔人与一个"卑劣的犹太人"没什么两样。娶了威尼斯元老的女儿,就是对威尼斯的侮辱。因此,他要以一副"野蛮人"本应有的样子、手段,"野蛮"地杀死自己。

英国著名莎剧演员、剧作家、批评家哈利·格兰维尔·巴克(Harley Granville-Barker, 1877—1946)在其著名的《莎士比亚序言》(*Prefaces to Shakespeare*)中,说:"奥赛罗有着敏捷而有力的想象力,这种天赋对一个敏于行动的人来说,要么成就其伟大,要么就造成灾难。假如对其加以约束和磨炼,它便能变成一种可透析问题本质的洞察力,比较而言,迟钝之人则只能触及问题的表面。当然,这种天赋还可以使思想与现实完全脱离。在紧急关头,奥赛罗甚至对苔丝狄梦娜的无辜和伊阿古的欺诈毫无洞悉,这是怎么回事呢?相反,他的想象力只起到了煽起自己心头怒火的作用……我们认为,奥赛罗的故事是个盲目和愚蠢的故事,是一个人发了疯的故事。如同剧情安排好的,邪恶几乎毫无疑问地在他身上发生了作用,直至最后到了不可救药的地步。在善与恶的斗争中,他的灵魂便是战场……直到做出了疯狂之事,'曾几何时'那个'多么好'的奥赛罗,才醒悟过来并恢复了理性。因此,奥赛罗的悲剧从其'灵魂的深度'似乎可以证明,人会陷入各种程度的野蛮之中。在人对待无法改变的事情上,野蛮人和文明人并没有什么实质上的不同。"

任何人,不论出身的高低贵贱,首先是一个凡人。高贵或伟大之人一旦野蛮起来,那毁灭的力量无疑将是灾难性的!

美国当代作家、耶鲁大学教授阿尔文·柯南(Alvin Kernan)为其1963年所编"印章莎士比亚经典作品"(*Signet Classic Shakespeare Series*)之《奥赛罗》(*Othello*)一书,写过一篇绪论,他说:"《奥赛罗》提供了各种各样相互关联的象征，这些象征从历史的、自然的、社会的、道德的，以及人的方面，限定并定义了存在与无处不在的各种势力的种种特色；而这各种势力，永远会在宇宙中对抗，身处其中的悲剧性的人，便永远处于不断变动之中。一方面，是土耳其人、食人生番、野蛮、天性的可怕扭曲、海洋那无情的力量、混乱、暴民、黑暗、伊阿古、仇恨、情欲、自我中心、愤世嫉俗，另一方面，则是威尼斯、城邦、法律、元老院、友爱、等级、苔丝狄梦娜、爱情、关怀他人、真诚信任。剧中人物在行为和说话时，便以并行和比喻的方式，将这五花八门种种不同的生活方式集中在了一起……奥赛罗从威尼斯转到塞浦路斯，从对苔丝狄梦娜绝对的爱转到把她生命的烛火熄灭，再到自杀，这便是莎士比亚为悲剧命运之人写下的话。"

简单地看，这段话似乎要表明，莎士比亚在《奥赛罗》中"为悲剧命运之人写下的话"并不复杂，不过如此这般而已。但只要稍一用力探究就会发现，《奥赛罗》具有相当繁复的解读空间，在从莎士比亚辞世至今近400年的时间里，这一空间从未缩小。

《奥赛罗》真的不适合舞台演出吗？

从《奥赛罗》1604年首演之后至今持续不断的演出史，可以看出，不同时代的不同人们对于奥赛罗亦一直有着不同的表演、不同的理解、不同的诠释。所有这些对于我们如何认识和剖析莎翁笔下这个著名的人物形象，都是有益的。

我们在此不过多赘言，只列举几个在莎剧表演历史上出色的"奥赛罗"，加以简单说明。1722年，詹姆斯·奎恩（James Quin, 1693—1766）在伦敦林肯法学院剧场演出时，着一身白色服装，把奥赛罗演成一个威严、不易动怒且很有自我克制力的人。这样的演法，虽使人物令人尊敬，但缺少内心情感的流露。由于奎恩是当时伦敦舞台的主宰，他一直把这样的一个"白衣"奥赛罗演到了1751年，时长达30年之久。

被认为才华横溢的大卫·加里克（David Garrick, 1717—1779）所饰演的奥赛罗，首次登台亮相，是1745年3月7日在伦敦的居瑞巷剧场。他演了35年话剧，仅莎翁的角色就饰演过20个，他在舞台上的表演，即常被视为对角色的最好诠释，同时也是对莎翁的最好评价。然而，尽管他在饰演奥赛罗时，自觉把角色的全部感情都表现了出来，却因此招致批评，认为他不仅把奥赛罗的暴烈演得过于夸张，甚至完全忽略了角色的高贵性。

1746年10月4日，堪称这一时期"伟大的奥赛罗的饰演者"的斯普兰格·巴里（Spranger Barry, 1719—1777），在都柏林首演奥赛罗即得到赞誉，公认他理想地把爱与嫉妒的对立感情集中在奥赛罗身上，并真实而有力地表现出这个人物的崇高、温和及其难堪的痛苦。

到了十八世纪末，英国演员约翰·菲利普·坎布尔（John Philip Kemble, 1757—1823）饰演的奥赛罗大受欢迎，他的首演也在居瑞巷剧场，时间是1785年3月8日。尽管他没有表现出这个人物应有的感人力量，但他所表现出的极端痛苦的感情，却令人颤抖，并获得了商演成功。

1814年5月5日，还是居瑞巷剧场，"专为莎剧舞台而生"的伟大的悲剧演员埃德蒙·基恩（Edmund Kean, 1787—1833）饰演的奥赛罗，将巴里塑造的"至高无上的奥赛罗"动摇了。居瑞巷剧场真称得上是奥赛罗的演绎场，这里几乎是上演《奥赛罗》最多的剧场。基恩的崭新奥赛罗，是一个暴躁得令人可怕、伤心而又悲怆的人，他克服了作为演员的先天不足（身材不高），竭力去表现人物的威严。威廉·赫兹里特（William Hazlitt, 1778—1830）将这个奥赛罗赞誉为"世界上最优秀的表演。"

意大利悲剧演员托马斯·萨尔维尼（Tammaso Salvini, 1829—1916）的奥赛罗是个耽于逸乐、情感强烈，但最终彻底陷于绝望的人；而被公认为当时"最伟大的莎剧演员"的亨利·厄尔文爵士（Sir Henry Irving, 1838—1905）却又是把奥赛罗演成了一个文弱的摩尔人，最初软弱，只有到了最后才发起狠来。然而，有趣的是，虽然厄尔文一直没把奥赛罗演好，但他饰演的伊阿古，反成为他塑造的最伟大的角色之一。1895年，他曾为维多利亚女王（Queen Victoria, 1819—1901）演出，扮演《威尼斯商人》中的夏洛克，并获得殊荣，成为第一个被封为骑士的演员，死后葬于威斯敏斯特教堂（Westminster Abbey）。

总之，直到今天，在漫长的《奥赛罗》演出史中，舞台上的奥赛罗到底应该什么样子，从无定式；莎翁的奥赛罗又该是怎样的，一代一代《奥赛罗》的导演、演员们，也始终自说自话。例如，有的奥赛罗过于儒雅，但缺乏刚烈火爆；也有的暴烈有余，又诗意不足；有的太过悲怆，而不够凶狠；有的奥赛罗野蛮到令人恐怖；有的奥赛罗又温情脉脉；有的奥赛罗索性由黑人扮演，有意突出反种族歧视的意涵；有的奥赛罗威严中透出崇高、激情；也有的奥赛罗在威严里又融进了悲怆、暴烈。

综上所述，我们自然就能理解《莎士比亚戏剧故事集》（*Tales from Shakespeare*）的作者之一、对莎士比亚钟爱有加的查尔斯·兰姆（Charles Lamb, 1775—1834）的论断了。他在写于1811年的《论莎士比亚的悲剧是否适于舞台演出》("On the Tragedies of Shakespeare Considered with Reference to their Fitness for

Stage Representation")一文中,论述了"《李尔王》基本上是不能上演的"之后,明确表示,奥赛罗更是一个"不适于呈现在我们眼前"的人物。兰姆说:"一个年轻的威尼斯女子,出身无比高贵,借助爱情的威力,意识到她意中人的品质,丝毫不考虑种族、国籍、肤色,嫁给了一个煤一样黑的摩尔人。读到这里,还有什么更能安抚、满足我们高尚的天性呢?(即便奥赛罗扮得像煤一样黑——因为当时人们对外国的了解还远不如我们翔实——可能是出于对大众观念的尊重。不过,我们现在很清楚,摩尔人并没有那么黑,还是值得白人女子青睐的。)……她看到的不是奥赛罗的肤色,而是他的心胸。可一旦搬上舞台,我们就不受想象的支配了,而是被可怜的、孤立无援的感官所左右。我请凡看过《奥赛罗》演出的人考虑一下,是否与上述情形相反,即只看到奥赛罗的肤色,而没看到他的心胸呢?是否发觉奥赛罗与苔丝狄蒙娜的恋爱及燕尔新婚有些特别令人作呕的地方呢?是否在亲眼见过之后,就把我们阅读作品时那种美好的不介意的状态压下去了呢?……我们在舞台上看到的是躯体和躯体的行动;而我们在阅读时所意识到的,则几乎全都是人物的内心和内心活动。我认为,这足以解释为什么我们阅读作品和观看演出时所获得的快感,是如此之不同。"此处还特别加了一条脚注,强调"阅读剧本时,我们是在用苔丝狄蒙娜的眼睛观看一切;而看戏时,我们是被迫用自己的眼睛在观看一切。"他甚至庆幸,"有些莎剧逃脱了上演的厄运,在业已上演过的莎剧中,有些段落在上演时被幸运地删掉了,而当我们翻看这些剧本或这些段落时,便有一种心旷神怡的新鲜感。"

诚然,文学剧本里那份独有的艺术神韵能否通过舞台表演原汁原味地表现出来,或者反过来,话剧演出究竟能否完美无缺地传递出剧作者精神思想的原旨,历来是戏剧理论家和学者们争论不休的话题。简单一句话,戏剧底本所蕴含的那种幽微、深邃、丰富而特殊的文学空间,单靠舞台上的演员,既无法淋漓尽致地去表现,更难有补天之神功作为。

显而易见,作为浪漫派批评家的兰姆,反感的是十七、十八世纪英国古典主义者用呆板的程式去套莎士比亚戏剧,以及上演时粗暴地歪曲剧本;尤其反对把莎剧篡改成充满道德说教、迎合"世俗"的市民剧,提出要恢复莎士比亚的本来面目,即突出文本所蕴含的思想、人物的精神力量、内心活动、感情的威力,等等。他认为这些才是莎剧的实质,而舞台表演只能演出外表,演不出本质;只能打动感官,不能打动想象。

在兰姆眼里,看一出戏转瞬即逝,阅读则可以慢慢思考;演出是粗浅的,阅读可以深入细致;演出时,演员和观众都往往只注意技巧,阅读可以全神贯注于作家，细细品味他的思想；舞台上动作多，分散注意力；人物的思想矛盾和深度是演不出来的，舞台只表现外表，阅读却可以深入人物的内心、性格、心理；舞台上人物的感情无一不是通过技巧表演出来，是虚假的，只有阅读才能真正体会人物的真情实感。总之，一句话，追求莎剧艺术唯美和思想深邃的兰姆，认为莎士比亚的戏剧，尤其悲剧，根本不能上演。

然而，舞台所营造的艺术氛围，常常妙不可言，令人难以忘怀。比如，英国著名莎学家威尔逊·奈特（G. Wilson. Knight, 1897—1985）在其1936年出版的专著《莎剧演出原理》（*Principles of Shakespeare's production*）一书中论及"莎士比亚与宗教仪式"时，说《奥赛罗》的结尾更是一场崇高的祭礼。床就是祭坛，铺着结婚时的被褥，旁边一支蜡烛，像祭神的蜡烛，外面的天空挂着贞洁的皎月、繁星。而且，出现了'献祭'这个词：'啊，发假誓的女人！你已使我的心硬如顽石；原来我只想把你作为献祭正义女神的牺牲。'【5.2】奥赛罗的言行在这场戏中，从始至终带有宗教祭祀的色彩。"这样"宗教祭祀的色彩"恐怕非舞台不能为。同时，它又为无论普通读者还是专业学者细读、剖析文本，提供了一个别样的艺术视角。这便又涉及另一个更重要的不容忽视的因素，即由天才演员们的艺术表演所带来的冲击波似的艺术感觉和审美感受，会远远超出人们的阅读经验。

事实上，今天依然有许多像兰姆一样只对莎剧文本钟情，而丝毫不对莎剧演出移情的学者、读者。不过，尽管舞台有它所无法替代的、独特的演绎与诠释莎剧的艺术优长，但纯粹就学术意义而论，真正无法替代的还是文本，而非舞台。

五、苔丝狄蒙娜：一个忠贞不渝的"圣经"女人

《晚安苔丝狄蒙娜》[①]：颠覆传统与经典

在《奥赛罗》于1604年首演过去了384年之后的1988年，30岁的加拿大剧作家、小说家、演员安·玛丽·麦克唐纳（Ann-Marie MacDonald）女士，创作了一部后现代的荒诞喜剧《晚安苔丝狄蒙娜（早安朱丽叶）》（*Goodnight Desdemona [Good Morning Juliet]*），描述一位女王大学（Queen's University）年轻的英国文学助教康丝坦斯·莱德贝莉（Constance Ledbelly），进行了一次自我发现的潜意识之旅，对苔丝狄蒙娜和朱丽叶这两个莎士比亚笔下忠贞圣洁的女性形象，做了

---

① 此节所述参考赵伐译《晚安，苔丝狄蒙娜（早安，朱丽叶）》，重庆出版社，2000年版。

颠覆性的解构和荒诞不经的离奇演绎。

《晚》剧1988年在多伦多首演，获得成功。1989年，二度上演，引起轰动。1990年，《晚》剧剧本获得加拿大最高文学奖项——总督文学奖，随后，在加拿大、美国和英国等地上演五十多场。迄今为止，该剧已被译成十几种语言，并在世界许多地方演出。

《晚》剧中，正撰写博士论文《〈罗密欧与朱丽叶〉和〈奥赛罗〉：论讹误和喜剧的起因》的康丝坦斯，是一个性情懦弱、学究气十足的书生。现实生活带给她无尽的失意，老板、克劳德·奈特教授对她从来都是欺负、利用、嘲弄，甚至掠夺，学院里的"那群圣贤"，也只把她"当成笑料，视作癫狂"，她整日埋头于一个名叫古斯塔夫的炼金术士留下的神秘晦涩、难以破解的"古斯塔夫手稿"（Gustav Manuscript）。尽管这份手稿被奈特教授讥笑为"不可救药"的、"庸俗"的"异端邪说"，她还是孜孜以求，试图从中寻觅雪泥鸿爪，以证实自己的推断，即莎士比亚的《奥赛罗》和《罗密欧与朱丽叶》之所以是两部蹩脚的悲剧，皆因他是根据一位早于他的无名氏作者的喜剧剽窃篡改而来。

然而，康丝坦斯被一种神秘的魔力拖进了两部悲剧之中，她不仅与两位女主人公苔丝狄蒙娜和朱丽叶见了面，还帮助她们成功逃脱了莎士比亚为她们量身定做好的死亡命运。由此，康斯坦丝不仅重新发现了"真正自我"，实现了自我解放，还同时获得了对"挚友仇敌相互依存"的"真正的真实"和"女性真理"的认知。

《晚》剧中出现了一系列荒诞不经的情节，在此仅举两个典型例子：比如个性爽直却心胸狭窄、脾气狂躁而又崇尚暴力、欣赏血腥屠杀场景的苔丝狄蒙娜，说起话来粗声粗气，满嘴男权话语，待人接物愚钝鲁莽，完全一副彪悍的莎剧中"女款奥赛罗"的模样，当她看见丈夫奥赛罗把一条项链送给康丝坦斯，在伊阿古的撺掇下，妒火中烧，大发雌威，那虎虎生风的吓人架势，丝毫不输给莎剧里饱受猜忌煎熬、厉声咆哮的奥赛罗；另外，不仅罗密欧爱上了穿越而来的康丝坦斯，当康斯坦丝女扮男装之后，攫取了莎剧中"罗密欧的男权"、自己的身体自己做主、对爱情不再忠贞不贰的朱丽叶，也爱上了她。甚至当康丝坦斯现出女儿身，朱丽叶仍表示爱她，并希望跟她做爱，因为朱丽叶把康斯坦丝当成了来自希腊，且热衷同性恋的美男子。康丝坦斯赶紧声明自己不是同性恋。

整个荒诞的剧情在结尾处达到高潮："这个"苔丝狄蒙娜不再是莎剧《奥赛罗》里"那个"丈夫要掐死她时还逆来顺受的乖巧纤弱的贤妻淑女，而是恰如"那个"暴君式丈夫一样的女汉子，她举起枕头，叫嚷着莎剧中奥赛罗在杀"她"时喊出的恐怖台词，要闷死情敌康丝坦斯。朱丽叶试图解救，去找人帮忙。康丝坦斯举起奥赛罗送的项链，苔丝狄蒙娜见上面有她的生日题词，方才住手。康丝坦斯随即装死。此时，朱丽叶的表哥提伯尔特来了，说自己正在找朱丽叶。而苔丝狄蒙娜又把罗密欧和朱丽叶弄混了，她让提伯尔特到地下室去找。因身穿朱丽叶的衣服、迷恋苔丝狄蒙娜的罗密欧，邀苔丝狄蒙娜去地下室同床共枕。所以，罗密欧错把来找朱丽叶的提伯尔特，当成了苔丝狄蒙娜。提伯尔特却以为罗密欧就是朱丽叶，拉着就走。朱丽叶见此情景，悲伤欲绝，想自杀，被赶来的康丝坦斯阻止。俩人拥抱在一起。恰在这时，苔丝狄蒙娜进来，欲用剑刺朱丽叶，也被康丝坦斯拦阻。朱丽叶信誓旦旦要与康丝坦斯生死与共，苔丝狄蒙娜却催促康丝坦斯跟她一道去塞浦路斯。康丝坦斯打断她们，并各自指明她俩错在何处。她们答应就此放弃悲剧的冲动。

发展到此情此景，康丝坦斯意识到，自己既是这部戏的作者，同时，也正是那个要从"古斯塔夫手稿"中追踪寻觅的、常在莎士比亚喜剧结尾出现的典型人物——"聪明的傻瓜"（"Wise Fool"）。然后，她便被那股神秘的魔力置换回自己在女王大学的办公室，意外发现撰写博士论文的钢笔，竟变成了金笔。

毋庸讳言，这部力图彰显二十世纪八十年代女权主义的荒诞剧，把太多的艺术构思，花在了如何通过刻意改变苔丝狄蒙娜和朱丽叶的性属特征，故意跟莎士比亚作对。像这种极端的对男权话语的颠覆，似乎也只能在舞台上以夸张的戏仿、喜剧性或戏剧性地来表现，因为与生俱来的性属特征天然地决定着，假如现实中的女性都如这"戏仿版"的苔丝狄蒙娜和朱丽叶那样对待性欲、爱情、婚姻，那结果同样不会是一场命中注定的喜剧。单面的、挑衅的、二元对立、非此即彼的极端女权，不过是将其自身嵌进了那面男权的镜子，照出的本质没什么两样。

诚然，麦克唐纳是以作为剧作家的无上权力，在她的《晚》剧里，把强大的男性话语权赋予了莎士比亚的苔丝狄蒙娜和朱丽叶，让莎士比亚的"她俩"成为了麦克唐纳的"康斯坦丝"潜意识里的角色。无疑，这两个具有男性性属特征的女性角色，替康斯坦丝彻底释放出了她在现实世界被完全压抑的能量。换言之，穿越到莎士比亚悲剧中的康斯坦丝，通过"她俩"对男权颠倒乾坤的激烈反抗，使自己在潜意识里深藏不露的强烈欲望得到实现，足足地过了一把瘾！正如她在剧中所说："我感到血管里涌动着一股力量，嘴里尝到了铁血的味道。哈，我喜欢这感觉！"

意味深长的是，麦克唐纳并没有让她的康斯坦丝陷入像男权一样的女权窠臼难以自拔，她让康斯坦丝在穿越莎剧的潜意识之旅中自我觉醒。《晚》剧结尾处，她告诫她的那两位原型——正为她争风吃醋相持不下的苔丝狄蒙娜和朱丽叶——"别吵了,都是些可悲的井蛙之见。你们根本就不懂生活——生活要比你们想象的复杂多了!生活——真实的生活——是杂乱无章的。天哪!每一个答案衍生出新的问题,每一个问题又冒出成千上万个不同的答案。"

事实上,作为这部荒诞《晚》剧的作者自己,并不荒诞,不难发现,她的女权主义之路是绿色的,是洒满阳光的,她在《晚》剧的"序诗"中清晰地描绘出女权主义者所经历的一种心路历程,即"把心灵中对立的原型加以区分,/……让它们走出阴影重见天日;/用那些隐而不见的碎片玻璃/黏合成一面映现完整灵魂的镜子。"也就是《晚》剧开场时致辞者所说的,要用炼金术的方法,把对立的物质加以"分解",然后"掺和",以实现"雌雄合一的双性同体"和"真正自我的完美统一"。

艾米丽亚:一个颇具世俗气而富有个性光彩的女性

也许有理由认为,麦克唐纳在《晚》剧中故意忽略掉了莎士比亚绝非无心塑造的艾米丽亚。因为这个颇具世俗气而富有个性光彩的女性人物形象,即使原封不动地保留在《晚》剧里,她也丝毫不比男权附身的苔丝狄蒙娜和朱丽叶逊色。艾米丽亚性情泼辣,快人快语,柔中带刚,是非分明,嫉恶如仇,敢爱敢恨,身上充盈着一股世俗女子特有的洒脱、豪侠。

作为伊阿古的妻子,她按照基督教仪轨,像所有把丈夫视为"我的主人"(My lord,中文译本几乎约定俗成地将此通译为"我的夫君")的已婚女性一样,毫无保留地甘心服从丈夫。她天真地以为丈夫让她看准机会把奥赛罗送给苔丝狄蒙娜那块作为定情之物的手绢偷来,是因为喜欢手绢上的图案,她便"要做一块图案跟它一模一样的手绢,送给伊阿古:天知道他到底要拿它去干什么,反正我不知道。"【3.3】

这时的艾米丽亚是个像苔丝狄蒙娜一样对丈夫百依百顺的贤妻良妇,她眼里丈夫的"坏",不过是男人与生俱来的本能之"坏",最本质的"坏"不过满嘴淫词浪语,跟女人眉来眼去地调情,在老婆身上恣情纵欲。这种男人的"坏",属于今天还常挂在人们嘴边儿的俗语——"男人不坏,女人不爱"——的那种"坏"。艾米丽亚正是把伊阿古当成了这样的"坏男人",身为军人,自然更"坏"。所以,"不管他什么时候心血来潮,我只能想方设法讨他的欢心。"【3.3】

但可贵的是,艾米丽亚在讨丈夫欢心的同时,又不失主见,当她意识到奥赛罗猜忌苔丝狄蒙娜全因受到卑鄙小人的调唆,便对伊阿古说:"你要将这种卑劣的无赖揭露出来，让每一个诚实之人都手握一条鞭子，把这些龌龊的混蛋脱得赤身裸体，抽得他们从东到西，满世界抱头鼠窜！"伊阿古让她"小声点"，她不仅不听，并对此嗤之以鼻，甚至嗔怪起丈夫也曾犯过同样的猜忌毛病："呸，这些该诅咒的卑鄙小人！上次你就是被这种无耻下流的东西，搞得头脑发晕，竟怀疑我跟摩尔人私通。"【4.2】

作为受奥赛罗之命，负责照顾苔丝狄蒙娜起居的贴身女仆兼朋友，艾米丽亚对苔丝狄蒙娜的圣洁、忠贞无比钦敬，对她的清白无辜始终深信不疑。她一方面好心、刻意地提醒苔丝狄蒙娜千万别不把"猜忌之人"当回事，因为"他们从来都是毫无理由地去猜忌别人，纯粹是为猜忌而猜忌；猜忌简直就是一个无精受孕、自生自灭的怪物。"【3.4】另一方面，她也会抓住时机，信誓旦旦地向已经对妻子起了猜忌的奥赛罗保证："将军，我敢拿我的灵魂下赌注，她是贞洁的：要是您对她凭空猜疑，赶紧别再瞎想了；那会蒙蔽您的内心。假如有哪个卑鄙小人让猜疑钻进了您的脑子，就让上天用对那条毒蛇的诅咒来报应他！因为她若是一个不忠实、不贞洁、不清纯的女人，天底下也就再没有一个幸福的男人了，连最纯洁的妻子也会被人诽谤成邪恶的荡妇。"她甚至敢于当面质问奥赛罗："难道她拒绝了那么多豪门显贵的求婚，割舍父爱，远离家乡，告别朋友，就是为了让人骂做娼妇？这还不足以叫人伤心落泪吗？"【4.2】

然而，不幸的是，天真的苔丝狄蒙娜只被动地选择相信上天，面对艾米丽亚如此真切的忠告，她无助地祈求"上天保佑"，别让猜忌"这怪物钻到奥赛罗的心里！"可此时已被"这怪物"逼进牛角尖的奥赛罗，心底盘算的却是：一个品行不端的女人，如何能保证另一个女人的贞洁。他把艾米丽亚"一副伶牙俐齿"的说辞，当成了"有本事拉客的老鸨"的能说会道。这样一来，艾米丽亚的话不仅丝毫没能减轻奥赛罗的猜忌，反让他又多了一层猜疑：艾米丽亚竟连苔丝狄蒙娜奸情的一点蛛丝马迹都没察觉，这只能说明苔丝狄蒙娜"是一个狡猾的荡妇，一间上了锁的密室，里边藏满了邪恶的秘密。"【4.2】

不过，艾米丽亚可不像苔丝狄蒙娜那么逆来顺受，生死攸关之时，她所表现出的巾帼刚烈绝不让须眉。当她发现奥赛罗杀了苔丝狄蒙娜，并自我辩解说"她纵欲淫乱，变成了一个娼妓。"她怒不可遏地骂他，"你这样诽谤她，简直是一个魔鬼。"奥赛罗辩称，"她对我不忠，放荡如水。"艾米丽亚针锋相对、毫无惧色地说，"你说她放荡如水，你自己暴烈如火。啊，她是多么圣洁而忠贞！"当奥赛罗告诉她，是她那"诚实、正直"丈夫伊阿古证实了苔丝狄蒙娜的不贞洁，艾米丽亚厉声诅咒道："要是他真说了这话，就叫他阴险歹毒的灵魂每天一丁点一丁点地腐烂！他昧着良心满口胡言。"然后替苔丝狄蒙娜感叹，"她对她那个又脏又黑的蠢货真是太痴情了。"转而愤怒至极地痛骂奥赛罗，"啊，愚蠢至极的笨蛋！像淤泥一样蒙昧无知！你干下的好事——我不在乎你的剑——哪怕丢掉二十条性命，我也要揭露你的罪行。""因为你杀死了一个天地间以纯洁的心灵祈祷上帝的，最温柔可爱、最天真无邪的人。""啊，你这头凶残的蠢驴！像你这样的傻瓜笨蛋，怎配得到一位这么好的妻子？"【5.2】

而当她确认了丈夫伊阿古就是那个"卑劣的无赖"、"龌龊的混蛋"，是制造一切祸患的恶魔，而那"手绢"恰是拿去给恶魔做了证物，便毅然与丈夫决裂，她先是义正词严地当众表示："各位尊敬的先生，让我在这儿把话说完。照理我该听命于他，但现在我不服从。或许，伊阿古，我永远不再回家。"后又道出"手绢"的实情，彻底戳穿了伊阿古的阴谋，为已死去的苔丝狄蒙娜鸣冤，最终倒在伊阿古的剑下。

除此，艾米丽亚还有作为一个成熟女性的另一面，即她对男权世界有一份清醒而不失深刻的认知。上面提到，她对男人的"坏"了然于心，因此，她觉得所有男人本质上都是一样的。比如，她曾对苔丝狄蒙娜这样来解剖男人——"对我们女人来说，不用一两年，就能看清一个男人的本质：所有男人都是胃，女人全都是他们胃里的食物；馋了、饿了，就把我们吃下去，饱了，又会打嗝，甚至再把我们吐出来。"【3.4】

另外，艾米丽亚与苔丝狄蒙娜有着截然不同的节烈观。苔丝狄蒙娜将婚外性行为视为女性的奇耻大辱，哪怕用一次婚外性可以换取整个世界，她也会恪守忠贞，丝毫不为所惑。《奥赛罗》之所以能产生如此震撼人心的悲剧力量，恰恰在于，莎士比亚让那个叫奥赛罗的丈夫亲手把这样一个"圣洁而忠贞"的妻子杀死了！

在此情形下，我们先来回味一下在《奥赛罗》第四幕第三场中艾米丽亚和苔丝狄蒙娜这段耐人寻味的对话：

艾米丽亚　　说真的，我想我一定会；干完再设法弥补就是了。以圣母马利亚起誓，我才不会只为能得到一枚连锁戒指、几尺麻纱，或几件衣服、几条裙子、几顶帽子，或类似鸡毛蒜皮不值钱的小物件，去干这事：可要是能得整个世界，会有哪个女人不愿意先给丈夫戴绿帽子，然后再让他当帝王呢？我宁愿为此下炼狱。

苔丝狄蒙娜　　假如我为得到整个世界犯下这样的罪过，就罚我下地狱。

艾米丽亚　　这算什么，只不过尘世间的一个罪过而已；假如你为付出这一个罪过，而拥有了整个世界，那它又变成了你自己的世界的一个罪过，到那时，改变对错，对你还不是一件轻而易举的事？

苔丝狄蒙娜　我想世上不会有这样的女人。

艾米丽亚　　有，至少一打；此外，还有更多跟男人赌博的女人，多到可以塞满她们用肉体赢来的世界。但在我眼里，妻子的堕落都是她们丈夫的错。试想，假如他们不尽夫责，把本该我们享用的好东西，吐到别的女人的大腿缝里；或是毫无来由地醋性大发，限制我们的自由；要不就动手打我们，或一气之下削减我们的零花钱；怎么，难道我们就没有脾气吗？尽管我们天性悲悯，可我们也会复仇。要让那些做丈夫的知道，他们的老婆有着跟他们一样的感官知觉：她们能看，会闻，跟那些丈夫们一样有味觉，尝得出什么是酸，什么是甜。他们为什么会嫌弃我们，另谋新欢？是为寻欢作乐？我想是的；是性欲难耐？我想是的；干出这样的龌龊勾当，是因为意志薄弱？我想也是的。然而，我们就不能像男人们一样，移情别恋，尽享性爱，意志薄弱吗？

今年是2015年，距《奥赛罗》首演整整过去了411年。试问，我们今天能有多少人（男人女人都包括在内）依然会像苔丝狄蒙娜一样，执拗地"想世上不会有这样的"肯拿一次性去换整个世界的"女人"？又得有多少女人（这里只包括女人）会像艾米丽亚一样，恨不得真能用那"不过尘世间的一个罪过"——在她们眼里，那根本算不上是罪过——去换取整个世界呢？现实是，我们身边"今天版"的艾米丽亚早已不是"至少一打"，而已多到了数不胜数。不要说用一夜情去换世界，随便什么随手可图的名义、利益、便宜，更甭说职称、房产、权力，都可以鬼推磨般地让她们在没任何情感因素的情形下，甘愿"付出这一个罪过"。

不过，要真这么来说艾米丽亚，她倒有十足的理由生气，并反驳。因为，她绝不会为那些鸡毛蒜皮的"小物件""去干这事"，而是为拥有整个世界，才"宁愿为此下炼狱"。与此相比，她有要跟男人平起平坐的"女权"大气象，至少得在性事上跟男人享有同等权利，一如她反问的，难道"我们就不能像男人们一样，移情别恋，尽享性爱，意志薄弱吗？"何况，"在我眼里，妻子的堕落都是她们丈夫的错。"尽管艾米丽亚这番话女权味儿十足，但可以肯定的是，莎士比亚并无意把她塑造成一个后人眼里的女权主义先驱。

两者相较，苔丝狄蒙娜的圣洁、忠贞，令人肃严起敬、高山仰止，只要这个形象存在，便会有人相信、憧憬爱情的忠贞、恒久；而艾米丽亚的存在，又时刻提醒人们，我们所生活的尘间现世，在忠贞不渝的理想爱情梦影之外，更多的是像《晚》剧所揭示的那样：真实的生活是杂乱无章的。

当然，爱情生活也不例外。无论今天的"女养男宠"与"男包二奶"的平起平坐，是否就算兑现了艾米丽亚所发出的男女性平等的"天问"，至少许多人的爱情生活确实已经够"杂乱无章"的了。

苔丝狄梦娜：伊丽莎白女王时代标准的"圣经"女人

在以上论述之后，再来分析苔丝狄蒙娜这个人物，或许会变得容易些。否则，便难以解释莎士比亚何以要把她塑造成在今天看来，尤其是在现代知识女性眼里的一个愚蠢到家的爱情傻瓜，因为她实在是应验了这样一句俗语——"女人的美丽与愚蠢是画等号的！"。

先来看苔丝狄蒙娜天仙般超凡脱俗的美貌。先期抵达塞浦路斯岛的卡西奥，向蒙塔诺总督赞美苔丝狄蒙娜，说她"品貌双绝，超凡脱俗，怎么形容都不为过；任何一位诗人清词丽句的赞誉，只要跟她自身那与生俱来的天生丽质一比，都会相形见绌。"【2.1】

接下来，再看伊阿古和卡西奥的这段对话：

伊阿古	她可是那种周甫（天神朱庇特）见了都会春心荡漾的女人。
卡西奥	她是一位极品的完美女人。
伊阿古	我还敢说，她很风骚，而且床技高超。
卡西奥	真的，她的确是一个娇艳迷人、温柔可爱的女人。
伊阿古	那一双迷人的眼睛！看到那双眼睛，就像听到集合的军号。
卡西奥	那真是一双诱人的眼睛；但我觉得她气质高雅，神情端庄。
伊阿古	她一说话，不就是向爱情吹响了集合号吗？
卡西奥	她真是完美无缺。【2.3】

伊阿古的话，折射出他垂涎苔丝狄蒙娜美丽肉体真实、贪婪的欲望，显而易见，言语间他已沉浸在由"春心荡漾"、"风骚"、"床技高超"和"迷人的眼睛"所构

成的性幻想带来的快慰之中。这种虚无的快慰也是驱使他向奥赛罗复仇的动力之一，他要用猜忌这副"毒药"，让奥赛罗亲手将这具美丽的肉体，"勒死"在他淫荡地臆想出来的"那张被她玷污了的床上"。【4.1】

卡西奥不否认苔丝狄蒙娜"娇艳迷人"，生着"一双诱人的眼睛"。作为军人，卡西奥不仅有着令伊阿古羡慕、嫉妒的英俊潇洒、风流倜傥，而且，更有着令他心生嫉恨、耿耿于怀、欲取而代之的"名誉"——那个伊阿古自觉理应归自己的"副官"头衔。同时，作为男人，卡西奥既很懂女人，又很会玩女人，他知道如何讨女人欢心，如何给女人带来性快慰。正因为此，妓女比安卡才对他纠缠不放，甚至想要嫁给他。

不过，对卡西奥来说，他心目中的苔丝狄蒙娜是一个令他由衷产生敬畏的忠贞的"完美女人"。他是真心用"温柔可爱"、"气质高雅"、"神情端庄"这样的词汇，将苔丝狄蒙娜形塑成"一位极品"的"完美无缺"的圣女。因此，每当卡西奥面对苔丝狄蒙娜，尤其当他恳请苔丝狄蒙娜替他请求奥赛罗为他官复原职，他都不由自主会显出一种怯生生的拘谨，甚至歉意，唯恐沾染一丝一毫的亵渎。在苔丝狄蒙娜面前，卡西奥是一个本分的、彬彬有礼的绅士，举手投足都放不开身段。

而当他面对"娇美无比"、"甜乖乖"的情人比安卡时，就像变了一个人，这时他才是一个真实、性感，对女性肉体自然充满欲望的男人。事实上，单从男人作为雄性动物的性本能来看，卡西奥对比安卡肉体的贪恋，跟伊阿古对苔丝狄蒙娜的意淫比起来，并没什么本质的不同。他从一开始就把自己跟比安卡的交往，定位成一场彼此满足性欲的肉体游戏，压根儿也没想过有朝一日会娶她为妻。也因此，阴险狡诈的伊阿古，摸准了"那个靠出卖肉欲买吃买穿的荡妇：一个迷恋卡西奥的妓女。"是卡西奥的致命软肋。伊阿古心里明镜似的清楚，只要私底下一跟卡西奥谈及比安卡的名字，卡西奥就会"禁不住旁若无人地大笑"。【4.1】伊阿古恰是利用了他事先为卡西奥精心设计好的、这一预料之中不无淫浪的"大笑"，赚取了奥赛罗对苔丝狄蒙娜与卡西奥确有奸情的深信不疑，从而将苔丝狄蒙娜推向死亡。

现在，我们再来看苔丝狄蒙娜的品性。若论及苔丝狄蒙娜的忠贞、圣洁，也许用《奥赛罗》剧中最大的蠢蛋罗德里格的话来验证，是最合适不过的。毋庸讳言，罗德里格在剧中的价值，完全体现在从始至终被伊阿古牢牢掌控和利用，直到阴谋行刺卡西奥，反被卡西奥刺伤，后遭伊阿古灭口，临死之时才醒悟："啊，该下地狱的伊阿古！啊，你这毫无人性的狗！"【5.1】

罗德里格对苔丝狄蒙娜患有一种极端病态的单相思,"我对她如此痴情十分可耻;但我痴心难改,无力自拔。"【1.3】他偏执地相信伊阿古所说的每一句谎言,以为只要一次次把钱交给伊阿古,伊阿古就有本事替他向苔丝狄蒙娜求爱,他便很快可以跟苔丝狄蒙娜亲热。他被伊阿古编织起来的这个天方夜谭般的性幻梦诱惑着,一次次受愚弄,一次次上当。在此期间,他也曾不禁产生过疑惑,责怪伊阿古言而无信:"你从我这里拿去的那些送给苔丝狄蒙娜的珠宝,连诱惑一个修女都足够了;你跟我说,珠宝她都收下了,很快就能跟她会面,一睹芳容,让我满心欢喜地等着跟她亲热。"他甚至威胁过伊阿古:"我要自己去找苔丝狄蒙娜,并实言相告:她要是肯把珠宝还给我,我也不再死皮赖脸地追她,放弃这种不正当的求爱。"【4.2】

不知今天的人们会否觉得,苔丝狄蒙娜对奥赛罗痴爱到傻的程度,似乎一点不比罗德里格痴傻地暗恋苔丝狄蒙娜,显得更有头脑。在某种程度上甚至可以说,在《奥赛罗》一剧中,除了邪恶阴毒、罪该万死的伊阿古最后被绳之以法,死去的这三个人——苔丝狄蒙娜、奥赛罗、罗德里格——都是傻瓜。没脑子却自认聪明的傻瓜,最容易被人利用,这倒是一条颠扑不破的真理。

但无论怎样,罗德里格有一点自始至终都没犯傻,那就是他对苔丝狄蒙娜的圣洁品性深信不疑。若非如此,他也不会为抱得一个美人归而甘冒倾家荡产的风险。因此,当伊阿古对罗德里格谎称苔丝狄蒙娜迷上了卡西奥,并想借此来挑起罗德里格对卡西奥的醋意时,伊阿古的奸计竟罕见地失灵了!罗德里格断言:"我不相信她是这样的人;她身上体现着最为圣洁的品性。"【2.1】

显而易见,单就猜忌苔丝狄蒙娜的圣洁品性而言,奥赛罗的傻还要在罗德里格之上。

那么,问题来了,奥赛罗何以会从最初的"我敢用生命保证她的忠贞"【1.3】,变得由猜忌而疯狂,并最终断定妻子是一个"淫邪"的"娼妓",而亲手杀死她呢?

这便又回到了前边在剖析奥赛罗这个人物时所说的《奥赛罗》悲剧的核心点——肤色。没错,从中作祟的就是奥赛罗的皮肤!可以说,是皮肤的不同决定了,奥赛罗和罗德里格是成为这样一个傻瓜,还是那样一个傻瓜。即便奥赛罗不能生得如卡西奥那般俊秀,只要他像罗德里格一样,哪怕是一个威尼斯以外白皮肤的外国人,而不是一个摩尔人,《奥赛罗》的悲剧就不会发生了。

事实非常清楚,莎士比亚的《奥赛罗》就是要拿"摩尔人"做文章,否则,莎士比亚干吗非要把剧名定为"威尼斯的摩尔人的悲剧"呢?因此,莎士比亚把拿奥赛罗的摩尔人肤色做文章的差事，全盘交给了伊阿古，让他使出浑身解数，一定要用猜忌这把人性的利剑将这对誓死相爱的奥赛罗夫妇杀死。

担任过美国第六届总统的约翰·昆西·亚当斯（John Quincy Adams, 1767—1848），曾在写给饰演过莎士比亚最出名的喜剧人物之一福斯塔夫（《亨利四世》）的美国演员詹姆斯·亨利·哈克特（James Henry Hackett, 1800—1871）的一封信中说："我不喜欢苔丝狄梦娜这个人物，并非基于伊阿古、罗德里格、勃拉班修或奥赛罗所说的关于她的话，而是根据她自己的所作所为。她深更半夜从父亲家出走，嫁给一个摩尔人。她伤透了父亲的心，给家庭蒙上阴影，为的是像朱丽叶或米兰达（《暴风雨》）一样，追求纯粹的爱情吗？非也！这是不自然的冲动，且无法加以细说……假如奥赛罗是白人，她有什么必要从家里私奔呢？她可以名正言顺地嫁给他。她父亲也没有理由反对这门婚事，悲剧也不会发生。假如奥赛罗的肤色对于整部悲剧的重要性，不及朱丽叶的年龄对其性格、命运那么重要，莎士比亚的这个剧本我就算白读了。苔丝狄梦娜的父亲指责奥赛罗为赢得他女儿的爱情，施用了妖法。为什么？不就是因为她对他的恋情不自然。而又为什么不自然呢？还不就是因为他的肤色嘛。"（此信选自1863年重印的《关于莎士比亚的剧作和演员的札记、批评和通信》。）

确实如此，说穿了，《奥赛罗》的悲剧点，就是摩尔人的肤色。

尽管威尼斯共和国德高望重的元老之一、苔丝狄蒙娜的父亲勃拉班修，并不敌视奥赛罗的肤色，可以把他视为朋友，并常请到家中作客，但要认他做女婿，则绝不答应。所以，当他带人找到奥赛罗要抓捕他时，毫不留情地厉声质问："要不是中了你的邪，像她这样一位如此温柔、漂亮、幸福的姑娘——竟会不顾人们的蔑视、嘲笑——拒绝了国内所有风流倜傥的富家子弟的求婚，从家里逃出来，投入你这个下流东西黑漆漆的怀抱。"【1.2】当他与奥赛罗对簿公堂时，当着满朝元老，又毫不隐讳地轻蔑嘲笑："她一个毫无血性的柔弱女子；生性如此温婉、娴静，心里哪怕有一点感情的萌动，就会满脸羞红；难道像她这样的一个女孩子，会撇开纯真的天性、年龄的悬殊、国族的差异、尊贵的名誉，不顾一切地跟这个看一眼都让她感到害怕的人相爱！""试想，一个身无残疾、双目灵秀、心智健全之人——若非受到妖术蛊惑，怎么会犯下这样荒谬绝伦的大错。"因而断定，奥赛罗一定"是用了什么烈性的春药，或是念了符咒以达到催春效果的迷药，激起了她的性欲，把她诱奸了。"【1.3】

显然，包括奥赛罗自己在内的所有人，对他的肤色都异常敏感。因此，对绝顶聪明的奸人伊阿古来说，利用奥赛罗自己的肤色挑起他对妻子的猜忌，是最自然、简单而又毫不费力的事。所以，当他对奥赛罗说出那句貌似轻描淡写的话——"但我不无担心的是，当她的肉欲一旦满足，只要拿您的脸跟她那些英俊潇洒的威尼斯同胞一比，也许感到后悔，进而会很自然地重新作出选择。"【3.3】——奥赛罗潜意识里因摩尔人特有的黝黑肤色而带来的五味杂陈的自卑心理，就蠢蠢欲动了。倘若奥赛罗没在心底深藏着这份无法消除的自卑，他又何必强调"我有高贵的皇族血统"呢？【1.2】

再者，既然他对自身这"高贵的皇族血统"那么自信，为何发觉自己爱上了苔丝狄蒙娜，却拿不出征战沙场时一夫当关，万夫莫开的勇气，"主动"向这位威尼斯真正的贵族元老的女儿求爱，而一定要"被动"地等来苔丝狄蒙娜向他发出明白无误的"暗示"，再实施胜券在握的进攻呢？不外乎这样两个理由：一，奥赛罗虽粗莽愚钝，却绝非一点不懂得怀春少女的心，他"看准时机，想了个巧妙的办法"，"引得她向我发出诚挚的恳求，让我把亲身经历的所有传奇、历险，详详细细地给她讲述一遍。"果然，听完"这些故事"，感到"痛苦"、"惊奇"和"同情"的苔丝狄蒙娜，先向奥赛罗"主动"发出了爱的强烈信号，如奥赛罗后来当众坦诚的那样："希望上天能赐给她一个拥有这种传奇经历的男人做丈夫；她向我道谢，对我说，假如我有一个朋友爱上了她，我只要教会这位朋友如何讲述我的故事，就可以向她求爱。"【1.3】

第二，则是深藏于奥赛罗内心，无法诉说的那种复杂、微妙的无奈、遗憾，即高贵的血统无法改变摩尔人的肤色。然而，随着奥赛罗由一个"被动"的求爱者变成苔丝狄蒙娜的丈夫，也就是在成为苔丝狄蒙娜名正言顺的"我的主人"之后，这一深藏不露的自卑，转瞬之间遂又变成了"奥赛罗式"的绝对自信。可惜，他的这一微妙心思，没能逃过伊阿古那一双魔鬼的眼睛。用今天的话来说就是，伊阿古懂得现代心理学，他一眼就识破了奥赛罗的"炫耀"源于内心的不自信，他要靠拥有某种难以企及的东西，比如将军头衔、"圣洁而忠贞"的美丽妻子，通过获得外界的认可、羡慕、崇拜来建立自信。

在此，又一个问题来了，何以苔丝狄蒙娜会爱上奥赛罗，而且非爱这个摩尔人不可？

其实，这个问题很好回答，苔丝狄蒙娜爱的是这个摩尔人，而摩尔人恰恰是这样的肤色。关于他们相爱，用奥赛罗的一句话简单来说就是："她爱我，是因为我经受了种种苦难；而我爱她，是因为她对我的同情。"【1.3】这便是他们爱情的核心实质和全部内容。

实际上，苔丝狄蒙娜是被一个"过去时"的奥赛罗给迷住了，或者说，她爱上的是那个"过去时"的奥赛罗,因为奥赛罗向苔丝狄蒙娜讲述自己所经受的那些"传奇经历"、"种种苦难",都属于过去完成了的。只有爱情是奥赛罗唯一没有经历过的"苦难"。

而同样不知爱情为何物的贵族小姐苔丝狄蒙娜,理所当然地认定"奥赛罗式"的英雄好汉,一定会是一个"心胸坦荡"大丈夫。否则,她也不会拒绝那么多贵族豪门的求婚。可她并不真正了解这个"现在时"的将军丈夫,她信任的是那个"过去时"的草莽英雄。她绝不相信奥赛罗会猜忌自己不贞,因此,当奥赛罗患上猜忌症时,她还能那么轻描淡写地说出:"好在我那尊贵的摩尔人心胸坦荡,不像那些善于猜忌的卑鄙男人们鼠肚鸡肠,否则,他就会猜疑多心了。"【3.4】

今天来看,令人难以理解并觉可悲的是,最后,当猜忌的丈夫掐死了她,她也只是吐着残存的那点儿游丝般的气息,轻声说"我死得好冤枉"。不仅丝毫不觉得这个大丈夫是一个"鼠肚鸡肠"的"卑鄙男人",当艾米丽亚问她"这是谁干的"?她还辩解说"是我自己",并要艾米丽亚"代我向仁慈的夫君致意"。真是傻到家了!

最后需要解决的一个问题是,为什么平时胆小、羞涩、温柔、善良、清纯、娴静、贤惠、孝顺的苔丝狄蒙娜,一旦决心嫁给奥赛罗,就一瞬间变成了艾米丽亚式敢作敢为的女性,逃离家庭、背叛父亲、割舍亲情,那么的义无反顾、不计后果,而在结婚之后,却又瞬间变成一个对丈夫小鸟依人的千般服从、万般忍耐,甚至面对毫无道理的猜忌、粗鄙不堪的辱骂也逆来顺受的妻子呢?

其实,这样的事放在今天,也并非完全不能理解。活在当下的现代女性,一旦体内的荷尔蒙被她心目中认定的某个"奥赛罗式"的英雄男子汉点燃,哪怕他相貌奇丑,她也依然会盲目痴情到义无反顾地与之相爱、以身相许,断绝亲情亦在所不惜。盲目的爱情不是伊丽莎白女王时代的专利,它在任何时候都是危险的。只是一般来说,现代女性虽仍然时时会在爱情或婚姻上犯傻,倒几乎再也不会像苔丝狄蒙娜那样,愚蠢至极到任由丈夫猜忌,逆来顺受地由着丈夫在床上把自己掐死。不过,现代奥赛罗们嫉妒或猜忌的那根神经,不见得比奥赛罗放松了多少。

话说回来,这样的事发生在伊丽莎白时代的英格兰,丝毫不值得大惊小怪。苔丝狄蒙娜在元老院会议室的那番表白,已足以说明问题。她当着公爵的面,对父亲慷慨陈词:"尊贵的父亲,我此时深切感受到了一种两难的义务:我的生命和教养都是您给予的;我的生命和教养也让我懂得该如何敬重您;您是我要尽孝的一家之长,直到此刻,我一直是您的女儿。但身边这一位是我的丈夫;正如我母亲在您面前表现出来的服从,远胜过服从她的父亲,我也要求得到和我母亲一样

的权利，有义务对这位摩尔人，我的夫君，表现出同样的服从。"【1.3】

当奥赛罗被任命为塞浦路斯总督，必须立刻动身，率军前往塞浦路斯，去防备、抵御土耳其人的进攻，这时，苔丝狄蒙娜决然宣布，要随夫出征。她说："我要彻底打破常规，不顾命运的风暴，公开向世人宣告，我爱这摩尔人，情愿与他生死相守；我的心已完全被我丈夫高尚的人格品德所征服；我能在他的心里，看见奥赛罗的容貌；我的灵魂和命运都奉献给了他的荣誉和忠勇。所以，诸位元老，要是让他一个人去前方浴血奋战，而把我留在后方，那样，我就会变成一只苟且偷安的寄生虫；彼此相爱、同甘共苦的权利一旦被剥夺，在他离别的日子里，我便只能靠刻骨铭心的思念百无聊赖地消磨时光。让我跟他去吧！"【1.3】

以上这两段话，是苔丝狄蒙娜在《奥赛罗》全剧中所说的最有力量、最具神采，也最富巾帼豪情的独白。第一段话，以如此豪言，割断父爱，是苔丝狄蒙娜的父亲勃拉班修绝没有想到的。第二段话，以如此壮怀，语惊四座，更是出乎包括奥赛罗在内的所有人意料。宿命地看，苔丝狄蒙娜正是通过这两段话，将父亲勃拉班修和她自己送上了命运的不归路。

首先，她父亲抑郁而死，完全是她同奥赛罗偷偷结婚造成的，如格拉蒂安诺最后对已死在床上的苔丝狄蒙娜所说的："你的婚事要了他的命，过度忧伤割断了他垂暮老朽的生命线。假如他现在还活着，这惨景也会让他在绝望中自杀，是的，他一定会咒骂着赶走身边的守护天使，自绝于上帝，甘愿下地狱。"【5.2】

其次，用奥赛罗的话来说，苔丝狄蒙娜是"用自己的眼睛选择了"【3.3】他。按照当时英格兰妇女严格遵循的基督教妇女观，已婚妇女一定要做"恪守妇道"的"圣经"女人，这个"妇道"归根结底只有一条，即顺从丈夫。

这样，也就终于可以解释苔丝狄蒙娜为什么之所以只能是苔丝狄蒙娜了。她是莎士比亚刻意要塑造的一个理想的、忠贞而圣洁的"莎拉的女儿"。

实际上，如同《奥赛罗》中有婚前、婚后两个不同的奥赛罗一样，也有两个苔丝狄蒙娜。这"两个"苔丝狄蒙娜完全判若两人。

婚前的苔丝狄蒙娜是一个渴望并自由追求爱情的少女，她是完全不计肤色得失地爱上奥赛罗。她心底涌动着不啻是《旧约·雅歌》的诗句："愿你把我带走，让我们逃奔；/我的君王，领我进你的寝室。/我们会因你的欢乐欢欣鼓舞；/我们会赞美你的爱情，胜过歌颂美酒。"【1.4】"愿你把我刻在你的心田；把我的印记戴在手臂上。因为爱情像死亡一样坚强，激情像坟墓一样狂暴。它熊熊燃烧，发出吞噬的烈焰。大水不能熄灭爱情，洪水也不能将它吞没。若有人倾尽家财换爱情，必招致嘲弄鄙视。"【8.6—7】

婚后的苔丝狄蒙娜则由一个青春四溢的"圣经"少女,变身为一个完全把命运交给丈夫的"圣经"女人。一如《旧约·创世纪》3∶16所云:"你却要恭顺丈夫,任凭他支配。"《圣经·新约》中也有许多要妻子顺从丈夫妇的规训,如《新约·以弗所书》5∶22—24:"做妻子的,你们要顺从自己的丈夫,好像顺从主。因为丈夫是妻子的头,正如基督是教会——他的身体——的头,也是教会的救主。正如教会顺服基督,妻子应该凡事顺从丈夫。"6∶1—4:"做儿女的,你们要听从父母;这是基督徒的本分。'要孝敬父母,你就事事亨通,在世上享长寿!'这是第一条带着应许的诫命。做父亲的,你们不要激怒儿女,要用主的教导来养育栽培他们。"《新约·提多书》2∶4—5:"善导年轻妇女,训练她们怎样爱丈夫和儿女,怎样管束自己,要贞洁,善于处理家务,服从丈夫。"《新约·彼得前书》3∶1—5:"做妻子的,你们也应该顺服自己的丈夫……他们会看见你们纯洁和端正的品行……你们应该有内在的美,以那不会衰退的温柔娴静为妆饰;这在上帝眼中是最有价值的。因为,从前那些仰望上帝的圣洁妇女也都以服从丈夫来妆饰自己。莎拉也是这样;她服从亚伯拉罕,称呼他'主人'。你们有好行为,不畏惧什么,你们就都是莎拉的女儿了。"

在《奥赛罗》中不难看出,苔丝狄蒙娜虽从未明说自己是"莎拉的女儿",但她相信自己"有好行为","不畏惧什么",因为她"凡事顺从丈夫",这便是她的生活理想和幸福生活的全部。在发表完那两段宣言性质的有力誓词之后,她不再有力,而甘愿软弱无力地顺从。当她替卡西奥求情被奥赛罗婉拒后,虽心有不悦,表白的却是:"您爱怎么样就怎么样,无论您怎么样,我都会顺从的。"【3.1】这之后,她只在奥赛罗粗暴地质问她"你不是一个娼妓吗?"的时候,说了一句最有力的回应:"不是,否则我就不是一个基督徒:要是我为夫君保持了清白之身,不让它被任何淫邪之手非法玷污,便不算一个娼妓,那我就不是娼妓。"【4.2】

法国文学理论家斯达尔夫人在其《论文学》中指出,"在莎士比亚时代的英国,因政治动乱妨碍了社会习俗的建立,有关妇女生活的习惯尚未形成。因此,妇女在悲剧中的地位便完全取决于作者的愿望:莎士比亚也不例外。写到女性,他有时会使用爱情激起的最崇高的语言,有时却又带着最流行的粗俗趣味。这位感情丰富的天才,像受到上帝启示的传教士一样,完全受到感情的启示:激动的时候,便口出神言。而当他的灵魂恢复了平静,不过一个凡人而已。"

由斯达尔夫人的描述来看苔丝狄蒙娜,的确就是这样,那两段独白可谓"用爱情激起的最崇高的语言",这个时候的苔丝狄蒙娜正是"激动的时候,便口出神言",此后,她不过一个只知顺从丈夫、自怨自艾的平庸妇人而已,闪现她作为

"圣经"女人"圣洁而忠贞"的灵光神韵消失殆尽。

当她面对丈夫猜忌之下野蛮的暴怒，唯有怯懦无助地"哼唱"起《杨柳歌》，来排解、抒发内心的哀怨、无尽的忧伤、绝望的惆怅。这是当年苔丝狄蒙娜的母亲的女仆芭芭拉临死前一直"哼唱"的一首老歌。芭芭拉陷入爱河，可她爱的男人变了心，把她抛弃，她唯有一死。夜晚，这首歌在预感到噩梦将临的苔丝狄蒙娜的脑际挥之不去，她要像那可怜的芭芭拉一样，把这首《杨柳歌》当成一曲安魂挽歌：

> 可怜人坐在一棵野无花果树下叹息，
> 不停地歌唱一棵翠绿的杨柳；
> 她把手抚在胸上，低首垂到膝头，
> 唱那棵杨柳，杨柳，杨柳。
> 身边清冽的溪流，呻吟着她的哀怨；
> 唱那棵杨柳，杨柳，杨柳；
> 酸楚的泪水，将坚硬的顽石软化。
> 唱那棵杨柳，
> ……
> 我叫我的情人负心汉；可是他会怎么说？
> 唱那棵杨柳，杨柳，杨柳。
> 假如我另有所爱，你就去睡别的情郎。——【4.3】

当她睁开惺忪睡眼，面对如野兽一般咆哮着斥骂她"呸，娼妓"、"去死吧，娼妓"，并毫不留情要杀死她的凶神恶煞的丈夫，她也唯有发出一声声孱弱无力的表白和不断的祈求："我感到了恐惧""罪恶就是我对您的爱""希望您不是对我起了杀心""我现在还不能死""那愿上帝怜悯我吧""也愿您得到怜悯""我的主人，遗弃我吧，但不要杀我""让我再做一次祷告"。【5.2】然而，此时这个已被猜忌夺去理性的魔鬼丈夫，竟连"一次祷告"都没留给她，何其悲凉，何其惨绝！

俄国文学批评家车尔尼雪夫斯基（Nikolay Gavrilovich Chernyshevsky, 1828—1889）曾于1855年，在论及"艺术与现实的美学关系"时，对莎翁笔下的爱情做过这样的描述："爱情比我们日常的微小的思虑和冲动强烈得多；愤怒、嫉妒、一般的热情，都远比日常的感觉要强烈——因此热情是崇高的现象。恺撒、奥赛罗、苔丝狄蒙娜、奥菲莉亚都是崇高的人……奥赛罗的爱和猜忌远比常人强烈；苔丝狄梦娜和奥菲莉亚的爱和痛苦是如此真诚，也远非每个女人所能做到……这就是崇高的显著特点……任何人都可以看出来，完全是伊阿古卑鄙无耻的奸恶行为杀死了她……苔丝狄蒙娜的罪过是太天真，以致预料不到会有人中伤她。"

苔丝狄蒙娜真是"太天真"了！这个"天真"不是傻！

事实上，也只有如此，我们才能理解她在死前咽最后一口气时，当艾米丽亚问她"是谁干的"，她蠕动嘴唇从嘴里挤出的那最后一句话——"没有谁；是我自己，永别了。代我向仁慈的夫君致意。啊，永别了！"。

是的，她就是这样死的，就这样死了！她既是自己选择了这个要"凡事顺从"的"仁慈的夫君"做"我的主人"，那杀死自己的，只能"是我自己"！

车尔尼雪夫斯基还曾于 1854 年，这样论及过莎剧中的"崇高与滑稽"："苔丝狄梦娜就是由于她的轻信、缺乏经验、天真，扰乱了丈夫的平静，从而遭到毁灭；奥菲莉亚的毁灭，是由于她轻信对哈姆雷特的爱情，以至于什么事都对哈姆雷特言听计从，完全由他来摆布……像苔丝狄梦娜这样一个既天真又大意的女人，势必会招致丈夫的猜忌，不为这事儿，也会为那事儿……她不理解，她的爱人怎么就不能像她无限爱他似的来爱她。从另一方面来看，她们陷入这样的错误也无可避免：假如苔丝狄梦娜不这么纯朴，天真到了无所用心，她也就不会如此爱着奥赛罗了；假如奥菲莉亚能猜到她对哈姆雷特的爱情是怎样一种结局，她也就不成其为奥菲莉亚，不成其为能够感到无限爱情的人了。"（摘自《车尔尼雪夫斯基哲学著作选集》）

在这个意义上，苔丝狄蒙娜和奥菲莉亚的爱情都不是傻，而是崇高。而今，我们不再有这样的崇高，只剩下了滑稽。因此，这样"崇高"的爱情，在我们眼里，自然成为滑稽可笑的愚蠢浪漫。

六、伊阿古：邪恶灵魂永不消亡

一个千古奸恶之人

英国著名戏剧史家、莎学家约翰·拉姆塞·阿勒代斯·尼科尔（John Ramsay Allardyce Nicoll, 1894—1976）在其皇皇六卷本的《英国戏剧史》（*History of English Drama, 1660—1900*）中说，"在一些悲剧，尤其伊丽莎白时代的悲剧中，男主人不仅有一个，还会有两个，而悲剧情绪就来自这两位主人公的个性冲突。

《奥赛罗》的男主人公到底是谁？可以说，奥赛罗本人在最后一幕之前，没做过任何事。我们在这部剧中看到了两个主人公：伊阿古以一种人性中的可怕弱点，玩弄着一个冷酷无情的欺骗把戏；奥赛罗则以另一种不同于伊阿古的人性弱点，逐步走向自我毁灭。它不像《哈姆雷特》和《李尔王》那样的戏，只有单一的男主人公。"

按照古典主义戏剧金科玉律的要求，悲剧主人公即便不是君主，也得是一位声名显赫之人。同时，在中世纪，无论是否出于对亚里士多德及其追随者的恍惚记忆，悲剧已在人们头脑中固化成这样一条"准则"，即所有悲剧说的都是王公贵族的事。尼科尔还借享有英国文学之父和中世纪最伟大英国诗人之誉的乔叟笔下修道士的话说，悲剧正如我们所能记住的古书那样，它所讲述的，是一个人的某个故事：此人原本位高权重，居功至伟，后来却跌入低谷，陷入窘境，终至惨死。

《奥赛罗》讲的就是这样"一个人"的"某个"故事。

他何以惨死？简言之，被伊阿古所害。又如何被害？尼科尔也说得简单明了："奥赛罗是个愚昧无知之人，一愤怒就暴跳如雷，可莎士比亚却偏偏把他安排在了伊阿古的对立面，而后者又是一个做事肆无忌惮的绝顶聪明之人。实际上，伊阿古的坏事，是被奥赛罗的弱智低能诱惑着干的……假如将哈姆雷特置于奥赛罗的地位，或把他俩再反过来对调一下，无论莎士比亚式的悲剧，抑或其他类型的悲剧，就都不会发生了。"

无疑，莎士比亚是为了让奥赛罗如此惨死，才如此塑造伊阿古的。不必讳言，就刻画人物性格而言，伊阿古是《奥赛罗》剧中最丰满的一个，在舞台上似乎更是如此，凡他一张口说话，一举手投足，便浑身充满了戏。奥赛罗、苔丝狄蒙娜、卡西奥，更别说罗德里格了，都是他手里操控的玩偶，他牵动着他们，同时也牵动着剧情演绎的每一根神经。因此，从这个角度也可以说，他几乎抢了所有人的戏。《奥赛罗》因伊阿古而悲得出彩、好看。

甚至还可以说，悲剧《奥赛罗》的艺术成功，不在于它塑造了一个叫奥赛罗的"愚蠢的"被害之人，而多半在于它塑造了一个叫伊阿古的"精彩的"害人者。假如两个人的戏份儿加在一起是10分，伊阿古至少占去6分。比较来看，奥赛罗更像一个速写白描的粗线条人物，虽有棱角，却处处显得硬邦邦的，而伊阿古简直就是一个三维立体的魔鬼化身，那么逼肖，那么鲜活，那么富有大奸到极点的灵性，那么富有大恶到透顶的魂魄。

没错，伊阿古就是一个彻头彻尾、邪恶阴毒、罪不容赦、该下地狱、永劫不复的卑鄙恶棍、流氓无赖、奸佞小人，把一切形容坏人的毒词恶语一股脑全倒灌在他身上，诸如卑劣、无耻、龌龊、阴险、好色、贪婪、歹毒、奸恶、欺诈、残忍、冷酷、无情、嗜血、鼠肚鸡肠、猜忌成性、口蜜腹剑、利令智昏、诡计多端、背信弃义、心狠手辣、丧尽天良、无恶不作之类，一点也不为过。在莎士比亚笔下，伊阿古堪称坏人堆里的人尖儿，即便放到世界文学专门陈列坏人的画廊里，纵使不能抢得头牌，位列三甲绝无问题。

在意大利作曲家威尔第（Giuseppe Verdi, 1813—1901）谱曲的歌剧版《奥赛罗》中，伊阿古有这样几句唱词："我为我的恶魔驱使。""从一颗邪恶的幼芽，我生成邪恶。""我相信人是邪恶命运的玩物。""天堂是老妪的神话。"

无疑，伊阿古不信天堂，邪恶就是他的人性恶魔，是他一切行为的出发点，是他生命的本钱和人生的指南。在这个意义上也可以说，莎士比亚创造的伊阿古这个文学艺术形象，更具有一种象征意味，即伊阿古就是那个寄居在人心最黑暗处优哉游哉的魔鬼的代表，一方面，他预示着人类一旦打开心底的潘多拉盒子，把这只魔鬼释放出来，它就会不择手段地像伊阿古一样，把人的命运玩于股掌之间，直至将其毁灭；另一方面，他的邪恶本身又是折射人类龌龊人性的一面镜子，它无情地暴露出，面对笑容可掬到讨人喜欢的魔鬼的诱惑，人类会变得多么愚蠢，多么脆弱，多么容易上当受骗，又是多么心甘情愿、乐此不疲地当玩物，以致行为荒诞、人格缺陷、意志薄弱，像奥赛罗一样，最后走向自我毁灭。

柯勒律治对《奥赛罗》有一句著名评论，他说："伊阿古的最后一段独白表现出他无动机的作恶动机——多么可恶！"又是多么可怕啊！

以阴谋害人，何其恶也！

伊阿古的阴损邪恶招数实在谈不上有什么独到高妙之处，不外古今世间小人惯用的那些雕虫小技，但这样的伎俩、手段却是小人们得心应手、百试不爽的独门绝活。

伊阿古智商奇高，聪明过人，又特别工于心计。奥赛罗评价他，"这家伙世事洞明，人情练达，为人又极为诚实。"【3.3】奥赛罗跟伊阿古斗法之所以最后输个精光，全因他看走了眼，误以为伊阿古是"极为诚实"之人，竟至绝对信任到听了他的调唆之后，宁可猜忌妻子，也对他丝毫不起疑心的迷信地步；而伊阿古被奥赛罗看准的"世事洞明，人情练达"，却是他得以混迹江湖、左右逢源的精湛内功。

《奥赛罗》以罗德里格骂伊阿古骗了他钱，却有意向他隐瞒奥赛罗已和苔丝狄蒙娜秘密结婚一事开场，拉开戏剧冲突的大幕。伊阿古先假装不知实情，继而如簧巧舌挑拨离间，不仅瞬间重获罗德里格的信任，得以继续骗取他的钱财，同时，还名正言顺地利用罗德里格那病态的对奥赛罗的"夺爱之恨"，与他心底由嫉恨点燃的复仇之火合二为一，烧向沉浸在新婚快乐里的奥赛罗。

伊阿古有理由嫉恨奥赛罗，简单说来，伊阿古对奥赛罗有这样三层嫉恨：

一．在他眼里不过一介武夫，只会用兵打仗、攻城拔寨的草莽英雄，肤色黝黑、长相难看的异族摩尔人奥赛罗，不仅当了将军，还娶了他始终垂涎、意淫的美女苔丝狄蒙娜。

蒙在鼓里的罗德里格从始至终都不知道伊阿古的这一秘密，即他和伊阿古有着同一个意淫对象——苔丝狄蒙娜。仅凭这一点，作为情敌的伊阿古只会骗他钱，而绝不会帮他成全与苔丝狄蒙娜的"好事"。以伊阿古的识人本领，他当然晓得罗德里格对苔丝狄蒙娜的病态单相思。所以，他从来都是以真实的谎言来诱惑罗德里格："凭我的智慧，集中地狱中所有恶魔的力量，打破一个四处流浪的野蛮人和一个工于心计、过分讲究的威尼斯女人之间一句神圣而脆弱的婚姻誓言，易如反掌；到那时，你就可以享用她了；因此，多搞些钱来。"【1.3】伊阿古的好色本性和贪婪敛财的本事于此昭然若揭，他在此对罗德里格说出的这个"你"，分明指的是他自己，表面说这话时，他已经在"可以享用她了"的意淫幻梦里心迷神醉。他既淫苔丝狄蒙娜的色，又贪罗德里格的财，他要的是一箭双雕，财色双收。他曾明确表示："卡西奥爱她，对此我深信不疑；她爱卡西奥，这应该也是十分可信的。至于那摩尔人——尽管我对他难以容忍——唉，我也是爱她的，当然并非完全出于肉欲——虽然我也许真的犯了肉欲的大罪恶——"【2.1】

这里涉及伊阿古的女人观。在当时，威尼斯女人的放荡闻名欧洲，伊阿古自然认为天底下的女人都一样："你们出了家门，静默无语美如画，回到客厅，舌头便像只铃铛吵闹刺耳响不停，进了厨房就变野猫；害别人时，假装圣徒一脸无辜；一旦受侵犯，转眼之间成恶魔；对家务，敷衍了事当儿戏；上了床，又狂野放荡如淫妇。"因此，他不仅不会像罗德里格一样，相信苔丝狄蒙娜的"圣洁"品性，甚而骂她是"圣洁的骚货！她喝的酒也是用葡萄酿的；她要是圣洁，也绝不会爱上那摩尔人；圣洁个屁！"【2.1】也因此，他潜意识里确信，苔丝狄蒙娜必与卡西奥有奸情。所以，他心里很清楚，当他火上浇油，对奥赛罗说出这样如刀剜心般字字见血的话——"我对咱本国娘儿们的秉性知道得一清二楚：在威尼斯，她们跟丈夫做不出来的放浪淫荡，却敢当着上帝的面去做。她们的最大良心，不是不干，而是干了不让人知道。"【3.3】——奥赛罗不可能无动于衷。

奥赛罗也的确不是一枚无缝可叮的蛋，实际上，他骨子里对女人的看法，与伊阿古并无本质差异。换言之，他对自己会被苔丝狄蒙娜这样一个"圣洁而忠贞"

的女人爱到无以复加，并没有绝对的把握和信心。因此，当他听到伊阿古跟他说，"她当初可是骗了自己的父亲跟您结婚的；而当她对您的相貌显出几分惊恐之时，却又是她最爱您的时候。"【3.3】他很容易就动摇了。

凡小人，便惯常以小人之心去揣测别人，此人性景观自古而然，时至今日，伊阿古不仅后继有人，且人丁过旺。奈何！

二. 他对自己的能力深信不疑，自觉给奥赛罗当个副官应"绰绰有余"，何况奥赛罗"曾亲眼目睹我如何在罗德岛、塞浦路斯及其他基督教和异教徒的土地上屡立战功。"但奥赛罗"傲慢十足"，一口回绝了"三位替我说情的大人物"。而洞悉世情的他心里又再清楚不过，"军中的提职晋升一直就这德性，从不按规矩逐级提拔，只要有人举荐说情或讨得上司欢心，就能越级擢升。"尤其令他难以接受的是，被任命为副官的卡西奥正是他眼里会"讨得上司欢心"的人，不仅如此，最关键在于"——在战场上，他从未带过一兵一卒，至于排兵布阵，他简直还不如一个独守空闺的老处女懂得多。即便空谈军事理论，那些身穿长袍的元老们也会比他更在行。他只会扯淡，没有一点实战经验，这就是他作为军人的全部资质。"所以，他把卡西奥蔑称为一个只会为自己精打细算的"精算师"。这样的人"当上副官，真是交了狗屎运。而我——上帝瞎了眼！——只在这摩尔人的麾下混上一个掌旗官。"【1.1】

另一方面，在好色的伊阿古眼里的卡西奥，是"一个英俊潇洒，年龄相仿，风度翩翩，气质优雅的男人"。"一个魔鬼般的流氓！况且，这家伙长得英俊，又年轻，所有勾引令那些愚蠢淫荡、年轻贪欲的女性上钩的条件，他无一不备。"【2.1】这样，就他又多了一层自卑，觉得自己在风流情场上也注定是卡西奥的手下败将；他甚至嫉恨到要卡西奥死，"要是卡西奥没死，他那自然洒脱的儒雅风度，会使我每一天都感到自惭形秽。"【5.1】

常言道，小人难防，故不可轻易得罪。得罪小人最可怕的后果之一，便是像伊阿古一样把上帝的不公作为正义或合理的借口，向卡西奥复仇，向奥赛罗复仇！问题在于，小人防不胜防，拿奥赛罗来说，他根本不知道自己在何时，又为何就把伊阿古得罪了，直到自刎之前前才幡然醒悟。

三. 他不仅猜忌奥赛罗与妻子艾米丽亚通奸，发誓要"以妻还妻"，他还怀疑卡西奥也跟他老婆通奸。也许是伊阿古在庆功晚宴故意将卡西奥灌醉，指使罗德里格与卡西奥大打出手，引起骚乱，先导致卡西奥被撤职，再撺掇卡西奥去找苔丝狄蒙娜向奥赛罗求情，让他官复原职，以挑起奥赛罗对苔丝狄蒙娜与卡西奥有奸情的猜忌，然后又精心策划、设计、制造了"手绢门"事件，让奥赛罗亲眼目睹到确凿的奸情证据——他求爱时送给苔丝狄蒙娜的定情礼物——手绢，终于达到复仇的目的，这一连串剧情太丝丝入扣、引人入胜的缘故，长期以来，一旦论及伊阿古报复奥赛罗，便习惯于把奥赛罗提拔重用卡西奥，伊阿古对此怀恨在心、伺机报复，作为唯一不争的理由。从表面上看，伊阿古垂涎苔丝狄蒙娜的美色和卡西奥的职位均不能得，由此生恨，确实是铁证的事实，但比这更能激起伊阿古复仇烈焰的致命理由，是他对奥赛罗与妻子有染的猜忌。不过，伊阿古从未向罗德里格透露过这一猜忌，只是轻描淡写地对他说："要是你给他（奥赛罗）戴一顶绿帽子，你能享受到快活，我也称心如意。"【1.3】这是伊阿古发自内心的大实话。

以伊阿古的绝顶聪明，自然懂得"事以密成，语以泄败"的道理，他把一套成熟的狠毒报复计划深藏心底。事实上，第一幕最后伊阿古的大段独白，他已把对奥赛罗的刻骨仇恨以及打算怎样报复，和盘托出了："我恨那个摩尔人；有人说他在我的床笫之间，替我当了丈夫；也不知这话是真是假。不过，对我来说，这种事即使是捕风捉影，我也会信以为真。他很器重我；这更有利于我对他下手。卡西奥是一个恰当的人选；现在，让我想想：夺取他的位置；用一举两得的奸计，实现自我的荣耀。怎么办？怎么办？依我看：等过一段时间，在奥赛罗的耳边捏造谣言，就说他跟他老婆关系过于亲密：他英俊潇洒，风度翩翩，天生是那种让女人不忠的情种，极易令人猜忌。而那个摩尔人，心胸坦荡，性情豪爽，他看一个人貌似忠厚老实，就会真以为那人诚实可靠；他像蠢驴一样很容易让人牵着鼻子任意摆布。"【1.3】

何以至此呢？伊阿古说得非常干脆："我这样做是为了要复仇，因为我真的怀疑这个精力充沛、性欲旺盛的摩尔人跨上了我的马鞍；这个念头像毒药一样噬咬着我的五脏六腑；除非我跟他'以妻还妻'，出了这口恶气，否则，没有任何东西能，也没有任何东西会令我心满意足；即便不能如此，我至少也要让那摩尔人由此产生出一种理智所无法治愈的强烈嫉妒……不仅巧施诡计搅乱他内心的祥和、宁静，甚至逼得他发疯。"【2.1】

"以妻还妻"？！是的，这是莎士比亚为鞭辟入里地描绘伊阿古阴毒的邪恶人性，特意为其量体裁衣，专门打造的"伊阿古式"的复仇方式。显然，谙熟《圣经》的莎士比亚是刻意让伊阿古化"摩西律法"为己用，一为凸显他洞悉人间世情的高智商，二为揭示他不惜代价复仇的恶手段。

在此，要特别说明一下英文原剧中伊阿古"wife for wife"这句台词，朱生豪译作："他夺去我的人，我也叫他有了妻子享受不成。"梁实秋译作："除非是和他拼一个公平交易，以妻对妻。"孙大雨译作："只等到我同他交一个平手，妻子对妻子。"其实，只要考虑到伊阿古是故意要盗取《圣经》的弦外之音，意外之味，译作"以妻还妻"似最为妥帖。

《旧约·出埃及记》21：23—25 载："如果孕妇本人受伤害，那人就得以命偿命（life for life），以眼还眼（eye for eye），以牙还牙（tooth for tooth），以手还手（hand for hand），以脚还脚（foot for foot），以烙还烙（burn for burn），以伤还伤（wound for found），以打还打（stripe for stripe）。"《利未记》24：20 载："人若伤害了别人，要照他怎样待别人来对待他：以骨还骨（fracture for fracture），以眼还眼，以牙还牙。"《申命记》19：21 载："对于这种人，你们不必怜悯，以命偿命，以眼还眼，以牙还牙，以手还手，以脚还脚。"

这自然是莎士比亚的高妙所在，是他，故意让奥赛罗和伊阿古这对死敌，都患上了"奥赛罗综合征"，而表面上典型的病患者又似乎只是奥赛罗一人；是他，让伊阿古因自己猜忌，再去燃起奥赛罗的猜忌，又因猜忌而对伊阿古盲信盲从；是他，要用两人的猜忌构成一股无坚不摧、冷酷无情、残忍野蛮的合力，去毁灭一切生命和爱情。如法国作家维克多·雨果（Victor Hugo, 1802—1885）在他 1864 年出版的《威廉·莎士比亚》（*William Shakespeare*）一书中所说："圈套给盲目出主意，热衷黑暗者给那黑人引路，欺骗负责给黑暗提供光明，虚情假意为猜忌当上了导盲犬……黑人奥赛罗与叛徒伊阿古……互相对立。还有什么能比这更有力的呢？黑暗的暴行一致行动起来。这两个人是散布黑暗的化身，一个咆哮如雷，一个冷言冷语，合谋将光明悲惨地窒息而死。"

由此来看，奥赛罗不过是以自身猜忌，被伊阿古牵着鼻子，帮他顺利完成毁灭美好生命和爱情的那头"蠢驴"。伊阿古则根本就是魔鬼的化身，他从邪恶萌芽，由恨里滋生：他恨苔丝狄蒙娜的美貌、恨奥赛罗的将军头衔、恨奥赛罗和苔丝狄蒙娜的爱情婚姻、恨卡西奥的风流倜傥、恨卡西奥的副官职位、恨罗德里格的钱财，总之，恨世间所有他想有而没有的一切。

《新约·哥林多后书》11：14 载："连撒旦也会把自己化装成光明的天使。"伊阿古正是这样一个"撒旦"，因此，当他化装成"光明的天使"的时候，他见人说人话，见鬼说鬼话，而无论人鬼，都能被他"魔鬼"的真心打动，丝毫不怀疑。奥赛罗被这样的魔鬼盯上，自然在劫难逃。

以"名誉"杀人，何其毒也！

莎士比亚对"名誉"（estimation, reputation）一词的使用，在《奥赛罗》剧中高达 30 次之多，堪称最为重要的一个关键词，同时，也是打开伊阿古邪恶灵魂密锁的一把钥匙。

何谓名誉？人们为什么会如此珍视自己的名誉，甚至有人把名誉看得比生命还贵重？简言之，名誉即名声，也就是周围人对一个人的看法和评价。难道真的会有人一点儿都不在乎周围人怎么看他/她吗？未可知。

我们先来看在《奥赛罗》中，除了伊阿古，其他人如何看待名誉。

作为父亲的勃拉班修，认为女儿苔丝狄蒙娜爱上奥赛罗，即意味着抛弃了"尊贵的名誉"。也就是说，尽管奥赛罗自视甚高，觉得身上有高贵的皇族血统，沾沾自喜于常被勃拉班修请至家中待若上宾，并有机会与苔丝狄蒙娜相爱，但在作为威尼斯真正贵族元老的勃拉班修眼里，奥赛罗仅仅是一个"摩尔将军"而已，根本没资格高攀女儿"尊贵的名誉"。

当荣任塞浦路斯总督的奥赛罗将军得知晚上的骚乱皆因卡西奥酗酒闹事而起，他冲口而出怒斥卡西奥的第一句话是："您到底为什么，竟会如此对自身名誉弃之不顾，而要落一个深更半夜酗酒闹事的恶名。"紧接着，酒后如大梦醒来，却已被革职的卡西奥，把伊阿古当知心朋友，发出一连串呼号般的慨叹："名誉，名誉，名誉！啊！名誉扫地。我已经把生命中不朽的一部份失去了，只剩下与禽兽无异的一副皮囊。我的名誉，伊阿古，我的名誉啊！"【1.3】可见，对于卡西奥，失去"名誉"则意味着形同行尸走肉。

现在，我们来看奥赛罗的名誉观。当勃拉班修带着人要逮捕奥赛罗，伊阿古假意催他赶快逃走，奥赛罗不仅丝毫不慌张，反而坦坦荡荡地声明："我就是要让他们看见我：我的天赋人格，我的名誉地位，以及我清白纯正的灵魂，便是我自己最好的证明。【1.1】对于奥赛罗把他的"天赋人格"、"名誉地位"及其"清白纯正的灵魂"作为他的生命全部支撑，并为此感到无上的荣耀，这的确是"最好的证明"。

当奥赛罗将携新婚夫人率军出征，元老中有人担心他会因此耽于枕边之恋，而疏于防务，他当即发出掷地有声的誓言："不，要是我被那插着羽翼的丘比特的轻佻之箭射中，蒙蔽了我的双眼，一旦出现纵欲后的慵懒嗜睡，视物不清，因贪恋肉欲而荒废了公务要事，就让那些家庭主妇们把我的头盔当烧饭煮水的锅，把一切可耻的污名和卑鄙的灾难组成一支军队，向我的名誉发动总攻吧！"【1.3】

显然，勃拉班修、卡西奥、奥赛罗这三个男人看待名誉是一致的，他们都将其视为弥足珍贵的生命的大节操，只是奥赛罗的外在表现更为强烈、极端。当他猜忌妻子不贞，首先想到的是名誉："她的名誉，原本像狄安娜的容貌一样清新，如今已被玷污，变得像我的脸一样黑。不论眼前有绳子、刀子、毒药、烈火，还是淹死人的溪流，我绝不会善罢甘休。"【1.3】当他终因猜忌杀死爱妻，知道真相之后，浮出脑际的还是名誉："我不再英勇无畏，随便一个无足轻重的卑鄙小人就能打败我，夺下我的剑。正直已死，残留名誉又有何用？也让名誉一同消逝了吧。"当他痛快淋漓地连声痛骂自己"傻瓜！笨蛋！蠢货！"，决意拔剑自刎，他向众人表白的是："假如你们愿意，可以把我当成一个名誉至上的凶手；因为我所做的每一件事都是为了名誉，而非出于仇恨。"【5.2】

奥赛罗如何会成为这样"一个名誉至上的凶手"呢？只要想想那个最后被他怒斥为"半人半鬼的恶魔"的伊阿古，也是有名誉心、荣誉感的军人、男人，答案不言自明。任何时候，名誉、尊严本身就是男人的战场。

这里的名誉，与中世纪欧洲建立起来的男人层面的骑士精神一脉相承。那时，对于一个男人，能获得骑士称号，本身即是荣誉的象征。不惜牺牲一切也要为荣誉而战，是每一个骑士恪守的最高信条。很显然，奥赛罗几乎就是一位尚武的标准中世纪骑士，集"荣誉"（Honor）"牺牲"（Sacrifice）"英勇"（Valor）"怜悯"（Compassion）"诚实"（Honesty）"精神"（Spirituality）"公正"（Justice）七大骑士风范于一身；而卡西奥更多体现的，则已是具有了浪漫色彩的、骑士般的绅士风度，彬彬有礼，"风度翩翩，气质优雅"（伊阿古语）。但不论奥赛罗、卡西奥，还是伊阿古，追逐名誉、珍视名誉、动辄为名誉而战，依旧是男人本色。

深受过莎士比亚悲剧影响的德国哲学家叔本华（Arthur Schopenhauer, 1788—1860），在其哲学名著《作为意志和表象的世界》（*The World as Will and Representation*）一书中，有一段谈论"名誉"，并常被后人引用的精辟论述："难以理解，所有人都会因得到别人好评，或虚荣心得到恭维而兴奋不已……相反，当人们妄自尊大的心理一旦受打击，不管这种打击所带来的伤害的性质、程度怎样；或受人鄙夷，遭人不屑，他便会顿生烦恼，甚至有时陷于极度的痛苦。这真让人莫名其妙，但又千真万确……他们……把别人的看法当成真实的存在，却把自己的意识当成某种模糊的东西。他们本末倒置，舍本逐末，把别人为他们画的像看得比自己本人还重要。他们试图从那并不真正直接存在的东西里得到直接的结果，因此使自己陷入到所谓'虚荣心'的愚蠢之中。'虚荣心'一词，恰到好处地表达了那种追求毫无实在价值的东西的心理……我们可以把这种对别人态度的关注，视为每个人与生俱来的一般的迷狂症……生活中近半数的烦忧困扰，追本溯源，都是由我们在这方面忧虑过度所引起。说到底，这种忧虑不过是一种妄自尊大的情感，由于它敏感到了完全变态的程度，反而极易使自尊心受伤害。因此，对他人如何看待自己的焦虑，也就构成了人们贪慕虚荣、矫揉造作、自我炫耀以及狂妄自大的基础……我们的所有忧虑、焦躁、担心、烦恼、苦闷，乃至郁郁寡欢、殚精竭虑，绝大多数情形都是因为过多考虑别人会说些什么所导致的……妒忌和仇恨的产生，也常常出于同样的原因。"不知，也不论叔本华阐发这番"名誉论"是否受了《奥赛罗》的影响，但奥赛罗和伊阿古这两个形象，却完全可以印证这番话。

说到这儿，叔本华借古罗马伟大史学家塔西佗（Publius Cornelius Tacitus, 约55—120）的话"智者最难以摆脱对名声的欲望"又特别强调："结束这一愚蠢行为的唯一方法，就是要清醒意识到，它是愚蠢的。"

名誉不正是一件虚荣至极的东西吗？事实上，伊阿古自始至终做的就只有这一件事：让所有人都"陷入到所谓'虚荣心'的愚蠢之中"。难以置信的是，他竟然以此赢得了所有人的信任。

是的，当他一次次用可以"享用"苔丝狄蒙娜肉体的意淫幻梦诱惑罗德里格的时候，罗德里格像蠢驴一样，一步步紧跟嘴前这只可望而不可即的胡萝卜，宁愿钱财耗尽，也要陷入"愚蠢"；当他用最粗鄙下流的话刺激勃拉班修时说，"一头充满性欲的老黑公羊，正骑着您家的小白母羊交配呢。""我们是来孝敬您的，而您却把我们当成流氓无赖，还宁愿眼睁睁地看着自己的亲生女儿被一匹巴巴里黑马骑着交配；您的外孙很快会向您嘶嘶地鸣叫。"勃拉班修也毫无选择地相信了眼前这个在他看来"卑鄙下流的恶棍。"【1.1】受了"愚蠢"的骗；当他假意安慰遭他毒计陷害而被撤职的卡西奥时，又把名誉说得跟生命相比一钱不值："我为人实在，原以为您身上受了伤；那可比失去名誉痛苦多了。名誉本就是一件虚幻、最会欺诈骗人的东西；名誉的得来往往并非实至名归，同样，名誉的失去也时常不是理所应当：您的名誉毫无损伤，除非您真自以为名誉扫地了。"【1.3】卡西奥备受感动，身陷"愚蠢"还要感谢"愚蠢"，依然把他当成患难与共的铁哥们，无话不谈；当他多次撺掇艾米丽亚去偷苔丝狄蒙娜的手绢，并要用它作为构陷卡西奥和苔丝狄蒙娜的奸情证据时，顺从惯了的老婆只为讨得丈夫欢心，便无力拒绝"愚蠢"；当他得知苔丝狄蒙娜被奥赛罗一口一个"娼妓"地骂得痛苦恶心之时，他轻描淡写的一句"一定是邪恶降临了"，竟让苔丝狄蒙娜把他当成值得信赖的朋友，恳求他去找奥赛罗，并表示"他的无情也许会摧毁我的生命，却绝不能玷污我的爱情。"【4.2】试图重新赢得丈夫的欢心。"愚蠢"啊！今天看来，撇开《圣经》意味，《奥赛罗》中的最"愚蠢"者非苔丝狄蒙娜莫属，她是以被自己爱得至死不渝的丈夫掐死，来"结束这一愚蠢行为的"。

奥赛罗比苔丝狄蒙娜稍微幸运一点儿，他是在杀身成仁的生命最后时刻，终于"清醒意识到"了这一无药可救的"愚蠢"。

前边提到，在伊阿古看来，奥赛罗"像蠢驴一样很容易让人牵着鼻子任意摆布。"他说这话时，剧情已发展到第三幕。而在第一幕第二场刚开场不久，他在跟奥赛罗的第一次对话中，便极尽谄媚效忠之能，口口声声说要极力维护奥赛罗的"名誉"，对那说出"卑鄙下流、令人无法忍受的难听话"的人，"恨不得把剑从他的肋下刺进去"。他真心有那么点儿钦佩奥赛罗的超凡能力："现在这个时候，政府不可能撤他的职；理由很明显，他已奉命指挥目前处在胶着状态的塞浦路斯战争，因为在他们那些人眼里，除了他，再也找不出第二个人，有他那样统帅三军的才能。"【1.1】深知国家用人之际，他的阴谋一时无法得逞，必须从长计议。他也十分清楚奥赛罗的为人，"他却是一个意志坚定、忠厚善良、品德高尚的人；我敢说，他足以成为苔丝狄蒙娜最珍爱的丈夫。"【2.1】同时，他也掐算准了在"手绢门事件"中，"只要他（卡西奥）一笑，奥赛罗就会发疯；他那蒙昧无知的猜忌，一定会对可怜的卡西奥的狂笑、表情和轻浮举止，做出完全错误的判断。"【4.1】因此，他才对"我还要把他变成一头十足的蠢驴，不仅巧施诡计搅乱他内心的祥和、宁静，甚至逼得他发疯。"【2.1】有十二分的把握。以至于，当奥赛罗杀了苔丝狄蒙娜之后，连艾米丽亚也不禁骂他"蠢驴"："你这头凶残的蠢驴！像你这样的傻瓜笨蛋，怎配得到一位这么好的妻子？"【5.2】

伊阿古那令人不寒而栗的人性弱点，也正在这里，他的确拥有恶魔般驾驭所有人的"愚蠢"的能力。他先用"名誉"吊起奥赛罗的胃口，"我亲爱的将军，名誉无论对于男人女人，都是灵魂中最珍贵的珠宝。"当奥赛罗表示不相信妻子会不贞，说"她是自己名誉的保护神，也会把名誉随便送人吗？"伊阿古又似不经意地刻意甩出一句："名誉原本就是一件看不见的东西；那些显出拥有名誉的人，其实早已经失去了名誉。"【1.3】他知道，一旦激起奥赛罗的疑心，他的阴谋已经成功了一半。

问题来了，何以卡西奥、苔丝狄蒙娜、奥赛罗这三位"智者"，一旦面对伊阿古的阴谋，就会自然而然丧失抵抗力，变成"愚蠢行为"的积极参与者，甚至"帮凶"，并严丝合缝地按照伊阿古的精心设计行事，丝毫不走样儿？简言之，就是因为魔鬼般的伊阿古，无论人性中的弱点，还是美德，他都有本事吃得透透的、玩得提溜转。我们再稍微分析一下：

在第二幕第一场，当伊阿古粗俗地说出对女人的看法，苔丝狄蒙娜认为他简直是在"羞辱"女人，可她不仅不动怒，却还要伊阿古作诗："一个真正值得你赞美的女人，一个仅凭自身美德便足以让十足的邪恶本身为其作证的女人，你会怎么赞美她？"【2.1】她为何傻天真地这么问呢？因为她确信，自己就是那个拥有十足"自身美德"的、"真正值得""赞美的女人"。但伊阿古并不买账，先褒后贬地"赞美"这样的女人最终不过是一个"给傻小子喂奶，记家庭流水账"的"尤物"。而当苔丝狄蒙娜因此向卡西奥嗔怪伊阿古是一个"最粗俗不堪而又最放肆"的人时，卡西奥却以这恰是"军人"本色为伊阿古开脱说："夫人，他说话直，口无遮拦；要是您把他当一个军人，而不是学者，反倒会赏识他了。"

因此，当伊阿古调侃苔丝狄蒙娜的圣洁开着亵渎的玩笑灌他喝酒时，他会很自然地豪饮不惧。也因此，在第四幕第一场，当伊阿古故意拿卡西奥的情妇比安卡挑起话头儿，他也会毫不掩饰露出不无色情的轻蔑一笑。而这"一笑"，正是伊阿古躲在远处观察的奥赛罗设计的奸情证据。

伊阿古吃透了卡西奥，知道他"是一个性情暴躁之人，极易动怒。"【2.1】所以，只要他喝了酒，罗德里格稍一挑逗，他就会闹出乱子，名誉、颜面尽失。

伊阿古摸准了苔丝狄蒙娜，当卡西奥刚被撤职，伊阿古就撺掇他去向苔丝狄蒙娜求情："现在，将军夫人才是真正的将军：我这样说，是因为他全身心所思所想，关注和留心的只有她的美德和姿色。你去找她，并向她真诚忏悔；好好求她；她一定会帮您官复原职。她为人是如此的慷慨大方，善解人意，又乐善好施，不但有求必应，而且所应一定要超过所求，否则便不足以彰显她的善良天性。去求她弥合您跟她丈夫之间的这道裂痕，我敢用我的所有财产和任何值钱的东西跟您打赌，从今往后，你俩之间受损的情谊会更加牢固。"【2.3】"世上最容易的事，就是恳请天性悲悯的苔丝狄蒙娜帮忙，无论什么要求，只要正当、合理，她都会答应：她的慷慨大方，像宇宙间的四大要素一样，是与生俱来的。"【2.3】卡西奥没有理由不去找苔丝狄蒙娜。

苔丝狄蒙娜也的确如此，即便求情遇阻，她依然向卡西奥表示："请相信我，只要我发誓帮朋友的忙，不帮到底，绝不罢休……一天到晚不论他在做什么事，我都要为卡西奥说情。"【3.3】

诚然，最逃不过伊阿古手掌心的，还是可怜的奥赛罗。伊阿古"卖萌式"的圆滑、世故、狡诈，使他不费吹灰之力就赢得了奥赛罗的彻底好感与绝对信任。当奥赛罗命令他将当晚挑起骚乱的罪魁"以自己的忠心从实道来"，他假装十分无奈地说："不要逼我做出绝情的事：我宁愿割掉舌头，也不愿用它去冒犯迈克尔·卡西奥；然而，我说服自己，如实禀报，也不能算对不起他。"【2.3】奥赛罗没有理由不赏识如此义薄云天的伊阿古："伊阿古，我知道你为人诚实，在这件事上用心良苦，想把大事化小，试图为卡西奥开脱罪责。卡西奥，我爱你；但从现

在起，你不再是我的副官。"【2.3】

卖了卡西奥，赚了卡西奥的军职，卡西奥还要感谢他！骗了奥赛罗，奥赛罗却更加信任他，以至于他越是把"萌""卖"到"愚蠢"的地步，奥赛罗越深信不疑。伊阿古为让奥赛罗猜忌，说话故留玄机，然后卖个关子，"将军，您知道我爱您。"奥赛罗还真没见过如此"爱"自己的："我对此深信不疑；而且，我知道你为人是那么忠厚、诚实，说话总要经过深思熟虑才开口，所以你现在欲言又止，更让我疑窦丛生；像这样故意犹疑不决、闪烁其词，原是卑鄙奸诈、背信弃义无赖小人的惯用伎俩，但对一个诚实的正人君子，这却表示他的情感已无法抑制内心的隐秘，而要自然而然地吐露出来。"【3.3】

当"愚蠢"到了这一步的时候，伊阿古只有在心里偷着乐了。其实，这一切早在他的精算之下。当卡西奥表示接受"忠诚的伊阿古"的建议，去找苔丝狄蒙娜为他求情时，他就已料定阴谋会如此这般："只要是她叫他做的事，他无一不从，哪怕让他宣布放弃受洗的教名，以及一切可以救赎罪恶的誓言和象征，他也唯命是从——他的灵魂早已沦为她的爱情的奴隶……当魔鬼诱使人们去犯罪，干最邪恶的勾当时，就像我现在这样，总要先摆出一副神圣的面孔。而当这个诚实的傻瓜恳请苔丝狄蒙娜为挽回他的颜面，去向摩尔人百般求情的时候，我要把邪恶灌进他的耳朵，就说她想让他官复原职，是为了满足自身的淫欲；如此一来，她越尽力为他求情，便越会增加摩尔人的猜忌。这样，我就能把她的贞洁抹得漆黑，并用她自身的善良编成一张网，把他们所有人都陷进去。"【2.3】

的确，所有人都落入了伊阿古精心编织的复仇罗网。伊阿古的复仇在某种程度上也是向奥赛罗、卡西奥发起的"名誉"之战，这场战争的武器是"猜忌"。对，没错，在导致伊、奥"名誉"之战的所有因素中，"猜忌"是最致命的。

在威尔第的歌剧版《奥赛罗》中，奥赛罗有这样一句唱词："比最可怕的侮辱更可怕的是怀疑受侮辱。"伊阿古正是紧紧抓住奥赛罗"最可怕的侮辱"这一点，让他心生猜忌——怀疑不贞——确信奸情——杀死爱妻。这便是伊阿古完美无缺的复仇计划！

前曾提到，伊阿古从不曾把怀疑艾米丽亚与奥赛罗私通之事告知罗德里格，他其实是不屑于告诉他，他只在乎他的钱袋子。然而，艾米丽亚无论如何也不知道，这个"怀疑"始终深深藏在伊阿古的心头。他不仅像奥赛罗相信苔丝狄蒙娜与卡西奥有奸情一样，对艾米丽亚"跟摩尔人私通"也深信不疑，更有甚者，伊阿古由此而产生的对奥赛罗的仇恨，比奥赛罗提拔卡西奥让他因嫉妒而产生的仇恨还要大，一如叔本华所说的"妒忌和仇恨的产生"。后者似乎只关乎一名军人的名誉，前者涉及一个男人的尊严。简言之，伊阿古之所以向奥赛罗复仇，是因为他认定，奥赛罗剥夺了他作为军人的名誉和作为男人的尊严。名誉和尊严，恰恰也是奥赛罗最看重的！无辜的苔丝狄蒙娜，在这样两个均视荣誉与尊严为生命的男人的角逐之下，成了牺牲品。

作为莎士比亚的读者、观众，能够清醒地意识到，奥赛罗之所以"愚蠢"，很重要的一点在于，他只看到了伊阿古"那么忠厚、诚实"的一面，对另一面却毫不知情，以致从不设防，也无从设防。但我们能否意识到，这其实往往就是我们的"愚蠢"！

同样，从戏剧大幕刚一拉开，莎士比亚就让我们对伊阿古看得很明白，恰如他"那么忠厚、诚实"地对罗德里格所说："你应该注意到了，有许多卑躬屈膝、誓死效命的奴才，仅仅为了嘴边那一点点口粮，甘愿为奴，驴一样地替主人卖命，耗掉自己的一辈子，到老而无用时，被主人抛弃；像这种愚忠的奴才，真该用鞭子抽他！当然，还有另外一种人，他们在表面上装出一副尽职效忠的样子，时时刻刻考虑的却无一不是自己的切身利益；看上去，他们是在替主人卖命，实际上却不断在损公肥私，一旦中饱私囊，所要效忠的唯一主人就变成他自己：这可是一群有头脑、有心计的家伙；实话告诉你，我就是这样的人……如果我是那个摩尔人，也就不会成为伊阿古了；同样的道理，说是跟随他，实际上跟的是我自己；老天作证，我跟随他，既不出于感情，也不出于责任，我假装忠于职守，到头来全是为了我的一己私利。"【1.1】但当我们面对日常生活中真实的"伊阿古"时，我们是否会比奥赛罗更"清醒"呢？

命中注定的是，精算如伊阿古者，也还是人算赶不上天算，他没算准卡西奥的"衣服里还有一套上好的金属软甲"，从而导致罗德里格行刺失手反被伤；他没算准"顺从"地帮他"偷手绢"的乖老婆艾米丽亚，宁愿牺牲生命也要揭穿他的阴谋，使"手绢门"真相大白；他没算准被他灭口的罗德里格，会事先在衣兜里藏好牢骚满腹抱怨他、道出实情、置他于死地的纸条。

这自然是莎士比亚悲剧惯用的结尾套路，即在大悲大难之时，透露出"神圣"的生命亮色。同时，它也透露出莎士比亚戏剧总离不开"圣经式"的象征意味。《旧约·箴言》2：21载："正直忠诚之人得以在这土地上定居；邪恶之人必被铲除，奸诈之人必遭毁灭。"3：31—33载："对狂暴之人不可羡慕，亦不可走他们的路；因为上帝对堕落之人心生厌恶，对正直之人亲近信任。邪恶之家必遭诅咒，正直之家将受赐福。"5：22—23载："邪恶之人必将陷入罗网，那罗网就是他的罪恶；他会因不守规训而死，因昏聩头顶而亡。"伊阿古的结局正可说明、印证这一点。

《奥赛罗》：邪恶人性是杀死忠贞爱情、美好生命的元凶首创分析心理学的瑞士著名心理学家荣格（Carl Gustav Jung, 1875—1961）曾说过这样一句耐人寻味的话，"伊阿古就是奥赛罗的影子，也是每个观众的影子。"我们能够度量出，在我们身上有多少奥赛罗，又有多少伊阿古的"影子"吗？

> 艺术生命不朽的莎士比亚！
> 一世英名毁于猜忌的奥赛罗！
> 圣洁而忠贞的苔丝狄蒙娜！
> 邪恶灵魂至今不死的伊阿古！

参考文献：

1. 〔美〕Jonathan Bate，〔美〕Eric Rasmussen 合编，《莎士比亚全集》（*William Shakespeare Complete Works*），外语教学与研究出版社，2008年12月第1版。此书根据英国皇家莎士比亚剧团（The Royal Shakespeare Company）2007版《莎士比亚全集》（即"皇家版"）引进出版。
2. *The Complete Works of Shakespeare*，Edited by David Bevington，The University of Chicago，Seventh edition，Pearson Education，Inc. 2014。（贝七版）
3. *The New Cambridge Shakespeare*，Cambridge University Press，2005。（新剑桥版）
4. *The Arden Shakespeare Complete Works*，Revised Edition，（《阿登本莎士比亚全集》修订版），Edited by Richard Proudfoot，Ann Thompson And David Scott Kastan，2011。（阿登修订版）
5. *The Complete Works of William Shakespeare*，The Edition of The Shakespeare Head Press, Oxford, This 1994 edition published by Barnes & Noble, Inc。《莎士比亚全集》，上海世界图书出版公司2010年版。（牛津版）
6. 刘炳善编纂《英汉双解莎士比亚大词典》，河南人民出版社2002年版。
7. 张泗洋主编《莎士比亚大辞典》，北京商务印书馆2001年版。
8. 梁工主编《莎士比亚与圣经》，北京商务印书馆2006年版。
9. 罗马尼亚布加勒斯特戏剧影视大学科尔奈留·杜米丘教授主编《莎士比亚戏剧辞典》，宫宝荣等译，上海书店出版社2011年版。
10. 〔美〕Stephen Greenblatt 著，辜正坤、邵雪萍、刘昊合译《俗世威尔——莎士比亚新传》，北京大学出版社2007年版。

11. 〔美〕David Scott Kastan 著，郝田虎、冯伟合译的《莎士比亚与书》，北京商务印书馆 2012 年版。
12. 〔美〕Williston Walker 著《基督教会史》，孙善玲、段琦、朱代强合译，中国社会科学出版社 1991 年版。
13. *The World and Art of Shakespeare,* by A.A.Mendilow & Alice Shalvi, Israel University Press. Jerusalem. 1967.
14. *How Shakespeare Changed Everything*, by Stephen Marche, Harper Collins Publishers. 2011.
15. *How to Teach Your Children Shakespeare,* Ken Ludwig, Crown Publishers, New York. 2013.
16. 参考的中英文《圣经》有：中国基督徒三自爱国运动委员会、中国基督教协会 2002 年发行的《圣经》；西班牙圣保禄国际出版公司 2007 年版《牧灵圣经——天主教圣经新旧约全译本》；《圣经》（现代中文译本），香港圣经公会 1985 年；《圣经·新约全书》，中国天主教主教团教务委员会 2008 年；Good News Bible, United Bible Societies, London, 1978。The Jerusalem Bible, Doubleday & Company, Inc. Garden City, New York, 1968。The Holy Bible, In The King James Version, Thomas Nelson, Inc. New York. 1984。Holy Bible, New International Version, Zondervan Bible Publishers, Michigan. 1984。

著述

·诗的仪式·

"通过你、为你、在你的影响中"
——斯特凡·格奥尔格的诗的圣餐

牧歌组诗：
格奥尔格塑造的诗人先知

牧歌组诗十四首

【诗的仪式】

■ 主持/杨宏芹

斯特凡·格奥尔格（Stefan George 1868.7.12—1933.12.4），德国诗人，他把诗奉为神与预言，把诗人视为美的祭司、教谕民众的先知，以此吸引许多知识精英相随，形成了著名的格奥尔格圈子，被尊为大师与先知。

格奥尔格曾经追随的"大师"是马拉美。1889年4月，格奥尔格第一次到巴黎，经由法国诗人桑-保尔（Albert Saint-Paul）接触波德莱尔的作品，参加马拉美在塞纳河右岸的罗马街寓所举行的"星期二"聚会。格奥尔格精通法语，用法语和马拉美通信，翻译波德莱尔的《恶之花》，把法国现代主义诗歌引入德国。他还创作了《颂歌》、《朝圣》、《阿尔嘎巴》（1890—1892），以严整的形式与纯化的语言，为德国现代主义诗歌的出现创造了条件。

1889—1892年，巴黎是格奥尔格的精神家园。但格奥尔格具有一种王者天性，他有自己的追求。认为诗人不应该仅仅是美的祭司，如马拉美、瓦雷里那样，还应该以美的诗去改变现实。被众人仰慕的马拉美绝不肯扮演"领袖"的角色，然而刚刚崭露头角、孤独的格奥尔格就被另一位伟大德语作家霍夫曼斯塔尔敏锐地称为"先知"（Prophet），先知不仅有超凡的能力，还是一位领袖，需要有忠诚的弟子，比格奥尔格小6岁的霍氏不愿全心全意地服从他，敬而远之。这个事件预示了后来的格奥尔格圈子所形成的"大师-弟子结构"。

1893年，格奥尔格的心重回德国，开始思考现代诗人的使命，建构自己的格奥尔格圈子，相继出版的作品有：《牧歌与赞歌之书、传说与歌谣之书和空中花园之书》（1895）、《灵魂之年》（1897）、《生命之毯、梦与死之歌与序曲》（1900）、《第七个环》（1907）、《联盟之星》（1914）、《新王国》（1928）。其中，《灵魂之年》常被认为是格奥尔格的纯抒情诗的代表作，最受欢迎，却也不乏格奥尔格的诗学思考；《生命之毯、梦与死之歌与序曲》的"序曲"开篇描写"美的生活"给苦思冥想的诗人"我"派来一个"天使"，格奥尔格介入现实的意愿表露出来，但他渴望的不是甜蜜幸福的生活，而是"美的生活"（das schöne Leben），艺术与生活紧密相连，"美的生活"只能由歌颂美的诗人与艺术家创造；在《第七个环》中，一个男孩被神化为上帝马克西米，格奥尔格批判的锋芒直指现实，自居先知。诗人之为美的祭司，信奉艺术至上；诗人之为先知，创造"美的生活"，两者合在一起，才是一个理想的现代诗人；但如此神化诗与诗人，也赋予了诗与诗人一种不可承受之重，格奥尔格的"新王国"最终只是一个还在孕育之中的精神乌托邦。

格奥尔格从1927年开始编辑自己的《全集》（18卷）。1981—2013年，格奥尔格档案馆馆长厄尔曼（Ute Oelmann）领衔编辑《格奥尔格全集》历史校勘版，陆续在斯图加特的Klett-Cotta出版社出版。这为深入研究格奥尔格提供了最完备的文本。

德国的格奥尔格研究最初主要是圈子成员的专著与回忆录，1990年代中期开始慢慢盛兴，先是从政治与思想史、社会学、教育学等方向聚焦于格奥尔格的后期创作及其圈子，出版有两本传记、多种学术著作、3卷本的《格奥尔格及其圈子手册》等。《格奥尔格年鉴》从1996年开始每两年出版一本，刊登论文与书评，主编是沃尔夫冈·布劳恩加特（Wolfgang Braungart）与乌塔·厄尔曼（Ute Oelmann）。布劳恩加特是德国比勒费尔德大学（Bielefeld Uni.）教授，自2009年任德国格奥尔格学会会长，他的专著《美学的天主教：格奥尔格的文学仪式》（1997）作为他取得在大学授课资格的论著的第二部分（第一部分是理论性的《仪式与文学》），这是他研究生涯的重要开端，引领了德国的格奥尔格研究的风气，同时以其美学-诗学研究显得独树一帜。当笔者打算把他的研究介绍给中国读者时，他首先推荐的就是这篇从天主教圣餐的角度分析格奥尔格的诗，因为它给后来的格奥尔格研究非常大的启发。文章刊登在《格奥尔格年鉴》第1期（1996/1997）第53—79页。在这篇文章中，布劳恩加特教授从语言、形式去解读格奥尔格的诗，常有精彩之笔；他认为象征是诗的核心概念，而在任何一个象征里，都会存在对那个原始献祭行为的模仿时刻，因此，所有的诗，无论对诗人自己还是读者，都不是"随意的游戏"，而是"关乎生存的、危险的，充满了'恐惧、野蛮与死亡的临近'"。在当今所处的变化无常、人生如戏的时代，这应该是可以触动心灵的吧？哪怕只有那么一瞬间。联想到格奥尔格追求的"美的生活"与格奥尔格圈子的读诗仪式，布劳恩加特教授的这一理解把握了格奥尔格诗学的核心，从广义上讲，也把握了诗的核心。无论从象征还是从美学天主教的角度，格奥尔格的创作并没有早先学界一贯认为的前后断裂说，这是这篇文章的另一个观点，现已成为格奥尔格研究界的一致看法。格奥尔格在最后一部诗集《新王国》的最后组诗中写有一个总结性的"题词"："我还在想的我要补充的 / 我还会爱的都始终如一。"

国内学者对格奥尔格的了解，始于冯至。冯至1930年赴德留学，先在海德堡大学，格奥尔格最喜爱也是最有名的弟子贡多尔夫在那里任教，冯至慕名而去，听过贡多尔夫的课，他在《海德贝格记事》中写道："在一部分文科学生中间经常谈论两个著名的诗人：盖欧尔格和里尔克。他们都是在法国象征主义影响下开始写作的，但后来发展的道路各自不同。盖欧尔格一生致力于给诗歌创造严格的形式，把'为艺术而艺术'看做是道德与教育的最高理想，他轻视群众，推崇历史上的伟大人物，认为历史是伟大人物造成的。他从1892年起，创办《艺术之页》，宣传他对艺术以及对政治的主张，达十八年之久。他有一定数量的门徒，形成盖欧尔格派。门徒中最有成就、最有声望的宫多尔夫在海德贝格大学任文学教授。有个别学生是盖欧尔格的崇拜者，态度傲岸，服装与众不同，模仿盖欧尔格严肃的外表……对于盖欧尔格的诗和他的思想，我觉得生疏难以理解，可是宫多尔夫的著作却能引人入胜。"（《冯至全集》第4卷，河北教育出版社1999年，第405—406页。）毕竟是身临其境，冯至对格奥尔格的理解中肯，值得关注。遗憾的是，国内德语学界近十年才开始研究介绍格奥尔格。范大灿主编、译林出版社2008年出版的5卷本《德国文学史》第4卷（韩耀成著）第94—103页对格奥尔格的生平创作及格奥尔格圈子有比较全面的介绍。

笔者目前采用文本细读的方法研究格奥尔格的早期创作，主要是考虑到格奥尔格研究界对格奥尔格的早期创作不够重视，对诗歌文本缺乏细致深入的分析，这也被公认为格奥尔格研究领域的一大不足。在其早期创作中，1895年出版的《牧歌与赞歌之书、传说与歌谣之书和空中花园之书》更是一直备受冷落，常被认为是格奥尔格的一次练笔，徒有精心编织的美的形式。但是，其独特的标题——牧歌、赞歌、传说、歌谣都是一种文类，而花园常常是诗的象征——暗示了这部诗集的诗学反思的特征。诗人的心灵穿越古希腊罗马、欧洲中世纪、阿拉伯东方世界，激活精神传统，集中思考现代诗人的使命，塑造了诗人作为先知、骑士、王者这三大形象。笔者对牧歌组诗的分析，主要集中于诗的语言、形式与结构、仪式化以及诗学思考。诗的仪式化表现为一种通过仪式，通过仪式既是这组诗的结构，也是具体描写的内容；格奥尔格塑造的诗人先知的形象，预示了他后期的创作与生活；格奥尔格对古希腊罗马文化的吸纳，也通过分析他在几处对维吉尔与贺拉斯的借用或改用，而有一个具体感性的认识。在这样的分析中，格奥尔格作品的一致性显现出来，只不过早期偏于象征，后期多直抒胸臆，从早期到后期，从朦胧到成型，犹如一粒种子长成参天大树，早期创作对后期思想具有重要的指示意义。格奥尔格认为诗人要像先知一样创造真善美、教谕民众、创造美的生活，张扬了文学艺术的精神力量，这是一个真正的人文知识分子对自身专业价值应有的骄傲与自豪，如此，才会在自己的工作岗位上利用专业知识去对现实发言。格奥尔格对诗人使命的探寻也是对优秀文化传统的追寻与继承，文化传统是知识分子面对当下要求的精神源泉，而只有在面对当下要求的实践中，才能弘扬人文传统，培养教育弟子，可以让精神生生不息，让传统薪尽火传。

　　格奥尔格对诗歌阐释一向不以为然，认为朗诵才可以让诗呈现出来。笔者曾从录音广播中听过五个人朗诵格奥尔格的诗：格奥尔格的嫡传弟子伯林格（Robert Boehringer）、与格奥尔格圈子成员有密切交往的博克（Claus Victor Bock）与伯辛施泰因（Bernhard Böschenstein）[①]、格奥尔格研究者厄尔曼（Ute Oelmann）与布劳恩加特（Wolfgang Braungart），各具特色。我常常就想，一首诗在他们的朗诵中呈现出不同的侧面，合起来，就会是那首诗的完整形象与全部意义吧。想象无比美好。回到解读，借用布劳恩加特教授文章中的一句引文，希望它有助于让格奥尔格"愿意展现自己"。幸好，格奥尔格

[①] Claus Victor Bock（1926—2008）：日耳曼文学研究者，Wolfgang Frommel（1902—1986）的好友。Bock 从 1984 年成为 Frommel 在阿姆斯特丹创建的 Castrum Peregrini 杂志与出版社的负责人之一。Bock 编辑《斯特凡·格奥尔格诗歌中的词语汇编》，把词语所在的诗都一一编列，相同的词在不同诗歌与语境中可能具有的不同涵义，可以比较清楚地展现出来。这本 759 页的《词语汇编》因此与众不同，1964 年在 Castrum Peregrini 出版，德意志研究联合会资助，是格奥尔格研究领域的一部重要的奠基之作。Bernhard Böschenstein（1931— ）：著名文学研究者，研究荷尔德林、策兰、格奥尔格以及法国象征主义诗歌，其教父是格奥尔格圈子成员、伯林格的好友 Wilhelm Stein。

的朋友、研究古希腊哲学的 E·兰德曼（Edith Landmann）说，"保存、阐释、传播作品的人"也是诗人与听众之间的一个中介。如此聊以自慰。

"通过你、为你、在你的影响中"

——斯特凡·格奥尔格的诗的圣餐*

■文／W·布劳恩加特（Wolfgang Braungart）

译／杨宏芹

一

"我活着因为我必须活着／通过你、为你、在你的影响中"：这是贡多尔夫（Friedrich Gundolf）在1927年10月从瑞士萨梅丹（Samaden, Samedan）的一个医院里写给格奥尔格的诗《致我的大师》的结尾，由E·莫维茨（Ernst Morwitz）转交给格奥尔格，过了不到四年，他就去世了。① 这是他最后一次尝试直接与格奥尔格对话。这两行诗证明，贡多尔夫深知自己还一直并将永远在格奥尔格的影响之

---

* 本文是我在1995年宾根举行的格奥尔格年会上所作报告的修订稿。我依据了自己的专著《美学的天主教：格奥尔格的文学仪式》（1997），其文学理论背景可参考我在《仪式与文学》（1996）中的阐述，两书均由图宾根的Max Niemeyer出版社出版。感谢格奥尔格档案馆馆长U·厄尔曼博士（Ute Oelmann）的指点与批评。本文引自格奥尔格的诗歌用缩写表示。GA: Stefan George, Gesamt-Ausgabe der Werke. Endgültige Fassung, Berlin 1927ff.; SW: Stefan George, Sämtliche Werke in 18 Bänden, hrsg. von Georg Peter Landmann und Ute Oelmann, Stuttgart 1982ff. 引文尽可能采用新版本。

① *Stefan George-Friedrich Gundolf. Briefwechsel*, hrsg. von Robert Boehringer mit Georg Peter Landmann, München und Düsseldorf 1962, S. 381.

中。贡多尔夫曾是格奥尔格最爱的弟子，他以公式化的这两行诗，不容置疑地把格奥尔格当成主宰他生命的中心。它们并非偶尔让人想起在天主教弥撒的圣祭礼仪部分唱诵的《感恩经》的末尾："通过您（耶稣基督）、偕同您、在您之中"（Per Ipsum Et Cum Ipso Et In Ipso）。M·科默雷尔（Max Kommerell）在1922年8月11日写给格奥尔格的一封信里用了很相似的表述："起初我曾想，只有痛苦会激励我们。现在我相信，如果没有在丰满宁静的幸福里饱尝美，我们也不会完全成熟。这是**我们与大师一起生活、通过大师所感受到的**。"[1] E·格勒克勒（Ernst Glöckner）也向格奥尔格保证，"我完全属于您，在您之中、通过您，我才成为一个人。"[2]

在结尾的那两行诗里，贡多尔夫总结了全诗："我爱你，如此胆怯如此顽强⋯⋯// 即便你以为我背离了你 / 我依然在你之中⋯⋯// 我的第一次与最后一次呼吸 / 都在寻找你，你生育了我 / 我与你共生⋯⋯// ⋯⋯我是你的孩子⋯⋯"[3] 贡多尔夫深知格奥尔格不会再接受他[4]，但他还是在这首诗里把他与大师的关系理解为牢不可破的共享圣餐的共同体。"我"觉得自己"通过"大师"你"而成长成熟。[5] 由他"生育"的他常在他之中。《圣经》中记载，耶稣让四千人在提比利亚海边吃饱后，谈生命之粮时说："吃我肉喝我血的人，**常在我里面，我也常在他里面**。"（《约翰福音》6:56）[6]

---

[1] 手稿，藏于格奥尔格档案馆。
[2] 这是 E·格勒克勒在 1921 年 11 月 10 日写给格奥尔格的信。手稿，藏于格奥尔格档案馆。
[3] 自称是格奥尔格的孩子，这几乎是格奥尔格圈子的一个惯例。Ernst Glöckner 与 Max Kommerell 也一样，后者被称为格奥尔格的"小家伙"，也如此自称。
[4] *Stefan George – Friedrich Gundolf. Briefwechsel*, S. 382. 大概是在把这首诗寄给莫维茨两天后，贡多尔夫写信给他的弟弟 E·贡多尔夫："我不期待大师对我的态度表面上会有所改变：他无法违背他之前说过的话与表过的态⋯⋯但我还是一如既往地全心全意地亲近他，把他的肯定与否定当成圣旨，甚至包括他对我行为的诅咒，我还能够爱他，毫无二致，毫无疑虑，我还能够向他表白，这就让我从长久痛苦的挣扎与分离中解脱出来，无论他是否理会⋯⋯这首诗暗示我慰藉我：**我又在他的影响中了**，不管他是否愿意，或者诗中的暗示是我感受不到的，他就像上帝一样不可企及。我生命的最可怕的伤痕愈合了，不管他肯定或沉默：我又爱他了。"（引文中黑体，由本文作者强调。）
[5] 贡多尔夫原名 Friedrich Gundelfinger，格奥尔格与他第一次见面就送给他新名字 Gundolf。新名字象征新生。——译注
[6] 与《圣经》语言的这种相似不是偶然。（引文中粗体在《圣经》新统一德译本中是 der bleibt in mir und ich bleibe in ihm. 贡多尔夫的这首诗中类似的句子是 Bin ich in Dir。——译注）再举一例：在 1895 年 3 月 25 日起草的一份给霍夫曼斯塔尔的信里，格奥尔格用预言的语气声称："我说，一个人的相貌与他的诗一样，能迅速而准确地决定他是否一个诗人。"（Ich aber sage ob⋯⋯）*Briefwechsel zwischen George und Hofmannsthal*, hrsg. von Robert Boehringer, 2. ergänzte Auflage, München und Düsseldorf 1953, S. 251.）（转下页）

把这首诗中的"我"等同于贡多尔夫、"你"等同于格奥尔格,是不会错的。这也是格奥尔格创作的一个趋势:从诗集《灵魂之年》(1897)开始,他就在诗中谈格奥尔格圈子,年轻人被召唤、警示、鼓励。诗歌本身是这样一个地方,在那里,格奥尔格圈子应该能展现出它自己的一个——用圈子的一个关键词来说——"形象"(Gestalt)。格奥尔格从一开始就想有一个圈子,他在达姆施塔特(Darmstadt)上中学时就有这个想法。① 社会性在他那里始终是在艺术美中建构的。艺术逐渐转向社会。在一篇写于1904—1915年,发表于《时日与行事》第2版(1925)的短文《论诗 II》里,格奥尔格要求:"诗的本质如梦:我与你、这里与那里、从前与现在并置并同一。"(GA 17, S. 86)这句话也可以理解为:"诗的本质"是"共融"(communio)。

我之所以强调这一点,是因为在我看来,不能认为格奥尔格早期是唯美主义的,后期是教谕性的。更为关键的是艺术美与社会性、生命与创作的关联合一。这一整体性就要求,意义直接呈现在美学经验里,而不是深思熟虑后才获知,一如圣餐礼的共融就发生在圣体圣事的**进行**之中。准确地展现社会性与艺术美的合一在格奥尔格那里究竟意味着什么以及那是如何发展的,我认为,是未来格奥尔格研究的一个重要课题,尤其是考虑到目前还未充分研究的格奥尔格及其圈子的作用史。

在格奥尔格圈子里,诗具有圣餐的功能,大师象征性地、完全地把自己分给他的弟子们:"你把身体给予渴望／你在歌中被传递／……／你把面包发酵／我们感谢你的盛宴。"② 大师建构他的联盟,如耶稣在最后的晚餐上。(《马太福音》26∶26—27)这是本文的主题。只要想想圣餐在荷尔德林那里所具有的核心的诗学意义与历史乌托邦意义,这一主题就不再显得大胆,格奥尔格认为自己真正继承了荷尔德林。③

(接上页)参见《马可福音》13∶37,此处在《圣经》新统一德译本中是 Was ich aber euch sage, das sage ich allen: Seid wachsam! 中译为"我对你们所说的话,也是对众人说:要警醒!"从中译文看不出什么相似,但德文一对照,就一目了然。对文中的《圣经》引文的翻译,引自常用的和合本《圣经》中译本。为顾及上下文,个别地方会有点改动。——译注

① 参见前一个注释中引用的格奥尔格的话,他认为诗性与人的相貌、体态有关联。
② 这是F·沃尔特斯(Friedrich Wolters)在1913年12月2日寄给格奥尔格的一首诗。手稿,藏于格奥尔格档案馆。
③ Vgl. Manfred Frank, *Der kommende Gott. Vorlesungen über die Neue Mythologie. I. Teil*, Frankfurt am Main 1982; Jochen Hörisch, *Brot und Wein. Die Poesie des Abendmahls*, Frankfurt am Main 1992. 除荷尔德林外,值得一提的还有另一个诗人C·布伦塔诺(Clemens Brentano),参阅 Gabriele Brandstetter, *Erotik und Religiosität. Zur Lyrik Clemens Brentanos*, München 1986, bes. 218ff. "Brentanos Poetik der Transsubstantiation"。

此外，还存在一个可以追溯至但丁的文学传统，圣餐在其中成为一种美学模式。[1]没有什么还能赋予诗更高的尊严。比这再高的，人们也无法理解。因为圣餐是基督－天主教信仰的核心，它的意义扎根在集体记忆中。这与玄妙的神秘主义无关。

对格奥尔格诗歌的圣餐特征，E·R·库尔提乌斯（Ernst Robert Curtius）与M·苏斯曼（Margarete Susman）早就有所暗示。这两人都不是核心小圈子成员，但与之走得很近。库尔提乌斯是贡多尔夫的学生兼朋友。他在1910年1月13日写给贡多尔夫的信里谈到格奥尔格的诗集《生命之毯》时说："我觉得《生命之毯》根本不是一本书，而是一个活生生的艺术品，一个被圣化的空间，我每天进去领圣餐。"[2]苏斯曼在解读格奥尔格的诗《圣殿骑士》中着重指出："他幼时感受的一些因素还存留在他的学说中：以圣餐呈现出来的与天主教的关联。神肉身化的奇迹正是格奥尔格学说的核心。"[3]1908/1909年出版的《艺术之页》第8期，刊登了S·施密特的《吾爱之高位》，文章的小标题完全按天主教弥撒礼仪的顺序排列："奉献礼"（Offertorium）、"祝圣礼"（Consecratio）、"领圣体"（Communio）。我引用几段，这些文字如此清晰明了，根本用不着分析："仁慈地看看他，他走向你圣坛的底座，献身于你……把你身体的白饼赐给我，把盛你血液的金杯递给我……""神父的亲切话语改变我们，他们的赐福具有神力，更新我们的血肉，替换我们的灵魂。""……我爱你，我把此爱如圣饼珍藏心里，我把此爱如圣体藏于我的身体。"[4]

格奥尔格的圣餐化的诗歌，与他对格奥尔格圈子的一种神恩似的领导，密切相关。上文的引文已有所显示。这一概念之所以如此有用，是因为它不是简单地否定基督－天主教传统，而是继承它。格奥尔格出身莱茵河天主教，幼时曾在弥撒仪式中辅助神父做弥撒，因此对基督－天主教传统很熟悉。这一概念还暗示了对诗歌符号的一种理解，这种理解一方面指向了十九世纪末趋于新宗教与新神话

---

[1] 参阅 Gerhard Neumann, *Heilsgeschichte und Literatur. Die Entstehung des Subjekts aus dem Geist der Eucharistie*, in: Vom alten zum neuen Adam. Urzeitmythos und Heilsgeschichte, hrsg. von Walter Strolz, Freiburg/Basel/Wien 1986, S. 94—150。

[2] Friedrich Gundolf, *Briefwechsel mit Herbert Steiner und Ernst Robert Curtius*, eingeleitet und hrsg. von Lothar Helbing und Claus Victor Bock, 2. Auflage, Amsterdam 1963, S. 143.

[3] Margarete Susman, *Stefan George*, in: Dies., Gestalten und Kreise, Zürich 1954, S. 200—219, hier S. 214.

[4] *Blätter für die Kunst* 8, S. 150f., S. 152, S. 153。此文刊登在《艺术之页》上没有署名作者，K·克伦科勒认为是 Saladin Schmitt，参见：Karlhans Kluncker, *Blätter für die Kunst. Zeitschrift der Dichterschule Stefan Georges*, Frankfurt am Main 1974, S. 223。

的各种潮流，①另一方面指向了欧洲象征主义，象征主义把艺术作品提升为至高无上者，提升为圣殿，使艺术自律的假设更极端化。

我的论点可能主要会遭到两点反驳。首先，我强调了格奥尔格的圣餐-天主教的一面，从而忽视了柏拉图-古希腊关于"美的生活"的教育模式与社会模式对格奥尔格圈子所具有的重要意义。②确实，在世纪末之后，格奥尔格圈子对这个首要表现为**社会性的**模式产生的兴趣引人注目。③可是在我看来，这种兴趣一是有文化批判与文化保守的原因（延续西方理念、具有文化批判色彩地融合古希腊罗马与基督教），二是人们必须看到这一模式具有很高的合理化功能与升华潜能。相比之下，天主教的**美学**潜能要高很多。

其次人们可能会反驳说，基督教的圣餐秘密是一回事，诗却完全是另一回事。这是当然的，所以"诗的圣餐"这一提法首先是一种隐喻。但是，圣餐本身就包含了对饼**与酒这些符号的理解**，而这一理解，我认为，与象征主义对诗歌符号的理解有惊人的相似。我下面首先会借助霍夫曼斯塔尔（Hugo von Hofmannsthal）写于1903年的《关于诗的谈话》，谈谈如何理解象征，因为本来就缺少从这个角度去分析格奥尔格的诗学，此外还因为这篇文章谈的是格奥尔格的诗，它令人惊讶地触到了这些诗的诗学问题的实质。然后，我将深入分析格奥尔格的几首诗，以展示如何从圣餐的角度去解读他的诗歌。最后，我会简要回忆格奥尔格圈子的仪式化的诗朗诵。

---

① 最近在法兰克福举办的一个展览，让人想起了灵性主义与奥秘主义之于世纪末以来的先锋派艺术的重要性，可参阅展览目录：Okkultismus und Avantgarde. Von Munch bis Mondrian 1900—1915, Frankfurt 1995。

② 这是我在1995年格奥尔格年会上发表这个报告时，与会者提出的不同意见。在此表示感谢。

③ 1897年11月，格奥尔格在《艺术之页》4期1—2号的"编者话"里歌颂"希腊之光"："一道希腊之光落到我们身上：我们的年轻人现在开始不再卑微地而是热情地看待生活；他们在身体上与精神上都追求美；他们摆脱了对肤浅的大众化教育与幸福的热衷，也摆脱了奴颜婢膝的野蛮；他们厌恶周围人的循规蹈矩与忧心忡忡，将自由而美丽地生活；他们最终将广义地理解自己的民族，而不是狭义地理解为种族；在这些方面，人们发现德国人的本性在世纪之交发生了巨变。"（*Blätter für die Kunst*, 4. 1—2, S. 4.）1900年，格奥尔格出版诗集《生命之毯》。"序曲"开篇描写"美的生活"给苦思冥想的诗人"我"派来一个"天使"，第7首里把"希腊我们永远的爱"作为远离大众的少数人旗帜上的标语（SW 5, S. 16），美的艺术与美的生活紧密相连，格奥尔格圈子正式形成。此后，格奥尔格及其圈子对柏拉图的兴趣与日俱增，据统计，他们翻译的柏拉图著作与出版的柏拉图专著有二十多种。格奥尔格核心小圈子有一份书单，柏拉图的《会饮篇》《斐德若篇》《国家篇》是必读书目。——译注

二

一向对霍氏毫不留情、持批评意见的贡多尔夫,对这篇《关于诗的谈话》却评价很高。[①] 在这篇谈话里,霍氏展开了他对象征的一个理解,这个理解与圣餐的象征概念一样,是从献祭仪式中获得的。霍氏把献祭与文学完全融合在一起思考。他认为,能真正分享象征的只有"孩子"、"信徒"与"诗人",他们都与众不同:"对孩子,一切皆象征,对信徒,象征是唯一的真实,诗人只见象征不见其他。"[②] 文学中的象征不仅仅代表它所象征的事物。诗不单是"以一物替代另一物":"诗从不以一物替代另一物,因为诗狂热追求的,是用一种完全不同于迟钝的日常用语的另一种活力,用完全不同于贫乏的科学术语的另一种魔力,去说出**事物本身**。"[③] 对霍氏而言,象征这个概念肯定要这样构想,以便在象征中,事物既象征性地显现,但同时又以本原的方式在场。

这怎么可能?诗的秘密不能通过阐释来解开。这是象征主义对诗的基本理解,在霍氏那里又明显与语言批判的反思结合在了一起。[④] 可以说,诗的象征是实在象征(Realsymbol)。圣餐礼的圣餐符号恰好也是这样来理解的。圣餐礼的象征意味什么,它本质上就**是**什么。存在与象征合二为一。[⑤] 按体变说(Transsubtantiationslehre),饼与酒转变后变成了耶稣的身体与血,尽管它们的外形保持不变。

在霍氏的文章里,不仅谈到了文学象征是如何产生的。在其中一个谈话者加布里尔讲述的一个象征性的原始场景里,还包含了对文学的一个整体构想。那是为平息愤怒的神灵而举行的一场献祭。加布里尔说,"第一个被献祭的人"准备自

[①] 这篇谈话"具有一种难以置信的透彻、明晰与明快,其构架远超出他的其他文章。了不起!"(*Stefan George – Friedrich Gundolf. Briefwechsel*, S. 154.)

[②] Hugo von Hofmannsthal, *Das Gespräch über Gedichte*, in: Ders., Sämtliche Werke XXXI, erfundene Gespräche und Briefe, hrsg. von Ellen Ritter, Frankfurt am Main 1991, S. 74-86 und S. 316—349, hier S. 80.

[③] Hugo von Hofmannsthal, *Das Gespräch über Gedichte*, S. 77. 黑体字由本文作者表示强调。本文中出现的黑体字,均是如此,如有例外,将特别指出。

[④] 在写作这篇谈话的前一年,霍夫曼斯塔尔刚发表了《一封信》(或称《钱多斯信函》),描写他丧失了连贯思维与表达的能力,是呈现世纪末语言危机的一份经典文献。——译注

[⑤] Vgl. Jochen Hörisch, *Brot und Wein. Die Poesie des Abendmahls*.

我牺牲,准备成为集体的替罪羊。①

> 在他那低矮的小屋与他那内心的恐惧的双重黑暗中,他拿起一把锋利的弯刀,准备割喉自杀,让那看不见的可怕的神高兴。这时,醉于恐惧、野蛮与死亡的临近,几乎无意识地,他的手又一次伸进毛茸茸的暖暖的羊毛中。——这只羊,这条在黑暗中呼吸着的鲜活生命,与他如此亲近,如此亲密——突然,刀刺进羊的喉咙,热乎乎的血顿时顺着羊毛、顺着人的胸口与手臂流下来:有那么一瞬间,他肯定觉得那是他自己的血;有那么一瞬间,从他喉咙发出的胜利欢呼与羊的临死呻吟交织在一起,他肯定认为那种更高的生的快感是死亡的第一次抽搐;有那么一瞬间,他肯定已在那只羊中死去,唯如此,那只羊才是为他而死。②

在这一牺牲中,欲望与死亡、最本原的生命感受与最本原的文学主题相互交融,献祭的动物与祭祀者有那么一刻无法区分。象征性的献祭行为是一种替代行为,其替代功能又有那么"一瞬间"是被遗忘的。因此,对霍氏来说,那种行为具有一种原初的直观性。

这个象征性的原始场景现已成为一种模仿性的重复行为。"动物的死是一个象征性的献祭之死。但这一切的前提是,有那么一瞬间,他也在那只动物中死去。有那么一会儿,他的生命消融在它的生命之中……因为有那么一瞬间,他的血真的从动物的喉咙流出来了。"③ 这幅暴力图景同时是一个象征场景,因而对霍氏来说是"一切诗歌的根"。④ 所以,诗的根是象征性的自我放弃与自我消融,"我消融在你之中"。(SW 8, S. 59)现在,任何其他的献祭行为都是一种象征性的自我替代行为,但在这种替代行为中,原初意义是直接呈现并感知的。在象征符号中,第一次的献祭重复并被回忆("如此行,纪念我!"《路加福音》22∶19)因此,每一次正确地分享诗歌里的象征符号,都会是共融(Kommunion)、同体(Einverleibung)。

按照霍氏的观点,在诗的核心概念象征里,会存在对那一原始场景、那一献

---

① 按照文化人类学的观点,找出替罪羊并驱逐出去,从根本上有利于一个集体自身的建构,对此可参阅 René Girard, *Der Sündenbock*, Zürich 1988。
② Hugo von Hofmannsthal, *Das Gespräch über Gedichte*, S. 80—81.
③ 同上, S. 81.
④ 同上, S. 81.

祭行为的模仿时刻。一切诗，在此意义上都必然是象征的，即关乎生存的、危险的，充满了"恐惧、野蛮与死亡的临近"，而不是如贡多尔夫在其他场合批评霍氏的，随意的游戏。在这篇谈话的其他草稿里，霍氏强调了语言与"身体"的关联。① 诗的语言对霍氏而言具有"一种魔力"，因此诗完全自律："它为词的缘故说出词语，这就是诗的魔术。"诗于是可以"感动我们并使我们不断**转变**"。②

诗原则上是自我指涉性的，这是格奥尔格的诗与象征主义的特色。恰恰是作为这种自我指涉性的诗歌——我有意避免使用"唯美主义"这个称谓——它就该具有转化的、神圣的力量，因为它就是它，直接的感性的，意义是猜不透的秘密。因此，象征主义诗歌所说的，只能通过它自己说出来。信徒共享圣餐，不探究圣餐背后的意义，象征主义诗歌也是如此。文学被神化为新的圣者，在这一过程中，文学转向社会的可能性以及存在的问题，是显而易见的。现在我回到格奥尔格。

三

与宗教、礼拜以及仪式有关的各种主题如圣礼、牺牲等明显影响了格奥尔格的诗歌创作。③ "三书"之二《传说与歌谣之书》（1895）中的一首《破晓歌》，把诗中的"我"与对话的爱人"你"的关系描写为一种圣餐：

> 你的身体可爱又神圣·
> 肌觉翩翩
> 让我的眼睛热烈恋依
> 垂下眼帘
> 如同人们领受上帝。（SW 3, S. 48）

"我"与"你"的爱在这首诗里也是圣餐似的。对格奥尔格及其圈子而言，"身体"（Leib）这个概念具有十分重要的意义，并在其创作的过程中愈发重要。身体不是肉体（Körper）。身体具有感性的、肉体的、爱欲的但并非性欲的因素：

---

① "语言啊！……人虽能感受精神性的东西，但要表达它，却必须借助身体语言。这就是词的奥秘。"（Hugo von Hofmannsthal, *Das Gespräch über Gedichte*, S. 327.）
② Hugo von Hofmannsthal, *Das Gespräch über Gedichte*, S. 81.
③ Hansjürgen Linke, *Das Kultische in der Dichtung Stefan Georges und seiner Schule*, 2 Bände, München und Düsseldorf 1960.

"拥抱而无欲望的渴求/相好而无烦忧的担心——"(《修道院》, in: SW 5, S. 51)如在《破晓歌》里,"身体"(Leib)隐含了"爱"(Lieb),Leib 中的字母顺序颠倒就成了 Lieb。此外,"身体"也有神圣之意。《圣经》新统一德译本把耶稣在圣餐上说的第一句话中的 Hoc est corpus meum 翻译为 Das ist mein Leib,即"这是我的身体"。(《马太福音》26∶26)

圣餐的思想甚至影响了格奥尔格的诗歌语言。他的最有名的、可以进行诗学解读的一首诗是诗集《灵魂之年》的开篇《来这据说已死的公园》:

> 来这据说已死的公园看看:
> 远方的海岸笑吟吟闪烁微光·
> 纯净的白云间意外露出碧蓝
> 照亮缤纷的小径与池塘。
>
> 取来那边的深黄·浅灰
> 从桦树与山毛榉·微风吹吹·
> 最后的玫瑰尚未凋残·
> 挑选亲吻再编成一个花环·
>
> 也别忘记这最后的紫菀·
> 和那野葡萄藤身披的绛紫·
> 还有那残留的绿意
> 也要轻轻编入这秋的容颜。(SW 4,S. 12)[①]

这首诗理解宗教仪式的过程:它要人去挑选和突出那些在仪式进程中配得上神圣化的东西(erlese),那些被挑选出来的东西也是优秀的(erlesen):杰出的、宝贵的。格奥尔格在此特别强调了艺术的一个基本原则:挑选与重组。被挑选出来的东西,先要用表示尊奉的仪式符号标记出来("吻";类似神父吻圣体显示匣、圣餐台或圣经),最后要把它们重新整合("编一个花环";如弥撒仪式的参与者

---

① 因为这首诗很有名,德国读者不会太陌生,本文作者 Braungart 教授因此没有在文中引用它。现征得教授本人的同意,特将这首诗插入文内,以方便读者欣赏这首诗与理解此处的分析。——译注

领圣体后焕然一新，归属感也大大增强）。

如此解读，才会正确理解这首诗：从接受美学的角度看，这首描写秋天的诗，也可以理解为指导读者如何正确地、充满敬意地进入并阅读它所在的组诗，如谓语动词"来"、"看看"、"取"、"挑选"、"亲吻"等等所显示的。命令式的语气把这首诗及其所在的组诗呈现为一个诗的圣餐（"拿着吃"）："取来那边的深黄"。[①] 这首诗把诗歌文本分给它的读者。它邀请读者去接受这个神圣的文本。读者与文本的正确关系应该是圣餐似的。所以，这首圣餐化的诗也引读者进入组诗，进入一个仪式共同体。

这一说法可能显得很刺耳，后面不会再用这种语气。[②] 与这首诗不同，诗集《颂歌》（1890）中的一首《安吉利科的一幅画》更清楚地谈到了画、艺术品以及艺术家的工作，还包含了对饼与酒这些圣餐符号的一点影射。不过，类似这首秋天的诗中的描写，艺术家感兴趣的是饼与酒这些符号的美学特征及其可供他利用的地方：

从**神圣的杯子**取来金黄色·
为亮黄的头发取来成熟的**麦秆**·
从用石板画画的小孩取来粉红色·
从溪边的浣衣女取来靛蓝。（SW 2, S. 27）

在这方面，同名诗集的另一首表现得更为明显。那是标题《新王国的爱餐》下并列两首诗中的第 1 首。那首诗的写作也受到了圣餐的影响。因为圣餐是实在象征性的耶稣牺牲，所以也是爱餐。[③] 并列的两首十四行诗都被称为"爱餐"（Liebesmahle）。格奥尔格自己也清楚这两首诗与早期基督教的爱餐的关联。[④] 第 1 首的起始句"煤在燃烧"明显影射了一个天主教的场景。对"我们"一起在"教堂"沉浸其中的性感氛围的回忆，成了诗歌创作的灵感源泉

[①] 在最后的晚餐上，耶稣把饼祝福后递给门徒，说：nehmet und esset, das ist mein Leib. （"你们拿着吃，这是我的身体。"）（《马太福音》26：26）格奥尔格的这首诗里类似的句子有 Dort nimm das tiefe gelb（取来那边的深黄）。——译注

[②] 对这首诗的详细解读，可参见拙著：Wolfgang Braungart, *Ästhetischer Katholizismus.Stefan Georges Rituale der Literatur*, Tübingen 1997, S. 224—226。

[③] 关于宴饮与性交的交集，可参阅 Gerhard Neumann, *Heilsgeschichte und Literatur*, S. 101。

[④] 参见格奥尔格在 1890 年写给中学同学 C·鲁格（Carl Rouge）的信："在耶稣信条繁荣的初期，爱餐是被选中的人的聚会。"（SW 2, S. 103）此信最初收录在 Robert Boehringer, *Mein Bild von Stefan George*, 2. ergänzteAuflage, Düsseldorf und München 1967, S. 39。

(melodienstrom①,直译为"旋律之流"),祈祷可以获得灵感。② 我只引用前两节:

> 煤在燃烧·把精选的香粒
> 滴上!香粒熔化咝咝作响。
> 愿它把我们浸入弥漫的香气
> 融合虔诚祝愿与甜蜜欲望!
>
> 让蜡烛在枝形灯架上闪耀
> 香雾腾腾如神圣的教堂·
> 我们默默地双手合十祈祷
> 梦想一个旋律在荡漾!（SW 2, S. 16）

大约从世纪末开始,格奥尔格圈子的圣餐似的自我认识才越发鲜明。这也在格奥尔格的一些诗中有所呈现,那些诗不再着眼于诗学思考。《同体》（Einverleibung）可作一例,圣餐思想是其核心。这首诗属于诗集《第七个环》（1907）的中心《马克西米》组诗,它紧随三首《祈祷》之后,谈论了"我"与马克西米的关系。马克西米是格奥尔格的"形象化的上帝"。③ 围绕这个"圣像"诞

---

① 与水（Wasser）相关的一些词,是诗与语言的重要隐喻,比如在荷尔德林那里。参阅 Herta Schwarz, *Vom Strom der Sprache. Schreibart und 'Tonart' in Hölderlins Donau-Hymnen*, Stuttgart 1994。

② 可参阅诗集《朝圣》（1891）中的诗《新远游的祈福》的第 3 节:"我穿过教堂来到中厅宝座·/ 金炉鼎上香雾缭绕·/ 我的歌声嘹亮如和着管风琴韵·"（SW 2, S. 47）最后一行的比喻把诗的美与圣乐相比。

③ 引自格奥尔格在 1910 年 6 月 11 日写给贡多尔夫的信,见: *Stefan George – Friedrich Gundolf. Briefwechsel*, S. 202。在那封信里,这一表达总结了格奥尔格对尼采的批评。又：尼采张扬狂放迷醉的狄奥尼索斯精神,而"形象化的上帝"是清晰可见的一个形象,可以说体现了造型力量之神阿波罗精神。格奥尔格在 1900 年前后曾写过一首诗《尼采》,称尼采是"头戴滴血冠冕"的"拯救者",但批评他只破不立："你创造诸神只为颠覆它们 / 你从不乐于休息乐于建构？"（SW 6/7, S. 12）"建构"即造型、塑造,体现了日神精神。格奥尔格及其圈子对尼采的接受是众所周知的,本文作者 Braungart 教授有一篇文章《格奥尔格之尼采》,其中说："尼采对格奥尔格来说是一个巨大的精神挑战,即便在世时他也毫不隐讳。"（Wolfgang Braungart, *Georges Nietzsche*, in: Jahrbuch des freien deutschen Hochstifts 2004, S. 234—258, hier S. 234f.）格奥尔格终究以他创作的极具形式感的诗歌与建构的格奥尔格圈子,战胜了迷狂与孤独的尼采。1928 年,托马斯·曼的长子、(转下页)

生了"大教堂"的"礼拜室"、《第七个环》的诗歌文本，① 为把这些诗歌精心编排成一个完整的结构，格奥尔格足足用了约一年的时间。（SW 6/7, S. 190）马克西米为格奥尔格的仪式及其诗歌文本的美学仪式奠定了基石。诗集《第七个环》的大部分诗歌，在男孩克罗恩贝尔格② 去世前就已经创作出来了，只是事后才由格奥尔格整合为一个悼念仪式，由此也可以看出，格奥尔格在寻找这一基石，他的创作也需要这一基石。通过马克西米，艺术成为一种礼拜，这也是艺术自身的结果。虚构的人物形象马克西米是年轻的神，是神圣的孩子，但又是格奥尔格自己在诗中创造出来的一个孩子："我们的思想与行动的全部动力都经历了一个位移，自从这个具有真正神性的人进入我们这个圈子。这个奴役人的当代失去了它独有的权利，自从它顺应另一典范。宁静重返我们内心，它让每个人找到了自己的中心。"（《〈马克西米〉前言》, in: SW 17, S. 78.）

在格奥尔格送给 M·莱希特（Melchior Lechter）的一个手抄稿里，这首诗的标题竟是"共融"（Kommunion）。③ 因为莱希特本身就深受天主教的影响，"格奥尔格因此可以假设莱希特能理解这样一首《同体》"；而对莱希特来说，标题"共融"才更适合这首诗。（SW 6/7, S. 218.）在这首诗里，"我"与对话的"你"的关系确实被理解为"共融"。

我现在比较详细地来分析这首诗。第 1 节是交韵，而其余 5 节都是抱韵，第 1 节因此凸现出来：

（接上页）年仅 22 岁的克劳斯·曼（Klaus Mann）在一个报告中，把格奥尔格称为"年轻人的导师"："尼采之后的整整一代人的发展，其特点是从否定到肯定，从流动的音乐到集中的形式，从孤独到共同体。我们看到这一发展在斯特凡·格奥尔格的诗作中表现得最纯粹、最强烈、最绝对，也最具典范性。"（Klaus Mann, *Stefan George – Führer der Jugend*, in: Stefan George in seiner Zeit. Dukomente zur Wirkungsgeschichte, hrsg. von Ralph-Rainer Wuthenow, Bd. 1, Stuttgart: Klett-Cotta 1980, S. 231—237, hier S. 231.）——译注

① Joachim Rosteutscher, *Das ästhetische Idol im Werke von Winckelmann, Novalis, Hoffmann, Goethe, George und Rilke*, Bern 1956, S. 212."建筑"这个隐喻在格奥尔格研究中很受欢迎。
② 克罗恩贝尔格（Maximilian Kronberger 1888.4.14—1904.4.15）是格奥尔格 1902 年 2 月在慕尼黑认识的一个美少年，随后进入格奥尔格圈子，格奥尔格爱恋男孩的美，男孩崇拜格奥尔格。1904 年 4 月，男孩因病去世。如但丁把贝雅特丽齐神化，格奥尔格把男孩神化为自己的上帝"马克西米"（Maximin）。由格奥尔格的这一命名，也可以看出，Maximin 不等同于 Maximilian。——译注
③ Melchior Lechter und Stefan George. Briefe, kritische Ausgabe, hrsg. von Günter Heintz, Stuttgart 1991, S. 267f. 又：莱希特是画家，格奥尔格的诗集《灵魂之年》《生命之毯》《第七个环》都是他装帧设计。——译注

你的预言现已成真：
获得了王位的权力
你我结成又一同盟——
我由我的孩子生育。（SW 6/7, S. 109）

第 4 行的矛盾表述让人想起巴洛克神秘主义的悖谬，如西勒修斯（Angelus Silesius）的神秘主义。① 在诗集《联盟之星》的"序曲"之七（SW 8, S. 14.），格奥尔格又将其改写为："我虔诚地面对那个谜的威力／他是我之子我是我子之子"，并限制对它的任何解释，当他以一种生硬的节奏这样要求："别再解释！你们通过他才有我！"② 在他的"孩子"马克西米中，大师把自己献给他的弟子们，圣餐的这一奥秘最终也无法真正理解。只能接受。但这一悖谬会消除，如果看到格奥尔格（大师）- 马克西米与天父 - 耶稣之间的类同，而这首诗恰好诱发做此类比：新神"为自己与所有人自我牺牲／他的伟业随他的死而诞生。"天父也是现身于耶稣，父只有通过子才是可以接近的："我是道路、真理与生命，若不借着我，没有人能到父那里去。"（《约翰福音》14：6）

这一神学模式就这样被转换为一种美学模式。③ 诗中的"我"认为自己是"你"

---

① 可参阅他的警句《上帝不能没有我》："我知道，没有我，上帝一刻也不存在／如果我消失，他必得因困苦而死去。"（*Das Zeitalter des Barock. Texte und Zeugnisse*, hrsg. von Albrecht Schöne, 2. Auflage, München 1968, S. 281.）莫维茨在分析格奥尔格的《联盟之星》的"序曲"之七时，提到了西勒修斯的另一矛盾表述："我是上帝之子／他又是我之子。"（Ernst Morwitz, *Kommentar zu dem Werk Stefan Georges*, 2. Auflage, Düsseldorf und München 1969, S. 346.）也参见 SW 8, S. 129f。

② 可参见格奥尔格的两句话："沃尔特斯他们追根问底。不能这样。有些事，做了，但不说。""知道得太多，会把人约束……有时不去深究，反而更好。"（Edith Landmann, *Gespräche mit Stefan George*, Düsseldorf und München 1963, S. 108, S. 112.）又：此行诗的原文 Mehr deutet nicht! Ihr habt nur mich durch ihn! 仅有九个单词，且都是单音节，却有一连串的元音押韵 nicht-ihr-mich-ihn，如此频繁的押韵阻止了词与词之间的自然流畅的组合，让人觉得生硬；此外，在这一硬性组合中，相互押韵的四个词很有讲究，后半句中押韵的都是人称代词：ihr（你们）、mich（我）、ihn（他），囊括了三个言说对象，前半句与之押韵的是 nicht（不），如此就突出了这行诗需要表达的一种强硬情绪。
——译注

③ Gerhard Neumann, *Heilsgeschichte und Literatur*, S. 132.

生育的，而"你"又由"我"自己创造，① 正是这种血肉关联此时被理解为"同体"。于是产生了新的"联盟"，它通过这一"共融"而成立。"联盟"一方面是指，美学仪式在马克西米中找到了礼拜的中心。以马克西米为中心，格奥尔格圈子成为一个"团体"②，美学仪式成为预言。只有在此意义上，马克西米崇拜才是一个新神话。他让"未来的神"变得形象生动、清晰可见，展示他，而不是要求他。因为"崇高与英雄的持久力量，不是存在于他们的话语与伟业中，而是存在于他们的形象里"。(《〈马克西米〉前言》，in: SW 17, S. 78.) 马克西米的存在"转变"、美化、让一切更美。格奥尔格完全停留在他的美学天主教的系统内："即使他不言语，不行动：他的在场也足以让所有人感到他的芳香与温暖。我们自愿献身于他那**转化**的力量，只需吹口气或碰一下，它就能给最寻常的环境赋予一种天堂般的纯洁光辉。"(《〈马克西米〉前言》，in: SW 17, S. 77.)

与马克西米的"联盟"却需要预言了他的那个人。与耶稣不同的是，马克西米不能自立。没有呈现他的那个人，他就不复存在。因此，神与预言者的交合也是圣餐。格奥尔格圈子的联盟被纳入圣餐化的"联盟"。先知的预言使上帝圣餐化地显现，格奥尔格圈子由此领受了上帝。谈论新上帝的这个诗人，就肩负了重要意义。新上帝是他的预言者的"产物"(SW 6/7, S.109.) 及其着手进行的创造，③ 如《基督降临节 I》所言："对朋友而言你是孩子 / 我在你身上**看见**上帝 / 我战栗地认出他 / 我的虔诚献给他。"(SW 6/7, S.90.)④《致马克西米的生与死》组诗之六这样结束："现在你的名字穿越茫茫时空 / 来净化我们的心灵与大脑；/ 在永生之地的黑暗底 / **通过我**升起你的星辰。"(SW 6/7, S. 105.) 男孩克罗恩贝尔格在一种唯意志论的行为中被改造为上帝马克西米，因为格奥尔格需要他。

这首诗的第 2、3 节让人明白，这个同体确实是共融，而不仅仅是回忆，它应该表示上帝始终在场，即圣餐是一种集体行为、一种可感知的生活准则：

---

① 《〈马克西米〉前言》里这样描写最初的相遇："我们越认识他，他就越让我们想起我们的榜样。"(SW 17, S. 75f.) 马克西米成了这个言说者想在他身上看见的那个人。
② "(马克西米死后)，我们这个团体在被遗弃的麻木绝望中跪下。"(《〈马克西米〉前言》，in: SW 17, S. 81.)
③ Vgl. SW 8, S. 120；《〈马克西米〉前言》，in: SW 17, S. 80。在这个《前言》的结尾部分，"大师"直接对马克西米说话，再次表达了"共融"的思想："我让你学满出师·拿我当你的朋友吧！因为我将永远是你的一部分，如同你将永远是我的一部分。"(SW 17, S. 80.)
④ 这首诗的标题是 Kunfttag，这是格奥尔格对 Advent（基督降临节）的德语化形式。参考《时日与行事》："在基督降临节，我们提着灯去做晨祷，不停地唱《天泽正义者》。"(SW 17, S. 17.)

> 在最隐秘的婚约里
> 你与我同桌欢宴分享
> 让我清爽的道道清泉
> 我走过的条条小径。
>
> 你绝非影子与幻象
> 活在我的血液里。
> 你的拥抱柔情蜜意
> **幸运的合欢。**

格奥尔格运用了人与神的神秘婚约的想象。这里对歌德的《幸运的渴望》的暗示不是偶然(歌德的诗用格奥尔格的书写方式如下:"在爱的深夜的清凉里·/创造了你·你也在创造")。但不同的是,歌德的"渴望"在格奥尔格这里变成了"合欢"。格奥尔格把歌德的这首诗收入他与K·沃尔弗斯克(Karl Wolfskehl)合编的《德国诗选》的第2卷《歌德》。① 歌德在《西东合集》里描写爱的同时,不断反思诗人的职责。紧接在《幸运的渴望》之后的是一首四行诗,格奥尔格没有收入他的《歌德》诗选,那是《西东合集》的《歌者篇》的最后一首,让人想起写作者的处境,它把写作与性爱连接在一起:"一根芦苇在卖弄,/让生活变得甜美!/但愿从我的笔/流出浓浓爱意!"歌德的"让生活变得甜美"与格奥尔格恰成对比(撇开这首诗的讽刺色彩不谈,对比《幸运的渴望》,就显出了这首诗的讽刺意味)。② 另一首四行诗,即《哈菲兹篇》的开头题词,把婚礼与写作两个主题联系起来,词与新娘互为隐喻:"把词唤作新娘,/新郎是精神;他知道这个婚礼,/谁赞美哈菲兹。"③

《同体》的最后三节,再清楚不过地把连续不停的共融体验具体化了:

---

① 1896—1902年,格奥尔格与沃尔弗斯克编辑出版三卷本《德国诗选》,第1卷《让·保尔》,第2卷《歌德》,第3卷《歌德的世纪》。新版第2卷由Ute Oelmann编辑,1989/1991年在斯图加特出版,歌德的《幸运的渴望》在第72—73页。

② Johann Wolfgang Goethe, *Werke*, Hamburger Ausgabe in 14 Bänden, hrsg. von Erich Trunz, 12. Auflage, München 1981, Bd. 2, S. 19.

③ 该说话者也赞美了自己,因为他在《哈菲兹篇》赞美了哈菲兹。(Johann Wolfgang Goethe, *Werke*, S. 20.)

我的思想都从你所获
颜色光泽与纹理
我的条条纤维里
燃烧着你遥远的焰火。

我跪拜的渴望
你用你的蜜汁满足
我从萌芽领悟
从新生的气息感到：

从光与黑泡沫
从欢呼与泪花
不可分割地会诞生下
梦里的合像你与我。

  此时的画面语言比较晦涩（如"跪拜的渴望"、"新生的气息"）。但如果想到这首诗以其标题暗示了天主教的礼仪场景，这些画面或许就好理解一些。① 具体化的程度如此厉害，根本不可能只把它们当成隐喻（如"你用你的蜜汁"②）。这里不只是一种"神秘合一"（Unio mystica）。这并非次要。在这些刻意寻求的令人印象深刻的画面中，约束肉体（Körper）并将其升华为身体（Leib）本应制服的东西，又出现了。因此这首诗可以理解为：用性爱这一隐喻来展现仪式化的、建构共同体的共融，因性爱激发诗歌创作。③ 这一关联可能也让克劳斯·曼（Klaus

---

① "跪拜的渴望"（Hingekauerte Verlangen）其实让人想起圣餐礼仪中领圣体圣血时信徒的下跪；"新生的气息"（hauch der mich umdauert）则让人想起洗礼仪式与圣灵降临节，神父给受洗者吹气三次，把恶赶走，让神圣的生命气息进入。
② 蜜汁（Seime）也有宗教的含义，如《雅歌》4：11。又：《雅歌》4：11 的路德译文是 Deine Lippen, meine Braut, sind wie trieffender Honigseim。中译文是"我的新妇啊，你的嘴唇滴蜜，好像蜂房滴蜜"。"嘴唇滴蜜"表示亲吻的浓情蜜意。——译注
③ 可参考诗集《阿尔嘎巴》（1892）的组诗《在地下王国》的最后一首《我的花园不需热与空气》的最后一节："可我在圣殿里……如何**创造**（zeug）黑色的怒放的花？"（SW 2, S.63.）在 1889 年 1 月写给中学朋友 A·斯塔尔（August Stahl）的一封信里，格奥尔格就用了生育的隐喻（gebären）："再匆匆写几句。我刚写出第二个剧本……我生产了或试图生产。"（Robert Boehringer, *Mein Bild von Stefan George*, 2. ergänzte Auflage, S.30.）（转下页）

Mann）的一个几乎令人无法理解的判断变得可以理解，他说这首诗是"空前的"，是"《第七个环》的一个顶峰"。① 用性爱比才思泉涌（或者反过来，用性无能比才思枯竭），也让人注意到天才这个概念的历史。这一对比，参与建构了许多艺术家的神话与传奇（如莫扎特的故事），也出现在一些现代作家身上，如亨利希·曼（中篇小说《皮波·史帕诺》Pippo Spano）、卡夫卡。② 贡多尔夫把他撰写的专著《莎士比亚与德意志精神》称为他与格奥尔格的"圣婚"的宁馨儿。③

性爱与宗教的结合，在《旧约·雅歌》，尤其在神秘主义与虔信主义中是宗教诗的特征，对这首诗很重要的，在格奥尔格的其他作品里也多次可见。在《第七个环》的第5组《梦之黑暗》里有一首《受孕》（Empfängnis, in: SW 6/7, S. 128.）："我觉得他似乎正好 /……/ 一下就进入我体内：/ 我因你的恩宠哦燃烧 / 我因你的伟大哦破碎·/……/ 把我裹上一片白布·/ 拿去当一个圣杯 / 盛满我：我听命匍匐！"与《马克西米》组诗的第3首《祈祷》类似，这首诗里的如此露骨的性爱象征，让人难以直接去进行诗学阐释，即便诗的标题提供了这种可能性。④ 这里的"受孕"不只是灵感，而是变得超强大。诗中的"我"与"你"的关系被描写成一种暴力性爱（以下是前引文中第二次省略的三节）：

> 仿佛就是山崩地裂
> 下沉让我时时刻刻
> 想起最初的欢悦

（接上页）（zeugen 与 gebären 的本义是生育，都可转义为产生、生产、创造。——译注）也参考："我们必须具有生育能力，必须创造。充盈自己。自己让自己新生。这就是我们，我们只是我们自己。"（Karl Wolfskehl, *Vom neuen Lose*, in: Blätter für die Kunst 9 [1910] , S. 65.）暴露出来的问题很明显：从诗学上看是同义的自我重复，从社会性看是精英的炼金术与自我封闭。

① Klaus Mann, *Stefan George – Führer der Jugend*, S. 232.
② Gerhard Kurz, *Traum-Schrecken. Kafkas literarische Existenzanalyse*, Stuttgart 1980, S. 13.（Schreiben als Gebären "写作当生育"）。
③ *Stefan George – Friedrich Gundolf. Briefwechsel*, S. 206. 这是贡多尔夫在1910年10月12日写给格奥尔格的信："我一直是你最笨的孩子，可我还能写成这本书，在我看来再次证明，圣婚是有的，圣婚生育的孩子超凡脱俗，父母却不是圣人。"
④ 伯林格借"大师"之口说出了 Empfängnis（受孕）的双重含义："在一些时刻——如有机生命中的孕育、分娩或死亡，精神生命中的爱与精神性的受孕……——同样的生命一代一代聚集在一起。"（Robert Boehringer, *Ewiger Augenblick*, Düsseldorf und München 1965, S. 33.）

你使我惊恐晕迷
极乐幻境里抽搐失色
我完全消融于你。

我的心将要窒息
别无他求你最好：
把我套进你的羁轭·

受者"我"被彻底制服。但这是他自己要求的。如果对这首诗进行诗学阐释，这也很重要。（这首诗的标题也允许一种圣餐-宗教的分析与一种性的分析）。诗歌语言的这种暴力性，暴露了美学仪式潜在的暴力性，诗中的"我"此时不再沉湎于美学仪式的暗示，而是屈服于它。

再回到《同体》。在早期诗歌《来这据说已死的公园》，克制的、被约束的、以无比自信的语言呈现出来的圣餐姿态，在诗的最后一行用最后一个词 Gesicht[①] 指向了 Gedicht（诗），可这一圣餐姿态在这首《同体》中被如此突出强调，几乎达到了语言表达的极限。诗从语言的自信中掉下来了。

在《同体》里，与马克西米的共融被看成原始激情的生命事件："从光与黑泡沫"、"从欢呼与泪花"。那是一种创造性的力量，既是性的，也是诗的（"不可分割地会**诞生**"），它创造了新的"图像"。《〈马克西米〉前言》里也很明确："他的影响的最深刻之处，仅从我们这些人有幸在与他的精神的共融中**创造**出来的东西，才会可见。"（SW 17, S. 78.）

这首诗的最后两行虽然与第 1 节接上了，第 1 节把共融描写为双方互使对方获得新生的过程。但还是有所保留："图像"产生自"你与我"，却是在"梦里"。"梦"的含义是矛盾的：从格奥尔格的诗学看，梦是"预言性的幻象"（Gesicht, Vision），因此是诗的兄弟。诗与梦也确实互为等同。但梦又是幻觉（Illusion）、模糊不清、无形无状，格奥尔格的诗中有这样的例子。最晚是从诗集《生命之毯》（1899/1900）的第 3 部分《梦与死之歌》开始，"梦"的这一令人怀疑的含义就出现在诗里。那组诗的最后一首把"梦与死"结合在一起，这个押头韵的组合

[①] Gesicht 的含义有二：1. 脸、容颜、外貌等，其复数形式是 Gesichter，还可引申为视觉；2. 与 Vision 等同，表示幻觉、预言能力、预言性的幻象等，其复数形式是 Gesichte。——译注

（traum und tod）也结束了整部诗集。

共享圣餐的共同体在"图像"中变得清晰可见，从"光与黑泡沫"的混沌中显现出它的形象。但是，这一形象马上又消逝了，如梦如幻，惊鸿一瞥。在格奥尔格的诗里，学说的明确性是以画面的不确定性为代价的。（如最后一节的第1行，在给莱希特的手抄稿里还是"从**火焰**与黑泡沫"，后来又改成"从**光**与黑泡沫"。①）

《马克西米》组诗以数字三为编排原则。②这首诗的画面是三位一体的共融"产物"，但这一"产物"的有效性马上就被怀疑了。看来，这首诗知道它自己的问题所在。越是预言在马克西米中的新生，诗的画面的美学信服力就逐渐消失。从诗学上看，诗是自我指涉性的，但真正的诗又是预言，《马克西米》组诗中的诗歌，摇摆在这两极之间。它们触到了马克西米事件本身的一个难题，也触到了格奥尔格在后半生创作的许多诗歌中存在的一个根本问题。

五

现在回到我的论点：艺术美与社会性在格奥尔格那里构成了一个不可分割的整体。在格奥尔格及其圈子围绕诗与朗读举行的仪式中，这一点表现得最为明显。新人通过朗诵才能成为圈子的一员。L·托尔梅伦（Ludwig Thormaehlen）回忆说："我也**必须**不断朗诵"。③"弟子"④在朗诵中无可争辩地显示出他适合这个圈子。"背诵诗"对"格奥尔格来说，可以准确呈现一个人的行为，是判断人的行为表现的一个手段，背诵诗不允许任何矫揉造作与弄虚作假：背诵诗可以暴露一切，人必须背诵如他所是。"⑤F·沃尔特斯（Friedrich Wolters）认为，"背诵"要求"背诵者不任性、'控制各种力量'、放弃唯美性的'音乐迷醉'。"⑥

朗诵（与吟咏）其实是把文学当作一种集体行为，个人不再沉醉于默读。就是这种语言性的**行为**，被格奥尔格提升为仪式化的生命活动，提升为共融，并与

---

① *Melchior Lechter und Stefan George. Briefe*, S. 268.
② 《马克西米》组诗包括三首《基督降临节》、三首《回应》、三首《哀悼》、六首《致马克西米的生与死》、三首《祈祷》以及最后三首《同体》《探访》《出神》。——译注
③ Ludwig Thormaehlen, *Erinnerungen an Stefan George*, Hamburg 1962, S. 29.
④ 这是托尔梅伦的自称，见 Ludwig Thormaehlen, *Erinnerungen an Stefan George*, S. 8。
⑤ Friedrich Wolters, *Stefan George und die Blätter für die Kunst. Deutsche Geistesgeschichte seit 1890*, Berlin 1930, S. 194.
⑥ Friedrich Wolters, *Stefan George und die Blätter für die Kunst*, S. 194f.

吃喝紧密相连："当我们一起朗读时，我们是一体。"① 戈特海恩一家在海德堡聆听贡多尔夫朗读"大师格奥尔格翻译的但丁的《神曲》……宛如一场'祭礼'"，"声音与肢体随语言的韵律而动，如此完美。"② 托尔梅伦回忆，格奥尔格召集其弟子朗诵时，还备有"面包、水果与酒"。③ K·希尔德布兰特（Kurt Hildebrandt）记录了在朋友沃尔弗斯克的慕尼黑"球灯屋"（Kugelzimmer）④ 的一次朗诵："这个房间，极其朴素，当参与者换上拖鞋跨进门槛时，它就将一切习俗与他内心的庸俗想法拒于门外。"参与者穿上"庆典的服装，不张扬，长袍式的"，格奥尔格"头戴月桂冠"。吃饭成为简单却隆重–圣餐式的欢宴："卧榻中间的矮桌上的锡盘里放着面包、无花果、橙子。锡盘之间是月桂枝与月桂枝编成的头冠，还有一瓶酒。"⑤ 这个回忆是否文学化，并不太重要。⑥ 希尔德布兰特就认为朗诵是圣餐化的"诗歌庆典"。⑦ 在这种氛围中以这种方式仪式化说出的词，不再是告诉，而是作用，是"发生"。⑧ 它在发生。朗诵让文本呈现出来，回到它可感知的形态，让它重新有效。

---

① Robert Boehringer, *Ewiger Augenblick*, S. 57.
② Marie Luise Gothein, *Eberhard Gothein. Ein Lebensbild. Seinen Briefen nacherzählt*, Stuttgart 1931, S. 199。科尔克也提到了这场朗诵，参见 Rainer Kolk, *Das schöne Leben. Stefan George und sein Kreis in Heidelberg*. In: Heidelberg im Schnittpunkt intellektueller Kreise. Zur Topographie der 'geistigen Gesellschaft' eines 'Weltdorfes': 1850—1950, hrsg. von Hubert Treiber und Karol Sauerland, Opladen 1995, S. 310—332, hier S. 313。又：格奥尔格从 1901 年开始翻译但丁的《神曲》，选译了《地狱篇》中的 14 处、《炼狱篇》中的 24 处、《天堂篇》中的 12 处。1909 年出版，后被他收入《格奥尔格全集》第 10、11 卷。——译注
③ Ludwig Thormaehlen, *Erinnerungen an Stefan George*, S. 54. Vgl. Marie Luise Gothein, *Eberhard Gothein*, S. 102.
④ 在沃尔弗斯克的慕尼黑家里，有一个房间里有一个球形灯（Kugellampe），格奥尔格圈子就称其为 Kugelzimmer。格奥尔格住在那里时，就在那个房间接待来访者。——译注
⑤ Kurt Hildebrandt, *Erinnerungen an Stefan George und seinen Kreis*, Bonn 1965, S. 67—68.
⑥ Kurt Hildebrandt, *Erinnerungen an Stefan George und seinen Kreis*, S. 61。希尔德布兰特在注释 21 指出了他的描写与伯林格的描写不同。
⑦ Kurt Hildebrandt, *Erinnerungen an Stefan George und seinen Kreis*, S. 62。希尔德布兰特模仿格奥尔格，也做了一身这样的衣服，希望有朝一日再这样朗诵。但是他必须看到："那只有在大师在场、在球灯屋才有可能"：在神圣之地、在神圣时刻、在神恩的引导下。（S. 69.）
⑧ Werner H. Kelber, *Die Fleischwerdung des Wortes in der Körperlichkeit des Textes*, in: Materialität der Kommunikation, hrsg. von Hans Ulrich Gumbrecht und K. Ludwig Pfeiffer, Frankfurt am Main 1988, S. 31—42, hier S. 34.

对格奥尔格来说，面对面的说话尤其重要："与一个不在场的人无法交谈"。①朗诵是一种集体活动。伯林格（Robert Boehringer）证实："在柏林相聚时，朗诵就是朋友圈的仪式，每个人尽可能让朗诵的诗歌听起来准确无误。意义与节奏、旋律与韵应该以一个整体呈现。声音是来自灵与肉的奇妙现象，从中可以辨认一个人的独特性，因此，每个人的朗诵，千姿百态，各具特色。"②伯林格有意想在此界定个人在朗诵中被集体化的一个尺度。但他也明确表示，要进入格奥尔格圈子，朗诵是考验。他认为，朗诵者不必放弃个性，可又必须把自己的个性融入圈子并证明自己适合圈子的更高任务。

朗诵也呈现文本的真实：在整理荷尔德林的后期诗歌时，格奥尔格要求不断地朗诵，这应该为有效文本提供"唯一真实的保障"。③B·瓦伦廷（Berthold Vallentin）记录了一次朗读哈尔特（Ernst Hardt）的剧本《傻瓜谭特里斯》（Tantris der Narr）的经历："我要读了。俗得要命。我们要想办法……读完第2幕后，他（格奥尔格）挖苦我们：读得如此糟糕，应该是我没有教好。然后他就读了，平实，做报告似的，我从未听过他那样朗读。毫无用处，我再接着读。连那种媚俗都没有了。"④

不过，朗诵在格奥尔格圈子里，首先不是阐释者的主体性可以呈现出来的那种理解性与阐释性的朗诵，"不是着眼于意义，而是有节奏的吟诵"⑤，是"吟唱赞美诗般的"，《艺术之页》里如是说到。（BfdK 8 [1908/1909], S. 3.）诗歌以其**完整性远离抽象的与情感化的阐释**"，唯如此，"才会魅惑听者的心灵，使他们脱离混乱

---

① Edith Landmann, *Gespräche mit Stefan George*, S. 141.

② Robert Boehringer, *Mein Bild von Stefan George*, 2. ergänzte Auflage, S. 137; Kurt Hildebrandt, *Erinnerungen an Stefan George und seinen Kreis*, S. 28: "朗诵大多是庆典的高潮，不知不觉地就成为我们的礼拜仪式。"

③ Edgar Salin, *Um Stefan George. Erinnerung und Zeugnis,* 2. Auflage, München und Düsseldorf 1954, S. 102. 又：荷尔德林在二十世纪被重新发现，首先应归功于海林格拉特（Norbert Hellingrath 1888—1916）。1909年11月初，海林格拉特在斯图加特图书馆发现了荷尔德林的手稿，他抄写了一些品达翻译手稿，11月15日请沃尔弗斯克寄给格奥尔格，格奥尔格接到后，立即前往慕尼黑，26日即与海林格拉特见面。翌年，格奥尔格协助海林格拉特整理出版荷尔德林的后期诗歌，让埋没了近一个世纪的伟大诗人重见天日。荷尔德林也成为格奥尔格的精神典范。——译注

④ Berthold Vallentin, *Gespräche mit Stefan George. 1902—1931*, Amsterdam 1960, S. 44.

⑤ Michael Landmann, *Erinnerungen an Stefan George. Seine Freundschaft mit Julius und Edith Landmann*, 2. Auflage, Amsterdam 1980, S. 18.

的各自为政的状态进入规整有序的更高生活"。[1] 伯林格的这一界定态度分明，拒绝与诗的每一种同感。按照他的意思，与诗歌正确相处的方式，恰好展现了敬拜神的仪式特征。诗作用于读者或听者，宛如宗教仪式中神的显现。伯林格对朗读的定义很实用，"应该把语言图像看成整体，而不应进行心理学的深究与剖析"，即不要个别的深入与阐释。一生深受仪式影响的本雅明，强调伯林格的这篇论文对他的影响，而格奥尔格的"学说"，"只要我一碰上它，就会引起我的怀疑与反感"。[2] 在分析格奥尔格的诗《你们走近炉灶》时，贡多尔夫所用的一个表达让人想起霍夫曼斯塔尔，他说这首诗"在任何'意义'上都是不可理解的"："在这首诗里，人们既不能看到，也不能听到或想到的，是秘密，但秘密不是隐藏其后。这首诗本身就是秘密：**通过瞬间可见的词语**，灵魂世界的超灵魂的自然力量与命运之力显现出来。"[3] 毫无疑问，这首诗当然不是"在任何'意义'上都是不可理解的"，对贡多尔夫恰好不是如此，他解读了这首诗。在他的解读中，他更像在排斥神圣之火的熄灭，那是不允许的。诗歌语言应该自律。这是要求。在语言之外，诗歌语言应该是非指涉性的。诗歌语言的力量与意义就在它之中，在其形式与运作之中，不是唯美主义的享受，而是圣餐式的共融感受。诗的严谨形式集中并控制理解。"思想性的内容，所谓的意义"，伯林格在论述格奥尔格的朗诵风格时说，"随朗诵一并显现，而不是单独透露出来。语言的两个特性即图像与概念，融合在形式中。"[4]

对深思熟虑型的阐释方式，格奥尔格在诗中也有思考。《地毯》这首诗的结尾常被引用（"它"指地毯图案的"谜底"）：

它从不遂人心意：不会显示
在任何寻常时分：也非大众珍宝。
它从不暴露在芸芸众生的话语里
只偶尔在图像中对三五素心人微笑。（SW 5, S. 36）

---

[1] Robert Boehringer, *Über Hersagen von Gedichten*, in: Jahrbuch für die geistige Bewegung 2 (1911), S. 77—88, hier S, 87f.
[2] Walter Benjamin, *Über Stefan George*, in: Ders., Gesammelte Werke. Unter Mitwirkung von Theodor W. Adorno und Gershom Scholem, hrsg. von Rolf Tiedemann und Hermann Schweppenhäuser, Frankfurt am Main 1980, Bd. 2, S. 623.
[3] Friedrich Gundolf, *George*, Berlin 1920, S. 143.
[4] Robert Boehringer, *Mein Bild von Stefan George*, 2. ergänzte Auflage, S. 8.

在艺术作品的"图像"里发生的事，只在某个神圣时刻显露给少数人的东西，是理解。人们不能以"话语"接近"图像"。因此，艺术作品的"谜底"是不能翻译成"话语"的，只能在作品中去感悟。沃尔特斯抱着疑虑告诫圈子成员不要夸夸其谈、"滔滔不绝"。① 这样理解文学，在理论上毫无根据，这是肯定的。但在格奥尔格圈子里就是如此。诗的含义最可能在朗诵中显现："别去想！灵魂祈祷！"（SW 8, S. 70）每种阐释充其量是一种准备工作："为了让我愿意展现自己。"② G·西美尔（Gertrud Simmel）这样描述对艺术作品的圣餐式理解："人们不能解释诗人；诗人只坚持他自己是无法解释的，当人们找不到通向他的道路，他就是令人费解的。**他只能被接受**，他不能被认识。"对西美尔来说，理解是指把诗歌文本转化为可见的"形象"，从而合并吸纳诗人，因为诗人"只通过他自己才可接近"。③ 而所有的阐释只是"原始森林"，人们必须"穿过"它或"绕行"它。④

被说出的词语必须马上有人参与回应。因此，它把听者也融入集体中。还参加聚会与朗诵的科默雷尔，应该还是圈子成员，⑤ 不用心听就表示游离于集体，至少在朗诵、交谈与倾听的那个时刻是如此。格奥尔格放弃朗诵，在《精神运动年鉴》的同仁圈子里被视为散伙的表现。希尔德布兰特回忆说："在1913年，以《年鉴》为中心活跃起来的圈子不再是原来那个圈子。格奥尔格不和我们一起朗诵诗歌，就是信号。"⑥

这从格奥尔格的作品也看得出来。《新王国》（1928）中的组诗《致生者》的

---

① Kurt Hildebrandt, *Erinnerungen an Stefan George und seinen Kreis*, S. 37; vgl. Robert Boehringer, *Ewiger Augenblick*, S. 17："有人问宇宙学派的人都干了些什么，'大师'回答：'说。他们口若悬河，滔滔不绝'。"

② Marie Luise Enckendorff (d. i. Gertrud Simmel), *Interpretation von Gedichten*, in: Die Kreatur 3, 2 (1929), S. 167—174, hier S. 168.

③ Enckendorff / Simmel, *Interpretation von Gedichten*, S. 168.

④ Enckendorff / Simmel, *Interpretation von Gedichten*, S. 169.

⑤ Vgl. Max Kommerell, *Briefe und Aufzeichnungen 1919—1944. Aus dem Nachlaß*, hrsg. von Inge Jens, Olten und Freiburg i. br. 1967, S. 170ff. 又：科默雷尔（Max Kommerell 1902—1944）在1920、1921/1922年相继受教于格奥尔格圈子的核心成员贡多尔夫（海德堡大学）与沃尔特斯（马尔堡大学），接近格奥尔格圈子，1924—1929年深得格奥尔格的宠爱，但他无法为服从与追随格奥尔格而放弃自己的个性，1930年离开格奥尔格及其圈子，自行发展。1930—1941年以编外讲师的身份任教于法兰克福大学，随后在马尔堡大学任教授，直至1944年去世。科默雷尔与贡多尔夫是格奥尔格圈子里最优秀的文学批评家。——译注

⑥ Kurt Hildebrandt, *Erinnerungen an Stefan George und seinen Kreis*, S. 99f.

最后一首《弟子的疑惑》，可能是格奥尔格的绝笔之作，写于 1927 与 1928 年之交的冬天。① 这首诗因此也可以看成是他的遗产，尤其是想到，从其创作之初，把诗编排成组诗对他是何其重要。组诗的结构为其中的每首诗都确定了一个位置，增删的诗总是有着特殊的意义。

弟子的疑惑

那曾追随你左右的
为何会离开？

"有人只短期效力
生病的血会背叛。"

那曾坐在筵席上的
为何还会堕落？

"有人喝掉生命
有人吃进死亡。"

你的教义全是爱——
可它常常叫得如此可怕？

"我给这些人和平
我给那些人刀剑。"——（GA 9, S. 112）

这首诗反思了格奥尔格圈子里日益增长的冲突与解散的趋势。② 随着格奥尔格在 1933 年去世，格奥尔格圈子事实上就失去中心而散了。在这首诗里，问话的

---

① *Stefan George – Friedrich Gundolf. Briefwechsel*, S. 385。又：这个书信集的编者认为这首诗与贡多尔夫及其与格奥尔格的决裂有关。——译注
② 可参见最近出版的 Stefan Breuer, *Ästhetischer Fundamentalismus. Stefan George und der deutsche Antimodernismus*, Darmstadt 1995, S. 62ff。

弟子不理解，大师指引方向、赋予意义，一个人曾感受过大师的这种力量，为何还会离开。大师的回答，直接援引了《圣经》，由此也显示，格奥尔格自己是如何看待大师与弟子之间的关系的（与马拉美不同）。关于圣餐，保罗说："人应当自己省察，然后吃这饼、喝这杯。因为人吃喝，若不分辨是主的身体，就是吃喝自己的罪了。"（《哥林多前书》11：28f.）耶稣要求门徒无条件的服从，他在差遣他们时说："你们不要想，我来是叫地上太平；我来并不是叫地上太平，乃是叫地上动刀剑。"（《马太福音》10：34）[①] 门徒离别耶稣，这首诗的弟子们也离别大师。现在，诗完全为教育服务。诗变得一目了然。再也没有它自己的权利。一点可能的诗意都没有了。美不再被格奥尔格圈子奉为圣事，大师与弟子之间的关系直接成为圣餐似的，这早就有预兆。1910年3月12日，沃尔特斯写信给格奥尔格："大师，现在我感谢您的宴请。"[②] 诗歌符号失去了霍夫曼斯塔尔所说的作为直接而原初的象征的力量。它完全体现在格奥尔格圈子里。格奥尔格的诗不再是真实象征的圣餐化的诗，而仅仅用来**谈论**圣餐化的格奥尔格圈子。不过，这是这一具有如此创造性的美学模式早就显现出来的最终结局。格奥尔格沉默了。

[①] 此处在《圣经》新统一德译本中是：Denkt nicht, ich sei gekommen, um Frieden auf die Erde zu bringen.Ich bin nicht gekommen, Frieden zu bringen, sondern das Schwert. 格奥尔格的这首诗的最后一节是：Diesen bringe ich den frieden / Jenen bringe ich das schwert. ——译注

[②] 手稿，藏于格奥尔格档案馆。

牧歌组诗：格奥尔格塑造的诗人先知

■文／杨宏芹

导论：何为诗人先知？从古希腊早期、赫西俄德到维吉尔与贺拉斯

  诗人与先知在古希腊文化的源头是同一的。古典学家 G·纳吉在分析古希腊诗学中的"诗与灵感"时区分了 mantis（seer）与 prophētēs（prophet），认为前者处于"一种迷狂状态"，后者是"以诗为媒介传递 mantis 的信息（如将阿波罗的女祭司皮提亚宣示的神谕转换为六音步长短短格诗行的传谕官，或把缪斯的神示转换为各种格律的诗人）"。[①] 如果 mantis 用诗表达预言，他也是 prophētēs，如泰瑞西阿斯（Teiresias），如此，则神谕即诗、诗即神谕。[②] 诗人之为先知这一古老现象，纳吉认为，"在赫西俄德于《神谱》开篇的自我讲述中仍清晰可见"。[③]《神谱》讲述宇宙诸神与奥林波斯诸神的起源与谱系，在此之前，赫西俄德在第22—

[①] Gregory Nagy, *Early Greek views of poets and poetry*, in: The Cambridge History of literary Criticism, vol. 1, Classical Criticism, ed. by George A. Kennedy, Cambridge: Cambridge University Press 1989, pp. 1—77, here p. 29.

[②] Gregory Nagy, *Early Greek views of poets and poetry*, pp. 26—27.

[③] Gregory Nagy, *Early Greek views of poets and poetry*, p. 23。也参见 Gregory Nagy,*Greek Mythology and Poetics*, New York: Cornell University Press 1990, p. 59. 此专著第 3 章（pp. 36—82）分析赫西俄德，标题是：Hesiod and the Poetics of Pan-Hellenism, 此章节已有中译，见《文学·2014 秋冬卷》，第 117—165 页。

34行讲述了他与缪斯的相遇：

> 曾经有一天，当赫西俄德正在神圣的赫利孔山下放牧羊群时，缪斯教给他一支光荣的歌。也正是这些神女——神盾持有者宙斯之女，奥林波斯的缪斯，曾对我说出如下的话，我是听到这话的第一人：
> "荒野里的牧人，只知吃喝不知羞耻的家伙！我们知道如何把许多虚构的故事说得像真的，但是如果我们愿意，我们也知道如何述说真事。"
> 伟大宙斯的能言善辩的女儿们说完这些话，便从一棵粗壮的月桂树上摘给我一根奇妙的树枝，并把一种神圣的声音吹进我的心扉，让我歌唱将来和过去的事情。她们吩咐我歌颂永生快乐的诸神的种族，但是总要在开头和收尾时歌唱她们——缪斯自己。①

牧人赫西俄德接受缪斯赐予的月桂枝和神圣的声音，成为诗人与先知，歌唱未来与过去，模仿"用歌唱齐声述说现在、将来及过去的事情"②的缪斯。赫西俄德把缪斯的歌唱转换成他自己的歌唱，用自己的歌唱宣扬缪斯述说的"真事"，在此意义上，符合纳吉所分析的诗人与先知的同一关系。作为诗神与预言神阿波罗的圣树，月桂在古希腊是诗人与先知的极其重要的标志，③ 月桂枝也强调了赫西俄德之为诗人与先知的双重使命。赐予的月桂枝被称为 σκῆπτρον（skēptron）即权杖，在《荷马史诗》里，持权杖者往往为国王、祭司、先知、信使等，此处象征赫西俄德"拥有宣扬绝对真理的神圣权威"。④

古希腊人相信诗人通神与诗歌神赋，奥尔弗斯是阿波罗与缪斯卡利俄佩（Kalliope）的儿子，歌手菲拉蒙（Philammon）是阿波罗的儿子，其子萨慕里斯

---

① 赫西俄德:《工作与时日 神谱》，张竹明、蒋平译，北京：商务印书馆2006年，第26—27页。"月桂"是笔者按原文替换原中译"橄榄"；月桂枝也可能是缪斯让赫西俄德自己从树上折下的，详见后文的相关分析。

② 赫西俄德:《工作与时日 神谱》，张竹明、蒋平译，第27页。这是第38行，紧接赫西俄德的自我讲述。

③ Christian Hünemörder, *Lorbeer*, in: Der neue Pauly. Enzyklopädie der Antike, hrsg. von Hubert Cancik und Helmut Schneider, Bd. 7, Stuttgart · Weimar: Metzler 1999, S. 440—442, hier S. 441。德尔斐的阿波罗神殿四周都是月桂树，阿波罗通过月桂发出神谕，女祭司皮提亚（Pythia）口嚼月桂叶获得魔力，然后登上饰以月桂花环的三脚神坛宣示神谕。

④ Gregory Nagy, *Early Greek views of poets and poetry*, p. 23。也参见 Gregory Nagy, *Greek Mythology and Poetics*, pp. 52—53。

(Thamyris)自恃才高不敬缪斯,被缪斯夺去歌唱的天赋,被神宠爱也就可以被神抛弃。这一信仰到荷马生活的年代仍然流行。荷马信奉诗人通神与诗歌神赋,"通神的歌手"在《奥德赛》里是常见的称谓,① 但他也开始思考歌手自己的作用,尤其表现在对《奥德赛》里的两位真人歌手的描写中。如《奥》8.43—44:"……招请通神的歌手/德摩道科斯弹唱,神祇给他本领……"② 德摩道科斯(Demodokos)不是荷马虚构的人物,而是历史上确实存在的,荷马把他的通神当作一种事实呈现,不容置疑,同时又不忽视他"这个人"的主体作用,这表现在这两行的词语安排上:καλέσασθε δὲ θεῖον ἀοιδόν, / Δημόδοκον· τῷ γάρ ῥα θεὸς περὶ δῶκεν ἀοιδὴν / τέρπειν. ἀοιδός(aoidos)是古希腊人对歌手、唱诗人等的称呼,与古希腊人的诗人通神诗歌神赋的信仰一致,aoidos 吟诵的诗篇"不是歌手自己的成就(即从诗的制作方面来看),而是神参与的过程(即从诗歌神赋方面而言)",③ 因此,aoidos 一般是匿名的。此处德摩道科斯的名字(Δημόδοκον)位于"通神的歌手"(θεῖον ἀοιδόν)之后,前后位置暗示了主次之分,与 aoidos 的含义相符,但后置的名字却被转到下一行的开头,如此一来,既让"通神的歌手"位于一行之尾,彰显了德摩道科斯的通神,又突出了他自己。④ 第二行以德摩道科斯的名字开始,分隔符隔开的后半句进一步解释他的通神,因为神(θεὸς)赐予他美妙的歌唱,神灵的馈赠又遮蔽了个人的光彩。在对德摩道科斯的这一扬一抑中,荷马的用意显而易见。荷马史诗是一种口头文学,从口头吟诵的角度来看,史诗固有的六音步长短短格格律也会让听众感到称谓与名字的分离,德摩道科斯的名字在显得有点重复或程式化的诗人通神与诗歌神赋的表达之间,仍如一丝亮光透出来。⑤ 与德摩道

---

① 陈中梅:《荷马诗论》,载《意象》2008 年第 2 期,第 1—56 页,此处参见第 27 页。
② 荷马:《奥德赛》,陈中梅译注,南京:译林出版社 2003 年,第 214 页。
③ Eike Barmeyer, *Die Musen. Ein Beitrag zur Inspirationstheorie*, München: Wilhelm Fink Verlag 1968, S. 70.
④ 有一种理解恰好与此相反:"在此语境中,'通神的歌手'不是对德摩道科斯这个人的补充说明,因为歌手的通神原则上是优先的,其个人性消失其后。"(Eike Barmeyer, *Die Musen*, S. 74.)
⑤ W. Kranz 从荷马对德摩道科斯的其他描写如"缪斯催动歌手唱响英雄们的业绩"、"歌手受女神催动,开始唱诵"(《奥德赛》8. 73, 8. 499),也肯定了德摩道科斯自己的作用,他认为在这些描写中,"神的馈赠与人的因素结合得更紧密,因为人感到神的力量直接影响自己、在自己心中发挥作用"。(Walther Kranz, *Das Verhältnis des Schöpfers zu seinem Werk in der althellenischen Literatur*, in: Ders., Studien zur antiken Literatur und ihrem Fortwirken, hrsg. von Ernst Vogt, Heidelberg: Carl Winter Universitätsverlag 1967, S. 7—26, hier S. 13.)

科斯一样,《奥德赛》里的另一个诗人菲弥俄斯(Phemios)也是历史上的真实人物,也被称为 θεῖον ἀοιδόν(《奥》1.336),他对奥德修斯说:"我自我教授,神把各种唱段／输入我的心灵……"(《奥》22. 347—348)与刚刚分析的第二行类似,菲弥俄斯称自学自会,后半句却揭示他的歌唱来自神的赐予,既平衡也遮蔽了他自己的能力。① 荷马对这两个歌手的这两处讲述,虽然场景不同,在《奥德赛》中也相距甚远,但竟如此相似,考虑到口头文学的特点,与其说是因为荷马有惊人的记忆力,不如说是源自他内心深处对诗歌神赋予诗人的自我主体意识之间的一种协作关系的思考:"他有意在神赋论和诗人作用之间寻找某种平衡,但又似乎出于本能地感到,就诗歌的来源而言,诗人实际上不可能和神达成对等。诗(或故事)来自神(或缪斯)的给予,诗人的贡献即使有,也只占很小的比重。在这方面,诗的成因其实不是(均等)双合的,诗人不可能在其中构成与神因基本对等的另一个动因。"②

荷马在极具技巧的讲述中顾虑重重地透露了他的思考,由此似乎不难理解,纳吉在分析古希腊早期的诗人与先知的同一性时,没有提及诗人是如何将缪斯的神示转换成格律的。赫西俄德虽被纳吉引为例子,但荷马之后的他,在荷马思考的道路上更进了一步。在西方文学长河中,赫西俄德是讲述自己如何成为诗人的第一人,既激活了诗人通神与诗歌神赋的古希腊信仰,也展现了他的一种自我意识。赫西俄德熟知荷马史诗,③ 荷马的思考为他的创新开辟了道路。

对赫西俄德与缪斯的相遇,学界意见不一,但无论是奇遇或幻梦或虚构或模仿

---

① 陈中梅在《荷马诗论》第37—45页对这两行诗做了详尽的分析,认为"我自我教授"是"西方文学史上诗人的第一次带有自我意识的明确表述","客观上构成了对独霸天下的神赋论的挑战,具有重要的意义。"(第45、47页)文中前引译文引自本篇文章第41页。W. Kranz 也认为此处表示菲弥俄斯的诵诗是歌手自己与神祇共同作用的结果。(Walther Kranz, *Das Verhältnis des Schöpfers zu seinem Werk in der althellenischen Literatur. Ein Versuch*, S. 13.)
② 陈中梅:《荷马诗论》,第44页。
③ 赫西俄德常常借用荷马史诗中的描写。如《神谱》中的宙斯与荷马笔下的宙斯具有几乎一样的特征,"赫西俄德的宙斯多是荷马的宙斯"。(Hesiod, *Theogonie*, griechisch und deutsch, übersetzt und hrsg. von Otto Schönberger, Stuttgart: Reclam 1999, "Nachwort", S. 146.)《神谱》第27行缪斯所说的"我们知道如何把许多虚构的故事说得像真的",也被认为是"近乎逐字地借用"《奥德赛》19.203:"他说了许多谎话,说得如真事一般",此举被理解为赫西俄德反对荷马史诗中的虚构,提倡诗歌的真实。(阿瑞格提《赫西俄德与诗神们:真实的赐赠和语言的征服》,收居代·德拉孔波等编《赫西俄德:神话之艺》,吴雅凌译,北京:华夏出版社2005年,第2—16页,引文第2页。)

抑或多种因素并存,①赫西俄德把它讲述出来,已是很有意识的自我宣告。赫西俄德原是牧人,"知道自己不是一个以歌颂贵族荣耀为业的职业歌手,这一意识就让他想去(偶尔有点大胆地)证明自己。"②诗人身份与先知使命由缪斯女神赐予,还有什么比这更权威更神圣?可以猜想,他对自己的身份与歌唱的思考,也促使他去讲述(或者说描写)他与缪斯的相遇;而作为自我反思的产物,他所描写的圣礼也会体现他的主动性与自我意识,这应该可以在他接受缪斯赠予月桂枝的那一幕中找到。月桂枝是赫西俄德从牧人成为诗人与先知的象征,他接受月桂枝的方式,就具有一种指示性。如果缪斯折下月桂枝递给他,那他就只是一个"被动的接受者"③;如果缪斯让他自己折下月桂枝,那就表示他自己应该有所作为。后一种解读不仅适合自我反思的赫西俄德,也比较符合《神谱》的文本语境。《神谱》第一句"让我们从赫利孔的缪斯开始歌唱"就表现了他的主动性。④面对缪斯要求他吟诵神谱的任务,他可以选择歌唱的神祇与主题,如他在第104行吁请缪斯赐给他美妙的歌唱,接着在第105—115行提出了他对神谱的构思:诸神与大地的产生、宇宙的起源、诸神的荣誉与财富分配、奥林波斯,此设想与缪斯第一次歌唱诸神的顺序(第11—21行)完全相反,与缪斯第二次歌唱的神谱(第43—52行)虽然顺序一致,内容却不同。⑤这也说明赫西俄德不是单纯地模仿缪斯,也不是被动地面对缪斯赐予的灵感。

赫西俄德讲述自己遇见缪斯成为诗人的圣礼,既源于一种反思意识,也体现了他的自我意识与主动性,所以,他之为先知,除了与他的先辈一样将缪斯的神示转换为格律之外,还有他自己作为一个诗人的主动性:"用美妙的歌唱述说真事宣扬真理,是他该负的责任。"⑥不过,即便如此,缪斯还是占主导地位。是缪斯

---

① 参见 Hesiod, *Theogony*, ed. with Prolegomena and Commentary by M. L. West, Oxford: Clarendon Press 1966, pp. 158—161。

② *Die griechische Literatur in Text und Darstellung*, Bd. 1: Archaische Periode, hrsg. von Joachim Latacz, Stuttgart: Reclam1991, S. 93.

③ Hesiod, *Theogony*, ed. with Prolegomena and Commentary by M. L. West, p. 165. West 简述了学界对那一幕的两种理解:缪斯折下月桂枝或让赫西俄德自己折下月桂枝,他说"大多数现代批评家倾向后一种",而他自己倾向前一种。

④ Walther Kranz, *Das Verhältnis des Schöpfers zu seinem Werk in der althellenischen Literatur*, S. 15。译文引自赫西俄德《工作与时日 神谱》,张竹明、蒋平译,第26页。

⑤ 参见 Gregory Nagy, *Greek Mythology and Poetics*, p. 57;参见 J·吕达尔《〈神谱〉开篇:诗人的使命诗神的语言》,收《赫西俄德:神话之艺》,第68—79页,尤见第74—78页。

⑥ Athanasios Kambylis, *Die Dichterweihe und ihre Symbolik. Untersuchungen zu Hesiodos, Kallimachos, Properz und Ennius*, Heidelberg: Carl Winter Universitätsverlag 1965, S. 65.

授予他月桂枝与神圣的声音，他才从牧人成为诗人与先知，而他肩负的神圣使命便是用美妙的歌唱去宣扬缪斯述说的真事与真理。那是神赋论依然流行的时代，再者，赫西俄德从牧人成为诗人，更需要强化神授使命这一信念，以此宣告自己神圣的诗人身份。赫西俄德有意识地激活了神赋论，也将他的自我意识提升为一种使命感，而这，反过来也印证了他的先知角色。先知总具有一种使命感，其言说总具有一种神圣性。

赫西俄德被贺拉斯称为 vates。vates 本指社会地位低下的通神者或不可靠的非法的预言者与占卜者，古罗马语言学家瓦罗（Varro 公元前116—前27年）却以为它是对古拉丁诗人的一个称谓，包含先知与诗人双重含义的 vates 由维吉尔引入诗歌后，替代 poeta 成了奥古斯都时期的罗马诗人的一个独特的自我标识。① 贺拉斯在《诗艺》第391—407行所追溯的诗人通神的悠久历史，是对 vates 的一个经典阐述：

> 当人类尚在草昧之时，神的通译——圣明的俄尔甫斯——就阻止人类不使屠杀，放弃野蛮的生活，因此传说他能驯服老虎和凶猛的狮子。同样，忒拜城的建造者安菲翁，据传说，演奏竖琴，琴声甜美，如在恳求，感动了顽石，听凭他摆布。这就是古代（诗人）的智慧，（他们教导人们）划分公私，划分敬渎，禁止淫乱，制定夫妇礼法，建立邦国，铭法于木，**因此诗人和诗**

---

① Hellfried Dahlmann, *Vates*, in: Philologus. Zeitschrift für das klassische Altertum 97 (1948), S. 337—353。"当奥古斯都时期之初的大诗人及其后的罗马诗人鄙弃拉丁语中常用的诗人称谓 poeta——这个称谓已经陈旧、尽失体面，而且因每个蹩脚诗人都称自己是 poeta 而被玷污——并且在他们感到自己的诗人身份充满了一种崇高意义与神赋使命时，他们就傲然自称 vates，如此一来，他们不仅赋予原本贬义的这个词——如其使用历史所示——这一全新而高贵的意义；他们还坚信，他们由此回到了罗马民族文学的那一古老而伟大的过去，或者说，他们相信，随着他们不再用希腊语 poeta 称呼自己而自称 vates，他们将光大古罗马的诗人称谓与古罗马诗人的使命。"（S. 346—347）也参见 J. K. Newman, *The Concept of Vates in Augustan Poetry*, Collection Latomus 89, Bruxelles: Latomus 1967, 尤见第7—12页"导论"。"每个学拉丁语的学生都知道两个诗人称谓：poeta 与 vates。每个学生都知道 vates 的复兴或运用是奥古斯都时期的罗马诗人的创新。如果这些诗人用一个新词称呼自己，那为何不问问他们为何以及在何种情况下这样做？如此一来，马上就可以确定奥古斯都时期诗歌的统一因素……假如不先去思考这些诗人用一个新词表达其创作究竟有何深意，那似乎很难相信能去写一部奥古斯都时期的诗歌史。"（pp. 8—9）

歌都被人看做是神圣的，享受荣誉和令名。其后，举世闻名的荷马和堤尔泰俄斯的诗歌激发了人们的雄心奔赴战场。神的旨意是通过诗歌传达的；诗歌也指示了生活的道路；（诗人也通过）诗歌求得帝王的恩宠；最后，在整天的劳动结束后，诗歌给人们带来欢乐。因此，你不必因为（追随）竖琴高手的诗神和歌神阿波罗而感觉可羞。①

引文中笔者用黑体标示的句子原文是：sic honor et nomen divinis vatibus atque/ carminibus venit。vabitus 是 vates 的与格复数形式，其修饰语是 divinis（神圣的），被列为其始祖的是奥尔弗斯，史诗诗人荷马与教谕诗人赫西俄德也在列，这些古希腊的 aoidos，却被贺拉斯有意称为 vates。作为古罗马的诗坛双杰，维吉尔与贺拉斯肩负着重要的使命："与伟大的古希腊先辈并驾齐驱，比拼作品毫不逊色，最终在罗马为诗歌争取它应有的位置。"② 他们宣称诗人的崇高与神赋使命，不是复古，不是模仿，而是望尘追迹，维吉尔创作了罗马史诗《埃涅阿斯纪》，贺拉斯创作了 103 首抒情诗集名《赞歌》，他们要成为 vates 而不是 aoidos，因为他们本身就是创作型的诗人，措辞精当，布局严整。在叙述 vates 的那段话中，贺拉斯充分展现了他的技巧。他列举那些诗人，不是严格按照他们生活的时间先后顺序排列，如"铭法于木"的雅典人索伦就比荷马与堤尔泰俄斯几乎晚一个世纪，而是在巧妙的排序中隐含了他对 vates 的理解。根据学者的分析：

> 这一段关于 vates 的叙述不同寻常。他们是神的代言人，创建城市，制定法律，建立公共道德与宗教。而后，才出现史诗与战争题材的哀歌，再才有预言诗、教谕诗与伦理诗、颂歌以及娱乐诗。……而且，vates 这个词先于神谕时期，而预言诗在荷马与堤尔泰俄斯之后才被提及。至于希腊化时代的歌颂帝王将相的颂歌，出现得更晚（第 404 行）。很显然，vates 有更重要的任务需要先去完成。③

---

① 贺拉斯：《诗艺》，杨周翰译，收亚里士多德、贺拉斯《诗学　诗艺》，罗念生、杨周翰译，北京：人民文学出版社 1962 年，第 157—158 页。
② Rüdiger von Tiedemann, *Fabels Reich. Zur Tradition und zum Programm romantischer Dichtungstheorie*, Berlin · New York: Walter de Gruyter 1978, Kap. 3 "Rom: Poeta vates", S. 33—43, hier S. 34.
③ J. K. Newman, *The Concept of Vates in Augustan Poetry*, pp. 78—79.

贺拉斯认为，vates 的首要职责是宣扬真善美、践行文学的开化与教育作用，这是比预言未来、歌颂帝王将相更为重要的使命。所以随着奥古斯都在公元前 17 年举办"盛世大祭典"，爱国与歌颂新纪元成为时代潮流，颂歌成了各色诗人自诩为 vates 的重要使命，贺拉斯却愈加重视诗艺本身，渐渐偏向 poeta；而他在公元前 23 年之前创作的《长短诗集》与《赞歌》前 3 卷中，未用过 poeta，vates 却出现五次，常指他自己。

poeta 是拉丁语中常用的诗人称谓，它是拉丁诗人借用希腊词 ποιητής（poiētēs）的自称，而派生自动词 poiein（制作）的 poiētēs 是公元前五世纪下半叶取代 aoidos 成为诗人称谓的，强调了诗人的技艺与诗的制作，如纳吉所说："aoidos 还停留在神圣的预言领域内，如 aoidos 依赖缪斯灵感所示，而 poiētēs 进入了世俗化的诗歌领域，灵感仅仅是一种惯用的文学手法。poiētēs 是专家，精通技巧，那是一种工匠活。"[①] vates 不是 poeta 的简单替代，而是张扬了诗人的神圣与崇高使命，两者并不对立，贺拉斯在论及 vates 的那段话中所展现的表达技巧，也说明他集两者于一身。由这两个词组合而成的 poeta vates，现在常指作为先知的诗人，这个称谓把技艺与灵感兼容并包，[②] 也赋予诗人身份一种神圣与崇高；但 poeta 位于 vates 之前，暗示诗人自身的才华先于神赐灵感、诗人的艺术先于其先知使命的重要意义。这是符合维吉尔与贺拉斯的创作的，比赫西俄德更偏离古希腊早期的诗人与先知的同一关系。

比如，贺拉斯在《赞歌》卷 1 开篇的第 29 行开始描写自己时，直接以 me 开头，me 是 ego（"我"）的宾格形式，暗示诗人自己是被遴选者，[③] 紧接着的 doctarum（doctus 的阴性复数属格形式）不仅表明"我"之为学者型诗人的身份，而且正是"我"这个博学诗人获得的荣耀（常春藤）才使"我"接近诸神，于是在倒数第 2 行认为自己也是 lyricus vates，如公元前七至前六世纪的古希腊抒情诗人萨福、阿尔凯奥斯等。与他在《诗艺》中的那段叙述类似，贺拉斯又把这些古希腊的 aoidos 称为 vates，显示了他作为一个罗马诗人的主体意识，他要成为与他们媲美的罗马抒情诗人。在与这首序诗相对的跋诗中，贺拉斯称自己是把

---

① Gregory Nagy, *Early Greek views of poets and poetry*, pp. 23—24.
② 贺拉斯在《诗艺》中明确说："苦学而没有丰富的天才，有天才而没有训练，都归无用；两者应该相互为用，相互结合。"（贺拉斯《诗艺》，杨周翰译，第 158 页。）
③ 这是 Ernst Schmidt 的阐释，见：Q. Horatius Flaccus, *Oden und Epoden*, lateinisch und deutsch, übersetzt von Christian Friedrich Karl Herzlieb und Johann Peter Uz, eingeleitet und bearbeitet von Walther Killy und ErnstSchmidt, Zürich und München: Artemis Verlag 1981, S. 400。

希腊爱奥尼亚格律①引进罗马的第一人，把自己的诗比作金字塔将永恒传世，相信缪斯可以赐给他德尔斐的月桂桂冠。赫西俄德得到月桂枝成了诗人先知，创作了堪舆古希腊抒情诗媲美的《赞歌》的贺拉斯既是桂冠诗人也是先知。《赞歌》的艺术之美②，后世诗人难以望其项背，《赞歌》也歌颂真善美与永恒智慧，如卷3前6首歌颂质朴、信任、坚定、智慧、勇敢、敬神等优秀品质，被称为"罗马赞歌"。

维吉尔也一样。他在《埃涅阿斯纪》一开口就是"我歌颂武器和人……"，概括全诗内容，第8行吁请缪斯："缪斯啊，告诉我……"诗人的主体意识占了上风。这个开头的结构完全模仿了《伊利亚特》的开头，内容却是逆向的。荷马在《伊利亚特》第1—7行吁请缪斯讲述阿基琉斯与阿伽门农等众英雄的故事："歌唱吧女神……"，第8行提出问题"是哪位神祇挑起了二者间的争斗？"③可见诗人也是参与的，但完全在缪斯神赋诗歌之后。④《埃涅阿斯纪》是一部具有"匀称之美"⑤而充满隐喻的艺术杰作，又是伟大的罗马民族史诗，自称vates的维吉尔（《埃》7.41）不歌颂奥古斯都，而是创建榜样与典范、教育元首与民众："通过选择埃涅阿斯作为史诗英雄，维吉尔展示了他作为诗人的自信与权威。因为埃涅阿斯作为先祖与榜样，连奥古斯都也要感谢他，这样的选择就使诗人能够将作为统治者的元首置于听命于准则的角色，而确定了自己作为诗人的制定

---

① 爱奥尼亚格律是指爱奥尼亚诗人萨福与阿尔凯奥斯的诗歌的格律，也可泛指古希腊抒情诗。《赞歌》4卷共103首诗中，37首是阿尔凯奥斯格律，其次25首用了萨福格律。
② 贺拉斯的赞歌不是一般抒情诗人的吟唱，赞歌的美在用词与表达而非内容。措辞精当，词与词、节与节之间多有对称、呼应或反衬，让古典语文学出身的尼采推崇备至。除每首赞歌都是精心编织的杰作外，《赞歌》4卷也有一个大的内在结构：卷1第1首为序（Prolog），颂扬诗人的价值与尊严，卷3的最后一首为跋（Epilog），歌颂诗人的不朽，卷4正中间的第8首采用了序跋的格律，被称为一种Mesolog，主题是诗让被歌颂者永恒。（参见 Horaz, *Sämtliche Werke*, lateinisch und deutsch, übersetzt von Bernhard Kytzler usw., mit einem Nachwort hrsg. von Bernhard Kytzler, Stuttgart: Reclam 2006, "Nachwort", S. 806.）
③ 荷马：《伊利亚特》，陈中梅译，南京：译林出版社2000年，第1页。
④ 对《伊利亚特》开头的分析，参考 Athanasios Kambylis, *Die Dichterweihe und ihre Symbolik*, S. 14; Walther Kranz, *Das Verhältnis des Schöpfers zu seinem Werk in der althellenischen Literatur*, S. 11。
⑤ 达克沃斯（George E. Duckworth）《维吉尔〈埃涅阿斯纪〉的匀称之美》，收王承教选编《〈埃涅阿斯纪〉章义》，王承教、黄芙蓉等译，北京：华夏出版社2009年，第355—403页。

准则的角色。"①

以上分析了古希腊罗马的诗人与先知的关系。在古希腊早期，将缪斯的神示转换成格律的诗人即先知，诗人赫西俄德用美妙的歌唱宣扬神圣真理是先知，维吉尔与贺拉斯以美的诗歌歌颂真善美，也是诗人与先知。他们都用诗传达神谕教育民众，但不同是明显的：诗人的主体意识逐渐凸显，缪斯的神示渐渐退出，取而代之的是人的智慧与真善美。这一趋势隐含了一种发展的可能，即：诗人自己创作的诗是真理。如随着文艺复兴而来的人的主体意识的高扬，派生自"制作"之意的 poeta 被理解为创造者，与上帝等同，锡德尼就认为诗人创造更美好的"另一个自然"，一个"金的世界"②，后一个表达令人想起维吉尔在第 4 首牧歌中描写（创造）与预言的黄金时代；到十八世纪启蒙运动在欧洲兴起，伴随宗教的世俗化与世俗领域的神圣化，《圣经》被世俗化为一种文学模式，而文学艺术在争取自律的同时，也被神圣化为宗教的替代物即艺术宗教，以前由宗教给予的最高真理，现在由作家艺术家在文学艺术中创造，《圣经》的文学化"让诗人之为先知的想象又如火如荼地流传开来"③，在浪漫主义诗人中尤其盛行，如雪莱在《诗辩》中不仅认同塔索称"只有上帝和诗人配受'创造者'的称号"，认为诗创造更美好的另一世界，还直接把诗人称为立法者与先知。④ 在十九世纪末到二十世纪初的欧洲，尼采高喊"重估一切价值"，诗人真正意识到自己作为一个创造者的神圣使

---

① Antonie Wlosok, *Freiheit und Gebundenheit der augusteischen Dichter*, in: Rheinisches Museum für Philologie, Band 143 (2000), S. 75—88, hier S. 85.
② 何伟文《论锡德尼〈诗辩〉中诗人的"神性"》，载《外国文学评论》2014 年第 3 期，第 184—199 页，此处引文见第 193 页；关于诗人之为与上帝等同的创造者，参见 M·H·艾布拉姆斯《镜与灯：浪漫主义文论及批判传统》，郦稚牛等译，王宁校，北京：北京大学出版社 2004 年，第 337—351 页。
③ Rüdiger von Tiedemann, *Fabels Reich*, S. 201。对十八世纪出现的文学的神圣化，本书第 12 章"神圣化"有详细论述。
④ 雪莱:《诗辩》，伍蠡甫译，上海：商务印书馆 1937 年，第 45—46 页，此处引文见第 45 页。雪莱对诗人之为立法者与先知的论述是："诗人在比较早一点的历史阶段上，都被称为立法者，或先知：一位诗人总包含并且综合这两种特征。因为他不仅明察客观的现在，并且发现现在的一切事物所应当依从的准则和定律，他还从现在看到将来，他的思想是那结成最近时间里的一些花和果的幼芽。我并不从宽泛的意义上来确定诗人是先知，我也不是承认诗人能够预言未来的形式，像他预知事物一样的准确：这类见解乃迷信的假托，以为诗是预言的属性，预言不是诗的属性。一个诗人把自身渗入无穷，无限，和一元的主宰；所以在他的概念中，无所谓时、空、和数量。"（第 5—6 页）

命，如德国诗人斯特凡·格奥尔格就在一组牧歌里塑造了一个德国现代的诗人先知，而他自己后来作为一个诗人先知深深影响了德国的一大批知识分子。诗人之为先知的这种自我认识，在德语文学中是一个传统，格奥尔格之前有克洛卜施托克（Klopstock）[①]，之后有彼得·汉特克（Peter Handke），荷尔德林也被他称为先知的化身："以其明确完整的预言，他是德意志未来的基石，是新上帝的召唤者。"（SW 17, S. 60）[②]

本文使用"诗人先知"这一表达，类似西方诗学中表达同类含义的拉丁语称谓 poeta vates，有意将诗人与先知这两个称谓直接组合在一起，主要是为了突出诗人的创作先于其先知使命的重要意义（如赫西俄德、维吉尔与贺拉斯），或诗人的创作之于其先知使命的本源意义（如浪漫主义诗人理解的诗人先知与格奥尔格塑造的诗人先知）。后者有点像泰瑞西阿斯，泰瑞西阿斯用诗表达神谕，只是这个神谕是宙斯的，而现代的诗人先知的神谕是他们自己创作的诗歌。需要说明的是，他们的创作都是人与神共同作用的结果，赫西俄德、维吉尔与贺拉斯通神，自比第二上帝的那些创造者诗人以及格奥尔格笔下的诗人先知的创作天分来自人内在的一种神性，这也让他们的诗成为神圣的真理与预言，具有一种至高的权威性与信服力，他们因此是先知。在"诗人先知"这个前正后偏的复合名词中，"先知"是对"诗人"的补充说明。一个诗人可以有多重角色，如贺拉斯既是先知，也是美的祭司，还是歌颂友谊与田园生活的歌者，甚至还是与奥古斯都平起平坐的精神世界的王者[③]，称他为诗人先知，即强调他的先知形象。

现在进入本文的论述对象。

[①] Vgl. Gerhard Kaiser, *Klopstock. Religion und Dichtung*, 2. durchgesehene Auflage, Kronberg: Scriptor Verlag 1975, bes. S. 133—160（"Der Prophet"）.
[②] 本文引用的格奥尔格诗歌与编注者的注译均出自 18 卷《格奥尔格全集》（历史校勘版）：Stefan George, *Sämtliche Werke* in 18 Bänden, bearbeitet von Georg Peter Landmann und Ute Oelmann, Stuttgart: Klett-Cotta 1982ff。此处缩写表示：《格奥尔格全集》第17卷，第60页。后文类推，不再一一说明。
[③] 贺拉斯在《赞歌》跋诗中称自己是把希腊爱奥尼亚格律引进罗马的 princeps。这个拉丁词作为形容词表示第一的、最好的，作为名词指首领、君主、元首等，如罗马元老院的首席元老被称为 princeps senatus，奥古斯都在公元前27年将它作为罗马皇帝的头衔之一。贺拉斯用这个词很有寓意："作为诗人的 princeps，贺拉斯篡夺了皇帝与他的庇护者的最重要的头衔，诗人于是以自称的诗王与皇帝平起平坐。"（Rolf Selbmann, *Dichterberuf. Zum Selbstverständnis des Schriftstellers von der Aufklärung bis zur Gegenwart*, Darmstadt: Wissenschaftliche Buchgesellschaft 1994, S. 13.）

格奥尔格的牧歌组诗

1893—1894 年，格奥尔格创作了一组牧歌、一组赞歌、一组传说与歌谣以及一组空中花园组诗，1895 年编辑成书，于年底集名为《牧歌与赞歌之书、传说与歌谣之书和空中花园之书》（以下简称"三书"）在柏林出版，仅印 200 本。他为诗集写了一个简短的序言，称"三书"是诗人的心灵暂时逃到三大教育世界——古希腊罗马、欧洲中世纪、阿拉伯东方——沉醉其中的表达，因此，"三书"不是回顾历史与描写历史，而是激活精神传统给予现在的生活以灵感。创作"三书"时，格奥尔格正经历一次精神危机。1891 年底，他完成了诗集《阿尔嘎巴》的大部分诗歌，以古罗马皇帝 Heliogabalus 为原型，塑造了一个生活在地下宫殿与世隔绝、沉湎于唯美颓废的艺术世界的诗人。阿尔嘎巴的困境也是格奥尔格自身困境的一个写照。他向霍夫曼斯塔尔写信倾诉他不知道在《阿尔嘎巴》之后还能写什么，直言《阿尔嘎巴》的创作是一条"通向毁灭的道路"，称自己面临"巨大的精神危机"。[1] 他渴望霍氏的友谊，霍氏却敬而远之。虽然随后他就认识了伊达·科布伦茨（Ida Coblenz），两人惺惺相惜；但不久之后，伊达竟然赞赏他不屑一顾的德国诗人德默尔（Richard Dehmel），又让他无比失望。1891 年底因《阿尔嘎巴》陷入创作困境，1892 年初被霍氏拒绝，1892 年秋天在巴黎病倒，1892 年底与伊达隔阂，就在这多事之秋，格奥尔格却开始创作"三书"。一个具有天赋与使命感的诗人，在面对困境与危机时会有一种宁静致远的追求，从传统反观现代，从个人的处境去思考现代诗人的命运。

牧歌组诗不是格奥尔格在此期间最早创作的，却被他编为"三书"的第一组，以这种有意识的结构编排，他在这组诗里塑造的诗人先知，既是他构想的现代诗人的一个典范，也将成为他自己的一个形象，拯救他走出唯美主义诗人阿尔嘎巴的困境。年轻的格奥尔格在牧歌组诗里塑造了一个诗人先知，他自己也是先知先觉。刚与他认识没几天，聪慧的霍夫曼斯塔尔就将一首写他的诗歌直接题名"先知"（Der Prophet）。

西方文学中的牧歌起源于古希腊诗人忒奥克里图斯（Theokritus 约公元前 300 年至前 250 年），他的第 7 首《收获节》（Thalysia）以牧人隐喻诗人，讨论诗学问

---

[1] *Briefwechsel zwischen George und Hofmannsthal*, hrsg. von Robert Boehringer, 2. ergänzte Auflage, München und Düsseldorf: Helmut Küpper vormals Georg Bondi 1953, S. 12. 这是格奥尔格 1892 年 1 月 9 日在维也纳的 Griensteidl 咖啡馆交给霍夫曼斯塔尔的一封信，但随后就收回，如此坦露自己的内心，的确不容易，格奥尔格在同天又给霍氏写信，称"我心中的 X 写了那封信，心中的 Y 截获它"。（S. 11）

题，被誉为"牧歌之王"①；维吉尔的10首牧歌以隐喻性与艺术性，让牧歌真正成为"诗学反思"的一种文学体裁，如思考诗人、诗与时代的关系、诗人的职责与使命等等。②格奥尔格创作牧歌，回到了以维吉尔的《牧歌》为典范的诗学反思的牧歌传统，对维吉尔的《牧歌》与贺拉斯的《赞歌》也多有吸收。所以，本文论述从古希腊罗马一下跨越到二十世纪的德国，并不显得突兀。而对格奥尔格来说，古希腊罗马也不是遥远的历史，而是与他息息相关的生命源泉。

早在13岁上希腊语课时，格奥尔格就自创一种语言翻译了《奥德赛》第1篇。荷马一开口呼请缪斯女神："告诉我，缪斯，那位精明能干者的经历，/在攻破神圣的特洛伊高堡后，飘零浪迹。……"（《奥》1.1—10）③这些诗行必定深深震撼了年少的他。因为诗歌由缪斯赠予，凡俗陈旧的德语无法呈现其神圣与美，他就自创一种非凡俗的秘密语言去翻译。意识到诗之神圣，却又要用自己的语言去表达它，比之荷马、维吉尔与贺拉斯，这种努力与追求对现代人格奥尔格是艰难的甚至是绝望的。在现代工业文明时代，语言被工具化，语言的美与真丧失殆尽，甚至无法确切去表达，何来他们那样的自信？那篇翻译寄托了他对诗人与诗的理想，被他一直携带身边，死后才被烧毁。④格奥尔格熟知维吉尔与贺拉斯的作品，他在16—18岁上中学六至八年级时学过维吉尔《埃涅阿斯纪》第1、2卷与贺拉斯《赞歌》4卷103首中的51首。⑤维吉尔呼请缪斯的帮助，却首先宣扬诗人

---

① 见 Vergil, *Bucolia. Hirtengedichte,* Studienausgabe, lateinisch und deutsch, Übersetzung, Anmerkungen, interpretierender Kommentar und Nachwort von Michael von Albrecht, Stuttgart: Reclam 2001, S. 102。这一说法由荷兰十七世纪著名的古典学者 D·海因修斯（Daniel Heinsius1580—1655）提出。

② Ernst A. Schmidt, *Poetische Reflexion. Vergils Bukolik*, München: Wilhelm Fink Verlag 1972。也参考笔者《牧歌发展之"源"与"流"——西方文学中的一个悠久的文学传统》，载《同济大学学报》2013年第4期，第16—25页。

③ 荷马《奥德赛》，陈中梅译注，第1—2页。

④ 格奥尔格死后，在场的人发现他随身携带的东西中，有一个八开本的蓝色小本子，酷似学生的作业本，里面就是他翻译的《奥德赛》。他的遗产继承人将其销毁，只留下了封面，上有标题"Odyssaias I"。之所以销毁这个翻译，是因为格奥尔格在他后期的一首诗《起源》中，用这种语言写了结尾的两行诗，他们担心后人从这个翻译解密这两行诗。

⑤ Günter Hennecke, *Stefan Georges Beziehung zur antiken Literatur und Mythologie. Die Bedeutung antiker Motivik und der Werke des Horaz und Vergil für die Ausgestaltung des locus amoenus in den Hirten- und Preisgedichten Stefan Georges*, Diss., Köln 1964, S. 9。格奥尔格学习贺拉斯的《赞歌》的具体情况是：第1卷的1—4、6、7、9、12、18、20—22、24、28、29、31、34、37、38，第2卷的1—3、6、7、10、13、14、16—18、20，第3卷的1—6、8、9、13、16、21、24、30，第4卷的2—5、7、9、15。

自己的才能，贺拉斯在《赞歌》的终曲里感谢缪斯，却声称自己将与《赞歌》永世长存，他们的这种自信以及他们创作的完美诗歌，或许正激励了格奥尔格的追求，坚定了他永不言弃的努力。格奥尔格非常欣赏贺拉斯，能整首地背诵他的赞歌，还不时在自己的诗歌里借用或改用他的诗句。格奥尔格对赫西俄德也不陌生。1893 年 3 月，他在自己创办的刊物《艺术之页》I，3 上发表了一组散文《时日与行事》，标题下写有 Erga kai hemerai（Hesiod），知道赫西俄德与他的《工作与时日》，应该不会不知晓他在《神谱》开篇的那段著名的自我讲述。与赫西俄德的经历相比，13 岁的格奥尔格自创语言翻译《奥德赛》第 1 篇虽略逊一筹，但同样是对古老信仰的亲身感受与体验，也可以看成是他与诗神的一次相遇。那次相遇诞生了格奥尔格珍藏一生的那个翻译，九年后他亮相德国诗坛的第一部诗集又以描写女神降临赐予"圣礼"为开篇（《圣礼》），标志他一生创作的神奇开始。

格奥尔格创作了 14 首牧歌，称为 Hirtengedichte，编入诗集时以一个空白页分成前后两组，每组各 7 首。但只有前一组的第 4 首《牧人的一日》中出现了牧人，这首诗因此具有重要意义。它描写了牧人成为诗人先知的圣礼，随后的三首描写诗人先知与世隔绝及其歌唱作用于凡俗世界的方式，后一组描写被遴选的少年追随诗人先知的歌唱，在民众中虔诚而勇敢地服务于美，让诗人先知的歌唱代代相传，诗人先知与少年之间的爱欲关系则隐藏在前一组的开始三首诗所描写的爱与诗的关系中。

一、前一组牧歌的后四首：诗人先知及其歌唱

在前一组牧歌的第 4 首《牧人的一日》中，格奥尔格详细描写了年轻的牧人如何成为山顶的诗人先知，这一过程可以用"通过仪式"（Les rites de passage）来解释。这个理论由法国人类学家 A·v·盖内普（Arnold van Gennep）提出，他认为，每一社会都由若干各具自主性的群体组成，从一群体到另一群体、从一角色到另一角色等，都要经历一个中间阶段，为了确保从一种状态过渡到另一种状态，需要一种通过仪式，它包含三个标志性的阶段：分离、边缘、聚合。分离是指与原处境分隔开去的行为，聚合是重新并入新的环境，两者之间是边缘期。[1]

---

[1] Arnold van Gennep, *Übergangsriten (Les rites de passage)*, aus dem Französischen von Klaus Schomburg und Sylvia M. Schomburg-Scherff, mit einem Nachwort von Sylvia M. Schomburg-Scherff, Frankfurt am Main.New York: Campus Verlag, Paris: Edition de la Maison des Sciences de l'Homme, 1986. 这个概念有译为"过渡仪式"或"通过仪式"，本文取后者。"过渡"强调中间阶段，而"通过"顾及了中间阶段的前后，更符合 Van Gennep 对这个仪式过程的三个阶段的分析。本书有中译，《过渡礼仪》，张举文译，商务印书馆 2010 年出版。

"通过仪式"是盖内普从古今中外的无数民俗与宗教礼仪中归纳而出的理论，作为一种现象是存在于一切文化之中的，如赫西俄德讲述他从牧人成为诗人的过程就呈现了这一仪式。缪斯在赐给他月桂枝之前，对他很严厉："荒野里的牧人，只知吃喝不知羞耻的家伙！"这一呵斥使他警醒，犹如佛教里的当头棒喝，先知领受神启时也常这样被呵斥，这使他们离开俗众与凡俗世界，进入神圣的艺术与宗教世界。在赫西俄德这里，缪斯的呵斥既把她们自己与牧人分开，也把赫西俄德与其他牧人及放牧之事分开，一个与众不同的牧人才有可能被缪斯赋予神圣的歌唱使命："把赫西俄德与其他牧人分开的这一呵斥，与以赐予月桂枝为象征的圣礼仪式是关联的。"① 赫西俄德在《工作与时日》的开篇吁请缪斯以及荷马史诗开篇的吁请缪斯，也都是一种通过仪式。缪斯在神圣的奥林波斯，凡俗世界的人不可能凭一己之力进入神圣的歌唱世界，诗人于是吁请缪斯的帮助，离开凡俗的日常生活，开始神圣的歌唱，听众也跟随他们一道去享受歌唱的欢悦："史诗中的吁请缪斯本来就是庄严的，仿佛进入另一世界。"② 吁请缪斯的诗艺观，有古希腊人的神话与宗教信仰作为背景。

对格奥尔格来说，通过仪式也不是他后天学来的，而是内在于他的生命之中。格奥尔格从小生活在一个天主教气氛很浓厚的环境，据统计，他生活的小城宾根，在 1871 年信仰天主教的人高达约 80%。③ 他的母亲是一个极其虔诚的天主教徒，他自己还在天主教弥撒仪式中辅助神父做弥撒，这一经历对他至关重要。任何宗教仪式都离不开通过仪式的三段式结构：离开日常生活——进入仪式地点（如教堂）参与仪式——仪式结束后离开仪式地点回归日常生活。而一些宗教仪式如弥撒，是在特定的时间重复进行，在这种不断重复的参与中，天主教礼仪以及对最高者的礼拜与信仰，已经融入格奥尔格的生命，即便他在 20 岁就不再信仰天主

---

① Hesiod, *Theogonie*, herausgegeben, übersetzt und erläutert von Karl Albert, Augustin: Richart 1983, "Einführung", S. 14. 对缪斯的这一呵斥，学者的理解大致相同，也参见：Walter F. Otto, *Die Musen. Und der göttliche Ursprung des Singens und Sagens*, Düsseldorf-Köln: Eugen Diederichs Verlag 1955, S. 32; Athanasios Kambylis, *Die Dichterweihe und ihre Symbolik*, S. 62—63。
② Walther Kranz, *Sphragis. Ichform und Namensiegel als Eingangs- und Schlußmotiv antiker Dichtung*, in: Ders., Studien zur antiken Literatur und ihrem Fortwirken, hrsg. von Ernst Vogt, S. 27—78, hier S. 28.
③ 1871 年，宾根的居民中，4639 人信仰天主教，803 人信仰新教，479 人是犹太人，其他的有 17 人。参见 Wolfgang Braungart, *Ästhetischer Katholizismus.Stefan Georges Rituale der Literatur*, Tübingen: Max Niemeyer 1997, S.192—193。

教。可以猜想，从参与弥撒仪式的孩童到把诗当作神来信仰的诗人，格奥尔格在13岁与《奥德赛》的相遇是一个关键点。《奥德赛》开篇的吁请缪斯是出自对神祇的信仰，类似他在弥撒仪式中对上帝的礼拜与信仰；《奥德赛》对他如天籁之音，他也表现出一种敬畏，不同的是，他自创语言去翻译，表现了他渴望用自己的生命去感受美与神圣的一种本能，他随后学习的维吉尔与贺拉斯的诗歌，对他更是一种激励，也是在那期间，他的天主教信仰开始动摇。来自古希腊罗马的震撼心灵的体验（诗之神圣与诗人的自我创造）与亲身经历的天主教礼仪（仪式与对一个最高者的信仰）共同构成了格奥尔格创作的基石。

在牧歌组诗里，格奥尔格从自己的时代回到古希腊罗马，融合现代精神与古典传统的精髓，塑造了一个诗人先知作为现代诗人的一个典范。前一组牧歌的后4首完整描绘了一个通过仪式：《牧人的一日》描绘牧人与其日常环境的分离以及他在边缘期成为诗人先知的圣礼仪式，其后的三首诗描写诗人先知如何重新聚合到凡俗世界去完成其先知使命。

（一）《牧人的一日》：诗人先知的圣礼

标题中的"一日"的原文是 der Tag，用的是定冠词 der 而不是不定冠词 ein，可见这首诗不是描绘牧人生活中的任意一天，而是牧人成为诗人先知的特定一日。

以小河为分界，这首牧歌描绘了两个空间，一个是田园风光，一个是原始山谷与山顶。被一种"新的预感"驱使，年轻的牧人越过小河，离开田园风光，进入另一个空间。然后，"他再也听不见羊儿咩咩叫"。这一行是第13行，位于诗的正中间，象征牧人生命的转折：他不再放牧，完全脱离日常凡俗的生活与工作。牧人从分离期进入边缘期。

边缘期暗含一状态的终结与另一状态的开始，其表征是象征性死亡与再生。[①]在这首诗里，格奥尔格用睡眠呈现这一状态。睡眠常作为死亡的象征，如赫西俄德在《神谱》里称睡神与死神是兄弟，睡眠又能让人从理性的制约下解放出来，本能释放而获得新生。但格奥尔格不因循守旧，他特别用三行诗描写了牧人的睡眠："浓密的树梢下阴森寂静 / 他睡着了太阳还在高空 / 鱼儿水中跳跃银鳞闪闪。"第1行描写的树梢下的寂静阴森的空间，不由让人联想到冥界；第3行恰好相反，

---

① 参考 Arnold van Gennep, *Übergangsriten*, S. 93。也参考埃德蒙·利奇（Edmund Leach）《文化与交流》，卢德平译，北京：华夏出版社1991年，第90页。

意境明丽，鱼与蛇、鸟一样被认为是灵魂离开肉体后的一种存在形态[1]，水中游的鱼可以象征灵魂回到了本源状态，鱼鳞的闪光象征灵魂的光亮，有点类似佛教里的慧心慧眼；中间第2行的描写，既点明了前后两行的寓意，又将其寓意融合在一起：凡胎入尘、灵魂飞升，上-下的二元结构融合死亡与新生，呈现了边缘期的特征，象征牧人的脱胎换骨。牧人醒来后登上山顶，这是他灵魂升华的外在表现，他在山顶戴上桂冠、祈祷、歌唱，这是他成为诗人先知的圣礼。不是缪斯让牧人成为诗人先知，而是他的升华的灵魂。

此歌唱者之为诗人先知，因为他的歌唱源自他自身内在的一种神性。随着牧人登上山顶，睡眠时自由的灵魂飞升到神圣之境，观照真善美，公元前五世纪末的希腊人认为自由纯然的灵魂是神圣的，能预见未来。[2] 诗人的神圣的灵魂歌唱美与光明，这一特征符合上文对诗人先知的定义。此外，格奥尔格对山顶歌唱者的描写也暗示这一点。1. 在描写牧人睡眠的第2行里，牧人的灵魂升华与高空的太阳建立了一种内在关联，当太阳下山，歌唱者在山顶的歌唱就替代高空的太阳，代表了黑暗中"光的继续行进"（des lichtes weiterzug）。[3] 光象征光明与救赎，这个简洁的表达不仅呈现出歌唱者与环境的对立，还暗示其歌唱将批判性地介入现实，在现实中继续唱响，感染少年，教谕民众。这与贺拉斯在《诗艺》中论述的诗人先知的使命相一致。2. 歌唱者头戴的桂冠没有明写，仅以其"神圣"可以认为是月桂桂冠，因为他的歌唱如太阳，而月桂是太阳神阿波罗的圣树。再者，月桂在赫西俄德的诗人圣礼中是最重要的象征，他接受缪斯赐予的月桂枝成为诗人先知，贺拉斯以月桂桂冠表明他是诗人先知，月桂桂冠自此象征诗人的荣耀，如彼特拉克是加冕的桂冠诗人。"常绿的月桂让人想起同样亘古长青的诗歌。"[4] 当歌唱如光美丽而永恒，歌者当然配得上月桂桂冠。在随后的第6首《芦苇丛里的对

---

[1] Manfred Lurker, *Fisch*, in: Ders.(hrsg.), Wörterbuch der Symbolik, 5. durchgesehene und erweiterte Auflage, Stuttgart: Alfred Kröner1991, S. 209f., hierS. 209.

[2] Athanasios Kambylis, *Die Dichterweihe und ihre Symbolik*, S. 104—106.

[3] 德语名词的第一个字母都要大写，但格奥尔格无视这一书写规范。在他的诗歌里，除每行诗的第一个词与名字外，凡首个字母大写的词都是他重点突出与赋予特殊含义的。没有了大小写字母的差异，每行诗看起来更整齐划一。因此，此种特立独行不是一种形式主义，而是表现了他的诗学观。后文凡引自格奥尔格诗中的德语，均以原有形态出现，不特意将其改为符合德语的书写规范。

[4] Athanasios Kambylis, *Die Dichterweihe und ihre Symbolik*, S. 65 注释 135，格奥尔格在瑞士近郊的米努西奥（Minusio）的墓，由七棵月桂树围绕。

话》中，一个水精灵成为山顶诗人的化身，由于水与灵感、预言的关系[1]，山顶诗人作为先知的角色再次得以展现。

牧人成为诗人先知的这个圣礼，与赫西俄德成为诗人先知的圣礼完全不同，正如牧人"新的预感"所预示。缪斯圣礼作为一种文化与精神传统，俨然已经成为如荣格所说的一种集体无意识的创作原型，可以被诗人们当成一种预感或回忆而不断重写。但在格奥尔格的这首现代牧歌里，人本身内在的一种神性取代缪斯，让牧人成为诗人先知。

缪斯"用歌唱齐声述说现在、将来及过去的事情"，赫西俄德接受缪斯赠予的月桂枝和神圣的声音，成为诗人与先知。到公元前五世纪末，希腊人开始信仰灵魂的神圣，如柏拉图认为灵魂有一部分是神圣的通神的，位于人的大脑，是每个人的守护天使，使人永远向上，如果这一部分在睡眠中回归自身，它就可以认识过去、现在与未来；亚里士多德与色诺芬也都认为，灵魂在睡眠时是自由的神圣的，能看见未来。[2] 相信人自己具有一种神性，可以如缪斯一样通晓过去现在与未来，应该与神赋论信仰的减弱、人的自我意识的觉醒有关，开端是在赫西俄德。缪斯在赐给他月桂枝之前的呵斥，把他从浑浑噩噩中惊醒，去肩负神圣的使命。人具有一种超凡入圣的潜在可能性。在《工作与时日》里，赫西俄德用人类起源的神话故事，揭示了一个真理："诸神和人类有同一个起源"。[3] 对这句话的含义，有研究者认为："由于神话表现了人类逐渐地疏离神所代表的同一性（identité），我们可以假设人类的起源就是这种同一性。诗人就此激发听众去发掘、去维护自己内在的这一部分神圣……"[4] 在人神同一起源的基础上，人类渐渐地疏离神，从神的立场看，是人类不断堕落的过程，从人的立场看，却意味着人性的自觉发展以及对内在神性的不断发掘与体验。写作这首牧歌的格奥尔格不大可能知道柏拉

---

[1] 缪斯最初可能是水精灵，如赫西俄德在《神谱》一开始描写缪斯在泉水中沐浴，所以，有些神泉如马蹄泉的水相传可以激发创作灵感。古人还相信水具有预言的魔力，先知预言前喝水，然后进入一种迷狂状态。（Athanasios Kambylis, *Die Dichterweihe und ihre Symbolik*, S. 23—30; Manfred Lurker, *Wasser*, in: Ders. [hrsg.], Wörterbuch der Symbolik, S. 816—817.）

[2] Athanasios Kambylis, *Die Dichterweihe und ihre Symbolik*, S. 104—106; E. R. Dodds, *The Greeks and the Irrational*, Berkeley & Los Angeles: University of California Press 1964, p. 135。柏拉图的灵魂神圣说，见《蒂迈欧篇》90a,《国家篇》571e—572a。

[3] 赫西俄德：《工作与时日 神谱》，第 4 页。

[4] 克吕贝里耶：《神话如辞话：〈劳作与时日〉人类五纪的叙事》，收居代·德拉孔波等编《赫西俄德：神话之艺》，第 195—220 页，此处见第 208 页。

图等人的理论，但他可以从赫西俄德的《工作与时日》得到启示。他在灵魂升华与太阳之间建立的关联，暗示了人内在的一种神性。太阳总是神圣与至高无上的象征，无数宗教把它与神联系在一起，歌德也认为太阳与基督同样"也是最高存在的体现"，他还歌颂太阳给予人与万物以生命。[1] 在十九世纪末的德国，基督教的正统地位受到严峻挑战，涌现了各种神秘主义与异教新思潮，太阳崇拜是其中之一。[2] 格奥尔格选用太阳作为神圣最高者的象征，与歌德的思想一致。因为诗人先知在山顶的歌唱替代太阳，太阳也象征诗人先知的歌唱。太阳光照大地，养育人与万物，可以象征诗与现实的关系，诗人先知的歌唱应该能够教谕民众、创造美好新生活。在这首牧歌里，格奥尔格超越了现代人无限夸大的自我主体性意识，展示了人的灵魂的一种神性。在赫西俄德、维吉尔与贺拉斯开创的诗人先知这一谱系中，格奥尔格塑造了一个德国现代的诗人先知。

跨过小河，两个空间、两个世界分隔开，牧人远离芸芸众生；登上山顶，两个世界成为垂直的两极，诗人先知高居芸芸众生之上。高高在上的诗人，是从十九世纪开始在德语文学中流行的关于诗人的一种想象，肇始于浪漫派兴起的将艺术与艺术家上升到宗教神圣高度的艺术宗教，意在表现诗人的与众不同与神圣高贵。诗人所居高处或天国、或奥林波斯或山顶，或三者交织在一起，王者、先知甚至上帝都不同程度地成为诗人的形象。[3] 这一传统延续到十九世纪末，格奥尔格是最卓越的继承者："格奥尔格努力将这一诗人形象付诸实践，与具体的我相连，才让那一空洞的传统具有更严肃的新的内涵，克服了前一世纪常见的陈词滥调与实际状况分裂的弊病，让诗人先知的想象在思想与创作中得以表现。"[4] 在《牧人的一日》中，格奥尔格描绘牧人在边缘期如何神圣化的过程，进到人的灵魂的一种自由而神圣的状态，赋予了这一传统更为严肃的存在论意义上的新内涵。在他后期的诗歌《乱世中的诗人》中，诗人先知高居山顶，远离愚昧的民众，"当最后的希望在最可怕的绝望中／面临破灭；他的眼睛已经看见了／光明的未来……"（SW 9, S. 30.）

---

[1] 艾克曼辑录《歌德谈话录》，朱光潜译，北京：人民文学出版社1991年，第254页。

[2] 〔美〕理查德·诺尔：《荣格崇拜——一种有超凡魅力的运动的起源》，曾林等译，上海：上海译文出版社2002年。

[3] Heinz Schlaffer, Das *Dichtergedicht im 19. Jahrhundert*, in: Jahrbuch der deutschen Schillergesellschaft 10 (1966), S. 297—335. 此处的论述主要见第297—302页。

[4] Heinz Schlaffer, Das *Dichtergedicht im 19. Jahrhundert*, S. 332—333.

(二)《牧人的一日》的最后两行：诗人先知的神圣歌唱作用于凡俗世界的方式

这首牧歌对平原与山谷的描写完全不同。田园般的平原欢乐祥和，原始山谷阴森恐怖，这种对立，与通过仪式的分离期与边缘期的位于"世俗的社会结构之内与之外"[①]的状态相一致。在诗的最后两行，平原与山谷的对立转化为凡俗世界与诗人先知的艺术世界的对立，最后两行诗的原文如下：

Und in die lind bewegten lauen schatten
|Schon dunkler wolken | drang sein lautes lied.

在第 1 行中，一连串的元音押韵（**in die lind bewegten lauen schatten**）让这行诗吟唱出世俗世界的温馨；第 2 行的后半部分的四个词的简洁而毫不押韵的组合恰与之相对，形象地传达出诗人先知的高昂而不放纵的歌唱。[②] 这两个不同的世界因此被分隔在两行中加以描绘。细细品读，可以发现它们之间还是存在一种关联：drang 与 schatten 之间有元音 a 押韵，相同的 lau 将 lautes 与 lauen 相连，而 lied 与 lind 之间也有头韵 l 以及相似的 ie-i。可是，相互押韵的这些词在两行诗中的顺序恰恰是相反的，这似在暗示，诗人先知的歌唱将以一种反向的、批评的方式作用于凡俗世界。

虽然元音 a 连接 drang 与 schatten，但诗人先知的歌唱不能直接作用于民众，它们位于不同的两个诗行中，于是，第二格定语 schon dunkler wolken 就成了它们之间的中介。这个定语与中心词 schatten 本是一体，却因跨行而位于第 2 行的开始，正好在 schatten 与 drang 之间。此外，这个定语的表达本身也显示了它与两者的关联。1. 这个定语的中间的词 dunkler 以头韵 d 与 drang 关联；2. 因为 schon 替代了第二格常用的定冠词（这里如果用定冠词的话，应该是 der），这个定语的

[①] Victor Turner, *The ritual process. Structure and Anti-Structure*, London: Routledge & Kegan Paul 1969, p. 96. 此书有中译，《仪式过程：结构与反结构》，黄剑波等译，中国人民大学出版社 2006 年出版。

[②] H. Arbogast 认为流畅押韵的格律诗表示世俗感性，硬性组合表示高昂庄严克制，格奥尔格在其早期诗歌中将两者结合在一起，是为了"融合感性与庄严"。（Hubert Arbogast, *Die Erneuerung der deutschen Dichtersprache in den Frühwerken Stefan Georges. Eine stilgeschichtliche Untersuchung*, Köln: Boehlau Verlag 1967, S. 122—123.）Arbogast 对格律诗与硬性组合的理解也适用这里，不过在这两行诗中，两者却是以另一种方式而相互关联。

首尾两个词 schon 与 wolken 就有元音 o 押韵，这个定语因此呈现为一个完整的小单元，与第 2 行的后半部分分开；而头韵 sch 与元音押韵 en 又将这个第二格定语（schon dunkler wolken）与其中心词（schatten）联系得更紧密，同时也更清楚地呈现了它们的不同：与单个词 schatten 相比，由三个词构成的第二格定语让人联想到乌云（wolken）的漂浮不定，诗人先知与民众之间的中介犹如那"乌云"位于天地之间。在西方神话中，"云"常遮蔽神灵以阻止凡人与神灵的直接沟通，[①] 由于诗人先知的歌唱替代太阳，在后一组牧歌的第 2 首《神秘牺牲》中又被神化为"上帝"，"乌云"因此被用来象征诗人先知与民众之间的中介，它将诗人先知的歌唱传递给民众，但又因其黑而弱化了其歌唱的神圣力量，dunkler（黑暗的）与 drang 之间的头韵 d 暗示了这一点。于是，第 2 行的后半部分对诗人先知的歌唱的描写，以 drang（穿透）与 lautes（响亮的）这两个强有力的词开始，而以忧郁的 lied（歌）结束。lautes 表示诗人先知的无所畏惧，他的响亮歌唱代表美、光明与希望，如阳光穿透乌云，却如歌般渐渐飘逝……

格奥尔格的诗歌之美从这两行诗可见一斑，其完美的形式"以一种惊人的精炼与精确"将内容呈现出来。[②] 借用尼采对贺拉斯赞歌的赞赏："这种文字的镶嵌细工，其中每个字无论声响、位置还是内容都向左右迸发其力量，且震荡于全篇之中；这种使用最低限量的符号，却达到符号之最高表现力……其余一切诗歌比较之下都是某种平俗的东西，——是一种纯粹的感情唠叨……"[③]

[①] Manfred Lurker, *Wolken*, in: Ders. (hrsg.), Wörterbuch der Symbolik, S, 838f.; Nicolas Pethes, *Wolke*, in: Metzler Lexikon literarischer Symbole, hrsg. von Günter Butzer und Joachim Jacob, Stuttgart · Weimar: Metzler Verlag 2008, S. 427.

[②] Jan Aler, *Symbol und Verkündung. Studien um Stefan George*, Düsseldorf und München: Helmut Küpper vormals Georg Bondi 1976, S. 99："谁把格奥尔格的描写只当成一个形式艺术家的矫揉造作的空洞言辞而不屑一顾，那他就完全看不到格奥尔格创作中的那种诗意描写的内在逻辑性。在细致地阅读诗歌文本时会不断发现它们是何等关乎实质性的内容。诗的构成具有如此的重要性，这恰恰决定了诗的优劣。从诗的形式之完美看不出任何冷漠。卢卡奇是怎么说的？'格奥尔格的冷漠是读者的不会阅读'。真正完美的形式绝不允许出现一点缝隙。形式的精湛技巧代替不了内容，而是以一种惊人的精炼与精确去呈现内容。"

[③] 尼采：《我感谢古人什么》，收录于尼采《偶像的黄昏》，周国平译，长沙：湖南人民出版社 1987 年，第 119 页。

（三）第5—7首牧歌：诗人先知与世隔绝，但其歌唱经由中介作用于凡俗世界

V·特纳（Victor Turner）在其著作《仪式过程》中分析盖内普的通过仪式时，把边缘期的状态称为一种神圣的"交融"，与常态的世俗的"结构"相对，他特别强调"通过"后聚合到社会结构之中的重要意义："在通过仪式中，人们从结构被释放出来进入交融，为的是让经历过交融的他们充满活力地重回结构。缺少这一辩证关系，任何社会肯定都不能正常运转。"[1]由此可以看出，通过仪式的三个阶段是前后关联的一个整体。《牧人的一日》描写了通过仪式的分离期与边缘期，牧人成为山顶上的诗人先知，接着的三首诗描写诗人先知向凡俗世界的聚合。

这三首牧歌的描写对象不是诗人先知，而是地神、水精灵与大鸟。亚里士多德曾说，人是政治动物，个人不能离开群体与社会而存在，"凡不能成为城邦的一员或因其自给自足而不需要城邦者，他就不属于城邦，而是野兽或神灵。"野兽因其低下而不能与人共处，神灵因其神圣而不需要人类。[2]但是在这里，高贵的大鸟与地神、水精灵一样是与世隔绝的诗人先知的化身。摆脱桎梏，展翅飞翔，是所有诗人的渴望，如贺拉斯的《赞歌》卷2第20首与波德莱尔的《信天翁》都以大鸟象征超凡脱俗的诗人。

第5、6首诗描写了诗人先知与世俗世界的互不相容。第5首《地神的悲伤》中的地神很丑陋，漂亮女孩嘲笑他，是一个被诅咒的诗人；第6首《芦苇丛里的对话》中的水精灵拒绝岸上怪物的邀请，宁愿对着明净的泉水与自己的水中倒影而孤芳自赏。世俗世界与诗人先知的诗之世界互不相容，在这两首诗里通过针锋相对的对立展现出来：永生丑陋的地神——必死美丽的女孩，永生美丽的水精灵——必死丑陋的人。地神与水精灵的永生，与人的必死相对立，表现诗人先知的歌唱之永恒。

即便互不相容，诗人先知的歌唱也必须以一种方式继续唱响在凡俗世界。在第7首牧歌《岛的主人》中，格奥尔格描写了一个富饶小岛上的一只大鸟。小岛远离人世，大鸟与地神、水精灵一样与世隔绝，但大鸟不是永生的，它最后死了。诗中对大鸟的描写富有深刻的寓意。大鸟展开翅膀低空飞翔时，"看似一片乌云"

---

[1] Victor Turner, *The ritual process*, S. 129。

[2] Aristoteles, *Politik*, Buch 1, übersetzt und erläutert von Eckart Schütrumpf, Darmstadt: Wissenschaftliche Buchgesellschaft 1991, S. 14 (*Politik* I, 2, 1253a26—29) 以及第220页上对这句话的注释。

(einer dunklen wolke gleichgesehn），这一比喻并非模仿《一千零一夜》中的描写[①]或闲来之笔，而是呼应《牧人的一日》的最后一行中的"乌云"；当大鸟在山岗上展开翅膀死去时，"乌云"作为诗人先知与民众之间的中介的象征意义就完全显示出来。首先，大鸟的死亡被描写成：Verbreitet habe er die grossen schwingen / Verscheidend in gedämpften schmerzeslauten。由于使用了现在分词 verscheidend（离世），表示一个事件在进行之中，大鸟的死亡因此表现为一个过程，此外，这个现在分词又与 verbreitet（展开）有头韵与元音押韵，这就暗示，大鸟展开翅膀死去；其二，死亡"在古代与其说是生命的终结，不如说是向另一种生命形态的转化"[②]，因大鸟展开的翅膀如乌云，而乌云象征中介，大鸟的死亡于是可以理解为其生命与精神传给中介；其三，山冈（hügel）低于山顶（berges haupt）但高于平原，大鸟在山冈上将精神传给中介，可以看成中介接受诗人先知的歌唱的洗礼而真正成为中介的一个仪式，与发生在山顶的诗人先知的圣礼仪式恰成对照。[③]大鸟死亡的地点是山冈，形态是展开翅膀，正应和了这首诗里唯一的一对尾韵 flügel-hügel[④]，因其展开的翅膀如一片乌云，大鸟死亡时犹如一片乌云覆盖在山岗上，于是，三者——乌云作为中介的象征意义、山冈作为中介的圣礼发生地的象征意义以及死亡之为生命转化的意义——重合在一起。大鸟的死亡具有如此丰富的含义，关键还在于，它不是一个孤立的事件。大鸟死亡时，"人类的白帆被护送

[①] Ernst Morwitz, *Kommentar zu dem Werk Stefan Georges*, Düsseldorf und München: Helmut Küpper vormals Georg Bondi 1969, S.62。莫维茨分析这首诗时，认为这首诗里的大鸟与《一千零一夜》中的一只大鸟很相似。那是航海家辛伯达第二次航海旅行中遇到的："当时已是太阳西偏时候，我思索着急于要到屋里去栖身。就在这个时候，太阳突然不见了，大地一时黑暗起来；当时正是夏令时节，我以为是空中起了乌云，才会发生这样的现象。我感到惊奇、恐怖，抬头仔细观看，只见一只身躯庞大、翅膀宽长的大鸟，正在空中翱翔。原来是它的躯体遮住了阳光，才造成大地上的黑暗。"（《一千零一夜》[二]，纳训译，北京：人民文学出版社，1978 年，第 276 页。）

[②] Christine Walde u.a., *Tod*, in: Der Neue Pauly. Enzyklopädie der Antike, hrsg. von Hubert Cancik und Helmut Schneider, Bd. 12/1, Stuttgart · Weimar: Metzler 2002, S. 640—649, hier S. 642.

[③] 在赞歌组诗里，hügel 又出现在第 1 首与正中间的第 6 首，象征意义与这里的类似，除此之外，hügel 在其他两书中没有出现；berg 只出现在《牧人的一日》中，未见于"三书"的其他地方。由此可见，具有象征意义的 hügel 与 berg 对格奥尔格在牧歌组诗与赞歌组诗中塑造诗人先知这一形象具有重要意义。

[④] flügel 与 hügel 分别在第 6 行与第 20 行，它们的比喻与象征意义既造成它们的内在关联，又让它们相隔甚远。

着"登陆小岛，两个事件的同时性为两者建构起一种关联，既暗示人类的到来导致大鸟之死，但同时也预示：他们将会延续大鸟的生命，大鸟的生命将会转化在他们的生命中，因为诗中对他们的描写充满了这种暗示。第一，船自古希腊即可隐喻诗歌创作，[1] 登陆小岛的人因此可以理解为诗人；第二，他们的航行是"被护送"的，"护送"被描写成善意的、有利的（mit günstigem geleit），这些诗人于是可以认为是被神宠爱的被遴选者；第三，他们的船只张着白帆，在古希腊的忒修斯神话与荷马史诗中，黑帆代表不幸，白帆却预示平安与幸福，这就表示，他们的到来不是玷污大鸟的艺术世界，而是将大鸟从它的与世隔绝的世界中解救出来，以他们为中介，诗人先知的歌唱将会被聚合到凡俗世界。大鸟之死表示诗人先知的肉身之终结，其歌唱与精神生命却将永远流传下去。

  由这三首诗的编排可以看到，诗人先知与凡俗世界虽然水火不容，但其歌唱终将可以继续传唱在凡俗世界。大鸟令人想起那个生活在地下宫殿的阿尔嘎巴。大鸟的小岛盛产肉桂与油，宝石也在沙中闪烁，全是奇珍异宝。"肉桂是昂贵的香料而非食物，与香料、宝石并列的油就不会是食用油，而是让人联想到用于仪式或装饰的圣油"[2]，芳香馥郁的肉桂与油，暗示了一种感官的狂欢；宝石则折射出一种唯美的态度："世纪末的文学在表达唯美-象征的意象时，特别偏爱贵重物质与非生物体、水晶、金属。一方面是因为其唯美的立场偏好人工制品而非自然之物……另一方面，从这一喜好也可以看出，面对现代社会的瞬息万变，他们渴望重新获得牢不可破之物。"[3] 这个唯美颓废的世外桃源，与阿尔嘎巴的那个被宝石、钻石、水晶等映照得金碧辉煌、声色犬马的地下宫殿一样，象征与世隔绝的唯美的艺术王国，只有"海难者"可能看见它。由于船只在牧歌组诗与赞歌组诗里隐喻诗歌创作，"海难者"指沉迷于艺术而不能融入日常生活的艺术家，他们不能成为沟通诗人先知的艺术王国与凡俗世界的桥梁。与世隔绝，如何实践先知使命？

---

[1] Ernst Robert Curtius, *Europäische Literatur und Lateinisches Mittelalter*, Kp. 7, § 1 "Schiffahrtsmetapher", Bern: Francke Verlag 1954, S. 138—141, hier S. 138："古罗马诗人习惯把创作一部作品比作航行。'写诗'叫'扬帆起航'。作品完成，船帆收起。史诗诗人驾船在海上迎风破浪，抒情诗人泛舟江河。"

[2] Gerhard Kaiser, *Der Dichter als Herr der Insel, Herr der Welt. Stefan George: Der Herr der Insel und Hugo von Hofmannsthal: Der Kaiser von China spricht*, in: Ders., Augenblick deutscher Lyrik. Gedichte von Martin Luther bis Paul Celan, Frankfurt am Main: Insel Verlag 1987, S. 353—369。Kaiser 对这首牧歌的分析见第 353—362 页，此处引文见第 354 页。

[3] Wolfgang Braungart, *Georges Nietzsche. »Versuch einer Selbstkritik«*, in: Jahrbuch des freien deutschen Hochstifts 2004, S. 234—258, hier S. 245.

与世隔绝，阿尔嘎巴如何创造生机勃勃的新诗？反思是对困境的深刻意识，也是寻找出路的开始。诗人先知的歌唱有望传给优秀的被遴选者，再由他们作用于民众，与山冈和山顶的意象相呼应，他们与诗人先知是一种上下级的主仆关系，诗人先知与阿尔嘎巴一样，是主人（Herr）与王者。牧歌组诗是格奥尔格在《阿尔嘎巴》之后创作的，又被他编为"三书"的第一组，接在《阿尔嘎巴》之后，诗人先知与被遴选者的这种关系，为阿尔嘎巴走出孤独与困境，提供了一种可能性。①

在这四首牧歌中，格奥尔格描绘了诗人先知的高处不胜寒的处境以及其神圣歌唱要传递到凡俗世界的艰巨性。孤傲而忧郁的诗人长期停留在孤芳自赏的山顶，不可能按照自身的精神面貌与孤独方式去接近世界与改造世界，诗人与现实的关系是隔膜而冷淡的，拒绝与被拒绝是他们与世界相处的结果。但是，优秀的诗人担当起先知的职责，必然要思考和想象如何走下山去，把神圣的歌唱与歌唱的传递结合起来，是诗人先知的神圣使命。那么，精神将通过怎样一种形式，才能克服诗人的孤傲与忧郁，在民众中发生作用？格奥尔格一生都在思考与实践这样一个自觉的使命。

二、后一组牧歌七首：少年诗人及其作为中介的使命

后一组牧歌描写了被遴选的少年。他们接受诗人先知的歌唱的洗礼，成为兼具英勇的品达风格与柔情的萨福风格的少年诗人。作为中介，他们将诗人先知的歌唱传给民众，却又弱化了其歌唱颠覆世俗价值观并赋予新生的伟大力量。少年是人类的希望与未来，先知的歌唱代表了希望与光明的未来。作为诗人先知与民众之间的中介，少年诗人不是孤胆英雄，而是一个群体，这七首牧歌描写的多是复数的"我们"。

（一）第1—4首：少年成为中介的通过仪式、他们之为中介的作用

这四首牧歌的编排非常巧妙。由于第3、4首诗共用一个大标题，四首牧歌的

---

① 格奥尔格具有极其强烈的结构意识。为保证一部诗集内部的结构完整，他常在诗集再版时增补诗歌，如前一组牧歌的第3首《预兆日》就是再版时增补的，详见本文第4部分的相关分析；此外，一部诗集的某个主题或最后一首诗会预示下一部诗集，而下一部诗集也会接续前一部诗集的结尾，以这种有意识的结构编排，他的作品就像一个个连连相扣的环，又因他的思考始终如一，其全部创作整体来看犹如一个螺旋形，不断发展又循环往复，其中心是他关于"诗人何为"的思考。

三个标题不仅呼应通过仪式的三个阶段，每个标题还直接点明或间接暗示了各阶段的特点。第 1 首《长子的出发》以"出发"表示分离阶段，第 2 首《神秘牺牲》暗示了边缘期的神秘的象征性死亡与新生，第 3、4 首名为《民众的宠儿》，直接暗示聚合的成功。如此完整而鲜明的通过仪式，与前一组后四首所描写的通过仪式构成对照。

这是一群优秀的少年，"长子"（Erstlinge）既是实指又可以由 Erst（第一）引申出杰出者、优秀者等含义，① 他们"高兴去：神灵已为我们铺平了道路"，他们的出发与《岛的主人》中的神灵护佑下的远航类似，两组牧歌于是首尾相接。从相同主题的这种延续，又可以回过去更好地理解登陆小岛的人与大鸟之间的关系。远航者与远行的少年要想成为沟通艺术世界与凡俗世界的中介，需要一个通过仪式，出发、离开凡俗世界是通过仪式的分离期，就《岛的主人》中的描写而言，登陆小岛为边缘期的开始，伴随大鸟之死的其生命的转化预示了登陆小岛的人也将经历边缘期的象征性死亡与新生。这一预示在这组牧歌的第 2 首《神秘牺牲》中得到了详细的描写。

这首牧歌共 3 节。第 1 节简单描写了"我们"的出发。这些少年放弃凡俗的幸福而听从"召唤"（ruf）去"圣殿服务于 / **美：最高贵最伟大**。"（Zum tempel zum dienst/Des Schönen: des Höchsten und Grössten.）第 2 节描写他们进入边缘期，他们隐藏在小树丛中装饰祭坛、洁净身体，为他们的新生做准备，第 3 节描写他们的死亡与新生：（先知）"揭开 / **上帝**（Gott）的面纱 · / 我们战栗我们看 / 在闪耀的力量中 / 在噬人的痛苦中 / 在狂热的陶醉中 / 在永恒的渴望中我们死去。"两处的黑体字在原诗中是第一个字母大写，表示神圣，它们前后呼应，因此，这些孩子眼中的"上帝"不再是宗教里的至高无上者，而是"最高贵最伟大"的"美"，即诗人先知的歌唱。他们追随诗人先知的歌唱而放弃凡俗的幸福，这种价值观的变化折射出先知的神圣歌唱对世俗世界的一种批判。孩子们在看到"美"时死去，与牧人在谷底森林中的沉睡一样，象征死亡与新生，犹如神秘宗教仪式里的脱胎换骨，诗的标题"神秘牺牲"的含义可由此理解。先知的神圣歌唱与预言不仅颠覆了世俗的价值观，还赋予了新的生命。

---

① 同类中的第一个总是被认为是最好的最优秀的，如《创世记》49：3 中雅各论及长子流便（Ruben）："你是我的长子，是我力量强壮的时候生的，本当大有尊荣，权力超众"。果实与农物的初熟之物是至好的，要献给耶和华（《民数记》18：12），而第一批信徒也常被赋予神圣使命，如亚该亚（Achaja）的第一批信徒司提反一家（Stephanas）"专以服侍圣徒为念"。（《哥林多前书》16：15）

作为中介，这些少年必须重新聚合到世俗世界。第 3、4 首《民众的宠儿》包含两首诗，描写了两个欢庆场景，在民众的集会中，他们成功地完成聚合，成为"民众的宠儿"。受过"美"的洗礼而重获新生的他们不再是从前的自己，这首先体现在他们父母的态度上：他们出发前，母亲轻轻叹息父亲缄口不语，依依不舍悲哀离别；当他们回来成为众人的宠儿时，父母为他们骄傲。他们不再是父母的孩子，而是诗人先知的弟子，理想和追求与世俗价值不可同日而语。不过，正是因为与众不同，他们才会成为宠儿，才会影响众人。这两首诗渲染了众人对他们的欢呼与喜爱，连威严的老人也为他们少年的羞涩与美而心动。为"美"服务的人自身也是美的。这些少年以他们的美征服了民众，激发了他们对美的热情与向往，这在一定程度上虽然也践行了诗人先知的歌唱对世俗社会的批判，但相比先知的神圣歌唱颠覆世俗价值观并赋予新生的伟大力量，却弱得多。也就是说，诗人先知的歌唱虽然通过这些少年传递到凡俗世界，其批判力量却被弱化了，这也形象地展现了《牧人的一日》的最后一行中以头韵 d 相关联的 dunkler-drang 的意义。

（二）中介之为少年的意义

除了成为"民众的宠儿"，少年尤其成了孩子的榜样：孩子从人群中被高高举起，递给摔跤手象征胜利的棕榈枝并欢呼他的名字；少男少女远离欢呼的人群，如痴如醉地谈论圣洁的少年歌者。孩子对美有一种本能的亲近。被诗人先知的歌唱吸引的"长子"，可以认为是第一批被遴选者，年少的他们被"美"迷醉，孩子们也被他们的美迷醉并激发出一种为"美"献身的隐隐渴望，于是追随他们，将被遴选去接受"美"的洗礼，成为民众的宠儿并将诗人先知的歌唱传到一代又一代。

优秀的少年被遴选去肩负神圣的使命，是一个古老的传统。在古希腊，孩子因其纯洁、完美与超常的天赋"在许多宗教的礼拜仪式中被赋予特殊职位"，如辅助神父做弥撒等等。[①] 在古罗马，维吉尔在第 4 首牧歌把一个孩子神化，预言他的诞生将开启新的黄金时代，贺拉斯的神圣歌唱只为少男少女（《赞歌》卷 3 第 1 首）。这种对少年的崇拜从古希腊罗马经由文艺复兴一直延续到浪漫派与现

---

① Aleida Assmann, *Werden was wir waren. Anmerkungen zur Geschichte der Kindheitsidee*, in: Antike und Abendland 24 (1978), S. 98—124, hier S. 105. Assmann 引用了毕达哥拉斯对男童说的一段话："你们最受神灵宠爱，大旱时人们就把你们送去向神灵求雨。因为神灵最听你们的话；只有你们是完美无瑕的，你们因此可以留在神殿里。"(S. 105)

代。① 德国尤甚，"1890—1920 年的德语文学中充满了青少年的英雄形象"。② 在这股世纪末兴盛的、带有文化批判色彩的崇拜青少年的潮流中，格奥尔格首屈一指。③ 1892 年底，他在《艺术之页》I、2 上发表了第一篇阐述自己诗学的纲领性文章《论斯特凡·格奥尔格：一种新艺术》，宣称他的新诗不是为"大众"创作，而"只为高贵者带来乐趣"。④ 文章有两个题记，题记之一是贺拉斯《赞歌》卷 3 第 1 首的第 1 节："我讨厌庸俗之众，避居 / 缄默：我是缪斯的祭司，/ 从未听过的歌 / 只献给少男少女。"贺拉斯的这首赞歌最常被模仿古典风格的德语诗人引用，不过此处被格奥尔格作为题记，很符合题记的功能，解释了文章的副标题：格奥尔格的新艺术以远离大众为特征。⑤ 此外，格奥尔格引用这首诗，还承继了古希腊罗马的少年崇拜。相比他自己文章中的"大众"（menge）与"高贵者"（vornehme geister）的对立，贺拉斯赞歌中的"庸俗之众"（profanum volgus, III, 1.1）与"少男少女"（virginibus puerisque, III, 1.4）的对立更充满了诗人作为先知的一种激情，少男少女因完美与圣洁代表了新的希望与新的时代。在最后一首牧歌中，格奥尔格直接将孩子称为"成长中的英雄·神的宠儿"。

孩子代表活泼的生命力、新奇的创造力与光明的未来，他们献身诗人先知的歌唱，也就表示先知的歌唱代表希望与光明的未来，同时也暗示，昔日的中介

---

① Vgl. Aleida Assmann, *Werden was wir waren*. Assmann 认为，从古希腊罗马到十七世纪，孩子一直是在道德层面上被当作"谦恭、单纯与救赎"的化身。自浪漫派开始，少年崇拜"从道德层面转到诗学层面，孩子从此主要代表无拘无束的想象，被诗人们奉为榜样。"（S. 122—123.）

② Wolf Wucherpfennig, *Kindheitskult und Irrationalismus in der Literatur um 1900*, München: Wilhelm Fink Verlag 1980, S. 9. Vgl. »*Mit uns zieht die neue Zeit*«. *Der Mythos Jugend*, hrsg. von Thomas Koebner, Rolf-Peter Janz und Frank Trommler, Frankfurt am Main: Suhrkamp 1985; Birgit Dahlke, *Jünglinge der Moderne. Jugendkult und Männlichkeit in der Literatur um 1900*, Köln: Böhlau Verlag 2006.

③ 与维吉尔把一个孩子神化为救世主类似，格奥尔格把一个少年神化为自己的上帝"马克西米"，成为他创作与生命的中心。马克西米是"我们梦想的完美青年的化身"。（*Vorrede zu Maximin*, in: SW 17, S. 62.）关于格奥尔格作品及其圈子中的青少年崇拜，参见 Michael Winkler, *Der Jugendbegriff im George-Kreis*, in: »*Mit uns zieht die neue Zeit*«. *Der Mythos Jugend*, S. 479—499。

④ Carl August Klein, *Über Stefan George. Eine neue Kunst*, in: *Bfd*K I, 2 (Dez. 1892),S. 45—50, hier S. 50。这篇文章其实出自格奥尔格之手，Klein 只是格奥尔格的喉舌。

⑤ Vgl. Friedmar Apel, *Die eigene Sprache als fremde. Stefan Georges frühes Kunstprogramm*, in: George-Jahrbuch 8 (2010/2011), S. 1—18, hier S. 4—7.

会被新生的少年诗人替代，这既是一种宿命，更是生命的延续与使命的代代相传。后一组牧歌的后三首描写了这样的被遗弃者与落选者。这三首诗中的描写与前四首诗中的描写处处呼应。当幸运的少年满怀信心走向远方，美的目的地向他们微笑，第5首中的爱丽娜却孤独忧伤地伫立海边，渴望落空；被遴选的少年隐藏在小树丛准备他们的新生，第6首《庆典之夜》中两个落选的年轻人逃离庆典的人群"迷失在乌黑命运的森林"；当被遴选的少年接受"美"的洗礼后回到家乡成为宠儿，第7首《胜者的结局》中的昔日英雄受伤后却悄然回乡默默在痛苦中忍受煎熬。格奥尔格进行如此前后对照的描写，不是要避免重复描写更年轻一代被遴选者的通过仪式，而是因为意识到上升与下降、光明与黑暗总是相伴相随。在诗集《生命之毯》(1900)中，被遴选者(Der Erkorene)与被抛弃者(Der Verworfene)也在两首诗中相对并列描写。(SW 5, S. 48f.)这种深刻的生命意识，符合自然万物的生命循环；这七首诗也构成了一个生生不息的循环。循环诗学观有生物学与人类学作为基础。[①]第7首所描写的昔日英雄在失败后既不像第6首中的不幸者那样选择死亡，也不像古希腊传说中的英雄柏勒洛丰(Bellerophon)那样忧伤地在孤独中了却残生，而是回到家乡。失败的英雄躲避孩子以便不影响他们，与少年宠儿成为孩子的榜样一样，也是在履行中介的使命，因为孩子是"成长中的英雄·神的宠儿"，将被神选中去传递诗人先知的歌唱。这样，描写昔日英雄失败回归的第7首与描写少年出发的第1首就首尾相接：昔日的英雄失败后回到家乡，但又有"神的宠儿"将会离开家乡，传递诗人先知的歌唱的使命代代相传。唯如此，诗人先知的歌唱才能薪尽火传。[②]

（三）少年中介是诗人

在第2首《神秘牺牲》中，诗人先知的歌唱被定义为"美：最高贵最伟大"，并被神化为"上帝"，这就明确表示：诗人的歌唱即真理与预言，其预言以歌唱呈现。作为诗人先知的追随者与传递其歌唱的中介，少年接受"美"的洗礼也成了诗人。

这些被遴选的少年本身就具有诗人气质。在出发前的庆典上，他们头上戴着

---

① Wolfgang Braungart, *Zur Poetik literarischer Zyklen. Mit Anmerkungen zur Lyrik Georg Trakls*, in: Zyklische Kompositionsformen in Georg Trakls Dichtung. Szegeder Symposion, hrsg. von Károly Csúry, Tübingen: Max Niemeyer 1996, S. 1—27, hier S. 15—17.
② 格奥尔格在1928年2月19日与圈子成员交谈时说，他只求对他身边的年轻人产生潜移默化的影响，而他们再去影响其他人，作用将会越来越弱。（Berthold Vallentin, *Gespräche mit Stefan George 1902—1931*, Amsterdam: Castrum Peregrini 1967, S. 102.）

常春藤。常春藤在古希腊罗马诗歌中先是酒神狄奥尼索斯的标志,维吉尔在《牧歌》中开始把它赐予诗人尤其是新诗人,如"给新诗人戴上常春藤"(《牧歌》7.25)。① 作为一种藤本植物,常春藤还"一直是忠诚的象征"。② 出发的少年头戴常春藤,可以象征这些未来新诗人对诗人先知的忠诚。少年中介头戴常春藤与诗人先知头戴月桂桂冠,是很有寓意的对比描写。常春藤与月桂桂冠,曾被贺拉斯与维吉尔作为刚出道的新诗人与功成名就的诗王的标志与奖赏。在《赞歌》序诗中,贺拉斯自谦头戴常春藤,远离众人在缪斯的小树林里写诗,完成3卷《赞歌》之后的他在跋诗中,自豪地宣称自己是把古希腊抒情诗格律引进罗马诗歌的第一人,请缪斯给他戴上月桂桂冠。维吉尔在第7首牧歌中,把常春藤赐予新诗人,在第8首牧歌中,他像贺拉斯一样谦虚地把自己的诗比作常春藤,却又自信它可以与象征胜利的月桂一起戴在将领的头上。(《牧歌》8.11—13)③ 联想到他后来在《农事诗》的结尾处把自己的诗歌绽放与皇帝的军事胜利并举,④ 维吉尔在第8首牧歌里把常春藤与月桂并列,还是隐藏了与贺拉斯一样的自信。格奥尔格在牧歌组诗中的用法与他们类似。

少年中介重新聚合到民众中时,被描写为两类人:摔跤运动员与弦乐歌者。运动员本是勇士一族,但格奥尔格只描写了他的强壮与威严,其格斗性是通过诗行的不断跨行呈现出来的,正体现了摔跤手的职业特征。⑤ 诗的形式与所描写对

---

① Vgl. Hans Peter Syndikus, *Die Lyrik des Horaz. Eine Interpretation der Oden*, 3. völlig neu bearbeitete Auflage, Darmstadt: Wissenschaftliche Buchgesellschaft 2001, Bd. 1, S. 33 注释46。

② Marianne Beuchert, *Efeu*, in: Ders., *Symbolik der Pflanzen*, 2. Auflage, Frankfurt am Main: Insel Verlag 1996, S. 63—65, hier S. 63.

③ "请收下歌曲,/ 遵从你的指示所写的,并在你额上戴起 / 这藤萝和你作为胜利者的月桂叶子。"(维吉尔《牧歌》,杨宪益译,北京:人民文学出版社1957年,第35—36页。)

④ "我歌唱农作畜牧,林木栽培与牧人,/ 当凯撒在奔涌的幼发拉底河岸 / 愈战愈勇,为自愿降服的民族制定 / 法律,胜利地走向奥林波斯。/ 我,维吉尔,在这些时候由甜美的 / 帕尔特诺佩养育,在隐秘的闲暇中绽放;/ 我,年轻,勇敢,唱着牧歌唱着你,哦 / 提屠鲁,高卧在榉树的亭盖下。"(《农事诗》4.559—566)帕尔特诺佩(Parthenope)即现在的那不勒斯,因女妖Parthenope葬于那里而得名,是维吉尔的最后安息之地,他的墓志铭称:"曼图亚生育了我,卡拉布里亚夺走了我,现今由帕尔特诺佩保存我,我歌唱过牧场、田园和领袖。"(王焕生:《古罗马文学史》,北京:人民文学出版社2006年,第193页。)维吉尔病逝的地方是意大利南部的布林狄栖乌姆,位于卡拉布里亚境内。

⑤ Vgl. H. Stefan Schultz, *Studien zur Dichtung Stefan Georges*, Heidelberg: Lothar Stiehm Verlag 1967, S. 104. 这首诗共14行,Schultz认为其中的12行是跨行,其实不对,因为第6、9、14行均以句号结束,第1—6、7—9、10—14行才是跨行。

象的本质特征的相互吻合，暗示其格斗气质升华为诗，也因此复活了品达在第 4 首涅嵋凯歌中以摔跤大师梅雷西亚为例所类比的诗人与摔跤手："歌颂梅雷西亚的人，在遣词造句时会怎样打败对手！在词语之争中他不会被摔倒在地……"[①] 现代诗人更体会到"与词语和意义的无法容忍的扭打搏斗"（艾略特《四个四重奏》之"东科克"）。由此，格奥尔格所描写的摔跤运动员让人想起品达风格的诗人。在古希腊诗歌中，品达代表"战斗的、激情的、高昂的、崇高的、粗暴的、男性的声音"，与之相对的另一极，是萨福的抒情诗所代表的"直抵人心、爱与关注"。[②] 格奥尔格所描写的弦乐歌者是摔跤运动员的对立与补充，以其柔美与羞涩代表了萨福风格的诗人。

这两种气质——战斗气质与柔情气质——的诗人分别与太阳星辰交相辉映：阳光照在运动员的强健身体上，男孩们在闪耀的星空下默默爱慕少年歌者，这种对应不仅符合两类诗人本身的气质，也呈现出他们与代表光明的诗人先知的歌唱之间的关联。这样，位于天与地之间的这些少年诗人真是诗人先知与民众之间的中介，他们以品达风格和萨福风格创作，犹如阳光灿烂的白昼与星光闪耀的黑夜之轮回，共同实现传承诗人先知的歌唱的使命。光明始终都在，先知的歌唱永远传唱在凡俗世界。

格奥尔格在这两组牧歌中所构想的诗人先知—少年诗人—民众的阶梯式结构，是一个现代诗人对人类的一种古老智慧的继承与发扬。上帝没有用直接的手段拯救民众，他派神之子耶稣到人间，耶稣自称牧人，民众是迷途的羔羊，但耶稣不能只靠自己，于是从民众中选出十二使徒，通过他们来传教。格奥尔格的构想，是这一宗教传统的文学化。虽然格奥尔格从 20 岁起就不再信仰天主教，但天主教的礼仪与等级制度已经深入骨髓。也可以反过来看。维吉尔与贺拉斯是心灵知己，格奥尔格塑造的这个德国现代的诗人先知却被一代代少年诗人追随，正透出信徒追随先知这一宗教现象，恰好反证了这个山顶诗人的先知性。这也是自

[①] *Nemeische Ode* IV, 92—94。这首凯歌歌颂摔跤手艾吉纳的蒂马萨肖（Timasarchos von Aigina），梅雷西亚（Melesias）是当时最著名的摔跤大师。品达凯歌中把运动员与诗人类比，对此的分析可参考 Kevin Crotty, *Song and Action. The Victory Odes of Pindar*, Baltimore and London: The Johns Hopkins University Press 1982，具体到这首涅嵋凯歌见第 41 页。

[②] Wolfgang Braungart, *Abgrenzungen, Zäsur, Umkehr*, in: Stefan George und sein Kreis. Ein Handbuch, 3 Bände, hrsg. von Achim Aurnhammer, Wolfgang Braungart, Stefan Breuer und Ute Oelmann, Tübingen: de Gruyter 2012, Bd. 2, S. 505—516, hier S. 511.

启蒙之始《圣经》的文学化对诗人之为先知形象的一大影响。《圣经》里的先知预言未来,还是一个群体的精神领袖,这一范式给诗人之为先知的形象带进了两个新元素:"预言未来以及超凡魅力的(政治)领袖与依赖他追随他的'信徒'之间的等级关系"。[①] 除宗教传统外,苏格拉底在柏拉图的《伊安篇》中提出的磁石比喻,也有助于理解格奥尔格的构想。苏格拉底把诗神比作磁石,诗神先赐予诗人灵感,诵诗人再从诗人得到灵感,最后把它传递给听众,于是,如同磁石吸引铁环,诗人是被吸引的第一个环,诵诗人是中间环,听众是最后一环,诗神与诗人通过诵诗人作用于听众。此外,如格奥尔格的朋友、研究古希腊哲学的E·兰德曼所说,"保存、阐释、传播作品的人"也是诗人与听众之间的中间环。[②] 格奥尔格从这些古老的精神传统获得灵感,同时又以新的生命融入传统之流,滋养与丰富了传统。

格奥尔格塑造的这个诗人先知,其歌唱如太阳代表神圣、美、光明、希望与救赎,不仅让一代代优秀的少年涤除旧习获得新生,开始美的生活,还间接地通过他们激发民众对美的热情与向往,践行了文学的批判、开化与教育作用,这与贺拉斯、维吉尔所开创的诗人先知的使命是一致的。诗人先知的诗学传统不断发展变化,在这一谱系中,格奥尔格塑造的这个德国现代的诗人先知光彩照人。

三、后一组牧歌的第5首与前一组牧歌的前3首:爱与歌

liebe(爱)与 liede(歌)是后一组牧歌的第5首《爱丽娜》中的一对尾韵。这首诗在牧歌组诗的结构里很重要。14首牧歌中,它与前一组牧歌的第3首《预兆日》在形式上完全一样,都是五音步抑扬格,都是10行,这也是前后两组牧歌中唯一一对形式相同的诗。由于《预兆日》与其之前的《纪念日》、《相知日》以相似的标题及相关联的内容而不可分割,这首《爱丽娜》也就与前一组牧歌的前三首诗联系在了一起。这三首诗因其描写与其之后的描写诗人先知的四首诗完全

[①] Werner Frick, *Poeta vates. Versionen eines mythischen Modells in der Lyrik der Moderne*, in: Formaler Mythos. Beiträge zu einer Theorie ästhetischer Formen, hrsg. von Matias Martinez, Paderborn · München · Wien · Zürich: Ferdinand Schöningh 1996, S. 125—162, hier S. 128. Frick 认为 poeta vates 有两个范式:一个是源自神赋论的古希腊罗马范式,其特点是神赐灵感或诗人通神;另一个是圣经范式。(S. 125—127)

[②] Edith Landmnn, *Stefan George und die Griechen. Idee einer neuen Ethik*, hrsg. von Michael Landmann, 2. Auflage, Amsterdam: Castrum Peregrini 1971, S. 129.

不同，一直未被完全理解。liede-liebe 这对尾韵却有助于揭开这三首诗中的关于爱与歌的关系的隐秘主题，从中可以看到格奥尔格对诗人先知与少年诗人之间的关系的思考。

（一）后一组牧歌的第 5 首《爱丽娜》中的非纯韵 liede-liebe

《爱丽娜》是后一组牧歌中描写被抛弃者的三首诗中的第 1 首。与被遴选的少年高兴而快乐的出发相对，爱丽娜孤独地伫立海边想念奥伊里阿卢斯："奥伊里阿卢斯在骑马溜达 / 奥伊里阿卢斯盛装宴饮归来"。这两行诗描写了奥伊里阿卢斯的两个特征。"骑马溜达"的他是一个行动者，与摔跤运动员类似；"盛装"（geschmückt）这个词刚刚用来描写了弦乐歌者，前后比邻的两首诗中的用词相同[①]，暗示奥伊里阿卢斯与弦乐歌者的某种关联，"宴饮"（mahle）令人想起古希腊的以诗乐为中心的欢乐聚会即会饮，更显出与弦乐歌者的类似。这个奥伊里阿卢斯将少年中介的两个特征集于一身，由此可以认为他是他们中的一员。爱丽娜则是爱慕他们的那些孩子中的一个。这首诗的前 4 行描写爱丽娜的歌被人们誉为具有感天动地的效果，如神话中的奥尔弗斯甚至缪斯。（SW 3, S. 121.）但她自己毫不知情。超常的艺术天赋与少女的天真无邪完全符合少年崇拜中对孩子的想象，这样的孩子常常会有一种超常的渴求，也常常会被赋予神圣使命。当童年的记忆慢慢苏醒，她开始渴慕自己的榜样并渴望追随他。可是，他们之间横亘着大海。与《岛的主人》中的描写一样，大海隔开了诗人先知的歌唱所代表的艺术世界与凡俗世界，只有被遴选并得到神之护佑的人，才可能登陆小岛进入艺术世界。爱丽娜伫立海边，思念中渗着淡淡忧虑："他会如何聆听我的新歌？ / 他会如何面对爱的眼波？"这两行诗的原文是：

> Wie mag er sein bei meinem neuen liede?
> Wie ist Eurialus vorm blick der liebe?

14 首牧歌都不是韵诗。这首无韵诗虽以押韵的两个诗行结束，但引人注目的是，它们却是不完全押韵。因为本身有头韵 l，liede 与 liebe 只能是非纯韵，否则

[①] 如何分析一首诗、一组诗或一部诗集中的相同用词，参考 Dieter Burdorf, *Einführung in die Gedichtanalyse*, 2. überarbeitete und aktualisierte Auflage, Stuttgart · Weimar: Metzler 1997, S. 229—232。

就成了同词同韵。① 格奥尔格很讲究诗的韵，从不随便重复使用同一个韵，他说："如果同韵的词之间没有内在关联，韵不过是纯粹的文字游戏。"（SW 17, S. 69.）liede-liebe 之为必然的非纯韵，暗示爱与歌虽然关联，却并非完全和谐一致。那么，爱与歌的关联具体体现在哪里？仔细看这两行诗，可以发现，liede 前有定语 neu，liebe 作为定语与中心词 blick 一体，格奥尔格所说的"内在关联"存在于 neu（es）lied（新歌）与 blick der liebe（爱的眼波）之间。"爱的眼波"表示爱丽娜对奥伊里阿卢斯的爱是对志同道合者的一种灵魂之爱，因为她渴慕他其实是渴慕诗人先知的歌唱，所以她唱给奥伊里阿卢斯的歌是"新歌"，不是受人夸赞的动人歌曲。"新歌"与灵魂之爱才是和谐的。可是，这两行诗的咏叹与疑问语气又暗含了她的疑虑。因为献身诗人先知的歌唱与肩负神圣使命，不是仅凭个人的天赋与愿望可以主动去实现的，而是需要被神遴选，"被召的人多，选上的人少。"（《马太福音》20：16）神的恩宠，暗示了诗人先知对少年诗人的一种神圣之爱。

---

① 格奥尔格也常有意识地使用同词押韵，如诗集《第七个环》的第三组《潮汐》中的一首诗《忧郁的灵魂——你问——为何如此悲伤？》，四个诗节的第 1 行与第 3 行都是同词同韵，第 1 诗节与第 4 诗节如下：

> Trübe seele – so fragtest du – was trägst du trauer?
>   Ist dies für unser grosses glück dein dank?
> Schwache seele – so sagt ich dir – schon ist in trauer
>   Dies glück verkehrt und macht mich sterbens krank.
> [...]
> Leichte seele – so sagt ich dir – was ist dir lieben!
>   Ein schatten kaum von dem was ich dir bot ..
> Dunkle seele – so sagtest du – ich muss dich lieben
>   Ist auch durch dich mein schöner traum nun tot. (SW 6/7, S. 74)

这是一首爱情诗，描写了"我"与"你"的情感，同韵的同词呈现出相爱者的一种我-你的相互关系，但相同的词在不同的诗行与上下文会有不同的含义，犹如相爱的双方对爱会有不尽相同的理解。相爱双方的生命既合一又为二，如歌德所歌颂的银杏叶。对这首爱情诗中的同词同韵的简要分析，可参见 Renate Birkenhauer, *Reimpoetik am Beispiel Stefan Georges. Phonologischer Algorithmus und Reimwörterbuch*, Tübingen: Max Niemeyer 1983, S. 165. 以这首爱情诗为例，《爱丽娜》的最后两行或许也可以用类似的句型与同词同韵来表达爱丽娜与奥伊里阿卢斯的感情，但那样的话，将是完全不同的另一首诗了。这首《爱丽娜》不单是描写爱，爱与歌的关系才是重点。

liede-liebe 这组独特的非纯韵，在这首诗中位于醒目的结尾处，也是 14 首牧歌里的两对有意义的尾韵之一，与《岛的主人》中的 flügel-hügel 一样，这组韵也具有重要意义。爱与歌的关系不仅在这首《爱丽娜》有所暗示与展开，格奥尔格还在前一组牧歌的前三首——《纪念日》、《相知日》、《预兆日》——进行了更深入的描写。

（二）前一组牧歌的第 1 首《纪念日》：世俗情爱与歌互不相容、诗的仪式化

两个女孩在井边（brunnen）汲水时得知她们的未婚夫在同一天死了，未婚夫之死表示世俗情爱的失去，于是，朋友之爱取代了世俗情爱。每年她们都要以一个仪式——到草地上的清泉（quelle）汲水——纪念她们的相遇。泉不同于井，地点不同，蕴含深意。首先，所谓纪念和庆祝，是在日常生活之外举行的一种仪式；其次，泉可能暗示了牧歌创始人达芙尼斯，有传说在他死去的地方，出现了一汪清泉。[①] 泉的这两个含义将仪式与诗连接在了一起。

诗远离凡俗世界。其神圣空间拒绝世俗情爱，只有未婚夫离世后的互生好感的两个女孩才可以进入这个空间。

诗也仪式化。随着开头的呼唤"和我走吧！"，两个女孩到泉边的草地上庆祝七年哀悼期的结束与新关系的开始，读者也跟着被引出日常生活，进入诗的世界。泉于是成了一个边界，两个女孩以及读者通过它从一种状态进入另一种状态，这也是一种通过仪式。格奥尔格的诗的仪式化从来不是抽象的，而是具体的、可感的。[②] 在这首诗里，他用一个地点状语从句对泉作了仔细的描写："我们要去那草地上的泉边 / 在两棵白杨和一棵云杉之间"（Wir wollen an der quelle wo zwei pappeln/Mit einer fichte in den wiesen stehn）。这个描写，既将凡俗世界与诗歌世界隔开，也让两个女孩与读者为即将进入的下一首诗的意境做好准备。要理解这一作用，必须明白，这个描写不是实写，而是吸取了维吉尔的第 7 首牧歌与贺拉斯

[①] SW 3, S. 117. 达芙尼斯传说是赫耳墨斯与西西里水仙女之子，由水仙女抚养长大，成为西西里的一个牧人。他长相俊美，跟牧神潘学吹笛子，后人认为是他发明了牧歌。关于他的死，说法不一。传说他爱上了一个水仙女，一次他被人弄醉，对水仙女不忠，水仙女就把他弄瞎了，瞎了的他滚下一个悬崖，水仙女让他变成了一块石头。（奥维德《变形记》IV. 277—278）另传说赫尔墨斯让他升天了，在他跌落的地方出现了一汪泉水。

[②] Vgl. Wolfgang Braungart, *Ästhetischer Katholizismus. Stefan Georges Rituale der Literatur*, Tübingen: Max Niemeyer 1997.

的《赞歌》卷2第3首的一些因素。

贺拉斯在《赞歌》卷2第3首邀请朋友 Dellius 远离凡俗世界的喧哗，到远方的草地上去享受生活，那里，白杨与云杉伸展枝条搭起了一个怡人的阴凉处。(II, 3.9—10) 同样的树木相似的意境。格奥尔格的地点状语从句也把泉放到一个怡人的空间，两个女孩与读者也远离凡俗进入诗的世界。这首赞歌是格奥尔格上中学时就学过的，他也常在自己的诗中借用或改用贺拉斯的词句，① 此处即为一例。除了与贺拉斯的这一明显的类同（SW 3, S. 117），这首诗与维吉尔的第7首牧歌的开头也很相似。维吉尔描写的是，牧人梅利伯正在干活，却被叫去听两个牧人比赛唱歌，他就停下手中的活，来到一个树荫下，那里，河水"用柔软的芦草将绿岸围绕，/圣洁的榉树上也回响着蜂群的喧嚣"。(7.12—13)② 一个是一组诗的第1首，一个是一首诗的开头，怡人的草地与树荫不仅隔开了凡俗世界与艺术世界，也成了进入艺术世界的入口。在这个简单的描写上，维吉尔、贺拉斯与格奥尔格呈现了相似的诗学观。他们以相似的画面建构了一个神圣的空间，远离辛苦劳作的凡俗世界，只为吟诗作赋、把酒言欢。

维吉尔与贺拉斯的这两首诗都写了男人之间的友谊，区别只在于，牧人以歌为乐，贺拉斯与朋友的聚会却包含一种爱欲因素，③ 但格奥尔格吸取这两首诗的描写并将它们融合在一起，也就将歌与爱融合在同性友谊中。维吉尔与贺拉斯的友谊，千古佳传。贺拉斯把《赞歌》卷1第3首献给维吉尔，称他是"我灵魂的另一半"（I, 3.8），这是一种"爱的隐喻"④，歌与爱在他们的友谊中完美合一。格奥尔格在这首诗中以自己的方式将其融合在一起，既出于他对志同道合、心心相印的这对大诗人的赞赏，也透露出他对这种同性友谊以及歌与爱的完美合一的渴望与追求，这种渴望与追求将引领读者与两个女孩进入下一首诗。

---

① Edith Landmann, *Interpretation eines Gedichtes «Ursprünge» von Stefan George*, in: Trivium V (1947), S. 54—64, hier S. 57.
② 维吉尔《牧歌》，杨宪益译，第30—31页。
③ 贺拉斯对树的描写 (quo pinus ingens albaque populus umbram hospitalem consociare amant ramis?) 中，amant 的含义就是爱。可参考：Q. Horatius Flaccus, *Oden und Epoden*, S. 450, E. A.Schmidt 的注释；David West, *Horace Odes II. Vatis Amici*, Oxford: Clarendon Press 1998, p. 25："贺拉斯用 amant, hospitalem, consociare 把树木拟人化，也暗示它们之间的一种亲密接触。"贺拉斯也把他与 Dellius 的聚会暗示为一种会饮："把美酒香膏给你带到那里，还有即将凋零的玫瑰花"（13—14），而爱自古就是会饮的一个基本因素，如柏拉图在《会饮篇》中的描写。
④ Q. Horatius Flaccus, *Oden und Epoden*, S. 407，这是 E.A.Schmidt 对这句的注释。

(三)前一组牧歌的第 2 首《相知日》：同性诗人的灵魂之爱与歌完美合一，却难以实现

七年哀悼期过去后，两个女孩的友谊进入了相知相悦的新阶段。她们从泉里汲水，水波让她们的水中倒影变得模糊一片你我不分，然而这是在"亲吻"。水中倒影可表示人的自我认识，如《地神的悲伤》中的地神从水中倒影看到了自己的丑陋，《芦苇丛里的对话》中的水精灵从明净的水面知道了自己的美丽与圣洁，这首诗中的水面则映射出两个人的心灵交流："相互试探不露声色·/相知相悦欢乐而宁静。"水中倒影之吻是一种灵魂之吻。相知相悦之后，其中一个女孩被称为塞蕾娜（Serena）。Serena 一是 Serenus 的阴性形式，而 Serenus 的本义是耀眼、明亮，此名字表示两姐妹开始了新的生活，诗的开头两行已对此有所暗示；Serena 又是一种游吟诗，是歌唱恋人傍晚幽会的爱情歌曲，即美的爱之歌，这个命名于是又在歌唱她们的相知相爱。① 这首诗的描写中又依稀可见维吉尔与贺拉斯的影子。

在维吉尔牧歌中，爱是牧人吟唱的重要主题，如第 2 首牧歌是牧人柯瑞东吟唱他对一个少年的单相思，第 3 首的两个牧人在赛歌中歌唱各自的爱人，第 8 首由一个失恋牧人的悲歌与一个失恋牧女的魔法歌组成，世俗情爱既甜蜜又让人痛苦。第 10 首写诗人兼朋友伽鲁斯，却有些特别。伽鲁斯爱恋吕柯梨丝，她却跟别人走了。维吉尔在诗中叙说伽鲁斯的"爱恋和忧愁"（10.6），最后，他直接表达了自己对伽鲁斯的爱："女神们啊，我们要尽力来帮伽鲁斯的忙，/我对他的爱情是这样每个时辰都在增长，/就像那青藿在初春天气那样生长一样。"（10.72—74）这段的拉丁文是：Pierides: vos haec facietis maxima Gallo,/Gallo, cuius amor tantum mihi crescit in horas, / quantum vere novo viridis se subicit alnus。维吉尔一连用了两个 Gallo，暗示了他对伽鲁斯的深情厚爱，接着就称他对伽鲁斯的感情是 amor，这个词原用于伽鲁斯与吕柯梨丝。很显然，维吉尔是用两个诗人之间的爱对比恋人之间的爱。女友远走高飞，失恋的伽鲁斯形容枯槁，如"那高高榆树枝叶晒得干枯"（10.67）②，维吉尔对他的爱却如春天的青藿郁郁葱葱，仅相隔六行

---

① Serena 的两个含义见 *Meyers enzyklopädisches Lexikon in 25 Bänden*, Bd. 21(1977), S. 605。游吟诗 Serena 歌唱恋人傍晚的幽会，与之相对的另一种游吟诗 Alba 歌唱恋人清晨的分离。在"三书"之二中，格奥尔格写了一首 Alba《破晓歌》，可见他对这类游吟诗是很熟悉的，由此猜想他在这首牧歌里把一个女孩取名为 Serena 应该也是有意为之。
② 本段三处译文见维吉尔《牧歌》，杨宪益译，第 44、47—48、47 页。

的这两个比喻，明显又是对比。同性诗人之爱不仅取代了异性恋人之爱，还具有创造力与勃勃生机，既让维吉尔创作了这首牧歌，又能让伽鲁斯枯萎的生命焕发新生。①

对照一下，格奥尔格在第1、2首牧歌中的描写与之多么相似：未婚夫去世，取而代之的是两个女孩的相知相爱，随之诞生了美的爱之歌，冬天的白霜满地也变成了春天的绿意盎然。但格奥尔格特别强调了同性间的这种灵魂之爱的超凡脱俗：先以未婚夫离世这一决绝的姿态为前提，再以新名字与两姐妹寄托希望的星座为特征。在后一点上，格奥尔格可能受到了贺拉斯的《赞歌》卷2第17首的一些启发。

贺拉斯的这首赞歌是献给迈克纳斯（Maecenas）的。迈克纳斯是奥古斯都的文化干将，也是贺拉斯的心灵知己。约公元前39年，贺拉斯的作品引起了当时已经成名的维吉尔的注意，两人成为朋友，公元前38年，维吉尔把他举荐给迈克纳斯，贺拉斯遂进入迈克纳斯圈子，终生受其庇护。该诗大概写于公元前30年，迈克纳斯一次大病之后。与他在《赞歌》卷1第3首称维吉尔为"我灵魂的另一半"（animae dimidium meae, I, 3. 8）类似，贺拉斯把迈克纳斯称为"我生命的另一半"（meae partem animae, II, 17. 5），令人感动的是，他把他们的情投意合归于他俩出生时星相的和谐（consentit astrum, II, 17. 22），因为天生注定两人心心相印、息息相通，一个有难，另一个必有感应，贺拉斯说："誓言不毁。/ 我将去，一旦 / 你先去，最后的路 / 我会陪你走。"（II, 17. 9—12）迈克纳斯在公元前8年去世，57天后，贺拉斯离世，安葬在迈克纳斯的墓旁。星相学认为一个人出生时的星相决定了其性格、气质与追求，歌德的自传《诗与真》以描写他出生时的吉祥的星相为开始，贺拉斯从星相的和谐去想象心灵知己，不是迷信，而是对心灵知己最完美的想象："出生时星相的和谐，不仅令人信服地隐喻了友谊中的同一与差异的辩证关系，这是与另一个他者对话的前提，在某种程度上，星相的和谐还是命中注定的情投意合与志同道合的一种自然哲学的基础。心灵息息相通建立在自然界的感

---

① 对维吉尔在第10首牧歌中所描写的两类感情，E. A. Schmidt 认为，情欲不知餍足，友情却是适度的，让人满足。(Ernst A. Schmidt, *Bukolische Leidenschaft oder Über antike Hirtenpoesie*, Frankfurt am Main · Bern · New York: Peter Lang Verlag 1987, S. 169f.)；M. v. Albrecht 的观点与此类似，认为"友谊的美德与情欲的激情相对"，维吉尔的描写是"从激情到伦理道德"。(Vergil, *Bucolia. Hirtengedichte*, Studienausgabe, S. 220.) 这种社会学的解读，与本文的诗学解读没有可比性，但不可否认的是，友爱（两个诗人的灵魂之爱）取代了世俗情爱。

应之上。"①

但在格奥尔格的笔下，两个女孩的相知相爱不是天生的，而是后天形成的，新取的名字象征了她们的新生。虽然只有一个新名字，但由于她们相互使对方获得新生，或者说，新生的她们已合为一体，如她们的水中倒影随水波渗透融合为一，一个新名字代表她们两个。②这可与贺拉斯称心灵知己是"生命的另一半"、"灵魂的另一半"相媲美。她们拥有同一个新名字Serena，而Serena又表示美的爱之歌，她们都成了诗人，诗人之间的相知相爱是美的爱之歌，灵魂之爱与歌完美合一。但这还不够，她们还把目光投向星空："还希望从那边闪烁的星河·/ 天鹅或天琴·获得美的奇迹。"这是诗的最后两行，原文是：Dass wir noch von den flimmernden fluren droben · / Schwan oder Leier · das schöne wunder erhofften。这首诗的基本格律是五音步扬抑抑格，在这两行中，偏离这个基本格律的位置在noch, droben, wunder，这三个词就被赋予了比较重要的意义。小品词noch（还）与副词droben（那边）强调了另一维度的出现。格奥尔格此时的创意丝毫也不逊色于贺拉斯。两姐妹的灵魂之爱不是源于她们出生时的星相的和谐，而是她们新生时的同一个星相，格奥尔格将她们新生的星相确定为天鹅或天琴。这是北方的第9、10个星座，天鹅星座与爱神阿芙洛狄特有关，也与诗有关，天鹅常象征诗人，天琴星座与奥尔弗斯和阿波罗的七弦琴即与诗有关。（SW 3, S. 117）天鹅星座的含义是爱与歌，与获得新生的两姐妹的亲密关系的本质一致，作为她们新生时的星相很适合，但格奥尔格还是将天琴星座作为备选。用"天鹅或天琴"这一表达，格奥尔格似乎有意在回应贺拉斯所说的星相的和谐。心灵知己源于两人出生时的星相的和谐，但无论怎样息息相通，还是两个人；两人因爱获得新生，却宛若一人。贺拉斯对心灵知己的想象有自然哲学的基础，当古典的那种心灵知己在现代社会已成广陵散绝，格奥尔格构想了精神新生后的一种理想状态；但因为过于理想化，同性诗人的这种灵魂之爱就显得超乎寻常，成了"美的奇迹"。越是例外，越是完美，越难以实现。在接着的《预兆日》中，美的灵魂之爱被一种神圣爱欲取代。

---

① Ernst A. Schmidt, *Horaz und die Erneuerung der deutschen Lyrik im 18. Jahrhundert*, in: Ders., Zeit und Dichtung. Dichtung des Horaz, Heidelberg: Winter 2002, S. 380—428, hier S. 393.
② 在这首诗及前后的第1、3首中，两个女孩没有具体的名字，只有"我们""你""我""妹妹"这些称呼，说话人的身份是模糊的，"妹妹！从此我叫你塞蕾娜"可以是她们中的任何一个说的，她们都可能是Serena。

（四）前一组牧歌的第 3 首《预兆日》：神圣爱欲通向诗人先知的歌唱

这首诗与《爱丽娜》的形式完全一样，内容也有关联。爱丽娜不能确定能否实现灵魂之爱与歌的完美合一，意识到只有被遴选者才能献身诗人先知的歌唱；对这两姐妹，灵魂之爱与歌的完美合一是她们渴望的"美的奇迹"。无论是爱丽娜的疑惑还是两姐妹的渴望，似乎都在暗示"美的奇迹"很难变成现实。塞蕾娜此时频频向西边的葡萄藤张望，似乎有一个"秘密"要将她带走，一种神圣之爱将引她接受诗人先知的歌唱的洗礼。神圣之爱将取代灵魂之爱，神圣的爱之歌将取代美的爱之歌。

"西边"常被理解为法国，因为"法国曾在一个时刻使格奥尔格离开了他的家乡"。① 格奥尔格后来确实在两首诗中以"西边"指代法国。② 从 1889 年 4 月格奥尔格第一次去巴黎到 1892 年底，巴黎一直是他的快乐之都，他的早期创作确实受到法国象征主义诗人的一些影响，如前一组牧歌中的《地神的悲伤》、《芦苇丛里的对话》、《岛的主人》的一些主题与意象也曾见于法国象征主义诗歌中：被拒绝的地神也是波德莱尔在《信天翁》描写的被诅咒的诗人（poète maudit），格奥尔格翻译过这首诗；孤芳自赏的水精灵如纳尔西斯，而这个神话人物是象征主义文学里最常见的主题之一，瓦雷里早年写过《水仙恋语》，后来在《纳尔西斯片段》之一与之二中用纳尔西斯象征追求纯诗的诗人；远离人世的小岛是马拉美在《海风》里追求的艺术王国，他在另一首名诗《为戴泽特所赋短章》中也创造了一个天堂小岛，格奥尔格翻译抄写过这两首诗。③ 影响可能存在，重要的却是为我所用。这三首诗中的地神、水精灵、大鸟与凡俗世界互不相容，类似自称被诅咒的法国

---

① Claude David, *Stefan George*, München: Carl Hanser Verlag 1967, S. 119.
② 一处出自诗集《第七个环》的第一组《时事诗》中的《法兰克人》："从西边有童话召唤在邀请"（SW 6/7, S. 18），这首诗写了法国诗人维利尔斯（Villers）、魏尔伦与马拉美；另一处是同部诗集的第七组诗中的《科隆的圣母像》："当我从西边来，目光忧伤"（SW6/7, S. 176），此处的"西边"指法国或比利时，格奥尔格在 1890 年代早期常去那里，因为德国让他难以忍受。（SW 6/7, S. 231）
③ 格奥尔格翻译过《海风》，发表在《艺术之页》I, 2（1892 年 12 月），他抄写过《为戴泽特所赋短章》（Prose pour des Esseintes）。大约在 1890 年前后，格奥尔格抄写过许多外国诗人的作品，留存下来的有 365 页，法国诗人居多，也有英国作家如 John Ruskin，英国诗人 Algernon Charles Swinburne 等。在他所抄写的马拉美的 15 首诗歌中，《为戴泽特所赋短章》排在首位。（见 Robert Boehringer, *Mein Bild von Stefan George*, 2. ergänzte Auflage, Düsseldorf und München: Helmut Küpper vormals Georg Bondi 1967, S. 212.）

象征主义诗人,但它们都是诗人先知的化身,而诗人先知的歌唱必须作用于凡俗世界,这又不同于法国象征主义诗人,法国象征主义诗人在十九世纪末逐渐走进艺术象牙塔,故意忽略对社会的批判性介入。相似的主题与意象,在格奥尔格笔下,则是为了呈现诗人先知实践其先知使命的艰难。在接着的赞歌组诗里,当他从古希腊罗马转向自己生活的时代,思索自己的使命时,他对自己所要创作的新诗的构想也不同于法国象征主义。

从这组牧歌的内在结构来看,女孩向西边葡萄藤的张望,其实指向了后一首《牧人的一日》。这两首诗的标题共有的词 tag(日)暗示了它们的关联,此外,塞蕾娜在傍晚时分向西边张望,牧人登上山顶成为诗人先知正是在傍晚。太阳西下时,却有诗人先知的歌唱升腾起美与光明。与那些出发的少年一样,塞蕾娜被诗人先知的歌唱吸引,将接受它的洗礼。这也是一种通过仪式。葡萄藤隔开了塞蕾娜与诗人先知,塞蕾娜通过这个边界才能进入诗人先知的歌唱世界,葡萄藤中的"秘密"预示了塞蕾娜的洗礼仪式。

葡萄藤是酒神狄奥尼索斯的标志与代表,可以象征生命、迷醉等,在格奥尔格的一首诗中被称为"神圣的"。(SW 6/7, S. 116)葡萄藤中的"秘密"于是可能类似斐德若、苏格拉底、阿尔喀比亚德等人在柏拉图的《会饮篇》里歌颂的男人对少年的一种教育的爱,它不仅能培养少年的美德、提高少年的修养,还能升华另一方的灵魂,而一个人的灵魂被爱欲不断提升,最终会看到纯然的美本身。那种教育的爱被古希腊人认为是教育和培养少年的重要方式。《神秘牺牲》中描写那些被遴选少年接受诗人先知的歌唱的洗礼,所有的表达如"闪耀的力量""噬人的痛苦""狂热的陶醉""永恒的渴望"都形象呈现了一种"狄奥尼索斯的迷狂"。[①] 写作牧歌组诗的格奥尔格不一定了解柏拉图,但他可以自己体验情欲之美与爱的迷狂。1888 年 8/9 月,刚过 20 岁生日的他在一封信中写到:"你想想看,人们总是偏爱灵魂……我**首先**想到的是身体……**单单**身体的美就能让你发狂……"[②] 格奥尔格迷醉的不是肉体,而是"身体的美",这已经预示了情欲的升华,与柏拉图的爱欲理论不谋而合。爱是人的最本质的一种情感,爱是生命最本质的一种表现,爱是生命的体验与感悟,无需理论的说教。少年

---

① Claude David, *Stefan George*, S. 128。贡多尔夫把这首《神秘牺牲》称为"狄奥尼索斯的死亡狂欢"。(Friedrich Gundolf, *George*, Berlin: Georg Bondi 1930, S. 103.)
② 出自格奥尔格在 1888 年 8/9 月写给中学同学 C·鲁格的一封信,转引自 Robert Boehringer, *Mein Bild von Stefan George*, S. 27,黑体字在原文中也是特殊字体。

在狄奥尼索斯的迷狂中接受诗人先知的洗礼，被称为"神秘牺牲"。"神秘牺牲"（Geheimopfer）之"神秘"（geheim）恰好与葡萄藤的"秘密"（geheimnis）相吻合，由此大概可以解开葡萄藤中的"秘密"：神圣爱欲通向诗人先知的歌唱，与那些少年一样，塞蕾娜在神圣爱欲中接受洗礼，成为诗人先知的追随者，从这一吻合，反过来又可以理解诗人先知与少年之间存在着一种神圣的爱欲关系。此外，在前一首《相知日》中也出现了"秘密"（geheimnis）一词，两姐妹心灵深处的"秘密"是灵魂之爱与歌的完美合一。同一个词作为关键词出现在一前一后的两首诗里，对于用词讲究的格奥尔格，不是巧合，这又印证了葡萄藤中的"秘密"确实关乎爱与歌。在"三书"中，geheim、Geheimnis 只出现在这里所说的三处，也未见与其同词根的 geheimnisvoll、insgeheim，[①] 更证明格奥尔格确实用心良苦。这三处的含义相互映衬，可以一起解开格奥尔格的爱与歌的"秘密"。

（五）小结：三种爱与歌的关系

《纪念日》、《相知日》、《预兆日》描写了两个女孩的故事，从同病相怜到相知相爱到分手，表达的是三种爱与歌的关系。

世俗情爱与歌互不相容，是格奥尔格不断描写的一个主题。他在 15 岁写作长篇叙事诗《因德拉王子》，讲述王子受到一个女人的蛊惑而自感不纯洁，不再能胜任王位，最后在一个男孩的友谊与歌中走出困境；中学习作《学步》组诗描写了死亡之吻，一个花精灵爱恋山谷的一朵杜鹃花而奋不顾身地冲下山去，"下落中如痴如醉地／将花紧贴他的嘴唇。"（SW 1, S. 30）还有伊卡洛斯命丧太阳之吻（SW 1, S. 41）；1889 年写作的《醒悟》与《立夏》又描写了灵与肉的冲突；在 1890 年出版的诗集《颂歌》中，第 2 首《在公园里》与第 15 首《谈话》描写诗人要献身事业，就必须舍弃世俗情爱的欢悦。到了这首《纪念日》，舍弃与禁欲干脆以未婚夫离世来表示，以这种决绝的姿态，抽象的灵魂之爱才有可能。

同性诗人的灵魂之爱与歌完美合一，却难以实现，为了形象地呈现这一"美的奇迹"，格奥尔格在《相知日》中描写了两个女孩倒影在水波里"亲吻"的身影。水中倒影随水波相遇、渗透、融合，被称为 küssen（吻）。吻是爱的象征，这个画面于是象征了两颗心的交融与相爱。但还有更深的含义。它所描写的"平等的

[①] Claus Victor Bock, *Wort-Konkordanz zur Dichtung Stefan Georges*, Amsterdam: Castrum Peregrini 1964, S. 203.

相互关系恰恰是爱之吻的例外。因为，正如语言惯用法所表示的，吻暗示了一种上下关系：人给予吻或接受吻，一个人给予，另一个人接受、回应或拒绝接受与回应，在任何情况下，吻都象征了等级关系、权力关系、社会地位。"[1] 吻的本质是不平等的、依赖性的，《相知日》所描写的平等的灵魂之爱只是例外，灵魂之爱与歌的完美合一也就成了"美的奇迹"，令人向往却难以实现。这也印证了爱丽娜的疑虑。

《预兆日》中的描写，正与吻的这一本质相吻合，塞蕾娜向西边遥望山顶的诗人先知，他们是上与下的关系；她将接受诗人先知的歌唱的洗礼，他们之间是一种教育的爱欲关系。不平等的依赖性的爱欲关系取代平等的灵魂之爱。由此可以想象，作为诗人先知的追随者与传递其歌唱的中介，少年诗人虽然是一个群体，是"我们"，但主宰他们的不是他们之间的友爱，而是诗人先知对他们的一种神圣的教育的爱。这也是爱丽娜的朦胧预感。

同性诗人之间的灵魂之爱与诗人先知对少年的神圣爱欲，都是"秘密"。其实，灵魂之爱与歌完美合一，并不真的是秘密。古往今来的诗人都歌颂心灵知己。维吉尔歌颂他对诗人伽鲁斯的充满创造力的爱，而恋人之间的爱只会让人忧愁；贺拉斯在《赞歌》卷1第6首中描写爱的美丽与狂暴，把恋爱中的人描写为巨浪中的海难者，但他与维吉尔、迈克纳斯却志同道合、心心相印。这种友谊被德国现代社会学家G·西美尔称为是"建立在各种个人人格的整个广度上"，是"整个的人与整个的人结合在一起"，因而是"一种绝对的心灵的知己"。[2] 西美尔是在分析现代社会中个人的隐私与秘密时把这种古典的心灵知己作为参照的。然而，随着社会的分化与个人的个体化，这种心心相印、息息相通的心灵知己变得越来越困难："也许，现代的人有太多的东西需要隐藏，不能拥有古代意义的心灵知己，也许，除了年幼无知的童年时代，各种个人人格太个体化了，导致不能完全地相互理解与相互接纳，而理解与接纳总是包含许多对对方的预见与建设性的想象。"[3] 格奥尔格对此深有体会。他在1892年1月

---

[1] Ernst Osterkamp, *Die Küsse des Dichters. Versuch über ein Motiv im ‚Siebenteng Ring*, in: Stefan George. 'Werk und Wirkung seit dem ‚Siebenten Ring'，hrsg. von Wolfgang Braungart, Ute Oelmann und Bernhard Böschenstein,Tübingen:Max Niemeyer 2001, S. 69—86, hier S.72.

[2] Georg Simmel, *Soziologie. Untersuchung über die Formen der Vergesellschaftung*, 4. Auflage, Berlin: Duncker & Humblot 1958, S. 268f. 此处译文引自：盖奥尔格·西美尔《社会学——关于社会化形式的研究》，林荣远译，北京：华夏出版社2004年，第255、256页。

[3] Georg Simmel, *Soziologie*, S. 269.

9日交给霍夫曼斯塔尔的信中说:"在我们这个时代,大的精神联盟已经不可能了,每个人都已进入一个生活圈子,依附于它,再也不会离开,只有一些小变革与增补还是允许的。"[1] 那时,他正处在巨大的精神危机中,"在孤独的悬崖上颤抖"[2],称霍夫曼斯塔尔是"孪生兄弟"(Zwillingsbruder)。[3] 贺拉斯将心灵知己归于出生时的星相的和谐,那么,几乎同时出生的孪生兄弟就是绝对的心灵知己:"孪生兄弟对各自的心灵世界与诞生自心灵世界的诗歌会有一致的理解。"[4] 孤独的格奥尔格渴望一个心灵知己,霍夫曼斯塔尔却拒绝了他。格奥尔格以自身血淋淋的经历深深体验了古代的友谊在现代社会中的破灭,不过,与此同时,他身边出现的几个年轻朋友如 P·热拉尔迪、E·拉森福斯对他的崇拜与依赖[5],让他感到了另一种关系的可能。他想象的神圣之爱倒真的是一个秘密,因为只有少数受宠的幸运儿才能体验到。

在这三首牧歌里,格奥尔格呈现了对世俗情爱的弃绝,描写了灵魂之爱与歌的完美合一,想象了一种教育的爱欲可以取代同性诗人之间的乌托邦的灵魂之爱,这都是由他的追求决定的。诗是他的女神,一切都为了诗。他对这三种爱与歌的关系的态度,也体现在这三首诗的形式上。

第1、3首都是五音步抑扬格,整首诗没有一处偏移这个基本格律,这种谨严似在暗示格奥尔格的果断与自信。第1首以未婚夫离世这一决绝的姿态作为朋友之爱的前提,而整首诗完全遵守一个格律,也很毅然决然;在第3首中,

---

[1] *Briefwechsel zwischen George und Hofmannsthal*, 2. ergänzte Auflage, S. 13.
[2] 这是格奥尔格 1892 年 1 月 16 日写给霍夫曼斯塔尔父亲的信中的自我描述,转引自 *Briefwechsel zwischen George und Hofmannsthal*, 2. ergänzte Auflage, S. 242.
[3] *Briefwechsel zwischen George und Hofmannsthal*, 2. ergänzte Auflage, S. 13.
[4] Kai Kauffmann, *Das Leben Stefan Georges. Biographische Skizze*, in: Stefan George und sein Kreis. Ein Handbuch, Bd. 1, S. 7—97, hier S. 23.
[5] 比利时诗人热拉尔迪(Paul Gérardy 1870—1933)与格奥尔格相识于 1892 年 5 月。霍夫曼斯塔尔拒绝格奥尔格,格奥尔格就用热拉尔迪来填补空缺。热拉尔迪的才华远不及霍氏,为了回报格奥尔格的知遇之恩,热拉尔迪不仅在自己的杂志和其他法语杂志上不遗余力地为格奥尔格做宣传,更是一心扑在格奥尔格创办的刊物《艺术之页》上,从刊物创办之初到 1904 年第 7 期,他都是最积极的撰稿人。在格奥尔格尚无大名之时,他是他的第一个崇拜者与信徒,他歌颂格奥尔格的一首十四行诗为后来格奥尔格弟子的颂歌开了先河。拉森福斯(Edmond Rassenfosse 1874—1947)是格奥尔格在 1892 年 7 月认识的一位比利时朋友,曾受到格奥尔格的特别关爱,卡劳夫在一本格奥尔格的传记中把他们之间的感情称为"同性爱的关系"。(Thomas Karlauf, *Stefan George. Die Entdeckung des Charisma*, München: Karl Blessing Verlag 2007, S. 154.)

教育的爱是格奥尔格的想象，而诗人的想象常常具有一种预见性，整首诗完全遵守一个格律，表示他相信自己的想象与预感。不平等的依赖性的关系取代心灵知己，他早就在1890年出版的第1部诗集《颂歌》中的《新王国的爱餐》（SW 2, S. 16, 17）描写过了。这个标题下并列两首诗，前一首描写"我们"共同在祈祷与玄想中感受女神的降临，后一首描写陷入迷狂的豪斯波达尔（斯拉夫人对王公、贵族的称呼）说出预言，"我们"倾听。从成员平等的新王国到等级制的新王国，这一变化与第3首的描写类似，等级制新王国的国王也是一个诗人先知。诗人格奥尔格先知先觉。随着1900年出版的诗集《生命之毯》中的"天使"与1907年出版的诗集《第七个环》中的上帝"马克西米"的出现，格奥尔格成为大师与先知，格奥尔格圈子正式成为大师与弟子、先知与信徒的等级制的共同体，主宰格奥尔格圈子成员的不是他们之间的友爱，而是格奥尔格对他们的一种教育的爱，体现了格奥尔格对柏拉图与古希腊的教育模式的继承。第3首的诗行全是阳性结尾，更显出塞蕾娜离去的必然以及未来命运的不可抗拒，第1首的诗行既有阳性结尾也有柔和的阴性结尾，表达了两个女孩同病相怜的一种温情。

第2首《相知日》是五音步扬抑抑格，十行诗中只有三行完全遵守这个基本格律，倒数第2行有两处偏移这个格律，其余六行都有一处偏离这个格律。这首诗的格律如下，下划线标示偏移基本格律的地方：

Mit überraschung als ob wir lande beträten	X x x X x x X x X x x X x
Die wir im reif nur erblickt und die jezt vor uns grünen	X x x X x x X x x X x
Schauten wir uns die welk und betrübt wir uns glaubten	X x x X x x X x x X x x
Über der welle wo unsre gestalten sich küssten:	X x x X x x X x x X x
Jedes im andern erst forschend und an sich haltend ·	X x x X x x X x X x x X x
Sichrer allmählich in hoher und heiterer stille.	X x x X x x X x x X x
Schwester! von damals an hiessest du mir Serena	X x x X x x X x x X x X x
Und wir gestanden uns unser tiefstes geheimnis:	X x x X x x X x x X x x
Dass wir noch von den flimmernden fluren droben ·	X x X x x X x x X x X x
Schwan oder Leier · das schöne wunder erhofften.	X x x X x x X x X x x X x

这些偏移都暗含意义。如第1行的 lande，它作为 Land（田地、原野等）的不

常见的复数形式，本身就显得富有诗意与高贵，[1] 它还引导第 2 行，所以被突出强调；第 3 行的 welk（枯萎憔悴）可以反衬两个女孩相知相爱后容光焕发；第 5 行的 forschend（试探），暗示了女孩的一种矜持；第 7 行的 Serena（塞蕾娜）与最后一行的 wunder（奇迹），是这首诗的两个关键词；第 8 行的 tiefstes（最深的），强调"秘密"既是两个女孩心灵深处的秘密，也是最隐秘的秘密；倒数第 2 行被突出的 noch 与 droben 在上文已经分析过了，是从另一个维度（星座）再次呈现灵魂之爱与歌的完美合一。为了细腻生动地表达自己的感情与思想，诗人常常会在一首诗中比较自由地运用所选择的基本格律。格奥尔格如此用心地组织这首诗，是为了完美地呈现同性诗人的灵魂之爱这一"美的奇迹"；而各个突出强调的地方，让这首诗蕴含了丰富的情感，格奥尔格也是充满感情地在描写这一"美的奇迹"。越美丽，越难以实现，越渴望。

（六）为何是女性？

维吉尔与贺拉斯歌颂的心灵知己都是男性，格奥尔格却描写了两个女孩的相知相爱，这一创新显得很特别，值得关注。

就《相知日》中的描写来看，水中倒影的渗透、融合与亲吻，确实显出一种女性的柔美；其次，格奥尔格在"三书"序言中称"三书"是诗人的"心灵"暂时逃离现实而沉醉于古希腊罗马等古老文化的一次表达，而德语的"心灵"（Seele）一词是阴性，用女性来代表心灵也是合适的。但另一方面，阴性的心灵"或许很适合于男扮女装"。[2] 也就是说，格奥尔格在这三首诗中描写两个女孩，可能也是一种掩饰。对比格奥尔格的好友、荷兰诗人 A·费尔韦（Albert Verwey）的一首十四行诗，会有所启发。

"三书"出版前夕，格奥尔格在给费尔韦的一封信中告诉对方，他翻译了他的十四行组诗《有一种爱，叫友谊》（VAN DE LIEFDE DIE VRIENDSCHAP HEET）中的两首。随后《艺术之页》III, 3（1896 年 8 月）发表了他译自这组诗的四首，在其中的组诗之七中，费尔韦把一种友爱描写为两个火苗的融合，后三节据格奥尔格的翻译如下："我把我的心献给你／让它在你的激情里消融／温柔地渴念没有大的苦痛／高兴这样的爱这样的合二为一·// 如两个火苗在暗夜里嬉戏／一个寻找

---

[1] [Art.] *Land*, in: Grimm, Deutsches Wörterbuch, Bd. 12, Sp. 91.
[2] Marita Keilson-Lauritz, *Von der Liebe die Freundschaft heißt. Zur Homoerotik im Werk Stefan Georges*, Berlin: Verlag Rosa Winkel 1987, S. 71.

另一个消散 / 闪烁在另一个的光芒中·// 直到两个完全在空气中 / 融合摇曳——然后一直到清晨 / 一个大的火焰静静闪耀不已。"（SW 15, S. 70）格奥尔格的翻译与他自己在《相知日》中对水中倒影的描写何其相似：先是不安地，水中倒影互相试探（forschend），一个火苗寻找另一个（suchend）；融为一体后，水中倒影"欢乐而宁静"（in hoher und heiterer stille），火焰静静地闪耀（in stiller pracht）。水与火是阴阳两极。水中倒影的亲吻是柔美的，两个火苗的嬉戏、拥抱与交融却激情四溢，那是爱欲的火焰。费尔韦在组诗标题中掩人耳目，把这种男性之间的爱欲称为友谊，这首诗的爱欲的语言如男性诗人之间的一种语言的爱欲；格奥尔格在那封信里却把标题翻译为《有一种友谊，叫爱》（Von der freundschaft die Liebe heisst），他不仅颠倒了两个关键词的顺序，暴露了费尔韦掩饰的秘密，还特别强调了 Liebe，首个字母大写的这个词让这种男同性诗人的爱欲显得神圣。当他的翻译随后在《艺术之页》发表以及最后收入《格奥尔格全集》时，他把组诗标题改了过来，符合费尔韦的原标题。这就表示：男同性诗人之爱的秘密只在私下与最亲近的朋友方可吐露，公开场合必须掩人耳目。格奥尔格描写两个女孩，也可以看成是他的一种障眼法，他隐藏了男同性诗人之爱的秘密，诗人先知与少年的神圣爱欲的秘密也一同被他隐藏了起来。

四、14 首牧歌的内在结构

最后，简要总结一下 14 首牧歌的内在结构。格奥尔格精心编排每部诗集，尤其是在一部诗集再版时增补诗歌，体现了强烈的结构意识。

第 3 首《预兆日》在 1895 年出版的"三书"初版中是没有的，《相知日》与《牧人的一日》之间是以空白页隔开。后来，格奥尔格创作了这首诗，把它编入 1899 年公开发行的"三书"版本中，用它取代了空白页。从前后两组牧歌的结构来看，这首诗很重要。首先，它与前两首《纪念日》《相知日》构成了一个完整的小单元，这三首诗的标题都是复合词，都含有 tag：Jahrestag, Erkenntag, Loostag，三首诗描写了两个女孩的相识、相知与分离；其次，塞蕾娜向西边葡萄藤的张望指向了后一首《牧人的一日》，这个标题里也含有 tag，《预兆日》中葡萄藤象征的神圣爱欲提升她的灵魂，去追随山顶诗人的歌唱，山顶与平原隐喻了诗人先知与少年的一种垂直关系的神圣爱欲，这样一来，前一组的 7 首牧歌的内在结构也完整了；最后，《预兆日》的形式与后一组牧歌的第 5 首《爱丽娜》的形式完全一样，两首诗于是前后呼应，《爱丽娜》中爱丽娜的忧伤暗示了一种取代灵魂之爱的神圣之爱，《预兆日》中塞蕾娜的渴望预示了一种取代灵魂之爱的神圣之爱。14首牧歌的结构图示如下：

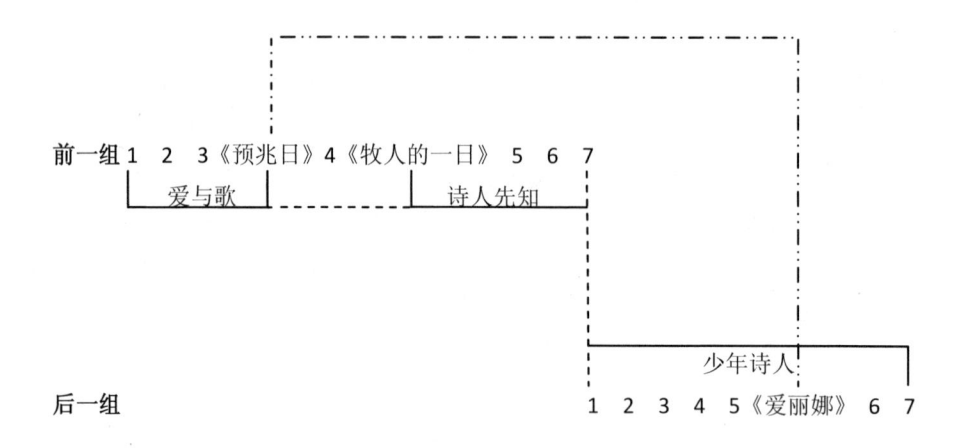

```
前一组  1  2  3《预兆日》4《牧人的一日》5  6  7
          └──爱与歌──┘         └──诗人先知──┘

                                      └────少年诗人────┘
后一组                            1  2  3  4  5《爱丽娜》6  7
```

前一组牧歌的后4首描写诗人先知的圣礼及其通过中介聚合到凡俗世界的方式，第7首所描写的大鸟之死及其生命的转化以及登陆小岛的人皆指向了后一组牧歌。后一组牧歌的第1首延续登陆小岛的人离开凡俗世界的主题，开始描写少年接受诗人先知的歌唱的洗礼、完成其作为中介的使命。从第1首的少年出发到第7首的昔日英雄归来，后一组牧歌的7首诗构成了一个生生不息的循环。前一组牧歌的后4首与后一组牧歌紧密相连，诗人先知会死，但少年诗人代代更替，诗人先知的歌唱仍将代代承传。诗人先知与少年诗人之间的爱欲关系则由《爱丽娜》与《预兆日》之间的关联而被呈现出来。

诗的世界是神圣的，14首牧歌之首的《纪念日》引领读者离开凡俗世界进入诗的世界，是诗的一种仪式化。诗的仪式化是格奥尔格诗歌中的一个重要结构。此外，格奥尔格的心灵沉醉于古希腊罗马世界创作的这组牧歌，不难看到他对维吉尔牧歌与贺拉斯赞歌的熟稔与吸收。格奥尔格对古希腊罗马文化的接受一直是格奥尔格研究的一大重点。

格奥尔格的诗集或组诗，内在结构巧妙又有形式感，而内容与结构密切相关，当内在结构逐渐清晰可见，诗集或组诗的丰富意义也就容易被挖掘出来。

牧歌组诗十四首

■文／斯特凡·格奥尔格
译／杨宏芹

纪念日

哦妹妹拿上你的灰陶罐·
和我走吧！你不会忘记
这已是我们虔诚的惯例。
自从七年前的今天我们
在井边汲水攀谈时得知：
我们的未婚夫在同一天离世。
我们要去那草地上的泉边
在两棵白杨和一棵云杉之间
用灰色的陶罐从井里汲水。

相知日

好惊讶我们仿佛进入重重田野
曾经的满地白霜转眼绿意一片
谁说我们憔悴而悲伤

看水波里身影在亲吻：
相互试探不露声色，
相知相悦欢乐而宁静。
妹妹！从此我叫你塞蕾娜
我们互诉心灵深处的秘密：
还希望从那边闪烁的星河，
天鹅或天琴，获得美的奇迹。

预兆日

我们喜欢在柔和的傍晚
亲密徘徊在一条小道
倾诉我们的家世，
相互鼓励与安慰。
现在你第一次让我痛苦
痛彻心扉——妹妹——我发现
你朝着西边爬满葡萄藤的樊篱
不时张望心有窃喜你没有
在倾听我！哦一个秘密就要
从这片葡萄藤逼近把你带走！

牧人的一日

羊群从冬天的营地跑出来。
年轻的守护人在漫长寒冬后
又踏上了河流闪亮的平原，
兴奋复苏的农田对他欢呼，
唱着欢歌的原野对他欢呼，
可他只是微笑满怀新的预感
走在春天的小路上。
他凭着手中的木棍越过浅滩
到达对岸水流冲刷卵石

水面闪闪金光使他高兴
还有多彩多样的小贝壳
向他预示着幸福。
他再也听不见羊儿咩咩叫
漫步进入森林和阴凉的山谷·
山崖间溪水飞流直下
山崖上青苔滴答淌水
山毛榉黑根裸露枝繁叶茂。
浓密的树梢下阴森寂静
他睡着了太阳还在高空
鱼儿水中跳跃银鳞闪闪。
醒来后他登上山顶
庆祝光的继续行进·
他戴上神圣的桂冠祈祷
乌黑的云朵缓缓飘移
他朝着温柔的阴影放声高歌。

地神的悲伤

女孩们从榆树林出来
头戴花冠手拿花环
给我带来了烦恼和不幸。
我正从小树林边的僻静小屋
欣赏那五彩斑斓的绿野
爬上小山坡欣赏山楂树
飘飘洒洒的落花：
她们一闪而过却发现了我·
她们窃窃私语忽而
笑着逃着竟不顾我的呼喊·
不理会笛音的柔情我的恳请。
直到我在一汪泉水边喝水
从水影看见额头的皱纹

与一头乱发我才恍然大悟
她们那划破空气的嘲笑
和山崖上的刺耳回音。
现在我既不想在池塘边
忍受钓鱼竿也不想
我的手指蛊惑地触摸
那柔弱的柳笛，而是
在雾霭蒙蒙的傍晚
向丰收之主潘神哀诉因为他
赐我永生却没有赐我美丽。

芦苇丛里的对话

午睡醒来我唱起了最美的歌
紫红旋花缠绕窸窸窣窣的金黄芦茎
柔和微光笼罩着交错丛生的灌木
为何你那时又浮出水面偷享我的欢悦？

——这也是我喜欢的时刻在白睡莲中戏水，
在它们宽大的叶子上小舟荡漾，
身体沐浴在天体耀眼的光芒中——

那你就再靠近些，我指给你看岸上的美景。

——我们不一样，如果我的胳膊，亮丽的胳膊，
与你黝黑粗糙的肩膀靠在一起，花儿会怎么说？——

那你就到别处玩去，因为这片风景
自我记事起就是我们家族的领地。

——我们永远都在这里，永生而美丽的我们——

这把刀（你看见了）我用来削小树枝
雕刻号角它将刺穿我的胸膛
只留出刀柄·我与夕阳一同下沉。

——你不能这样·我不喜欢你的黑血
玷污我所珍爱的明净清泉的水面。

岛的主人

渔夫传说在南方
有个岛盛产肉桂与油
沙中还闪烁着宝石
岛上有只大鸟当它站立
用喙能把高高的树冠
啄碎·当它展开翅膀
如染上提尔的蜗牛汁
作笨重的低空飞翔时：
它看似一片乌云。
白天它藏在树林里·
晚上就来到海滩上·
凉风携来盐与海草气味
它唱起甜美的歌
吸引爱乐的海豚游来
大海飞闪着金光的羽毛。
远古以来它就这样生活·
只有海难者可能看见它。
后来当人类的白帆
被护送着第一次
驶向小岛它就登上山冈
注视它的这块宝地·
它展开巨大羽翼
抑制哀鸣而死亡。

长子的出发

命运降临：我们这些孩子
必须在异地为自己找一个新家。
庆典时的常春藤还戴在我们头上，
母亲在门槛上亲吻我们依依不舍，
她轻轻地叹息我们的父亲
缄口不语一直送到边界，分别时
将精雕细刻的冷杉小木牌
挂到我们身上——我们把几个
丢进了坟墓当一个好兄弟离去时。
我们轻轻地走了，没有一个人哭，
因为我们将会带来幸福。
我们回头仅仅凝望一下
就安然地走向未知的远方。
我们愿意去：我们定会到达美的目的地
我们高兴去：神灵已为我们铺平了道路。

神秘牺牲

和解了解脱了
我们就出发
离开阳光灿烂的田野，
离开和蔼的门农，
离开金发的米拉
她请我们留下，
她的幸福不打动我们，
我们听从召唤
它隆隆地把我们引向
圣殿服务于
美：最高贵最伟大。

夜幕下的小树林
隐藏我们远离民众,
我们敬重他们,
我们采集罂粟,
乳白的乌乳花
装饰祭坛,
我们洁净身体
在堇菜丛边,
我们拨弄
幸福宫的圣火
在断断续续的歌声中期待。

当最宝贵的青春光泽
把我们妆饰
先知就在铁柱上
把我们结实锤打
然后揭开
上帝的面纱,
我们战栗我们看
在闪耀的力量中
在噬人的痛苦中
在狂热的陶醉中
在永恒的渴望中我们死去。

民众的宠儿

摔跤运动员

他的手臂——令人惊羡地——放在
右臀上,阳光闪耀在
强健的身体与头颅上的

弦乐歌者

一头卷发上束着白色的带子,
瘦削的肩上套着华丽的衣裳
他就这样装扮登场弹奏琉特,

月桂桂冠·欢呼慢慢涌动
在密密匝匝的人群中当他
沿着笔直的绿荫大道走来。
女人教她们的孩子
高声呼喊他的名字
还递上棕榈树枝。
他走过去·稳如雄狮
神情严肃·多年默默无闻
显身成名他视而不见
欢呼的人群也不看一眼
傲立人群的父母。

起初因年幼羞怯得发抖：
连威严老人也喜欢上他。
他点燃了人们的颊上红晕·
他向着陌生的致敬鞠躬
许多人的贵重首饰
为他落下：人们想起这些
只要圣树郁郁葱葱。
女孩们私下里狂热追捧·
沉默寡言的男孩们迷醉
他们的英雄在闪耀的星空下。

爱丽娜

他们说在我歌唱时树叶
与星辰都因狂喜而颤动·
波浪听得出神凝滞了·
人们更是彼此安慰相互和解。
爱丽娜不知道这些·她毫无感觉。
她独自默默地伫立海边沉思：
奥伊里阿卢斯在骑马溜达
奥伊里阿卢斯盛装宴饮归来——
他会如何聆听我的新歌？
他会如何面对爱的眼波？

庆典之夜

取下你头上的花环·梅内希特！
我们走吧在笛音沉寂之前·
人们还恭敬地递给我们欢乐杯盏·
但我已透过朦胧醉眼看到了同情。
我们两个没有被祭司挑选

去参与神殿里的赎罪仪式。
十二人中唯我们两个不美
尽管泉水泄露了你的额
我的肩是最纯洁的象牙。
我们已经学习侍奉神
再也不能与牧人一起放羊
再也不能与农夫一起犁田。
把花环给我！我把它们一起扔掉·
我们从这条荒凉的小路逃走·
迷失在乌黑命运的森林。

胜者的结局

当他制服了毒沼泽地的龙
与巨兽·途中魔怪·逃脱
女俘的飘逸长发·被众人崇拜：
他又去挑战云山中的飞蛇
飞蛇嘲笑恐吓他·同伴们惊恐
警告他；勇敢却让他持久搏斗
怪兽逃跑巨翅的可怕一击
给他留下一个永不愈合的伤口。
他的双眼失去光彩·也无心恋战·
他回到家乡的一隅之地
独自在痛苦中煎熬小心避开
期盼漂亮宝宝的孕妇
避开成长中的英雄·神的宠儿。

书评

Kreis ohne Meister: Stefan Georges Nachleben

没有大师的圈子：斯特凡·格奥尔格的身后岁月

■文/杨宏芹

Stefan George，一个具有超凡魅力的德国诗人，汇集各路精英的格奥尔格圈子的大师，此圈子启发了马克斯·韦伯的卡里斯玛理论。德国文学档案馆馆长U·劳尔夫博士历时几年的资料收集、花费两年时间撰写的《没有大师的圈子：斯特凡·格奥尔格的身后岁月》以1933年12月4日格奥尔格去世为起点，以1968年为终点，讲述了格奥尔格的思想和精神以格奥尔格圈子为媒介在后世的传播与影响，一方面让人看到"二十世纪的德国思想史没有格奥尔格的名字是不可思议的"[①]，另一方面却让人思考文学与政

《没有大师的圈子：斯特凡·格奥尔格的身后岁月》(*Kreis ohne Meister: Stefan Georges Nachleben*)，U·劳尔夫（Ulrich Raulff），德国C·H·贝克出版社，2009年。2010年3月18日此书荣获该年度莱比锡书展奖（专业书籍类）。

---

① Stefan Breuer, *Sonntag der gehobenen Rede*, in: Süddeutsche Zeitung, Literaturbeilage zur Frankfurter Buchmesse 2009, 13. Oktober 2009。此篇评论的作者是一名社会学家，也研究格奥尔格，1995年出版《美学的原教旨主义：斯特凡·格奥尔格与德国的反现代性》(*Ästhetischer Fundamentalismus. Stefan George und der deustche Antimodernismus*)。

治、作家与社会的关系。

格奥尔格是一个诗人,他将诗视为神、诗人视为祭司与先知,是艺术宗教在二十世纪最杰出的代表。赋予诗与诗人一种至高的神圣与尊严,同时也就赋予了它们一种不可承受之重。1868 年 7 月 12 日生于莱茵河畔的比德斯海姆,5 岁迁居宾根,当时约 80% 的宾根人信仰天主教,格奥尔格的母亲是一个极其虔诚的天主教徒,他自己也曾在天主教弥撒仪式中辅助祭司做弥撒,20 岁他的天主教信仰彻底破碎,诗成为他的女神,22 岁出版处女作《颂歌》歌颂诗,并以《圣礼》为诗集开篇宣告自己接受圣礼被授予诗人的圣职,天主教仪式与等级制度成为诗人格奥尔格建构其神圣诗歌王国的重要手段。诗是一种语言艺术,格奥尔格将诗视为神,也相信词的巨大创造力,还源于他的非凡的语言天赋。他曾三次自创语言,因苦于凡俗陈旧的德语无法表达缪斯女神赐予的诗歌,13 岁他就自创一种秘密语言翻译荷马的《奥德赛》第 1 篇并将其一直携带身边,他终生对创造一种只属于他自己的秘密语言念念不忘,在一篇颂扬马拉美的文章中他说:"每个真正的诗人都曾渴望用一种不会被凡人使用的语言进行创作,或渴望独特的遣词造句,只让具有艺术灵性的人认识其崇高之意。"[1] 马拉美诗歌的美与智慧就存在于其语言的美之中,其为数不多的创作却是现代诗歌史上无法企及的巅峰。格奥尔格的创作也不多,《全集》只有薄薄的 18 卷,第 10—16 卷是他翻译的波德莱尔的《恶之花》、莎士比亚的《十四行诗》、但丁的《神曲》与同时代诗人的诗歌,[2] 其余 11 卷是他自己的作品,因其语言的独特运用与诗的仪式化,诗人格奥尔格俨然一个先知,创造美而真的诗歌,具有非凡的魅力。

格奥尔格是一个与德国现实格格不入、特立独行的诗人,观其一生的创作,竟有四次与德国现实不期而遇。1890 年,格奥尔格肩负着复兴德语诗歌的使命开始创作,他用《圣礼》歌颂女神降临赐予诗人神圣使命;就在同时,俾斯麦引退,威廉二世亲政,也强调天赋使命,相信他自己是上帝选定、能给人民找到正确道

---

[1] Stefan George, *Lobrede auf Mallarmé*, in: Ders., *Sämtliche Werke* in 18 Bänden, Bd. 17, bearbeitet von Ute Oelmann, Stuttgart: Klett-Cotta 1998, S. 47.
[2] 这些译诗也被格奥尔格看作他自己的创作,他才将它们收入《全集》。波德莱尔的《恶之花》于 1889 年开始翻译,与他自己的创作生涯同步,同时他还翻译同时代诗人如马拉美、魏尔伦的诗,这些翻译的首要目的不是介绍或引进这些优秀的外国文学作品,而是在学习中挖掘并创造新的诗歌语言与风格。《恶之花》的翻译历时 10 年,选译 117 首。1900 年以后,格奥尔格翻译了但丁的《神曲》(选译)与莎士比亚的《十四行诗》(全译),此时不再是学习而是一种精神的契合。

路的英主。这种机缘巧合，对于一向承受着精神传统与国家政治之间致命分裂的影响的德意志民族来说，极其典型，又暗藏玄机。简单地说，它印证了"诗人即君王"这一古老的诗学理念：诗人建立艺术王国，但诗人及其艺术王国并非与现实彻底绝缘，而是与君王一样应对时代的呼唤，创造理想与未来。1914年2月，格奥尔格出版诗集《联盟之星》，歌颂上帝马克西米照耀下的新生活与新精神，不久，威廉二世发动大战，试图带领德国走出危机，许多德国知识分子弹冠相庆，认为文化的复兴将通过战争得以实现，原本为自己的小圈子创作的这本"秘密之书"，在大战爆发时却成了"全民性的祈祷书"，年轻战士手捧着它走向战场。格奥尔格对此无比惊讶。艺术与政治、创造美与真的诗人格奥尔格与发动一次大战的德皇威廉二世，在历史的关键时刻竟能够这样相遇。更离奇的是，格奥尔格创建的刊物《艺术之页》自1910年使用的标志Swastika，到1918年10月竟然成了纳粹标志。Swastika在古印度是吉祥符，格奥尔格的Swastika被光环围绕，似含有太阳的象征意义。这一连串的巧合，似乎都是命中注定。最后，格奥尔格在1928年编辑出版的最后一部诗集《新王国》，再一次与政治"相撞"：不仅纳粹政权把格奥尔格视为先知，格奥尔格圈子的一些年轻人也把纳粹第三帝国等同于诗人的乌托邦的精神"新王国"。先知、领袖、君王确实是诗人格奥尔格自居的角色，但都是在艺术的领域之内。终其一生，格奥尔格的梦想是建立自己的艺术王国或精神王国，但这个王国不是封闭在艺术的象牙塔里，而是感受回应时代的呼唤，以艺术的美学的方式塑造新精神与创造新生活，因为他始终坚信：诗才是创造美的新生活的唯一途径。格奥尔格的爱徒科默雷尔在一篇虚构的对话中，让歌德对拿破仑说："您在国家中实现的，我在精神中创造。"[①] 但关键的问题是，由于诗歌语言晦涩多义，富含隐喻与象征，诗人所表达的诗性真理，决然不等同于政治家的理想与抱负，也不能等同于后人阐释出来的抽象的思想、精神或学说。

在此基础上，就不难理解劳尔夫所讲述的格奥尔格的身后岁月为何看上去是那么惊心动魄，却是格奥尔格思想"腐化堕落的过程"。（原书435页）

格奥尔格坚信天赋使命，但在实践自己使命的道路上从来不是孤军奋战，而是不断寻求志同道合者以求建构精神联盟。上中学时与同学合办文学杂志，拒绝当时德语文坛上流行的一切思潮尤其是自然主义文学，1889年在巴黎参加马拉美主持的"罗马街星期二聚会"，更坚定了他对一个精神共同体的追求，1891年底在维也

---

① Max Kommerell, *Gespräche aus der Zeit der deutschen Wiedergeburt*, in: Ders., Gedichte Gespräche Übersetzungen, Walter Verlag 1973, S. 72.

纳结识霍夫曼斯塔尔渴望与之联盟，1892年10月创办《艺术之页》，积极宣扬新的艺术主张，吸引包括霍夫曼斯塔尔在内的一些年轻诗人，这可谓格奥尔格圈子的前身。1900年，诗集《生命之毯》出版，开篇描写"美的生活"给苦思冥想的诗人"我"派来一个"天使"，标志格奥尔格的创作与生命的一个转折：创造新诗即创造"美的生活"，立德立功立言并行不悖，以"教育的爱"为核心的格奥尔格圈子正式形成。格奥尔格圈子大致可分为三代。第一代成员与格奥尔格几乎同龄，主要有：沃尔弗斯克（Karl Wolfskehl, 1869—1948）、克拉格斯（Ludwig Klages, 1872—1956）、舒勒（Alfred Schuler, 1865—1923），前两人分别在1892、1893年与格奥尔格认识，舒勒在1893年就认识他们，但直到1897年初才与格奥尔格有交往。沃尔弗斯克一生忠于格奥尔格，舒勒和克拉格斯后成为宇宙学派成员，格奥尔格因不同于他们所信奉的非理性生命哲学在1904年与他们决裂。第二代圈子里的贡多尔夫（Friedrich Gundolf, 1880—1931）、伯林格（Robert Boehringer, 1884—1974）、莫维茨（Ernst Morwitz, 1887—1971）、沃尔特斯（Friedrich Wolters, 1876—1930）是格奥尔格圈子里承上启下的中流砥柱，此时，格奥尔格被拥戴为"大师"。1899年与格奥尔格相遇的贡多尔夫是诗人最亲近的爱徒、圈子里最杰出的学者教授，但1926年他一意孤行要与萨洛美（Elisabeth Salomon）结婚，被格奥尔格逐出师门，1927年罹患癌症，1931年7月12日去世，恰逢格奥尔格的生日。如此巧合，似是天意。伯林格、莫维茨与沃尔特斯相继在1905年前后与格奥尔格相遇。伯林格是格奥尔格选定的遗产继承人，莫维茨也曾是遗产继承候选人，他在格奥尔格去世前夕（1933年11月14日）出版的《斯特凡·格奥尔格的诗歌》经过了格奥尔格的审阅和修改，是第一部系统阐释格奥尔格诗歌的著作，此外他还与人合作把格奥尔格的诗译成英语；沃尔特斯在1930年出版专著《斯特凡·格奥尔格与〈艺术之页〉：1890年后的德国思想史》，详细介绍《艺术之页》的历史。格奥尔格圈子的第三代成员大多是1910年代先结识在海德堡大学任教的贡多尔夫教授，然后与格奥尔格相遇，进入格奥尔格圈子，如：文学批评家与作家科默雷尔（Max Kommerell, 1902—1944）、著名史学家坎托罗维奇（Ernst Kantorowicz, 1895—1963）、经济学家萨林（Edgar Salin, 1892—1974）、艺术史家托马埃伦（Ludwig Thormaehlen, 1889—1956）、古典语言学家布卢门塔尔（Albrecht von Blumenthal, 1889—1945）、作家戈特海恩（Percy Gothein, 1896—1944）、哲学家希尔德布兰特（Kurt Hildebrandt, 1881—1966）等等，施陶芬贝格三兄弟（Alexander von Stauffenberg, 1905—1964; Berthold von Stauffenberg, 1905—1944; Claus von Stauffenberg, 1907—1944）则是通过家族朋友在1923年直接认识格奥尔格。

1933年12月4日夜1:15，格奥尔格在瑞士洛迦诺（Locarno）近郊的米努西奥（Minusio）去世时，除了两个医生与房东，在场的有：伯林格、施陶芬贝格三兄弟、托马埃伦等圈子成员 8 人。随后陆续赶到的有莫维茨、坎托罗维奇、沃尔弗斯克夫妇、兰德曼（Edith Landmann, 1877—1951）等。共有 24 人参加了 12 月 6 日晨 8:15 的葬礼，圈子成员 21 人。莫维茨等四人诵读大师的诗歌，施陶芬贝格三兄弟、伯林格及其兄弟与托马埃伦等六人亲扶大师的灵柩，格奥尔格最小的两个弟子手拿月桂花冠与月桂枝走在灵柩前，灵柩下葬后，B·v·施陶芬贝格等三人朗读《联盟之星》的终曲而结束葬礼。可以看到，除了去世的如贡多尔夫、沃尔特斯或与格奥尔格分道扬镳的科默雷尔，三代圈子成员中的重要人物几乎都在场。在本书中，正是他们对格奥尔格遗产的处理、对格奥尔格思想的阐释及其精神遗产的继承，构成了劳尔夫所讲述的格奥尔格的身后岁月的基础部分。如：伯林格与施陶芬贝格兄弟处理格奥尔格的遗产（诗集与故居等）、建立格奥尔格档案馆，伯林格出版回忆录与格奥尔格画册，莫维茨阐释并翻译格奥尔格的诗歌，希尔德布兰特出版《柏拉图：精神夺权的斗争》解释格奥尔格圈子的柏拉图主义，C·v·施陶芬贝格上校 1944 年 7 月 20 日刺杀希特勒，萨林出版回忆录并阐释施陶芬贝格上校的刺杀行为，坎托罗维奇深入思考格奥尔格圈子信奉的"神秘德意志"并针对纳粹第三帝国为格奥尔格的"新王国"辩护，等等。因为亲聆大师的言行举止，再加上自身的学识，这批人的回忆录几乎成了后人研究格奥尔格的原始资料，他们的著作也在很大程度上决定了格奥尔格的形象。劳尔夫在分析了研究柏拉图的希尔德布兰特、研究古希腊的兰德曼与研究"神秘德意志"的坎托罗维奇后，这样总结：当他们不得不面对政治时，"他们动用他们熟悉的大师的'政治'碎片：王国梦、柏拉图王国、神秘德意志、精英小圈子。他们要忠于格奥尔格，他们要保存他的精神遗产，即便他们必须使用另一种丑陋的话语。他们要当好守护人。于是，他们事后就泄露了这么多的格奥尔格的'政治'：这些忠诚者此时的言行就像后视镜，从中可以看出格奥尔格运用政治词汇与政治姿态的显著特点。"（原书 184 页）

在这个核心小圈子之外，还有一个较外围的格奥尔格圈子。大师死后，面对日趋恶劣的政治局势，他们忠于大师的精神王国的理念，在柏林、马格德堡、于伯林根、阿姆斯特丹、北卡罗莱纳等地建立各种不同的"居住地"，读诗、写诗、翻译、雕塑，过着"美的生活"。劳尔夫把这些"居住地"称为"激流中的小岛"。比较有名的是 W·弗罗梅尔（Wolfgang Frommel, 1902—1986）1950 年代在阿姆斯特丹与人创建的 Castrum Peregrini 杂志与出版社，主要出版与格奥尔格及其圈子相关的研究成果。弗罗梅尔只在 1923 年与格奥尔格见过一面，但从此对他忠心耿耿，这个出版社被称为位于阿姆斯特丹的格奥尔格圈子。

对于格奥尔格在第三帝国的身后岁月,劳尔夫还特别讲述了另一类人的作用。他们与格奥尔格没有直接接触,仅仅是被他影响,有时这种影响还是间接地通过那个核心小圈子产生的。劳尔夫把他们也纳入格奥尔格的身后岁月,或可认为越过了书名设定的界限:"这本书就不再是讲述'没有大师的圈子',而是格奥尔格在德国知识界引起的反响与共鸣。"[1] 可恰恰是他们造就了格奥尔格在德国思想史上惊心动魄的身后岁月。本书最后附有详细的人名索引,从中可以清楚地看到,除了核心小圈子,书中出现次数最多、占据篇幅最多的就是这批人。他们是当时联邦共和国著名的或颇有影响的魏茨泽克家族(Weizsäcker)、贝克尔家族(Becker)与皮希特家族(Picht)的成员。他们都被格奥尔格吸引。先是与格奥尔格前后时代的父辈人物:E·v·魏茨泽克是外交官,1921 年就结识格奥尔格核心圈子成员伯林格,缘此崇拜格奥尔格。在格奥尔格葬礼的当天下午,身为驻瑞士公使的他在格奥尔格墓前敬献花圈,上有一个纳粹标志,此举以后备受诟病。魏茨泽克在 1938 年 4 月被任命为第三帝国外交部第一任国务秘书。C·H·贝克尔在二战前是普鲁士文化部长,敬重格奥尔格,1926 年 4 月提名豪普特曼、A·霍尔茨、格奥尔格、托马斯·曼和 L·富尔达为普鲁士艺术院成员,唯格奥尔格一人拒绝。W·皮希特与贡多尔夫相识,写过多篇关于格奥尔格的文章,一次大战后在文化部长贝克尔的领导下从事教育工作。他们的下一代既因父辈也因格奥尔格结合在一起:H·贝克尔与 C·F·v·魏茨泽克、G·皮希特从 1933 年就常常聚在一起朗读格奥尔格的诗歌,那时他们都刚刚 20 岁,C·F·v·魏茨泽克后来成了著名的物理学家与哲学家,H·贝克尔与 G·皮希特成了教育家:"在德国关于教育的讨论中,甚至直到今天的'教育改革讨论',大师格奥尔格的具有使命意识的弟子与崇拜者——居头位的当属 G·皮希特与 H·贝克尔——发挥了巨大作用。"[2] 他们认为,纳粹毁了德国教育,德国教育必须从根上进行改革,于是把希望寄托于"乡村教育之家",在回归自然中从孩童的自然天赋出发重新培育新人,如皮希特 1946 年在黑森林创办寄宿学校,担任校长十多年;贝克尔活跃于各大教育政策机构,1966—1975 年任德国教育委员会委员,1963—1981 年执掌柏林马克斯·普朗克教育研究所,而且,他对格奥尔格的教育理念身体力行:他身边总有一批年轻人,他们之间是"教育的爱"的关系。

"教育的爱"(pädagogischer Eros)是格奥尔格重要的精神遗产之一,源自古

---

[1] Stefan Breuer, *Sonntag der gehobenen* Rede.
[2] Wolfgang Schneider, *Des Mentors Jünger*, in: *Deutschlandradio Kultur*, 16. November 2009. http://www.dradio.de/dkultur/sendungen/kritik/1069463/.

希腊。古希腊人认为，一个成年男人对一个少年的爱是教育和培养这个少年的重要方式，在柏拉图的《会饮篇》中，斐德若、泡赛尼阿斯、苏格拉底、阿尔喀比亚德都歌颂这种爱能培养少年的美德、提高少年的修养，还能升华另一方的灵魂，在最高的层次上，恋童者与美少年之间是教师与学生的关系。尼采称这种情爱关系在古典希腊时期是"所有男性教育必要的和唯一的前提"，[1] 格奥尔格将古希腊的这种师生关系运用于他的格奥尔格圈子。以格奥尔格和贡多尔夫为例。贡多尔夫在19岁认识31岁的格奥尔格，马上成为格奥尔格的最爱，但格奥尔格对他的爱主要表现为：引他进入自己的诗歌世界，随时关注、帮助、指导、参与他对莎士比亚作品的翻译。尼采是古典语文学出身，通晓古希腊精神，格奥尔格与古希腊有一种特别的亲和力，这样的他们才能领悟那种情爱关系的奥秘，他人难免不玷污它。2010年3月德国曝光了教育家G·贝克尔（Gerold Becker）亵童事件。G·贝克尔与H·贝克尔没有亲缘关系，不属于贝克尔家族，但他是H·贝克尔的亲信和知己。1969年，H·贝克尔介绍他到奥登瓦尔德寄宿学校任教。3年后，他升为校长，1985年卸任。这所学校是德国教育改革的示范学校，1963年被评为联合国教科文组织的项目学校。G·贝克尔不仅是这所学校的校长，还是德国黑森州文化部顾问、德国乡村教育之家协会主席，可就是这样一位教育改革家，就在这样一所示范学校里，却爆出了惊天丑闻：他在任教和当校长的16年里，屡次对十二三岁的学生有猥亵性行为。一夜间，G·贝克尔名誉扫地，赫赫有名的教育改革家H·贝克尔、前总统R.v.魏茨泽克等受到牵连，他们作为知情人却想瞒天过海，[2] 被舆论称为"黑手党"，格奥尔格也不幸卷入其中，4月4日的《法兰克福汇报》周日版赫然出现醒目大标题："恋童源自斯特凡·格奥尔格的精神？（Päderastie aus dem Geist Stefan Georges？）"[3] 配有格奥尔格的照片，照片下的文字是：他想重新建立师生关系的古希腊典范：斯特凡·格奥尔格。文章的标题触目惊心，内容也是咄咄逼人。这是对T·卡劳夫的一篇访谈。卡劳夫15岁就认识

---

[1] 尼采：《人性的、太人性的》（上卷），魏育青译，上海：华东师范大学出版社2008年，第219页。
[2] 1970年H·贝克尔就已知道G·贝克尔对学生的性骚扰行为，曾敦促他去做过一次心理治疗，H·贝克尔是否还采取过什么措施，不得而知。前总统魏茨泽克的儿子A·魏茨泽克、托马斯·曼的儿子克劳斯·曼都曾就读于这所学校。2010年7月7日夜，G·贝克尔去世，两天后，奥登瓦尔德学校百年校庆，如此的巧合被评论家称为是"这件丑闻的一个不可思议的转折"。
[3] http://www.faz.net/s/RubBE163169B4324E24BA92AAEB5BDEF0DA/Doc~E3B1278E540884513AD945BBE39DB7849~ATpl~Ecommon~Scontent.html.

了弗罗梅尔，中学一毕业就到弗罗梅尔身边从事其主编杂志 Castrum Peregrini 的编辑工作（1974—1984）。2007年，卡劳夫出版传记《斯特凡·格奥尔格：解密卡里斯玛》，第一次公开地把同性恋与恋童定为格奥尔格圈子的潜规则，但他所理解的恋童是"男童教育"（Knabenerziehung），并以此为标题专门用一节分析了格奥尔格及其圈子的恋童现象，他说："年长者与年少者之间的情爱关系的一个基本条件是教育。引用科默雷尔的话：'少年身边有一个智者：这可能是格奥尔格最伟大的倡议。'没有教育就没有爱，没有爱就没有教育。"[1] 因此，对那个触目惊心的问题，卡劳夫的回答是坚决的否定："没有什么比这更严重地践踏了格奥尔格精神。"对格奥尔格来说，教育与爱的确不可分。他在1928年出版的最后一部诗集《新王国》里有一首短诗《教育》："怎样你才会教育我？／'让我真正地了解／你真的很美——／我爱你才会是你真正的老师；你必须激情满怀——无论对谁！／你爱我才会是我真正的听众。'"奥登瓦尔德丑闻曝光后，本书作者劳尔夫在9月27日的一次访谈中说："我也非常吃惊，真是没有想到，格奥尔格居然在1944与1968年后还在教育、教育学与改革教育学有这样一个效果史。"言下之意，奥登瓦尔德丑闻依然是格奥尔格的身后岁月。这似乎有些不可思议。其实，他在书中早就说过，格奥尔格的身后岁月是玷污格奥尔格思想的一段历史。

回到格奥尔格圈子与德国政治。德国战败后，E·v·魏茨泽克被国际法庭以把犹太人送到集中营为罪名被当作战犯起诉，H·贝克尔当他的辩护律师。贝克尔的背后是格奥尔格的核心小圈子成员在鼎力相助：萨林等人为魏茨泽克争取报刊舆论的支持，伯林格等人给予财力上的支持，魏茨泽克最后于1950年10月获得大赦。贝克尔与格奥尔格核心小圈子成员的这种努力，也隐含了格奥尔格圈子的一种自我救赎。希特勒上台时，圈子的许多年轻人都认同他，连后来刺杀他的C·v·施陶芬贝格也不例外，他们甚至把希特勒的第三帝国等同于格奥尔格的"新王国"，而纳粹政权也把格奥尔格奉为先知与先驱。可是，"在1945年以后，格奥尔格圈子的一些人必须非纳粹化，必须容忍不愉快的问询。"（原书375页）不过，在一年前的7月20日，当施陶芬贝格上校把炸弹带入希特勒的会议室时，他就以自己的壮举拯救了大师格奥尔格及其圈子："仅施陶芬贝格的行动就能把格奥尔格从他的纳粹先知与先驱的角色中拯救出来：本德勒建筑群之夜为神秘王国洗刷了罪名。"（原书527页）本德勒建筑群（Bendler-Block）是德国行刑队当夜枪

---

[1] Thomas Karlauf, *Stefan George. Die Entdeckung des Charisma*, München: Karl Blessing Verlag 2007, S. 368.

杀施陶芬贝格上校的地方，现已被视为神圣之地。

格奥尔格圈子在第三帝国的历史，在劳尔夫看来，绝不是这些圈内人的"私事"："1944年7月20日与纽伦堡审判代表了另一个维度。从这两个具有象征意义的地方，清晰可见格奥尔格圈子卷入了二十世纪的历史。"（原书350页）劳尔夫以翔实的资料与生动的笔触，讲述了这段历史。对研究诗人格奥尔格的我来说，阅读时的心情相当沉重。不是因为这段不熟知的历史不易理解，而是它实在难以接受。作为一个文学研究者，更感到了一种责任。本书作者劳尔夫博士是一名优秀的文学评论家，曾长期担任《法兰克福汇报》与《南德日报》的副刊主编，也非常熟悉格奥尔格的作品，但本书的内容与性质决定了其重叙述而少阐释的写作方式。这一写作特点看似稍显不足，因为他没有深入分析这段身后岁月，没有探究格奥尔格的魔力究竟何在。[1] 可是，如何能从如此这般的一段历史倒推出格奥尔格吸引各路精英的超凡魅力之所在？本文一开始偏离本书从诗人格奥尔格谈起，意在说明，诗人的魅力只能在他的诗里。劳尔夫深知这一点。他认为格奥尔格的身后岁月是对格奥尔格思想的误读与腐化，却称其诗歌作品是最高的真，而"在二十世纪下半叶，诗不再是高于其他一切表现形式的拥有最后决定权的至尊老大。"（原书434页）本书第2章讲述核心小圈子成员如坎托罗维奇等人著书阐释格奥尔格诗歌中的"政治"碎片，讲述之前，劳尔夫用7页篇幅简单分析了格奥尔格的后期诗歌，认为"格奥尔格一生都自认是一个被诅咒的诗人"，因此"格奥尔格的王国其实是与一切现实力量针锋相对的、易碎的王国"。（原书119页）他特别提到了"诗人即君王"的诗学传统。虽然只是点到为止，但稍微了解西方诗学史与劳尔夫的人对此是心领神会的。劳尔夫在2006年主编出版《艺术家王国：美学与政治乌托邦》一书，引言与其中一篇《作为领袖的诗人：斯特凡·格奥尔格》就出自他的笔下。[2] "诗人即君王"这一传统一直可以追溯至古希腊，荷马史诗中，诗人常与王者、先知、祭司被称为"神圣的"、"通神的"、"神一样的"，赫西俄德声称缪斯赠给他象征诗人身份的权杖，这样的声明"使他拥有了如同王者凭杖执政般的诵诗的权威"。[3] 在文艺复兴时期，彼特拉克被封为桂冠诗人，这一理念完全被呈现出来，十八世纪又得以流传，席勒在《奥尔良的姑娘》中就说歌手与君王"不分轩轾"地"居于人类的巅

---

[1] Stefan Breuer, *Sonntag der gehobenen Rede*.
[2] Ulrich Raulff, *Vom Künstlerstaat. Ästhetische und politische Utopien*, München · Wien: Carl Hanser Verlag 2006.
[3] 陈中梅：《荷马诗论》，载《意象》2008年第2期，第1—56页，此处第25页。

峰",到了二十世纪,格奥尔格成为这一传统的忠诚的继承者。但诗人的艺术王国是精神的而非政治的,指向未来而非当下,是一个未来的乌托邦。劳尔夫在本书没有阐述这一诗学理念,而是将其融化在叙述中。比如,施陶芬贝格上校的刺杀行动与格奥尔格的关系,一直是争论的焦点。圈子成员萨林把7月20日解释为"源于格奥尔格精神的一个历史标志"(原书420页),传记作家卡劳夫也认为没有格奥尔格就不可能有7月20日的刺杀行动。但劳尔夫质疑这种解释,他特别强调施陶芬贝格上校作为一个军官对战争的认识以及由此产生的绝望对整个刺杀行动的作用,不过他并不否认格奥尔格的影响,只是认为,最为关键的是行动或者说"导致这一行动的决定",可这恰恰"不能从格奥尔格的教导中推导出来。"(原书527页)因为,格奥尔格是一个诗人,他的行动是诗歌创作。这一点正是问题的关键,也是理解格奥尔格的关键。格奥尔格是他的艺术王国的王者。

格奥尔格创作诗歌,不是象牙塔内的为艺术而艺术,而是与其生命血肉相连的一种生命活动。爱与诗是贯穿其创作的一个重要主题。他亲自编入《全集》第1卷第1首是他1886年上中学时的习作,歌颂爱之女神激励"我去行动,飞向星辰"。圣洁的爱玉成神圣的诗。但凡俗的诗人离不开世俗大地,于是在神圣渴望与世俗欲望之间痛苦挣扎,直到1907年诗集《第七个环》中马克西米诞生,爱与诗的冲突才在他身上真正化解,两者才达到一种生命深处的水乳交融。格奥尔格对男孩克罗恩贝尔格(Maximilian Kronberger)的爱欲让他把男孩神化为自己的上帝马克西米(Maximin),马克西米象征格奥尔格因爱创造的新诗。格奥尔格视诗为命、以诗为业,诗就是他的上帝。这一过程之漫长,可见诗人的追求之艰难。吻是爱的象征,在其全部作品里,格奥尔格在《第七个环》描写"吻"最多,德国学者E·奥斯特卡姆普以《诗人之吻》为题对此做了精致而精彩的分析,结论是:"激情之吻与灵魂之吻是格奥尔格的吻之象征的两极,他让吻的意义在这两极之间游移。游移不定!吻的这种姿态就表示,格奥尔格避免清晰地描写爱:肉体的描写很唯美,相知相悦影射着肉体之爱,鱼水之欢却暗含了统治与服从。"[①] 语言的晦涩源自思想的深邃。因此,格奥尔格的"教育的爱"要想不被误解也真是很难。格奥尔格对未来的构想也很智慧。他的诗,尤其是自《第七个环》开始的后期诗歌,预言的色彩越来越浓,有时整首诗的内容看似肯定与乐观,他却会用

---

① Ernst Osterkamp, *Die Küsse des Dichters. Versuch über ein Motiv im ‚Siebenten Ring'*, in: Stefan George. Werk und Wirkung seit dem ‚Siebenten Ring', hrsg. von Wolfgang Braungart, Ute Oelmann und Bernhard Böschenstein,Tübingen: Niemeyer Verlag2001, S. 69—86, hier S. 86.

某个词或改变某一行或几行的格律，暗示他对自己预言的一种反思。比如，马克西米是格奥尔格创作与生命的中心，可是："对朋友而言你是孩子／我在你身上看见上帝"。一方面，马克西米确实是格奥尔格自己对神性的亲身体验，只有这样，他才会成为具有超凡魅力的先知，但另一方面，由于是他自己的创造，马克西米之为上帝的神圣与权威就不具有普适性与绝对性。格奥尔格不仅是一个天才诗人，也具有深刻的自我反思能力，威严与忧郁、光与暗是他的诗歌的本色。狂热盲目地追随他或崇拜他，只会误读他的精神追求。

格奥尔格去世后几个月，伯林格做了一个梦："前天夜里我梦见大师活着，我很高兴地向他请教。可他什么也不想知道。"[①] 据说，复活的耶稣向弟子显灵，保证帮助他们传教。伯林格似乎也想得到类似的慰藉，可大师拒绝了他。两个场景相比，伯林格的梦令人悲伤。大师的精神王国既然已随他一起远去，身后的一切与他又有什么干系呢？在诗集《联盟之星》第3首诗的开头，格奥尔格运用否定神学（即强调神的不可知）的思维模式，借马克西米之口说："你们不知道我是谁"。

太阳虽然远去，但反射太阳光的月亮还在闪烁。在劳尔夫的笔下，格奥尔格的身后岁月从诗人去世开始，在1968年结束，虽然有许多讲述越过了这个时间界限。"为什么是这个时刻？很简单：1968年是格奥尔格的百年诞辰……按照通常的理解，1968年也代表着与格奥尔格的风格和伦理决然相反的一切。"（原书26页）1968年5月，欧洲大陆爆发了学生运动，其主要原因是学生反对陈旧的高等教育体制，运动的爆发标志了高等教育从精英化向大众化转型过程中的文化冲突。格奥尔格的思想是精英性质的，他一生为之奉献、以之生存的格奥尔格圈子是最好的证明。伴随教育的大众化泛滥，格奥尔格的轰轰烈烈的身后岁月停止了，取而代之的是"学术"——"日耳曼学、接受史、连字符社会学……从此，格奥尔格就静静地躺在大学讨论课与档案馆里。"（原书28页）听起来似乎有点可惜，不过，正如劳尔夫所说："很久以来，似乎正是最爱他的那些弟子，让他在身后变得彻底不幸：格奥尔格的艺术很难，政治却太容易。"（原书19页）格奥尔格是一个诗人，他的身后岁月停止之时，是否正是真正走进他的诗歌王国的好时机？与"五月风暴"同时，1968年5月25日，德国文学档案馆把一年一度的大型年度展献给了格奥尔格，以纪念诗人百年诞辰。这是何等的壮举！要知道，"在1968年，没有什么能比格奥尔格所代表的唯美性与反进步、崇拜美与精英思想、鄙视大众

[①] 转引自 Manfred Koch 评论本书的文章，载 George-Jahrbuch 8 (2010/2011), S. 179—182, hier S. 179。

与保守的形式意识具有更大的挑衅性。"① 那次展览以格奥尔格的作品为主线，时代背景、圈子成员、报刊评论等穿插其中，一个富有象征性的开始。随后，德国学者对格奥尔格的研究不断深入，尤其是1995年以后，各种学术专著与传记相继出版，德国的格奥尔格研究呈现出一派复兴的好气象。或许我们永远不会知道格奥尔格是谁，但"你们不知道我是谁"却是一个永恒的诱惑，一个刺激我们不断去关注、思考、研究的永恒动力。

2010年8月，在一个特殊的日子，我从德国比勒费尔德去瑞士米努西奥。虽然多次见过图片，可当我穿过一个小小的墓地，站在位于角落的格奥尔格墓前，还是泪眼朦胧。生前戴着神秘光环受人崇拜的大师，竟安息在那样不起眼的地方。墓碑上只有他的名字，那是他自己的字体；没有生辰，诗人永恒；没有诗句，唯有七棵月桂树围绕着他。有几片枯萎的叶子落在他的名字上，我想把它们清扫出去，可对诗人的敬畏使我不敢去碰他的名字，于是把背包里仅剩的一点矿泉水分给了那七颗月桂树，祈望它们郁郁葱葱，永远常青。我为诗人献上了三朵洁白的玫瑰花，诗的绽放那么纯净美丽，感谢您并怀念您！

本文作者摄

---

① Ernst Osterkamp, *"Ihr wisst nicht wer ich bin". Stefan Georges poetische Rollenspiele*, München: 2002, S. 8f.

序跋

文学、文学研究与文学教育：
《哈佛英文系的学者们·序》

文学、文学研究与文学教育：
《哈佛英文系的学者们·序》

■文 / W·杰克逊·贝特（W.Jackson Bate）
译 / 段怀清

【译者题记】本文原文为 Harvard Scholars In English 一书的序言，由哈佛英文系前教授、著名传记作家 W.Jackson Bate 所撰。Harvard Scholars In English 一书由 W.Jackson Bate、Michael Shinagel、James Engell 三位教授主编，其中共收录 31 位 1890—1990 年间在哈佛英文系担任教授并已去世的著名文学学者的生平小传，试图通过这些学者的学术经历，大体上勾勒呈现哈佛乃至美国在这一个世纪之中的文学研究、文学批评以及文学教学的概貌。该书 1991 年由哈佛大学出版社出版。另，本文翻译得到该书编者之一的 James Engell 教授、哈佛英文系系主任 James Simpson 教授授权，并在哈佛学院法律事务办公室备案。谨致谢忱。中文译文标题为译者所加，特此说明。

本辑中所收录之纪念文，除一篇例外，其余均为哈佛大学某专门委员会为退休之前执教于哈佛大学且已去世的教授所拟定准备的"教员生平备忘录"（Faculty Minutes）。此处所谓例外，指的是弗朗西斯·詹姆斯·柴尔德

（Francis James Child）[1]，也是第一位执掌哈佛大学"英文教授"（Professor of English）教职的学者。原因在于"教员生平备忘录"是在他去世之后六年才公开出版。鉴于此，我们所辑录的柴尔德之生平简历，选用的是查尔斯·艾略特·诺顿（Charles Eliot Norton）[2] 为美国人文科学院所撰写的柴尔德生平小传（*Proceedings*, vol.32, 1896）。

这些生平小传在时间上可一直上溯至1890年代。不过，即便是在上述阶段，亦不过是哈佛大学三百五十多年历史当中的一小段而已。但这些生平小传，反映了哈佛的文学多元传统，还有对于大学的抗拒。[3] 在此方面，就跟在其他方面一样，致力于弘扬一种个体而独特的意识形态。这里所讨论的若干个体而独特之存在，又曾经创造性地启发或发展出来某种独特的意识形态，当然亦有其他一些个体而独特之存在，曾经一心一意地反对过意识形态。

但是，在本序言开篇，有必要作出某些限定。首先，尽管这些生平小传在时间上长达一个世纪，它们实际上依然无法全部反映哈佛大学英文系自第二次世界大战之后（尤其是1960年代以来）的所有特质。因为这些生平小传只是为那些业已去世的学者们所撰写，也因此自然只是关注在时间上与二十世纪上半期相关的教学以及学术的价值及方法。而在1960—1990年间，还有33位英文教授迄今依然健在，但并没有包含在该书之中——其中大多数现在依然活跃在讲坛上——而且他们代表了在过去的一二十年中不同的学术及批评方法，对此我们已耳熟能详。其次，我们承认，这些生平备忘录在所涉及的每位学者的个人信息方面并不均衡。有些不过略长于悼词而已。不过，没有必要去极力地勾勒出一条生平线索，读者们会很快地发现他们自己最感兴趣的东西。

之所以追溯到1890年代，是因为哈佛英文系是那时候成立的。大多数出生于此的美国的系友们——甚至于学院及大学的教师们自身——亦常常忘记他们的系

---

[1] 弗朗西斯·詹姆斯·柴尔德，1825—1896，美国学者、教育家、民俗学家，哈佛大学 Boylston 修辞与演讲教职教授，1876年受聘为哈佛大学首位英文教授（Professor of English）。1882—1898 出版有五卷本的《柴尔德歌谣集》，即 *The English and Scottish Popular Ballads*。

[2] 查尔斯·艾略特·诺顿，1827—1908，作家、社会批评家、艺术史家、哈佛大学艺术史教授。

[3] 这里所谓"对于大学的抗拒"中的"大学"，英文原文为 university，指的是有些人文学者坚持 college 式的以人文教育为中心的传统，抗拒 university 式的不断向外扩展的现状。——译注

究竟是在何时建立，其实他们完完全全都是二十世纪的产物。

哈佛大学在最初的 150 年间，也教授文学，就跟在其他各地所教授的文学一样，就是对于希腊与拉丁经典的仔细研究，另外辅以某些希伯来经典的研读。在之后的 1770 年代，哈佛大学的文学教学追随苏格兰大学的某些做法，不久牛津及剑桥大学亦如影随形地效仿。哈佛大学引进了英语文学研究的一种全新的、更宽泛的概念"修辞学"，既强调书面风格的修辞，亦强调口头风格的修辞。1772 年所创设的 Boylston 修辞与演讲教授教席，即为此文学教学方法调整之表现。在哈佛早期的 Boylston 修辞与演讲教席教授之中，就有先是担任参议员、后为第六任美国总统的亚当斯（John Quincy Adams，1767—1848）。① 在 1800 年代初期，当爱默生和梭罗尚在哈佛大学求学之时，那些在英语之外的其他语言的现代欧洲文学教学和研究，几乎在转瞬之间都获得了新生，其中有三位新创设的 Smith 教授教席的哈佛教授，引领了这一波潮流——他们是乔治·提克诺（George Ticknor，1817）②、朗费罗（Henry Wadsworth Longfellow，1836）③、洛威尔（James Russell Lowell，1855）④。

在哈佛英文系，传统的"修辞学"以及我们今天所称作的英文写作（English Composition），后来为十九世纪自德国大学所输入引进的一种新的专门研究文学的方法所取代，这种专门的方法是通过"语文学"的方法来研究文学——即通过词语史的追溯研究，尤其是通过对中世纪以来的早期文本的研究来研究文学。哈佛大学引进中世纪语文学方面的领军人物为弗朗西斯·詹姆斯·柴尔德（Francis James Child）。他所主编的《英格兰、苏格兰流行歌谣》（The English and Scottish Popular Ballads。柴尔德最初为 Boylston 修辞学与演讲教席教授，1876 年受聘为哈佛大学首位英文教授）迄今仍为人们所铭记。因为这种研究方法似乎是"科学的"（scientific）、"严谨的"(rigorous)，所以在 1890 年代之前，这种专门的文学

---

① 约翰·昆西·亚当斯，1767—1848，美国政治家、外交家，在哈佛大学获得本科、硕士学位，曾担任第六任美国总统。
② 乔治·提克诺，1791—1871，美国学者，以其对西班牙文学史及文学批评著称。其三卷本《西班牙文学史》（1849）影响广泛。
③ 朗费罗，1807—1882，美国诗人、教育家，著有《夜吟》、《歌谣及其他》等诗集，并有《伊凡吉林》、《海华沙之歌》等长篇叙事诗。
④ 詹姆斯·若瑟尔·洛威尔，1819—1891，美国诗人、批评家、编辑。著有《诗选编》（Poems, 1848）、《垂柳之下》（Under the Willows, 1869）、《大教堂》（The Cathedral,1870）、《政论文选》（Political Essays, 1888）等。

研究方式，也成为当时刚刚建立的博士学位（也是从德国引进的）申请者们从事文学研究的最受青睐的方法。在英语世界中，哈佛大学将这种通过语文学来研究文学的方法贯彻实践得尤为彻底。一直到1930年代，一位哈佛大学英文系的博士候选人，仍然必须熟练掌握若干门中世纪的语言——盎格鲁—撒克逊语、中世纪英语、中世纪苏格兰语、哥特语、古挪威语，以及古法语，另外还得对中世纪的文化或社会史有点兴趣，当然自1500年一直到当下的英语更不用说了。当我面对这一中世纪的语文系列挑战的时候，几乎已经无暇顾及其他，我同意威廉·艾伦·内尔逊（William Allan Neilson）①的评论，他之前曾经担任哈佛英文教授，后来成了史密斯学院（Smith College）的校长。他谈到自己当初在柴尔德教授的课堂上学习那些歌谣之时的体验，当时与他同学的还有基特里奇（Kittredge）②。课堂上，柴尔德在朗读那些歌谣之时，感动不已，而为了掩饰自己的情绪，他接连向学生们发问。内尔逊说，基特里奇敬仰柴尔德，但他自己只是一个拘泥于字面解释的学者，"他认为语文问题是一个重要的事情，而在美国的研究生的英文教育课程中，存在着这方面的缺陷失误。"

我相信，上述议论还不至于冒犯到我的那些从事中世纪研究的朋友们，无论他们在哈佛还是其他地方。不管怎样，他们也都会同意，那就是哈佛大学对博士候选人的语文要求，超出了现有其他任何学校的标准，对于那些集中从事中世纪研究的学生们来说，这些要求对于中世纪研究而言，其效果却是成反向的，以至于导致了二战以来不断累积增加的对于这种研究方式的反感情绪，将这种语文要求扩展到任何一所大学，这既没有必要，也是令人遗憾的。

这也是唯一的一个案例，需要承认的是，这一种研究方法也延续了相当长一个时期，此间哈佛大学的文学研究，在现代语境中，获得了一种一心一意、心无旁骛的正统地位。不过，即便是在这种研究方法的鼎盛时期，即从1890年代到1930年代之间，对于这种研究方法的应用实践依然还是有三种重要限定。第一种限定是，这种方法应用于那些申请博士学位的研究生们，绝大部分本科生的文学教学和研究并未受此影响。这种方法也没有影响干扰到这一时期曾在哈佛英文

---

① 威廉·艾伦·内尔逊，1869—1946，苏格兰裔美国教育家，作家，词典编撰家。1889年获哈佛大学博士，1917—1939年任斯密斯学院校长。莎士比亚、彭斯研究专家，新版《韦伯国际词典》（第二版，1934）主编。

② 乔治·李曼·基特里奇，George Lyman Kittredge，1860—1941，哈佛大学英文教授，文学批评家、民俗学家。著有《乔叟及其友人》（1903）、《乔叟的诗》（1915）、《莎士比亚著作全集》（1936）等。

系求学、后来文学成绩斐然的一大批作家们的未来生涯。这些作家包括：从爱德华·阿灵顿·罗宾逊（Edward Arlington Robinson）[1]、罗伯特·佛罗斯特（Robert Frost）[2]，到佛兰克·诺瑞思（Frank Norris）[3]，从T·S·艾略特（T.S.Eliot）[4]、康拉德·艾肯（Conrad Aiken）[5]、G·斯坦因（Gertrude Stein）[6]、E·E·康明斯（E.E.Cummings）[7]、华莱士·史蒂文斯（Wallace Stevens）[8]、C·卡伦（Countee Cullen）[9]、詹姆斯·G·科赞斯（James G. Cozzens）[10]，到尤金·奥尼尔（Eugene O'Neil）[11]以及托马斯·沃尔夫（Thomas Wolfe）[12]。

第二条限定是，至少要有一半以上的文学系的教授，能够心情舒畅地使用其他的方法来从事文学研究。不仅如此，而且在哈佛大学，也包括美国其

---

[1] 爱德华·阿灵顿·罗宾逊，1869—1935，美国诗人，剧作家。著有《诗选编》（1921）、《十四行诗集：1889—1917》（1928）、《诗汇编》（1937）等。
[2] 罗伯特·佛罗斯特，1874—1963，美国诗人，普利策诗歌奖获得者。著有《波士顿之北》（The North of Boston,1914）、《罗伯特·佛罗斯特诗选》（1930）、《诗选》（1934）、《雪连绵》（From Snow to Snow，1936）、《罗伯特·佛罗斯特的诗》（The Poetry of Robert Frost, 1969）等。
[3] 佛兰克·诺瑞思，1870—1902，美国小说家。著有《麦克提格》（McTeague,1899）、《章鱼》（The Octopus,1901）等。
[4] T·S·艾略特，1888—1965，诗人、散文家、文学及社会批评家、编辑、出版家。诺贝尔文学奖获得者。著有《阿尔佛雷德·普鲁佛洛克的情歌》（1915）、《荒原》（1922）、《空心人》（1925）、《四个四重奏》（1945）、《大教堂里的谋杀》（1935）等。
[5] 康拉德·艾肯，1889—1973，美国作家、诗人。著有《诗选》（1953）、《康拉德·艾肯评论文选》（1961）、《康拉德·艾肯短篇小说选》（1969）等。
[6] G·斯坦因，1874—1946，美国作家、诗人。著有《三个女人》（Three Lives,1905—1906）、《美国人的炼成》（The Making of the Americans，1902—1911）、《温柔的纽扣》（Tender Buttons,1912）等。
[7] E·E·康明斯，1894—1962，美国诗人、画家、散文家、剧作家。著有《诗选》（1938）、《诗五十首》（1940）、《诗选:1923—1954》（1954）、《诗全集:1904—1962》（1991）等。
[8] 华莱士·史蒂文斯，1879—1955，诗人。著有《诗全编》（1954）、《不可少的天使》（散文集，1951）等。
[9] C·卡伦，1903—1946，美国诗人。著有《颜色》（1925）、《诗全编》（2013）等。
[10] 詹姆斯·G·科赞斯，1903—1978，美国作家。著有《捍卫荣誉》（Guard of Honor,1948)、《唯有爱》（1957）、《孩子们及其他》（短篇小说集，1964年）等。
[11] 尤金·奥尼尔，1888—1953，美国剧作家。著有《琼斯皇》（1925）、《人猿》（1922）、《榆树下的欲望》（1925）等，多次获普利策奖，1936年获诺贝尔文学奖。
[12] 托马斯·沃尔夫，1900—1938，美国作家。著有《天使望故乡》（1929）、《归乡路漫漫》（1940）等。

他大学，作为一系列其他的文学研究方法的孕育基地，开始对"德国式的语文学"（Germanic Philology）研究方法的垄断地位提出挑战。其中之一，就是早在1900年代由多姿多彩的欧文·白璧德教授（Irving Babbitt）[1]所发起的"新人文主义"（New Humanism）对于这种研究方法的挑战。白璧德以其对于"人文经典"的古典理想的不遗余力之倡导，以及对于文学与永久道德价值之间的关系的突出强调，吸引了他的学生们长达三十年之久，以抗衡德国式的语文学研究方法对于文学研究的束缚。他让学生们认识到，正如T·S·艾略特以及其他一些学生们所说的那样，作为人类经验的一种伟大记录，文学应该处于人类生活的中心。

思想史研究，肇始于1900年代早期，1930年代在哈佛大学被重新拾起并广泛应用。这波研究思潮由F·O·梅斯森（F. O. Matthiessen）[2]、佩里·米勒（Perry Miller）[3]发起引领。"新批评"，以其对于文本风格以及结构的中心关注，吸纳了被视为"新批评之教父"的瑞恰慈（I.A.Richards）[4]的影响，后者1930年来到哈佛。即便如此，哈佛大学依然保留了它作为中世纪研究的中心地位（或许全美范围内三分之一的顶尖中世纪研究专家，1935—1955年之间曾在此求学）；这一领域已经成为文学研究的一个合法且重要的部分。

目前，当人们对于批评理论的新兴趣渐趋浓厚——而哈佛的文学研究在1970年代却常常被视之为老旧落伍，完全不愿意承认这种方法为文学研究方法之正统地位——而有意思的是，想一想当代那些文学理论家，当初有多少人不是从哈佛开始他们的学术之路的？罗曼·雅各布森（Roman Jakobson）[5]将"结构主义"引入哈佛的时候，这一理论方法在其他地方还不过是一个名词概念而已。诺曼·乔姆

---

[1] 欧文·白璧德，1865—1933，美国学者、哈佛大学比较文学及法文教授，"新人文主义"领军人物。著有《文学与美国大学》（1908）、《新拉奥孔》（1910）、《现代法国批评大师》（1912）、《卢梭与浪漫主义》（1919）、《民主与领袖》（1924）、《论创造》（1932）等。

[2] F·O·梅斯森，1902—1950，史学家、文学批评家、教育家。著有《美国的文艺复兴》（1941）、《批评家的责任》（1952）等。

[3] 佩里·米勒，1905—1963，美国思想史家，哈佛大学教授。著有《新英格兰的思想》（1939）、《宗教与思想自由》（1954）、《美国的超验主义者：散文与诗》（1957）等。

[4] I·A·瑞恰慈，1893—1979，英国文学批评家、修辞学家。著有《文学批评原理》（1924）、《批评实践》（1929）、《柯勒律治论想象》（1934）等。

[5] 罗曼·雅各布森，1896—1982，俄裔美国语言学家，文学理论家。著有《语言学与诗学》（1960）、《雅各布森文选》（1960）、《词与语言》（1971）等。

斯基（Noam Chomsky）①也是在他为哈佛初级研究员期间，开始专注于他的理论的。1970年代以及1980年代初期的耶鲁大学的一半的"理论家"曾经在哈佛求学过。与此同时，一些作家，像约翰·阿什伯利（John Ashbery）②、弗兰克·奥哈拉（Frank O'Hara）③、诺曼·梅勒（Norman Mailer）④、霍华德·尼曼诺夫（Howard Nemerov）⑤、艾德丽安·李奇（Adrienne Rich）⑥、唐纳德·霍尔（Donald Hall）⑦以及约翰·厄普代克（John Updike）⑧，亦曾在此求学过，尽管他们的想象世界彼此之间大相径庭。而那些写作课程，依然是哈佛英文系的文学教育体系中的一部分，这些与写作有关的课程，数量上比其他任何大学都要多。这些课程，曾经由阿奇博尔德·麦克利什（Archibald MacLeish）⑨、罗伯特·洛威尔（Robert Lowell）⑩、伊丽莎白·毕肖普（Elizabeth Bishop）⑪以及谢默思·希尼（Seamus Heaney）⑫讲

---

① 诺曼·乔姆斯基，1928— ，美国语言学家、分析哲学家、国际著名公共知识分子和社会活动家。著有《句法结构》（1957）等。

② 约翰·阿什伯利，1927— ，美国诗人、教授。著有《某些树》（1956）、《河流与山脉》（1966）、《凸镜里的自我肖像》（1975，诗集）、《那些依然闪耀的星辰》（1994）、《诗选编：1956—87》（2010）等诗集。

③ 弗兰克·奥哈拉，1926—1966，美国作家、诗人、批评家。著有《城市冬季及其他诗》（1952）、《午间诗》（1964）、《情诗》（1965）等。

④ 诺曼·梅勒，1923—2007，美国小说家、散文家、诗人、剧作家。著有《裸者与死者》（1948）、《夜幕下的大军》（1968）、《刽子手之歌》（1979）等。

⑤ 霍华德·尼曼诺夫，1920—1991，美国诗人。著有《冬季闪电：诗选》（1968）、《尼曼诺夫诗选编》（1977）等。

⑥ 艾德丽安·李奇，1929—2012，美国诗人、散文家。著有《潜入沉船》（1973）、《诗：选编及新诗，1950—1974》（1975）、《谎言、隐秘与沉寂》（1979）、《诗选：1950—1995》（1996）等。

⑦ 唐纳德·霍尔，1928— ，美国诗人、编辑、批评家。著有《蓝色的羽翼划过海边悬崖：诗选，1964—1974》（1975）、《某日》（1988）、《旧诗与新诗》（1990）等。

⑧ 约翰·厄普代克，1932—2009，美国小说家，评论家。著有"兔子"四部曲（《兔子跑吧》、《兔子归来》、《兔子富了》以及《兔子在歇息》）等。

⑨ 阿奇博尔德·麦克什利，1892—1982，美国诗人、剧作家、散文家。著有《诗选：1917—1952》（1953）等。

⑩ 罗伯特·洛威尔，1917—1977，美国诗人。著有《韦睿老爷的城堡》（1946）、《人生研究》（1959）、《昔日荣光》（1965）等。

⑪ 伊丽莎白·毕肖普，1911—1979，美国诗人、短篇小说家。著有《诗选：北与南》（1955）、《诗全编：1927—1979》（1983）等。

⑫ 谢默思·希尼，1939—2013，爱尔兰诗人、剧作家、翻译家，1995年获诺贝尔文学奖。著有《自然主义者之死》（1966）、《田野工作》（1979）、《人链》（2010）等。

授。其中后者曾于1990年担任哈佛英文系的Boylston教授以及牛津大学诗歌教授的双重教职。

读者们或许会对某些统计感兴趣吧。相比于大多数的美国大学，哈佛大学英文系的终身教员的数量是最少的，尽管比起欧洲大学来说数量并不算少。事实上，在1890年之后的头30年间，哈佛英文系的全职教授不过4、5位，助理教授数量亦与之相当。其原因在于，哈佛大学的这些系，是仿照德国大学的模式而建，在德国大学里，一个系里3到5位教授乃标准规范，每一位教授都要承担讲授不少讲座课程，有时候听课学生数量多达500人。在二战之后一直到1970年间，就是由这么多的教授在这里执教，而在他们所承担的本科生教学之外（平均以英文为主修的学生数量达到700名左右，另外还有2500名左右的学生选修英文课程），他们每年还要承担35名博士候选人的指导教授工作。这些工作，主要是由本文辑中的这些学者所承担的（尤其是由道格拉斯·布什[Douglas Bush][1]、霍华德·琼斯[Howard Jones][2]以及阿尔弗雷德·哈贝奇[Alfred Harbag][3]所承担）。而他们的学生，毕业之后遍布美国各大学英文系，尤其是在1950年代和1960年代快速扩展的那些大型州立大学。我依然能够回忆起，在我1956年担任系主任之时，道格拉斯·布什一人，每年就要指导15名博士候选人。

再回到1906年，当时哈佛大学在文学领域最为著名的教授布利斯·佩里（Bliss Perry）[4]加盟英文系，但在第一次出席系里的会议之时，他感到甚为疑惑。他曾在德国求学，并曾在普林斯顿大学执教，在来哈佛之前也曾担任过《大西洋月刊》的编辑。但在此之前他从未见到过这样的一个英文系。他离开之时感到这让他联想起爱默生在一次演讲中曾提起的一位老妇人的话，"除了信奉上帝，其他彼此之间并无关联"。在30年之后他的自传《乐于施教》（*And Gladly Teach*）一书中，

---

[1] 道格拉斯·布什，1896—1983，美国文学批评家、文学史家，哈佛大学教授。著有《文艺复兴与英国的人文主义》（1939）、《17世纪早期的英国文学：1600—1660》（1945）、《文艺复兴文学中的古典影响》（1952）等。

[2] 霍华德·M·琼斯，1892—1980，美国作家、文学批评家、哈佛大学英文教授。著有《噢，陌生的新世界：美国文化——形成时期》（1964）等。

[3] 阿尔弗雷德·哈贝奇，1901—1976，美国学者、哈佛大学教授、二十世纪中期有影响的莎士比亚研究家。著有《莎士比亚的观众》（1941）、《因为他们喜欢》（1947）、《莎士比亚与竞争传统》（1952）、《莎士比亚沉默无言》（1966）等。

[4] 布利斯·佩里，1860—1954，美国文学批评家、作家、编辑、哈佛大学教授。著有《惠特曼：生平及著作》（1906）、《美国思想》（1912）、《文学中的美国精神》（1918）、《批评及文论：总序》（1914）、《诗歌理论》（1914）等。

佩里教授谈到了当年这幕情景。他当时依然觉得这是对的，事实上这也依然如此。作为对于人类经验的广泛记录，我们所谓的"文学"（literature），与人类生活自身一样，是丰富多样的。它的题材直接延伸到历史、哲学乃至科学的阴暗当中。不过，还有一些其他的东西累加在它之上：人的反应、人的情感——希望、恐惧、欲望、仇恨、雄心、理想——所有这些将我们与地球上的其他生物分别开来。诚如罗伯特·佛罗斯特在谈到政治（这也是一个结论开放的话题）与诗歌之差别时所言：社会与政治研究所关注者，为"委屈、不满、牢骚"（grievance），而诗歌所关注的，是"痛苦、郁闷和忧伤"（grief）。这也是它的关注核心所在——对于有知觉的生命存在来说，人类体验对于我们来说究竟意味着什么。因此，对于文学能给我们什么以及应该给我们什么，对于这个问题的答案，也是始终开放的。

该书是哈佛大学英文系的教授们的一个生平小传汇编，应该承认，其中有些小传在生平细节上不足，赞誉则略显有过。而且，对于这一时期的课程表，亦应当有所涉及讨论。作为对于博士学位的要求，从1890年代一直到第二次世界大战，语文以及早期的德国式的语言，就跟美国以及国外其他大多数大学一样得到了强调。不过，哪怕只是对哈佛的课程目录匆匆一瞥，也会发现1890年代到1990年代所开设的大多数课程——涉及的依然是那些主要作家（莎士比亚、弥尔顿、培根、德瑞顿、蒲柏、斯威夫特以及一直到本世纪的那些作家），或者是那些常规的文学"阶段"——就跟美国其他任何一所大学一样。1890年之后的半个世纪之中，许多教授也关注政治和社会史，将其与文学史结合起来；之后不久，著名的亚瑟·O·拉弗乔伊（Arthur O.Lovejoy[①]，他也曾经在哈佛求学）引进了"思想史"研究方法，并使之一度盛行。其实，他的有些老师早已关注过这种文学批评及研究方法，尤其是白璧德，后者也是在英语世界最先开设文学批评史课程的教授；而在二战之后，哈瑞·列文（Harry Levin)[②]接受传承了这种对于文学批评理论的一般研究。在1940年代之前，四分之一的课程——由佩里·米勒和道格拉斯·布什这些英文系的学者们所开设讲授——或多或少都关涉到思想史。我的印象是，在哈佛，对于"思想史"的强调，在之后的十余年间（直到1960年代），要比其他任何一所大学都更为显著，此后，它就成为所谓的"断代研究课

[①] 亚瑟·O·拉弗乔伊，1873—1962，美国哲学家、思想史家。著有《存在的伟大链环：思想史研究》（1933）、《思想史研究文论选》（1948）、《论人性》（1961）等。

[②] 哈瑞·列文，1912—1994，美国文学批评家、哈佛大学教授。著有《象征主义与小说》（1956）、《批评的语境》（1957）、《黑暗的力量：霍桑、坡及麦尔维尔》（1958）、《欧文·白璧德与文学教育：就职演讲》（1960）、《文艺复兴中的黄金时代神话》（1969）等。

程"（period courses）中的一门课程，并在1980年代末，又看到了"思想史"研究的部分回归。研究者们对其之兴趣，在各种说明性文字及思想随笔之中随处可见。"新批评"，在此概念被约翰·C·兰瑟姆（John Crowe Ransom）创造出来之前，已被瑞恰慈的弟子们——譬如F·O·梅斯森、西奥多·斯宾瑟（Theodore Spencer）以及哈瑞·列文——在1930年代引入哈佛，而这在时间上还在瑞恰慈自己在哈佛英文系执教之前。在之前的半个世纪当中，导师制度也被A·劳伦斯·洛威尔（A Lawrence Lowell）引进哈佛，之前此制度在牛津、剑桥两校实行，其目的，在于针对每一个学生的个人兴趣来对其学业计划予以量体裁衣式的指导。1960年代之后哈佛英文系课程方面所发生的变化，与此并无多少关涉，对这些变化影响更大更久的，还是那些系里已经去世的教授们。不过，值得重复说明的是，过去15年中，那些将改变引进哈佛英文系课程体系当中的许多人，都曾经是这里的学生，而且他们在当时就已经初露头角，之后他们各自另立门户，另辟蹊径直至成为独立的领军人物。

该书所辑录的生平小传，不得不限定在哈佛英文系那些已经升任教授的学者身上，而且直到退休，这些学者还必须依然在这里任教。原因在于，哈佛的"教员生平备忘录"不包括那些曾经一度在哈佛执教，但后来又离开了的学者。在那些曾经在此执教过后来又离开了的教员中，就有1930年代以来担任布瑞格斯·柯本兰（Briggs-Copeland Lectures）讲座系列中关于写作课程的四十余位诗人和小说家，还有既担任过写作教师，亦曾担任其他教职长达数年之久的罗伯特·洛威尔和伊丽莎白·毕肖普等人。尤为遗憾的是，该书不得不"遗漏"那些曾经长期在哈佛英文系担任教职的优秀教授，只是因为后来他们又去了其他大学，而当时哈佛的"教员生平备忘录"的惯例尚未确立起来，而单就这些教授们的生平小传重印一部书，篇幅又显不够。对我个人来说，尤为缺失乔治·皮尔斯·贝克尔（George Pierce Baker）[①]的生平小传而深感遗憾，这位杰出的戏剧教授曾在哈佛英文系执教多年，后来去了耶鲁大学，原因是当时哈佛管理层拒绝在校内建造一座剧院；还有广受学生们喜爱的内尔逊教授，后来也离开了哈佛英文系，担任了史密斯学院的校长，尽管这两位杰出学者都有完整且可读性甚高的传记。

这些生平小传也限定在哈佛英文系的教授范围之内，譬如说就瑞恰慈而言，

---

① 乔治·皮尔斯·贝克尔，1866—1935，美国学者、戏剧教育家、哈佛大学教授。著有《戏剧技巧》（1919）等。

他就不是英文系的正式教员,他担任的是"校聘教授"(University Professor),这一岗位允许他在任何一个系开课。不过,在英文系,也有一个悠久传统,那就是允许并鼓励本系学生选修其他系所开设的课程。最著名的例子包括,选修过威廉·詹姆斯(William James)①所开设的哲学课的学生亚瑟·O·拉弗乔伊,后来事实上发起创立了"思想史"研究;而乔治·桑塔耶纳(George Santayana)②,曾经深刻地影响到了像华莱士·史蒂文斯(Wallace Stevens)这样一些作家;阿尔弗雷德·诺斯·怀特海(Alfred North Whitehead)③的"机能主义"(organicism)对浪漫主义研究亦曾产生过显著影响。可是,因为"教员生平备忘录"狭隘地以系为划分标准,并得到过当时各系级委员会的批准,所以上述这些学者出现在本书之中就有些不大合适。而且,对于我们来说,同样还存在着一个问题,那就是究竟在哪里画一条线来作为标准,除非我们将本书的选择范围扩展到一般意义上的人文领域——包括哲学、其他语言,或者甚至美术。

我们在书中只接受了一个例外,那就是欧文·白璧德。白璧德是比较文学和法文教授,但在他1890年代之后直至去世的漫长教授生涯中,他的一半以上的学生来自于英文系,尤其是他的那些大型的讲座课程。遗憾的是,在替换白璧德的生平备忘录时,我们未能选用哈瑞·列文所发表的那篇广受好评的文章,这篇文章也是他在就任欧文·白璧德教职教授时的就任演讲词。这篇演讲词的内涵广博,远超出我们该书中所选用的这篇短文。

最后,该书编排,按照入选教授的出生年月顺序。因此,这一顺序并不总是反映出某一特定时期中的教学情况,因为有些教授,譬如F·O·梅斯森、西奥多·斯宾瑟(Theodore Spencer)④,他们去世较早,而其他一些教授,像布利斯·佩里(Bliss Perry)、H·M·琼斯(H.M.Jones)、瑞恰慈(I.A.Richards),在退休之后仍享长寿。

---

① 威廉·詹姆斯,1842—1910。美国心理学家、哲学家。著有《心理学原理》(1890)、《实用主义》(1907)、《多元的宇宙》(1909)等。
② 乔治·桑塔耶纳,1863—1952,西班牙哲学家、文论家、诗人和小说家。著有《美感:美学理论大纲》(1896)、《诗与宗教阐释》(1900)、《德国哲学中的自我主义》(1915)、《怀疑论与动物信仰》(1923)、《现代哲学中的某些思想转变》(1933)等。
③ 阿尔弗雷德·诺斯·怀特海,1861—1947,英国数学家、哲学家。著有《数学原理》(与罗素合著,1910—1913)、《自然知识原理》(1919)、《宗教的形成》(1926)、《过程与实在》(1929)、《思维的方式》(1938)等。
④ 西奥多·斯宾瑟,1902—1949,美国诗人、学者。著有《圈子的悖论》(1941)、《生活动态》(1944)、《莎士比亚与人性》(1951)等。

本卷作者、译者简介
（按目录顺序排列）

严　锋　　复旦大学
霍　艳　　北京师范大学
项　静　　上海市作家协会
张永禄　　上海政法学院
臧　杰　　青岛日报社
陈绫琪（Lingchei Letty Chen）　圣路易斯华盛顿大学（Washington University in St. Louis）
孔令谦　　加州大学圣巴巴拉分校（University of California, Santa Barbara）
白睿文（Michael Berry）　加州大学圣巴巴拉分校（University of California, Santa Barbara）
柏右铭（Yomi Braester）　华盛顿大学（University of Washington, Seattle）
王卓异　　汉密尔顿学院（Hamilton College）
康　凌　　圣路易斯华盛顿大学（Washington University in St. Louis）
桑禀华（Sabina Knight）　史密斯学院（Smith College）
黄雨晗　　普渡大学（Purdue University）
胡　楠　　圣路易斯华盛顿大学（Washington University in St. Louis）
傅光明　　中国现代文学馆
杨宏芹　　中国社会科学院
W·杰克逊·贝特（W. Jackson Bate）　哈佛大学（Harvard University）
段怀清　　复旦大学

《文学》稿约启事

上海文艺出版社特聘陈思和、王德威两位先生主编《文学》系列文丛，每年暂出"春夏""秋冬"两卷，每卷三十万字，力邀海内外学者共同来参与和支持这项工作，不吝赐稿。

※《文学》自定位于前沿文学理论探索。

谓之"前沿"，即不介绍一般的理论现象和文学现象，也不讨论具体的学术史料和文学事件，力求具有理论前瞻性，重在研讨学术之根本。若能够联系现实处境而生发的重大问题并给以真诚的探讨，尤其欢迎；对中外理论体系和文学现象进行深入思考和系统阐述，填补中国理论领域空白，尤其欢迎；通过对中外作家的深刻阐述而推动当下文学创作和文学理论发展，尤其欢迎。

谓之"文学理论"，本刊坚持讨论文学为宗旨，包括中西方文学理论、美学、中国现当代文学及外国文学的研究。题涉中国古代文学研究者，如能以新的视角叩访古典传统，或关怀古今文学的演变，也在本刊选用之列。作家论必须推陈出新，有创意性，不做泛泛而论。

※《文学》欢迎国内外理论工作者、现当代文学的研究者将倾注心血的学术思想雕琢打磨、精益求精、系统阐述的代表作；欢迎青年学者锐意求新、打破陈说和传统偏见，具有颠覆性的学术争鸣；欢迎海外学者以新视角研究中国文学的新成果，以扩充中国文学繁复多姿的研究视野。

※《文学》精心推出"书评"栏目，所收的并不是泛泛的褒奖或针砭之作，而是希望对所评议对象涉及的议题，有一定研究心得和追踪眼光的专家，以独立品格与原作者形成学术对话。

※《文学》力求能够反映前沿性、深刻性和创新性的大块文章，不做篇幅的限制，但须符合学术规范。论文请附内容提要（不超过三百字与关键词）。引用、注释务请核对无误。注释采用脚注。

稿件联系人：金理；
电子稿以word格式发至：wenxuecongkan@163.com；
打印稿寄：上海市邯郸路220号复旦大学中文系　金理　收　200433。

三个月后未接采用通知，稿件可自行处理。本刊有权删改采用稿，不同意者请注明。请勿一稿多投。惠稿者请注明姓名、电话、单位和通讯地址。一经刊用，即致薄酬。

《文学》主编　陈思和　王德威
2013年1月1日

《文学·2015秋冬卷》要目

【声音】
学院·学院派批评·学院批评　　　　　　　　　　　　　　　　　陈思和

【对话】
跨越百年的对话——晚清通俗文学与当代网络小说　　　　　　范伯群　刘小源

【评论】
·新世纪的文学实验·　　　　　　　　　　　　　　　　　　　刘志荣　主持
规则转换——论朱岳的幻想世界　　　　　　　　　　　　　　　　蕨　弦
多重异域的辑录学——朱琺《安南想象》与想象动物园序列　　　　殷若成
绝对之书与复眼叙事——关于李浩《镜子里的父亲》　　　　　　　于焕强

【心路】
后革命时代的风景　　　　　　　　　　　　　　　　　　　　　　王安忆
湖区·中国人·波洛　　　　　　　　　　　　　　　　　　　　　王安忆
荷兰房子　　　　　　　　　　　　　　　　　　　　　　　　　　王安忆

【著述】
说"夷"：18至19世纪中英交往中的政治话语（上）　　　　　　　王宏志
苏格拉底与悲剧诗人——柏拉图《米诺斯》(320d8-321b4)疏解　　肖有志

【谈艺录】
尤涅斯库《椅子》评述　　　　　　　　　　　　　　　　　　　　张文江
《李尔王》：人性、人情之大悲剧　　　　　　　　　　　　　　　傅光明

【书评】
中国现代文学新论——以传统读解现代　　　　　　　　　　　　　李宝曝
浮出历史地表之前：中国现代女性写作的发生（1898—1925）　　　林　晨

图书在版编目（CIP）数据

文学·2015春夏卷/陈思和,王德威主编.-上海：上海文艺出版社.2015.9
ISBN 978-7-5321-5817-1
Ⅰ.①文… Ⅱ.①陈…②王… Ⅲ.①文学研究-文集
Ⅳ.①I0-53
中国版本图书馆CIP数据核字（2015）第212960号

责任编辑：林雅琳
封面设计：王志伟

文学·2015春夏卷
陈思和 王德威 主编
上海世纪出版集团
上海文艺出版社 出版
200020 上海绍兴路74号
上海世纪出版股份有限公司发行中心发行
200001 上海福建中路193号 www.ewen.co
上海文艺大一印刷有限公司印刷
开本787×1092 1/18 印张20 字数403,000
2015年9月第1版 2015年9月第1次印刷
ISBN 978-7-5321-5817-1/I·4644 定价：35.00元

告读者 如发现本书有质量问题请与印刷厂质量科联系
T：021-57780459